戴和圣◎主编

岁月不居

安徽师范大学文学院
师生校刊作品选集

安徽师范大学出版社
ANHUI NORMAL UNIVERSITY PRESS
·芜湖·

图书在版编目（CIP）数据

岁月不居：安徽师范大学文学院师生校刊作品选集 / 戴和圣主编. — 芜湖：安徽师范大学出版社，2022.1

ISBN 978-7-5676-4688-9

Ⅰ.①岁… Ⅱ.①戴… Ⅲ.①中国文学—当代文学—作品综合集 Ⅳ.①I217.1

中国版本图书馆CIP数据核字（2022）第002434号

本书系教育部首批"三全育人"综合改革试点院（系）建设成果
安徽省高校弘扬社会主义核心价值观名师工作室
"三全育人"理念下高校辅导员工作创新研究阶段性成果
校史研究"基于校刊视角的安徽师范大学文学院发展变迁辑录"结项成果

岁月不居
——安徽师范大学文学院师生校刊作品选集　　　　　　　戴和圣◎主编

责任编辑：房国贵

责任校对：王　贤

装帧设计：张德宝

责任印制：桑国磊

出版发行：安徽师范大学出版社
　　　　　芜湖市北京东路1号安徽师范大学赭山校区　　　邮政编码：241000

网　　址：http://www.ahnupress.com/

发 行 部：0553-3883578　5910327　5910310（传真）

印　　刷：苏州市古得堡数码印刷有限公司

版　　次：2022年1月第1版

印　　次：2022年1月第1次印刷

规　　格：700 mm × 1000 mm　1/16

印　　张：27.5　插页：3

字　　数：508千字

书　　号：ISBN 978-7-5676-4688-9

定　　价：98.00元

安徽大學校刊

王星拱

第二期

總理遺囑

余致力國民革命凡四十年，其目的在求中國之自由平等。積四十年之經驗，深知欲達到此目的，必須喚起民眾，及聯合世界上以平等待我之民族，共同奮鬥。現在革命尚未成功，凡我同志，務須依照余所著建國方略、建國大綱、三民主義，及第一次全國代表大會宣言，繼續努力，以求貫徹。最近主張開國民會議，及廢除不平等條約，尤須於最短期間，促其實現。是所至囑。

中華民國十八年十月四日

星期五　第五期

安徽省立大學出版

◀文華廬印書局代印▶

本刊啟事一

逕啟者：本刊擬自第四期起每週出版兩次，如蒙
諸同學惠稿，務請於每星期一星期四以前交
來，以便星期三星期六刊布，此致

諸同學公鑒。

附錄投稿簡則

一，本刊純取公開態度，所有校內新聞，學術研
究，及生活文藝等文字，均所歡迎。

二，體裁不拘白話文言，但須新式標點，並宜繕
寫清斷。紙背切勿書寫。

三，翻譯須附原文，如有不便之處，請將原文來
源，詳細註明。

四，投來文稿，本刊得斟酌的損益。登載與否，概
不璧還，惟長篇預為聲明者，不在此例。

五，投稿一經登載，酌予薄酬。其成績優良者，
得徵聘為通訊員或撰述員，所有此項通訊員及撰
述員之徵聘手續，另詳本刊第一校刊布。

本刊啟事二

逕啟者：本刊擬自第四期起，每週出版兩次。
貴處如有文件或消息須刊布者，務請隨時
惠交，以便代為發表。並希

貴處即指定一人，予敝組以隨時接洽之便利，至
紉公誼！此致

各院　　　　公鑒
各組處館

本大學佈告第五號

本大學佈告第五號

為佈告事本校業於月之二十五六兩日考試新生完
竣茲經招生委員會批閱試卷評定分數詳加審查計
應試者三百四十六人除逃避試場規則因而扣考者
九人外其總平均分數及格標示取各生一律降級准
許入學者共一百人特分別分數及格准予取各生准
予預科降級一人及格各生一體知照此佈

資格望各生一體知照此佈

...（以下列名從略）

校長王星拱

本大學佈告第六號

為佈告事本校預科訂於四日上課本科七日上課所
有新舊各生統限於上課前來校註冊繳費至開學典
禮另行擇期舉行此布

校長王星拱

圖書館通告　第一號

本館自十月二日起開始發給本學期借書證同學欲
領取此證者希將會計組繳費收據帶來核閱以便簽
...

安大周刊

◀第七十六期▶

安徽省立安徽大學
出版委員會印行

中華郵政特准掛號認為新聞紙類

教務長羅季林先生就職

本月二日上午八時半，本校舉行總理紀念週，由何校長領導行禮。禮畢發表報告，並率責任赤增多，次由教務長羅季林先生發表就職演說，軍事教官桂選昌先生報告向訓練總監部請發體育軍檢械彈逸先勇軍檢械彈逸先生講演，除繼中軍漢逸先生之演辭及桂教官之報告外，因篇幅關係，補載本期之報告，俟後。

何校長報告

各位同學，各位教授，今天有一點事，可以報告給各位，就是本校敦務長問題，已經解決，本校敦請羅季林先生擔任敦務長，實在是很難數的，至今竟允破職，實在是很難得，現在只有理事院院長問題，因丁先生只肯專任敦授不肯兼任總務，但學校方面總希望他來擔任，才有一次我請郭先生擔任總務長，他說：「你當校長，總務長無人肯做，你別的學校，競爭尚惡不及」一我聽，就覺得了學校，那只實在我在現在的事實，其實也有原因在：第一，行政敦員系統地位，亦可增高。

其是在半途上補充人困難，還有一個好的敦授，留住也很不容易，而無人肯做，還實在是廣密很好的模範。

有一次，我開一個同學說，你們看本校的敦務長總務長，經數月辦安大之困難，在羅致人才，尤看本校的敦務長總務長，經數月所以我們須敦同學向廣說，你們看本校的敦務長總務長，經數月

今天請曹逸溉先生演講，曹先生是學幼育的敦訓，諸位已經親聽過曹先生的敦訓，還很康序我介紹，現在先請羅敦務長訓話。

羅校務長就職辭

主席，各位敦授，各位同學，今天到此地來出席紀念週，遇這先生常理院敦授，試拿時學院院長雖沒有來，到武漢以後，還要常來樂，談起此前，我想今年雖不能請到，先生之行政，最麻煩，但是我一定有機會可以請需先生，所以今年同學，將來一定要有志願，努力要惜方面之麻煩，最少有點總有點，一月之後，埋頭在研究室一條線當可蔣。這些不是我

今天到此地來出席紀念週，遇

暫謀代黍校

暫時兼代敦務長職務的原故，一個綠故，本校新的組織太大，一個綠故因為敦授多，敦務方面之精神，要言改革組織，敦務的組織太大，而舊敦務長辭職了，新敦務長在新環境裏，似乎要一段時間，更換不致令新舊敦務長辭職了，若在執行各院系諸次案的精神，要言改革組織之意思，本自今日起至本學期止。

敬謝的原因

近的幾年內立即不做這兩事之因否清懷了行政方面不可避免的困難。這些經過情形自有方大概如避，不必多說。然而人總是一種有情感的動物，他的行動，也不是片時的，非常受環境影響，所以我的敦務長，是受感情的趨使，理智中，情感的趨使消滅，所以我就敦務長，實在片時的，一刹那間就要消滅，敬謝不敏。

我來負敦務的責任，而下學期的，亦待計劃。我謝之一因是敬謝的綠人負責。我總是一個謝否，因受責任心的驅迫，不得不允許負敦務方面之責任，綜合前二段講話，我不就敦務長，是理智的志願和苦夷，辦理本大學敦務，現另辦置，辦理本大學敦務，現在這樣長的期間開始，足有三個學期；在這樣長羅致一位很好的敦務長，一定能夠是毫無疑義。

實遂背志願

志願，不能不暫時犧牲一下；我的志願，不能不暫時發動一下，這是我著眼熱情當實一下，何校長是一位敦名士，他一等敦名士；他是一個敦行的志願，不得已便任何志願，不願開私人之設好話，敦好話，那不能向人設好話，但是夠聞瞭解個人的志願和苦夷，當了校長後，那不容易向人設好話，他能夠為大學設計，他能夠為大學設立一定能夠為

定竭力負責

第一，不受時間上的限制，這個意思自然不是二個不最重的條件：第一，不受時間上的限制，也許是二個不最重要的意思，即是增理由不願苦，是毫無疑義。

定竭力負責一定竭力負責，不到水窮山盡，不到精疲力竭，必對於負責，不輕易引退，更不至擺架子，闆去皮氣，藉故辭職。我不會這樣做。

安徽大學周刊

第九十五期

安　出
大　版
學　組
教　印
務　行
處

認為新聞紙類特准掛號
中華郵政特准掛號認為新聞紙類

本期共四版
零售洋一分五釐

安慶美利堅印

⋯本學期第三次總理紀念週⋯

■程校長講演國慶紀念的感想
■周予同教授講我們往那裏去

本月十日爲雙十節，因先期奉省府代電，以現當國難期間，應一律停止慶賀，各校關熊不放假。故循進合常年一律停止慶賀，各校關熊不放假。故循例於上午九時，在本校二院大禮堂舉行本學期第三次總理紀念週。由常師生共五百餘人。由程校長領導行禮如儀。次由程校長介紹周予同致授講演「國慶紀念的感想」，語多激發，開者動容。次由程校長介紹周予同教授講「我們往那裏去」，從中國過去文化史，推發吾人目前對文化所應負之使命，意深詞切。茲將講辭分誌於后：

程校長講演

諸位先生，諸位同學，今天舉行的是本學期第三次，總理紀念週。因奉到中央命令，特以國慶，不放假，又是國慶H。兄弟對於今天是非常的激動，有無窮的感觸，我想諸位亦是如此。現在我把我的感想，略舉諸位聽一說。中華民國建立，已有二十一年了，國家的地位如何？政治如何？社會如何？大家省知道這，不必諱了。到現在是國困民窮，葦盜如毛，鄉封盡失，東三省整個的丟掉。今天是國慶日，我們應怎樣的威動，我們

周予同教授講演

只有哀憐！

只有哀憐

夠不具有此心此感呢？然而我們決不能儘儒弱如此，我們大家是要振起精神，謀國家危亡了麼？我想我們決不能儘儒弱如此，我們大家是要振起精神，謀國家自立的。古語云：「多難與邦」「般憂啟聖」，我們先民先德是從歷史的蘊蓄，民族的根性，說這種

幹不去幹

先講法國，當一七八九年大革命以後，國內山岳黨執政，葡，荷蘭，西班牙，等國，相繼進攻，大兵壓境，都主取巴黎，復擁立王族，其有國亡無日之狀況。但是他們能拚命抵禦，打退強敵，若幸破命軍統帥，一面從事政治改進，一面又能拚命疆場，於是竟將法國形勢轉無解之勢，德意志不久反而稱霸歐洲。又由最近歐洲大戰之際，總理克利蒙梭挺出而晴向來意見不合的霞飛將軍，擔任總帥，霞飛對克氏說：「你是知道我是極端的天主教徒，接近王黨的，你能相信我嗎？」克氏答曰：「這是法蘭西整個存亡的問題，我相信你是能盡忠於法國的牛耳。若者他們只是男子漢的眼光」！所以法國又重新執了歐洲的牛耳。於私門者，那嗎，法國恐怕是救不得來，早沉淪下去存的。然土耳其國內的內政整理改革又如何？在民國十七八年的時候，國內打倒帝國主義，取消不平等條約的口號，是高唱入雲，兄

話，告訴我們的，這是賜予了我們多少的勇氣！中國人是謹異族征服了好幾次，遇能夠從艱難壓迫苦掙扎起來，就是具有這種不畏困離打開環境的忍耐性，所以中國亡不了。

我們雖這樣希望，但是我們要知道中國革命已經是二十餘年，何以竟弄到現在這樣的田地，一天不如一天呢？其原因自然很多，然而最顯著的一點，不外乎外的一大結果。我們大家總不能不承認，這大半全是軍閥亂政，只知內爭，不知禦外的大結果。

我們試把中國的歷史上，和眼前的國家，也有同中國現在一樣的情形，或者其情形遊歷危險出十倍百倍，然而他們國家無論政治上，軍事上的領袖人物，常同國家分相當前的時候，都能捐除己見，冒險犯難，立起捍衛，羣策羣力，共同抵禦外患，驅除強寇於域外。於是有幾年成功的亦，也沒有絕對無可補救的事。天地間沒有僥倖成功的事，我氣終於

一，土耳其民族就是突厥。他與起自新疆金山，體機有小亞細亞，羅馬不可一世，雖曾一度衰落，不過他們前此雖也曾聯絡過一二個國家，不似我們前此雖也曾聯絡過一二個國家，得到幫助，但這是供給自己殺自己。信用失掉，外

二，宗教：他的宗教級是回教，一神教，以穆罕默德的教旨是信者加福，不信者力強。土耳其革命以後，表上是取消宗教，但因敎徒都崇拜首須，儀式又簡單。現今土國總統凱末爾，也與復土國的首領廢止敎主，把重新打倒了舊教主，自己物於舊教主，凱末爾的首領廢土國軍機器用的缺乏，也是同十國差不多●不過他們能運用對外交，當時土國軍實，以破敵國，不但我們前此雖也曾聯絡過一二個國家，得值是供給自己殺自己。信用失掉，外患一來，

孤立無懼

而已。土國對外於巴黎和約拒不簽字，諸桑會議後協約承認退兵條約。對收回歐洲失去的領土，取消了國內一個民族的壓迫而倒俾國家多難的時候，削除了幾次反動，對反動失敗之後，於是土國統恢復起來了。所以當國家多難的時候，削除了幾次反動，國內一個民族的壓迫而倒俾國國家多難的時候，削除了幾次反動，沒有一個民族的壓迫而倒俾國有的。然土耳其國內的內政整理改革又如何？在民國十七八年的時候，兄

領土喪失，簡直不成爲國家，君士坦丁堡，美索波達米亞，巴勒斯丁由英國代管，希麥耳讓給意大利，漢志，亞美利亞都獨立了。僅膝小亞細亞的地步。但是現在人家始終不放鬆他，反而要做國際共管，就是具有這種不畏困國際共管，就是具有這種不畏困到這種地步。但土耳其與起有他的三個精神，才能達到復與的地步。

任人踐踏

約承認退兵條約。對收回歐洲失去的領土，取消了國內一個民族的壓迫而倒俾國存的。然土耳其國內的內政整理改革又如何？在民國十七八年的時候，兄

其次講土耳其，我們知道歐洲大戰之後，土耳其是四分五裂，國內打倒帝國主義，取消不平等條約的口號，是高唱入雲，兄

安徽大學周刊

第一四七期

每逢星期五出版

安徽大學編輯組出版發行

特准賻寄認爲新聞紙類

中華郵政掛號立崇

本期售洋一分　每張一期

大中華鉛字印代所

校務會議教授代表選出

本校校務會議教授代表五人，業經校長定期各教授分別函請各教授選舉，茲查依照投票結果，計得票四十人，開票結果爲同先生二十一票，郝耀東先生十八票，曹白晏先生十四票，李範之先生以最多數當選，曹自晏之曹白晏，李範之之李範之——三畢粹民五先生以人數多數當選云。

一書名卡、一著者卡，故此星期五中，所編之中文書籍、僑千餘冊、而續製二座、大書架六個、雜誌架二座、大書架六個云。

周予同郝耀東李範之曹白晏三

圖書館 ▽▽▽ 第二次館務會議

圖書館於本月十日在舘目，所以一月以前兩星期，室開第二次館務會議，爲席者，羅叔果、張錦庭、胡鍾瓚、柏心靜、舒紀維、葉樹垣、徐敬蓀、胡筬，主席羅叔果，紀錄勗筬沂。

（甲）開會如儀，
（乙）報告事項，上月十日，開第一次館務會議，至今恰恰一月，在此一月中，我們的工作情形如何，現在歸納起來，報告一下，我們接得來，報告於本舘書籍，遺失太多，凌亂太甚...

（甲）事務
（乙）編目者，一千零數十冊，已登記並
（丙）討論事項，
（甲）工作分配、議決
（乙）勤務的訓練、務決，由事務方面訓練，務使其能勤態、好清潔。
（丁）散會。

圖書館新聞紙一覽

天津益世報
北平晨報
山東日報
武漢日報
江西民國日報
世界日報
東方日報
上海報
時代日報
金鋼鑽
晶報
民岩鐸
新皖報
湘鄂日報
中國日報
西京日報
河南教育日報

法院教授發起之 憲法討論會

◎徵求參加討論

本校法學院教授權宗埏，袁振桓、王恩弗、胡恭先生，發起組織憲法討論會，啓事如下：查本校法學院憲法草案第一二三學院第二二三學院...

出版組工作近況 ◎中文講義

◎講義付印原則

上學期所印講義文學院計六十六種，理學院十九種，法學院九種，系一百三十六種...

本书编委会

编写说明

本书所辑，均源自《安徽师范大学馆藏〈安徽大学校刊〉专辑》《安徽师大报》收录的有关中文系、文学院（部分简称"文院"）的篇什。安徽师范大学报纸创办于1929年5月，名《安徽大学校刊》，后改名《安大周刊》《安徽大学周刊》（1937年11月停刊），后因为校名变更，校报名也随之多次更改，至1987年2月定名《安徽师大报》，延续至今。

本书对截至2019年所能找到的校报中，凡涉及中文系、文学院方面的新闻报道、人物通讯、讲演访谈和副刊作品等，悉数挑选、分门别类，按照中文事、中文人、中文作品三方面，布局谋篇，分为三编，第一编记录中文系、文学院的发展轨迹；第二编载录中文系、文学院人的风貌故事；第三编摘录中文系、文学院人发表的各类文艺作品。此外，不同时期经由报纸发布的涉及中文系、文学院的师生信息、课表、论文、著述等，一并收入，作为"附录"。

为了尽力保持校刊原貌，编排时努力做到：对于报纸自身出现时间的不同，如个别人名"李冠英"与"李贯英"、"宗志黄"与"宗志璜"等不作改动；报纸印刷不清无法辨认处，则以符号"口"代替；数字形式仅做到局部统一；所录校刊中的表格除必须分页排加表头外，对于表格中的内容基本不作改动，空格中不另加"一"，表中单位量词等也不另行标注。

对一些同类型作品、同一人多次呈现、同作者多作品的情况，选录时基于本书体量作了筛选。考虑到当下读者的阅读习惯，排版上采用统一编排模式，单篇作品结尾处均根据发表时的情况，备注报名、时间、作者等信息。

在作品甄别、遴选、录入、校对、修改、谋篇、统稿、定稿等过程中，得到了诸多领导、师生的帮助与支持，在此不一一列举，统致谢忱！

写在前面的话

岁月的长河里，诞生了诸多不平凡的往事，孕育了无数不平凡的灵魂。

任何伟大的事业，都并非一片坦途，但朝着光明的方向前行，是人类共同的追求。我国的高等教育，经历了筚路蓝缕的发展历程，收获了来之不易的建设成效。为了满足人民日益增长的物质文化需求和美好生活向往，为了支撑祖国日益强大的发展需要，高等教育规模在不断扩大，人才培养质量在持续提高。越来越多的人在高等教育大发展中获得提升，改变着命运的轨迹；越来越多的新鲜事物、先进技术在高等教育大发展中诞生，推动着社会的进步；越来越丰富的内容、多样化的形态，在高等教育大发展中出现在国际交流与合作的舞台上，影响着世界的样子；越来越精彩的文化样式、深受人民喜爱的文艺作品，在高等教育大发展中传承创新创造，改善着人们的生活。

高等教育是一种情怀。在战火纷飞的岁月里，高校传播着真理，孕育着希望，在革命中教育、教育中革命。在灾荒灾害面前，高校师生投身开垦耕种、自给自足的劳动大潮，患难与共、共克时艰，在劳动中教育、教育中劳动。哪怕在没有高考的那些年月，有知识而渴望学习的人也从未被遗忘过，在发现中教育、教育中发现。改革开放后，高等教育迎来发展新篇章，带头用实践检验真理，在讨论中教育、教育中讨论。进入21世纪，高等教育勇担教育大国之重任，千方百计助圆千万学子大学梦，在发展中教育、教育中发展。新时代以来，高等教育围绕"培养什么人、怎样培养人、为谁培养人"这一根本问题，坚持内涵发展，追求质量提升，在反思中教育、教育中反思。

教师是一所高校的希望。"所谓大学者，非谓有大楼之谓也，有大师之谓也"，梅贻琦先生如是说。有好教师的地方，再艰难的处境也不妨碍办好教育的底气，纵然移动的教室、漂泊的图书馆、露天的校舍，也照样能够联通知识与希望；有好教师的地方，就能发生最平等的对话，最热烈的争论，最执着的追寻，纵使乱流中亦能充盈真理与进步；有好教师的地方，就有言传与身教，一草一木总关情，一言一行铸师魂，时时处处都能形成爱与教育；有好教师的地方，就有关心与帮助，一席话语，一点启发，一句激励，一份陪伴，都能铸就最温馨的记忆，有良知的地方就有教育，有教育的地方就有曙光，有曙光的地方人就不会孤独。

学生是一所高校的生命。有了学生，大学才富有生命，教育才富有生气。每一个学生都是独立的生命个体，无论是身体的还是心灵的，每时每刻都在发生变化。每一个独立的生命个体都是鲜活的，需要教育引领成长，让生命之舟不至于在航行中迷失方向；每一个独立的生命个体都是跳动的，需要管理激励成长，让生命之辙不至于在奔行中没有力量；每一个独立的生命个体都是稚嫩的，需要服务呵护成长，让生命之花不至于在风吹雨打中摧折受伤。每一个学生都是可以塑造的，因而拷问一所大学的生命内涵，一所富有生命力、生机盎然的大学孕育出的生命个体，就终究能够朝着理想的彼岸扬帆远航，在前进的路上奋力奔跑，在远行的旅程里经历风雨而始终微笑前行。

大学精神是一所高校的灵魂。一所有灵魂的大学，要始终不渝坚持引领社会文明风尚，坚持传播科学文化知识；一所有灵魂的大学，要始终不渝坚持"百花齐放、百家争鸣"，坚持既秉持科学态度关照自然，又秉持理性思维关照社会现实；一所有灵魂的大学，要始终不渝坚持按照教育的发展规律办教育，坚持按照人的成长规律培养人，坚持以人为本促进发展、塑造文明；一所有灵魂的大学，要始终不渝坚持建构正确的价值理念，坚持沟通人与自然，坚持架构科技与人文和谐共生；一所有灵魂的大学，要始终不渝坚持开放与包容，坚持独立与自由，坚持守正与开拓，坚持传承与创新。

安徽师范大学文学院拥有悠久的历史、积淀丰厚的底蕴，具有诗意的浪漫、充盈澎湃的激情，富有青春的朝气、充满发展的希望。她的前身是1928年省立安徽大学设立的中国文学系，是安徽省高校办学历史最悠久的四个院系之一。刘文典、郁达夫、陈望道、苏雪林、周予同、方光涛、潘重规、宛敏灏、张涤华等一批著名学者曾在此弘文励教、著书立说，文为世范、学为士则，形成了优良的办学传统。这里有最浓厚的铸魂育人氛围，追求知音境界的教学艺术，感动着万千学子；这里有最厚重的科学研究传承，板凳宁坐十年冷，诠释着人文学者的学术品格与尊严；这里有最具情怀的社会服务活动，提升学生的人生境界，映照广大学子的奉献和担当；这里有最富魅力的文化传承创新，皮影、剪纸、书画、戏曲、诗词，玩转汉语言，呈现色彩斑斓的中国文化；这里有最"中国范"的国际交流与合作，汉文化魅力巡演，助力汉语国际教育，传播中国声音。聚是一团火、散为满天星，一代代文院人接续奋斗，书写着追求卓越的壮丽篇章。

岁月不居，时节如流。无论在什么样的时候，我们都应该沐浴和接受那光辉岁月的荣光；无论在什么样的时候，我们都不能忘记欣赏和感受那悠长而斑驳的时光；无论在什么样的时候，我们都要学会静下心来慢慢品味属于心灵深处的清风、明月、雨露、阳光。

文以载道，学以化人。

二〇二〇年十一月二十四日

目　录

第一编　云散月明谁点缀

第二编　风翻白浪花千片

第三编　满架蔷薇一院香

附　录

第一编

云散月明谁点缀

1.校闻：本校教授陆续到校

本校新聘教授郁达夫先生，业于九月二十九日由沪到校。又教授姚仲实先生，已于日前派人赴桐城迎接。外如政治学教授张慰慈先生等，已有电来，谓不日即可抵皖。又代理法学院长陶因先生前因校务赴沪，兹亦回校云。

（发表于民国十八年第二期《安徽大学校刊》）

2.校闻：文学院院务会议，第一次——十月十一日

出席者：谭天凯，杨亮功，姚仲实，陈慎登，吴遁生，潘季野，陶西木，李范之，彭基相，朱子沅，方景略；主席：杨亮功；记录：刘灼，韩建勋。

开会如议，主席提出文院暂订课程标准，请讨论。

姚仲实先生提议，诗经宜增学分。议决：改两学分为三学分。

李范之先生提议，周秦诸子宜增学分。议决：改两学分为三学分。

朱子沅先生提议，英文小说宜减学分。议决：英文小说，改英文短篇小说，两学分。

陈慎登先生提议，中国文学史拟用课本。议决：用谢无量著《中国大文学史》。

谭天凯先生提议，教育行政宜改学分。议决：三学分改两学分。

主席提议，关于教授方法，请讨论。议决：一、讲解；二、检阅学生笔记；三、课本（讲义）；四、除课本外指定学生应阅书籍，并分列必要及次要参考书。

主席提议，关于考试方法，请讨论。议决：一、随时口试或笔试；二、月考；三、期考。除一年级作文两星期一次外，其他科目，或在课堂，令学生报告，并责成其呈阅作品。

主席提议，关于课外指导方法，请讨论。议决：详订办法，以备施行。

（发表于民国十八年第四期《安徽大学校刊》）

3.朱湘为本校月刊启事

湘以菲材，辱承校务会议不弃，委以月刊之务。任重力薄，实虞陨越，是以力荐姚老先生自代，惟姚老先生辞谢于前，校务会议又督促于后，湘只得勉力从

公,以免贻误学校之大政方针。今特将私拟之进行步骤,谨为学校当局诸公、编辑委员会诸同仁、诸教授职员先生、诸同学,一陈之。

(一)旧学新学,兼收并采。标点由作者自定,文责由作者自负。

(二)师生合作。

(三)特请出版组组长洪传经先生为本月刊之总经理。

(四)筹备印行安大月刊丛书。广罗本校旧学耆儒新学泰斗之巨著、同学之优美作品,精装出版,以发挥本校之精神,光大本校之誉望。

惟是众志成城。古有名言,尚祈当局诸公、教职员诸先生,以及诸同学,时锡教言,以匡不逮,则月刊幸甚。

月刊之第一期创刊号,校务会议指定须于本学期内出版。除已特请王校长、杨代理校长、陶代理教务长赐文以外,务祈诸先生、诸同学早惠佳著,以襄盛举。创刊号收稿截止期为阳历本年底。又启。

(发表于民国十八年第十八期《安徽大学校刊》)

4.塔铃社加聘名誉社员刘大杰、汪静之、李冠英三先生

塔铃社于十月十日上午九时,在二院学生会客室,开第二届第一次职员会议。出席职员:周维,张先基,叶树垣,黄寿颐,徐国强,龙笑云,宋隆任,林廷对,忽秉初;主席:周维;纪录:龙笑云。

(甲)主席报告(略)

(乙)讨论事项

(一)分配工作案。决议:推周维、侯量、宋隆任三人任总务,推林廷对、周济仁、胡文祥、张先基四人任编辑部,推江强部、龙笑云二人任出版部,推黄寿颐、徐国强、叶树垣任发行部,推杨大淇,忽秉初二人任推广部。

(二)征收社费案。决议:交财务部即日催缴。

(三)加聘请名誉社员案。决议:加聘请刘大杰、汪静之、李贯英三先生。

(四)请名誉社员演讲案。决议:交总务部斟酌办理。

(五)修改简章文字案。决议:交总务部办理,议毕散会。

(发表于民国二十年第七十三期《安大周刊》)

5.安徽省立安徽大学修正组织大纲草案

第一章　名称

第一条　本大学由安徽省政府设立定名为"安徽省立安徽大学"。

第二章　宗旨

第二条　本大学根据"中华民国"教育宗旨，研究高深学术，阐扬中外文化，造就专门人才。

第三章　院系

第三条　本大学暂设文学院、理学院、法学院，均四年毕业：

（一）文学院暂设中国文学系、英文学系、教育学系；

（二）理学院暂设数学系、物理学系、化学系、生物学系；

（三）法学院暂设经济学系、政治学系、法律学系。

第四章　行政组织

第四条　本大学设校长一人，综理校务，由省政府呈请国民政府任命之。

第五条　本大学校长办公室设秘书一人、文牍二人，由校长聘任之，秉承校长办理文书事宜。

第六条　本大学设教务长一人，综理教务，由校长就教授中聘请之。

第七条　本大学设教务处，分注册、出版、考勤三组。每组得设组长一人、组员若干人，由教务长商请校长聘任之，秉承教务长办理各组事务。

第八条　教务处之职务如左：

（一）办理学生注册；

（二）登记教员及学生之缺席；

（三）考查教员学生缺席原因；

（四）记录并保管学生之成绩；

（五）收发讲义；

（六）公布各学院课程表；

（七）其他属于教务事项。

第九条　本大学图书馆设主任一人，馆员若干人，由校长聘任之，商承教务长办理馆务。

第十条　本大学军事训练设教官、助教若干人，由中央军事训练总监部派充之，会商教务长实施军事训练事宜。

第十一条　本大学设事务长一人,综理庶务、会计等事宜,由校长就教授中聘请之。

第十二条　本大学设事务处,分会计、庶务两组。每组得设组长一人、组员若干人,由事务长商请校长聘任之,秉承事务长办理各组事务。

第十三条　事务处之职务如左:

(一)编制预算决算;

(二)掌理款项出纳;

(三)办理一切购置;

(四)登记并保管校产校具;

(五)修缮及支配校舍校具;

(六)管理警卫消防校工等事项;

(七)其他事务事项。

第十四条　各学院设院长一人,由校长就教授中聘请之,商承校长、会同教务长主持左列职务。

(一)核定各院之课程;

(二)审查各院学生成绩及毕业事项;

(三)考核各院教职员之服务成绩;

(四)规划各院之设备;

(五)编定各院之预算;

(六)召集各院院务会议;

(七)执行各种会议关于各院之决议;

(八)其他关于各院之院务事项。

第十五条　各学系设主任一人,由院长商请校长聘请之,商承院长主持左列职务。

(一)拟订各系之课程;

(二)排定各系之课程表;

(三)考查各系学生成绩;

(四)报告各系教学状况;

(五)拟定各系之发展计划;

(六)指导各系学生之个别生活;

(七)支配各系助教或职员之工作;

（八）召集各系系务会议；

（九）执行各种会议关于各系之决议。

第十六条　各系设教授、讲师、助教若干人，由系主任提交院长商请校长聘请之，但兼任者不得超过专任者总数三分之一。

第十七条　本大学设群育委员会，由各院院长、教务长、事务长及校务会议于各院中推定之教授若干人组织之。

第十八条　群育委员会设主席一人，由校长就群育委员中聘请之。

第十九条　群育委员会设斋务、医药、体育三组。每组得设组长一人、组员若干人，由群育委员会商请校长聘任之，秉承主席办理各组事务。

第五章　会议

第二十条　本大学设校务会议，以校长、各院院长、教务长、事务长及专任教授互选之代表七人组织之，校长为主席，其职权如左：

（一）订定重要规程；

（二）审核预算决算；

（三）决定各院、处、系、组之设立、变更或废止；

（四）接收各院、处及委员会之报告或建设；

（五）指导并督促各院、处及委员会之工作；

（六）决定其他进行计划。

第二十一条　本大学校务会议设左列各种委员会，遇必要时得增设之。

（一）聘任委员会；

（二）审计委员会；

（三）建筑委员会；

（四）考试委员会；

（五）体育卫生委员会；

（六）图书委员会；

（七）出版委员会；

（八）奖学金委员会。

第二十二条　本大学设行政会议，以校长、各院院长、教务长、事务长及群育委员会主席组织之，以校长为主席。

凡各院、处及群育委员会不能单独执行或解决事项，统由本会议议决之。

第二十三条　本大学设教育会议，以各院院长、教务长、各系主任组织之，以教务长为主席，其职权如左：

（一）议决关于学生升级、留级、退学、休学、转学及招生毕业事项；

（二）议决各院课程之合并、分设及联络事项；

（三）规定教课及研究事业之标准；

（四）其他教育事项。

第二十四条　本大学设群育会议，以群育委员组织之，所属各组长得列席。其职权如左：

（一）规定群育标准及实施事项；

（二）指导学生生活；

（三）评定学生操行成绩；

（四）决定奖励及惩戒事项；

（五）管理斋务事项；

（六）管理医药卫生事项；

（七）管理学生体育事项；

（八）管理学生团体之登记及集会事项；

（九）批准学生团体之募捐及审查其报销。

第二十五条　各院设院务会议，以院长、系主任及教授组织之，以院长为主席，讨论院务。

第二十六条　各院设系务会议，以各该系系主任、教授、讲师、助教组织之，以系主任为主席，讨论系务。

第二十七条　教务处设教务会议，以教务长、各组组长及重要组员组织之，以教务长为主席，讨论教务。

第二十八条　事务处设事务会议，以事务长、组长及重要组员组织之，以事务长为主席，讨论处务。

第六章　附则

第二十九条　本大学各行政机关之办事细则及会议机关之会议规程另定之。

第三十条　本大纲有未尽处，得依部颁大学组织法及大学规程办理。

第三十一条　本大纲遇必要时得由校务会议修正之。

第三十二条　本大纲经安徽省政府通过后施行，并转呈国民政府教育部备案。

（发表于民国二十年第七十七期、第七十八期、第八十一期《安大周刊》）

6.文学研究社成立——中文系二年级同学组织

中国文学系二年级同学，因鉴于文学之研究，非课间死知识所可满足，必有赖乎联络同好，互相切磋，一方既可增进感情，又足收观摩之效。故特组织文学研究社，业于本月八日上午正式开会成立。出席者：中文系二年级全体同学；主席：张振珮；纪录：张学骞。（甲）主席报告（从略）。（乙）讨论事项，社章修正通过。（丙）选举。选举结果：宛敏灏、张振珮、李大燎、朱政芳、张学骞五人当选为干事。九日即开第一次干事会，分配工作结果：张振珮、宛敏灏担任总务部，朱政芳、李大燎担任出版部，张学骞担任研究部，并根据社章议决，敦聘本校文学教授五人为顾问，已由总务部负责接洽。现各部正积极工作，闻本学期结束前，将有成立纪念刊刊行云。

（发表于民国二十年第八十一期《安大周刊》）

7.文学院各系主任简介

文学院中国文学系、外国语文学系及哲学教育系各主任，业经程校长分聘李范之、朱子沅、罗季林三先生担任，兹李范之先生坚辞不就，程校长决暂自兼代，外国语文学系本学期新聘教授何永佶先生，系哈佛大学文学硕士及经济学博士，曾任《英文大陆报》及《中国评论周报》等编辑。又哲学教育系主任罗先生亦坚辞，闻在坚留中。

（发表于民国二十一年第八十三期《安大周刊》）

8.程校长在纪念周讲话中就教授问题报告，文院历史教授吕思勉可于十五日前到校

第二点关于教授问题，丁教务长原任职中大，系请假而来，近因中大工业化学系四年级生毕业在即，各事亟待结束，须返京一行。本校如有重要会议，丁先生仍可出席。法学院长李代院长，原任"内政部"技正，因彭次长数次电促返京，不得不暂时离校，向彭次长面商行止，同时并代向学校接洽法学院新聘教授事。哲学教育系新聘讲师蒋径三先生已到，休息一二日，即可上课。蒋先生为国内教育专家，著作甚多，现愿尽量指导诸同学研究。文院历史教授吕思勉先生，

可于十五日以前到校。法学院陶院长，及未到校各教授均已分别去电，或汇川资敦促来校。诸同学因向学心切，故希望各教授均能同时到校授课，须知事实上不易办到，即如金瓯无缺之中大，据闻开学一月之久，尚有教授未到校者，何况停顿多时经费无着之本校？现兄弟于来校十日后，使一切布置就绪正式上课，校务竟于此最短期间恢复常态，其速率亦不可谓不快矣。

（发表于民国二十一年第八十五期《安大周刊》）

9.文学院院长改聘朱光潜先生担任

本校前所聘定之文学院院长伍光建先生，因年事已高，不能来皖，现电聘在法之朱光潜先生担任，并促其即日返国就职。事务长郭坚白先生，因课务繁忙，不愿兼任，现改聘孙养癯先生担任。孙先生已到校视事，并召集事务处各组职员谈话一次，于本校事务方面，刻正规划整理。法学院院长陶环中先生，昨日来函，谓不日可回皖就职。教授讲师方面，旧有者均一律加聘，假中离皖者如刘大杰、曹刍、孙彭衔、许桂英、章元石诸先生，已先后来信，不日可到校。黄大中、李琢仁二先生，则已到校授课。惟其中有少数教授因本学期开课甚迟，已有他就，不能再来，不得不分别另聘，已聘定者除吕思勉诸先生外，尚有范寿康（中山大学教授兼哲学系主任及秘书长）、胡愈之（《东方杂志》编辑）、何思敬（中山大学法科主任）、周建人（《自然界》编辑主任）、杜沧水（北平民国大学教授）诸先生，本月十五日以前，均可到校授课。

又，中国文学系主任一职，程校长因校务繁重，无暇兼顾，特请孔肖云先生暂代云。

（发表于民国二十一年第八十五期《安大周刊》）

10.文学院将添设历史学系，拟请吕思勉先生筹备，蒋径三先生到校授课

本校新聘教授吕诚之先生，为历史学专家，著作等身，历任沈阳、上海各大学教授，所至备受欢迎，现经程校长多方敦请，始允来皖，刻已接到吕先生电，准十五日以前到校，程校长现正规划于文学院方面设一历史学系，拟俟吕先生到校后，即征求其同意，请其担任筹备事宜。吕先生顷来函，谓本学期以时间关

系，拟开国史研究法、中国社会经济略史、东北略史三课程，俾同学略知研究方法，俾同学略知中国社会根底，借眼前大家关心之事，说明其因果，以启其研究之兴趣，并借此可得研究之方法，其余俟下学年再行计划，如本学期须开四种，其另一种，则俟其到校后再行斟酌云云。现教务处已公布国史研究法为中国文学系三年级选修课程，每周两小时；中国社会经济略史为文法两院四年级选修课程，每周两小时；东北略史为全校学生选修课程，每周一小时。

又，新聘之讲师蒋径三先生，原已应某校之聘，经程校长再四敦请，并允驰函某校为其解释，蒋先生以情不可却，始允帮忙，刻已到校授课。蒋先生原任商务印书馆哲学教育丛书编辑，于哲学及教育学方面，著述甚多，近著《教育思想史》一书，都三十万言，已脱稿，年内可刊行。

（发表于民国二十一年第八十五期《安大周刊》）

11. 文二哲教系加授印度哲学

文学院二年级哲学教育系，现加授印度哲学，定为必修课，每周授课两小时，由黄健六先生担任。

（发表于民国二十一年第八十五期《安大周刊》）

12. 本校现任重要职员一览·文学院

文学院长：范寿康；中国文学系主任：周予同；
外国语文学系主任：戚叔含；哲学教育系主任：范寿康。

（发表于民国二十一年第九十三期《安徽大学周刊》）

13. 范文学院长报告

刚才听各方面的报告，大体重要的事都说过。兄弟第一次在上海与程校长接洽时，程校长对校事有积极的表示，说安大五年以来，校誉堕地，丁教务长回省以前曾说：如果安大需要整顿，我就回去，否则我不回去。兄弟觉得安大下半年一定有点起色，因校长、教务长都具有这种决心。安大办得好，是同学的光荣，今天特为诸同学庆。

本校现在课程标准，去理想过远，课程标准是一种法，应该详细地订定。安大五年来课程标准，屡有改动，以致无所遵循，现拟数日后，请教授规定。

至于学分的规定，从前是每个学生须修完一百四十到一百六十学分，方得毕业，现与校长商量结果，按照教育部的规定减去若干，使同学有充分自学的时间。（中略）

丁先生刚才说得很明白，就是希望安大好，好到什么程度呢？要使教职员学生都愿意说是在安大，以在安大为荣。安大如何才能办得好，前在上海时也曾与程校长谈到这一点。我们愿安大学生出去……有"天下为公"的精神。安大同学如果都有这种精神，则安大将来不独在国内就是在国外也可称为一个好的大学。这是兄弟对于安大和诸位同学的希望。

（发表于民国二十一年第九十三期《安徽大学周刊》）

14. 文院哲教系改称教育系（惟三、四年级仍旧）

教务处为文学院哲学教育院改名事发出布告云：

为布告事，查本大学文学院哲学教育系，曾奉二十年十二月十一日部令核准，自二十年度九月起，入学新生，一律改为教育系，当时并在周刊公布在案，惟校内各处尚有不甚明了仍称哲学教育系者，殊与事实不符，兹为正名核实起见，除分函文学院教育系暨注册组查照外，特会布告周知，该系自现在二年级起，改称教育系，其余三、四年级，仍称哲学教育系，此布。

又致文学院教育系及注册函内容相同，兹不赘录。

（发表于民国二十二年第一二二期《安徽大学周刊》）

15. 本年度录取新生情况

本年度录取新生，各院系共七十四人。

本届招生委员会于七月初开始办公，招生及考试事宜，分在南京、安庆两地举行。南京假鼓楼金陵大学为招生考试之处，计报名投考者，南京一百十五人，安庆一百三十一人。委员会严格审查资格，于八月一日起举行第一试，三日起举行第二试，各科试卷，经严密评定，分别去取，计录取各院系新生及转学生共七十四人。当于八月十二日榜示周知并通告各生于九月一二两日来校呈缴最近半身二寸相片八张，为学生证之用，并纳费注册。逾期未注册者，其入学资格，即行取消，其未经呈缴正式证书者，须于注册前补缴，否则不准入学。其在南京投考录取各生，规定于八月三十一日，至本大学医药组补行体格检验，如不及格时，虽经录取，亦作无效。其未经录取各生，则限于八月二十七日以前，持报名收据，至注册组领取原缴文凭证书，兹将录取各生姓名，及其校别比较表，分录于后（以密码先后为序）：

甲　文学院一年级生二十六名——（一）中国语文学系七名：张毓琏，胡恩源，张光耀，潘寿田，程海曙，范前华，邢庆阑。（二）外国语文学系十名：夏咸章，杨筱益，刘贻恭，陈乐煊，方源流，倪文穆，汪开宸，万兆禔，李廉，刘梦薇。（三）教育学系九名：智体洁，翟华林，杨道松，王肇淮，丁庆煊，池长浩，刘延武，魏瑞安，徐静贞。（下略）

（发表于民国二十二年第一二六期《安徽大学周刊》）

16. 本学期第二次总理纪念周，文学院姜伯韩院长报告院务

主席，诸位同事，诸位同学：兄弟系新加入本校的一分子，今日实无什么话可报告，因兄弟对于本校过去状况，多不明了，现在设施，兄弟到校时，除外国语文学系外，其余两系，已承郝、周两位主任布置就绪；至于将来计划，应以过去为根据，过去情形既不深悉，将来计划也无从说起，因为天下事决不能"无中生有"，只有"推陈出新"的缘故，但是现在兄弟即奉程校长之命，要兄弟报告，那么，又不得不用报告的形式，先从兄弟自己个人到校的原因报告起，再把兄弟所知道的最近院务大概情形报告一下吧。

来校原因

兄弟个人的学识是很浅陋的，才能是很绵薄的，加以兄弟性情与兴趣是适于教书的，而不擅长于行政工作的；况且兄弟在厦门大学已有三年半之久，同事、同学间相处甚熟，感情又好，尤不愿舍得离开厦大。但是兄弟此次之来，除掉程校长再三催促，情不可却外，还有三个原因：第一，因为有些朋友告诉我说，程校长是明德君子，不可不交；第二，因为有些朋友以为安徽在中国为文化中心，不可不游；第三，因为有些朋友以为就是一个教书者，也应该随时变换地域，不可固守一隅，有了上述三个原因，况且事实上，兄弟与程校长虽则是初次见面，然而相见之后，觉得程校长之态度，言论，及其思想，确如友人所说，有明德君

子之风。此其一。现在，厦门可为一个现代化的都市，有人拟之为小上海，个人生活颇为舒适。然而，中国人大都喜在现代化之都市，其实我们应该离开已经现代化之都市，到未曾现代化之都市做些工作，促成它也变为现代化。兄弟此次离厦门而来安庆，亦系此意。论理我们今后更应该离开半现代化之安庆而到未完全现代化之农村乃至西北一带地方。此其二。兄弟在厦大既有三年半之久，同事、同学间感情又笃，惟其如此，故兄弟唯恐久居厦大，养成一种惰性，不肯向前迈进，不如变换一个地方，与新空气相接触，以奋磨砺。譬如兄弟自己的学识与才能远不及范前院长，但是此次贸然来此，继范前院长之后，好像狗尾续貂似的，这无非是兄弟要我一个努力与范前院长作一度竞进的好机会。此其三。

院务报告

以上的话，是兄弟个人到校的原因之述实。至于兄弟所知道的最近院务大概情形呢，兄弟在报告以前，先有一个声明，就是说：第一，当尊重前校务及教务会议各种议决案；第二，当顾到本校一部分习惯；第三，当根据范前院长所拟定之种种计划与设施。除此之外，兄弟自己还要想出些今后应如何改进或补充的主张与方法；不过这种主张与方法，需要经过相当时间，换句话说，须待明了本院的过去状况及现在设施之后，才能够规定出来的。同时兄弟以为天下事都是变化的、发展的；时间之推移及空间之变易，则一切事情也因之而变迁的，因此，兄弟以为本院院务，就时间而论，过去之校务，有些不适用于今后的；就空间而论，兄弟不能够把我曾在厦门所怀之理想拿来应用之于安庆的。在现代哲学家的眼光看来，现在一切问题，应该完全注重未来，认过去和现在都无法维持的；可是在另一方面看来，兄弟以为未来的发展当然又必须以过去和现在为出发点与根据，这就是兄弟在前面所说天下事没有"无中生有"的，只有"推陈出新"的意思。所怕的只在于我们不肯推陈出新，墨守成法，那么，就没有进化发展之可言了。惟其如此，故兄弟对于今后院务之设施，一面要顾到过去和现在状况，一面要促进未来的革新。现在时间不多了，姑且不多说别些话，单就兄弟所知道的最近院务大概情形报告一下吧。

文学院原分三系。教育学系。一、教育学系原名哲学教育系，在一年前，即范前院长时代，已把它改称为教育学系了，现在照郝主任的意思，以为不但变更名称就算了事，并且应该把内容也集中于教育学，使哲学的成分逐渐减少，以资名副其实。此点与兄弟的意见完全相同。因为就哲学与教育学的关系而论，这两者当然有密切的关系。可是哲学一科，不应该独与教育学成为密切的关系，就是其他各科，无一不与哲学有密切的关系。例如法学之法律、政治、经济，及理学院之自然科学等等，一面为独立的科学，一面又须作哲学的研究，例如法律哲学、政治哲学、经济哲学、自然哲学，等等。如果我们把哲学仅与教育学合成一系而称之为哲学教育系，那么，不是认哲学独与教育学有密切的关系，就是认教育学即是哲学，即前者使哲学成为狭隘的东西，后者使哲学与教育学互相侵越了。惟其如此，故我们欲研究纯正哲学或一般哲学，应该另设一哲学系；不然的话，教育学系应该完全独立；不过为教育哲学筑成基础计，不妨在该系内设置哲学概论及西洋哲学史大纲罢了。同时这两个学程，可使别院例如法学院、理学院学生选读，以作他们研究特殊哲学之准备。

除此以外，郝主任又主张教育学系须加修补学程如国语、英语、数学、自然科学等，养成中小学校之各科师资。此点也与兄弟的意思相合。近来有许多人对于各大学教育学院或教育学系不满意，大都以为它太注重教学法而忽略各科教材，因为往昔教育学院或教育学系，其目的主要在于养成教育行政人员如教育局局长、督学、校长等。在往昔这类人才视为需要。至于现在呢，这类人才，已经供过于求，无事可谋的；所以教育学系除掉养成教育行政人员及师范学校教育学教师外，还应该注重养成中小学各科师资。因此，郝主任的这种主张，是最适合于时代要求的。以上所述，是关于该系的课程问题。至于该系教员问题呢，吕醒寰教授辞职，所遗功课，伦理学请省政府张秘书担任，其余分配现有各教授担任，此外并没有多大的变化。

中文学系。二、中国语文学系，现无大变动。方光焘教授因为要替开明书局编书，无暇兼任教授，故强行辞职，现已请陈望道先生继任，陈先生系文学大家，尽人皆知，对于文学理论有深湛之研究，而尤精于修辞学。关于该系课程问题，将来再在文学院院务会议中提出讨论。

外文学系。三、外国语文学系有几位先生，上月半方开始接洽。而于系主任之物色，颇费周章。接洽之人，于外国语言甚好，而于外国文学则无甚研究者甚多；即使有几位先生是擅长于外国文学的，均已为别的大学抢去，无法延聘。最后由大夏大学友人介绍龚质彬先生。龚先生兄弟并不认识，但他在东大时，兄弟早已知其名。此次在上海作最初度之接谈，即觉其于外国文学甚有研究，外国语文学系主任一职，遂决定请其担任。至应行补请之教授，截至此刻止，尚未聘定，正在接洽中。

以上系兄弟个人对院务之报告，甚为简单。与其谓为报告，毋宁谓为兄弟与诸同事、诸同学之初次见面语。

（发表于民国二十二年第一二七期《安徽大学周刊》）

17.文学院本学期第一次院务会议

文学院于九月三十日下午一时在二院教员休息室，举行第二十二年度第一学期第一次院务会议。出席者：姚仲实、李范之、姜琦、陈慎登、杨大钺、周予同、郝耀东、龚质彬、陈望道、陈守实、蒋径三、吴镜天、孔德、赵廷为、宗志黄、许杰、潘季野、方景略、丁镜人、陈季伦、李贯英、施端履（李贯英代）；列席者：丁嗣贤。

主席：姜琦；记录：姚扶九。

（甲）开会如仪

（乙）报告事项

（一）主席报告：一、说明召集院务会议之意义。二、新旧教授之介绍。三、解释院务会议及系务会议规程草案之条文。四、对于院务发展之愿望。

（二）丁教务长报告并说明修正课程情形，其大意之点有三：一、大学课程，在教务方面占最重要地位，固不待言，至于本校各院系之修正课程，系去年经各院之一再讨论煞费苦心，而始大体决定者，然大部分仍多率由旧章，其学分之规定，则参照教部颁布施行学分划一办法，在四年修业期限须习满一百三十二学分至一百五十二学分之间，前两年每学期以至多修二十学分，至少修十八学分为限，后两年每学期以至多修十八学分，至少修十五学分为限，由各院系就此限度内酌定，但党义、军训、体育均不在内，各院学程分全校共同必修学程，及学院必修学程，与选修学程三种，全校共同必修学程，包括党义、军训、体育、国文、英文五项，惟须注意者，乃各系必修学程，应占总学分至少二分之一，至多四分之三。二、本大学课程，今后之编定，应力谋联络，切合于本省之需要，近见教部视察安大报告，亦谓"各院课程内容，须加说明，如有未尽妥善并须经相当手续，始得变更"。其实，关于此点，同人早经注意及之。去年之所以又厘定课程标准者，亦正为此也。三、既如上述即应请各院系先生，参照部章，以分配学分，昨日教务会议议决，本校新课程标准，暨其内容说明，统限于十月底以前一律完成，交由教务处讨论后提请校务会议审核施行，其内容说明，每一学程以三十字至三百字为度，而课程标准除须注明学分及预修学程外，尚需注意下列四项：A.目标；B.纲要；C.方法；D.课本及重要参考书数种。

（丙）讨论事项

一、本院院务会议暨系务会议规程草案，应如何改善，以资实施案，议决通过如左：A.关于院务会议者。（1）修改第二条第二项条文，"编制或修正本院各系课程"应改为"拟定本院各系课程"。（2）第二条第三项条文，"讨论校务会议交议案"，应改为"讨论校务暨教务会议交议案"。（3）第五条与第六条条文，互相调动，其文字无须变更。（4）第四条条文，"本会议开会以会员过半数之出席者，为法定人数，议案以出席会员过半数以同意表决之"应改为"本会议开会，以会员过半数之出席者为法定人数，议案以出席会员三分之二之同意表决之"。B.关于系务会议者。（1）修改第二条第二项条文"编制或修正本系课程"应改为"拟定本系课程"。（2）第三条条文"本会议在一学期中每月开会一次，由主席召集之"应改为"本会议每学期始末各开会一次，由主席召集之"。（3）修改第四条条文，依照前项院务会议所决议者同一办理。（4）第五条与第六条条文亦互相调动，其文字无须变更。

二、本院各系课程，应如何确定案。议决：各系课程，应先由各系主任拟定各该系之总目标，再交系务会议讨论通过之。

三、本院各系联络方法，应如何设计案。议决：本院各系联络方法，应由院长召集系主任会商拟定之。

四、本院各系学生学习方法，应如何指导案。议决：应由各系主任斟酌课程性质，分别拟定后，交该系务会议讨论之。

（丁）散会

（发表于民国二十二年第一二九期《安徽大学周刊》）

18.中国语文学系第一次系务会议

中国语文学系，于七日下午三时，在教员休息室举行本学期第一次系务会议。

出席者：方景略、陈望道、许杰、高亚宾、陈守实、周予同、吴镜天、宗志黄、李范之、姚仲实、陈慎登、杨铸秋、潘季野、陶西木。

列席者：姜琦。

主席：周予同。

（甲）开会如仪

（乙）报告事项

一、本学系本学期教授及学程情形

二、本学系本学期各级学生人数

（丙）讨论事项

一、各院一年级国文学程之教材内容及进度速率、应如何划一案（第七次教务会议交议案）。议决：请担任该学程之各教师分组会商决定之。

二、本学系二三年级"古代文研究"学程之教材内容，应如何联络案。议决：请担任该学程之各教师会商决定之。

三、规定本系课程标准总目标案（第一次院教务会议交议案）。议决：照原案修正通过。

四、审查本学系课程标准案。议决：照原案修正通过。

五、本学系学生学习方法，应如何促进案（第一次院教务会议交议案）。议决：

1.指导学生组织中国语文学会，分组研究。

2.由各教师于课外自定指导时间通告学生。

临时动议：

中国语文学系选科开班人数应否修正案。议决：中国语文学系选科学程开班人数，由五人改为三人，请院长提交教务会议复议。

（丁）散会

（发表于民国二十二年第一三零期《安徽大学周刊》）

19.中国语文学会第一次代表会

推定起草简章委员，决定二次代表会期。

本校中国语文学系同学，鉴于课外研究，非有具体组织，不足以收切磋之效，特发起组织中国语文学会，并推出代表数人筹备一切，兹闻被推代表等，已于十五日下午八时，假本校二院学生会客室，举行第一次代表会议，计出席代表张学謇、王士逸、韦上医、田慕寒、杜继周、张友梅、傅安、李炳埁。

主席：李炳埁

纪录：田慕寒

开会如仪、报告事项（略）

讨论事项：

一、本会筹备会员，应如何推选案。

二、本会简章起草委员之人数，应如何决定案。决议：由筹备会员中推选三人，为简章起草委员。

三、推选简章起草委员会案。决议：推韦上医、傅安、程海曙三君为简章起草委员。

四、第二次代表会议日期，应否规定，及简章草就后，应否先行交第二次代表复核，再交成立大会通过案。决议：定于本月二日，召集第二次代表会，以复核简章，并由上次主席李炳埥召集之。

五、于第二次代表开会时可否请本系主任列席指导案。决议：开第二次筹备会时、得请本系主任列席指导，并由召集，先行函聘。

六、第二次代表会议，日期已规定，但时间与地址应如何决定案。决议：时间在下午七时，地址在本校一院教员预备室集会。散会。

（发表于民国二十二年第一三一期《安徽大学周刊》）

20.本年度校务会议代表周予同等六教授当选

本年度本校校务会议教授互选代表，业由校长办公室照章办理选举，所有选举票由该室汇齐，分别计算揭晓。文学院计周予同先生得二十五票，李大防先生得十九票；理学院计夏敬农先生得十六票，王进展先生得八票；法学院计李克明先生得十六票，裘千昌先生得十三票，均当选为代表。郝耀东先生得十四票，吴镜天先生得九票，曹自宴先生得七票，刘亦珩先生得五票，孔德先生得十一票，胡恭先生得十票，均当选为候补代表云。

（发表于民国二十二年第一三二期《安徽大学周刊》）

21.图书委员会第一次会议

图书委员会第一次会议。文学院郝耀东、周予同、姜琦出席。

本大学图书委员会，于十月十八日下午四时，在教员休息室开第一次会议。

出席者：丁绪贤、单粹民、曹自宴、郝耀东、裘千昌、姜琦、周予同、夏敬农（曹自宴代）、丁嗣贤、翟桓、丁镜人。

主席：丁镜人

记录：胡筱沂

（甲）开会如仪

（乙）主席报告

一、图书馆年来之情形。

二、图书馆现有中西文书籍及中西文杂志之概数。

三、图书馆购书手续。

（丙）讨论事项

一、图书费应如何筹措案。议决：请校长切实执行预算，按照每月图书费实数购置；请校长于二十一年度旧欠项下，尽先拨付五千元，作为购置图书专款。

二、图书费应如何保障案。议决：组织图书费保管委员会，委员五人由图书馆主任、教务长及三院院长组织之，以图书馆主任为当然主席；请校长每月领到经费时，按照预算规定比例，将图书费专折存储，非得图书费保管委员会之副署，不得动用。

三、图书费应如何分配案。议决：以三院平均分配为原则。

四、图书购置手续，应如何确定案。议决：由图书馆印制购书表格。分送各教授，请就所担任之各学程，开明重要参考书，汇交各院院长，转交图书馆主任审核办理。

（丁）主席提议

遵照安大图书委员会规程第二条，由本委员会聘任教职员三人，为本会委员。议决：推举李范之、崔宗埙、刘亦珩三教授为委员，由本委员会聘任之。

（发表于民国二十二年第一三二期《安徽大学周刊》）

22.中国语文学会研究部分组会议

推选各组组长，聘请各组顾问。

本校中国语文学会研究部，于本月五日上午九时，假第三教室，开分组会议。计出席中文系同学二十余人，主席傅安，记录熊鹏标。

（甲）主席报告

本部根据本会简章，暂分九组研究，业经本部制定表格征求会员参加，现表格已缴回者，约估七分之六，计参加，经学组十一人，子学组八人，文字学组七人，诗歌组十五人，词曲组五人，小说组十四人，戏剧组六人，文艺理论组十五人，史地组十六人。今天本会出席人数，除诗歌、戏剧、史地三组外，其他六组人数均过半数以上，可以开会。

（乙）开会如仪

（丙）讨论事项

一、推选各组组长，票选结果如下：

（一）经学组杜继周当选为组长；（二）子学组薛雁冰当选为组长；（三）文字学组杨祖班当选为组长；（四）词曲组冯安良当选为组长；（五）文艺理论组张学睿当选为组长；（六）小说组范前华当选为组长。

二、各组顾问决定如下：

（一）经学组聘请姚永朴、周予同、陈慎登三教授为顾问。

（二）文字学组聘请方景略、陈慎登两教授为顾问。

（三）词曲组聘请李大防、宗志黄两教授为顾问。

（四）文艺理论组聘请陈望道、许杰两教授为顾问。

（五）小说组聘请陈望道、许杰两教授为顾问。

（丁）临时动议

诗歌、戏剧、史地三组到会人数，不及法定，未能开会。关于各该组组长及顾问应如何解决案，决议用通信方法选举，由研究部迅速办理。

（戊）散会

（发表于民国二十二年第一三四期《安徽大学周刊》）

23.第十三次校务会议会志，文学院姜琦、李范之、周予同出席

本大学于十一月十日下午二时，在校长办公室举行第十三次校务会议。出席者：周予同、丁绪贤、李范之、李克明、夏敬农、裘千昌、翟桓、姜琦、王进展、丁嗣贤；列席者，张和声、张金鉴；主席，丁嗣贤（代）；记录：张和声。

（甲）开会如仪

（乙）报告事项

（一）校长因经费削减，积欠日增，办事棘手，于六日电省府辞职，及省府已复电慰留情形。

（二）关于汇编各项概算表册，已加整理，分别审核。

（丙）讨论事项

按照省府秘书处函询八项，并添工警工饷一项，分别开具有关概算支出用途实数，请审定案。议决：按照修正案通过，即函复省府秘书处。

（丁）散会

（发表于民国二十二年第一三五期《安徽大学周刊》）

24. 新校基树立界石，文学院李范之出席

建筑设计委员会，于十一月八日上午十时，在校长办公室，举行第十二次会议。出席者：程小苏、李范之、丁绪贤、陈季伦、丁镜人、胡子穆、丁嗣贤；列席者：吴镜天、张和声、王静沉；主席：丁嗣贤（代）；记录：张和声。

（甲）开会如仪

（乙）报告事项

会勘征收民有基地面积及树立界石情形，按照怀宁县原送图表丈尺，复勘无讹，惟西北角许姓荒地，与原图丈尺稍有出入，查该基地有天然界限，因面积相差有限，故依照地形立界。

（丙）讨论事项

（一）据丁胡陈三委员按图会勘校基面积无讹，计共十一亩，二九一，已树立界石，请进行成契给价手续案。议决：查照第十一次会议议决第二案办法，分别进行，以完手续。

（二）草拟契约，请公决案。议决：照修正案通过。

（三）现征校基，如有不敷，应如何办理案。议决：按实际需要，补行征收。

（丁）散会

（发表于民国二十二年第一三五期《安徽大学周刊》）

25. 建筑校舍设计委员会举行会议，文学院李范之出席

建筑校舍设计委员会于十一月二十七日下午二时在校长办公室开第十三次会议。出席者：胡子穆、丁镜人，陈季伦、丁嗣贤、李范之、程演生；列席者：吴镜天，刘乙青；主席：程演生；记录：刘乙青。

（甲）开会如仪

（乙）报告事项

（一）刘工程师送到修正新校舍详图及说明书。

（二）收买基地及给价情形。

（丙）讨论事项

（一）请决定招标办法案。议决：1.投标地点在本大学；2.招标时间定于十二月一日起登报两星期（安庆《皖报》、上海《新闻申报》等）；3.开标日期定于十二月二十七日。

（二）招标章程请修正案。议决：修正通过。

（三）修正新校舍详图及说明书，及决定招标章程，送呈省府备案。议决：照办。

（发表于民国二十二年第一三七期《安徽大学周刊》）

26.本学期第一次教务会议，文学院郝耀东、周予同出席

本大学于二月二十日下午二时，在校长办公室举行本学期第一次教务会议。出席者：张侯生、胡恭先、崔宗埙、谢循初（郝耀东代）、单粹民、翟桓（王正平代）、周予同、曹自宴、裘千昌、夏敬农；列席者：傅铜；主席：张侯生；记录：刘静澜。

（甲）开会如仪

（乙）报告事项，主席报告本学期课程变更情形

（丙）讨论事项

一、审查本学期课程案。议决：1."中等数学补习"本学期不开班，所有应行重读学生，俟下年度开班时，再行补读。2.中国语文学系"中国古代文研究"，本学期不开班。3.中国语文学系四年级"史学专书研究"，改为选修科目。4."中国现代史""史学通论""中国历史地理"三学程，本学期不开班。

二、选课手续，应如规定案。议决：1.选课时间，每日（二月二十一日至二十三日）上午九时起至十二时止。2.上年度及上学期各系不及格应重读之学程，及学生名单，暨本学期课程表，及各系选修科目表全份，分送各系主任及院长，以资参考。

（丁）散会

（发表于民国二十三年第一四四期《安徽大学周刊》）

27.校务会议教授代表选出

校务会议教授代表选出，文学院周予同、郝耀东、李范之、曹自晏、单粹民五先生以最多数当选。

本校校务会议应行出席之教授代表五人。业经校长办公室照章分别函请各教授选举。兹查依期投票者计四十人，开票结果周予同先生二十一票，郝耀东先生十八票，李范之先生十五票，曹自晏先生、单粹民先生各十四票，以最多数当选为校务会议教授代表云。

（发表于民国二十三年第一四七期《安徽大学周刊》）

28.月刊第六期 文学院专号将出版

本校月刊第六期规定为文学院专号，现已编辑就绪，长约十万言，刻正付印，春假前即可出版，内容如下：站在文学院的立场上对于文学的概念之新检讨，姜琦；中国教育改造之途径，郝耀东；青年心理，H.L.Hollingworth，谢循初译；读韩非子肥说，李大防；诗经学纂要序旨，徐英；复潘生元宪论词为诗余书，徐英；汉书地理志沛郡考略，杨大钧；清代盐法考略，姚永朴；清代安徽禁书提要，潘季野；周易师卦解，杨祖班；九歌的探讨，王璠；圣地巴勒丁坦及其与希伯来人之关系，周介藩、葛氏英译；Peloponresian War 战史序言，汪开模译；诗录，徐英、李大防、陈家庆；词录，陈家庆、宗志黄。

（发表于民国二十三年第一四七期《安徽大学周刊》）

29.追悼朱湘先生大会定十八日上午在二院举行

追悼朱湘先生大会，业经筹备会议决，定于三月十八日（星期日）上午十时在本大学二院大礼堂举行。该会于日前仍假近圣街本校教职员宿舍，开第二次筹备会议，由李贯英主席，讨论是日会场如何布置及担任职务人选，当议定大会主席夏敬农，主祭周予同，襄祭许杰、郝耀东、丁镜人，蒋经三读祭文，江辛司仪，桂运昌、李贯英、张国安总招待，并请傅校长、张秘书长、三院院长、姜伯韩、翟毅夫、许杰、罗季林、陈守实等演说云。

朱湘先生事略

　　朱湘，字子沅，安徽太湖人，生来就具有诗人的孤独耿介的性格和敏锐的灵感，脆弱的心弦，与脆弱的神经，很容易引起一些不平常的反应，所以人都认他是个狂澜者。他的父亲，是一个清代的清官，曾在湖南过了一世的仕宦生活，他所传给他的也只有这一点孤高耿介的抱负而已。他有两位哥哥，但他们都把他当作路人，没有一点情感。这一点，也是使他更加走上孤寂的道路的原因。他是生于安徽，长于湖南的，他早年所受的教育，自然也在湖南。他对于湖南，特别有了爱好。这是从他的名字——既名朱湘，又字子沅——可以看得出来，民国五年考入清华学校，成绩非常优异。尤努力于创作，与子潜、子惠、子离齐名，号称清华四子。不过那时清华功课很严，有一门不及格，便不得出洋。但他竟抛弃一切，专心致力于文学一科，终至旷课无数。学校对他下了最后的警告，但他依然不理，待到休学令下，他毅然离校。那时，他离毕业不过一个多学期。他离开学校后便流浪于北平、上海等处。一面教书，一面读书著书。两年之间，不但继续研究西洋文学很有成就，并把中国的旧文学也造成一个很好的根基。民国十六年，经其同学子潜等向校中交涉，校长曹云祥乃准其复学，不久便到美国去。在美洲时，对于生活并不感兴趣。对于异族的欺凌，又是非常愤恨。有一次，他在劳伦士大学，因为他们的教科书里说中国人是猴子，他便愤然退学，又有一次他在芝加哥大学，为着一个女生不肯与他同坐，又退了学。还有一次，因为某教授在讲堂上，只问他本国人的课程。他认为是侮辱中国人，便站起来和他理论。后来那位教授便常常向他发问。他又认为是侮辱他，又退了学，所以他在美国只过了一年多，便毅然回国了。回国之后，便应安徽大学之聘，任外国语文学系主任。所任的课程有：英文长篇小说、英文现代戏剧、大陆诗及世界短篇小说等。在任课之间，对各方的情感都很融洽。二十年下学期辞职，漫游平沪间，度其诗人的贫病和浪漫的生活，并常为各杂志撰稿。他所努力的方面很广，不但是诗，即对于戏剧和文学批评，也有相当的研究，更就他的短篇论著看起来，对于唐诗及元明清各代的剧曲，亦都有很深的领会。他的著作很多，影响于中国文坛很大，尤其是他所提倡的诗的形式的齐一一项，他所出版的作品有《中书集》《草莽集》等。译述有《英国近代小说集》（此书曾呈献给奖励他读英文的次嫂薛琪英女士）、《路曼亚尼民歌一班》《若木华集》《俄克拉》新戏剧两种及《宴会》《造谣学校》等。年来更集新诗若干首名曰《石门集》，谁知书还没有出版，而他竟于民国二十二年十二月四日，由上海乘吉和轮船赴京，翌晨六时，即投江自尽，从此他便抛却家庭，脱离此凄暗冷酷的人间世，去同那惊涛骇浪的音调，永久地谱奏着他那和谐的诗章了。死的时候，刚刚三十岁，还有孤儿二人，现均在沪，由其夫人刘霓君女士抚养。

（发表于民国二十三年第一四七期《安徽大学周刊》）

30.第二次奖学金委员会议，文学院谢循初出席

决定奖学金名额等级：乙等宛敏灏等计三人，丙等张振佩等十七人。

本大学于四月十八日下午三时，在秘书处开第二次奖学金委员会议。出席者：徐景贤、孔宪成、崔宗埙、谢循初、李范之、丁绪贤。

主席：谢循初。

记录：刘静澜。

（甲）开会如仪

（乙）报告事项

主席报告修正奖学金规程经过情形。

（丙）讨论事项

一、审查请奖各生缺席时，数案议决：张余鸿、陈仲英等二名，缺席时数超过规定限度，不合格。

二、审查请奖各生成绩，并决定等级案。议决：依照成绩，得列入乙等者三名。（中四）宛敏灏，（外三）刘毓秀，（数四）卢福泰。依照成绩及各院规定名额，得列入丙等者共十七名。（中四）张振珮，（中四）杨祖班，（中四）王璠，（中四）叶显铄，（教四）檀颉韩，（外二）郭壮楣，（教三）刘真，（教三）江强世，（数二）笪耀东，（物二）吴本英，（物三）王天放，（法四）胡芬，（法四）聂辉扬，（法二）罗兆麟，（法三）涂庄，（法三）承谷香，（法三）孙□之。

三、审查请奖各生证明文件案。议决：以上成绩合格各生，均未呈缴品行证明书，由本会开列姓名送交训育委员会审查。

四、修改奖学金规程第四款原文案。议决：第四款原文"每学期请假钟点在十小时以下者"改为"每学期请假钟点不得超过十小时"（旷课一小时作请假两小时），提请校务会议修正。

（丁）散会

（发表于民国二十三年第一五二期《安徽大学周刊》）

31.师生同乐会定于五月十二日举行，文学院谢循初出席

师生同乐会于四月二十日下午七时，在第三教室开第一次筹备会。

出席者：孔宪成、汪晓沧、丁立生、张侯生、谢循初、薛学洵、张振佩、黄寿颐、熊淑忱、周寅欧、曹冠英、沈碧澄、陆现瑜、张斌、王进展、杨友岑；主席：谢循初；记录：汪晓沧。

开会如仪：

一、主席报告略谓师生的关系，不仅是在理智上，同时也要注意到情感方面。安大很缺乏正当娱乐的组织，除上课而外，师生很难接近。因此，发起师生同乐会。这次同乐会的举行，含有试办的性质，如果效果很好，下次是不难继续的。现在我把个人临时拟定的组织大纲，介绍给大家，请充分讨论。

（一）总务部。

1.文书；2.会计；3.庶务；4.布置；5.纠察；6.交际。

（二）游艺部。

1.音乐；2.清唱；3.射虎；4.拳术；5.舞蹈；6.杂技。

二、讨论事项。

张侯生先生提议，会计、庶务二组，合并改称事务组案。议决：通过。

谢循初先生提议，取消交际组案。议决：通过。

本会日期应如何决定案。议决：定于五月十二日举行。

招待来宾案。议决：不招待来宾。

请外界参加表演案。议决：不请外界参加表演。

三、工作分配。

筹备会主席，王进展；总务部主任，张侯生；文书主任兼事务，杨友岑；布置，张振佩、冯耕一；纠察，陆现瑜、孔宪成；游艺部主任，谢循初；音乐，熊淑忱、曹冠英；清唱，周寅颐、宗志璜；京剧，丁立生、侯量、孔宪成、曹少英；新剧，周予同、李贯英、许杰、张侯生、沈碧澄、石裕清、王荣芬、黄寿顺、薛学洵、杨永诚、谢循初；舞蹈，曹冠英、郭壮楣；拳术，高锡光；杂技，王进展、崔宗埙、舒之鑫、汪晓沧；壁报，张振佩、汪晓沧。

（发表于民国二十三年第一五二期《安徽大学周刊》）

32.编审委员会举行第一次会议，文学院谢循初、李范之等出席

本大学编审委员会，于四月三十日下午四时，在校长办公室举行第一次会议。出席者：谢循初、张侯生、舒宏、李范之、曹自晏、王进展、夏敬农、徐澄宇、崔宗埙、裘千昌、罗濬、刘亦珩。

主席：谢循初。

记录：徐澄宇。

报告事项：徐澄宇先生报告月刊第六期出版之经过，略谓第六期月刊文学院专号之稿件，由姜伯韩先生处汇集交来，送请谢循初、周予同两先生审定，列次序，当即付印，惟前此印刷所，系建设厅附属机关，出版之时间过慢，因改由大中华铸字所代印，出版后之发行范围，暂定各地图书馆一百二十处，交换刊物者一百九十五处。本校教职员一百七十四册，外埠赠阅者一百余册。定户十七处。各书店代售一百三十册，其余由本校两院传达处代售云。

讨论事项：

一、月刊法学院专署，拟将页数次序加以统一案。议决：自第七期起，统一页数次序。

二、自办印刷机器案。议决：交出版组与学校当局商议。

三、刊行本大学丛书案。议决：推举丛书委员会筹备委员五人，负责筹备，即席推举张侯生、周予同、崔宗埙、夏敬农、谢循初五人为筹备委员，由谢先生召集。

四、编辑本大学一览案。议决：着手编竣后，尽量六月内付印。

（发表于民国二十三年第一五三期《安徽大学周刊》）

33.教职员俱乐部近况，第一次干事会议文学院谢循初、郝耀东等出席

本校教职员俱乐部，曾于上月二十八日下午三时，在校长办公室举行第一次干事会议，当由该部干事张侯生、谢循初、崔宗埙、郝耀东、罗叔举等出席讨论，是日讨论事项如下。

（一）会址问题应如何解决案。议决：就本校新建筑之教职员宿舍处，择其

适宜者，先行试用。

（二）会所布置问题，应如何筹划进行案。议决：应请正副主任会同各组组长负责办理。

（三）聘请本俱乐部各组组长案。议决：根据本俱乐部简章第七条规定，聘请各组组长，其姓名如左：1.旅行组组长，罗季林；2.国剧组组长，宗志璜；3.音乐组组长，熊淑忱；4.棋术组组长，樊映川；5.体育组组长，刘亦珩。

（四）推选本俱乐部正副主任案。议决：应由干事中推选正副主任各一人，其姓名如下：1.正主任，崔宗埙；2.副主任，张侯生。

（五）本俱乐部会费应如何征收案。议决：由本校会计组照会员名单征收之，（根据本俱乐部简章第八条办理）。议毕，散会。

（发表于民国二十三年第一五三期《安徽大学周刊》）

34.第四次教务会议，文学院周予同、郝耀东、谢循初出席

教务处于六月二十五日上午九时在校长办公室开第四次教务会议，出席者：崔宗埙、曹自晏、谭权、单粹民、周予同、夏敬农、郝耀东、谢循初；主席：谢循初；记录：刘静澜。

（甲）开会如仪

（乙）报告事项（略）

（丙）讨论事项

一、全校一年级共同必修科目，应如何修订案。议决：一年级国文英文改为基本国文、基本英文，每星期授课四小时（间一星期在教室作文一次），一学期算三学分。党义、军训照旧。

二、补读学程学分应如何计算案。议决：补读学程学分，应归入本学期所规定之学分总数内计算，但对于二十三年度四年级学生得酌量办理。

三、学生请假及旷课应如何严格限制案。议决：除学则第五十四条及五十五条所规定者外，拟增加下列两条，提请校务会议公决施行：1.凡学生对于某一学程旷课时数达该学程规定授课时数四分之一者，不得参与该学程学期试验（军训旷课及请假限制，依照教育部特殊规定办理）。2.凡学生对于某一学程请假时数达该学程规定授课时数三分之一者，不得参与该学程学期试验。

（丁）散会

（发表于民国二十三年第一六〇期《安徽大学周刊》）

35. 本大学二十四年度招生简章，文学院中国语文学系招一年级生三十名

一、学额

文学院中国语文学系，外国语文学系，教育学系，理学院数理学系，化学系各招一年级生三十名。

二、投考资格

凡投考各学院一年级者，须具有下列资格之一。

（子）公立或已立案之私立高级中学普通科或农、工、商等职业科毕业者。

（丑）公立或已立案之私立高级中学师范科毕业，而在学时并未受有免费待遇者，或受有免费待遇，而毕业后曾任小学教员或其他教育事业服务满足一年者。

（寅）公立或已立案之私立大学二年期预科毕业者。

（卯）尚未立案之私立高级中学或大学二年期预科毕业，经主管之教育行政机关甄别试验及格者。

三、考试科目

（甲）投考各学院一年级生之入学试验科目为：（1）党义；（2）国文；（3）英文；（4）数学（算术，代数，几何，平面三角，平面解析几何）；（5）史地；（6）理化；（7）生物；（8）智力测验；（9）口试；（10）军事训练（女生免试）。各科目均以部颁高中课程暂行标准为标准。

（乙）凡考生于考后须受体格检查，不及格者不予录取。

四、报名日期及地点

七月一日起至七月四日止，在安庆本校报名。

五、考试日期及地点

七月五日起在安庆本校举行考试。其科目时间之分配，临时宣布之。

六、报名手续

报名时应呈缴下列各件：

（甲）报名单，同式两纸；

（乙）各项证明文件（参看附录三）；

（丙）最近四寸半身软纸印相片两张；

（丁）报名费二元，报名各件缴齐，经审查合格后，即填给准考证，届时凭证到场受试。

七、入学手续

（甲）考取各生，须遵照本校学则，至会计课缴清各费，持收款通知向注册课填写入学志愿书及保证书，呈缴二寸半身软纸印相片八张，办理注册手续，领取注册证。如因有重大事故，不能如期入学，须先以书面向本大学注册课陈明理由，声请给假（该项请假信，须挂号寄发）；如逾两星期既不到校，又未呈准给假者，即行取消入学资格。

（乙）呈缴各项证明文件（参看附录三）不缴齐者，不得入学。

八、附则

（甲）凡函索本简章及本校学则者，须附邮票二分，径寄本校注册课，空函不复。

（乙）录取学生名单，除在本校揭晓外，并登载安庆《皖报》。

（发表于民国二十四年第一九〇期《安徽大学周刊》）

36. 本大学二十三年度考试委员会第三次会议，文学院谢循初、周予同、郝耀东出席会议

地点：本校会议室

时间：二十四年六月二十八日下午三时

出席者：谢循初、周予同、洪韵、李顺卿、周莘機、张侯生、刘亦珩、郝耀东、夏敬农

主席：李顺卿（代）

记录：刘静澜

（甲）开会如仪

（乙）报告事项

（丙）讨论事项

一、审核第一次招生考试时间表案，决议，照原表修正通过；

二、第一次主试常务委员应如何规定案。决议：请张秘书长、李院长、周院

长为主试常务委员;

三、第一次主持口试委员应如何规定案。决议:由常务委员及各系主任负责;

四、第二次招生日期应如何规定案。决议:在八月十五日以后,二十五日以前,确定日期由常务委员决定;

五、第二次招生地点应如何规定案。决议:上海、南京、安庆、武昌四处;

六、第二次负责招生人员应如何规定案。决议:武昌委托中华大学(由谢教务长函托办理),南京委托金陵大学,上海委托环球中国学生会;

七、第二次招生登报日期应如何规定案。决议:在考期前两星期开始;

八、第二次招生登报种类应如何规定案。决议:1.天津《大公报》;2.上海《申报》;3.安庆《皖报》;4.汉口《武汉日报》;

九、第二次招考插班生年级应如何规定案。决议:各系招二三年级插班生,只在安庆本校举行;

十、插班生考试科目应如何规定案。决议:各系二三年级插班生考试科目详另表;

中国语文学系二年级:中国文化史、文学概论、中国文学史、中国文法学;三年级:群经概论、文字形体学、诗选与诗学、小说原理、中国哲学史;

外国语文学系二年级:第二外国语(德、法、日、任选一种)、修辞及作文、文学概论、小说;三年级:第二外国语(德、法、日、任选一种)、英国文学史、高级英文、文艺思潮;

教育学系二年级:教育概论、哲学概论、生物学、普通心理学;三年级:普通教学法、西洋教育史、教育心理学、教育统计;

数理学系二年级:解析几何、微积分、普通物理、普通化学;三年级:高等微积分及微分方程式、近世代数、力学、电磁学;

化学系二年级:普通化学、高等混合数学、普通物理、定性分析;三年级:微积分、定量分析、有机化学总论、定性分析。

(丁)散会

（发表于民国二十四年第一九五期《安徽大学周刊》）

37.第二十次教务会议，文学院谢循初、郝耀东出席会议

地点：本校会议室

时间：二十四年九月五日上午九时

出席者：谢循初，郝耀东，夏敬农，余世鹏，汪泰基

列席：洪韵

主席：谢循初

纪录：刘静澜

（甲）开会如仪

（乙）报告事项

（丙）讨论事项

（一）四年级学生补读学程案。决议：1.必修学程不及格者，依照学则必须重读；2.选修学程不及格者，依照课程性质，由系主任分别决定。

（二）一学年学程仅选修一学期者，学分应如何规定案。决议：自二十四年度起，凡一学年学程仅选修一学期者，不给学分（提请校务会议通过后增入学则）。

（三）二年级学生请求转入农艺系案。决议：遇有缺额时，依请求先后次序递补。

（四）政治系三年级学生刘燮阳呈请转入教育系案。决议：依照学则三年级不得转系，如愿转系，须降一年级。

（五）退学生李鹤璋，呈请恢复学籍案。决议：碍难照准。

（六）陈旭明呈请编入北平法商学院借读案。决议：提交校务会议。

（丁）散会

（发表于民国二十四年第一九六期《安徽大学周刊》）

38.本学期第一次行政会议——规定学生制服，文学院谢循初出席会议

本大学于九月十七日下午三时，在接待室开第一次行政会议。

出席者：李顺卿、张傧生、谢循初

列席者：王书林、吴中俊、谭权、刘德仁

主席：李顺卿

记录：江辛

（甲）开会如仪

（乙）报告事项（略）

（丙）讨论事项

（一）本学期学生制服应如何办理案。决议：1.一年级女生应做看护帽一顶，看护衣一件，蓝市布长褂一件，绒外套一件（酱紫色），长短裤各一件，衬衣一件。2.一年级军训生制服应做草绿色单衣一套，草黄色呢衣一套，绑腿一副（十尺长二寸五分宽），皮带一条（照军训会规定宽度），帽子两顶圆式。3.二、三、四年级女生应做衬衣一件，绒外套一件（酱紫色），鞋子一双。长短裤各一条，蓝市布长褂一件。4.四年级男生应做黄色咔叽布制服一套，黑呢制服一套，方帽。5.二、三年级男生应做黄色白色咔叽布制服各一套，方帽。

（二）男女生制服限期制齐案。决议：十月五日以前，须一律制齐。

（三）男女生宿舍会客，应如何严格规定案。决议：由斋务课主任会同女生指导，拟具办法，提交训委会核议施行。

（丁）散会

（发表于民国二十四年第一九六期《安徽大学周刊》）

39.第二十一次教务会议，文学院谢循初、郝耀东出席会议

地点：本校会议室

时间：二十四年九月十三日下午三时

出席者：谢循初、李景晟，余世鹏、夏敬农、汪泰基、郝耀东

列席者：洪韵、徐澄宇

主席：谢循初

记录：刘静澜

（甲）开会如仪

（乙）报告事项

（丙）讨论事项

（一）旧课程标准与新课程标准，应如何调剂案。决议：本年度各年级均须依照新课程标准，但三四年级遇有实施困难时，得由系主任会同教务长斟酌

办理；

（二）本年度二年级军训，奉令停止，应如何办理案。决议：以体育替代，每学期每周两小时一学分；

（三）讲义印刷办法，应如何修正案。决议：由出版课主任会同教务长拟具办法，提交下次教务会议决定，但于起草时，须注意铅印以选课人数十五人以上为限，在十五人以下者均用油印；

（四）退学学生郭震，呈请复学，应如何办理案。决议：碍难照准。

（丁）散会

（发表于民国二十四年第一九六期《安徽大学周刊》）

40.本学期本校新聘人员

本学期本校新聘黄敬思先生为文学院院长，程仰之先生为中文系教授，汤铭新先生为外文系教授，罗良铸先生为教育系兼任教授。

（发表于民国二十五年第二三四期《安徽大学周刊》）

41.继续完成李商隐的研究工作

随着全党工作着重点的转移，高等学校必须加速办成教学、科研两个中心。而搞好科研，又是提高教师业务水平，提高教学质量，培养优秀人才的重要保证。

近年来，在校、系党组织的大力支持和老教师的热情指导下，我和组内同志合作，搞了一点科研工作。成绩虽很微小，自己受益却不浅。在科研实践中，自己在理论、历史和专业知识等方面存在的弱点与缺陷比较充分地暴露出来了，深感需要进修、提高，需要向学有专长的老教师虚心求教。围绕科研任务读书、钻研，业务知识与研究能力较过去有所增进、提高，教学工作也多少有所改进。

从今年起，我和余恕诚同志一道，准备在前一阶段完成《李商隐诗选》《李商隐》两个书目的基础上，在努力搞好唐宋文学教学与指导研究生工作的同时，用四五年时间，搞一部带有总结性的李商隐诗歌会校、会注、会评。我们目前的实际业务水平和完成这项任务的需要之间距离很大，困难不小，但这是按两个中心的要求办好大学的需要，也是逐步解决目前高校教师（特别是中年教师）的实际业务水平与所负担的繁重任务的矛盾的需要。在实践中进一步学习，在克服困难中前进，这是我们的愿望。

（发表于 1979 年第 1 期《安徽师大报》，作者刘学锴，时为中文系副教授）

42.我校学报（哲学社会科学版）编委会成立

本刊讯 为了加强学报工作，以适应四个现代化建设和学校工作重点转移的需要，最近经党委批准，我校学报（哲学社会科学版）编委会成立，编委会由十二人组成，许用思同志任主编，编委有光仁洪、张海鹏、孟繁炳、臧宏、祖保泉、巫宁坤、郑震、柳之榘、严云受、王文琪、陈育德等同志。

三月十五日，编委会召开第一次会议，明确了编委工作的职责、任务，并着重讨论了如何改进学报工作提高刊物质量问题，提出了不少建设性的意见，与会同志一致表示：要坚决贯彻党的十一届三中全会精神，坚持"百花齐放，百家争鸣"的方针，依靠群众，实事求是，解放思想，广开稿源，把学报办好，为教学科研服务，为实现四个现代化贡献力量。

（发表于 1979 年第 5 期《安徽师大报》，作者陈育德）

43.全国部分高等院校写作教材第三次协作会议在芜湖举行

本刊讯 根据教育部的指示，全国部分高等院校写作教材协作编写第三次会议于三月二十五日在芜湖举行，为期十天，会务组委托我校负责具体的会务工作，出席会议的有北京师大、河北大学、江苏师院、内蒙古大学、吉林师大、中山大学、复旦大学、上海师大、南京大学、南京师院、北京师院等五十所高等院校的九十名代表，北京出版社、吉林人民出版社的代表也参加了这次会议。

会议期间，大家认真讨论了北京师范大学主编的全国高校文科通用教材《写作基础知识》，以及各院校协作编写的《写作知识丛书》中的《诗歌》《小说》《散文》《戏剧》《报告文学》《新闻通讯》《政论》《杂文》《调查报告、工作总结》等教材，提出了许多宝贵的意见和建议，会议还就共同关心的写作教学和筹备成立"写作研究会"问题进行了交流和讨论，到会同志畅所欲言，各抒己见，开阔了视野，活跃了思想。会议开得生动活泼。代表们一致认为这是一次互相学习、团结战斗的盛会，对今后提高写作教材质量和写作教学水平具有积极的作用。

会议开始和结束时，我校副校长许用思同志以及教务处、中文系领导同志到会看望代表们，并讲了话，使大家受到鼓舞。

（发表于1979年第5期《安徽师大报》，作者郑怀仁）

44.我省语言学工作者的盛会——省语言学学会首次年会和《汉语大词典》编写人员学习会在马鞍山市召开

本刊讯　自四月二十一日至三十日，我省语言学学会首次年会和我省《汉语大词典》编写人员学习会在马鞍山市联合召开，出席会议的代表、特邀代表和来宾共约一百五十余人。这是我省语言学工作者的第一次盛大聚会，我校语言研究所、《汉语大词典》编写组的全体同志，中文系汉语教研室、写作教研室的大部分同志以及函授教研室的部分同志出席了会议。

中共安徽省委宣传部第一副部长张春汉同志于四月二十九日到会讲了话，并做了关于当前的形势和任务的报告，使与会同志深受教育和鼓舞。

省语言学学会主任、《汉语大词典》编写组编委、校语言研究所所长张涤华教授自始至终主持了会议。

会议期间共作学术报告十二次。应邀在会上作报告的有人民教育出版社张志公先生、南京师院中文系徐复教授、厦门大学中文系黄典诚先生、《中国语文》编辑部于根元同志、上海《语文学习》编辑部胡竹安同志以及上海外语学院王德春同志等。张涤华教授也作了题为《古籍词例举要》的报告。这些报告涉及语言研究、语法、词汇、音韵、训诂、辞书编纂、语文教学等各个方面，内容丰富多彩，受到了与会同志的热烈欢迎。我校附中语文教研组全体教师、芜湖市夜大学中文系绝大多数学员专程前往马鞍山，听取了张志公先生所作的《漫谈语言和语文教学》和《语法的研究和运用》两个专题报告。

省语言学学会年会是在学会成立一周年之际召开的年会，会员同志们在科研方面取得了可喜的成绩，除部分成果已在省内外报刊发表外，提交这次年会讨论和交流的论文或论文提纲也有二十篇，其中我校会员撰写的有七篇。《汉语大词典》编写人员学习会上，我省五个编写组相互交流了收词、试编的情况，讨论了疑难问题，我校编写组的代表也做了专题发言；应邀出席会议的上海辞书出版社的同志和《汉语大词典》领导小组办公室的同志，也分别介绍了辞书出版的情况和《辞海》修订的经验。

（发表于1979年第7期《安徽师大报》，作者曲辰）

45.一切从实际出发——中文系七七级古代文学课的教学

文学课教学在中文系专业课中具有举足轻重的地位，如何提高它的教学质量是领导和师生极为关心的问题。担任此门课教学的老师在实践中积极地进行着有益的探讨。期中教学检查时，七七级古代文学的任课教师余恕诚讲师谈了自己的体会：文学课教学必须从学生原有的知识基础出发，必须从作品的实际出发。

七七级古代文学本学期讲授的是唐代部分。唐诗的不少名篇，学生都比较熟悉，似乎一看就懂，学生手中至少都有两种不同版本的文学史和作品选注之类的教材。面对这种情况，如何教才能使学生在现有基础上得到进一步提高呢？对这个问题，余老师是经过一番思索的。他认为，现在对象不同了，教师就不能照搬前几年老章程了，而必须适应学生的实际水平，使教学内容建立在更高一些的基点上。余老师本学期在教初唐和盛唐的诗歌时，便从阅读作品和介绍必要的文学史知识入手，着重培养学生的分析和欣赏能力。他把介绍文学史和串讲作品的时间压缩到最小的限度，赢得时间，在分析和鉴赏作品方面下功夫。谈到分析作品，有的教师担心会陷入架空分析的泥坑，目前的文学课教学也确实或多或少地仍然有这种架空现象。余老师分析作品，既不旁征博引，也不是每篇作品都程式化地大谈什么历史背景、主题思想以及在文学史上的地位，等等，而是从每篇作品本身的语言文学因素出发，分析其内容和艺术。如在讲授杜甫的《闻官军收河南河北》时，他重点分析诗人如何通过奔进和递进相结合的抒情方式，表达自己极度兴奋喜悦的思想感情。他抓住三个细节，即"泪满衣""看妻子""卷诗书"，分析诗人感情的第一次爆发；又抓住诗人"向洛阳"的回家之想，分析感情的第二次爆发。向学生介绍，这种表达情感的方法，是在奔进中包含着递进。他还从作品的语言因素着眼，指出诗人创造性地在每句中用一个虚字，构成紧凑呼应的语气，与细节描写相结合，准确地表现出作者在一刹那间感情爆发、喷涌和变化的脉搏。这样分析作品，很受学生欢迎，他们说："余老师讲课，不是以华丽的辞藻取胜，而是用深刻独到的分析服人。"

课堂上的五十分钟是宝贵的。由于余老师能从学生原有的知识基础出发，比较好地处理了教学内容的详略关系，所以能在有限的时间内传授给学生多一点的知识。他算了一笔账：给上届学员讲唐诗，从开始讲到李白，只讲了五个作家的十首诗；这一届，讲到李白时则比较详细地分析了十一个作家的四十多首诗。

余老师讲唐诗的另一特点是能够从作品的实际出发。他分析作品不面面俱到，不用固定的模式去套，而是抓住其主要特点讲深讲透。如讲杜甫的《春望》，他抓住"情景交融"这一点，层层剖析，步步加深。从探讨反衬和"加倍"的艺术手法着手，着重把诗的思想和内容综合起来分析。提出：这首诗不是一般的情景交融，而是情景与时事的交融，痛苦和希望的交织。在讲杜甫的《咏怀五百字》时，则重点分析诗作的思想内容，因为把这首诗的思想内容搞清楚了，杜甫作品的思想价值和局限也就基本搞清了。有的唐诗，读者大有"只可意会，不可言传"之感，教师则必须尽可能把它"言传"清楚。余老师讲授此类作品，经常运用学生所熟悉的生活现象作比较说明，或借用其他手段来帮助学生理解诗的意境。如陈子昂《登幽州台歌》，字面上没有背景描写，但细细体味全诗，它是以中国空旷的天际和原野为背景的。这样一种背景，更加衬托出了诗人虽有远大抱负，但又怀才不遇、不逢知音的孤独感。为了说清这一点，余老师在黑板上挂出了徐悲鸿的名画《群马》，画家也几乎没有画背景，但是通过骏马翘首远望，却令人想到画面上留下的一片空白，正是辽阔的天空和无边的草原。借用这幅画来分析《登幽州台歌》是有启发意义的。学生反映，余老师讲课，真正把我们带入了诗的意境，是艺术享受。

余恕诚老师讲唐诗的经验，集中到一点，就是一切从实际出发。这对中文系提高文学课的教学质量，是有一定借鉴价值的。

（发表于1980年1月15日第22期《安徽师大报》，作者谷荣）

46.夺取学习的主动权——中文系七七级一、二班学习生活散记

中文系七七级一、二班同学已读完二年级的课程了。他们回顾两年来在学习征途上不断探索的经历，深深感到这是一个逐步夺取学习主动权的过程。

开始上大学中文系，这些年轻人带着对"四化"的热烈向往，在知识的领域里如饥似渴，巴不得一口吃成一个胖子。于是，借书证上个个都登了满额；一整夜不睡觉在新华书店门外排长队买新书。总以为：书越多越好，要是能古今中外，目不暇接才够劲儿。

一学期、一学年过去了，这样穷搜泛读的结果，倒使得他们困惑起来，逐渐地从中懂得了一条规律：书要读得"专一点，精一点"。

围绕教学计划的进度读书，这是首要的问题。教师讲课，关键是提个纲，理条线，举出主要论证。但是学生的学习，决不能到此满足，二年级起，配合文艺理论课的学习，全班绝大多数同学都先后或轮番借阅了中国古典作品《红楼梦》《三国演义》《水浒》《窦娥冤》，外国文学名著《高老头》《悲惨世界》《复活》《安娜·卡列尼娜》以及外国文论《生活与美学》等。配合中国古典文学课的学习，他们就借阅了杜甫、李白、白居易的诗选，以及"唐诗评论集"等。而且为了解决图书短缺问题，往往把工作做在头里，比如学到先秦，就预借了两汉的资料。因此，如果看在"讲"前，脑子里就预有印象，听课时，如见故人；如看在"讲"后，正好作为印证，复习时，加深理解。

他们非常重视读书的方法。耿玉选同学，由于平时喜爱杜甫诗，班上同学叫他"耿甫"。他每回温课或者预习，总是一边摊书本，一边摆字典：稍疑即查，每查必录；疑难字的辨形注音，少见词的诠释，典故的出处，都精心地记在笔记本上。他为了训练自己的阅读古籍的能力，硬是要借阅线装本《聊斋》，自己断句、分段、合篇。他的这种严格要求的精神，在班级里产生了影响。多数同学都能有计划地结合阅读记卡片，每学期少的记有一两百张，多的达到五六百张，卡片上不仅记事、释词，而且也进行要文摘抄，有的对中学范文分析也作了精练的记录。

生动活泼的自学，产生热烈有益的议论和丰富多彩的写作。这个班级，本学期以来就比较集中地对"文艺是阶级斗争的工具""创作方法"等重要文艺理论问题展开了反复讨论，各抒己见，求同存异，有力地充实了文艺理论课的内容。这些文学批评的开展，也无疑激发了创作的热情。唐朝伟同学一两年内写了有十万字的作品；胡志明等同学自由结合写剧本，最近创作反映学习生活的《荷花塘边》的剧本，还尝试搬上舞台。此外，全班有不少人写了曲艺、诗歌、散文，确是众芳齐放，斐然可观。

学习主动了，学习的效果当也是明显的，这里有比用分数更能做出具体说明的事实。他们大多数人都能背几十首唐宋诗词和几篇先秦著名诗文；在常见的唐诗选本上，对半数以上的诗借助注释或独立进行比较准确流畅的串讲和分析；对一两部文学名著可以勾画出主要结构梗概和进行扼要的主题分析。在这次现代文学考查中，有不少人对"分析祥林嫂形象"这道题，除列举教师讲授的观点外，还能征引别家有据之论或发挥己见。这比之于他们在一年级时，无疑是可喜的收获。

学习的主动权，好比战争中制胜的一个"高地"。中文系七七级一、二班同学夺取这个"高地"的战斗已经打响，他们的先遣部队跑得更快。衷心地祝愿他们："欲穷千里目，更上一层楼。"

　　　　　　（发表于1980年1月30日第23期《安徽师大报》，教务处通讯组）

47.中文系部分同学组成"镜湖文学社"

为了提高写作水平，促进课余文学创作活动，中文系部分同学，经过一个时期的商讨、酝酿，最近成立了我校第一个文学团体——镜湖文学社。

这个文学社将在有利于专业课学习的情况下，积极开展以文艺创作为主的课余活动。他们最近召开了第一次例会，制订了章程和创作计划。成员们一致表示，要坚持正确的政治方向，以"双百"方针为准则，以提高写作水平为目的，努力做到真实地反映社会现实生活，为"四化"服务。

　　　　　　（发表于1980年1月30日第23期《安徽师大报》，作者伍闻）

48.省语言学学会召开座谈会 讨论语法教学和语法研究问题

安徽省语言学学会于五月八日至十四日在屯溪市召开了语法教学和语法研究座谈会。参加座谈会的代表共六十多人。我校中文系、《汉语大词典》编写组共八位同志以及附中语文组一位同志出席了会议。

应邀到会的来宾有复旦大学胡裕树教授，上海师范学院张斌教授，中国社会科学院语言研究所负责人、《中国语文》杂志副主编陈章太同志以及语言研究所语法研究室主任李临定同志。他们都分别作了学术报告。

大会收到专题论文七篇和参考资料两辑。其中有我校同志提供的论文三篇（包括附中一篇）和参考资料一辑。

安徽省语言学学会主任张涤华教授主持了会议。

会议期间，代表们结合所听报告和三位同志所宣读的论文，就暂拟语法教学体系的优缺点，中学语法教学的分散与集中，病句、句子的分析方法，单句复句划界的标准等问题，进行了充分而热烈的讨论，除后两个问题还有待于今后进一步研究和探讨外，其余问题都取得了比较一致的认识。

（发表于1980年5月24日第29期《安徽师大报》，作者曲辰）

49. 北大吴组缃教授来我校讲学

本刊讯 北京大学教授、著名的老作家、小说史家吴组缃同志，最近应邀来我校讲学。十五日上午和十八日下午，吴教授给中文系七百多师生作了关于《中国古代小说理论问题》和《谈〈红楼梦〉》的学术报告。吴教授的报告言简意赅，深刻风趣。他对中国古典小说理论研究造诣很深，有独到的见解和精辟的阐述。现在，他正从事这方面的专著写作。

吴组缃教授系我省泾县茂林人，十五岁来芜湖，就读于当时的安徽第五中学，主编过《赭山》杂志和《皖江日报》文艺副刊。三十年代从清华大学毕业以后，参加过周总理领导下的"中华全国文艺界抗敌协会"，并任理事。他的代表作《一千八百担》对于研究中国农民问题，探索中国革命的力量有一定贡献。

十四日上午，吴教授和中文系部分教师举行座谈会，就治学和教学等问题提出了许多宝贵意见。

（发表于1980年6月24日第31期《安徽师大报》，作者吴仁筑）

50. 十几年没见过的盛况——中文系举办学生学术谈论会

"在我校同学中，十几年以来没见过这种盛况了！"中文系一位教师在该系学生会举办的学生学术讨论会结束时，十分高兴地做出了评价。

这次学生学术讨论会，是中文系七七级四班刘人云、谭学纯、唐跃、黄元访等四位同学发起，得到了系领导和辅导员的支持，在系学生会的主持下举办的。讨论会在11月4日和7日两天晚上举行，四位同学分别作了题为《恢复新诗中的自我形象》《修辞与生活》《人性，爱情，道德》《谈李白诗中月亮的形象兼谈抒情诗的意境》的学术报告。报告时，教学大楼303教室里里外外挤满了本系和外系同学。报告人崭新的思想、生动的叙述吸引了越来越多的听众，引起了一阵接一阵的掌声。

教务处、中文系的负责人以及中文系的部分教师都应邀参加了报告会。对于同学们这种结合教学积极开展课外科研活动的做法，他们都很赞赏。四位发起人说：我们提出的论文可能是浅薄、片面的，但我们希望这次活动能增进我校的学术活动，引起广泛的讨论，使教学更加生动活泼。

（发表于 1980 年 11 月 15 日第 38 期《安徽师大报》，作者舒咏平）

51. 关于《棠棣之花》完稿时间的通信

石凌鹤先生：

　　我们承担了郭沫若著作编辑出版委员会办公室分配的注释《棠棣之花》的任务。《郭沫若全集·文学编》注释体例第七条规定："正文最初发表的时间、刊物、笔名、有关写作的情况，列为各篇的注（一）。"作为五幕六场历史话剧《棠棣之花》完稿于何时呢？郭老在剧本的末尾注："一九四一年十二月二十日整理毕"（见人民文学出版社版《沫若文集》第三卷）。按理说，这不成什么问题了。但是，郭老也偶有将文章写作时间记错的情形。根据郭老一九四一年十二月九日写成《我怎样写"棠棣之花"》，一九四一年十二月十九日写成《由"墓地"走向"十字街头"》，一九四一年十一月二十日重庆留渝剧人首次正式演出《棠棣之花》等情况而推定《棠棣之花》一九四一年十一月二十三日（提前一个月）整理完毕似较确凿。当然，这毕竟是我们四人根据一些情况所做的"推断"。

　　我们从当年重庆《新华日报》上获悉，您参加了郭老《棠棣之花》一剧的首次演出工作，负有导演的重要职责。亟望先生在百忙中抽暇回忆一下当年演出前后的情况，函告您对《棠棣之花》完稿时间的看法。

　　顺颂

　　时绥！

杨芝明敬上

1981.3.31 于芜湖

石芝明同志：

　　承询问郭老的《棠棣之花》首次演出前后情况，我记得的是 1941 年秋演出之前，我曾因谋求剧场效果以进行导演的二度创作，将剧本做适当的修改——增添了酒家女（其后经郭老定名春姑）对聂政的依恋之情，如持桃花赠英雄、她以后唱《湘累》怀念侠士等，送请作者斟酌，他同意并自行修改某些细节。这些经过情形,我记得在当时的《新华日报》发表的导演表白的文章中有所说明。其后,该剧在演出过程中,郭老又对剧本进行几次小改。我觉得该剧注明"十一月二十三日整理完毕"是确切可信的。

草此作答。因故未及时复信,乞谅!顺致敬礼!

石凌鹤

1981.5.12

(发表于1981年6月15日第50期《安徽师大报》,本报编辑部)

52.秘书进修班时间短收效大

本刊讯 如何使为期四个月的首期秘书进修班收到实效?近三个月来,他们通过逐步摸索经验,收到了一定的效果。

这期进修班的课程是根据秘书工作的特点开设的,重在加强文字工作的基本功,兼顾扩大知识面。学员虽然一般工作经历较长,文字工作比较熟悉,但理论知识缺乏系统性,因而对讲授的《现代汉语》《写作》《逻辑学》的基础理论感到需要;《中外名著赏析》《文学理论》及中国古典小说、中国古代戏曲、美术、音乐、书法等方面的专题讲座,由于内容丰富,形式多样,因而很受欢迎。

理论和实际的结合是这期进修班的特色。几门基础理论课贯彻精讲多练的原则,见效较快。为了加强针对性,进修班邀请了省广播事业局副局长刘星同志分别就秘书工作和通讯报道业务作了专题报告。所讲内容结合他们多年的工作经验,有广度,有深度,对症下药,生动翔实。来自全省各地的进修班学员,虽然程度不齐,起点不一,但异常珍惜这难得的学习机会,放下架子,甘当小学生,以顽强的毅力,克服年龄较大、记忆力减退等困难,排除家庭干扰,如饥似渴地学习每门功课,学习空气十分浓厚。任课教师也经常深入学员宿舍征求意见,力争使教学工作更上一层楼。

(发表于1982年6月3日第66期《安徽师大报》,作者李守鹏)

53.著名语言学家李荣来我校做学术报告,语研所、中文系老师参加

著名语言学家、中国社会科学院语言研究所所长李荣教授,应我校语言研究

所的邀请，于十月十六日下午来我校做学术报告。他在报告中对方言调查和研究的重大意义进行了深刻地阐述，并从方言调查的角度对《汉语大辞典》的编写提出了宝贵意见。他还语重心长地对青年语言工作者提出了殷切的希望。

参加听讲的有语研所的全体研究人员和中文系的部分师生以及马鞍山市的部分语文教师。

（发表于1982年10月31日《安徽师大报》，本报编辑部）

54.中文系学生艺术团公演话剧《告别》

五月八日晚上，校小礼堂里坐满了观众，中文系第三届话剧会演优秀剧目《告别》的首场公演在此举行。校党委、宣传部、团委、学生处及中文系的领导同志和部分教师观看了演出。

六幕话剧《告别》是中文系蔡德思同学根据小说《告别校园的时候》改编的，获该系第三届话剧会演优秀剧目奖。这次在会演剧本的基础上，进行了较大的修改，使剧本得到了进一步的充实和完善。在排练过程中得到校系领导的支持和关心。并特邀体育系陈荣平老师出任导演，演出取得了成功。

演出结束后，校、系领导接见全体剧组人员，并举行了座谈会，对剧本和演出的成功及不足之处进行了讨论。全体剧组人员表示要继续努力，把该剧演得更好。

（发表于1985年5月18日《安徽师大报》，作者孙涛）

55.教改路子走对了

最近，中文系做出决定，把二年级撰写学年论文作为教学改革的一项重要措施，从八五级新生开始推广下去。这是在该系八三级一、二班试点之后才明文规定的。

为了培养学生们撰写学术论文的能力，这个班的指导老师朱景松，在二年级一开始就给同学们布置了写学年论文的任务，让学生们运用已有的知识经验，自己去分析、去研究。到二年级结束，全班共交出文学、哲学、美学等十一个专题的论文一百零六篇。这一创举得到了系领导的高度重视，他们先后指派有经验的老师对论文的观点、选题和写作方法等问题做专题讲座，详细地加以指导，并认真审查了每个同学的论文。

经过论文的写作实践,改变了过去满堂灌溉教学方式,班上的学术空气变浓了,同学们写作能力和认识水平都有了明显提高。

（发表于1985年10月25日《安徽师大报》,作者张荣胜）

56.蓬勃于昨天和明天之间——中文系82级诗歌创作概述

他们的名字同"安徽师大"一起在省内外报刊上连连印刷,他们的诗作同"《江南》诗社"一起在校内外诗友中频频流传。一群求索的灵魂选择了文学选择了诗。他们的心灵在激情与诗艺之间奔忙不已。

仅仅在一个师大,仅仅在一个中文系,更重要的是仅仅在一个八二级,就站出了这么多的探索者!这在我校自81年来的诗史上,在我校诗社的史记中,确实是前所未有的:陈寿星、朱孟良、杨维文、李尚才、章学明、吴丽丽、赵焰、李新、梁松寿等一大批缪斯的宠儿以自己的诗把我校诗创作推进到新的层次。一群新的生气勃勃的后起之秀共同书写着引人注目的一笔。这批力量当是从杨维文、陈寿星主编的《野草》中走出来的。《江南》创刊后,他们便成了它的主力纵队之一。为振兴师大诗歌,为使师大诗歌以更醒目的姿态跻身于全国大学生诗创作整体中,他们付出了极大努力。

努力的成绩是有目共睹的,在一年多的时间里,他们共发了近百首诗。诗作在中国东西南北中的《星里》《绿风》《诗歌报》《飞天》《山花》《文学青年》《青年作家》《广西文学》《青年诗人》《当代诗歌》《安徽青年报》《南方文学》等报刊上开花结果,这些花果的芬芳甜美给全国读者留下了一定印象,它们构成了一个色彩缤纷、风格多样的诗歌主体建筑群,它们把"师大诗风"给以继承并在此基础上向纵深发展。

他们关注整个世界,以各自的心灵触手去感受,以各自的鹅毛诗笔去刻写人生。身在校园,他们无法回避自身的生活空间。这类作品有影响颇大的《十八岁,我们聚餐》（朱孟良）,有《你,走向世界屋脊》（杨维文）,有《关于应该申辩的我——告同学书之二》（陈寿星）,还有章学明表现第二课堂的《第九封信飞来之后》、李尚才《周末的太阳》等。写校园现实生活的有《出嫁的姐姐》（杨维文）、《养蜂女》（李尚才）、《冰棍纪》（陈寿星）、《二十四岁的钢厂业余球星》（朱孟良）等一批诗作。或虚构,或写实,或潇洒豪迈,或深婉含蓄。必须一提的是，爱情主题几乎在每个人诗作中贯穿始终。优秀作品有以"人情味和亲切感"揭示正常人性的《南方暴雨时》（陈寿星），有《让我走出你的节日》（吴丽丽），有《你说……你说……》（宰学明）以及《等待》（李尚才），等等。从一定程度上说，这类诗更好地表现了自我世界，更充分地体现了诗与诗人的个体性格。

他们敢于自我否定，不断探求更好的表现角度和技法，以抒写更深层次的思想，陈寿星追求在哲学高度对生命体和社会的诗化剖析，讲究诗的性格与作者性格的统一与呼应；朱孟良追求潇洒和清丽，他们俩的诗兼顾阳刚与阴柔。杨维文则努力于大海落日的壮美犷迈，长于粗线条实打实地表现，而宰学明、李尚才却相反，注重工笔描画，善于分解与编织，吴丽丽讲究作品内在节奏，显示出不失明晰的跳跃。

他们的诗如《我们走过广场》（陈寿星）已获奖，与前几届不同的是，他们在诗歌理论上也大力尝试。陈寿星、宰学明的论文《"学院诗"与"朦胧诗"》发于《当代文艺思潮》；李尚才短论《女性，她们的财富》发于《诗歌报》；由陈寿星主笔，他们三人合写的长篇论文《学院诗在中国》受到谢冕同志的好评。

也写散文，也写小说，但真正使他们走上诗坛的，是他们的诗、他们的诗歌理论作品。它们使他们在我校诗史上仁立于承先启后的关键方位，使他们蓬勃于昨天和明天之间的转折部位。

（发表于 1985 年 12 月 25 日《安徽师大报》，安徽师大诗社）

57.关于大学语文课的性质和任务

上学期期中教学检查结束后，校行政给我们大学语文课递来了一份意见，大意是现在学生对大学语文课普遍没有兴趣。原因有多方面，而其中主要一点是：大学语文课不结合专业，不专讲写作，不切实际。

现在，我校文科各系除教育系外，都开设了大学语文课。开大学语文课的各系领导对这一课期望甚高，而期望得最迫切的就是怎样结合专业迅速提高学生的写作能力。以致有的系（如政教系），开的是大学语文课，而课程表上却写的是"写作知识"。历史系也希望把这一课改为"汉语写作"课或"历史论文写作"课，其他各系也都谈到类似的意见。

但是大学语文课的性质和学习目的与上面的要求是不尽符合的。大学语文不能用写作课尤其是应用写作课来代替;大学语文也可以结合写作训练,但也不能代替写作课,写作是另一学科。

大学语文即中华人民共和国成立前及成立初期很多高校开设的"大一国文",也有叫作"中国文学名著选读"的,现在香港中文大学仍旧叫"大一国文",今天开设这门课,其目的、任务与过去有所不同。

一、为适应学术发展,学科间的互相渗透(它对理科来说是文理渗透)及社会主义建设的需要

过去学术分工太细了,据统计,现在学术门类已分到二千余门,基础学科有五百个以上的专业,技术学科有四百多个专攻领域。细到了"文"可以完全不必学"理","理"可以完全不必学"文"。甚至同是文科,历史系可以不学中文,中文系可以不学历史。学生的知识面被禁锢在某一狭窄的专业天地里。然而任何重大科研成果的取得,都需要多种学科的互相配合。所以世界学术又发展到了"分多渐合"的趋势。据徐中玉在《美国大学文科教学观感》一文中说:"一些世界著名的理工科大学都相继开设了文科专业或若干课程,一方面为了适应文理渗透、综合研究的趋势,另一方面也是为了便于训练写作能力。"(《华师大学报》一九八五年一期)且不说外国,就拿我国著名的一些理工科大学,如上海交大、同济、清华、浙大、中国科大都开设了大学语文课,行政机构上设立了中文科。

语文知识是各种科学知识的基础。没有语文基础知识,就不可能准确地理解各种科学知识,也不可能完善地表达科研成果。许多在理科学上有成就的人物,在语文方面都有相当造诣。数学家华罗庚,古体诗作得那么好;苏步青说过学好语文对训练一个人的思维很有帮助,可以使思想更有条理,这些在于我们后来学好数学都有很大好处。造桥专家茅以升说:"有哪一位知名的老科学家不是文学爱好者呢?"杨振宁博士在一次广州物资交易会上朗诵了唐代王勃的名篇《滕王阁序》,惊动了在座的国内一些学者。这些都足以说明大学语文是适应世界学术文理渗透发展趋势的时代需要及我们建设社会主义人才需要的课。

二、提高文化素养,促进社会主义精神文明建设,对加强学生思想品德教育有重要作用

大学语文课本中所选的课文都是中外古今历来的名篇名作,尤其是我国古代的作品,在一百零八篇中就占了八十六篇,这些都是历久不衰的脍炙人口之作,代表了我国古代的文化,固然在浩如烟海的古典优秀作品中这些只是小小的局部,但也窥一斑能见全豹。如《诗经》《楚辞》《汉乐府》及唐诗、宋词、元曲意

境优美，辞藻丰富精丽，形象生动，情感深挚动人，可提高学生的文学修养，培养学生的情操。《左传》《战国策》《论语》《孟子》《庄子》说理精辟，言情入微，能启发学生的智慧。《史记》《汉书》记事详尽，不仅有感人的故事情节，而且语言生动，人物形象鲜明，具有丰富的史料和文学价值。反因袭、反骈俪的唐宋八大家的散文，可作为学生学习散文的典范。《论毅力》《与妻书》等流利通畅，情感奔放，能树立人的坚强意志，对培养不惜个人安危，一心为国为民的爱国主义精神是好材料。五四到现代的一些作品，如鲁迅的犀利，郭沫若对新诗歌的开拓，无不给学生文化素养和精神文明的建设起到推动作用。外国的一些优秀作品，能使学生放眼世界，看清近代世界各国的面目，以之与我国文化对比，从中也培养学生的民族自豪感。通过大学语文篇章的教学，既有助于对学生思想品德的教育，也有助于树立学生的社会主义道德风尚。

三、阅读、欣赏、写作

我们大学语文课的教学大纲中规定：通过优秀作品的学习和习作翻译等书面练习，提高学生的阅读、欣赏和写作的能力；通过文言文的学习，培养学生读一般文言文的能力。在一九八四年第二届全国大学语文研究会上对阅读、欣赏、写作三者的位置如何摆定的问题曾总结出三种意见：一是阅读、欣赏、写作三者并重；二是阅读、欣赏结合，不管写作；三是以阅读为主，结合写作训练，寓欣赏于阅读教学中。最后认为可以根据学校性质、培养对象的不同，确定不同的具体目的。但不管这里把写作的位置怎样摆，这个写作也只是指基础写作，而不是指结合专业的写作，也不类同于专讲写作的写作课。

综上所述，把大学语文课改为写作课，甚至强调与专业紧密结合等意见（上文已讲到现今的学术领域有近千个专业，大学语文是无法结合的），是忽视了大学语文作为独立学科的多种职责，忽视了它在现代学术文理渗透和提高学生文化修养及培养学生高尚情操等方面的特殊作用的。写作课和结合专业阅读与写作的课，有的理工科大学是另外开的，如中国科大，除开大学语文课之外，还开了"科技写作"课。

大学语文的积极倡导者匡亚明、徐中玉、侯镜昶在三月九日《文汇报》联名著文《大学语文应成为独立学科》指出："内容广博的大学语文，确是一门名副其实的边缘科学，必须按照它自身的规律作为独立学科存在、发展下去。"

（发表于1986年3月31日第135期《安徽师大报》，作者周超，时任中文系教材教法组副主任）

58.古典文献专门化开班上课

中文、历史两系联合新版的古典文献专门化,本学期开班授课。这是我校首次开办的,以培养古籍研究整理人才为主的专门化班。

该班的开办,是一九八四年三月省教育厅召开的高校古籍整理研究会决定的,本届共有学生三十人,分别从中文、历史两系八四级学生中考核选拔。他们古代文史基础较好,学习积极性高,愿意为古籍整理研究工作献身。专业课程由两个系和图书馆等单位有关教师讲授。学生除专业课及有关业务活动外,一切不脱离原班级。

根据我省具体条件和学生学习情况,本班毕业后,仍有一部分学生从事中学教育工作。

(发表于1986年9月10日第141期《安徽师大报》,作者古甸)

59.中文系开设"审美教育"课受到欢迎

中文系重视对学生进行审美教育。继上学期为84级同学开设了美学选修课之后,本学期又给他们开设了"审美教育"。"审美教育"课改革了以一人主讲的授课模式,采用讲座形式进行,全部内容分为六个专题,分别聘请冯能保、汪裕雄、郑震等六位教师讲授,受到同学们的欢迎。

(发表于1989年4月15日第154期《安徽师大报》,作者计长生)

60.中文系做出整顿"三风"若干规定

本报讯 中文系从本学期开始,针对当前学风、教风和干部工作作风方面存在的问题,在系内试行《关于整顿"三风"的若干暂行规定》,这是该系领导贯彻党的十三大精神,深化教学改革的又一新措施。

《规定》中不少条例,在不同程度上体现了大胆开拓、勇于创新的精神。在教风方面,试行选修课试听制度,教师先试讲,然后由学生选;逐步改变由任课教师一人命题的单一方式,采取隔手命题和教研室(或备课组)集体命题,选用外省市同类院校试题等多种命题方式;规定教师在任课期间,原则上不许外出参加学术会议等;实行任课教师点名制度,每月由办公室公布一次学生出勤情况。

在学风方面，除节假日外，校内不准举行各种类型舞会；严格请、销假制度，学生干部没有批准权等。在干部作风方面，按照党政分开的原则，落实干部岗位责任制；系领导成员要深入教学第一线，了解教与学的情况，正副书记和正副主任每周听一次课，系行政健全例会制度等。

为了确保此项规定能真正落实，中文系领导号召全系干部、教师和学生，努力做到：1.加强领导，齐抓共管。2.广泛宣传，形成舆论。3.检查评比，表彰先进。要求在执行本规定期间，每学期期中有检查，年终有总结。

（发表于1988年3月31日第170期《安徽师大报》，作者黄圣炯）

61.中文系教师座谈会气氛热烈

本报讯 中文系不久前召开中青年教师、干部座谈会。大家围绕深化教学改革和年轻教师培养问题，纷纷发表意见。3个小时里有20人次谈了自己的设想，气氛相当热烈。

会议由副主任赵庆元主持。与会者先就中文系现有课程设置、教学内容和教学方法提出看法，如按传统模式讲授古代文学和中国现代（当代）文学，忽视新时期文学的介绍；重视老学科，忽视新学科；重视中国东西（这是必要的），忽视介绍外国的新成就；教学内容一般比较陈旧，有些不仅没有吸收新的研究成果，还重复中学的东西；教学方法比较呆板，缺少活力，等等。大家建议：在开好基础课的同时，开设一些开阔学生眼界的新学科；修订教学大纲，并创造条件编写一套吸收新成果，适合高等师范教育的新教材；在教学方法方面要进行探索，在搞好课堂教学的同时搞些课堂讨论、学术辩论和信息交流，试写学术论文等，采用双向而不是单向的教学方法。

会上还提出了一些培养中青年教师和干部队伍的办法与措施。系、教研室要对中青年同志分层次提出严格要求，规定明确目标；要重视在实践中培养锻炼，鼓励他们大胆参加教学科研活动，帮助他们总结经验教训。系领导要帮助中青年同志解决一些实际困难，如住房、爱人工作调动等，为他们尽快成长提供条件。破论资排辈观念，大胆使用中青年同志，做到人尽其才。同时，中青年同志要重视和提高自身修养，虚心向老教师学习，发挥自己的主观能动作用。

（发表于1988年9月10日第176期《安徽师大报》，作者周维网）

62.中文系领导与研究生对话

本报讯 中文系党、政领导都把认真做好研究生的思想教育、学风教育和管理工作列为本学期工作要点，并采取积极有效措施，保证这项工作要点的贯彻落实，取得了良好效果。本学期一开始，他们就建立一套组织管理机构，除安排系副主任杨昭蔚同志分管这项工作外，还派系分团委书记唐永生同志兼任研究生辅导员。10月21日上午，由系党总支书记李凤阁同志主持召开了系党、政联席会议，详细分析了研究生的实际情况，并决定召开研究生指导教师座谈会和系党、政领导与研究生的对话会。研究生指导教师座谈会于10月25日下午召开，围绕"如何做好研究生培养工作"的中心议题，导师们畅所欲言，认为树立良好的学风，端正治学态度是提高研究生培养质量的重要问题，要求研究生认真读书，刻苦钻研，打好基础。系党、政领导与研究生的对话会于10月26日下午召开，杨昭蔚副主任主持了会议，研究生们在会上谈问题、提建议，发言踊跃。姚国荣同志就研究生经费使用问题作了较稳妥的答复。李凤阁同志要求研究生刻苦读书，打牢基础，人品要好，学风要正。鼓励他们写好毕业论文，多出好的科研成果。

（发表于1988年11月22日第180期《安徽师大报》，作者柯言）

63.春风化雨桃李满园 呕心沥血著述丰华——语言研究所集会庆祝张涤华教授执教六十周年

本报讯 校语言研究所名誉所长张涤华教授执教六十周年庆祝大会于一九八八年十二月十日隆重举行。

校党政领导杨新生、张海鹏、文秉模、倪光明会前登门看望了张老并到会祝贺，向张先生赠送了荣誉匾和礼品。省委宣传部副部长、先生弟子韩西山，因事不能赴会，特委托他人代致祝辞，并赠送了纪念品。

张涤华先生，我省凤台人。一九三七年毕业于武汉大学中文系。

作为著名教育家，先生从十八岁就从事教育工作，把六十年的漫长岁月都献给了教育事业，先后在湖北、湖南、四川、安徽等地的中学、中专、大学任教。一九七八年起又担任硕士研究生导师。先生循循善诱，诲人不倦，直接受教和私淑弟子无法统计，桃李遍于天下。

先生是我国著名语言学家，担任中国语言学会常务理事、安徽省社联副主席兼语言学学会会长、名誉会长。除主编《学语文》杂志外，撰写、主编过两种《现代汉语》教材，分别由高等教育出版社和安徽人民出版社出版，并由安徽教育出版社出版了《张涤华语文论稿》，在语言学界为一家之言。

作为著名学者，先生学识博大精深，在目录学、古典文学领域造诣尤深。《类书流别》是一部目录学专著，由商务印书馆出版，以后又增订再版、三版，在国内外，尤其在日本，影响甚大。在对汉代刘向《别录》、刘歆《七略》的研究方面，也有很大成就。先生对古典文学总集做了深入研究，先撰成《古代诗文总集选介》，由上海古籍出版社出版。此外，还对清代阳湖派作家李兆洛做过专题研究，并撰成《李兆洛学谱》。

先生爱好旧体诗词，既研究，又创作。六十年代初由安徽人民出版社出版的《毛主席诗词小笺》，影响很大，是讲解毛主席诗词的权威之作。从二三十年代起，先生即已立足吟坛。诗法唐音，词宗宋律，常有诗词发表。今有《沐晖堂诗词选存》。

十余年来，先生担任了国家重点科研项目《汉语大词典》的副主编，对该词典的编纂出版做出了杰出贡献。此外，还担任《全唐诗词典》《汉语语法修辞词典》的主编，这几部词典，都将在学术上和汉语词典编纂史上产生重大影响。

先生曾是第三、五、六届全国人大代表。参政议政，对国家大事特别是教育改革提出了许多建设性的议案。先生还担任过安徽师院、合肥师院、安徽师大中文系主任，又是安徽师大语言研究所创始人、所长，对语言研究所的教师调配、办公楼的资金筹集以及图书资料建设等，都煞费心血，建成了现在这样规模的、在全国也有一定影响的语言研究所。

语言研究所全体同志、中文系领导和部分教师出席了庆祝大会；合肥、淮南、滁州、铜陵、徽州及芜湖市张先生弟子代表十五人专程前来祝贺：语言研究所所长张紫文、原中文系主任方可畏及《淮南日报》总编办主任、滁州师专副校长朱准生、安徽大学中文系副主任袁晖等十余人也致了贺词。庆祝会由语言研究所主办。

（发表于1989年1月1日第182期《安徽师大报》，作者冠明）

64.朱光潜美学思想研讨会召开

由省高校美学研究会和青年美学会联合主办的已故皖籍著名学者朱光潜先生

美学思想研讨会于12月16日至18日在我校召开。省内各界从事美学研究和教学的专家、学者以及中青年同志40余人出席了会议。

省高校美学会会长汪裕雄主持会议，与会者围绕"朱光潜美学思想的发展流变""朱光潜与中西文化"等问题展开了热烈的讨论。

（发表于1989年1月14日第183期《安徽师大报》，会务组供稿）

65. 桃李满天下 著作传后生——学校集会庆祝卫仲璠教授执教65周年

本报讯 前不久，我校数百名师生欢聚一堂，隆重庆祝卫仲璠教授执教65周年，同时欢庆他92岁诞辰。卫先生是我校最年长的教授。他端坐在主席台正中，精神矍铄。人们以景仰的眼光，目睹这位从19世纪走过来的老人的风采。在两名同学向卫老敬献鲜花、朗诵献辞之后，中文系副主任赵庆元代表系党、政领导向与会者介绍了卫老的业绩。卫教授是位著名的教育家，1925年起就从事教育工作，先后在上海、湖北、四川、安徽等地任教。在65年的执教生涯中，有45个春秋是在我校度过的。他用毕生的精力走过了一条平凡而伟大的教书育人之路，为国家培养了大批人才。如今虽鬈发如霜，然而辉映他的却是遍布全国乃至海外的桃李之花。卫老是一位在学术上造诣深厚、影响深远的古文字学家、古文学家。为弘扬民族文化，早在30年代，他就出版了《段注说文解字斠误》和《离骚集释》。几十年来，他潜心研探，孜孜著述，成果斐然。直至步入90岁高龄之际，仍昕夕不辍，殚精竭虑，以极大的毅力完成了30余万字的力作《扬子法言会笺》。他治学之精勤，堪称学界楷模。校党委书记杨新生在讲话中，高度评价卫老"是著名的学者、教授，也是一位优秀的共产党员"。他赞扬卫老"是我校历史发展的见证人，也是我校繁荣发展的奠基者和创建者"。他强调，在尊师重教的今天，举行这次庆祝会是有重要意义的。校长张海鹏教授在讲话中指出："这既是次尊师的大会、尊老的大会，也是一次尊重知识、尊重人才的大会。"他号召全校师生向卫老学习。庆祝会上，方可畏教授、潘啸龙副研究员、王家成同志等也作了热情洋溢的发言。他们从不同角度赞颂了卫老教书育人的功德风范，表达了人们对卫老的崇敬、爱戴之情。会上，卫教授作了即席讲话，向全体与会者表示深切感谢。中文系副主任杨昭蔚主持庆祝会。参加庆祝会的有校党政领导、各单位及市民盟负责人、中文系全体师生。

（发表于1990年5月28日第204期《安徽师大报》，作者袁立庠）

66.深化教学改革 提高教书育人质量——中文系召开教学研讨会

"深化教学改革，提高教书育人质量。"这是中文系近期召开的教学改革研讨会的主题。

这两年来，每进行一次期中教学检查，中文系一般都要举行一次报告会，组织教师交流在教学改革中的体会，相互促进，共同提高。在5月16日的研讨会上，9位老师发了言，从不同的角度介绍了深化教学改革，提高教书育人质量的做法和体会。老师们的共同想法是，当前要特别强调"既教书，又育人"。首先是要教好书，育人要注意改进方法，提高效果。有的教师非常注意教学内容的充实和更新，例如文学概论教师，下功夫使教学内容的思想性、科学性达到一个更高的要求，来取得理想的教学效果；中学语文教学法的教师重视教材建设，不断更新内容，在教学法这块荒芜园地辛勤地耕耘。有的注重教学和教书育人方法的改进，如现代汉语教师运用"对比法"引导学生确立语法观念，深化学生对汉语语法构造的理解，提高学生驾驭语言的能力，担任文秘班写作课的教师把应用文写作的落脚点放进应用上，仅仅布置单篇作文做法，曾经布置学生编排一张四开小报，让学生自己动手写文章，自己编排报纸，使学生既当作者，又当编者和读者，以提高学生的写作能力和实际工作的能力；刚走上讲台的青年教师则认真地向老教师请教，虚心听取学生的意见，力求把每一节课讲好并结合教学内容，给学生讲政治、时事，帮助学生树立正确的世界观；德育课教师讲述了加强政治思想工作，加强教学管理来为深化教学改革创造良好的环境，以提高教书育人的质量。教师们共同认为，教书育人，要很自然地贯穿在教学过程中，要做到"润物细无声"，使学生在潜移默化中受到马克思主义的教育。会上气氛热烈，他们的发言博得老师们的阵阵掌声。

校党委书记杨新生同志和教务处副处长丁光涛同志到会听取了教师们的发言。

（发表于1989年5月28日第204期《安徽师大报》，作者周维网）

67.兼学别样 一专多能——写在文秘班教学汇报展之际

经过一番努力,我们"文秘教学汇报展"终于在荷花塘边的橱窗内和大家见面了。

这次展览以89级文秘班为主,兼收了部分90级文秘班同学的作品,分摄影、装饰画和自办报纸三部分,共80余幅。作品虽然不多,但毕竟凝结了同学们的心血。

站在自己稚嫩的作品面前,我们半羞还半喜。羞的是自己的作品居然也称作艺术,并且"一路地挂过去";喜的是虽属尝试,我们的作品竟然还拥有那么多热情的观众。我们真为橱窗前攒动的脑袋而感动。

也许是"不安分"的缘故,89级文秘班在学校小有名气:普通话比赛、演讲比赛、话剧会演每每获奖。文秘是一门实用性很强的专业,理论知识固然重要,但更重要的是技能的掌握运用。上学期我们开展了摄影、书法课,这学期又开了"美术欣赏""打字""复印""公共关系学"等实用性较强的科目。教公关的舒咏平老师告诉大家:PR(公共关系)=P(自己行动)+R(被人认识),而自我完善是良好的公共关系的客观基础。舒老师的引导,激发了大家办展览活动的热情。

在袁立庠老师和陈琳老师的帮助下,我们准备了自办报纸和装饰画的展览材料。摄影作品的收集困难些。作品不在身边,有的同学写信请家人获取。作品收集齐了,心里虽放松了不少,但又有了份成功的企盼。系里赵庆元副主任还在百忙中为展览题字"兼学别样,一专多能,报效民众";系分团委王如意老师也给这次展览以大力支持。系领导的关怀给了我们很大的鼓励。

不少同学对展览很感兴趣,大家议论纷纷"还真想不到,文秘班的学生还有这本事","作品很美,我们看了很欣赏"。得到老师和同学们的赞誉,我们由衷地感到欣慰。由于橱窗有限,不少好作品没能入选,这是我们的遗憾。

(发表于1991年第215期《安徽师大报》,作者李光连)

68.《学语文》成为全国同类核心期刊

本报讯 据《中国语文》1993年第5期所登载的语言学/汉语类核心期刊公布的统计结果,我校《学语文》被确认为全国18种核心期刊之一。语言学/汉语类核心期刊表刊于北京大学出版社出版的《中文核心期刊要目总览》一书。

(发表于1993年12月11日第267期《安徽师大报》,作者方春荣)

69.刘学锴等荣获曾氏基金奖

本报讯 据《中国教育报》近日公布的曾宪梓教育基金会1993年全国高等师范院校教师奖名单显示，我校刘学锴和陈壁辉两位同志分获一、二等奖。荣获三等奖的有：汪玉枝、王世华、王宗英、严祖同、凌云、叶钟文、胡启中、赵献章、倪申宽、祖保泉、欧阳跃峰、潘啸龙、蒋继发、陈永宜。

（发表于1993年12月20日第268期《安徽师大报》，作者为本报记者）

70.安徽师范大学文学院宣告成立

本报讯 金风送爽，园溢桂香。10月12日下午2时许，校科技会堂里洋溢着喜庆欢乐气氛。在全场群众翘首期待中，校党委书记谷国华宣布：安徽第一个文学院——安徽师范大学文学院成立了！同时宣读文学院领导班子成员名单。接着，在雷鸣般掌声中沈家仕为文学院揭牌。

1928年，安师大的前身省立安徽大学成立，不久我校就有了文学院。60多年以后的今天，文学院再次诞生。这是在新形势下，我校继成人教院、体育学院、艺术学院成立之后综合教育改革结出的又一丰硕成果。大会由校党委副书记任兴田主持。沈校长致贺词（全文另发）。

新任院长赵庆元讲话，校艺术学院副院长、文学院师生代表致祝词。在主席台就座的有：德高望重，为我校教育发展做出贡献的宛敏灏、祖保泉等知名学者，以及校党政领导。会后，中文系学生献出一台精彩的文艺节目。

（发表于1994年10月20日第283期《安徽师大报》，作者闻新）

71.祝您好运——《学语文》杂志签名售书侧记

3月28日，学生阅报栏前被围得水泄不通。

原来，《学语文》杂志社一行7人正在为读者举行签名售书活动。坐在售书桌左边负责签名的，便是主编潘啸龙教授。

购书者以本校学生为主，也有闻讯而来的中学生。地理93的A和计算机94的B分别买了三本，或送老师，或赠亲朋，或寄仍在中学补习的"旧日战友"。有的同学则是慕潘啸龙老师之名而来的。新闻班94的女生D，一口气买了三本，就要落款的"三个字"，也算是特殊的"追星"吧。更有许多听过潘老师课的学生，纷纷前来购书，以留作永久的纪念。附中一高三男生，一定要请潘教授在签名下注上日期，因为"时间，对我们来说是最宝贵的"。另一在芜湖一中补习的男生一下子买了四本，仍意犹未尽，"老师，你们到一中去卖，我们同学肯定都要买"。

副主编杨树森副教授告诉记者，这次签名售书，是杂志社举行的一次规模较大的促销活动，也是根据大量的读者问卷调查反馈来的信息而采取的必要行动。这次活动的主要目的是要让师大所有学生了解《学语文》。因为我校学生来自全国各地，且大多数以后要走上教育工作岗位，而中学师生是《学语文》的主要读者对象。所以，这次活动从近期效益看，可较快提高《学语文》的知名度；从长远效益看，将为扩大《学语文》的发行量创造广阔的市场前景。《学语文》是我校文学院主办的以普及为主兼顾提高的语文期刊，是全国中文核心期刊之一，但由于种种原因，许多师大人（包括在校学生和走上教育工作岗位的毕业生）却不了解《学语文》，影响了它的发行量。今年以来，编辑部首先在栏目设置和内容上进行了大胆的改革和尝试，加强与作者、读者的感情和信息沟通，扩大用稿的地域跨度，力求办出杂志的特色，在保持杂志高品位的前提下，注重文字的实用性、可读性。其次，已经并将继续举办一系列公关促销活动，此次签名售书，就是之一。

售书活动进行得既热烈又有条不紊。这边，编辑部主任黄建成及编辑刘锋杰、赵英明、应雷、夏和平等老师，正给读者热情介绍第2期《学语文》内容；那边，身穿灰色风衣的潘教授埋首疾书。"祝您好运""代谢师恩"，他笑说："祝您好运，这句话，包括了学习、生活、事业，当然也包括我们《学语文》的明天。"

有人戏谓潘教授："您也是'星'了，大家在追星呢！"潘教授抬头，朗朗地说："追星，有什么不好？刘德华来了，我也'追'，'星'也都是艰苦奋斗干出来的呀！我们要'追'的，就是他们那种不折不挠的艰苦创业精神。"

不到两个小时，500多本杂志已销售一空，迟来的学生很失望，潘老师笑着说："下午到编辑部来，我还给你签名。"

春寒料峭，可在场的每个人都是笑意盈盈。

《学语文》向我们说："祝您好运！"我们师大学子也向《学语文》道声："祝您好运！"

（发表于1995年4月5日第292期《安徽师大报》，作者子雨）

72.文学院科研工作向纵深发展

本报讯 4月7日下午，文学院在语言所会议室举行首次科研工作会议。校科研处、文学院党政领导以及30多位专家、学者济济一堂，总结三年来的科研工作成绩，研讨今后的科研攻关方向，并讨论了《文学院科研成果奖励暂行办法》。

在过去的三年里，文学院的科研工作取得了令人瞩目的成就：在省级以上的学术刊物上，共发表论文410篇，其中国家级62篇。出版专著21部，其他编著、丛书、教材等36部。《汉语大辞典》的编纂工作受到了国务院的表彰。

1994年我校共有34项省高校社科成果奖，其中文学院独占12项。由刘学锴、余恕诚合著的《李商隐诗歌集解》获全省唯一一项特等奖，并受到了国家出版总署的奖励。谢昭新副院长谈了过去工作中的不足，同时，提出了今后文学院科研工作的方向，即一方面巩固、发挥传统学科优势，另一方面进一步建设"楚辞研究""古代文风研究""美学研究"等重点科研基地。

最后，赵庆元院长做了总结发言。

（发表于1995年4月20日第293期《安徽师大报》，作者王国栋、曾宁）

73.我校学科建设又有新突破 古代文学跨入省重点学科行列

本报讯 日前，我校文学院古代文学学科点在省级重点学科评比中，以雄厚的实力位居全省各高校中文学科榜首，跨入首批省级重点学科行列。这标志着我校在重点学科建设上又迈上了一个新台阶。

古代文学是我校传统优势学科，曾获国家首批硕士学位授予权。现有在职正副教授11人，博士、硕士学位7人，其中4人分获全国教育系统劳模、全国优秀教师、全国优秀教育工作者称号，2人获曾宪梓教育基金会优秀教师奖，5人享受国家及省级政府津贴。

该学科点在科研与教学方面都有着扎实的理论基础与丰富的实践经验，在培养硕士研究生方面亦探索出一条适合自己走的道路。1992年国家教委组织对硕士授予点进行评估，该学科点被评为A级甲等。目前它已拥有先秦至六朝文学、唐宋文学、元明清文学与近代文学4个方向，它们互相组合衔接，既全面覆盖中国古近代文学,又在古代诗学方面形成突出的系统和优势。尤其对诗、骚、建安文学、唐诗以及屈原、李商隐、龚自珍等几个诗歌发展重点阶段和重要作家的研究,取得了一系列的成就。在唐诗研究方面,该学科点更处于全国领先地位,被同行专家公认为国内唐诗科研的重要基地之一。该学科点还编撰了《增订注释全唐诗》《经籍纂诂续编》《戴震丛书校注》等大型著作,获得多项国家与省级奖。

"八五"以来,古代文学学科点共发表学术论文200余篇,其中发表在《中国社会科学》《文学遗产》《文学评论》等国内一级刊物上的有50多篇。正式出版专著24部,其中《李商隐诗歌集解》《屈原与楚文化》《杜诗鉴赏》《李商隐诗选》等在海内外产生广泛影响。承担21项国家与省级科研项目,完成《新编全唐五代文》《中华大典·李商隐》《〈戴震全书〉校注》等国家重点项目多项。新近出版的《中国近代文学辞典》填补了国内空白。多次主办国内学术会议,参加国际学术会议20多人次,来此进修、合作科研的有30人次。该学科点还培养出研究生30余名,并向北大、南大、复旦大学等重点高校输送了多名博士生,受到社会各界一致好评。

目前,该学科点在专业教学、科研水平人员素质、梯队结构与管理工作等方面均取得长足的进步。跨进省重点学科行列后,该学科点将在原有研究格局基础上,进一步拓宽研究领域,为推进中国古典文学研究的深入,为弘扬传统文化、培养跨世纪人才做出新的贡献。

(发表于1996年4月15日第307期《安徽师大报》,作者乔东义)

74.全省首家新闻系在我校诞生 新闻专业指导委员会同时成立

本报讯 4月18日,校科技楼礼堂灯火辉煌,高朋满座,文学院新闻系暨新闻专业指导委员会成立庆典在这里隆重举行。它的成立,结束了我省高校没有专设新闻系的历史,探索出一条由学校、社会和新闻单位联手培养新闻人才的新路子。校党政领导沈家仕、丁万鼎、胡昭林、夏瑞庆、王肃,教务长陈立荣以及各部处、院系负责人出席庆典。

应邀参加这次庆典的还有省内外20多家新闻单位的领导和专家。全国16家高校的新闻院系发来贺电或送来贺礼。会上,校党委书记沈家仕宣布《关于成立"安徽师大文学院新闻系暨新闻专业指导委员会"的决定》。校党委副书记、副校长丁万鼎为新闻系揭牌并讲话，他说，文学院新闻系是我校为适应高等教育改革的需要，在优先办好师范专业、积极发展大师范和非师范专业的精神指导下，经国家教委批准于1993年开始招生的新闻本科专业。

新闻系及新闻专业指导委员会的成立，是我校顺应新形势、深化教育改革的一大成果，也是社会各界尤其是新闻宣传界领导专家通力合作的结果。他衷心地希望该指导委员会的成员，一如既往地关心和支持新闻系的建设与发展。

新闻系副主任潘啸龙、复旦大学新闻学院院长陈桂兰、安徽电视台台长吴钟谟、新闻系学生代表、复旦大学校友会代表等先后发表讲话。

庆典会上，文学院学生为参加庆典的来宾演出了一场精彩的文艺节目。

（发表于1996年4月30日第308期《安徽师大报》，作者沈正赋）

75.一部知识性和学术性兼备的好辞书——喜见《中国近代文学大辞典》问世

孙文光同志主编的《中国近代文学大辞典》新近由黄山书社出版发行。这部集百余名学者智慧、精心结撰的大型专题辞书，将以它知识性与学术性兼备的鲜明特色，赢得学界和广大读者的热心关注。

全书有周详的编纂构想。它凸显近代文学作为传统文学结穴与现代新文学滥觞的过渡性质，大致断限于1840—1919年，又适当上溯鸦片战争前，稍及五四运动后，试图以作家作品、理论批评、文学运动、研究历史四个向度，展示中国近代文学全貌，力求史料翔实完备，线索突出分明，使本书成为研究者足以依据的史料总汇，一般读者学习了解近代文学的可靠指南。由于编者与作者的不懈努力，全书构想实现得较为完满，体现出如下特色。

首先，本书仿照《中国大百科全书》体例，设立近代文学概述性条目和若干重点条目，组织国内所涉领域有代表性的专家撰写，保证了全书的学术水准。这类辞目的释文，史料与解说并重，一般都在3 000字左右，反映了本学科的最新成果。本书顾问季镇淮先生新撰"近代文学"。总条，释文达4 000字，不啻一篇精要专论；本书顾问任访秋先生和孙静、林岫、梁淑安、费振刚、黄霖、王飚等一批知名学者，分别撰写了"近代散文""近代诗""近代词""近代戏剧""近代骈文""近代文学理论批评""近代文学研究"等概述性词条。有关作家作品的重点词条，也大都出自著名专家之手，其中不少是声望很高的老一辈专家。本书顾问王季思先生撰"霜崖曲录"，刘逸生撰"己亥杂诗"，孙玉石撰"鲁迅"，杨国桢撰"林则徐"，孙钦善撰"龚自珍"，杨天石撰"南社"，张涤华撰"李兆洛"，祖保泉撰"王国维"，吴孟复撰"陈三立"，严薇青撰"老残游记"，管林撰"黄遵宪"，郭延礼撰"秋瑾"，夏晓虹撰"梁启超"……都展现了各自学术专工，包含着各自的独到见解。这些辞目，构成全书主干，使本书学术分量愈益见重。

其次，本书专设"近代文学研究"一大类，全面展示本学科进展的历史与现状，对学科建设，大有助益。近代文学研究工作，迄今未满百年。在二三十年代，由胡适、鲁迅启其端，郑振铎、阿英继其绪，初步基础虽奠定较早，但学科地位却迟到五六十年代始行确立。80年代以来，这一学科领域的研究工作才得以全面展开。为适应研究工作需要，本书列有自20世纪初直到1992年主要的研究家、研究著作与史料、研究刊物、研究机构和历次全国性会议等专门辞目，以提供尽可能详尽的信息资料，使学科概貌，一目了然。这无疑会推进本学科研究的深入进展。

涵盖面广，信息量大，也是本书特色之一。作家类辞目，除近代文学知名作家、理论家、翻译家、编辑家外，还酌情选入了若干有关的政治家、思想家、画家、藏书家、演员、艺人等，以助读者深入了解近代文学的政治思想与文化艺术背景；作品类辞目，包括各种总集、选集、别集、专书与单篇，对一般尚少研究的楹联、书信、日记等作品，也酌列专条，广予介绍。值得一提的是，日记类列有"近代日记文学"总条，选收"林则徐日记""郭嵩焘日记"等计60种，其释文全部出于以专门研究日记文学闻世的陈左高先生手笔，专家撰专条，其资料之信实，叙说之精审，自不待言。本书还特辟篇幅转载了管林、钟贤培等同志合编的《中国近代文学大事记》，选载此项资料，同全书设有笔画、音序、分类三种检索目录一样，体现着编者处处为研究者和读者着想的良苦用心。

《中国近代文学大辞典》篇帙浩繁，总计4 500多辞目，150余万字，参与撰写者110多人。按统一设想，组织多方力量全力以赴，共成此举，本身便是一项复杂工程。令人欣慰的是，本书主编谨以其业师季镇淮先生"不求名高，而务切实际"的嘱咐为宗旨，历时10年，兢兢业业，不避繁难与苦辛，终于出色地完成了此项工程。只要看一下10年进展的时间表，就可以大略知道，本书编纂工作是何等踏实细致：1986年，提出初步设想，为辞目筛选与确定，在同行中反复征集意见，费时3年；1989年组织人员撰写，至1993年截稿，又费时3年；统稿、发排至成书，编者与出版社的同志反复审订、校对，又是一个3年。待本书问世，屈指整10个年头。10年辛苦，功在一书。以这样郑重的态度，不计辛劳地对待辞书编纂工作，在目下辞书越编越滥的局面下，尤其令人钦敬。

"书籍有自己的命运"。书籍一经出世，就不只属于编者，属于作者，它的命运，说到底操在读者手里，操在历史手里。《中国近代文学大辞典》未来命运如何，就等待着读者的选择，时间之神的考验了。

（发表于1996年11月26日第318期《安徽师大报》，作者汪裕雄）

76. 舒咏平《〈广义灵感论〉》发表

本报讯 文学院副教授舒咏平经过10年研究撰写的学术论文《广义灵感论》，日前由社科权威杂志《中国社会科学》发表。该文认为神秘的"灵感"导致了灵感理论的玄虚，难以给人们的社会实践提供借鉴。于是借助心理学、脑科学、混沌学等知识定理，给灵感与思维建立起有机联系，提出了"广义灵感"的概念，揭示其本质为显、潜意识活动中，由相关知识信息组合而成、突现于意识域的即时性成思；并指出其相对的创造性、存在的暂时性、连绵的突发性等特点。"广义灵感论"的提出，有助于全民创造热情的激发、思维科学理论的建立及人工智能机的研制。

《中国社会科学》是我国社会科学界最有影响的学术刊物。我校已有潘啸龙、汪裕雄、潘德荣等教授在该刊物上发表论文。

据悉，舒咏平将"广义灵感论"结合于社会实践的专著《实用策划学》，日前已由中国商业出版社出版。

（发表于1997年5月15日第325期《安徽师大报》，文学院）

77. 百岁文学大师苏雪林造访母校安徽师大

本报讯 在我校隆重庆祝建校70周年之际，103岁的国宝级文学大师、台湾成功大学教授苏雪林专程前来芜湖访问母校，并为母校70周年校庆题词。苏教授一行受到了学校师生的热烈欢迎，校领导与苏教授亲切会见，并陪同老人参观了校园及校史展览。苏教授原名苏梅，字雪林，安徽省太平县人，早年曾执教于我校前身省立安徽大学，在五四新文化运动时期，她的才名直追冰心，诗词书画、小说散文均独树一帜。代表作有自传体小说《棘心》，散文集《绿天》等。在学术研究方面，单是煌煌一部180万言的《屈赋新探》已卓然"成一家之言"。

　　这位被世人誉为中国现代文坛的"常青树""超级老寿星"的世纪文学大师，今年她在台南家中度过第103岁生日后，喜悉母校七十华诞，思乡之情骤增。5月22日，苏教授及学生、医护人员一行10余人几经周折，终于由台湾飞往安徽。26日，苏教授回到了阔别67年的母校。在校史展览厅，当老人凝视着省立安徽大学校长刘文典塑像时，往事历历在目。当在历任教授名单中看到"苏梅"二字，看到那些发黄的线装花名册和校史物证时，老人流下了激动的泪水。在校期间，苏教授还见到了当年的学生，现已90岁高龄的张先基教授。张先基教授向苏先生详细讲述了当年他任《塔铃》半月刊主编时，聘请先生担任顾问和她用宣纸题诗的情景。流水逝水，而今师生白首重逢，怎不叫人喜出望外。

　　苏雪林教授由我校护送于5月26日深夜安全抵达了故乡太平县。根据日程安排，苏教授于29日返回台湾。

（发表于1998年6月1日第340期《安徽师大报》，作者程丽华）

78.文学院图书馆建成开放

　　本报讯 经过长期的筹备与努力，文学院图书馆于10月12日正式开放，并第一次实现凭卡借书。文学院图书馆藏书达20万册，有一些为线装本与珍藏本。为了充分发挥文学院图书资源优势，提高图书利用率，该院投入了大量时间与精力，对图书重新进行整理上架，并于开学初制定和公布了《文学院图书馆图书借阅暂行办法》。据悉，这是我校第一所院系图书馆。

（发表于1998年10月20日第344期《安徽师大报》，作者任雪山、查妮）

79.中国现代文学史教学改革与课程建设

　　中国现当代文学已列为文学院中文系重点学科之一，在安徽师大1996年度课程建设及其质量评估中被评为优秀课程；中国现代文学史教学改革与课程建设获1997年安徽省普通高等学校教学成果一等奖；1998年中国现当代文学获得硕士点授予权。

　　中国现代文学史备课组全体老师，努力实践，坚持不懈，在教学改革与课程建设方面取得了明显成绩。具体做到：

集体和个人都有较长远的研究课题。措施落实，完成了国家社科院、省社科院、省教委等科研资助项目9项，参与协编教材2部，主编安徽省成人自学考试教材3部，有150多篇论文在国内公开刊物发表，仅1992—1995年，就出版著作5部，计216万字，集体和个人都有较长远的研究课题，在国内学术界产生了较大的影响，形成给本科高年级开设的稳定的选修课程八门以及设立的中国现代文学批评史研究、中国现代小说研究、鲁迅研究、中国新诗研究等研究方向，为招收和培训硕士研究生做好了充分准备。

现代文学史教学，选最新学术成果作为教学参考教材，加强文艺思潮流派的评论，理清线索、精讲内容，正确对待和使用基本教材，纠正了部分教材的弱点和缺点，更新、开拓和深化了教学内容。教学方法上贯彻"少而精""启发式""多样生动"的原则，实行突出重点，注重难点，"点面结合"；讲授与直观教学（看电视录像）相结合；讲授与讨论相结合；课内讲授与课外阅读指导相结合；课堂讲授与作业相结合；"教书"与"育人"相结合。给全院学生作了多次有关学术报告，着意对青年学子进行人生观、世界观（包括文艺观）的教育，使中国现代文学史教学不是"经院式"的，而是密切关注现实，走向社会。

注重师资队伍建设，严格教学管理。备课组目前已有教师7人，师资梯队已经形成，年龄、职称结构基本合理，最后学历和政治素质有着优势。青年教师在中老年教师合作与帮助下有充分准备地走上教学第一线；高职教师长时间轮流担任教学任务，近五年平均开课率为100%，力戒教学质量滑坡，建设了题库，制定了考核办法，率先在全校进行期末考试（查）教考分离试点，取得了一定成绩和经验。

力争教学与课程建设跃上新的台阶，五年内将现代文学史与当代文学史合并为二十世纪中国文学史。我们的做法是：首先，要求教授当代文学的老师注重现代文学的学习和研究，教授现代文学的老师关注和学习当代文学；其次，派人参加编写由南京大学朱寿桐教授主编的《二十世纪中国文学史》，并作为我们的参考教材；再次，引进或自己培养2至3名硕士研究生，1至2名博士生，组成一支以中青年为骨干的高学历的师资队伍，争取自己组织人力编写《二十世纪中国文学史》以及配套的中国现当代文学作品选作为教材，在此坚实的基础上正式开设这一课程。

（发表于1998年11月12日第345期《安徽师大报》，作者杨芝明）

80.修辞学最高奖梅开三度，文学院谭永祥再获殊荣

本报讯 我国汉语修辞学最高奖——陈望道修辞学奖第三届评比结果日前在上海揭晓，文学院谭永祥副研究员荣获二等奖。这是谭先生继1994年获得首届陈望道修辞学奖三等奖之后，再次与该奖结缘。取得如此辉煌成绩，在目前的汉语修辞学界尚无第二人。

陈望道修辞学奖，是香港一名企业家在纪念我国汉语修辞学奠基人陈望道先生逝世10周年时捐资设立的，旨在奖励在汉语修辞学理论、修辞学史、修辞手法、语体风格等研究领域做出突出贡献的专家、学者。该奖为汉语修辞学最高奖，面向全国。在1994年首届陈望道修辞学奖中，谭永祥先生的学术专著《汉语修辞美学》在40多部参评著作中被评为三等奖。在此次评比中，谭先生的又一力作《修辞新格》增订本，毕其近10年的心血和汗水，独创了汉语修辞新格30个，在汉语修辞学史上做出了开创性的贡献，在一等奖空缺的情况下被评为二等奖。与此分获二等奖的是汉语修辞学著名学者郑子瑜、宗廷虎主编的《中国修辞学通史》。

（发表于2000年4月18日第361期《安徽师大报》，作者沈正赋）

81.第十一次全国现代汉语语法学术讨论会在我校召开

本报讯 第十一次全国现代汉语语法学术讨论会于2000年10月9日至13日在我校举行。本次会议由中国社会科学院语言研究所现代汉语研究室、《中国语文》编辑部、安徽师范大学文学院、商务印书馆、北京语言文化大学对外汉语研究中心联合主办。出席会议的有近50位来自海内外的知名语法学家。报到当天，我校党委书记、校长丁万鼎教授、副校长刘登义教授和有关部门负责同志到专家楼看望了与会代表。9日上午8点在校图书馆报告厅举行了开幕式。开幕式由文学院副院长孔令达教授主持，副校长刘登义教授、文学院院长谢昭新教授分别代表学校和文学院致辞，热烈祝贺会议的召开，热烈欢迎与会的专家学者。中国社会科学院语言研究所所长、《当代语言学》主编沈家煊教授发表了讲话，感谢安徽师大及文学院为这次会议的召开所做的努力。会议收到近50篇论文，内容包括词的构成、词类、句法格式、篇章等各个方面，涉及认知语法、功能主义语法等多种理论方法。大会讨论气氛热烈，代表发言踊跃。会议期间，沈家煊教授和我国著名

的老一辈语言学家、上海师大张斌教授为研究生和本科生作了两场学术报告，受到同学们的热烈欢迎和高度评价。代表们还兴致勃勃地参观了芜湖长江大桥和中山路步行街。

（发表于2000年10月15日第364期《安徽师大报》，作者胡德明）

82. 文学院举办中国诗学研讨会　二十多位著名博导云集我校

本报讯　5月14日上午，我校文学院迎来了大批尊贵的客人，他们是目前活跃在中国古代文学研究领域的最精锐的力量，清一色的中文系教授和博导，他们此行是应邀前来参加文学院举办的中国诗学研讨会。据悉，如此规格和档次的学术会议在我校的历史上尚不多见。我校党委书记、校长丁万鼎教授代表学校在开幕式上讲话，文学院院长谢昭新教授致欢迎辞，中国诗学研究中心主任余恕诚教授主持会议。

在5月14日一天的学术研讨会上，与会的各位专家分别从自己的研究领域和研究角度出发，阐述了对中国诗学理论的独到见解，交流了各自在这个领域所取得的学术研究成果。同时还对我校文学院有关教师在中国诗学研究方面已经取得的学术成就和由此产生的学术影响给予了高度评价，对我校中国诗学研究中心通过教育部的审核成为省属高校人文社会科学重点研究基地表示祝贺，对我校文学院古代文学专业突破博士点寄予厚望。

应邀参加此次研讨会的代表分别来自北京大学、复旦大学、南京大学、四川大学、浙江大学、南开大学、中山大学、河北大学、苏州大学、北京师大、首都师大、南京师大、上海师大、西北师大、华南师大、哈尔滨师大以及中华书局、《文学遗产》杂志社等单位。《光明日报》《人民政协报》、安徽电视台等单位也派来记者对此次研讨会进行报道。

（发表于2001年5月15日第376期《安徽师大报》，作者沈正赋）

83. 我校中国诗学研究中心顺利通过教育部审核

本报讯　日前从教育部传来消息：在教育部组织专家审核通过的全国10个省属高校人文社会科学重点研究基地名单中，我校"中国诗学研究中心"榜上有名，此举标志着我校在学科建设和发展方面取得重大突破。这是继安徽大学"徽学研究中心"之后，我省获得教育部批准的又一重点文科研究基地。

"中国诗学研究中心"是我校在古籍整理研究所和文学研究所的基础上，对其优势力量进行优化组合，于去年1月份正式组建成立的一个科研机构。该中心现有专兼职研究员16人，下设先秦至六朝诗歌研究室等5个研究室，拥有中国古代诗人诗作研究等3个研究方向。奠定该中心学术基础的研究成果主要表现在3个方面：一是诗人诗作研究。《诗经》《楚辞》研究于20世纪80年代中期即为学界瞩目，潘啸龙教授发表于《中国社会科学》等刊物的系列文章，以及与蒋立甫教授出版的《诗经选注》《屈原与楚文化》《楚汉文学综论》等著作，以厚重扎实、深刻独到见称；唐诗研究很早就被视为国内重要基地之一，尤其是对晚唐大诗人李商隐的研究，为国内外公认的权威所在。刘学锴、余恕诚教授的《李商隐诗歌集解》获全国首届古籍整理研究图书三等奖、教育部人文社科二等奖，余恕诚教授的《唐诗风貌》获省社科一等奖。二是中国诗学理论研究。汪裕雄教授的《审美意象学》《意象探源》两书，考察"意象"如何从一般文化领域向审美和艺术辐射延伸，对中国诗歌意象结构、类型和审美交流功能作了透辟分析，是从文艺美学角度系统清理中国诗论的范式之作。两书分别获教育部人文社科二等奖和国家社科项目优秀成果三等奖。三是古典诗歌接受史研究。陈文忠教授成功地借鉴接受美学理论用于中国古典诗歌研究，由此写出的系列论文和专书是国内这一领域的拓荒性著作。以上三个方面的研究不仅为该中心的建立奠定了扎实的基础，而且具有鲜明特色：作家作品研究，踏实而不守旧，强调文献学与文艺学的结合，实证与理论结合。同时重视诗学的文学本质，重视对作品本身的真知实感，准确把握，融传统的"知人论世"于历史唯物主义的体系与方法之中；诗学理论研究，致力于中国诗学理论的系统清理与现代转换；古典诗歌接受史研究更是全新的领域。三个方面均立足当代文化建设，围绕中国诗学开展研究，包容之广，切入点之新，以及它的拓展性、延伸性都是很突出的。中心的专职人员中有根底非常丰厚的年长专家，有省级跨世纪学术带头人，也有年轻的博士。该中心老、中、青结合，形成方向多样而不单一，同时具有强大凝聚力、韧性战斗精神和良好发展前景的梯队。

去年11月20日，教育部社政司司长顾海良率专家组一行，在完成对中国诗学研究中心进行实地考察后一致认为，该基地主要有5大优势：一是前期成果丰富，有一批特色鲜明、具有较高水平的研究专著；二是在古代诗歌文献整理和古代诗歌研究方面有较好的基础，某些领域处于国内同类研究领先地位；三是各级领导重视，组织得力，各职能部门配合支持有力；四是研究队伍年龄结构合理，梯队完整，学风严谨，专兼人员配备合理；五是三个研究方向的设置可操作性强。

（发表于2001年5月15日第376期《安徽师大报》，作者沈正赋）

84.安徽近代文学研究会在我校成立

本报讯　安徽近代文学研究会于5月20日在我校文学院成立，来自省内部分高校的近代文学研究专家、学者出席了成立大会。我校孙文光教授被选为研究会会长。近代文学是中国文学史上重要的一环，它包括从1840年鸦片战争到1919年五四运动期间的文学，与古代文学、现当代文学共同建构整个中国文学体系。近代文学与安徽有着不解之缘，安徽是近代文学资源丰富的大省，从包世臣、江开、姚莹、方东树，到吴保初、吴汝纶、许承尧、吕碧城，以及早期的陈独秀、胡适等皖籍名流，在全国文坛均占有极其重要的地位，有的甚至是当时的领袖人物。不仅如此，安徽还是近代文学研究的一个重要基地，安徽的近代文学研究工作起步早，成绩卓著，在全国具有较大的影响。早在1985年，我校中文系就率先成立了中国近代文学研究室，九十年代初开始招收近代文学研究生，成为国内继北京大学之后极少几家具有本专业硕士学位授予权的单位之一。在1985年至1992年间，我校还连续3次与北京大学、南京师大等联合主办了全国性的"龚自珍诗文学术讨论会""纪念龚自珍逝世150周年学术研讨会"和"纪念龚自珍200周年诞辰学术研讨会"。在研究成果方面，十余年来，我省学界出版近代文学专著数十种，发表近代文学专业论文数十篇。其中孙文光教授的龚自珍研究、祖保泉教授的王国维研究、孙维城教授的况周颐研究、麦若鹏教授的黄遵宪研究以及王祖献教授的近代小说研究在国内学术界都获得了很高的评价，尤其是孙文光先生主编的《中国近代文学大辞典》被认为是近代文学研究的重要实绩和文献之一。

（发表于2001年5月31日第377期《安徽师大报》，作者沈正赋）

85.中国诗学研究中心成果丰硕

本报讯　2001年3月，教育部正式批准我校中国诗学研究中心为全国10个省属高校人文社会科学重点研究基地之一；同年6月，教育部社政司给中心授予了由教育部统一制作的牌匾。一年来，在中心主任余恕诚教授的带领下，中心的各项工作都取得了长足的发展。

在科研项目申报方面，余恕诚教授申报的"唐代诗歌和其他文体的关系研究"课题获得国家社科基金资助；陈文忠教授申报的"唐诗接受史研究"、刘运好博士申报的"魏晋士风与诗风嬗变研究"、李平副教授申报的"《文心雕龙》研究史"课题被批准为教育部人文社会科学研究"十五"规划第一批研究项目；潘啸龙教授主持的"《诗》《骚》诗学与艺术"和胡传志教授主持的"中国诗学研究一百年"课题分别被确定为省教育厅社科重点研究项目和一般项目。

在科研成果方面，刘学锴、余恕诚教授合编的《李商隐资料汇编》和《李商隐文编年校注》已由中华书局出版，这是继《李商隐诗歌集解》之后，李商隐文献整理方面的又一力作；陈文忠教授的《二十世纪美学领域的中国学人》、李平副教授的《中国文化散论》、汪裕雄与陈文忠教授主编的《古典文艺理论批评论集》、中心兼职研究员陈友冰的《海峡两岸唐代文学研究史》也已出版。中心研究人员还在国内重要刊物上发表论文20余篇。另外，中心还有一批科研成果喜获安徽省社科优秀成果奖：胡传志教授的专著《金代文学研究》荣获一等奖，陈文忠教授的专著《中国古典诗歌接受史研究》、潘啸龙教授的专著《屈原与楚辞研究》和陈友冰研究员的论文《五十年来海峡两岸唐代文学研究比较》均获得了三等奖。

在学术交流方面，去年5月份和10月份，中心先后举办了2001年中国诗学研讨会和2001年国际华文诗歌研讨会，一批国内外著名的专家、学者来我校研讨、讲学。同年11月15日—23日，中心主任余恕诚教授应台湾大学的邀请，赴台湾进行学术交流。中心与中国社会科学院文学研究所签订了《关于共享人才资源的协议书》，就聘请中国社会科学院文学研究所的专家前来讲学和进行客座研究的有关问题达成了协议。此外，中心研究人员还应邀参加了"李白诞生1300周年纪念大会""李白国际学术讨论会""郭沫若与新世纪学术讨论会""21世纪中国诗歌研究学术研讨会"等。

（发表于2002年3月28日第384期《安徽师大报》，科技处）

86.李商隐诗歌国际学术讨论会在我校举办

本报讯 中国李商隐研究会第六届年会暨国际学术讨论会于2002年4月14日至18日在我校举行。来自全国各地和海外的六十多位李商隐研究专家、学者聚集在一起,就李商隐诗歌的研究意义、现状和未来走向进行相互切磋和探讨。我国著名作家、中国作协副主席、文化部原部长王蒙出席会议,并为我校1000多名师生作了题为《说"无端"》的学术讲演。他还应聘担任我校中国诗学研究中心顾问。

研讨会上,专家们认为,李商隐研究的突破性进展和引人注目的实绩,对于当代古典文学具有重要的意义。首先,它使李商隐拂去历史的尘埃,还其真实面目,得到比较客观公允的评价,从而改写了文学史;而更重要的则在于通过李商隐研究的实践带来对于古典文学研究在观念和方法的启发和思考。王蒙先生认为,"李商隐现象"是对文学传统的一个挑战,首先是对文学创作的一个挑战;另外,对文艺理论、意识形态、封建社会的主流意识以及文学的狭隘性和诗学文学美学的一些概念、一些符号系统也是一种挑战。他建议:"把李商隐研究作为一个契机,把我们整个国家的理论水平、文学史的水平、诗歌创作的水平推进到一个新的境地。"

我校是全国乃至国际有影响的李商隐研究的"重镇"。刘学锴、余恕诚两位教授以多年刻苦钻研和深厚功力完成了《李商隐诗歌集解》《李商隐文编年校注》《李商隐资料汇编》等一系列学术著作。这些著作既是深入研究李商隐的丰硕成果,又为更多的人更深入地研究李商隐奠定了坚实的基础。同时,他们及其学术群体还不断写出许多有见地、有分量的李商隐研究论文,进而把李商隐研究不断推向新的境界、新的高度。

(发表于2002年4月20日第385期《安徽师大报》,作者沈正赋)

87.王蒙受聘为我校中国诗学研究中心顾问

本报讯 日前,受我校党委书记、校长丁万鼎教授聘请,原国家文化部部长、全国政协常委、中国作家协会副主席、著名作家王蒙先生出任我校中国诗学研究中心顾问。

作为我校中国诗学研究中心的顾问,王蒙先生将为"中心"做三个方面的工作:一、对"中心"的研究工作给予指导,接受"中心"咨询,帮助出主意;二、在方便时访问安徽师范大学,给有关师生讲学或参加研讨;三、根据"中心"开展工作和研究的需要,帮助联络有关文艺界和学术界人士。中国诗学研究中心将不定期向王蒙先生汇报中心的工作与研究情况。

此前,王蒙先生曾于今年四月中旬应我校文学院和中国诗学研究中心之邀,参加在我校举办的第三届中国李商隐诗歌学术年会暨国际学术研讨会,并在学校大礼堂做了一场学术讲演,在校内外引起很大的反响。

(发表于2002年5月31日第386期《安徽师大报》,中国诗学研究中心)

88.西藏山南地区成人高等学历教育文秘专业专升本班在我校隆重开学

本报讯 受省教育厅委托,2003年我校为西藏山南地区定向培养成人高等学历教育文秘专业专升本学员30名,招生对象为年龄在40岁以下持有国民教育系列专科毕业证书的优秀年轻党政干部、企业干部和专业技术干部,学制二年。为认真落实省委、省政府教育援藏"双百工程",学校领导非常重视,多次召开专门会议,研究落实该班的教学、后勤和管理等方面的工作,认真做到教学到位、组织到位、管理到位、后勤保障到位。

9月16日上午,省教育厅副厅长徐根应在校党委书记、校长蒋玉珉和党委副书记高家保等同志的陪同下,到西藏班学生宿舍看望了来我校学习的西藏班学员,与他们进行了亲切交谈,并与学员们一起在学生餐厅共进午餐。

当日下午,该班开学典礼在我校隆重举行。开学典礼上,党委副书记高家保代表学校向山南地区的30名青年干部来我校进行学历教育表示热烈欢迎和衷心祝贺!他指出,为积极落实中共中央关于实施西部大开发战略,加大对西部地区本科层次人才培养的支持力度,支援西藏地区经济建设,安徽省委、省政府与西藏山南地区地委签订了教育援藏"双百工程",即在2003、2004年分别为西藏山南地区定向培养100名大学生和干部,这是具体落实援藏经济建设,积极实施西部大开发战略,培养造就一批符合时代要求、有能力、有作为、能充分发挥示范作用的西藏干部的重大举措。这项以培养西藏山南地区在职干部的文化素质和专业水平为目标,提高基层干部学历为重点的成人高等教育,对于培养一批高水平、高素质的党政机关、企事业单位和人民团体的基层管理人才,进而带动山南地区经济跨越式发展和社会局势长治久安，有着十分深远的历史意义和重大的现实意义。同时，他还向学员们介绍了学校的概况，提出了要求和希望，预祝他们顺利完成学业。

会上，继续教育学院和文学院的领导分别介绍了我校继续教育和文学院的基本情况，对学员们的学习提出了具体要求。教师代表和学员代表也先后在大会上发了言。

（发表于 2003 年 9 月 30 日第 407 期《安徽师大报》，作者朱为民）

89.我校余恕诚教授获全国首届高等学校教学名师奖

本报讯 日前，在全国首届高等学校教学名师奖评选中，我校余恕诚教授获此奖项，也是我省省属高校唯一一名获奖者。

据悉，设立"高等学校教学名师奖"、表彰在高等学校人才培养工作中做出突出贡献的教师，是中华人民共和国成立以来的第一次。这是落实科教兴国战略，推进教育创新，提高教育质量的又一重大举措，是尊重知识、尊重人才、尊重教师劳动的具体体现。此次全国评选出的100名获奖教师中，有62名来自教育部直属高等学校，35名来自非教育部直属高等学校，3名来自军队院校；安徽省共有3位教师获此殊荣。

余恕诚教授现任我校中国诗学研究中心主任，是第八届全国政协委员，第八届安徽省政协常委，安徽省政府参事，安徽省学位委员会委员，国务院有突出贡献的专家，中国唐代文学学会理事，中国李白研究学会常务理事，中国李商隐研究会副会长，中国韵文学会常务理事兼诗学分会会长，河北大学兼职博导。曾获"全国优秀教育工作者""全国高等师范学校曾宪梓教育基金会教师二等奖""安徽省师德先进个人"等荣誉。出版专著（包括合著、参编）10余部，在核心期刊发表学术论文30余篇，其著作和论文多次在国内获得大奖，在唐诗理论研究和李商隐研究方面有较大影响。

（发表于 2003 年 9 月 30 日第 407 期《安徽师大报》，秘书科）

90.《逻辑学教程》定稿会在我校举行

本报讯 由教育部批准的国家"十五"规划重点教材《逻辑学教程》（修订

本）定稿会于11月1日至4日在我校举行。高等教育出版社文科分社副社长王方宪编审参加了定稿会。我校党委副书记、常务副校长刘登义教授到会看望并设宴招待了参加会议的各位专家。

《逻辑学教程》由中国逻辑学会常务理事、西南师大副校长、博士生导师何向东教授主编，国内十所高校的逻辑学专家参与编写，我校文学院杨树森教授是主要撰稿人之一。该教材1999年由高等教育出版社出版，是教育部"高等教育面向21世纪教学内容和课程体系改革计划"的研究成果之一，被列入首批"面向21世纪课程教材"。教材出版以后，在国内高等教育界和逻辑学界产生了重大影响，2002年被教育部"教高函〔2002〕17号"文件确定为"十五"国家级重点教材，高等教育出版社已经将这部教材列为该社"百种精品教材"建设规划。

此次修订工作是根据教育部要求和高等教育出版社的规划进行的。经过与会专家的共同努力，会议顺利完成了既定任务。据悉，《逻辑学教程》（修订本）将于2004年春面世。

（发表于2003年11月15日第410期《安徽师大报》，文学院）

91. 孔令达获首届语言文字应用研究青年优秀论文奖

本报讯 首届语言文字应用研究青年优秀论文奖日前在北京召开，我校文学院孔令达教授的论文《儿童语言中代词发展的顺序及其理论解释》获得二等奖。

为推动我国语言文字应用研究的发展，促进语言文字应用学科建设，鼓励青年学者积极从事语言应用研究，中国应用语言学会（筹）和语言文字应用杂志社共同设立了语言文字应用研究青年优秀论文奖。本奖项每两年将评选一次，每次授奖的论文一般不超过6篇。本届青年优秀论文奖对《语言文字应用》杂志1998年—2001年刊登的文章进行了评选。此次评选工作历经一年左右，经过专家评审委员会的多轮筛选评审，产生二等奖2名、三等奖3名（一等奖空缺）。清华大学孙茂松等的《信息处理用现代汉语分词词表》和我校文学院孔令达教授等的论文《儿童语言中代词发展的顺序及其理论解释》获得二等奖。三等奖分别被中国社会科学院祖漪清、教育部语言文字应用研究所孙曼均、香港理工大学陈瑞端等分享。

（发表于2004年9月15日第426期《安徽师大报》，文学院）

92.全国文学史理论建构和创新学术研讨会在我校召开

本报讯 10月23日至25日，由我校文学院、中国诗学研究中心、《文学评论》编辑部、复旦大学中文系联合主办的"文学史理论建构和创新暨《20世纪中国文学通史》学术研讨会"隆重召开，来自全国各高校和社科研究单位的专家学者计40余人出席了此次大会。会议的主要议题有：1.文学史理论的建构和创新；2.《20世纪中国文学通史》研讨；3.中国现当代文学的教学与研究。大会围绕这三个议题进行了广泛、深入而热烈的讨论，既有理论视野下对20世纪中国文学史编著与理论创新的反思，也有从教学一线文学史讲授引发的真知灼见。与会专家学者还从各自独特的文学史观出发，以敏锐的学术眼光，对中国文学史一个世纪以来的变化及发生这些变化的原因进行了交流，并结合《20世纪中国文学通史》这部著作，研讨它的创新理念、编写路径、体例、方法，以及现当代文学史的教学改革和课程建设，为当下中国现当代文学史教学和研究提供有益借鉴。这次学术会的成功召开，对促进中国现代文学的学科建设，推动21世纪中国文学的教材编写，深化中国现当代文学的教学，具有重要的理论意义。

（发表于2004年11月15日第430期《安徽师大报》，作者吴以偆）

93.文学院启动"学海导航"系列讲座——著名教授刘学锴担当首场讲座

本报讯 3月12日下午，文学院"学海导航"系列讲座在南校区教学楼2020301教室正式启动，由刘学锴教授主讲的题为"我和李商隐研究"的首场讲座受到了文学院广大师生的普遍好评。

据了解，很多同学为了听这次讲座，从早上开始就来到教室占位子。一位在场的同学告诉笔者，他中午来到教室时，就已经发现教室里座无虚席，甚至连走廊里都站满了学生。整场讲座高潮迭起，刘学锴教授精彩的演讲不时博得大家的阵阵掌声，现场同学提问积极踊跃，师生交流非常融洽，场上气氛十分热烈，讲座获得圆满成功。

据文学院胡传志教授介绍，"学海导航"系列讲座从2004年就已开始筹划，但由于南校区尚处建设阶段，场地受限，所以直至今年才将这一计划真正落实下来。在今后，"学海导航"系列讲座将会一直持续下去，并做到每学期至少开展十次,内容以文学知识为主。届时将邀请国内、校内众多专家学者以及社会上的成功人士为同学们开展形式多样的学术讲座和经验交流会。

(发表于2005年3月31日第438期《安徽师大报》,作者高倩)

94.第二届中国韵文学国际学术研讨会在我校召开

本报讯 4月2日至6日第二届中国韵文学国际学术研讨会在我校隆重召开。本次学术会议由安徽师范大学中国诗学研究中心、中国韵文学会、南京师范大学文学院联合主办。来自美国、韩国、马来西亚等国著名学者,以及北京大学、中国社科院、南京大学等国内重点高校和研究机构的近60名专家出席了这次盛会。

研讨会开幕式于4月3日上午在铁山宾馆竹苑四楼会议室隆重召开。开幕式由中国诗学中心主任余恕诚教授主持。我校党委书记、校长蒋玉珉,中国韵文学会会长钟振振出席大会并讲话。开幕式结束后,大会分组进行学术研讨,共举行了十四场研讨会,气氛热烈,效果显著。4月4日上午,大会在铁山宾馆紫岚阁一楼会议室隆重闭幕。闭幕式由中国韵文学会会长钟振振教授主持。与会代表踊跃发言,高度评价了此次会议的组织筹备和会务工作,会议的民主作风和融洽气氛也受到了与会专家的一致好评。

本次会议共收到学术论文50篇,涉及面相当广,涵盖了中国韵文学研究的各个领域,基本反映了近年来中国韵文学研究的丰硕成果,也昭示了今后中国韵文学研究发展的总体趋向和出路。

(发表于2005年4月30日第440期《安徽师大报》,作者袁晓薇)

95.莫砺锋教授对唐宋诗词进行"现代解读"

本报讯 4月12日晚7点,南京大学中文系主任、博士生导师莫砺锋教授应邀在南校区2020301教室作了一场题为"唐宋诗词的现代解读"专场学术报告。

莫教授围绕着"应该怎样读唐宋诗词"从四个方面阐述了自己的观点:一、自五四以来,人们欣赏唐宋诗词时带有一种批判精神;二、20世纪80年代以后,"欧风美雨"对唐宋诗词的影响,造成了中西文化"各领风骚数百年"局面的出现;三、唐宋诗词于一千年前所作,随着时代变迁,其精神内蕴也有变动;四、在选择阅读材料时,一定要"选对出版社"。

莫教授在报告中旁征博引，名人轶事、经典诗词，信手拈来，显示了浓厚的文化功底。报告会期间，高潮迭起，莫教授精彩的演讲不时博得同学们的阵阵掌声，现场气氛十分活跃。

整场报告会持续了两个多小时，同学们纷纷表示获益匪浅，并希望以后能经常举行此类活动，在与外校的学术交流中，增加知识、开阔视野。

本学期以来，文学院邀请专家学者开展系列的学术讲座，积极加强与外校的学术交流，在广大师生中引起了良好反响。

（发表于2005年4月30日第440期《安徽师大报》，作者文学院赵艳洁）

96.指点诗词 激扬文字：著名作家王蒙第三次来我校讲学

本报讯 10月26日下午，安徽师范大学中国诗学研究中心顾问、著名作家、原国家文化部部长王蒙先生在学校大礼堂为我校师生作了一场题为"门外谈诗词"的精彩报告。报告会现场，场面异常火爆，可容纳1100多人的大礼堂座无虚席，连走道两旁都挤满了人。有幸置身报告会现场的很多同学表示，听王蒙的文学演讲是一种极大的艺术享受。

报告会上，王蒙先生用深入浅出、生动幽默的语言，以一个文学大师的睿智，对诗言志、诗的寄托以及诗的整体性和个体性等问题进行了深入阐述，用一种全新的视角解读了中国传统诗词。讲述中他旁征博引，纵横古今，满腹珠玑，既谈到唐朝"讲大话"的李白，又评点了毛泽东和钱锺书的诗词，分析了历代诗人在他们作品中流露出的生命体验、人生省悟和追求，介绍了学习传统诗词的方式、方法。王蒙先生的演讲，让在座的师生充分领略了一位有着深厚文化底蕴的学者的魅力和风范，使他们经受到了一次中国传统文化精髓的引导和熏陶。讲座在热烈的氛围中持续了两个多小时，其间掌声、笑声不断。

据悉，这是王蒙先生应文学院邀请第三次来我校讲学。当日上午，王蒙先生在校领导和有关部门负责同志的陪同下还兴致勃勃地参观了我校南校区，王蒙先生对南校区规划设计中"徽文化"理念表示了浓厚兴趣并给予高度评价。

（发表于2005年10月30日第449期《安徽师大报》，作者徐成进）

97.文学院组织开展青年教师教学周活动

本报讯 近期,文学院组织开展以"弘扬高尚师德,提高教学质量"为主题的青年教师教学周活动,旨在督促、推进青年教师在教学上更上一层楼。

4月5日下午,文学院召开动员报告会。副院长胡传志教授在会上分析了高等教育的发展、本科教学评估对教学质量的要求以及文学院青年教师队伍的现状,他充分肯定了青年教师这些年来在教学上取得的优秀成绩,同时也指出,青年教师队伍目前也存在一些问题,如学历、职称结构不够理想,敬业精神、教学水平参差不齐等。接着胡传志教授还从多个角度具体阐述了解决方案。

这次青年教师教学周活动就是提高青年教师教学水平的一次实践。活动期间,文学院还将邀请国家级教学名师余恕诚教授、学校三育人优秀教师陈文忠教授和杨树森教授举办教学经验报告会或教学观摩课。另外,学院还组织两位青年教师上公开课,请北校区中文系青年教师与院领导、教研室主任一起商定业务进修计划,最后召开座谈会,就活动期间举办的报告会、观摩课、公开课等谈体会、谈收获、谈努力方向。

据悉,这次活动对文学院的青年教师触动很大,大家纷纷表示,要珍惜时间,辛勤劳动,爱岗敬业,深入钻研,向前辈学者学习,在实践中不断提高教学水平,弘扬文学院的光荣传统,为学校的本科教学迎评创优工作及未来发展尽职尽责。

(发表于2006年4月15日第458期《安徽师大报》,作者代志影)

98.中国古典诗学的现代传承学术研讨会在我校召开

本报讯 11月8日至10日,中国古典诗学的现代传承学术研讨会在我校召开。校党委书记、校长蒋玉珉出席了开幕式并致辞,国内30多所知名高校的中国古代文学、中国现当代文学、文艺学等领域的40余名学者参加了研讨会。

本次会议由安徽师范大学中国诗学研究中心、文学院主办,安庆师范学院文学院协办,学术研讨活动在芜湖、安庆两地举行。大会围绕古代诗歌、古代诗学理论、传统的文学思想方法对现当代诗歌的影响,以及现当代学术史的重构等话题,展开深入讨论。16位学者作了主题报告,还有近10位专家自由发言。邓乔彬、张宝明、黄万华、张海鸥、罗时进、邓国伟、陶敏、刘锋杰等教授分别担任报告会主持，并作了精彩点评。与会专家认同新诗是中国古典诗歌发展的新样式，认为旧体诗和新诗在现当代同时存在，应当引起学术界的足够重视。不少专家指出，会议所确立的"打通古今"的目标将有利于古今诗学研究的拓展和深化，激发新的学术增长点。

（发表于2006年11月30日第470期《安徽师大报》，中国诗学研究中心）

99. 文学院举办首届大学人文节活动

本报讯　近日，文学院首届大学人文节拉开帷幕。

据该学院党总支副书记黄圣炯介绍，该院以弘扬民族传统文化为理念，以传播吸取知识、活跃校园文化、营造人文氛围为宗旨。通过人文节，将更多的人文关怀带进校园。培养大学生的自律意识，构建和谐的人文校园，实现"校方—学生""老师—学生""后勤—学生"的沟通，也为2007年迎评增添一份人文气息。它不是一个单向的人文知识宣传活动，而是通过人文节在大学校园里形成一种人文氛围，通过这种氛围的熏陶，使得同学们主动参与进来并达到一种双向的互动，使他们形成一种积极向上的心态，从而在大学校园里形成一种持久的人文气息。

文学院首届人文节主要分为五个部分，分别为开幕式、第一篇章——中国传统文化、第二篇章——生活·寝室文化、第三篇章——艺术和人生、闭幕式，各部分互为补充、相辅相成，以"人文"为主线贯穿于整个活动之中。本活动重点在于将人文精神与民族文化、大学内涵统一起来。

开展丰富多彩的校园文化活动，建设具有浓厚人文氛围的校园文化是培养人文精神的有效途径。该学院"我室我COOL"大型创新寝室设计大赛、"寝室歌咏比赛"以及"我与寝室有个约会征文比赛"已经如期进行并取得预期效果。"我的生活很精彩"大学生生活文化知识PK赛以及"人文之光"百家讲坛等活动也正在如火如荼地进行。

（发表于2006年11月30日第470期《安徽师大报》，作者鲍秉程）

100.文学院学生成立的"五四"爱心学校荣获2006年12月份全省精神文明十佳事迹

本报讯 日前，全省2006年12月份精神文明十佳事迹经评选产生，我校文学院学生成立的"五四"爱心学校事迹位列其中。

来自贫困家庭的我校文学院学生吴青山，2004年开始创办全市爱心家教组织，义务为家庭贫困中小学生辅导学习，目前参与授课的志愿大学生达500多人，受助中小学生2000多人。

（发表于2007年3月15日第474期《安徽师大报》，作者金菊）

101.安徽省教育学会语文教学法专业委员会第九届理事会暨2007年学术年会在我校隆重召开

本报讯 安徽省教育学会语文教学法专业委员会第九届理事会暨2007年学术年会于3月31日至4月1日在我校中校区隆重举行。来自全省各地包括师范院校语文教育专家学者、市县教育局教研员、中小学语文教师等会员以及香港特别行政区的语文教育学教授共150余人出席了大会。

会议的主题是改革与发展、探索与创新。大家围绕语文课程改革的理论与实践问题在会上进行了广泛、深入的研讨和学术交流。安徽省教育学会副会长、我校副校长、博士生导师王世华教授到会讲话。他指出，当前，我国基础教育领域正在实施新一轮语文课程改革，新语文课程改革的推进，需要一支语文教育理论研究和语文教育实践相结合的专家队伍。而安徽省教育学会语文教学法专业委员会就是整合理论研究人才和教育实践人才从而造就这支队伍的平台，它的恢复成立必将对我省基础教育领域语文课程改革发挥重要的推动作用。此外，我校作为安徽省教师教育龙头，重视教育科学的发展、重视与基础教育的联系是我们一贯的办学特色。安徽省教育学会语文教学法专业委员会设在我校，对推动学校教师教育改革和教育科学研究的发展，对密切我校与兄弟高等院校和各级各类中小学的关系都将具有重要意义。

会上，我校文学院院长谢昭新教授代表文学院全体师生致辞。国内一些在语文课程与教学理论界和语文课程改革实践领域颇有影响的大学教授和中小学特级语文教师分别做了专题报告。会议选举产生了新的理事会领导机构，我校文学院教授、硕士生导师何更生老师任会长。

（发表于2007年4月15日第476期《安徽师大报》，作者鲍秉程）

102.省委宣传部组织十余家媒体宣传报道我校"爱心家教"先进事迹

本报讯 4月27日，省委宣传部向《安徽日报》、省电台、省电视台、《安徽工人日报》、《安徽青年报》等十余家新闻媒体，对我校文学院大学生志愿者"爱心家教"进行集中报道。省委宣传部文件中要求"重点宣传安徽师范大学文学院2003级学生吴青山等在学校和老师的支持下，创办'五四爱心学校'，三年来发动500名在校大学生志愿者为芜湖市特困家庭提供无偿家教服务的事迹，展现当代大学生良好的精神风貌和强烈的社会责任感"。文件还要求各新闻单位于5月8日在头版和新闻栏目中刊播。

据悉，我校党委宣传部已会同校学工部、校团委研究决定组织"爱心家教"报告团在全校进行巡回演讲，并号召全校团员青年、大学生向吴青山等同学学习，为社会献爱心，为学校添光彩，为迎评作贡献。

（发表于2007年5月15日第478期《安徽师大报》，文学院）

103.我校学生吴青山荣获"安徽省青年五四奖章"

本报讯 在刚刚结束的"安徽省青年五四奖章"评选活动中，我校文学院中文专业2003级学生吴青山获此殊荣。这是近年来我校学生在精神文明创建领域获得的最高荣誉，也是本届12名"青年五四奖章"获得者中唯一的大学生代表。5月16日，吴青山还应邀参加了在合肥举行的"安徽省纪念建团85周年大会暨18岁成人仪式"，并在大会上代表"青年五四奖章"获得者发言。

（发表于2007年5月15日第478期《安徽师大报》，校团委）

104.文学院首届博士研究生学术活动周圆满成功

本报讯 6月4日至10日，文学院研究生会举办了2007年博士研究生学术活动周活动，学院全体博士、硕士研究生参加了本次活动。

2007年博士研究生学术活动周活动分为四个部分，分别为学术报告会、经验交流会、成果展示会、毕业班座谈会。6月5日下午，在花津校区学术报告中心第一报告厅，博士研究生学术活动周在鲍鹏山博士主讲的报告会中拉开了帷幕。文学院2006级博士生莫山洪主持了开幕式，副院长孔令达教授到会讲话。鲍鹏山博士在讲座中，从庄子的"小""大"之辩谈起，就庄子中的哲学问题和人生境界作了描述，并就人的个性自由问题进行了评析。6日上午，在赭山校区中国诗学研究中心，古代文学博士、硕士研究生开展了一场经验交流会。交流会上，程宏亮、徐礼节、袁茹、莫山洪、王海洋等博士介绍了自己的治学经验、心得体会，并作了交流。6日下午，袁晓薇博士在赭山校区中国诗学研究中心作学术报告，就王维接受史研究中的有关问题作介绍。7日下午，为了祝贺文学院首届博士生毕业离校组织了一场生动的毕业生座谈会，古代文学博士生导师、研究生学院鲁亚平副院长、文学院有关领导和全体博士生参加了座谈会。座谈会内容丰富，各位博士倾心交谈，十分欢快。此外，活动期间博士生还举行了学术研究成果展示。各位博士生的论文、论著展示反映了博士生的学习成果，有助于提高我校博士点的影响力。

（发表于2007年6月30日第481期《安徽师大报》，文学院）

105.文学院杨四平老师被评为"中国十大新锐诗歌批评家"

本报讯 近日，由《诗歌月刊·下半月》发起组织评选的"中国十大新锐诗歌批评家"活动结果公布，文学院杨四平副教授榜上有名。

本次评选由《诗歌月刊·下半月》发起并组织，评委由当代著名诗评家谢冕、蓝棣之、陈仲义、吴思敬、陈超、杨远宏、唐晓渡、程光炜、徐敬亚、燎原组成。评选范围是1960年后出生的诗歌批评家。获奖者来自北京大学2人、北京师范大学2人、中国社会科学院1人、南开大学1人、首都师范大学1人、中央民族大学1人、安徽师范大学1人和茂名学院1人。此次十大新锐诗歌评论家的推选活动在国内文学界尚属于首次，引起了比较广泛的关注。

（发表于2007年6月30日第481期《安徽师大报》，文学院）

106.我校博士后科研流动站申报获得重大突破：历史学、中国语言文学两学科被批准设站

本报讯 日前，根据国家人事部和全国博士后管委会联合发出的《关于批准新设405个博士后科研流动站的通知》（国人部发〔2007〕110号），我校历史学和中国语言文学两个学科被批准设立博士后科研流动站，开展博士后工作。这是我校首次获得博士后科研流动站设立资格，是学校学科建设又一次"零"的突破，标志着我校办学实力和培养目标提升到新的层次，学科建设和整体水平已迈上新的台阶。

自2005年起，人事处就开始着手准备博士后科研流动站的申报工作，并在部分学科招收了项目博士后。今年3月，在校党委书记吴良仁和党委副书记、校长蒋玉珉的高度重视和亲自参与下，我校正式启动了博士后科研流动站的申报工作。有关学院认真准备，积极申报；人事处精心组织，周密安排。经全国博士后管委会专家组严格评审，国家人事部、全国博士后管委会研究批准，我校历史学和中国语言文学两个学科的博士后科研流动站终获批准，这在我校发展历程中又增添了新的重要篇章。至此，在省属高校中，除安医大有三个博士后科研流动站以外，我校和安大、安农大均拥有两个博士后科研流动站。

博士后制度是我国培养和造就高水平专业人才的一项重要措施，对促进高等学校教学科研、学科建设的发展，具有十分重要的意义。博士后科研流动站作为吸引人才的"磁场"，培养人才的"摇篮"，将有利于优化学校师资队伍结构，有利于增强高校与科研院所之间的学术交流，有利于加快学校重点发展领域和学科的建设，有利于造就经济建设和社会发展急需的高层次人才。目前，人事处正在为博士后科研流动站工作的顺利开展做好全面的准备工作。

（发表于2007年9月15日第482期《安徽师大报》，人事处）

107.云南省侨办来函感谢我校陈文忠教授赴缅精彩讲学

本报讯 9月5日，云南省侨务办公室来函感谢我校陈文忠教授在缅甸的精彩讲学。据了解，今年暑期，文学院陈文忠教授参加了由国务院侨务办公室主办、云南省侨务办公室承办的"2007年夏季赴缅讲学交流团"，赴缅甸进行了为期一个多月的讲学交流活动。陈文忠教授为此次讲学做了精心准备，除撰写了10万余

字的《中国文化概说》讲义外，还根据学员实际情况编写了讲授提纲和复习思考题，提供了《三字经》《弟子规》等传统蒙学教材和"唐人绝句选"等辅助材料。教学得到学员的广泛好评。

云南省侨务办公室在感谢函中高度评价了陈文忠教授的讲学活动，认为陈文忠教授不畏路途艰险、条件艰苦，克服高温难耐、蚊虫叮咬等各种困难，为300余名缅甸华文教师带来了精心准备的课程，认真负责、细致耐心地把先进的教学理念与方法传授给当地的华文教师，使参训教师受益匪浅，深受广大华校及学员的欢迎，得到中国驻曼德勒总领事馆的高度赞扬；陈文忠教授的工作充分体现了安徽师大的优良校风与先进水平。云南省侨办在感谢函中还表示，安徽师大派出优秀教师赴缅讲学，为缅甸教师开展系统的师资培训、提高整体素质与教学水平，为缅甸华文教育的发展给予了积极帮助，这种精神值得尊敬。

（发表于2007年9月15日第482期《安徽师大报》，作者徐成进）

108.教育部社科司、省教育厅领导视察中国诗学研究中心

本报讯 日前，教育部社科司副司长袁振国一行五人在安徽省委教育工委副书记高开华、省教育厅社政处处长刘新跃的陪同下，亲临我校视察指导。

袁振国副司长一行首先来到安师大中国诗学研究中心，饶有兴致地参观了中国诗学研究中心的展板、阅览室、资料室和成果展览室，并与我校领导和有关人员座谈。校党委书记吴良仁，党委副书记、校长蒋玉珉代表学校对袁副司长一行不辞劳苦、冒着高温酷暑来我校视察指导表示热烈的欢迎，并向袁副司长介绍了我校的历史和现状。副校长王世华汇报了我校的科研工作。中国诗学研究中心随后播放了宣传短片。

袁副司长在会上作了重要指示。他提了五点意见：一、他认为安徽师大的科研工作做得好，学校发展的大思路非常清晰；科研是大学发展的永恒动力，学校要打出自己的品牌，现代意义上的学术研究，已经从单枪匹马、小农经济式的科研，向现代意义上的团队组织转变。二、他认为像安徽师大中国诗学研究中心这类基地既是国家队，也是教育部的基地，和其他100多个基地没有什么两样，是同一性质、同一任务、同一要求，也是同一标准。三、他充分肯定中国诗学研究中心建设水平、学术质量、学术影响。四、他希望学校要把基地作为一个学术特区，要给予其足够的条件保障，必须要采取特殊的措施，倾力打造。五、他要求

基地应乘船出海，把诗学中心建设成具有国际影响的基地，诗学研究还要与当代的文化生活更多地有机地结合起来，更好地为现实的社会经济发展服务。另外，他同意中国诗学研究中心更名为教育部省部共建安徽师范大学中国诗学研究中心。

省委教育工委副书记高开华在会上也作了讲话。他代表省教育厅感谢袁副司长一行对安徽师大的关心、厚爱和支持，对安徽省哲学社会科学研究的关心和重视。另外，他还对中国诗学研究中心提出了一些具体的要求和希望。

（发表于2007年9月15日第482期《安徽师大报》，中国诗学研究中心）

109. 我校隆重举行博士后科研流动站揭牌仪式

本报讯 12月7日，我校中国语言文学、历史学博士后科研流动站揭牌仪式在赭山校区田楼报告厅隆重举行。安徽省委组织部副部长、人事厅厅长张耀文，省委教育工委副书记高开华，省人事厅领导黄河青、马维嘉、胡建华，省教育厅领导吴金辉、宣进、汤仲胜，校领导吴良仁、蒋玉珉、李立功、顾家山出席了揭牌仪式，全校正高职人员、博士生导师、处级干部、博士生代表参加了揭牌仪式。

揭牌仪式上，省人事厅专业技术人员管理处马维嘉处长宣读了《关于新设安徽师范大学中国语言文学等8个博士后科研流动站的通知》。

校党委副书记、校长蒋玉珉教授代表学校对省人事厅、省教育厅的领导参加我校中国语言文学、历史学博士后科研流动站揭牌仪式表示热烈欢迎，并向多年来关心、支持我校发展的各级领导和社会各界朋友表示衷心的感谢。他指出，我校历史学和中国语言文学两个学科被批准设立博士后科研流动站，开展博士后工作，这是我校首次获得博士后科研流动站设立资格，是学校学科建设的再一次"零"的突破，标志着我校办学实力和培养目标提升到新的层次，学科建设和整体水平已迈上新的台阶；同时他希望两个设站学科要积极探索自我发展的道路，吸引优秀人才进站学习，办出优势和特色，努力承担高水平的科研课题研究工作，高质量地完成预定的科研任务。

省人事厅张耀文厅长和省委教育工委高开华副书记分别在揭牌仪式上发表了热情洋溢的讲话，对我校中国语言文学、历史学两个学科设立博士后科研流动站表示热烈祝贺。张耀文厅长指出，博士后科研流动站的设立，必将为安徽师范大学的发展注入新的活力，增添新的生机，希望师大以这次新设博士后科研流动站为契机，发挥博士后制度在人才培养和学科建设工作等方面的优势，加快博士后工作发展步伐，建立健全博士后工作管理制度，形成选人用人的良好机制，积极创建和形成与高校、科研院所共同培养人才的模式，带动和促进师大人才队伍的建设，以博士后工作为纽带，促进师大的学科建设和整体办学水平更上一层楼。高开华副书记充分肯定了学校多年来的学术积淀和在人才培养、科学研究、学科建设、社会服务等方面取得的优异成绩，希望学校的各项工作能够继续取得更大突破，为实现建设成为以教师教育为主要特色的综合性教学研究型大学的目标继续努力。

国家级教学名师、文学院余恕诚教授，社会学院院长李琳琦教授分别代表建站单位导师和建站单位负责人在仪式上对多年来关注和支持中国语言文学、历史学建设和发展的各级领导和同仁表达了诚挚的感谢，并介绍了两个学科建设取得的成就及人才培养情况。他们表示，今后一定要抢抓机遇，突出优势，为学科建设的发展和高层次人才培养做出应有的贡献。

校党委书记吴良仁同志主持揭牌仪式并讲话。他指出，博士后科研流动站的设立是我校办学历史上一件大喜事，同时也意味着学校在新的起点上面临着新的考验，肩负着新的责任，我们一定要把博士后科研流动站建设好，努力办出水平，办出优势，办出特色。同时他提出了三点希望：一是两个设站的学科要不断加强自身的修炼，戒骄戒躁，认真学习兄弟院校建站经验，不断提升自己的培养能力和水平，为国家培养出更多更优秀的人才；二是建站的学院要以博士后科研流动站的设立为契机，加强内涵建设，加快学科发展，不断提高办学层次和水平，为我校进一步培养高层次人才，创造高水平的研究成果，扩展学术领域，扩大学术交流，为学校建设和发展做出新的贡献；三是我校的其他学科和专业要认真总结经验，努力建设，不断提高自身的科研能力和水平，积极创造条件，争取更多的学科跨入博士后科研流动站的行列，为我校学科的建设发展和高层次人才的培养做出贡献。

省人事厅张耀文厅长、省委教育工委高开华副书记和我校吴良仁书记、蒋玉珉校长为中国语言文学、历史学博士后科研流动站揭牌。

仪式结束后，省人事厅、教育厅领导在校党委书记吴良仁同志的陪同下先后走访了我校两个设站学院，考察了社会学院安徽省人文社科重点研究基地皖南历史文化研究中心和文学院的资料室、科研成果展，听取了有关单位负责同志的情况介绍或汇报，观看了中国诗学研究中心学科建设与发展的录像片。省人事厅领导在师大期间还参观了我校校史展和历史文物展。张耀文厅长表示,作为师大的校友,他对母校80年来取得的辉煌成就感到骄傲与自豪,并对母校的老师表达了崇高的敬意,他相信师大的明天会更好。

(发表于2007年12月15日第488期《安徽师大报》,作者徐成进)

110.我校3个专业获国家级特色专业建设点

本报讯 根据日前教育部、财政部公布的《关于批准2007年度第一批高等学校特色专业建设点的通知》(教高函〔2007〕25号)和《关于批准第二批高等学校特色专业建设点的通知》(教高函〔2007〕31号),我校地理科学、汉语言文学、生物科学3个专业分获第一、二批高等学校特色专业建设点。在两批特色专业建设点总数上,我校名列全省高校第二,这个骄人的成绩是在学校领导高度重视,有关部门、学院精心组织与共同努力下取得的。

据悉,"高等学校本科教学质量与教学改革工程"(简称"质量工程")目标是"为全面贯彻落实科学发展观,切实把高等教育重点放在提高质量上"。特色专业是目前教育部实施质量工程中重要的一项建设内容。国家按照"优势突出、特色鲜明、新兴交叉、社会急需"的原则,将在"十一五"期间择优选择重点建设3 000个左右特色专业建设点。

这3个国家级特色专业建设点展示了我校在专业建设与改革中取得的突出成绩。学校以及学院充分认识到特色专业建设的重要意义,希望通过这3个特色专业点的建设,提升我校专业建设层次,强化专业特色,带动学校整体专业建设以及专业结构的优化。我校将以这3个特色专业的建设为契机,不断加强课程体系和教材建设,强化学生实践能力的培养,加强教师队伍建设,提高我校人才培养质量,培养适应国家、区域经济社会发展需要的优秀人才,切实为本校以及同类型高校相关专业建设与改革起到示范和带动作用。

(发表于2008年3月15日第490期《安徽师大报》,教务处)

111.一张"谢师帖"的故事

今年9月10日,文学院05级汉语言文学专业的徐雪艳在网站上发了一张"谢师帖"——"有些爱,语言在它的面前黯然失色。亲身经历后发现,这样的幸福让我无所适从，它已成为我生命中的支柱和寄托……"使得这个教师节更加温暖而美丽。"我想让所有的人都记得我恩师的名字：胡叔和，叶平衡。"……在经《安徽商报》报道后，立即成为全国当天最热的帖子之一，全国上千名网友发来"感动贴"并就"尊师"这一话题发表意见……这是怎么回事呢？原来——

2005年徐雪艳考入师大，但是由于来自农村，家境贫寒，上学时经常因学费而发愁，心理上的落差感让她感到自卑与迷茫，逐渐地力不从心，甚至想到了放弃。2005年初冬的一天，学校关工委为新生办了一次入学讲座，虽然这是她与胡叔和、叶平衡两位退休老师的第一次见面，但是他们自始至终的微笑，让人感觉是那么亲切、温暖。那种发自内心的关爱，让她消除了对老师的距离感。

后来徐雪艳主动给住在合肥的两位老师写了信，表达了自己内心中的矛盾与彷徨。老师们很快给她回了信，并且还邀请她到自己家里去做客。惊讶的同时，她鼓起勇气去拜访了这两位老师。"老师的家一如他们的风格，朴素简洁又充满精神气，给我一种如家的温馨。"初次见面，她与老师就已经建立起了满满的信任感。之后三年，她与老师之间一直通过电话、信件保持着联系。

今年开学，两位老师从她的辅导员曹明臣那里得知她正为学费发愁后，便拿出了自己退休金中的2 000元帮助她缴清了学费。此外，两位老师还通过《安徽商报》寻求社会支持，安徽麦当劳食品有限公司副董事长阮永刚先生得知此事后，向徐雪艳馈赠了10 000元现金，以帮助她缴齐学费和补助她全年的生活费……一直为生活所困的徐雪艳露出了久违的笑颜。

对于老师及善良人士的爱护，徐雪艳也尽自己的力量在回馈。2年前，两位老教授身体不好，从芜湖回合肥静养，徐雪艳非常担心，开始叠千纸鹤与幸运星为两位老师祈福。9月10日，徐雪艳拿出了近千只纸鹤与一瓶幸运星，装了一大袋子，委托他人带回合肥送给两位教授，作为教师节礼物。

"这只是我对老师的一份心意，我会永远记得这份爱，并会传下去。"徐雪艳说，只要自己有能力，一定会作为一名爱心传递者，帮助其他更多的贫困学生，实现老师的愿望。

（发表于2008年10月31日第494期《安徽师大报》，作者孙彩虹、王静）

112.简讯：我校中国语言文学一级学科入选安徽省A类重点学科

近日，安徽省教育厅公布的"2008年高等学校省级教学质量与教学改革工程项目名单"中，我校中国语言文学一级学科入选安徽省A类重点学科。这是根据省教育厅、财政厅《关于实施高等学校教学质量与教学改革工程的意见》和《关于做好2008年度高校省级教学质量与教学改革工程项目申报工作的通知》精神，在高校推荐、专家评审的基础上，由省教育厅、省财政厅研究、批准的。

（发表于2009年2月20日第495期《安徽师大报》，本报编辑部）

113.我校隆重纪念著名语言学家张涤华先生百年诞辰

本报讯 10月31日上午，我校召开张涤华先生百年诞辰纪念大会。安徽省教育厅总督学李明阳，安徽省教育宣传中心总编辑黄元访，我校党委副书记、校长王伦，华中师范大学副校长李向农以及安徽省出版集团、池州学院、安徽省语言学会的领导，省内部分高校文学院院长、中文系主任，我校文学院、语言研究所老领导，张涤华先生的亲属同事、生前好友以及相关方面的专家学者、部分中青年教师，文学院领导班子成员，学校办公室、党委宣传部负责同志等近百位来宾出席了纪念会。纪念会由文学院和安徽省语言学会主办。

王伦校长在大会致辞中称赞张涤华先生是我们师大人永远的骄傲，从"大学问""大教育""大品德"三个方面概括了张涤华先生的毕生业绩和崇高风范；认为建设高水平教学研究型大学，亟须我们继承并发扬光大以张涤华先生为杰出代表的老一辈师大人留给我们的精神财富，要学习他谨严厚重、勇于创新的学术品格，诲人不倦、为人师表的敬业精神，自强不息、无私奉献的优秀品质。安徽省教育厅李明阳总督学高度赞扬了张涤华先生为我省教育事业所做出的重大贡献，希望广大教师秉承先生遗志，"静下心来教书，潜下心来育人"；文学院院长胡传志从学者、管理者、教育家三个角度全面总结了张涤华先生学为人师、行为世范的崇高功绩；华中师范大学副校长、张先生的弟子李向农以"教诲铭记、师恩永存"为题，通过点滴小事回忆了张涤华先生"严谨求实、奖掖后进、泽被同仁"的崇高品德；著名的古代文论研究专家祖保泉教授认为"张涤华先生是语言学界众所景仰的学者"，并敬献联语"目录学名人，博洽超群，众学生拜称：真教书育人教授；语言学泰斗，成绩显著，国务院授予：有突出贡献专家"来概括张涤华先生的学术成就。省语言学会会长陈庆祜教授、安徽省教育宣传中心总编辑黄元访编审也发表了热情洋溢的讲话。

（发表于2009年11月30日第503期《安徽师大报》，作者崔达送、储泰松）

114.我校举行首届汉语国际教育硕士研究生开学典礼

本报讯 3月26日上午，我校隆重举行2010级汉语国际教育专业硕士开学典礼。教育部国际合作与交流司副司长徐永吉、我校副校长李琳琦、研究生学院院长胡传志、国教院院长聂刘旺出席典礼并讲话。19名获得孔子学院奖学金的外国研究生参加了开学典礼。据悉，我校是安徽省接受留学生最早、培养留学生最多的高校，是国家华文教育基地、汉语国际教育硕士专业学位培养单位。1986年就开始招收各种层次的外国留学生；2002年开始招收汉语言本科专业海外留学生，并同时接受公费留学研究生；2009年成为第二批汉语国际教育硕士专业学位培养单位。

（发表于2010年3月30日第505期《安徽师大报》，作者储泰松）

115.我校国家社科基金重大项目《唐诗学研究》顺利开题

本报讯 11月25日上午，由我校文学院丁放教授承担的国家社科基金重大项目《唐诗学研究》举行开题报告会。国家图书馆党委书记、常务副馆长詹福瑞教授，安徽省委宣传部副部长、省社科联党组书记、常务副主席徐东平教授，中国人民大学文学院朱万曙教授，中国社会科学院文学研究所张国星研究员，清华大学中文系主任刘石教授，安徽省委宣传部理论处副处长、省社科规划办副主任陈德友等领导和专家应邀出席会议。我校副校长王绍武，宣传部部长李忠，研究生学院院长胡传志，科研处处长陆林、副处长龚基云，文学院党政班子部分同志，项目首席专家丁放教授及课题组成员等40余人参加报告会。

报告会开幕式上，王绍武代表学校致辞欢迎与会领导、专家，他表示学校将全力支持项目研究的开展与实施，并希望课题组能做出好成果、产出好经验、带出好团队、做好好示范。陈德友代表省社科规划办公室向与会领导和专家表示致谢，祝师大今年国家社科重大项目梅开二度，并表态将一如既往地为重大项目研究顺利开展提供竭诚服务。文学院党委书记余大芹表达了学院对课题从申报、答辩到开题等各个阶段的高度重视和支持。

徐东平在讲话中指出，在举国学习十八大会议精神、安徽大力开展文化强省建设的背景下，《唐诗学研究》喜获立项，是浓墨重彩的一笔，是精品佳作之秀，是实力所致，能力所及。他代表省委宣传部对与会专家表示感谢，对师大三获国家社科基金重大项目表示由衷祝贺。他说，师大在文、史、哲研究领域百花齐放，硕果累累，成绩瞩目，极大助推了安徽哲学社会科学的繁荣发展。言及课题研究时，他认为，《唐诗学研究》获得立项不易，完成更难。课题的研究将面临课题分量重、课题选题重、业内看得重、子课题设计大、时间跨度长等难点。为此，他提出三点期望：一是精心组织。课题组要系统考量，重新审视课题设计，完善架构，弥补漏遗，团队做到分工明确，齐心协力，潜心研究，持之以恒，确保研究任务完成。二是精心服务。省社科规划办和师大科研处要做好协调服务工作，抓重点，保重点，用优质服务帮助项目研究顺利进行。三是精益求精。《唐诗学研究》的成果需设定更高的追求目标，要精益求精，独树一帜，成为该研究领域的品牌与标杆，成为高层次社科奖的有力竞夺者。

在报告会汇报评议阶段，课题组首席专家丁放汇报了选题的意义和价值，介绍了研究思路和方法，研究内容和预期目标，主要创新点和项目实施计划等内容。子课题负责人代表余恕诚教授、陈文忠教授分别报告了所承担子课题的研究思路、研究路径和研究困难，并表达将努力探索，潜心研究，竭力完成课题研究计划任务。张国星、刘石、徐东平、詹福瑞等评议专家针对开题报告先后发言，他们强调了该课题研究的重要性，肯定了课题研究的总体设计，鼓励课题组要不畏艰难，深入研究，积极开创唐诗学学理研究，做出标志性、示范性成果，夺取学术更高领地。发言中，他们也提出诸如"唐诗研究与唐诗学研究之差异"、子课题"唐诗接受史"如何安排更合理、子课题"瘦身""调整"等建议。

评议会上，丁放教授代表课题组对各位专家的评议表达感谢，同时表示将把吸收各方意见贯彻到课题具体研究之中，也真诚希望各位专家继续支持和关注本课题的研究工作。

（发表于2012年12月15日第529期《安徽师大报》，作者谭书龙）

116.宝文置业（安徽）有限公司向我校教育基金会捐款 1 000万元

本报讯 11月18日上午，安徽师范大学教育基金会接受宝文置业（安徽）有限公司无偿捐赠1 000万暨项目资助启动仪式在花津校区大礼堂举行。宝文置业（安徽）有限公司董事长王大明，省及学校老领导吴昌期、陆子修、季昆森、杨新生、沈家仕、丁万期，合肥市人大常委会主任黄同文、省教育厅副厅长杨德林、省财政厅副厅长吴天宏、省民政厅民间组织管理局副局长张亚平、安徽教育报原总编黄元访，校教育基金会理事、芜湖正见建设有限公司董事长朱建彬，校领导顾家山、王伦、王绍武、李琳琦、校长助理沈洪以及各学院各单位负责人等出席会议，文学院1 000多名学子参与捐赠仪式。启动仪式由校党委书记顾家山主持。

启动仪式上，副校长、校教育基金会副理事长李琳琦向王大明颁发捐赠证书；校长助理、校教育基金会副理事长沈洪宣读校教育基金会关于资助设立公益出版基金、文学院贫困生助学金、文学院精品学术丛书等项目的决定。校长王伦在启动仪式上讲话，向王大明董事长表达了由衷的敬意和感谢，向关心学校建设和发展、支持帮助我校筹备和成立教育基金会的各界人士表示感谢。他介绍了王大明的创业之路和捐资情况，表示学校一定会尽力为校教育基金会创造良好的发展环境，发挥校教育基金会在学校办学中的重要作用。

王大明满怀深情地回忆了30多年前在母校的求学经历并由衷感恩母校的关心、培养。他说，为母校捐资，旨在推动教育事业的发展，帮助母校的学子们更好地学习和研究，并想通过这一举动，带动更多的校友为母校的建设和发展贡献力量，形成更加和谐的社会风气。

省人大原副主任、全国企联顾问、省企联名誉会长、校教育基金会驻会高级顾问吴昌期对教育基金会基金的使用和管理提出要求。

省人大原常委、省委教育工委副书记、校老党委书记杨新生，合肥市人大常委会主任黄同文深情回顾了学校的历史沿革以及在学校学习、工作的经历，为学校的发展变化感到由衷高兴与自豪。他们坚信学校会利用好教育基金会这个平台，广泛联系各方校友，发挥校友资源，帮助母校出谋划策，添砖加瓦，为学校发展做出更大的贡献。

省教育厅副厅长杨德林、省财政厅副厅长吴天宏、省民政厅民间组织管理局副局长张亚平先后讲话,他们相信学校一定会科学规划,合理安排,将基金使用好、管理好。他们表示,将加大对教育基金会的支持力度,全力关心和支持师大的建设和发展。

校出版社总编汪鹏生、文学院党委书记余大芹代表受助单位发言。

据悉,王大明董事长心系母校,热心教育,近年来向母校捐资共计1 100多万元:学校成立董事会,他捐赠启动资金10万元设立"校友论坛";2007年向文学院捐赠20万元;合肥校友会成立,他向学校捐赠100万元,同时还面向全校设立助学金,关爱和帮扶在校贫困大学生;2011年12月底,他一次性向刚成立的校教育基金会无偿捐赠1 000万,同时设立"宝文基金",并用基金增值部分设立资助项目,使该基金持续不断地支持学校发展。

(发表于2012年12月25日第530期《安徽师大报》,作者袁黎平)

117."安徽道德建设基金"首批资助五四爱心学校

本报讯 恰逢第28个"国际志愿人员日"和"中国青年志愿者行动"实施20年之际,安徽省道德建设基金会在安徽广电新中心揭牌,同时举行由省委宣传部、安徽广播电视台、省文明办联合主办的"平凡人中国梦"2013十大人物爱心圆梦捐助仪式。五四爱心学校成为首批"安徽道德建设基金"和"圆梦基金"资助对象,资助金额六万元,用于爱心支教和社会实践活动。五四爱心学校创办人、文学院辅导员吴青山被授予安徽省"平凡人,中国梦"2013十大人物称号。

成立于2004年的五四爱心学校已经走过9年的志愿服务历程,现已形成三大志愿服务体系。一是面向芜湖市家庭经济困难学生的爱心课堂。9年间先后有5 700余名志愿者参与,共计辅导了来自各类贫困家庭学生4 600余名。现已拥有16所爱心分校,每学期固定辅导各类家庭经济困难中小学生600余人,辅导内容涉及文化知识、文明礼仪、心理健康、经典诵读等方面。二是走向偏远地区的暑期支教活动。五四爱心学校已连续5年组建暑期支教团队,80余支团队,千余名志愿者在高温酷暑中奔赴云南、陕西、湖北等省,为山区留守儿童、少数民族地区孩子和农民工子弟送去知识和关怀。2013年暑假,还特别组建了"关爱留守儿童"团队,15名志愿者进驻留守儿童家中30天,同吃住、同劳动、共成长。三是帮助面临辍学儿童重返课堂的五四爱心基金。2010年以来,志愿者们通过爱心募捐、环保置换、废品变卖等方式,共计资助面临失学儿童及重病学子50

余人次，资助金额数万元。五四爱心学校志愿者九年如一日志愿服务的事迹经我校大力宣传后，得到各级媒体的广泛关注，安徽电视台记者郭芹等多次跟随志愿者赴五四爱心分校采访报道并积极促成此项资助活动。

据悉，安徽道德建设基金是安徽首个专门资助、帮扶生产生活困难道德模范和身边好人，致力于推动学雷锋活动常态化的公募性基金，目前募集资金已达715万元。

（发表于2013年12月18日第539期《安徽师大报》，作者吴青山）

118.我校隆重举行余恕诚先生追思会

本报讯 9月2日上午，学校在赭山校区就业指导中心报告厅举行余恕诚先生追思会。余恕诚先生的家属，学界代表，余恕诚先生的生前好友、同事和学生代表，校党委书记顾家山、校长王伦，学校各部门、各单位的主要负责人，新闻媒体代表，文学院、传媒学院在职师生代表等200余人参加了追思会。校长王伦教授主持追思会。

追思会现场简朴、肃穆而又流淌着无尽哀思。没有哀乐，甚至没有鲜花，追思会场，一幅余先生的工作照，摆放在礼堂正中，音容笑貌栩栩如生。追思会伊始，与会人员全体起立，为余恕诚先生默哀。文学院党委书记余大芹向与会来宾汇报了余先生病重期间各界人士的亲切关怀及先生逝世各界人士悼念的有关情况。随后，各界与会代表应邀发言，追思追忆余恕诚先生。文学院院长丁放教授代为宣读了刘学锴教授充满深情的亲笔悼词《悼恕诚》、中国唐代文学学会会长陈尚君的悼念文章。南京大学文科资深教授莫砺锋引用李商隐的《哭刘蕡》表达他无比悲痛的心情。他深情回顾与余先生相识相交的点滴，引经据典高度评价余先生的学术成就，更重要的贡献是培养了大批优秀的学生，余先生一生的意义，其实就是把文化的火种传递给下一代，使之生生不息。余先生已经在中华传统文化的长河中获得了永生。中国韵文学会会长、南京师范大学钟振振教授在发言中表达了对余先生逝世的深切哀悼，对先生一生在学术上的杰出贡献、崇高的人生追求和高尚的人格魅力给予了高度评价。他还深情地回忆起自己与余恕诚先生生前交往的一些细节小事，对先生的高尚人格与情怀极为感佩。安徽大学汤华泉教授动情地回忆了自己和女儿汤吟菲两代人立学余门的受教经历，如海的师恩，令他永生难忘。文学院原院长谢昭新教授回忆了自己任院长的十年间，余先生对他的工作尤其是文学院学科建设的倾力支持与无私奉献。文学院陈文忠教授发言起始，即泣不成声。陈文忠教授与余先生虽不是同一个专业研究方向，但一直视余先生为老师，始终尊重有加，感情很深。陈文忠教授含着热泪回忆了和余先生一起工作的一幕幕场景，称赞余先生不仅在教学、科研上是值得晚辈学习的典范，在师德上、在人格上更是一代楷模。当讲到先生数十年来对自己的关心和教导，他几度哽咽，语不成句。安徽省人大常委会委员、内司工委副主任张荣国同志曾师从余老师学习唐宋文学。他在发言中深情回忆了师从先生期间读书研究的点点滴滴。指出，余老师执教五十多年，把一生奉献给了祖国的教育事业，教书育人，桃李满天下。余老师是我国杰出的古典文学研究大家，著作等身，拥有"全国优秀教育工作者"、首届"国家级教学名师奖"等诸多荣誉，担任过全国政协委员、省政协常委、省政府参事等多项社会职务，却始终淡泊名利，潜心治学，坚守着谦谦君子的坚韧和儒雅，率领团队登上一座座学术高峰，令师生景仰。我们要像余老师那样，清清白白做人，明明白白做事，踏踏实实做学问，俯仰天地，有益于社会，无愧于内心。

余恕诚先生的儿子余云飞代表家属在会上致答谢辞。

王伦校长主持时强调，余恕诚先生是忠诚的教育工作者，是杰出的人文学者，是卓越的学科带头人。余先生的一生都奉献给了安徽师范大学的教育事业，为学校的学科建设和人才培养做出了杰出贡献。先生终其生，完美阐释了一名人民好教师的追求和境界。先生的风范高山仰止，广受称颂。我们不会忘记余先生一生孜孜不倦、勤奋钻研、活到老学到老教到老的治学态度，不会忘记余先生俯身三尺讲台、领衔学科发展、激励后学上进、为学校的教育事业不懈奋斗的工作作风，不会忘记余先生务实进取、不事张扬、艰苦奋斗的精神风貌，以及先生为家人为亲友倾情付出不求回报的关心和关爱！先生虽已离我们而去，但他的精神和风范将永远活在我们的心中！先生是飘扬在安徽师范大学蔚蓝上空最鲜艳的旗帜！我们将在先生的精神和风范的鼓舞下，完成先生未竟的事业，朝着我校的既定目标奋勇前进！

校党委书记顾家山代表学校致辞。他指出，学校决定在芜湖隆重举行追思会，既是为了寄托哀思，表达对余恕诚先生深深的崇敬和缅怀，向先生的家属表示诚挚的慰问；更是为了学习和发扬余先生的光辉业绩和崇高精神，这是他留给我们的丰富遗产，是激励我们加快建设高水平大学的强大动力。先生生前德高望重，学识渊博，是扎根在安徽师大肥沃土壤的参天大树。他的卓尔不群的学术研究和人才培养成果，早已成就卓著，影响深远。今天我们追思余先生，就是要学习传承余恕诚先生爱岗敬业，常怀忠诚教育的拳拳之心，学习传承余恕诚先生严谨笃学、永垂立德树人的名师之范；学习传承余恕诚先生于奉献，堪称开山铺路的领军之才；学习传承余恕诚先生风清骨峻，秉承忠恕以诚的君子之风。他表示，名师是大学之魂，是大学最宝贵的资源，是大学的核心竞争力，是大学之所以为"大"的关键所在。名师作为教师的优秀代表和高等学校的精英，是学生健康成长的指导者、科学知识的传播者、科学研究的领军者、教育改革创新的实践者和良好社会风气的引领者。余恕诚老师的感人事迹和崇高精神集中体现了中华民族传统美德，诠释了人民教师的高尚师德，展现了人民教师热爱学生的大爱情怀，塑造了新时期人民教师的光辉形象，是全校广大教师学习的榜样。希望大家认真学习余恕诚先生身上的伟大精神、崇高人格和赤子之心，充分认识自己肩负的重大使命和历史责任，在教书育人的伟大事业中谱写光辉的人生。

　　余恕诚先生因病于2014年8月23日在北京逝世。8月25日上午，余恕诚先生的遗体告别仪式在北京市东郊殡仪馆举行。文化部原部长、著名作家王蒙等学界同仁，先生的亲人、弟子和生前好友，副校长李进华教授和相关职能部门负责人等一百多人前往参加告别仪式，挥泪送别这位将自己的一生奉献给学术研究和教书育人事业的杰出古典文学研究专家、国家级教学名师。《文学遗产》编辑部、北京大学、北京师范大学等著名高校、研究机构、学术期刊编辑部等发来唁电，对先生的逝世表示深切哀悼，对先生的学术贡献、道德文章给予高度评价。安徽省政府参事室、安徽省教育厅、安徽省社会科学院、芜湖市委、市政府、安徽省各高等院校也纷纷通过唁电、唁函、送花圈等形式对先生表达悼念之情。中国古典文学研究界的前辈著名学者傅璇琮、周勋初、洪国梁等先生也分别以不同形式表达了对先生的深切哀思。先生病重期间，王伦校长代表校领导和广大师生，亲赴二炮总医院，亲切看望先生，和先生执手相谈，情真意切，令人动容。追思会前夕，校党委书记顾家山同志专程前往先生家凭吊，慰问师母和家属，并嘱咐子女照顾好师母的生活起居，表达了校领导的亲切关怀。

（发表于2014年9月30日第537期《安徽师大报》，文学院）

119.我校余恕诚教授、胡传志教授获教育部高校人文社科优秀成果奖

本报讯 12月11日，教育部对外印发《关于颁发第七届高等学校科学研究优秀成果奖（人文社会科学）的决定》，正式公布第七届高等学校科学研究优秀成果奖（人文社会科学）获奖名单。文学院胡传志教授的《宋金文学的交融与演进》和已故余恕诚先生的《唐诗与其他文体之关系》双双榜上有名，同时荣获著作类三等奖。

《唐诗与其他文体之关系》和《宋金文学的交融与演进》都是作者在主持的国家社科基金课题结项成果的基础上，经过长时间打磨而成的。这两部著作于2012、2013年先后由中华书局、北京大学出版社出版。他们立足学术前沿，以基础问题为主攻方向，在创新方法、理论探讨、传承文明等方面发挥了积极作用。之前，胡传志《宋金文学的交融与演进》已入选"国家哲学社会科学优秀成果文库"，余恕诚《中晚唐诗歌流派与晚唐五代词风》荣获第六届高校人文社科优秀成果论文类三等奖。此次，两部成果同时获奖，真实反映了近年来我院的科学研究质量和水平，同时说明了文学院科研工作的有效传承和发展的可持续性。

据悉，本届评奖经严格组织专家评审、面向社会公示和奖励委员会审核通过，共产生获奖成果908项，内容涉及人文社会科学领域的25个学科及1个交叉学科，其中中国文学学科一等奖4项，二等奖20项，三等奖44项，成果普及奖2项。评选高等学校科学研究优秀成果奖（人文社会科学）是"高等学校哲学社会科学繁荣计划"的重要内容，是教育部为表彰和奖励全国高校哲学社会科学工作取得的成绩，激励广大科研工作者严谨治学、勇于创新、锻造精品，推动高校哲学社会科学繁荣发展的一项重大举措。该奖项自1995年设立，每三年评选一次，至今已成功举办七届，共有4128项优秀成果获奖。

（发表于2015年12月31日第561期《安徽师大报》，文学院）

120.我校文学院顺利完成秘书学专业评估

根据省教育厅关于省内普通高校本科专业评估的工作部署，安徽省高校中文专业合作委员会评估专家组于3月20日莅临文学院，对秘书学专业进行了为期一天的评估工作。

专家组在听取秘书学专业负责人专业建设汇报后，进行了现场询问和交流，随后查阅了专业办学目标与建设规划、人才培养方案与课程大纲、师资队伍、教学管理、教学成果、科研水平、教学质量和特色项目，对实验室与资料室进行了实地考察，并进入实践课教学现场检阅授课情况，分别召开了教师座谈会和学生座谈会。通过评估指标体系的全面考察，专家组一致认为：安徽师范大学文学院的秘书学专业办学成绩突出，办学特色鲜明，排名全国首位，达到优秀等次。

下午四时，专家组召开评估工作反馈会。校党委常委、副校长陆林，教务处、人事处、科研处、资产处等相关职能部门负责人，文学院党政领导班子全体成员，秘书学专业负责人及教师代表参加会议。专家组宣读了评估总体意见，充分肯定了专业建设的特色与优长，同时从优化生源结构、扩大国际视野、完善教师考评机制等方面，对秘书学专业的持续发展提出了希望。

副校长陆林肯定了文学院和专业团队在秘书学专业建设上所付出的努力，要求学院认真听取评估专家组的建议，进一步拓展办学思路，充分发挥中文学科优势，增强全方位育人能力。他表示学校将继续支持秘书学专业建设，为本科人才培养提供优良的条件和环境。

安徽师范大学文学院秘书学专业是国内同类专业中办学历史悠久、全国排名位列第一的专业。在多年建设与发展中，学院领导和专业负责人高瞻远瞩，依托中国语言文学的学科优势，规划并形成了明确的发展定位和科学的人才培养目标，注重质量工程建设，教材建设成绩突出，教学研究成果丰硕，人才培养质量优良，学生第二课堂活动丰富多彩，形成了特色鲜明的办学优势。

"雄关漫道真如铁，而今迈步从头越。"此次专业评估的顺利通过，是对秘书学专业既有成果的充分肯定，也是对该专业新时期发展的进一步激励。文学院将以此为契机，在发挥专业特色与优势的同时，增强忧患意识，更新办学理念，继续推进各项工作，不断开创秘书学专业建设的新局面。

（发表于2019年3月31日第588期《安徽师大报》，作者宋润泽、朱文娟）

121.文学院方维保教授当选安徽省作家协会副主席

5月5日至6日上午，安徽省作家协会第六次代表大会在合肥隆重举行。大会审议通过了省作协五届主席团工作报告和协会《章程》修订草案，选举产生了省作协新一届理事会和主席团，文学院教授方维保成功当选为安徽省作家协会副主席。

（发表于2019年5月31日第591期《安徽师大报》，本报编辑部）

122.聚焦培养改革 造就卓越教师

一、重组课程体系。增设教师口语、教师礼仪等课程；专设选修课程。激励学生多获得创新学分。

二、组建优质师资队伍。专业课程导师（主干课程）：由博导担任，或课程组内教学最好的老师担任。实践课程导师：一线特级教师担任；学习与生活导师：聘请年轻教授或院领导担任。

三、注重动手能力培养。三个课堂联动，突出文本解读能力和从教技能的培养。强化三字一画训练，实践性课程教学内容突出探究性。

四、大力改革教学方式。面向全校选拔学生，实行小班化教学；改进教学内容，改变满堂灌模式，增加自学和课程讨论的时间。

五、改善教学条件。加大办学经费投入，利用校友资源，重视实习基地遴选，为卓越语文教师培养服务。

六、发挥现有平台在人才培养中的作用。利用语文学科教学专业学位点、《学语文》杂志社等平台与中学接触密切的特点，将其引进本科课堂，提升教师的语文教学研究能力。

（发表于2019年7月1日第592期《安徽师大报》，作者储泰松，时任文学院院长）

123.沈家仕在安师大文学院成立大会上的讲话

各位来宾、同志们：

在这金风送爽、神州大地流光溢彩的美好季节，我们刚刚以无比自豪的情怀度过共和国45周年华诞，又以喜悦的心情迎来今天的隆重集会。现在我郑重宣告安徽师范大学文学院正式成立！这是我校发展史上又一个新的起点，是一件可庆可贺的大喜事。值此，我谨代表全校师生员工对文学院的成立致以热烈的祝贺！对关心和支持文学院成立的各方面领导及社会同仁，表示衷心的感谢！向光临今天成立大会的各方面领导和各位来宾，表示热烈的欢迎！

来宾们、同志们，我校文学院是在规模空前广阔的社会主义改革开放中应运而生的,是继体育学院、艺术学院成立后学校深化改革的又一重大举措。它的成立,凝聚了全校教职员工锐意改革、奋发进取、不断开拓的智慧和力量。早在去年初,全校广大教职工认真学习《中国教育改革和发展纲要》,从我校实际出发,认真讨论制订了《安徽师范大学综合改革方案》,报请省高校工委、省教委批准,确定我校为全省综合改革的试点院校,赋予我校难得的发展机遇。文学院的建立,是我校综合改革在金色的十月结出的又一丰硕成果,它将大大激发广大师生员工的办学热情,有效地突破文科教育和研究长期以来单一、被动的办学模式,探索出一条主动适应社会主义市场经济的自我发展、自我完善、自我约束的办学新机制,为新形势下汉语言文学教育与研究的改革和发展展示美好的前景。

新成立的文学院,在原先各自独立建制的中文系、语言研究所的基础上,组成中文系(含新闻学专业)、语言研究所、古籍整理研究所、文学研究所、《学语文》杂志社的"一系三所一刊"的院系所合一的新构架,并将通过深化改革逐步完善,拓展新领域,建立新格局。文学院赖以成立的中文系、语言研究所本具有渊源关系,语研所是在1978年从中文系分离出去的,当时主要承担国务院下达的重点项目——《双语大词典》的编纂。十几年来,全所员工同心同德,努力奋斗,按时按质完成了承担的编纂任务,受到了国务院的表彰,语言所的张紫文、陈庆祜、谢芳庆、陈玉璟等同志还赴北京领奖受到江泽民总书记、李鹏总理等党和国家领导人的亲切接见。多年来,中文系与语研所在"现代汉语"硕士生的培养上,在对外汉语教学、培养外国留学生和《学语文》杂志的编辑工作上,在汉语方向的科研方面,始终进行着紧密合作。因此,以两单位为基础组建文学院,势必得到优势互补,形成强大的合力。中文系是我校历史最悠久、规模大的系科之一。自1928年伴随着我校的诞生一直延续至今。系史上曾有名流学者刘文典、陈望道、郁达夫、刘大杰、朱湘、赵景琛、方光焘、朱光潜等先后任教。目前,该系荟萃了一大批造诣精深、德才兼备的师资力量。特别是在秦汉文学研究、唐诗研究、古代文论研究、美学研究等方面,在全国高校中均处先进行列。60年来,经过几代人的艰苦创业、辛勤耕耘、不断开拓,该系现已形成了"硕士研究生、助教进修班、本科、专科"等多层次、多形式、多渠道的办学体系。中文系是我校培养汉语言文学人才的主要阵地和摇篮。自新中国成立以来,共为国家输送了近万名中文专门人才,他们活跃在社会主义建设的各个方面,为发展祖国的教育事业做出了重要贡献。值此喜庆之际,我们特别要向60多年来为校中文专业创建、发展和壮大做出贡献的教育前辈以及奋战在中文教育第一线的广大教职工表示衷心的感谢，并致以崇高的敬意。

我校文学院的建立，揭开了语言文学教育与研究的新篇章，但是，我们应该清醒地看到，我国正处在历史性的伟大变革之中，日趋激烈的以经济和科技为基础的综合国力的较量和迅速发展的社会主义市场经济的冲击，对我们跨世纪的教育既提供了难得的发展机遇，又提出了严峻的挑战。我们能否抓住机遇，发展自己，为21世纪培养出高质量、高层次的专门人才，是摆在我们面前的光荣而又艰巨的任务。为此，我们希望文学院在今后的办学过程中，首先，要坚持社会主义的办学方向，全面贯彻党的教育方针，努力适应市场经济新体制下两个文明建设的迫切需要，培养出能走向世界、驰骋21世纪、德智体全面发展的社会主义事业的建设者和接班人。第二，要进一步解放思想、实事求是、拓宽思路、深化改革。要利用自身的人才优势，主动适应社会和市场，与产业联姻，与市场接轨，要根据人才市场的需求，为社会培养供需对路的人才；同时还要按社会需求，组织力量进行基础研究、应用研究和各种知识服务，要重视教育在开发人力资源中的作用，从市场经济和开发人力资源的角度深化教育改革，促进文科教育在教学、科研、开发和服务社会等方面的多层次立体推进和全方位快步发展。第三，要不断扩大办学规模，提高教育质量和办学水平，要围绕提高教育质量这个中心，改革教学内容和教学方式，拓宽专业面，扩大办学渠道，要在优先办好师范专业教育的前提下，积极发展非师范性专业。目前经国家教委批准的新闻本科专业已作为常设专业，学院要下大力气办出本专业特色，并以此为突破口，积极发展文秘、公关等专业，逐步朝多学科多专业方向发展，要争取获得更多的硕士点，并积极创造条件，争取早日取得设立博士点的资格，使办学层次跃上新台阶。文学院下设的三个研究所为院所合一建制，要理顺教学和科研关系，实行教学科研相结合，以教学带动科研，以科研促进教学，充分激发专业人员的积极性和创造性。要进一步提高队伍素质，优化教师结构，完善办学条件，改革教育管理，确保教育质量的稳步提高。第四，加强对外交流与合作，作为安徽省率先成立的文学院，要加强同国内外文学院、所的交流与合作，采取"请进来"和"走出去"等多种方式，虚心向别人学习，借鉴他人的成功经验，不断提高自己的办学水平。要凭借新闻学专业的窗口，与各新闻单位、传播媒介建立广泛的联系和协作。要扩大文学院的影响，提高文学院的知名度，力争在不太长的时间内，使我校文学院步入全国同类院校的先进行列。第五，要齐心协力，团结奋进。文学院是在中文系、语研所的基础上建立起来的,它反映了学院全体员工的共同愿望。我坚信,只要大家竭诚尽职,充分发挥各方面的积极性和创造性,同心同德,群策群力,锲而不舍,无私奉献,文学院就一定能办出水平,办出特色,就一定能够实现办学规模、结构、质量、效益的同步协调发展,为安徽教育事业的发展和两个文明建设做出更大的贡献。

同志们,最近召开的党的十四大四中全会对保证党和国家的长治久安必将产生深远的影响,我们要认真学习和贯彻四中全会《决定》,朝着我们的宏伟目标奋勇前进。

来宾们、同志们,我们走进十月的阳光,我们走进收获的金秋,我们汇入明天的洪流,在此,我衷心祝愿文学院前程似锦,兴旺发达,人才辈出,桃李芬芳!

谢谢大家!

(发表于1994年10月20日第282期《安徽师大报》,作者沈家仕,时任校长)

124.省人大原常委、高校工委副书记、学校老党委书记、校教育基金会顾问杨新生讲话

大家好!我今天没准备讲话,刚才顾家山书记请我讲几句话。我想我既然回到了母校回到了娘家,应该讲几句知心的话。安徽师范大学是我的母校,他不仅是我的母校而且是我学习、生活、工作长达36年的地方。所以我对师大有着特别深厚的感情。就这一点,请允许我在这里多讲几句。我是1954年,也就是58年前考进了安徽师范大学中文系。我是大家的老校友。当年的安徽师范学院刚刚从老安徽大学独立出来。1954年那年,老安徽大学分为两部分,一部分是农学院,迁到了合肥成立了安徽农学院,我们师范学院仍留在芜湖,独立成立了安徽师范学院。我也算是独立后成立安徽师范学院的第一届学生。到了1958年,我们安徽师范学院又一分为二,一部分文科系到了合肥建立了合肥师范学院,部分的理科系像无线电专业也迁到了合肥,并以它为基础建立了新的安徽大学。我们安徽师范学院到了1960年改为皖南大学。到了"文化大革命",由于我们皖南大学的校名是由刘少奇同志题名的,所以红卫兵一起来造反就折断了我们皖南大学的校牌,把皖南大学改为工农大学。到了1970年,我们合肥师范学院又从合肥迁到了芜湖和工农大学合并,还叫工农大学。当时大家都感到这个工农大学不伦不类,

非常别扭。它可以说是，因"文化大革命"而生的，大家都想把这个校名改掉，但是又不敢说。因为当时是工军宣队当家。到了1971年，我们学校组织了几位同志，其中有我校朱仇美同志，后来担任我们省教育厅厅长。他已经过世了；还有我们沈家仕同志，后来当我们师大的校长和书记。还有李东方同志，后来担任省教育学院的党委书记，还有康小连同志。我们几位在当时的校军代表的带领下，走出去看一看全国各个大学他们是怎么改的，怎么来对待校名的。开始到北京，我们参观了北大，参观了清华，后来到了武汉，看了武汉大学，看了华中理工学院，现在的华中理工大学。后来到了广州看了中山大学、华南师范学院，看来看去没有一个大学改名改成所谓工农大学、工农兵大学，等等，所以我们几个同志就商量，我们一定要通过这次参观学习回去把我们的校名改掉。一路上，我们就做了那个军代表的工作，因为在当时他在工军宣队中起关键作用。回校后，我们又做了其他工军宣队员的工作，正好这个时候，我们原来的老副省长、省人大常委会副主任魏心一同志调到我们学校任革委会主任，在他的支持下，在我们全校师生员工的呼吁下，最后说服了当时的工军宣队。终于在1972年我们学校被批准改名为安徽师范大学。因为今天在座很多新同学，对我们学校的历史不是很了解，所以我为什么讲这一段，是说明我们师范大学的校名来历。我们安徽师范大学经历了分分合合，经过了一个曲折的过程，才有今天安徽师范大学的辉煌。同志们、同学们，当时是"文化大革命"期间，我们学校能从一个地方院校批准为师范大学，在全国地方师范院校也是不多的，特别是我们请郭沫若同志给我们安徽师范大学写了校名。这个校名除了毛主席给其他大学写的校名之外，可以说我们师范大学的校名起得非常有意义。我自己感觉到，我们几个人能在师范大学改名的过程中起了一点小小的作用，做了一点小小的努力，我至今还感到非常高兴。今天我来到了我的母校，回到了娘家，当然是倍感亲切。1990年，省委把我调到合肥，筹建安徽省委教育工委，一晃又是22年。在这20多年中，可以说我每时每刻都牵挂着我们师范大学。想着我们师范大学的老师们、同学们，乃至于我们赭山脚下的一草一木我都怀有深厚的感情。所以我一直把自己作为一个师大人。虽然离开了20多年，以前的老领导、老同事、老同学至今也把我看作师大人。例如合肥地区的一个老同志聚会，很多时候都请我参加。今天刚刚讲话的我们合肥市人大黄主任，每年老同学聚会都是他来召集的，因为他是合肥市委的领导，每一次都请我参加。在两年前，我们合肥地区成立了安徽师大校友会，今天我们校友会的会长黄元访同志也来了。他请我担任合肥地区校友会的名誉副会长,我感到非常光荣。每一次合肥地区的老校友们聚会,都是济济一堂,几百人参加,气氛非常热烈。大家都为自己是师大人而感到光荣自豪。甚至一些老同志、老领导也把我看成师大人。讲个笑话,因为我从省教育工委后来到了省人大工作,参加了我们省人大的研究会,这个研究会每一年都要到全省各地市参观调研,像我们陆子修主任、季昆森主任、吴昌期主任,我们每一次都一块去各地调研。有几次我和孟富林主任一起参加调研,每当他向各地市介绍我们这些调研人员的时候,除了介绍我在省直单位的职务以外,很有意思,他最后总要说一句他是原来安徽师大的党委书记。就说明这些老同志,至今还把我看成是安徽师大的一员,为此我也感到非常的高兴。

今天大会是安徽师大基金会举行项目资助启动仪式,在这里我要特别讲下我们校友王大明同志。不久前,我们在合肥地区一个小型的聚会中,当时我们黄同文主任也参加了,我们大明同志也参加了。那时我就对王大明同志慷慨解囊帮助母校建立基金会大加赞扬。今天我作为一个师大的老人,也再一次向王大明同志表示衷心的谢意。刚才大家说了,大学建立基金会是非常重要的,是很有意义的。不久前,我见到了安徽大学基金会的王冀安同志,他也是我们师大的老校友,他告诉我安徽大学的基金会是2008年建立的,当时我们的吴昌期主任是他们的高级顾问。吴昌期主任对安徽大学的基金会作了功不可没的贡献。今天,我们吴主任又来帮助我们安徽师大建立基金会,发展基金会。因为吴主任在这一方面很有经验,他在全省影响也很大,特别是企业界。所以由吴主任帮助师大亲自担任基金会驻会高级顾问,我们基金会将来肯定会有更大的发展。另外,刚才有些同志讲,我们师范大学是我们安徽历史最悠久的学校,有80多年的历史,我们师大的校友可以说是遍天下,在全国各地各行各业,都有我们师大校友的足迹。在我们这些校友中,有很多是学者、专家、教授,有很多优秀的企业家,像我们王大明同志这样,也有很多是我们省、市乃至全国各级的党政领导,例如刚才提到的最近我们十八大新选出的政治局委员、书记处书记刘奇葆同志,他就是我们师范大学历史系的校友。讲起刘奇葆,我讲一段他对母校的感情。我记得2006年我和省人大常委会副主任陈基余同志到广西参观学习,他知道了派专人专车把我们从桂林接到了南宁,后来因为接到中央领导通知,他去了桂林,没有见到我们。为了接见我们,他又专程从桂林赶回南宁来招待我们。但是中央领导同志还在桂林,他又连夜赶回桂林去陪同中央领导同志。桂林到南宁是很远的,从这一小的细节来看我们刘奇葆同志,他对安徽的老人、对安徽的老同志,特别对我们母校的老师有很深的感情。今天在座的各位校友，像我们陆子修主任、季昆森主任，他们都是我们的校友。还有刚才介绍的黄同文主任、杨德林厅长，还有吴天宏厅长，都是我们校友。我为什么要讲这些，也就是说，我们基金会成立以后应该很好地利用我们基金会这个平台，加强同广大校友的联系。所以我们要充分地调动发挥我们这些校友的积极性，请他们帮助母校出谋划策，为母校添砖加瓦。校友是母校发展的资源，我相信，在大家的共同努力下，我们的基金会今后肯定会有大的发展。所以今天我在这里预祝我们的基金会今后更加壮大发展，为我们师大的教学科研水平的提高和高质量的人才培养做出更大的贡献。（根据录音整理）

（发表于2012年12月25日第530期《安徽师大报》，本报编辑部）

第二编

风翻白浪花千片

1.可贵的酿蜜精神——记中文系杨树森同学

甜美的蜂蜜是由勤劳的蜜蜂一点一滴酿成的。中文系七七级一班共产党员杨树森同学就像一只蜜蜂，在知识的百花丛中不知疲倦地采撷、酿造着为"四化"服务的"蜂蜜"。

杨树森是六七届高中毕业生，七七年考进我校时，总分是年级的佼佼者。他并不因此志得意满，而是以更加紧迫的心情投入了新的学习。

入学以后，当古典文学上到屈原的长诗《离骚》时，不少同学感到棘手，认为政治背景难了解，字、词、句难理解，担心学不好。杨树森想：事在人为，只要肯钻，就没有学不懂的知识、攻不破的难关。他借来了《楚辞选注》《屈贾列传》等参考书籍和历史资料，对照着学习，不放过一字、一词，有时为了搞懂一个典故，他往往不厌其烦地查阅好几种资料。通过刻苦钻研，他较好地掌握了屈原作品的思想内容。在理解的基础上，他还熟背了一些章节。

勤学好问，是杨树森同学的一个显著特点，前年九月，毛主席的《贺新郎》等三首诗词发表后，他立即和同学们开展讨论。把握不住的问题，他就和同学登门向老师请教，并把老师的见解和自己的看法综合起来，一丝不苟地整理成笔记。对一些习题感到懵懂，就找出许多同类型的例子和大家共同商讨，直到真正弄懂了方肯罢休。

我们多么需要杨树森同学这种"蜜蜂酿蜜"的精神呵！

（发表于1980年4月10日第26期《安徽师大报》，作者梁耀文）

2.教书育人——胡叔和教授注重思想教育的事迹

中文系胡叔和副教授主讲《中国现代文学》课。他讲课注重联系学生文艺思想的实际，挖掘作品人物内在的美，既动之以情，又晓之以理，导之以行。有一回，胡老师布置学生预习田间的诗，有的小声嘀咕："田间诗尽是些口语化的顺口溜，比不上朦胧诗耐人寻味，还用得着预习？"胡老师在心里琢磨下，便向学生提出预习要点："闻一多先生说，田间是我们时代的鼓手，他的诗是我们时代的鼓点，这个评价对不对？"话音未落，同学们就议论开了，他便接着说："大家怎样正确地去理解呢？可以联系朦胧诗的问题，独立思考，写出一篇东西。"等到正式讲授田间诗这一节时，胡老师在学生独立分析的基础上，着重讲解了《假如不是打仗》等作品。他形象地描述,假如不打仗,日本鬼子就会用刺刀指着中国人民的骨头说:"看,这是奴隶的情景!"讲得绘声绘色,激愤悲壮,感动了一些学生。课后有个学生写了一篇学习心得,赞扬田间诗,批评朦胧诗。他借此指出朦胧诗之所以朦胧,最根本的原因,不是从时代和人民的需要、从实际生活的土壤,去吸取诗情,提炼诗意,而是把形象思维局限于个人的小天地。当有的学生原先感到田间的诗不含蓄,没啥嚼头,后来认识到是自己的感情不对头时,胡老师则欣喜地鼓励说:"当你们认清田间同志是站在民族生存的立场上,用明白如话的诗作,去唤醒劳苦大众奋起打仗,不当亡国奴后,瞧,你们的感情不就和诗人一致起来了吗?"一席话,说得学生心里热乎乎的。

（发表于1982年3月10日第61期《安徽师大报》,作者何了然）

3. 中八一级两同学暑假深入农村调查,徒步近千里,走访千余人,迈出了艰辛可贵的一步

放暑假了,同学们都在忙着回家。这时,有两个年轻人也整点好简单的行装——一只背包、两把雨伞、一瓶驱蚊剂、几件单衣——走出校门,向江北方向而去。他们一不游山玩水,二不回乡探亲,而是沿着事先定好的路线,徒步跋涉,作一次农村调查。

这两个年轻人——中文系81级凌金铸、王世朝同学,走在烤化了的柏油路面上,一步一个深脚印。鞋帮粘掉了,用绳子扎紧;脚磨破了,忍痛坚持走下去。唇焦口燥时,向农民讨口水;饥肠辘辘时,啃几口干馍。偶尔,在好客的农家饱餐一顿。每到夕阳西下,他们才开始寻找栖身之所,几张粗糙不平、大小不一的课桌拼凑在一起,便成了难得的"床铺"。睡前,他们总要摊开纸张,借着烛光,整理白天搜集来的零星的材料,可有时因极端疲乏,刚伏下身子,就鼾声如雷了。

一天傍晚,他们遇到滂沱大雨,手中的破伞濒于"夭折",下半身全湿透了。当他们蹚水来到嘉山县一所中学时,又吃了"闭门羹"。"两个'落汤鸡',也扬言搞调查?"一时间,惊愕、委屈、怨艾,甚至想哭,但他们强忍着,耐心做解释,终于用一颗真诚火热的心换取了校领导和教师的信任。

艰辛的跋涉,换来了成功的喜悦。经过一个月的长途旅行,他们用双脚走完了近千里的路程,前后考察了无为、和县、全椒、滁县、定远、凤阳、嘉山、天

长等县的农村，走访了各级领导、农民、工人、教师、学生千余人，写了两万多字的调查报告，其中，关于我省农村教育及基层团组织的两份报告，以其反映问题的深刻、敏锐、大胆，受到校有关部门的重视和好评。

千里之行，始于足下。凌金铸、王世朝同学在这次暑假调查中表现出的坚韧不拔的精神，显示了新一代大学生建设家乡、振兴中华、立志农村、献身教育的豪情。这是值得称颂的艰辛而可贵的一步。

（发表于1984年9月15日第105期《安徽师大报》，作者蒋建平）

4.教学有方——记中文系讲师鲍善淳

在多数同学的心目中，古汉语是一门深奥而且枯燥无味的学科。对于每一个古汉语教师来说，如何教好这门课是个难题。然而，中文系83级的古汉语教师鲍善淳同志却以自己的行动解决了这道题。

为了激发同学们学好古汉语的积极性，鲍老师向同学们介绍了目前日本研究中国古汉语的一些情况，他还说，日本的研究专家们吹嘘，说中国人将来研究古汉语要到日本去。同学们听后愤愤不平，一致表示要为振兴中华而学好古汉语。不仅如此，鲍老师还以他旁征博引的讲课方法吸引同学们的心。在讲完一个字或词的用法和一个语法现象时，他总不时地从《史记》《汉书》《战国策》等古文著作中引来大量例证，而很少去参看讲稿。为此，他备课时花费了很多时间，翻阅了大量古文著作，进行挑选、归纳，然后把例证牢牢地记在心里。鲍老师还经常给同学们介绍一些古汉语研究的新成果和不同观点，以便扩大同学们的知识面，如动词的为动用法等。

面对同学们古汉语基础不扎实的实际情况，鲍老师采取了教师讲授与同学实践相结合的改革方法，进行了古汉语教学改革的初步尝试。他把每星期的四节古汉语课按3:1的比例分开，三节作为讲授课，一节作为实践课，每星期的实践课，他不是给同学们布置一道练习题（要求当堂完成），就是评讲已做过的练习。他还从不同的古文著作中精选出许多段落，编成古汉语练习材料，每个同学一份，进行课外练习。同学们一致反映，实行教师讲授与同学实践相结合的教学方法比以前"满堂灌"的教学方法要好得多。

与此同时，鲍老师自己也在古汉语研究方面取得了一些成绩。他写过《怎样阅读古文》一书，香港《大公报》评价它"具有一定的学术价值和实用价值"。

此外，他还在《安徽师大学报》上发表过几篇论文，它们都是鲍老师汗水和心血的结晶。

（发表于1985年10月15日第126期《安徽师大报》，作者王四清）

5.潘啸龙印象

刚进师大中文系，就听说我们的古代文学老师潘啸龙不仅课讲得如诗如画，而且是屈原研究专家，40岁出头，被破格提升为副教授。神乎其神，真让人急于一见。

在课堂上初见了潘老师，瘦瘦的身架倒也无甚奇特，唯一丰满的地方可能是他自己所说的"双耳如轮"。他或穿笔挺的西服，潇洒；或穿合身的中山装，沉稳。我们总爱联想：他讲授《静女》与《蒹葭》时会穿西装；讲授《论语》时会穿中山装。好在潘老师讲课每每身入其境，大概无暇顾及我们的幻想；而我们自己也常常流连于他那课堂艺术之中，竟忘了认真考究。

一天，我们贸然地想去看看他的家。想象中总觉得他住在一幢古色古香的小楼里。我们沿着山上的石级，边走边问，终于来到他家的门口——不是小楼，而是一排平房，还是前些年的那种砖瓦结构。进入家中，唯一没有出乎意料的，是白色的墙壁上挂着好几幅字画，其中一幅便是郑板桥的《竹》，瘦瘦的，却精神饱满，风骨跃然于纸上。桌上的玻璃台板下，压着学生们赠送他的新年贺卡，又使我们想起元旦晚会上他赠给我们的一副对联：

雏凤学飞，万里风云从此始；

潜龙奋起，九天雷雨及时来。

书橱不大，却占了半面墙壁。正在"小书屋"里看稿的潘老师一抬眼，竟一口报出我们的名字，真让人以后上课多捏一把汗。

诚恳的笑容多少使我们有些释然。面对这个60年代的复旦新闻系高材生，无论如何我们是只敢聊天，不言"采访"二字的了。

"您怎么会先学新闻又改学古文呢？"

潘老师一边给我们拿糖果一边语气平静地回答了我们。学古文是他从小产生的爱好。从大学直到分配在淮北农村，历经10年"浩劫"。1979年，终于考上卫仲璠先生的研究生，一直信念不改。这中间多少故事，都随他平静的话一带而过。

"在淮北，从农村调到教育局，很有可能步入'当官'的道路。在做官和搞专业之间，我选择了后者。尽管前者也可能有所作为，但为了我少年时代便立下的志向，在选择时，我几乎是毫不犹疑的。"从他平静的语气中，我们无法想象在过去的廿载中，尤其在风雨如晦的前十年，他是怎样从生活的风雨中跋涉过来的。

他的课堂里常常座无虚席，到处是渴求和喜悦的眼睛。他的论文又往往"力能扛鼎"，冲击出一波波的涟漪。1986、1988年，《中国社会科学》连续发表他的《〈九歌〉六论》和《〈天问〉的渊源与艺术》，在学术界引起震动。而能在这本最高权威杂志上发表一篇，已是许多人的夙愿。

然而他依然是宁静的，不断地提起他的恩师，提起那些曾帮助和鼓励过他的人们。那神态使人想起在夏季里默默忍渴的河流，含蓄而深沉。

华灯初上，我们起身告辞。走在梅香飘逸的归途上，不知怎的，那几丛郑板桥的风竹又分明浮现在眼前，竟忘记他那天到底穿着什么。

（发表于1989年3月31日第186期《安徽师大报》，作者李中、张巍）

6.不倦的耕耘者——记全国教育系统劳动模范刘学锴教授

提起中文系的刘学锴教授，从事中国古典文学研究的人都不会陌生。翻开上海辞书出版社出版的，在国内外影响颇大的《唐诗鉴赏辞典》，你就会看见"刘学锴"这个名字频频地出现在眼前。在这本收入唐诗千余首的大型工具书中，经他品评鉴赏的唐诗就近九十篇，计15万字，几乎占了该书的十分之一。尤其是大诗人李商隐的条目，大多由他加以评赏，自成一家。这使我们看到他在李商隐研究方面处于国内的领先水平。前不久，听说他以其教学和科研上的突出成绩，被国家教委授予全国教育系统劳动模范称号，笔者带着采访任务专门走访了他。

在一间不算宽敞的书房里，我的来访，打断了刘老师的伏案工作。说明了来意，我们便聊了起来。刘老师是个不愿谈自己成绩如何如何的人，这迫使我不得不转换一个话题进行采访。在采访过程中我了解到，他50年代中期毕业于北京大学，后曾留校任教。由于与爱人分居两地，1963年他从北京来到合肥师范学院。"文革"中，他被下放到合肥九中当中学教师，一蹲就是五年。直到1974年，他才重返两校合并后的我校中文系。想起1957年到1976年这段岁月，刘老师深为叹息，和中国许许多多知识分子的命运一样，由于受到政治运动的冲击和家庭出身的影响，他将近消耗了二十年的光阴。在他的记忆中也有值得记住的日子，那是他在北大读书时的岁月，也奠定了他一生学术研究的基础。在未名湖畔，他曾作为莘莘学子中的一员，亲耳聆听过游国恩先生的中国文学史，季镇淮先生的中国古代文学，王瑶和吴组缃先生的中国现代文学课。后又师从著名学者林庚教授，攻读魏晋南北朝隋唐五代文学研究生。名家的传授，给了他不少的滋养，名师们高尚的人品、严谨治学的态度更是给他留下难以磨灭的印象。谈起这些往事，刘老师的眼睛里总是闪烁着兴奋的光芒。

"那么，您是怎样开始对李商隐进行研究的呢？"我的采访逐渐引入正题。刘老师告诉我，1975年他返回高校后，他才算能够真正地静下心来从事教学和研究，这时他已年届不惑，想起那段荒芜的岁月，更有一种紧迫感。他心里的念头只有一个，就是多抓紧一些时间，弥补过去的损失。说起对李商隐的研究，刘老师笑了起来。他告诉我，那起于一次偶然。当时正值人民文学出版社准备出齐因"文革"而中断的一套中国古代作家作品选集，好的选题已纷纷有主，最后唯剩李商隐这个作品晦涩难懂、说法众说纷纭的作家没有人去碰，但作为一个唐诗大家，他的作品又非入选不可。正在这种情形下刘老师接下这一难题，在宛敏灏先生的指导下着手进行，并逐渐发现研究这一作家的意义和价值。其后，他又和余恕诚教授一起对李商隐的创作进行了更系统、全面、深入的探讨和研究，先后出版了《李商隐诗选》（1978年人民文学出版社初版，1986年增订再版）、《李商隐》（1980年中华书局版），以及新近由中华书局出版的带有总结性的《李商隐诗歌集解》（全书150万字，共五册）。此外，他还在全国一级刊物《文学遗产》及本校学报上发表了关于李商隐的研究论文六篇，这也是他正在进行中的专著《李商隐研究》的组成部分。他的这些论著，在海内外均有一定影响。日本著名汉学家荒井健教授主编的《李义山七绝·七律集释稿》将《李商隐诗选》列为"主要文献"加以引用。其他论著也多在《唐代文学研究年鉴》各期上作了肯定的评介或列为一年重要论文摘要。另外，在古代文学作品的鉴赏方面，刘老师也有不少成果。除前面提及的《唐诗鉴赏词典》外，他与赵其钧、周啸天合著了《唐代绝句赏析》和《唐代绝句赏析续编》两本鉴赏专著，还在其他鉴赏专书、专刊上发表了鉴赏文章二百余篇，总字数在五十万字以上。这些鉴赏文章以分析的细致深入和文辞的清新优美，在国内古典文学作品鉴赏界产生较大影响。

作为一名教授，刘老师不仅科研成果卓著，在教书育人方面他也一丝不苟。十余年来，他同时肩负研究生、本科生和成人教育三个不同层次的教学任务，教学工作量也非常饱满。特别是近三年来，他年年均超工作量。他协同宛敏灏先生一起指导研究生，是我校首批获得硕士学位授予权的唐宋文学研究生的主要导师之一。在指导工作中，他注重帮助研究生们打好坚实的基础、养成严谨的学风和提高独立思考分析问题的能力。同时，不忘言传身教，教育他们用勤奋踏实的努力为国家做出实际贡献。近几年来，他指导的研究生不仅思想素质过得硬，而且专业素质也很突出。就拿已毕业的前两届四名硕士生来说，目前已有两人晋升为副教授，一人考取博士生。最近，学校确定他为全校唯一申报博士点的主要导师，向国务院学位委员会提出申请。在对待学校主体的本科生的教学上，刘老师也兢兢业业、毫不松懈，除多次承担专业基础课中国古代文学唐宋文学部分的教学任务以外，还为高年级同学开设提高性的选修课《李商隐研究》。在课堂上，他针对师范院校毕业生将来从事中学教学工作的需要，在专业基础课教学中，除精要地讲授文学史理论知识以外，特别注重对作品的阅读、感受、理解和独立分析能力的培养这一中心环节，在深、细、新三个方面用力，通过典型作品的示范分析，揭示作家的主要风格特征和文学发展的轨迹，并随时注意吸取和介绍学术界最新研究成果。在他开设的选修课教学方面，刘老师将多年来在李商隐研究上获得的成果择其精要之处系统地介绍给学生，将微观的分析与宏观的考察结合起来。由于这门选修课有较高的学术质量和欣赏价值，历次选修的人数都在百人以上。可以说，将学术研究成果渗透到基础课与选修课的教学中去，提高课程的学术质量，这是他在教学上的一大特色。刘老师热爱教学，热爱学生，他引用《孟子》中的话告诉我说"聚天下英才而教之，不亦乐乎？"，同样，学生们也爱戴他，喜欢听他的讲课。

刘老师今年56岁，对于从事社会科学教研的学者来说，仍是旺盛年龄。目前，他除了担任中国唐代文学学会理事，出色地完成教学任务以外，依然笔耕不辍，尚未发表的成果有二十万字左右。我相信，在不久的将来，在中国古典文学的教学和科研领域中刘学锴教授将会有更多更大的建树。

（发表于1989年9月20日第192期《安徽师大校报》，作者袁超）

7.老夫聊作黄昏颂——记全国教学成果优秀奖获得者祖保泉教授

在1989年国家教学成果优秀奖评选中，中文系教授祖保泉获此殊荣，为我校争得了荣誉。

祖保泉教授自1979年以来为中文系高年级同学开设《文心雕龙》选讲选修课。《文心雕龙》是中华文化的瑰宝，对研究古代文学理论、古代文化具有十分重要的价值，但这写于中古时代的鸿篇巨制文辞晦涩、义理艰深，使许多学生望而却步。"文革"给他耽搁了十余年的光阴，他想把这时间补回来，于是上起了这门难读难讲的《文心雕龙》课。

这课祖教授上了十轮，一届一届的学生毕业了。他也年近古稀了，但仍坚持教学岗位，从本科生到研究生、进修生，兢兢业业地工作，将自己的知识无私地传授给学生。如今祖教授已是《文心雕龙》研究的知名学者，全国《文心雕龙》学会常务理事，其授课情况已被摄入"龙学研究在中国"的录像带中，在全国产生一定影响。

祖教授认为大学上课不仅是个技巧问题，必须有科研作后盾，故此，他在开设这门课的同时，即把《文心雕龙》作为研究的主要领地。几年来，共发表这方面的论文20多篇，其中有2篇入选《八十年〈文心雕龙〉研究论文选》、1篇入选《1949—1982〈文心雕龙〉研究论文选》。并撰成《文心雕龙选析》一书，安徽教育出版社1985年出版，作为授课的教材。此书出版以后，反映较好，现已被国内有些大学定为本课程的教材。去年岁末，他又完成另一本60万字的巨著《文心雕龙通说》，可望今年与读者见面。因其在"龙学"研究中有较高的造诣，故其教学能左右逢源、得心应手、铭铸百家之学，又能自出机杼、独标新解，其课程常讲常新，既有一定的深度，又活泼生动，学生颇感兴趣，每年选修人数都较多。他在书法方面也颇有功力，其粉板字苍劲雅秀，人才云集的中文系无出其右，故学生谓之："教：令人信服；书：使人绝倒。"

教书育人是祖教授自始至终坚持的，他注意用正确思想引导学生，用马克思主义的科学方法去分析解决问题。他在教学中倡导一种严谨务实的学风，用他的话说，即反对"空空道人"的习气，来无影，去无踪，空疏飘浮，不着边际，乃治学之大忌。他自己身体力行，备课一丝不苟，上课锱铢必较。历届同学都有反映，说他是中文系最严格的教师之一。也正是这严格使许多学生变成了有用人才。他指导的学生中，有的人已脱颖而出，有不少人在全国报刊上发表过《文心雕龙》的研究文章。国内同行把我校视为《文心雕龙》"研究基地"之一。

祖保泉教授担任中文系主任多年积累了丰富的教学管理经验。近年来他虽退下，但常给系提出积极的建设性的意见，对中文系的教学科研工作发挥一定作用。他年龄虽大，但仍潜心科研教学，每天凌晨四点起床，稍事锻炼后，即伏案写作，十多年如一日，几乎每年都有新的科研成果问世，除了《文心雕龙》研究之外，在司空图、王国维研究中成就亦斐然可观，其《司空图〈诗品〉解说》一书国内出了三版，他在上海古籍出版两本著作（其中一本与人合作）。最近他正与文艺理论教研室的同志商讨未来发展问题，许多建议引起有关方面重视。

（发表于1991年3月12日第216期《安徽师大校报》，"红烛杯"通讯有奖征文比赛一等奖作品，作者李微）

8.因为平凡，因为年轻——记优秀共产党员王中宝同学

"诚朴而甘平凡地行走在中国的大学校园里，这本身即意味某种荣誉。"

——摘自采访手记

冬风里，裹着一件褪色的军大衣，腋下鼓鼓囊囊的，眯缝着双眼，夹杂在上"晚班"的人流中，从眼前跟你擦肩而过，这人便是王中宝；仲春，整日灰着西上装，怀揣的不是书也是书，这人便是王中宝；搂一本《黑格尔美学思想》，总是缩在中89级教室最后排一角，这人便是王中宝。

当中文系学生会主席倒没有使他出名，让他出名的是另外两件事。

1990年，他进入安师大不足一年半的时候，中文系传出一新闻，德高望重的刘学锴教授，在仔细研阅了一份古代文学期中试卷解答后，语惊四座：这位同学唐宋文学可以免试了！赵庆元副主任也说："他的答卷我看过，与众不同，有自己的见解，不像一般同学那样满纸文章，唯恐言犹不尽。""若写王中宝，还得再书一笔"，有老师告诉我。这也就是让他出名的第二件事：经层层推选、评议，他与系党总支书记李凤阁得票最多，成为校党委表彰的年龄最小也是唯一的学生优秀党员。

低年级同学说："他为人很不错，成绩就没说的了。"高年级的不无钦佩："才二年级能搞成这样，确实不简单。"

辅导员老师说："这样的学生连我都很佩服！"

俗话说，话一投机千句少。同是来自皖西南那片贫瘠的土地，又同是乡村木匠的儿子，我们便多了一种机缘。其实他是一位性格较内向的人，多数时是寡言的。严格地说，他只够称作"学术侃爷"。于是我俩地对空，空对地地侃将起来。兹拎数款，权作"对侃录"。

A款，"据了解，你曾带动全寝室人搞外语，使室风大转，而且每个人都打马过关，通过二、三级？""也别那么玄乎，还是在去年，攻一级时有人成绩不佳，提不起兴趣，既然我们平时处得不错，我便真话当作玩笑说：'每天晚上我陪你们上班，条件是我什么时候回来，你也得什么时候回来。'后来，果真都上自习了。"

B款，"上交组织部的材料上说你阅读了大量的马列、毛泽东思想著作，可是真的？""我看的书很杂。买了几百册，也有几套好书，马列著作还是在池州上师范时看的，一开始，我是为毛泽东的文笔所倾倒：洗练、直截了当，不加修饰。你看《湖南农民运动考察报告》中打的比方又新鲜，又有味。后来经过'风波'之后才将《共产党宣言》《德意志意识形态》《反杜林论》《国家与革命》以及《矛盾论》《实践论》等逐一对照着看了看。"

C款，王中宝喜用"稀里糊涂"一词，这也反映他的谦虚。"我也不知道刘教授为什么看中那千把字的小文，试题是'论李白诗中抒情主人公的形象'。"造诣精湛的刘教授的赏识使他受宠若惊。他说："稀里糊涂的，也不知怎么回事。"他做学问踏实，做学生干部作风也踏实，是个"务实派"，他对那些惯搞"小动作"者，讽之为"玩形式""耍嘴皮"，如果说他难以做"官"，是说他厌恶那一套。事实上作为全校最大一个系——中文系，学生工作总是生机勃勃，卓具特色。

同王中宝侃，多是跨时空的"学术领域"地对空，空对地，五颜六色，应有尽有，永难派对："毛泽东热"、"国民心理层次"、《等待戈多》、"蓝、白画苑"、"三毛"、"飞毛腿"……

王中宝总是津津乐道于一个梦，他说一辈子也忘不了那个梦。梦境被他绘声绘色成一幅"现代派"——

"远远一面左斜的坡。夕阳温软地护爱着茸茸的青草，只我一人。"

"一座红房子。古色古香，高屹在辽远的山腰。""一个人，坐在高高的椅子上，面朝窗外的远空或大海，我终于倚在红房子的门边。"

而今，他运用象征和精神分析手段，正好将这个梦拆成三个单元，然后顺藤摸瓜逐一解之：

"左斜的坡"象征王维、孟浩然的古典山水田园，映现他对古典文学的长期苦恋和追求。

"红房子"象征一个青年布尔什维克早期的信仰和憧憬。

"一个人"，是表示甘居平凡，在学业上孜孜以求，并渴望有人垂教和指点。

　　由此看来，王中宝确实"一辈子也忘不了那个梦"！

　　王中宝依然眯着那双450度的眼睛，坚定地却又不紧不慢地行在校园流动的人流中，那平凡的灰色背影很快同流动的色彩融成一片……

　　（发表于1991年4月25日第219期《安徽师大校报》，"红烛杯"通讯有奖征文比赛二等奖作品，作者赵桂平，时为学生记者）

9.一生只为一句话——记全国优秀教师余恕诚教授

　　余恕诚，中文系唐宋文学教授。年50有余，清瘦而干练。人谓：倚案见雄笔，随身喂唐诗。

　　青年时，曾说过：讲授一流的唐诗，应有一流的学识，要达到一流的效果。就因为有这么一句话，十余年来，他在师大这个美丽而宽敞的校园里，留下了许许多多感人但又不被人注意的故事。

　　那是在1991年5月中旬，他在中88级上完"战士之歌和军幕文士之歌"这一课之后，发生的事：

　　教室里，熙熙攘攘，赞赏之声喋喋不休，他那里，却回思自责，埋怨几处尚欠生动；教室里，情意绵绵，诵"秦时明月汉时关"，他那里，却翻开教案，默默推敲王昌龄；教室里，兴会淋漓，三五同唱"岂能贫贱相看老"，他那里，却掩卷深思，举手拭额评高、岑；教室里一个个摩拳擦掌暗努力，他那里，却一步一思揣摩悬想下堂题；两个场面，两种心态，一弦一注，岁岁年年，就这样，他终于在师大这八百亩方圆的土地上，立下了一块坚实的丰碑。今年十月，他穿过这金黄的季节踏上去首都的旅途，摘取了全国优秀人民教师的光荣桂冠。

　　消息传出，举校皆惊。

　　有人说他平淡中见雄奇，有人说他挥毫中显拘谨。不管怎样，他上课能吸引学生，这却是刻写在荣誉证书上的事实。

　　88级本科函授班在学员座谈会上，对1990年暑期所授课程评价最高的是他的《唐诗风貌》，即便是"厌学热"最热的85级学生，到三下时，唯一能出满勤的课程，也是他排在下午的《唐诗风貌》。1980年，系公认对教师要求偏高、十分难教的77届学生在神圣的选票箱内，纷纷投进了他的名字，结果他当选为镜湖第八届人大代表。

　　消息传出，掌声雷动。

1978年以来，他的基础课在本科教过三届，专科教过两届，选修课教过六届。并且，一直担任中国古代文学研究方向的硕士生导师。已毕业的硕士有四届，还受系科派遣担负函授班、夜大、联大以及自学辅导班、助教进修班的教学。许多课程，都属计划外规定承担的，多年来他都这样超负荷地运转着。教学占去了他大部分时间。他教学注意培养学生对作品的感受、理解和分析能力，揭示作家的主要风格特征和文学发展轨迹。授课的同时，还注意贯彻思想教育、情感教育和传统教育，由于他追求每堂课都应有独到的心得，并易于被学生吸收，所以，教案年年改、月月改，乃至天天改。一堂课下来，只要有自己不如意的地方，便会陷进深深的自责之中。

老教案不改难道不能照样上课吗？

他说，不改不行。唐诗虽是定格的文学，可她又是活着的生命。同一幅"春江花月夜"，今年之"月"境非同往年，他无法凭自己的懒惰去掩盖生命的体验。

为人师者，最大的痛苦与最神圣的职责莫过于此。谁知他手中案卷，字字皆辛苦。

还是让我来把镜头定格在1979年冬天的一个夜晚吧，是夜：寒雨连江夜入芜。夜阑人静处，余教授正伏在案头，热乎乎地修改第二天的教案："李商隐诗歌艺术特色"。

他面对的是"浩劫"后新入学的第一届大学生，他涉足的是"文革"后新增添的又一个新领域。

凌晨三点，他拿出自认满意的教案，可等他外出小便时，竟昏倒在寒气茫茫的室外。顷刻间，青鸟、彩凤，翩翩飞来，李义山心有灵犀。

"好老师，求求您，今天就不要为我们上课了。"当学生知情后，一齐热泪盈眶地靠近讲台。

"要不上，岂不耽搁你们的宝贵时光。"

听者眼角含着泪花。作为教师，余教授获得过许多荣誉，然而，这一次学生用滚滚热泪献给他的安慰，堪称诸多荣誉之中的殊荣了。

无须翻阅他的著述与论文。即便是在有限的精力内，他科研的成果已经够辉煌的了。中华书局副总编傅璇琮曾在一次国际性学术会上评他和刘学锴教授合著的《李商隐诗歌集解》是公认的李商隐研究"集大成的扛鼎之作"。

《易经·乾象》云："天行健，君子当自强不息。"今观余恕诚教授，信夫！

（发表于1991年12月30日第231期《安徽师大校报》，作者张弛，时为学生记者）

10.美学教授王明居

王明居教授1957年毕业于北京师大中文系，三十多年来，先后在哈尔滨师院、合肥师院、安徽师大从事文艺和美学教学工作。他说："只有穷尽毕生精力去渴求美，人生才有价值。"

长期以来，先生在漫漫修远的学术征途上，披荆斩棘，上下求索，锐意向前。他一方面钻研朗吉弩斯、鲍姆嘉通、康德、歌德、黑格尔等西方美学大师的美学著作；另一方面，又系统地学习中国古典美学，并密切注视着国内美学发展的新动向。"爬罗剔抉，刮垢磨光"，潜入美学理论与实践的海洋。那时高校美学教学没有统一教材，先生结合自己的体会，扎根于前人的美学理论基础之上，自编讲稿，并于1985年付梓出版，取名为《通俗美学》。此书旁征博引，纵横捭阖，深入浅出，雅俗共赏，1987年在北京获全国优秀畅销书奖，1988年又获全国首届优秀教育图书二等奖并参加香港书展。

"板凳一坐十年冷"。思考十年悟出了一部专著《文学风格论》，又思考四年写成一部专著《唐诗风格美新探》，该书去年荣获安徽省首届高校优秀教材一等奖。著名作家王蒙在《一篇锦瑟解人难》一文中曾引用此书。先生精神矍铄，夜以继日，不懈地探求着美。

1987年夏季，他应邀到河北避暑山庄讲学，并观赏塞外风光。苍苍茫茫、烟波浩渺的朦胧美与混沌美渗透他的心房，瞬间仿佛受到天地的灵气感化，模糊美感心理空间场迅速形成。模糊美的精灵突然降临，打乱了他的生活节奏，把他搅得寝食不安，他一心想把模糊美的姿容、形态、性格用逻辑语言表述出来。于是，先生躲进小楼，静居心斋。伏身桌前，描绘四时风雨；窗前台灯，常至黎明不熄。一向嗜爱山水的他，写作时专心致志，几乎是"油瓶倒了也不扶"。1991年与1992年《模糊美学》《模糊艺术论》两部专著共44万余字先后刊行，引起美学界的重视。1992年《模糊艺术论》获华东地区优秀教育图书一等奖。《人民日报》海外版"文萃"栏做了专门介绍。

先生除单独出版共达百万字的五本专著外，还在国家级与省级刊物发表文章百余篇。其中《诗风格谈》一文被中华书局收入《诗文鉴赏方法二十讲》一书。此外，还与他人合写了《审美教育》《中小学美育浅谈》等专著。

巴尔扎克说:"要永远渴求美。"先生无论是深研学术还是寻访名山大川,都将其铭之座右。

(发表于1993年5月15日第257期《安徽师大校报》,作者吴申道,时为学生记者)

11.文章不著一字空——记中文系古代文论教授梅运生

风格即人。梅老师,朴实,真诚,与他论著中体现出来的踏实认真的学风协调一致。他的论著《锺嵘和诗品》探源析流,穷究诗理,全面深入地论述了锺嵘的评诗思想。该书1982年由上海古籍出版社出版,填补了国内锺嵘《诗品》研究领域的空白。1986年荣获安徽省社科联合会优秀学术成果二等奖。

梅老师治学谨严。"板凳要坐十年冷,文章不著一字空",是他朴素的治学名言。他从不将自己一知半解的东西敷衍成篇;总是深研原著,神思方运万途竞萌时,才妙众悟而成言。9年前,学术界对锺嵘的身世及其诗品品第之间关系莫衷一是。梅老师也为之所困,夜难成眠。他大量检阅《齐书》《梁书》《南史》等,"收百世之阙文,探千载之遗韵",爬梳钩沉。数月后,一篇万余字论文颖然脱出,被学术界誉为"力作"。

在具体的学术领域里,"我着重解决当前未曾解决的疑难"。这点他毫不含糊。为此,他十分感激复旦大学的师友们。早年在复旦进修时,导师朱东润先生厚积薄发,严谨刻苦的治学风尚深深地熏陶着他,朱先生多次谆谆告诫:"做学问要像开矿采铜样,从最深处发掘第一手材料,不要去炒'冷饭'。"这些话对他一生都产生了影响。朱先生在主编《中国历代文学作品选》时,把编选古小说的重任托付给当时年仅20来岁的梅运生,并对他刻苦的自学、认真的工作给予很高的评价。数十春秋已度,每每及此,梅老师怀念之情溢于言表。

社会科学不同于自然科学。它需要在文史哲等极为广博的学识基础上提出己见,尤其要对前贤研究成果细加辨析,才能驳申自如。十多年来,梅老师埋头于古人卷帙浩繁的诗论辞话之中,将炯炯目光投向前人留有阙疑和今人研究未到之处,他决意要留给后人一份真正的礼物。"给后人以启发,利于进一步开拓。"他发表了高水平高质量论文20余篇,出了两本专著,除前所说《锺嵘和诗品》外,还有《中国历代词论专著提要》,论著《中国诗歌理论批评史》即将付梓。后两者属于国家教委"七五"重点科研项目。

（发表于1993年6月20日第259期《安徽师大校报》，作者吴申道，时为学生记者）

12.采得百花成蜜后——访文学院资料室主任汪玉丽

汪老师的办公室：三十平方米的屋子里却有三分之二的空间被书架占领，办公桌上有一叠正待编目的书卡，一本《四角号码》，还有一个工作手册，记录着一九九四年该资料室向《中国语言文学资料信息》提供中文资料信息达七十三篇，其中汪玉丽占三十五篇。

汪玉丽把资料室的五个书刊库、一个工具书库和两个阅览室称作她的"生活空间"，这个我校成立最早、规模最大、藏书量最多的资料室被称作"第二图书馆"，在这里聚集了图书七万余册，杂志四百五十余种、合订本一万多本，宛如一座浓缩了的文化宝库。

资料运用是"养兵千日，用兵一时"，而资料员平时的工作却是个日积月累的过程，平凡琐碎。既要做书刊的征订、收集、编目、制卡、上架和借阅，又要编索引、长题文摘、本院书讯及与兄弟院校的横向交流，同时还要将有限的经费花在刀刃上，买好书多买书，"人勤方能地肥"，她说。身为五十六岁副研究馆员的她，每天总是早早来到资料室，打扫、整理书籍，和同事一起一趟趟地跑新华书店。二十多年来，资料室已有了一个优良传统，即使是中国人举家团圆的春节，这里仍坚持开放。系里教师已习惯了每天下午来这看看，这里成了他们传递和获取信息的窗口。

资料室恰似高校教学科研的一块园地，教师的教研成果则是这块园地上的庄稼，园地的肥沃贫瘠直接影响着庄稼的收成。文学院的老师们如海绵般在资料室这方肥沃的园地上孜孜不倦地汲取营养，取得了丰硕成果，一部部、一篇篇具有学术价值和创意的专著及论文相继问世。近五年来老师的专著、工具书、教材出版了近百部，学术论文发表九百余篇。文学院科教园地上鲜花盛开、争奇斗艳。汪老师微笑着说，她和年复一年、辛勤耕耘在此的资料员们一起感到由衷的欣慰和自豪，因为这块园地里浸润了他们太多的汗水。

（发表于1995年5月22日第295期《安徽师大报》，作者杨颖、周平）

13.十年磨一剑——汪裕雄教授谈治学

早已听人称道汪裕雄教授学识渊博，治学严谨。亲眼见到的汪先生是一位随和可亲的长者。一提到美学研究，他那瘦削的面庞上便浮现出严肃且坚毅的神情。

汪先生认为，审美意象是中国传统美学的中心范畴，也是中西美学相互融会的良好结合点，因此，他选择意象研究作为重点。从80年代初起，一方面，他对意象作审美发生、心理交流的多维考察，将中国美学传统范畴按中西融合、多元综合方法加以阐释；另一方面，他从意象的历史发展中寻求其内在逻辑，阐明其在中国整个文化系统中的地位和功能。这一系列研究工作，对中国美学研究是一次创新。

"十年磨一剑"。汪先生从中国美学具体特点出发，采取了哲学——心理学方法，力求使逻辑论证和实证描述相结合。经过十余年的呕心沥血的探求，汪先生初步完成了审美意象学的研究。访谈时，汪先生痛惜而又无奈地谈到，他们这一代人的人生中学习的黄金时间被无情地耽搁了，不仅是"文革"的影响，更有教条主义框框对思想的长期束缚，因而在资料积累上不及前贤，新知吸取上弗如后学，学术视野存在局限。难能可贵的是，汪先生不仅能清醒地认识到这一点，而且敢于冲出来，实现自我的超越。按他的说法，就是既不要"忌新忌怪"，也不可"唯新唯怪"，要把"重温传统"和"吸取新知"结合起来，不断地学习，不断地充实自己，丰富自己，更新自己。

汪先生的研究成果得到了认可和推崇。专著《审美意象学》被美学同行称为"既不失中国特点又具有现代意识""足以为当代中国美学建设提供某些启示"的力作；正在进行的《意象探源》一书，力图阐明中国意象理论所涵指的传统文化精神，其绪论《意象与中国文化》被认为是一篇"既有微观的阐释，又有宏观的见解"的"好文章"。他参与主编的《中国古代美学文库·魏晋南北朝卷》又告完成，即将交付出版。汪先生的意象理论研究逐步形成系列，受到美学界的广泛重视。最近他被推选为"中国美学会"理事。

汪先生潜心治学，专注执着。一旦认准方向，就坚定地做下去，既不左顾右盼，也不心浮气躁。汪先生说：一个课题开始，虽然并不知道结果如何，但须自己对得起自己，尽力而为，就会无愧无憾；再就是毅力，多少个不眠之夜，埋头于浩繁的理论书籍，沉浸在连续的思索中，每一分收获，每一点领悟，都是锲而不舍的酬报。汪先生无限感慨地说："审美会产生巨大的愉悦，而审美研究却是一项要求付出全部心血和智慧的劳动。"认为做学问要不图捷径，不存侥幸，宁可少些，但要好些，要下决心一辈子打基础，乐在追求中。汪先生的眼睛在镜片后闪亮，似乎不仅在叙说他的治学心得，也是在表明自己的人生态度。

（发表于1993年10月20日第264期《安徽师大报》，作者钟文）

14.王大明：风华正茂的总经理

在中国第一个经济特区的上步北路，耸立着一幢近20层的现代化大厦——深圳国际展览中心。两年前，年富力强的王大明一坐上该中心华洋商品展示公司总经理交椅时，就与中心签订了目标效益合约。两年的血汗换来累累硕果，他在没有流动资金的情况下，为公司创下600万元人民币和100万元港币的毛利，业务收入跃居深圳市同行的前列。

在回首走过的历程时，他是这样描述自己的奋斗轨迹的："人生必须自己制定一些目标，把它当作成功和幸福的标准。那么，成功的要素就是'自信心+行动力+突破口'。"

现年36岁的王大明，1983年毕业于我校中文系本科。1989年获经济师职称。曾任中国贸促会安徽分会联络部副处长。现任深圳国际展览中心华洋进出口商品展示公司及华洲咨询公司总经理。从中学毕业时起，王大明就以自己坚定的信心和扎实的行动，显示了不平凡的才华和能力：在我校攻读学士学位时，他是班干，各方面表现常受师生好评；毕业分配到安徽省外贸包装进出口公司工作后，负责企业整顿，参与综合计划管理，干得井井有条；调至中国贸促会省分会，他两下中国香港，负责筹办安徽省国际先进机械设备、国外建筑机械设备和国外食品机械等三个展览会，成交金额达400多万元人民币，为本单位创利10余万元；在中国贸促报工作期间，他精心组织广交会专利和广告百余版，获百万元产值，创利50万元。1988年，他随中国贸促会代表团出访加拿大、美国，出席世界贸易伙伴校友网络会议。去年，他又随国家代表团，先后到德国、荷兰、比利时、卢森堡、日本、韩国和欧共体总部访问。10多年来，他先后接待外商近百批，结识中外客户近两千人，举办国际展览会10个，组织中外技术交流20余场，联系贸易伙伴和洽谈项目200余个，与中外经贸界人士有着较为广泛的联系。

人们不禁要问，一个学文的师范大学生，毕业后工作才10年，能在商海里做出如此令人惊叹的业绩，一定有什么奥秘。王大明的回答是既简单又不简单："我觉得一个人大学的专业并不重要，尤其是在深圳商品经济十分发达的地方，它需要个人的综合应变能力。运筹、谋划、社交十分重要。"在谈到做人时，他说："干任何事业最终是在做人，真诚和坦荡仍是前提。人生是一个过程，结果并不重要。多领略、多感悟，活得自然、真实是最重要的，成功和幸福是个含糊的概念，关键是自己的心理感受。"

今后的路怎么走，他自有清醒的看法："深圳是一个战场，总有种无形的压力推你向前，很难谈公平。你必须面对它，选准突破口，艰难地迈进。"

（发表于1994年4月18日第274期《安徽师大报》，作者牧童）

15. "桃李不言，下自成蹊"——记三育人先进个人中文系蒋立甫教授

一个细雨霏霏的下午，我们走访了不久前受到表彰的校"三育人"先进个人中文系先秦文学教授蒋立甫先生。从1961年算起，蒋先生已在师大这块育才的沃土上辛勤耕耘了三十余载。

"我认为一名教师，最重要的是要有师德，要把教好书放在第一位，教学和科研固然是相辅相成的，但时间毕竟是常数，应当把主要精力放在教学上。"蒋老师质朴的话语平静地流淌着。多年来，为教学的需要，他主动承担了门类繁多的教学任务。在系里，他是开设课程最多的老师之一。基础课，蒋老师已教过多年，至少讲授了十多遍，即使这样，每次上课，他仍要认真修订讲稿，一是根据教学对象增删内容，一是及时汲取新的研究成果。有两个学年，蒋老师的工作量连续在中文系位居第一位。"桃李不言，下自成蹊"，他认真而高水平的讲课，获得学生的一致赞许。在1992年的一次教学评估中，他获得90多分的高分。

自1979年以来，蒋教授参加了研究生指导组，对这个工作，他同样倾注了大量心血，一些研究生发表的论文，差不多都是蒋老师精心指导润色加工的，他甚至把自己积累的资料、研究的心得都充实到他们的论文中去。

"一个高质量的教师在完成教学任务的同时，积极从事科学研究也是不可忽视的。"蒋教授这些年来不仅精心执教而且潜心科研，先后在国家级、省级刊物发表论文300篇，有的在学术界产生了较大影响，其中《左传成书时代与作者辨》一文被《先秦文学集疑》一书摘引，《何逊年谱简编》全文被采入《何逊集注》

中,《风诗含蓄美论亲析》被同行誉为"创新"之作。尤其值得称道的是《诗经选注》一书,1981年出版,先后共印21万余册,在同类书中发行量最大,被多种书籍介绍或摘引,在海外也有一定影响。蒋立甫教授以他的学术成就,赢得了省内外同行的首肯,曾被推选为安徽高校古籍教研会理事长,全国《诗经》学会常务理事,《诗经国际学术会议论文集》编委。

蒋立甫教授熟悉文献目录学,文字训诂学也有功底,近几年着力于古籍整理研究,已完成多种书籍,其中将见书或通过出版社审订的有《文选笺征点校》、《古文辞类纂校注》(合著)、《戴震全书》(承担其中四种书)、《经籍纂诂续编》(合著)。现在蒋立甫教授正全力投入《汉魏晋南北朝诗纪事》的编纂工作,这个项目已被列入国家八五重点出版规划,他是两个主编之一。

走访中,我们还了解到他秘而不宣的一件"小事":1991年到现在,剑桥国际传记中心五次来函要求蒋先生将个人材料寄去,以便编入《世界知识分子名人录》,但他将来函一一搁置起来,不作答复。谈到这件事,蒋先生微笑着说:"我想我的水平还不够,即使载进去,也会贻笑大方的,再说,对浮名也不必看得太重。"

蒋先生抬起满是华发的头,静静地凝望着雨中的校园。窗外细雨绵长,在静默中洇湿了土地,滋润了花木……

(发表于1994年10月10日第282期《安徽师大报》,作者史德恕)

16.同古人做跨世纪交谈的人——访我校最年轻的教授朱良志

今年38岁的朱良志,是我校目前最年轻的教授。他是1993年由讲师大破格一步跨入正高行列的,现已是硕士生导师,享受国家特殊津贴。朱良志是由我校众多青年教师中脱颖而出的一颗璀璨之星。最近他又被授予全省"高校十佳"光荣称号。学界称他"自出新说,别为一家"。师生公认他"很潇洒",而他自认为是"虽博得声名,而心中难安"的一位。

"两脚踏中西文化,一心评宇宙文章。"

——林语堂

朱教授是个很自谦的人,他说自己的知识十分有限。不过他很欣赏上引林语堂的一副对联,并认为是当代学人的必由之路。

问及著述情况,他说自己近些年只是做了一些自己感兴趣的事,目的是为现代人的精神结构提供一点依据。

朱良志教授已在境内外发表了中国传统文化方面的研究成果计100多万字。其研究集中于三个方面:一是关于汉字同中国文化关系的研究。这方面国内研究十分薄弱,朱良志同他另一位合作者詹绪左深入研究,取得一批成果,有些填补了国内空白。《汉字与中国文化》一书被专家认为"卓有新意,自成一家"。在香港《东方文化》上发表的长篇论文《作为文化确的汉字》被专家认为"有突破性成果",另外发表和出版的《汉字与民俗》《汉字与中国美》《汉字的文化功能》等论著,引起学界广泛注重。

二是对中国美学的研究。40万字的新著《中国艺术的生命精神》从一个崭新的视角研究中国艺术。将出版的《道家学说与中国美学》也是这方面重要著作。其围绕中国艺术和美学发表的几十篇系列论文,以其观点新颖、立论深刻倍受学界注视,《人民日报》(海外版)、《新华文摘》、《中国哲学年鉴》等多次转载介绍他的观点。

至于从哲学的角度研究中国画,是他最近开辟的新领域。目前,已发表《中国画的生命精神》《论中国画的荒寒境界》等长篇论文。专著《理学与中国画》将由台湾洪叶文化事业公司出版。

朱良志还参加了"中华社科基金"项目《审美意象研究》、国务院古籍整理项目《中国美学文库》等多项国家科研项目,并在其中发挥重要作用。

那么,这些研究的理论意义和现实意义又是什么呢?朱教授说,最终目的是把握中国的人文精神,并从中看出中国人的独特文化心理,其意义在于再现传统文化活泼泼的流动精神,这种精神至今依然在我们心中流淌。如我们的价值观、我们的抒情方式、创造力等依然与传统有千丝万缕的联系。他强调,传统文化不能等同于文化传统,只有后者才是连续流动的活体。

他说,研究中华文化传统不是回忆逝去的荣耀,而是探求那种无时无刻不在影响着我们的精神,不是去寻根,而是为了解释我们心中的价值观的谜底。他颇为惬意地说,研究是初步的,但都是我喜欢的。刘熙载云:"为一己陶胸次";沈颢曰:"陶淑性灵。"他认为这些话较能准确地注释自己研究心态。他特别欣赏"冰壶莹澈,水镜渊渟"两句话,并将其作为人生境界而自勉。他认为,自己不喜欢的就搞不下去,研究对象同自己心灵默合才能深入其境,探幽发微,凭性而通,其乐陶陶。

"治学不作媚时语，独寻真知启后人。"

——王元化

朱良志非常推崇当代学者王元化的这句良言，认为做人做学问均应如此。

他分析说，当代许多知识分子正处在一种"边缘状态"，其人生价值已不像以前那样需通过政治价值来体现，同时难以通过经济价值实现，在文化多极发展的今天，他们往往不再成为人们关注的中心，这种边缘状态使知识分子可以多一些宁静，更多一些清醒，可以避开尘嚣，免于庸俗。当代知识分子正可以冷静地寻找自己的位置，幻象再美丽，毕竟是幻象，知识分子必须以知识参与社会。虽趋离于时代的聚光灯下，但知识分子作为社会良心的体现者，其真知灼见，其终极关怀，其思想成果可以为科学形态的社会政治、哲学、经济和文化艺术活动等提供依据。

朱良志著述的特点是将思想融于学术之中，坚持认为：没有学术，思想无根基；没有思想，学术就缺乏提升，从而失去人文色彩。

熟悉朱良志的人都了解他快人快语的个性。他直言不讳地说：现代人有很多失真的东西，人文精神的失落，常使象牙塔内的行者有茕茕孑立的孤独感。现代化，一方面使闭塞蒙昧的山村被打开，另一方面使人类单纯、崇高的人格理想变得越来越复杂甚至物质化。当代的人文学者要充当社会的良心，同时又要成为社会心灵的庇护者。知识分子，尤其是教师应从事"净土工程"，这些"工程师"目前遇到了新的"技术性"问题，首要的是自己应很快冷静下来，掌握好新的"技术"。

谈到职称的话题，他认为，学历和职称往往是一种假象，他说，自己跟现在的职称所要求的还是相距甚远。职称一方面给自己造成精神上的惰性，另一方面又形成一种外在压力。但他又坦言，自己并不怕所谓"枪打出头鸟"，"我是一个极平常的人，职称的符号并没有改变自己的真实内容，我唯有加倍努力而已"。

"当我细细看，一棵荠花，开在篱墙边。"

——松尾芭蕉

作为一个早年得志的学者，他保持了一份难得的清醒。对自己目前的成就，他远远不觉得满足，他倒很欣赏松尾芭蕉的这一著名俳句，认为这是禅的最高境界，也可作为人的楷范，如同"空谷幽兰"，虽不起眼，但却散发出淡淡的幽香，为人亦当如是。

中国人同西方人的智慧是不一样的，西方人重理性、逻辑，而中国文化则有泛艺术的倾向，笼罩一种审美情调。因此研究中国古文化给朱良志教授以无尽的享受，我们无法体味到他身在其中的乐趣，他自己说这些研究给自己有时疲惫而压抑的灵魂以慰藉，有时能在喧嚣中求得宁静。

作为青年中的一员，朱良志更保持了一份中国知识分子特有的时代意识和使命感。他说，近年一些人盲目崇拜西方，瞧不起本民族的文化，这实际上是"只缘身在此山中"，以为容易得到的，最靠近自己的东西，也是最无用的东西，以为"在水一方"的佳人才是己之所求。另一方面，又有一种"东方主义"正在兴起，有一种拒绝西方文化的风气在播散。近年兴起的复古热、国学热、寻根热、儒学热等，固然有弘扬传统文化的用意，在有些方面又有其消极的一面，甚至有的人是靠祖宗的荣耀遮盖今天的缺失。

作为一个跨世纪的学者，朱良志深切地意识到，我们已经失去了很多机会，正应该勇敢地迎接外来文明，同时又不失自己的传统。摆脱迷失，不是折中主义，我们应用独立的思想、独立的人格去融会。用现代意识和科学头脑来冷静对待这些问题。其实，脱开时空，东西之分、古今之辨似乎变得不那么重要了，一切有用的思想都是人类文化的助推器。

朱良志毕业于我校中文系，毕业后留校当助教，后成为祖保泉教授的研究生，他说，祖老严谨治学的作风深深影响着他，祖老要求学生下死功夫重视扎实基础，使他受益匪浅。祖先生每天四点起床锻炼，然后坐在窗前读书的好习惯直接影响并形成了他的恒心和毅力。此外，系里一些老师也给他树立了良好风范。

出生在琅琊山下一个农民家庭的朱良志，家里一共有七个弟兄姐妹，父亲将其中五个都培养上了大专院校。家庭的养育之恩，常常成为催他奋进的动力，童年时，父亲逼着他用毛笔蘸水在砖上练字的经历，他至今记忆犹新。他说，本无太大的本领，唯苦学而已。他认为，同辈人中师大有很多优异者，这些人都是他的学习榜样，我们不能贵远贱近，正是这些人将撑持师大未来的大厦。他说自己得到太多了，常常感到很惭愧，若不努力，真是无颜对江东父老。

朱良志同一些"先锋"的青年学者一样，已习惯用电脑熟练地写作，现代化的工具使他如虎添翼。我们深信，朱良志步正一步步迈向他理想中的"大境界"。

（发表于1994年11月15日第285期《安徽师大报》，作者赵桂平）

17. 教坛宿将，风范长存——悼念宛敏灏师

宛敏灏先生遽然与世长辞了，学界失去了一位著名词学家和词人，教坛失去一员勋劳卓著的宿将，我自己也永远失去一位恩师。噩耗惊传，沉重的悲哀攫住我的心。

我凝视着一帧照片，那是8年前先生80寿辰与我的合影。先生微微侧过身来跟我款谈。这是多么熟悉的声音，浓重的庐江腔，轻缓，抑扬，时不时还冒出几句充满睿智的谐言趣语，引得彼此开怀畅笑。先生暮年，不止一次跟我这样畅谈过，谈诗词，叙往事，拉家常。而今，我又何能再享与先生晤谈的欣喜，何处追回先生爽朗的笑声！

我是先生40年前的学生，后毕业留校。那时，先生出任合肥师院副教务长，却实际主持全院教学和科研的日常行政工作。而我，则在教学之外兼做中文系的科研秘书。承张涤华、祖保泉二位系主任错爱，常让我协助系里起草一些有关科研和教学的上报公文。当时中文系大人多，学生占全院半数，号称合师院"半壁江山"，宛先生又曾是中文系的主任，因此他对中文系特别看重，系里上报学校的有关公文，一般都要经他亲自过目。他对公文的讲究是出了名的，有时竟至近于苛刻。因此，每当系里要我撰稿的时候，便不敢掉以轻心。

最难忘的是1962年进行的教学调整，那是旨在恢复正常教学秩序的全校性大动作。就在这次教学调整中，先生的多谋善断，指挥若定，都教我惊叹不已。大凡亲历过那段岁月的人都清楚，那时的大学已是元气大损，频繁的政治运动和过量的生产劳动，差不多把正常的教学秩序冲击无余，教学管理陷于停顿，教学质量一落千丈。要从根本上扭转局面，非但要有果断有力的措施，还得承担相当的政治风险。但这次调整在合师院进展很快。第一步是组织人马分赴大江南北，跟踪调查当年毕业生的质量状况，记得我们系是由祖先生亲主其事的，调查的结果令人吃惊，毕业生派往中学，因无法胜任教学而改作他用的已非个别，有的竟只能安排去看大门、敲钟。当时系里让我就此草拟报告，据说宛师要亲自过问。按当时惯例，这类报告总得以肯定成绩为主，问题不宜写得突出。报告稿送阅两次，宛先生都不甚满意，让一改再改，这使我困惑不解，这时，先生要我先看一份材料再动手。我见到的是先生以个人名义写给童世杰院长的一份建议书手稿，文字不长，件头却赫然书有两三行朱笔大字，记得是："照教务长意见办。请即组织精干力量先行调查，逐步实施建议各点。"下面落个斗大的"童"字。建议

书对学校的教学形势估计得比较严重,为调整教学提出了系统的对策:组织跟踪调查,分析存在问题,削减劳动时间,调整教学计划,加强基础课教学,给临近毕业的高年级学生补缺补弱,加强青年教师的业务进修,等等。读过这件胆识过人、思虑周详的建议书,我才恍然大悟,原来先生早有深谋远虑,而且已得院长批准,这次调查,不过是整个庞大计划的最初一步而已。我原先的疑虑,涣然冰释。

先生的建议,在全院是全面实施了的,整个教学调整进行得有条不紊,一气呵成,学校面貌也顿然改观。而中文系,由于张、祖二位主任的不懈努力,总支书记的大力支持,调整工作更是雷厉风行,效果也最为明显。为了给高年级学生补缺补弱,涤华师亲自上阵,开设《古代散文选》,并请出一位当时还颇为年轻的同志跟他平行授课,一时传为佳话;老年教师则争先为青年教师开设学术讲座,一部《文心雕龙》,就由涤老、须老(张煦侯先生)、祖先生分别系统讲过,祖先生还讲过司空图《诗品》,孟永祈先生则讲过《托尔斯泰研究》。不知不觉,琅琅的书声,浓厚而又活跃的学术空气,重又回归校园,合师院进入了最兴旺的时期。

这件事,大约在先生本人也是平生得意的一大手笔吧,先生当年的建议,原是他与童院长数夜深谈的杰作。先生谈起过,他跟童院长彼此是肝胆相照的。先生出任教务长时,童院长劈头第一句话就是:"学校教务我是全权托付你了,有责任我担着,有问题你大胆解决,我这是以心相托!"说到这里,先生又添上一句:"我就怕他这个以心相托!"说罢,感叹嘘唏,不胜故人之情。已故的童世杰同志是红军时代入党的老革命,经历过枪林弹雨,他的知人善用,先生与他的配合默契,都令我肃然起敬。

先生的教学管理,素来以严格著称。他在合师院亲手建过一系列管理制度,所谓"过五关",要算最闻名的一项。那时规定,一个青年教师独立开课,需经指导教师、备课组、教研室、系、教务处的多次听课和考核,通过这五道关口,由教务长批准才能算数,否则一律不得将课程列入课表。所以凡青年教师上堂,无论独立开课与否,无不郑重其事,兢兢业业。而当时正值国家严重困难时期,青年教师经受饥寒仍精神饱满地学习、备课,每至午夜宿舍仍然灯火通明。极其艰苦又极其严格的训练,终于为学校造就一批教学科研的年轻骨干。尽管"文革"时"过五关"曾被蒙上"资产阶知识分子统治学校"的恶名而加罪于先生,但"文革"后不久人们就发现,幸亏当年有那么个"过五关",迫使大家养了点业务底气，否则，在那么困难的岁月，荒废专业真是太容易了。当我跟先生谈起这一点时，先生感慨万端："不严不成军呀，搞教学行政就是这样，当时得罪人，日久见分晓，公道自在人心！"

作为老一辈的词学家和词人，先生在海内外早已久负盛名。关于他的学术造诣，他的诗歌才情，有他的著作在，他的诗词在，自有后人评说。倒是他的教学行政才能，因为当年身历其事的同志或亡故，或云散。了解的人已并不太多，就如那份重要的建议书，很可能当年就鲜为人知。然而，就我的亲见亲闻也难以推知先生为合师院的建议，究竟倾注了多少心力！何况先生作为教育界的代表，曾长期担任省政协常委，对我省文教事业还建言多多呢！

愿先生在天之灵，永远安息！

（发表于1994年12月10日第287期《安徽师大报》，作者汪裕雄）

18.清泉石上流——记文学院王世芸副教授

正当人生的不惑之年，王老师不幸身罹重症。1984年癌病复发，使得她的病情更加恶化。医生不无遗憾地告诉其家人：她的生命只有十几个月了。然而，她没有倒下，而是以惊人的毅力顽强地站了起来。她离不开心为之系的学生和事业，1987年，病情好转，她再度迈上了阔别三载的讲坛，为高年级同学新开了西方文论选修课，并讲授新版《文学概论》课程。

听王老师的课，紧张而兴奋。她善于在富有逻辑性的旁征博引中，将深奥的理论与实践联系起来，让人于条理清晰的娓娓叙述中理解和接受一门学问。她跟踪当今学术研究的动态，常把得来的新观点引入课堂。"王老师的课有内容有重点，又有新东西。"同学们如是评价。在教学质量检测评估中，她的各项得分几乎都在90分以上。然而成绩的背后，却是比别人付出了更多的心血和汗水。有时课上至中间，她不得不借双手的支撑来支持虚弱的身体；有时一堂课下来，汗水早已湿透了衣衫。个中的辛酸唯有自知，可她从没抱怨过一句，没有疏忽过一节课。她喜欢与同学们交流，课下常到同学们中间走走，听听他们的意见，解答他们的提问，即便是辅导课，她也有空必来。同学们私下里称她为"我们的老保姆"。

台上她是名出色的教师，台下她则是辛勤的笔耕者。患病后，她先后独著和与人合编著作数本，在省级以上学术刊物上发表论文多篇，其中《关于悲剧》被收进有关美学研究资料专辑，《神话意象与分类》被《文汇报》作为学术新论予以介绍。而她撰写的万字《世界神话故事大观》1993年出版后，《安徽日报》《学语文》杂志纷纷赞誉为"文艺园地开出的一枝新丽的奇葩"，该书先后被出版系统评为安徽省少儿优秀读物二等奖，华东地区优秀少儿读物一等奖，全国优秀少儿读物奖。

这一切对于处境维艰的王老师来说，又是何等的不易！一次看着她肿胀的右手和未完稿的《西方文论纲要》，笔者禁不住问她："您这样劳累自己，是不是活得太辛苦了？"她笑了："辛苦，当然有一些，不过两场病把我耽搁太久了，我更多的是紧迫感。"从她平静而执着的目光中，可以感受到她内心深处热流的涌动。

她热爱事业，也热爱生活。练气功、太极拳和太极剑，听听音乐、欣赏书画以怡性情。在她书桌的前方，挂着一轴曹禺书写的条幅："清泉石上流。"这既是对主人透彻静洁心灵的衬托，亦可用来作她人生风景的写照：一缕清泉流过山石，尽管历尽曲折，尽管默默无闻，但是它以不懈地滋润，哺育出了一片葱茏的绿荫。

（发表于1995年6月20日第297期《安徽师大报》，作者乔东义）

19.注重课程特点 增强创新意识——记文学院青年教师钱奇佳

钱奇佳老师自1986年毕业留校任教至今，先后讲授了"外国文学"基础课、"西方现代派文学研究"选修课和新闻专业主干课程"世界新闻史"，承担了全日制本科、专科、夜大、函授及自学辅导各类教学任务。教学效果优秀，学生反映较好。他除课前准备充分，因人因材施教外，主要是结合课程特点，在教学内容和方法上作了一些改革。

钱老师能根据西方文学的核心是人道主义这个特点，结合文化背景和文艺思潮更替发展的运动规律，在不打乱文学史线索的基础上对教学内容进行综合调整，重新设计富有诱导性的教学程序，既突出了人的发展这条主线，揭示西方文学形象的人格的开放性、个体性、激进性和吸收性特征，又较好地把学生思维引进西方精神和人格发展的轨道，做到既教书又育人。

钱老师注意多种教学方法的综合运用。既重视课堂上的讲授灌输，又结合观看录像、课堂讨论、撰写评论文章等多种方式培养学生的动脑动手能力。每章的概述部分，从历史、文化、哲学等多角度多方位进行课堂讲授，对于具体作家作品的分析，则打破传统的三段论式教学模式，采用以点串面的方法，即选取一个最佳视角，或人物性格，或艺术风格的某一个方面，或作家的思想等，穿插其他方面的内容，就某一点讲深讲透。并且结合自己的科研，努力把本学科最新研究成果充实于教学，使学生每课有新收获、新感受。

钱老师还能在教学中坚持使用普通话，注意教学语言的感情色彩，讲自己的体会，自己的感受，注意与学生的情感交流，达到共鸣。因为"文学是人学"，讲文学的人也应该是最有感情的。这样也就创造了良好的课堂氛围。

（发表于1996年1月10日第305期《安徽师大报》，本报编辑部）

20.模糊美学研究的先行者——近访王明居教授

近闻文学院王明居先生关于"模糊美学"的研究思想在去年11月份深圳国际美学、美育会议上，倍受与会的海内外美学专家、学者推崇。日前，记者慕名叩开了他的家门。

在王先生那充溢着墨香的书斋里，记者一眼就看到墙的正面悬挂着一张写有"如诗情画意"字样的条幅。不用问，这肯定是王先生所要追求达到的一种艺术境界。

在一番寒暄之后，我们的话题自然从"模糊美学"谈起。提起"模糊美学"在中国的研究及其发展，王先生兴致颇高，如数家珍。他说，中国人探索艺术中的模糊性有两千多年的历史，然而真正把"模糊美学"作为一门科学来研究，则是从二十世纪七八十年代开始的。据了解，王明居先生就是主张把"模糊美学"作为门科学进行专门研究的少数发起人之一。不仅如此，王先生的优势还在于，他能领先一步抢占这一研究领域的制高点，并且还从多角度、多层面来开拓和挖掘这具有中国特色的美学新课题。

经过几年的潜心钻研之后，1989年年底，王先生关于模糊美学的第一篇科研成果《优美与模糊》率先在是年第五期《文艺研究》上正式发表。此后，王先生那睿智的思想就像久蓄的河水突然打开闸门一发而不可收。在短短的不到7年时间里，他先后在《文艺研究》《文艺理论研究》《国画家》等国家级学术刊物上发表"模糊美学"方面的论文17篇，其中国家一级13篇。在学术界引起很大的反响，令同行们刮目相看。

作为一位学识渊博的研究专家，王明居先生不满足于发表单篇论文，他决意把自己多年来的研究成果通过专著的形式，更充分、更系统地总结出来。1991年7月，他出版了"模糊美学"研究专著《模糊艺术论》，这本书把模糊论与艺术论贯通为系统的学术专著，系国内首创。它不仅是王先生研究模糊艺术的一个理论总结，而且是我国"模糊美学"方面的第一本研究专著，被誉为研究这一学科的开山之作，填补了美学研究领域的空白。此书曾获华东地区第六届优秀教育图书一等奖。1993年2月11日的《人民日报·海外版》和光明日报社《博览群书》1992年第7期，都对此书作了肯定的评价。第二年，他又出版了第二本专著《模糊美学》，他的有关"模糊美学"思想，主要体现在这本专著中。《文艺研究》发表文章，称这本书"确实是模糊美学研究优秀的奠基专著"。冯瑞梅在中国社科院哲学所编1993年《中国哲学年鉴》上发表了专门介绍此书的文章。由此我们才恍然大悟，难怪在这次深圳国际美学、美育会议上，专门研究模糊美学论的青年学者周长才先生，在向大会作80年代以来我国模糊美学研究的回顾和总结时这样断言："对模糊美学贡献最大的是王明居先生。"

王明居不仅是美学研究的高产专家，而且是多产专家、快产专家。他的前半生虽不敢说著述等身，起码也是著述近膝。除出版《模糊艺术论》《模糊美学》专著外，1985年8月出版的专著《通俗美学》，获全国优秀畅销书奖。此后又相继出版了《唐诗风格美新探》和《文学风格论》。据悉，他的另两本专著《徽派建筑艺术》《周易符号美学》已交有关出版部门，让我们期待着它们能早日和读者见面。

（发表于1996年4月30日第308期《安徽师大报》，作者沈正赋）

21.初涉美的王国——记文学院学生张慧

张慧，一个聪慧灵秀的女孩，耕耘在美学园地里，执着于美的事业。

她来自和县幼师，1989年被保送到我校中文系学习，1993年本科毕业后又被免试录取为我校文艺学美学硕士研究生。读研期间，她的6篇专业论文先后发表在《文史知识》《江海学刊》《中文自修》等期刊上，部分研究成果被《中国八五科学技术成果选（1990—1995）》一书收录。今年年初，荣获"华藏奖"。

丰裕的收获背后往往是百倍的辛劳与汗水。张慧在学习上敢于"攻坚"，敢于接触难题。有点美学常识的人都知道，宗白华的美学研究，涵盖范围广，时间跨度大，选题难度大。但好强的她"明知山有虎，偏向虎山行"，毅然选定《论宗白华境界美学》作为硕士生毕业论文题目。用了仅仅6个月的功夫，她写出了洋洋洒洒两万字的论文。"从原始的材料出发，肯下功夫认真研究第一手材料，凡事必经过自己的独立思考，从不道听途说，作业规范而认真，时常勤于笔耕，能学以致用，努力巩固专业所学。"导师如是评价她。

张慧的感受能力强，注意用"心"去领会书中的意思，但她也毫不掩饰地坦言，她的逻辑认识能力差。为弥补这一缺陷，她选修了政经系文秉模教授的《西方哲学史》课程，在黑格尔精心构筑的哲学体系中求索，不久发表了《审美是"充满敏感的观照"》一文。

三年间，她没少进图书馆，借阅了大量专业书籍，得奖后，她做的第一件事就是购得了梦寐以求的全套《西方美学》。课余，她对流行音乐情有独钟，她用诗一般的语言，叙述了她对《锁不住的旋律》一曲的感悟，言语之间，她的眼波中流动着一股清灵之气。

（发表于1996年5月15日第309期《安徽师大报》，作者戴小花、钱月婷）

22.让"精神长城"在心底延伸——《心灵长城》主创人之一朱良志教授访录

在1996年度中宣部举办的第五届社会主义精神文明建设"五个一工程"作品评比中，我国著名哲学家、北京大学教授张岱年主编、安徽教育出版社出版的《心灵长城——中华爱国主义传统》一书，以其鲜明的思想内涵、丰赡的理论色彩、醇厚的学术品味和考究的装帧设计，荣获入选作品奖。此书一问世，立即在新闻界、学术界和读书界引起热烈的反响。《求是》杂志、《人民日报》、《光明日报》、《中国出版》、《文汇报》等十几家全国有影响的报刊相继发表评介文章；著名专家、学者庞朴、汤一介、叶朗等对此书的出版表示深切关注并给予高度评价。一本价格不菲的学术性专著，在出版不到半年的时间内印刷了第二次，不能不说是一个奇迹。我校文学院朱良志教授、历史系汪福宝副教授、经济法政学院范佩伟副教授参与此书的撰稿工作。日前，本报记者就《心灵长城》一书创作的有关情况专访了此书的主创人之一朱良志先生。

《心灵长城》之所以能在众多参评的爱国主义教育图书中别具一格，是与编写之初主创人员对选题的精心策划有着密切的关系。朱良志说，爱国主义作为社会主义精神文明建设的一个重要组成部分,在《爱国主义教育实施纲要》颁行之后,尤为得到社会各界的普遍重视。据了解,全国560多家出版社纷纷把深情的目光投注到爱国主义这一主题上。然而,浏览下这些爱国主义出版物,我们不难发现,绝大多数读物都立足于介绍中国历史上或现代的爱国主义人物或事件,而没有一本是探讨爱国主义理论的著作。朱良志等人敏锐地感觉到,如果把爱国主义传统理论作为研究对象加以探讨,推出本有分量的学术性专著,这里就大有文章可做。虽然他们也深深懂得,中国文化博大精深,历代爱国主义与中国文化的广泛内容裹挟在一起,这种历史上的复杂性给人们带来认识上的模糊性;爱国主义又是一个历史过程,不同的历史时期又有着不同的内容和特点;还有一些疑难问题,如爱国主义与忠君思想、爱国主义与崇道思想、爱国主义与民族意识、爱国主义与正统观念,等等,都难以回答和把握。但是长期从事科研攻关的这批大学教授们异常兴奋地意识到,正因为有难点、疑点和空白点,才有可能突破和创新,而析疑解惑、不避难点,也正是学术价值之所在。就这样,经过诸多专家、学者的反复研究和论证,一本以中华爱国主义传统理论为研究对象的学术性著作的雏形,渐渐"浮出海面"、初露端倪。

"该书把中华爱国主义传统作为研究的对象,其现实意义又何在呢?"朱良志认为,历史与现实之间实际上只是时间上的差异,是古人和今人共通的。撕开时间的帷幕,今人和古人之间完全可以作跨世纪的交谈,用生命和心灵去谛听它的声音,代古人立言。

传统文化与现代化之间是条绵延不绝的河,两者是一脉相承,不可分割的。我们研究传统是为了更好地总结和回顾过去,确认传统是为了更好地面向现实,面向现代化。作为知识分子,我们是坐在书斋里爬梳古老的文字,如果不为今天所用,很多东西就会脱离时代、失去生命。因此,我们要善于在书斋中做现代之子,在书斋中做窗外之士,在古代长河中作现代之想,善于用智慧将古今精神融会贯通起来。

朱良志说:"如果把策划视为对选题定位的话,那么编创就是力求从内容到形式的完美统一。"为了增强文章的可读性,力求不搞掉书袋式的理论,此书在编创时就特别强调内容和文字的内蕴和统一,即要求文字做到流畅、生动,有美感和韵味,不艰涩难懂;要使用散文化的笔法,字里行间不乏激情荡漾,具有一定的阅读"弹性";要保持既有抑郁顿挫的调子,又有激昂奋发的语言;既有从容叙述古代仁人哲士的理论,又有对外界自然、社会描述的诗化语言等风格。初审会稿时，面对48万字均出自不同大家手笔、文风各异的文稿，朱良志专程从芜湖赶到合肥对原稿进行加工、修改、润色。在安徽教育出版社，他把自己关在房间里不分昼夜地操"刀"大删、大削、大砍，一轮轮，一番番，左删右改，数易其稿，等到杀青时48万字的初稿只剩下30万字，其中很多章节还是朱良志重新撰写的。其间，为确保本书的理论的权威性，朱良志不知泡了多少天图书馆，专门查阅《二十四史》等书，反复核实书中的每一个引文出处，其困难和辛苦程度可见一斑。

朱良志还告诉记者，为了加强感染力和视觉冲击力，该书封面装帧以蜿蜒起伏的长城为背景，以青铜雄狮、大鼎、古代武士、佛像雕塑和圆明园残址的组合图案为主干，擎天柱般地"顶天立地"于画面中央，既有雄阔恢宏的气势，又给人凝重和昂扬奋发的视觉冲击效果，生动地体现了全书的爱国主义精神主调。不仅如此，主创者还颇费匠心地遴选大量与文字相配合的历史人物和历史文物图片，插在相应的章节段落之中。比如该书在每章前设置了一幅铜鼎的图片，而且在每章前反复出现，像一串激越昂扬的音符，循环往复，形成一曲爱国主义乐章。

（发表于1996年11月15日第316期《安徽师大报》，作者沈正赋）

23.捧着一颗心来——记文学院胡叔和教授

一位年逾花甲身患重病的老教师，仍然坚持在教学第一线，仍然时时刻刻关心着他的学生。他，就是文学院胡叔和教授。

胡老师上课令人感受最深的就是他对祖国的爱。但他并没有向我们大呼社会主义好、祖国昌盛之类的话。有一次，他的学生，多年未见，去他家看望他。胡老师打开门，愣了一下，问道："你是哪国人？"学生被弄得莫名其妙，怔在那儿不知说什么好。"你是中国人，可是你的衣服上却绣着一幅美国国旗，不把这件衣服脱下，请不要进我家的门。"学生这样做了，胡老师这才满意地笑着把他让进了家门。

胡老师带我们的课只有半个学期，两个月。短短的一周三个课时远远不能满足我们师生的交流。于是老师提出一个我们不敢相信的建议：他要利用晚上休息时间去我们宿舍看看。我们傻了，辅导员也傻了，因为很少听说过哪位老师"造访"学生宿舍。更何况胡老师的年纪，胡老师的病。我们兴冲冲地跑回宿舍，把整个宿舍打扫一遍。天终于暗了下来,月亮也很快露出了笑脸。班长提议:老师有病,我们应该去接他。对!对!去接!同学们都一致要求去接胡老师。没办法,大家把门一锁,都去了。

来到宿舍,老师仔细询问每个同学的学习、生活情况,问我们的家庭条件、经济状况。当获悉部分同学家庭十分贫困时,老师轻声地问:"这些问题应向学校反映,平时饭菜能吃饱吗?无论如何,要保证身体健康搞好学习。"远在他乡求学,远离父母的我们,听到这样滚烫的话,能不心热吗?那晚,我们还谈了很多很多,谈鲁迅,谈曹禺,谈我们的国家,谈世界。好快的一晚,大家恋恋不舍地送老师回去,搀扶着老师爬他家那6层高的楼梯。

两个月很快就过去了。在最后一节课里,老师拖堂很久,似有千言万语,却又说不出口。他默默地注视大家很长时间,临了,他说道:"下节课将由吴老师来接我的课。和你们相处两个月,我非常高兴,你们是个非常有活力的集体,作为未来的新闻工作者,你们肩上的担子很重,你们的笔将代表着人民的口,希望你们好好学习,奋斗不息,成人成才。我年逾花甲,但还想收集我的文章,然后编辑成书。死后,我只想把自己的身体捐献出来,供医学研究所用。当然,这件事我要和家人商量,多做他们的工作。但是,这是我死后唯一要求,我想会实现的。你们出门在外,学习、生活感情上肯定遇到很多麻烦,我家电话号码大家都知道,我真诚地欢迎大家以后能多去我家,去和我谈谈心,如果女同学不方便的话,还可以找我的爱人。两个月的交流我们都是愉快的,但愿这能伴随你们走好这段人生历程。"

同学们忍不住了,许多女生在擦眼泪。我们望着老师,他,上了年纪并患有癌症;他,花白的头发,颤抖的手。还有那慈祥的笑容,略显苍白的脸。

胡老师,谢谢您;胡老师,一路珍重!

(发表于1999年1月1日第349期《安徽师大报》,作者张申尚)

24.踏着先贤的脚步前进——访校图书馆馆长赵庆元先生

走进校图书馆馆长室,就被首先映入眼帘的一排排整齐的书所吸引,这里真不愧是一个书的世界,知识的宝库。而书的主人——图书馆馆长赵庆元先生爽朗的北方口音和晨光里的微笑,更让人感觉十分地亲切。

赵先生今年刚50出头,原先在我省宿州师范任教,1972年被推荐到安徽师大中文系学习，1974年留校任教，主攻古代文学。从一名年轻教师到副教授，从中文系主任到文学院院长，再到图书馆馆长，20多年来，赵先生认认真真，勤勤恳恳，笔耕各类著作近百万字，特别是在《三国演义》和《红楼梦》等古典小说研究上，有自己独到的见解。硕果累累更兼桃李天下，几度风雨几度春秋，其中多少甘苦又有谁知！

谈话间，赵先生拿出一本出版社刚寄来的《蔡元培传》。浅灰色的封面上，是一帧蔡元培的小照，朴素中见精神。一谈起蔡元培，赵先生情绪高昂，感慨颇多。

1978年，他怀着一腔热血来到未名湖畔。在那里，他度过了两年的难忘岁月。北大的儒雅学风，先贤们的高风亮节，都给他留下了深刻的印象。尤其是"学界泰斗"蔡元培，更令赵先生敬仰之至。不管是人格修养，民主意识，还是革新气魄，爱国热忱，蔡元培都堪称"人世楷模"。他本身就是一个丰富的宝库，有"学不完的指项，说不尽的风流"。从那以后，赵先生的心灵深处便矗立着蔡元培的高大形象，"走蔡先生之路"成了他的座右铭。无论治学还是育人，赵先生皆兢兢业业不求闻达。从教20多年，他一直坚持为本、专科学生讲授基础课和选修课，年平均工作量居文学院教师之首，多年担任硕士研究生导师，已培养4届6名学生，现在正随他攻读学位课程的还有8名研究生。一分耕耘，一分收获，辛勤劳动的背后是一项项荣誉。《中国古典文学研究家辞典》和《20世纪杰出人物》等书均留下了赵先生辉煌的一页。

赵先生心中一直有个愿望：真正完整地把蔡元培的一生展现给更多的人。然而，由于繁忙的教学和行政工作，他一直无暇实现这一夙愿。1995年，在完成省教委资助的几项科研课题后，他开始《蔡元培传》的写作。在北大100周年校庆之际，终于完成了这部18万字的专著，也算是诚诚学子献给母校的一份薄礼吧！

你可能不会想到，学术成果硕硕，管理业绩累累的赵先生还是一位体育爱好者呢。年轻时他喜欢篮球、排球，坚持各种体育锻炼，并经常参加比赛。在一场篮球赛中，他跳起接球，落下时脚趾骨严重扭伤，但他仍然对体育运动痴心不改，绿茵场上常会出现他魁伟的身影。除此而外，赵先生还养成了晨走镜湖的习惯。每天早晨，他聆听镜湖碧波，洞察都市人情，十几年如一日，从不间断。无怪乎赵先生的身体如此康健。

告辞时，赵先生告诉我们，在工作之余，他正集中精力新辟"明清皖籍文化名人"研究方向,力争为安徽历史增添厚重的一笔。

(发表于 1999 年 6 月 28 日第 353 期《安徽师大报》,作者张玲莉、任雪山)

25.师大是我的第一志愿——访99级文科状元吴大堂

听说文科状元在文学院,我们便在文学院新生中打听。二连指导员在各排连喊几遍:吴大堂,出列!才有一位同学从二排跑出来:到!他就是本文的主人翁、99级文科高考最高分583的得主。

站在我们面前的他,高挑个,一双炯炯有神的眼睛,黑瘦的面庞因军训显得有些疲惫。当我们说明来意后,他笑了笑,略带几分憨厚和羞涩,说:"我其实没什么好说的……"为了不打扰正常的军训,我们互相认识后重新约了时间便匆匆结束了这次短暂的"采访"。后来,当我们依照约定时间来到他宿舍时,他正在跟同学下棋。小吴说下棋和看书是他的两大爱好,特别是看书。

我们问:"作为合肥三十二中最高分考进师大,你的老师同学怎么看,你又怎么想的?""师大是我的第一志愿。别人都说太亏了,我还这样认为,是金子总会发光的。再说,我从小就喜欢当老师,在师大毕业的高中老师对我的影响就很大。师大依山傍水,环境优美,我早就听说过。"小吴说起师大显得很兴奋。军训休息期间,他就和同学在校园内逛了几趟。他是暑假在《新安晚报》上知道自己是师大文科状元的,但他内心很平静:"都过去了,没什么可骄傲的。其实,有时反觉得压力蛮大的。"小吴说,在高中时他常开夜车,现在上了大学,听说学习方式方法与以前大不相同,他希望自己能早日适应大学生活,掌握好的方法,努力学习,为将来当一名合格的人民教师打好基础。

在采访结束时,小吴再一次告诉笔者:"我真在采访结束时没什么好说的。过去的都是历史,现在大家都同在一个起跑线上,一切都从头开始。"说这些话时,小吴的目光有些严肃,从中我们感触到他的朴实、谦虚和一颗立志献身教育事业的心。

(发表于 1999 年 10 月 15 日第 355 期《安徽师大报》,作者周治国、赵先琼)

26.但求无愧于心——访陈育德教授

"难能尽如人意,但求无愧于心。"这句话是《安徽师大学报》资深编辑陈育德教授，对他40年编辑生涯所作的一番自我评价。这发自肺腑的声音，道出了他长期从事编辑工作的酸甜苦辣。

陈育德是我省乃至全国高校学报界都负有盛名的资深编辑之一。早在1959年，我省创办了公开发行的第一家高校学报《合肥师范学院学报》，时任该院副院长、原工人出版社社长吴从云，一眼便看中了中文系青年教师陈育德。他对小陈的文品和人品非常赏识，就把筹备学报的重任交给他去操办。陈育德在人手严重不足的情况下，独自承担起组、编、校稿的繁重任务。在学中干、干中学的他，经常忙到深更半夜。好在那时年轻力壮，精力充沛，累点、苦点也从不计较。

后来，随着政治运动的风起云涌、跌宕起伏，从事文字工作的陈育德对吃点苦倒并没有觉得什么，只是对政治这一敏感的问题感到思想上有压力，为此整天提心吊胆，生怕出现政治差错。众所周知，60年代初，印刷条件相当简陋，铅字模子很少，常常是这边刚刚印完，那边就急等着这些铅字重新排版，时间显得非常紧张。再加上铅字有很多是"倒屁股"，校对很不方便，忙中出错的现象难以避免。在这方面，曾有一个教训足以让陈育德一辈子也忘不了。一次，工人师傅把毛主席语录"在战略上藐视敌人，在战术上重视敌人"，误排为"在战术上藐视敌人，在战略上重视敌人"。而陈育德因一时疏忽，没有校对出来，学报就付印了。当时省委一位分管文教的负责同志看到后，立即打电话批评吴从云。当吴副院长把小陈找去后，陈育德惊出一身冷汗，知道自己捅了一个大纰漏。好在吴副院长既严肃批评了他，又替他承担责任向省委作了检讨，这才把大事化小，小事化了。至今想起这件事陈教授仍感到心有余悸。不过，随着编辑业务的不断熟悉，像这类政治性差错此后也就再未露过面，大多在萌芽状态就被"消灭"掉了。

40年来，陈育德对待工作认真负责、任劳任怨，为他人做嫁衣，并且乐此不疲，无怨无悔。自1973年高校恢复学报以来，陈育德先后担任学报负责人和常务副主编等职，因高校学报主要发表本校科研成果，作者大多是朝夕相处的，人际关系是比较难处理的，而他能够尊重老年，依靠中年，扶植青年，发挥各个学科的优势，组织大批高质量的稿件，特别对于青年学人的文章，既坚持原则，又热情帮助，为培养学术人才尽心尽力。"当然，编辑的作用也是有限的"，采访中，陈教授很谦虚地给记者举一个生动的例子，他说："编好一篇稿子，就好比给一个本来就长得不错的人，仅仅再进行一番精心梳妆打扮而已，加工者的作用不能估价过高"。

　　陈教授40年工作的切身体会是,质量是刊物的生命,严把稿件不讲关系,不徇私情,才能保证刊物质量。他在处理稿件过程中,凡是稿件质量不符合要求的,无论是谁均不照顾,为此得罪了不少人,其中包括关系很好的老同学、老朋友甚至顶头上司。正因为秉承这一原则,《安徽师大学报》在全省文科学报中被唯一评为安徽省优秀期刊。

　　采访中,记者还了解到,陈育德教授一直在走着一条编辑学者化的路子。他不仅精通编辑业务,而且还具有较高的学术素质。从五六十年代开始,他在认真履行编辑职责的同时,还承担着大量的教学和科研工作,先后讲授现代文学、文艺学和美学等课程,而且取得了较为丰硕的研究成果,发表学术论文60余篇,参与撰稿的学术专著7部,1998年出版了新著《西方美育思想简史》,并受到学术界的广泛好评。最近又出版了他与凤文学合作整理、点校的清代黄钺《壹斋集》(上、下卷),65万字。他认为,高校学报是学术理论刊物,一个称职的学报编辑必须要有相应的学术水平,只有亲自参加科学研究,不断追踪学术前沿的成果,才能正确判断作者文章质量的优劣,进而保证刊物的学术品位;才能设身处地替作者考虑,了解学术研究的甘苦,更加尊重作者的辛勤劳动。

　　陈教授如今已年过花甲,却仍然在高校学报这块园地上默默地耕耘着。他深情地热爱着自己的工作,决心站好最后一班岗,为自己40年的编辑生涯画上一个圆满的句号。

　　　　　　　　　　　　(发表于1999年12月28日第358期《安徽师大报》,作者沈正赋)

27.追记李顿先生

　　就在开学不久,大家正忙着新学期各种事情的时候,李顿先生悄悄地走了。没有炫目的花圈花篮,没有人满如潮的追悼仪式,他带着习习秋风,带着一颗宁静赤诚的心走了。惊闻噩耗,我还不敢相信,也不愿意相信。尽管他一直身体不好,可我还依然记得,就在院里上一次欢迎新生的文艺晚会上、迎新年的教师聚餐会上,他还为大家演唱着他终生挚爱的国粹——京剧。

　　我生也晚,到师大求学时,先生已退休离开讲台多年。一次院团委组织"为老教师献爱心"活动,他成了我们班服务的对象,那时,我已不再担任班级的主要学生干部,去他家服务只有一次。可就这一次让我感受到了一位老师,一位从教几十年的老师对学生的爱。他与我们谈了很久、很多。尽管当时他的老伴张老师一再提醒他，跟孩子们多讲讲现在的学习、生活，不要再讲"文革"那噩梦般的往事。可他却说，讲一讲没关系，让孩子们多知道一点往事，知往而鉴今。就是这一席谈话，他成了我心目中最值得敬爱的老师之一。

毕业后，留校工作了。事情就那么凑巧，他又成了我担任辅导员的那个班级的"献爱心"对象。虽然我和他直接的接触已很少，但从学生们的言谈里我能感受到他当年给予我们的那种关怀和爱护。青年节到了，他给学生们开专题讲座，讲五四精神启蒙与爱国主义；私下交流，他给学生们讲戏剧与人生。学生们喜欢他、尊敬他，而我也更由衷地感谢这位年逾古稀的老人。当年他曾经给过我生活的指导，而今又真诚地关爱着我的学生。好像，生命中与学生打交道是他最快乐的事情。

记忆一幕幕浮现，我不觉地又拿起他用颤抖的手写给我的一页短笺。事情是这样的：1999年春天，院里组织全院教职工去黟县参观考察，我曾对西递村中的一座大宅院有过些许疑问。恰好李先生在我身旁便告知我此宅主人名叫汪大燮，是民国政坛的风云人物。他还说，我可以到他家去看一些相关资料。我当时不过随口一问，并没怎么往心里去。没想到，回校后的第三天上午，他拄着手杖走进我办公室。一进门就递给我一张十六开的信纸，信纸上写满了他抄录的汪大燮的相关史料。而且，他还怕我看不清他因手抖而略有些变形的字迹，一一为我说明。我当时真是说不出的感动。虽说上大学时，老师们以其亲身教学实践告诉我何谓严谨求学，可今天我是活生生地看到了一位已离开教坛一二十年的古稀老人对知识的执着。而且，当时我还只是刚留校不过几个月的毛头小伙子。今想来，恐怕这就是老教师所特有的对年轻教师的那种关爱之心吧！

捧着这页短笺，字迹依然那样清晰，可写字的人已离我们远去了。我唯有将这短笺，和着我对李顿先生的片片追忆，永久地存放于我的心底下。同时，也让我默默地遥祝先生，一路走好！

（发表于2002年10月15日第390期《安徽师大报》，作者项念东）

28.中国古代文学学科

中国古代文学学科是我校有深厚学术传承的优势学科，1981年，成为全国首批硕士学位点，是安徽省首批省级重点学科，除中国古代文学外，还兼有中国古典文献学硕士学位点。2000年申报获准成立教育部省属高校人文社科重点研究基地——中国诗学研究中心。本专业的研究范围在全面覆盖中国古代文学基础上，在中国诗学研究，尤其是唐诗研究方面具有突出的特色和优势。

本专业师资力量雄厚，队伍整齐，现有在职教师22人，其中教授11人，副教授6人，博士9人（含在读1人）。有5人荣获全国教育系统先进工作者、劳动模范等称号，有4人分别荣获曾宪梓教育基金一、二、三等奖。1人获"国家级教学名师奖"。

近十年来，科研成果丰硕，共出版学术专著50余部，在《中国社会科学》《文学评论》《文史》《文学遗产》《文艺研究》等重点刊物上发表学术论文60余篇，此外还在《社会科学战线》《明清小说研究》等刊物上发表论文200多篇。

上述成果共荣获国家图书奖1项、省部级以上奖励19项（有5项成果同时获得两项奖励），其中国家级奖励1项，教育部二等奖3项（含1项合作成果），国家新闻出版署一等奖2项、三等奖1项，安徽省社会科学优秀成果一等奖5项、二等奖1项、三等奖4项，安徽省图书一等奖1项、二等奖2项，省高校社科一等奖3项、二、三等奖各2项。

1996年以来，中国古代文学学科共承担科研项目25项，其中国家社科基金5项（含3项国家社科基金子项目），教育部社科规划及古籍项目8项，安徽省社科项目2项，省教育厅项目8项。高级职称的教师人年均科研经费达3万元。该学科现有三个相对稳定、特色鲜明的研究方向。

一是唐宋文学研究方向。唐宋文学方向余恕诚教授曾获"国家级教学名师奖"，长期与刘学锴先生合作研究李商隐，先后出版《李商隐诗歌集解》（获全国首届古籍整理图书三等奖、全国高校社科二等奖）、《李商隐文编年校注》（获国家图书奖、全国古籍整理图书一等奖）、《李商隐资料汇编》、《李商隐诗选》等多部著作加上刘学锴先生的《李商隐传论》（获省社科一等奖、省图书一等奖）、《李商隐诗歌研究》等著作，形成了从文献整理到理论研究的完整系列。余恕诚教授还致力于唐诗风貌及唐代文学文体研究，其《唐诗风貌》（获安徽省社科著作一等奖）和《李白与长江》（获省社科论文一等奖）是唐诗理论研究方面的重要成果。余恕诚教授过去主持和参与《增订注释全唐诗》《全唐五代诗》《新编全唐五代文》等重要项目，现承担国家社科基金项目《唐代诗歌与其他文体关系研究》。胡传志教授现为安徽省学术技术带头人后备人选，省级重点学科负责人，所著《金代文学研究》被周勋初先生称为"整个学术界金元文学研究的阶段性成果"，并获安徽省社科成果一等奖。陈文忠教授的《中国古典诗歌接受史研究》是国内这一领域的拓荒性著作，初步建构了接受史研究的方法论体系，获安徽省社科成果三等奖。目前，他正主持教育部十五规划重点项目《唐诗接受史研究》，拟组织人力，于近年内完成王维、杜甫、韩愈、李贺、李商隐等多部唐代诗人接受史的研究。

二是先秦两汉魏晋南北朝文学研究方向。本方向的潘啸龙教授曾在《中国社会科学》上连续发表《九歌六论》《天问的渊源与艺术》《汉乐府的娱乐职能及其对艺术表现的影响》《离骚的抒情结构及其意象表现》等重要论文，出版了《屈原与楚文化》《楚汉文学综论》《屈原与楚辞研究》《楚辞著作提要》等著作，在楚辞和乐府诗研究方面做出了重要开拓，被楚辞学界誉为做出"突出贡献"的"中年学者"，现任中国楚辞学会副会长。

三是元明清文学研究方向。本方向的丁放教授为安徽省跨世纪学术带头人，曾参与袁行霈先生主编的《中国文学史》《中国诗学通论》的撰写，产生过较大的学术影响。丁放教授还在《文学评论》《中华文史论丛》等刊物上发表过唐宋文学论文多篇，论文《张说、张九龄集团与开元诗风》获省高校社科一等奖；近年又致力于元明清文学，特别是元明清文学思想研究，其专著《金元词学研究》（获省社科三等奖），充分占有了宋金元人著述中有关词学理论资料（其中有不少资料为时贤所忽视），提出一系列证据充分、论述详密的新见解，对金元词学做了深入系统的研究，具有重要的开拓意义。他的另一专著《金元明清诗词理论史》从诗学史的角度对两宋以来的诗词理论做了系统研究；论文《试论"逸品"说及其对王渔洋"神韵"说的影响》对中国画论中的"逸品"说及中国诗论中的"神韵"说的源流演变进行了详尽的考察，在学术界产生较大反响，曾获安徽省社科成果奖三等奖。他的研究，加强了本方向与前两个方向诗学研究方面的优势。

（发表于 2003 年 12 月 31 日第 413 期、第 414 期《安徽师大报》，本报编辑部）

29.他从大山里走来——访校友新农民的典范朱再武

在近 80 年的办学过程中，我校向社会输送了大批优秀毕业生。他们有的在三尺讲台上默默耕耘，有的在商海大潮中大显身手，有的在经济建设的主战场里搏击风云，有的在科技殿堂里探索科学的奥秘……仰望苍穹，明星满天；俯瞰大地，桃李芬芳。

　　每一位校友的成就都是母校的骄傲，每一位校友的荣誉都是母校的自豪。

——题记

他，身居大山深处，却走上了央视"新闻会客厅"，与全国政协副主席张怀西、主持人崔永元共话"生态家园"；

他，是一个农民，却喜欢看《古文观止》《孙子兵法》之类的古书，对魏徵的《谏太宗十思疏》情有独钟，背诵如流："臣闻求木之长者，必固其根本……"

他，一个养殖种猪的能手，却热爱学习，求知若渴，在不惑之年竟然拿到了大学本科文凭；

他，就是我校校友、汉语言文学专业自考毕业生朱再武。

朱再武，1961年出生，池州市贵池区梅村镇人。朱再武和家人从1998年开始养殖种猪，几年来，他们一直坚持走"生态家园"富民之路，先后办起了洪武山庄种猪场，建起了一座非常大的沼气池。目前，种猪场年出栏仔猪千余头，纯收入10余万元；110立方米的沼气池既解决了种猪场的猪粪水难题，还为周边农户无偿提供了大量优质沼肥，满足了朱再武一家的生活能源需要，并且还为他家带来每年4000多元的经济收入。如今，朱再武的家已经成为远近闻名的"生态家园"，在朱再武的带动下，梅村镇的"生态家园"建设如火如荼，新农村面貌越来越美。

别看朱再武是个农民，可他每天都坚持看书学习。四十多岁的他还通过自学于2004年12月取得了安徽师范大学汉语言文学专业自考本科文凭，被当地人称为：农民大学生，大学生农民。

央视新闻会客厅

今年两会期间，央视新闻会客厅推出特别节目《小崔会客》，把关注的视野聚焦在"三农"问题上，每期邀请数个嘉宾讨论社会主义新农村建设，并在央视新闻频道每晚黄金时间20：20播出。3月12日晚，朱再武一家应邀走进新闻会客厅，接受崔永元的采访。没想到，朱再武登台亮相，就不同凡响，频频出彩。我们不妨也来看下那晚的电视镜头，领略一下新时代新农民带给我们的精彩。

镜头一：小崔以一种调侃的口吻对朱再武说：你的学历是不是街上买的？全国政协副主席张怀西拿着学历证书对着电视镜头，当场进行了验证："安徽省，你是安徽师范大学出来的"，"而且是汉语言文学"。崔永元开玩笑说："这个（指毕业证书）给我留作纪念吧。"朱再武说："我们学习并不是要拿这个东西，关键是内涵。"

镜头二：在节目访谈中，小崔一再给朱再武下"绊子"，比如说到养猪用什么饲料的时候，小崔就逗他："干吗不用瘦肉精呢？反正不是自己吃。"朱再武老老实实地说："你今天害了我，明天我害了他，他又害了你，你又害了我，这不就形成恶性循环了吗，所以我为别人，别人也为他，他人又为我，这样的话形成良性循环。"

镜头三：小崔听说朱再武在生意起步阶段，问朋友借钱被拒的经历以后，又打趣问他："你现在有钱了，以前那些朋友有没有找你借钱啊？有的话你也伤他一把嘛。"朱再武的回答很实在："我们有一句古话叫'冤冤相报何时了'。而且我现在也站在他的角度上去想一想，如果他什么资本都没有，找我借钱，我又能不能借呢？这样一想，就觉得还是可以谅解别人的。"

那天晚上，朱再武不事修饰的话语打动了在场所有的人和电视机前的观众。有的观众就此感叹：一个农民当他用知识和科技来武装的时候，那种魅力就是让人心动，让人久久难以忘怀……

洪武山庄种猪场

4月8日，一个风和日丽的下午，宣传部孙新华部长、继续教育学院俞士超院长、文学院余大芹副院长等一行数人驱车赶往池州市梅村镇，实地走访我校优秀校友朱再武。

车子在山道上盘行了许久，最后停在一座颇为气派的农家院落前，院子前招牌上的"洪武山庄种猪场"七个大字非常醒目，这就是朱再武的家。主人之所以将自己的养殖园取名为"洪武山庄"，就是希望能成为一个花园式的养猪场，从而摆脱传统的脏、乱、差，让来的顾客能赏心悦目。

板寸头、皮肤黝黑，朴实、热情、厚道、特别精神，这就是我们见到朱再武的第一印象。来到朱再武家客厅，墙上洪武山庄种猪场场训跃然在目：诚信、敬业、科学、创新。全国政协副主席张怀西对此非常感慨：像朱再武这样的农民，他的思想和境界，他的精神状态，已经远远脱离原来农民的思想境界，改变了人们对传统农民的看法；这几条场训不仅适用于新农村的新农民，也适用于市场经济下的任何机构。

朱再武领着我们一行参观他的种猪场，在后院三栋猪舍里，毛皮光洁发亮的猪仔特别惹人喜爱，圈内很干净，几乎看不到苍蝇，猪圈后面就是绿油油的蔬菜和桃树。后院水泥地下边隐藏着一个很大的密封沼气池,猪圈里的粪便从下水道自动流进沼气池。朱再武介绍说:"当时养猪场污水处理确实是一个头痛的问题,通过沼气,就能把坏事变成好事,就是说污水处理通过发酵以后,我解决了烧锅柴问题,再一个家里的卫生又好了;沼液是有机肥,用来浇菜,有杀灭细菌的作用,蔬菜生虫少,长得好;沼渣喂猪,减少了养猪成本,猪的瘦肉多,市场上很受欢迎。"

在朱家后门我们看见了四个大字"品高业兴",这也是朱再武的座右铭。梅村镇大约有一半人家养的猪都是从洪武山庄买的,朱再武把猪卖出去以后,还提供跟踪服务。在洪武山庄大门前,朱再武办起了五六米长的黑板报,向农民兄弟提供养猪技术。洪武山庄的沼气用不完,朱再武就邀请村民去他家免费烧水,沼气池产生的沼液和沼渣是很好的肥料,朱再武也免费给农民用。朱再武自己富起来了,也没忘乡亲们,用他自己的话说:帮助别人就是帮助自己。没有豪言壮语,却有一个普通人的热心肠。

在建设社会主义新农村的进程中,需要什么样的新农民,我们从朱再武的身上,就看到了新农民的影子。

杜鹃花开映山红

在采访过程中,朱再武一提到母校就满脸深情,他说:"我非常感谢母校各位老师、各位领导对我的培养。我的毕业论文就是在文学院王洪秀老师精心指导下完成的……我想,如果没有在师大学到的知识,我很难有现在这样的文化底蕴,将来就可能在新农村建设大潮中掉队。应该说,师大是我人生路上的加油站!"

当天,安徽电视台两位记者也正在朱再武家采访,对师大一行的来访,他们觉得非常难得,就地采访了孙新华部长和俞士超院长。孙部长、俞院长从不同角度回答了记者的访问:

"安徽师范大学在近80年办学过程中,向社会输送了数以万计的毕业生,他们活跃在社会各条战线上,为国家做着贡献。校友们走过的人生路,创造的辉煌业绩,也是我们学校拥有的一笔丰厚的精神财富、无形资产和教育资源……"

"成人教育是安徽师范大学重要的办学特色之一,新中国成立以后,我校是全国最早开办成人教育的学校之一,如今已走过了50年的光辉历程,为国家培养了数万名各类成人学生。成人教育也从单一的函授教育发展到今天含成人高等学历教育、高教自考、各类专业技术人员培训为一体的继续教育体系,并且以其优异的教育质量在社会上赢得良好声誉……"

采访结束后，我们告辞离开了洪武山庄，车子又在盘山公路上行进着。山风习习，满山满野的杜鹃花在欢快地摇曳，肆意地喷染，把美丽的远山近水点缀成了一幅迷人的水彩画。我们不禁想到，我们的校友朱再武不正像那一簇簇、一丛丛似烈火燃烧般的杜鹃花吗？虽然生长在荒芜的山地上，却具有顽强的生命力。中国农民世世代代亘古不变的生活方式，正在朱再武一头连着市场、一头连着农民和土地的顽强实践中，演绎出勃勃生机……

（发表于2006年4月15日第458期《安徽师大报》，作者徐成进）

30. 教诲铭记，师恩永存——在张涤华先生百年诞辰纪念会上的发言

尊敬的张师母，各位师长，各位同仁，我非常荣幸地能够作为张老指导的研究生的代表在这里发言。我拟了一个题目叫作"教诲铭记，师恩永存"。因为说老实话，我们在跟张老读硕士的时候，对我们来说都是很荣幸的事。为什么呢，因为只有在那个年代读硕士的人，才有可能追随大师，像现在我们自己已经带硕士带博士了，但是我跟我们的学生之间，不像我们跟张老之间有那么大的差别。譬如年龄上，学生和我也就差那么二三十岁，但是张老那时已经七十，带的我们这些研究生也就二十多岁。所以我们对张老，首先是很景仰，所谓"高山仰止，仰之弥高"；但是同时我们又感觉到我们和张老之间是很亲切的，我就记得那个时候张老家里有一部彩色电视机，我们在张老家里看了当时刚刚开禁的苏联电影《莫斯科不相信眼泪》和《这里的黎明静悄悄》。关于张老的学问和德行，我想从两个方面来谈一下：

严谨求实　德高望重

张老是做目录和校勘学的，刚才祖老已讲到了张老学问的博大精深。老实说，因为我们都是做现代汉语的，所以对于张先生在目录校勘这一方面的贡献，以前只是自己觉得，到后来特别是现在才感觉到这确实是了不得。刚才祖老用了那么长的篇幅来讲，使我们重新认识到张老在目录校勘方面对这一学科的巨大贡献。我们有一种感觉，一个大学如果有一位好校长，这个大学可能办成一个好的大学，一个学科如果有了一个好的带头人，这个学科能成为一个好的学科。所以说是张涤华先生奠定了安徽师范大学在全国的语言学地位，"现代汉语"作为全

国首批硕士学位授权点是安徽师范大学语言学当时在国内的地位;张老任《汉语大词典》副主编,领导安徽师范大学研究人员编辑确定了安徽在华东地区的学术地位,这是不可估量的。张老任安徽省语言学会会长承办了中国语言学会第二届学术年会,我们当时作为会务人员参会,那届年会非常成功,影响也很大。张老任《学语文》杂志主编,提升了安徽师大的学术声誉。所以说张老对于安徽师范大学,对于安徽省的语言学科,他的贡献是显而易见的。

张老主研目录校勘学,治学严谨,同时又致力于开拓新领域。以比较古老的、传统的目录学做基础,拓展到现代汉语这一新的领域,对于一般的老先生来说是不太容易做到的,因为老先生的学问是非常专深的,他可以在他的领域做得非常深刻。但是在开辟领域方面,很多老先生是受局限的,但是张老在这方面应该说非常成功,常人难以及。所以我特别提一句,为了做此次发言,我特地去网上搜索,当输入"张涤华"三字,有一万一千多个帖子,其中有一个帖子是中国社科院语言研究所前任所长、现在是中国社科院副院长的江蓝生教授写的一篇文章,谈的是"《现代汉语词典》与吕叔湘先生的辞书学思想",文中提到:1989年12月吕先生在致山东大学高更生教授的信里说:"已有两本同类词典出版,一本是张涤华先生领衔的《汉语语法修辞词典》,另一本的书名我忘了,是否值得编第三本,还可以再考虑。"意思是张涤华先生的《汉语语法修辞词典》受到吕叔湘先生的重视,前面的已经做到如此水平,后面再做能超过这个水平吗?所以祖保泉先生称张涤华先生为语言学泰斗应该是非常准确的。

奖掖后生 泽被同仁

奖掖后生,我自己感觉非常深刻,我们都是张老的学生,我于1973年作为知识分子下放,1975年被推荐到一个中师,1977年毕业留校,1982年我以同等学力报考硕士研究生,张先生明确指出以考试成绩排名录取,不必复试。考上研究生成了我人生中具有重大意义的转折点。1985年我毕业留校,当时我担任了《学语文》的栏目编辑。张老说,栏目编辑就是文字编辑,要做好校对。张老打比方说,校对就像是秋天扫落叶一样,扫了还会有,今天扫了明天还会有,所以一定要逐字逐句,要以感觉到你还可能留下遗憾的那种心态去做。所以我觉得我经过在《学语文》编辑部的这几年锻炼,至少对于书面表达上语言文字中的一些情况,应该说,了解得比一般人要多。

1984年张涤华先生接受邢福义教授指导的华中师范大学、华中理工大学硕士研究生申请硕士学位论文答辩。这些同学顺利拿到硕士学位,走上了语言研究的道路，今天他们已经成为各自单位的学术骨干，是语言学界的风云人物。张老对人才建设非常重视，对学界同仁和朋友非常关心。著名的古代文学研究专家程千帆先生在《桑榆忆往·劳生志略》（上海古籍出版社2000年版）里提到："当时还有其他几个学校要我去，一个就是南京师范大学，孙望先生很希望我能够去，但是他胆子小，他知道我的事情比较麻烦，就不敢向学校提出。其实南师对孙先生还是非常尊重的，他真的要我去，也不是不可能。还有一个学校就是安徽师范大学，有个张涤华先生要我去，他研究语言学，是刘博平先生的老学生，学问也很好。他有一定的政治地位，是省人大代表、政协委员。当时我就觉得，芜湖地方很小，去外面活动很不方便。所以他们要我到南京，我就很愿意。"我在武汉期间，张老多次委托我探望周大璞先生，他对朋友的关心，让我深深感动。

1992年恩师仙逝，我当时在武汉华中师大攻读博士学位。是年我在武汉的伯母亡故于年初、姑父亡故于年末，未能回芜湖为先生扶柩，成了我终生的遗憾。这次回来参加张老诞辰百年纪念会，能借此发言机会，抒发胸臆，才稍微感到宽慰。

我们应该学习张老的那种知识分子的最宝贵的精神、气质，那一种人格道德。

（发表于2009年11月30日第503期《安徽师大报》，作者李向农。本文根据他的发言稿和录音整理，未经本人审阅）

31.张涤华先生对辞书事业的贡献

张涤华先生，著名的语言学家、文献学家、教育家。1909年生于安徽省凤台县，1937年毕业于武汉大学中文系。1946年进入安徽师范大学前身安徽大学中文系任教，直至1992年逝世，一直在安徽师范大学从事教学科研工作，并担任中文系主任达25年（1956—1981），兼任语言研究所所长，担任国家重点工程《汉语大词典》副主编，受到学术界高度评价；他负责的现代汉语专业是全国首批硕士学位授权点之一；他还担任第三、五、六届全国人大代表，安徽省第五届人大常委，安徽省语言学会会长，中国语言学会常务理事，安徽省哲学社会科学联合会副主席，安徽省语言文字工作委员会顾问，安徽省古籍整理委员会顾问，《全唐诗大辞典》主编，《学语文》杂志主编等。1991年，被国务院授予"有突出贡献的专家"称号，享受国务院特殊津贴。

1975年，重病的周恩来总理批准了国家辞书编纂规划，要求十年内编写160种中外语文字典、词典。次年春，任务下达。名列规划首位的大型辞书《汉语大词典》交华东六省（除江西）市编纂。这部为国争气的大书，安徽师大与有关院校有幸担起了这副重担。

张涤华先生被抽调参加这项工作，心情十分激动。因为早在1965年出席全国人代会时，他就与其他学者联署递交过编写大型语文词典的提案。中华人民共和国成立前，黎锦照、钱玄同等学者曾组织编纂《中国大典》，后因客观条件不允许，只做了一部分资料工作便停止了。1949年以后，我国仅编写出版了一批小型字典、词典，与国外交流只能赠送《新华字典》，造成"大国家，小字典"的窘况。这是现代中国文化领域一个亟待填补的空白。如今，能够参加这项工作，怎不使他激情满怀呢？为此，他不顾体弱多病，日夜操劳。1976年夏秋之交，芜湖风传可能有地震，家家搭防震棚。为编纂这部大书，先生将书搬到防震棚里查阅，为编写工作提出许多有价值的意见。1977年，先生恢复了中文系主任职务，领导中文系教学和《汉语大词典》编写工作。不久，教育部和国家出版局任命他担任大词典副主编。他做领导工作总是身体力行。编词典的基础工作是积累资料，《汉语大词典》编纂处计划用三年时间，从我国古今代表性著作中收词制成卡片。先生也跟编写组同志一道看书收词。编写释文工作开始，他除为大家解答疑难问题外，还与编写组骨干一道审稿。他不顾酷暑严寒，也不顾身患高血压病，常常连续工作，一干就是十几天，有时达到几十天，令编写人员敬佩不已。

先生对《汉语大词典》编写贡献很多，也受到兄弟省、市编写组同志的尊敬。在第四次编写工作会议上，他作了《略谈词典编写工作的几个问题》的发言，着重论述："①分工后的协作；②初稿和定稿的关系；③关于注音；④关于释义。"发言给大家以很大的启发，受到与会同志的高度评价。发言稿在编纂处编辑的专刊上发表，对编写工作起到了重要的作用。先生的文章，经常刊登在《汉语大词典简报》上，使六省、市编写组同志深受启发。例如，在看书收词初期，编写人员曾参考日本编写出版的《大汉和辞典》，有人未加细考，误将中国书（如《六部成语》等）当作日本书，将一些汉语词看成日本词。先生立即写了《〈大汉和辞典〉中日本词语及日本书籍》，以严密的考证澄清是非，使编写工作避免了差错。

先生博闻强识，被大家喻称为"活字典"。大家在编写工作中遇到了难题，他都当即作答，极少数待核查的问题，也亲自查找文献，给予解答。编写组同志都说："现在有些主编只是挂名，而张先生从资料建设到释文编写，都亲自参与，并且还帮助解答释文时的难题，这才是真正的主编！"1990年，安徽师大与兄弟省协作编纂的第五卷、第六卷问世，先生极为欣慰。1994年春，《汉语大词典》出齐（正文十二卷，附录、索引一卷，共十三卷）。5月10日，国家在首都人民大会堂隆重召开了庆功会，党和国家领导人江泽民等到会祝贺，向为这部大词典付出辛劳的同志们表示感谢。这部巨著的出版，在国内外引起强烈反响。人们纷纷赞誉它是"中国辞书史上的典范，堪称中国之最"。美籍华人科学家杨振宁说大词典的出版"是二十世纪中国的一件大事"。《汉语大词典》获国家对图书的最高奖赏——首届国家图书奖。在庆功会上、庆功会后，为这部大书辛苦劳作十八年的编纂人员都深情缅怀已经离开我们的张涤华先生等前辈为这部巨著做出的重要贡献。

《汉语大词典》的问世，也向海内外展示了安徽师大的风采。

先生治学严谨，一丝不苟。1983年华东地区几所高校协作编写《汉语语法修辞词典》，请张先生和复旦大学胡裕树先生共同担任主编（胡先生坚持请张先生排名居首）。全书完稿时，先生因病住院，未及审读。出院看到校样，发现存在问题（如间接引用古籍书证未核对原书等），便与其他主编商量，推迟付印。先生推荐安徽师大语言所一位青年教师核查、校证，最后亲自审定。词典出版后，受到学术界好评，有人称赞这部词典体例严谨，很难找到差错。这在劣质词典泛滥的现实社会中，实属难能可贵。《汉语语法修辞词典》是第一部关于语法学、修辞学的专科词典，具有重要的学术价值。

先生语言学专著、论文很多，其中有一批辞书学论文。例如，《〈说文〉段注与辞书编写》《读新版〈辞海〉偶识》《读新版〈辞源〉偶识》《论〈康熙字典〉》等，在国内外产生了很大影响。《论〈康熙字典〉》一文，被学术界公认为二百余年来对这部字典论述最全面、评析最公允的高水平论文。

在先生辞去安徽师大语言所所长之前所里开始编纂《全唐诗大词典》，大家恭请他担任主编。国外一位学者说过，"要惩罚一个人，最好的办法是让他编词典"。（大意）这虽是句玩笑话，却道出了编词典的艰辛。因为从事这项事业，要有不怕寂寞、甘坐冷板凳的精神。先生曾患脑血栓病，虽然治愈，却留下了后遗症，手不能握笔，也不良于行。为编写这部词典，他坚持锻炼，一边看《全唐诗》，一边练写字，记下资料。不久，他写出《〈全唐诗〉失误举例》长文供编写同志参考。这部词典第一卷完成，他除审稿外又撰写了数千字的序言，充分肯定编写这部词典的必要性。这篇序，是评价《全唐诗》的高水平的论文。《安徽师大学报》编辑部刊登了序文，供学术界参考。

先生晚年身体不好，难以亲自检阅资料，便决定不再担任主编、顾问。他对词典泛滥的状况深感忧虑，认为会误人子弟。曾有人计划编一部工具书大词典，未征得先生同意便在打印好的编写计划中将先生作为该书的"顾问"。"计划"寄达先生，先生立即谢绝。又有一部专业大词典组有先生的学生，专程来芜湖面请，亦被先生拒绝。先生说："如不能亲自参与，一概不接受主编、顾问虚名。"这正体现了一位严肃的学者的高尚品德。

（发表于2009年11月30日第503期《安徽师大报》，作者陈庆祜，系我校语言研究教授，硕士研究生导师，安徽省语言学会会长）

32. 张涤华和《汉语大词典》

（一）

隆冬天气，万籁俱寂。夜，已经很深了。安徽师范大学校园里静悄悄的，人们早已进入甜蜜的梦乡。可是，坐落在校门口左侧一栋教师楼里，有一房间里的灯光还亮着，一位鬓发斑白的老人，带着病痛，还在聚精会神地伏案挥笔写作。他不时地抬起头来沉思一会儿，又伏案挥笔，写了一行又一行。在那密密麻麻的字里行间，凝聚着他多年从事教学与科研的心血，浇灌着他全心全意为人民，为培养莘莘学子而忘我劳动的激情。

他是谁呢？他就是著名的教授，国际上被称作一部中国的鸿巨——《汉语大词典》的副主编张涤华。此刻，他正在编写《汉语大词典》的《六十三条词语释文稿》。倏忽间，他从椅子上慢慢站起，从书桌的另一角拿起2个酷似大理石的黑色圆珠球，在房间里踱着方步，想借此活动一下身子。突然，圆珠球从他手中滑落，随着"扑通"一声，他倒下了。当家人把他送往医院抢救时，他再也未能睁开眼睛。他没有留下任何遗言，就永远地离开了这美丽的大千世界和他热爱的教育事业。当人们清点他的遗物时，才发现他著作等身。他的主要著作有：《类书流别》《现代汉语》《毛主席诗词小笺》《古代诗文总集选介》《张涤华语文论稿》以及发表的论文、札记、编校等著作，总字数已达1 000多万字。其中贡献最大的就是担任副主编并参与编写的这部鸿巨《汉语大词典》，全书十三卷，共收词目37万多条，5 000余万字已正式面世，共再版6次，印数达数十万册，在国内外产生了重大影响。它呈放在联合国及国内外各大图书馆中，受到中外广大学者、专家和读者的一致赞誉。

（二）

《汉语大词典》是国家出版语文词典规划的重点项目之一，也是我国计划在十年内出版的三十一部语文词典中最大的一部。初步决定收词三十七万条以上，规模大大超过以前的出版社的所有词典。敬爱的周总理生前对词典出版工作十分重视。他亲自主持、制订词典出版规划，并对一些工作做了具体部署。1975 年 8 月，他还亲自批准专为编写语文词典发的〔1975〕137 号文件。当时，周总理已重病在身，躺在医院病床上亲自审阅，这是周总理生前审批的关于出版工作的最后一个文件。

根据文件的指示精神，国家出版局组织了五省一市（江苏、浙江、山东、安徽、福建和上海市）共同担任《汉语大词典》的编写工作。对此，张涤华曾经这样谈到这部词典编写的重大意义。他说，中华人民共和国成立后语文词典正式出版的只有一部小型的《新华字典》，中型的如《辞源》《辞海》之类的，内容都已陈旧。这种情况与我国社会主义革命和建设的发展很不相称，也远未达到学习祖国语文的需要。近年来，外国人热心学习中文，却大多使用日本人编写的《大汉和词典》等。这部词典，立场和观点有许多错误，内容也有很大一部分是荒谬的，影响十分恶劣。针对这种情况，周总理生前号召我们编一部争气的大词典，能够反映中华人民共和国成立以来祖国各个方面所取得的伟大成就和汉语研究的最新成果，要求具有高质量，达到高标准。我们虽然没有编写词典，特别是新型的大词典的经验，一切要从零开始，但我们一定要知难而进，克服困难，完成任务。这是何等雄伟的气概，多么高贵的为人民负责的精神！

（三）

编写这样一部具有重大意义的词典，首先遇到最大的困难是拿出具体切合实际的编写方案。张涤华带领他的团队，冒着酷暑，走南闯北，来回于各省市图书馆，搜集和查阅大量资料，行走于各大学师生间，召开调查会，听取广大师生的意见，精心讨论修改，历时四个多月 128 天，终于草拟出编写方案。

张涤华长期患高血压、心脏病，肺部还患有结核，健康状况极差，但他想到早日把大词典编辑出版，就浑身是劲，什么病都忘掉了。他一直坚持工作，星期日也从来不休息。从清晨到深夜，每天工作十几个小时。尤其是在收词工作中，他精益求精，有时为了一条词，竟反复检查七八次；收词结束后又写了全面总结和专题总结。有人提出词语选好了,总结可以不必再写。可是张涤华说,词语选好了,工作才开始刚刚起步,多总结经验,今后可以少走弯路,也可以供人参考。他做着眼下的工作,却还想着下一代如何更好地去从事科研,这胸怀是何等美丽和宽广。收词工作刚完成,《汉语大词典》领导小组上海办公室又下达了63条词语释文的任务,并要求我省两个月内完成,之后参加五省一市的讨论会。时间太紧迫了,谁来完成呢?张涤华主动承担了难度较大的单词释文的编写任务,同时审阅和修改了编写的全部释文稿,最后定稿时又主动统一修改了编写组所写的5万多字全部释文。这时正值春节期间,唐山又发生了大地震,芜湖等地又预报可能有地震。为了保证工作正常进行,他抛开一切思想顾虑,白天在防震棚里工作,采光不好,天气又冷,晚上等家人都睡了再工作到深夜。就连大年初一,他也是在鞭炮声中执笔度过的。由于长期超负荷的工作,他的血压升高,心脏病也复发了,他的爱人取来了救心丸,他服下了药,由家人扶着去床上休息,不一会儿,他却又起床工作了。他说:"为了争取这部大词典早日出版,拼掉我这条老命也值得!"他的团队也为之动容,都加倍地日夜工作。

正当张涤华和他的团队夜以继日地为编写大词典而忘我工作之际,"四人帮"却给他戴上了一顶反动学术权威、黑词典编写组教头的大帽子。甚至污蔑他是地主分子和反动分子。而他将"四人帮"的大力摧残和精神折磨统统置于脑后,继续思考大词典编写工作。他这种正义凛然的气节、英雄的气概,为热爱和尊敬他的学子所深深感动,校园里不时爆发出阵阵支持张涤华老师的声浪!"文革"结束以后,人们沉浸在欢乐的海洋中,张涤华更是心潮澎湃,逢人便说:"科学的春天来到了,今后完全可以甩开膀子大干了。我绝不能辜负党的期望,人民的重托,要在有限的生命里为人民多作贡献。"从此,他和他的团队重新开始了编写大词典的工作。为了使大词典早日出版,张涤华更忙了,除了自己参与编写释词条文,还要协助其他同志找资料。其审查和修改编写的词条释文,竟高达180多万字。

改革的春风激励着他,祖国日新月异的变化也在他心中激起朵朵浪花。他不顾医生"一定要停止工作,静下来诊治"的嘱咐,更不顾家人的再三劝阻,在生命危在旦夕的日子里继续工作。不幸的事情终于发生了,在一个深夜,他倒下了,悄悄地离开了人间,把他最后的一息生命也献给了伟大的祖国。

这就是张涤华,共和国九百六十万平方公里土地上竖起的一座不朽的丰碑,莘莘学子心目中永恒的导师和楷模!

斯人已去，典范永存。今天，当这部《汉语大词典》呈放在联合国教科文组织书橱的时候，当世界各国外宾及华人翻阅这部大词典的时候，当散布在世界各国孔子学院师生检索疑难汉语词语的时候，朋友，难道您不为共和国有这样优秀的儿女而骄傲和自豪吗？

（发表于2009年11月30日第503期《安徽师大报》，作者袁新建，系安徽省教育厅督导兼研究员，安徽作家协会作家，多家杂志主编）

33.良师者，文忠也——记学生心目中的"精神导师"陈文忠教授

"松下问童子，言师采药去……"2009年12月22日，马来西亚的沙巴州不同于往日，夕阳笼罩下的马来教室中传出了"中国声音"，一位和蔼可亲的中国教师正在讲授唐代诗歌，课堂气氛怡然，不时传来阵阵笑声。这位老师就是我校文学院教授——陈文忠，他以充满人生智慧、哲理思考和人格魅力的教学风格，深得学生们的喜爱。

存在为将来辉煌的存在而努力

陈文忠教授是我校文学院的硕士生导师，主要讲授文学理论、西方文论史以及研究生的美学文艺学研究导论、二十世纪西方文论、黑格尔与德国古典美学等多门课程。他自幼深受文学熏陶，对文学有强烈的兴趣，但那时候根本没有如今的读书环境和条件。在那个特殊的年代，陈老师作为知青从上海下放安徽，失去了到上外附中读书的机会。所以后来作为"工农兵学员"的陈老师，倍加珍惜来之不易的学习机会。"上大学几年我几乎每逢周日就拜访任课老师，然后埋头于老师推荐的各类名著。人很难做到埋头、沉没、孤独，但人要对自己的人生负责。"1977年陈文忠从我校中文系毕业，留校任教，迄今已度过三十多年的教书生涯。

陈老师是上海人。"上海人"所具有的似乎只是小市民的小精明，而陈老师镌刻人心的乃是学者的睿智。文学院的学生常常谈论陈老师的书房，房间陈设非常简单，但是书房却很宽阔，顶天立地的书架上摆满了古今中外的各类经典名著。这里的每一本书陈老师都细致研读过，从古希腊的柏拉图到近代中国的王国维，从理想世界到现实世界，由中西文论到中西文化，由诗话、文评、画论乃至建筑风格，物质繁华与精神和谐，古代经典和流行时尚……世间一切形而上与形而下，似乎都由陈老师的眼睛过滤过，经陈老师的大脑思考过。因此，陈老师的

思想就像自由翱翔的飞鸟，叩击着古今中外的精神领域，热切地探求真理，挖掘人性，反思民族文化，然后在课堂上激情放飞，撞击出"连自己都意想不到的智慧火花"。

"存在为将来辉煌的存在而努力。"陈文忠老师把教学之余的时间全部用于再学习和学术研究。他科研成绩突出，迄今在各种国家级重点刊物上发表专题学术论文10余篇，在省级学术刊物上发表专题学术论文60余篇；出版学术著作4部，主编教材2部，约有200多万字。不过，在学术研究中，陈老师不懈追求的是学术的质量。陈老师不断学习，曾先后到复旦大学和北京大学进修、高访，他还积极承担教育部和省教育厅的重点科研项目，尤其是他的"古典诗歌接受史"研究的系列成果，被学术界公认为有开创性意义。由于科研成绩突出，1997年被选为安徽省首批跨世纪学术带头人。在他那儿，科研促进教学，教学反哺科研，二者形成良性循环。陈老师是个非常幽默的人，而且家庭责任感很强，每当谈到他的家庭时，他都会特别兴奋。"您以前写诗、写文章吗?""写过很多啊，但都没发表，那不是个发表的年代，其实恋爱的过程就是写诗的过程，恋爱时我经常写诗。"他常常从自己的行动出发去教育子女，"先埋头，后抬头；付出一定有回报"！再过几年陈老师就要退休了，当问及退休后想做什么时，陈老师的回答简单，却值得深思："思考、写作，继续解决教学中累积的问题。"

教学是我终其一生的使命

"教学是种享受。50岁前，教学是种娱乐，而50岁后，我把它看成是种使命。孔子曰：'五十而知天命。'这里的'命'我理解为'使命'，也就是人生应有的担当。我的使命就是给年轻人讲他们应知道的东西。"从陈老师的话中，我们能深深地感受他作为老师的全身心投入，钦佩他身为知识分子的良知。

陈老师有三十多年的教龄了，这么长的时间内，团队教学道具从未改变：一人，一书，一教案，一粉笔。不变的传授模式，传达出深邃的知识空间。他刻苦治学，在每一门课程的备课中力求在最广阔的文化背景中掌握学科的知识体系和理论体系，积累中外文学史和文学创作实践知识，从而做到理论与实践的结合。同时，还研究教学心理，重授课艺术，力求使每一堂课在师生心中产生"知识共鸣"效应。

"必须把每节课都上好，不能让学生白来一次。"课堂上的陈老师表情非常丰富，或深沉蹙眉，或爽朗言笑，或谆谆教诲，或婉而多讽，或激烈感叹，或冷静分析。他为学生总结出听课三要点：一听知识，二听思想，三听方法，努力做到每堂课都给学生提供新知识、新思想和新方法，让学生有"不虚此行"之感。由于教学效果显著，1999年他获得了学校"皖泰"优秀教师称号，2007年又荣获安省"省级教学名师"称号。

陈老师严谨的治学态度和独特的授课理念深受学生好评，大家在教师测评时争相留言："我们原本只期待一滴水珠，后来却发现陈老师给了我们一片海洋。""每次上课我的思维总是能被激发，你能体会一下在那个浮躁的年龄让思想伴随他的指引自由翱翔是一种怎样的惬意和逍遥吗？""他的课上，我们的惰性荡然无存，陈老师的诗意不可抗拒。每逢他上课，教室里必定爆满，大家似乎都享受着这个儒雅教授带给我们的精神洗礼。"

余光中咏李白曰："绣口一吐，就是半个盛唐。"极言诗意的绚烂，诗人的风采，而陈文忠老师"绣口一吐"，却尽显思辨的精粹，学者的风范！陈老师是人类终极理念的思考者，教学是他永恒的人生姿态，课堂是他永恒的人生舞台。

我主要是对海外华人讲中国文化

"广泛联系海外华侨、华人及其团体，增进友好情谊，发展合作交流"是中国海外交流协会的宗旨。陈老师近年来频频参加对外交流活动，自2006年开始已出国讲学三次，最近的一次就是随"中国海外交流协会赴东马讲学交流团"，赴马来西亚"东马"的五个城市进行讲学交流活动。在为期一个月的讲学过程中，陈老师阐述了中国散文与汉语教育、中国散文与中华文化的内在关系，从语言、历史、哲学的角度反思中国的散文史。

陈文忠老师出国讲学一方面传播了中华文化，另一方面也把外面的文化带回来，与学生分享。"南天佛国三千里，缅甸何处无金塔？"他把缅甸的佛教文明带回了师大课堂，生动而深刻。在谈及欧美培训中文教师时陈老师说，国外的"中国家庭希望他们的孩子多了解中国文化，因为中国文化的精华对孩子的成长成才是很有帮助的"。

在出国讲学的同时，陈老师在国内也积极地"传道、解惑"。2005年，他受邀在上海电视大学讲授《文学理论》课程，2006年受芜湖市图书馆邀请讲授"大众传媒时代的经典阅读"，等等。2008年受芜湖市政协邀请讲授的"大众传媒时代的文化建设"尤其深刻，讲座不仅是一位专业理论学者对当今文化建设目的意义、现时状态、运行机制、缺失疏漏作冷静的系统剖析，更是一位普通人文学者对未来文化建设最为深切的人文呼唤。

中国要有真正的男子汉

当代世界，物质主义、拜金主义和肉欲主义的泛滥，导致我们丧失了很多的东西，我们每天东奔西走，忘掉了理想，忘掉了信仰，忘掉了思考，也忘掉了感恩。课上，陈老师最让我们感动的是他流露出的对学生灵魂世界与精神家园的关怀：面对物质繁华众生喧哗的世象，如何保持内心的安宁与灵魂的自由。他几乎每学期都为学生开讲座，给予新生思想引导。在讲座中，他不仅传播知识、介绍学术动态，而且将为人和为学有机结合，让学生在获得知识的同时，更懂得做人的道理。

从某种意义上来说，"一个人的阅读史，就是个人的精神发育史"，一个充实而有意义的人生，应该是伴随着读书而度过、而发展、而超越的。陈老师特别注重经典阅读，他认为读经典是我们必备的知识储备。"从知识化为智慧都是一个过程，因为思想需要一个载体，空洞的概念很难让人接受"；"天才是兴趣、敏感、意志和境界的完美统一，四者缺一不可"。他勉励学生在课外刻苦努力耐得住寂寞，在冷静中追求新的境界，保持浩然正气，做一名真正的男子汉。

课堂上的陈老师字字珠玑，学生在课下经常把陈老师的话汇编成"陈子语录"："何为大学？一堵围墙，一种氛围，一部经典，一片宁静""读透一部经典，成就一门学问""意志坚强的人创造自己的历史，缺乏意志的人看别人创造历史""乡村是生命的本源，城市是生命的客栈"，等等。他的话在学生心中建立起信仰之塔，在学生灵魂里升起了希望的旗帜。在课堂上，陈老师表现出的不只是一个老师的关心，更是一个朋友的热情。身为学生，我们能从他的眼神和言论中读出为人师者对当代大学生精神世界的担忧和关怀，传递知识的同时交流情感。可以说，陈老师的课堂始终存在着两个维度：智慧与人格。

"人类文明五千年，自然生命一百年；自然生命是重复，文化生命是重叠。"陈老师从未改变过他思考的姿态，作为学者，他读文本，读生活，内视精神世界，外观现实人生；作为老师，他播撒知识，启迪思想，表现出通达与智慧；作为长者，他真诚坦率，平易近人，透射出独特的人格魅力。

（发表于2010年3月30日第505期《安徽师大报》，作者马建）

34.没有围墙的学校——记全国首个无偿家教组织"五四爱心学校"

好大的雨！街面上水花万朵，天地间一片白茫茫，楼房、车辆、人群都被罩在了雾蒙蒙的雨帘后。

星期天，8：10，芜湖市上水门社区的会议室里，一群孩子正在低头看书。

"姐姐，老师还会来吗？"一个小男孩歪着头悄悄地问坐在旁边的姐姐。

"会的！"女孩望了望"教室"门口，随即又低下头，自言自语道："老师说了要来的……"

8：20，会议室门口突然热闹了起来，"老师！"当一群别着"五四爱心学校志愿者"胸章、湿透了半边身子的大学生出现在"教室"里时，孩子们激动地迎了过去。

"老师，你衣服都湿了，冷不冷？"

"老师，我上周数学及格了！"

"哈哈，真的吗？不错，不错，快让我看看试卷。"

8：30，上水门社区的会议室安静了下来，24个老师，24个学生，一对一（一对二），坐在固定的位置上，看书、做作业、交流、辅导……

没有黑板，没有粉笔，没有操场，当时针指向8：30，每位老师和学生心中的上课铃声就会响起。这所没有围墙的学校，用六年的时间，感动了整个江城。它就是"五四爱心学校"，一个充满爱的学校。

为爱而生

让爱心呵护纯真，让智慧孕育成长，让真诚开启心灵，让生活因爱而动听。

2004年的春节前夕，一次采访，使两名大学生产生了一个想法。

"新年快到了，请问你有什么心愿吗？"2002级中文的胡鑫问一位残疾人。

"我想给我的孩子请个家教，家里穷，不能给孩子提供好的环境啊！"当看到残疾人脸上期望的眼神，陪同学长一起过来采访的吴青山震撼不已。他深刻明白贫困家庭的孩子在困难面前是如何的无奈，那一刻，他决定帮帮他们。

一次吃饭，吴青山将自己的想法告诉了学长胡鑫，"干脆办个学校免费为家庭贫困的孩子带家教"。胡鑫提议。"办学校！"吴青山猛地一拍桌子，眼睛兴奋成了一条缝。

然而想法终归为想法，如何将它付诸实践，是需要很大的勇气和毅力。当吴青山和胡鑫把为特困家庭子女进行免费家教辅导的想法告诉社区的负责人时,得到的却是他们的怀疑和拒绝。红梅社区关工委主任居计美解释说:"我们知道他们的想法是好的,但之前也有人给孩子们做过辅导,可都半途而废了,这给我们带来很多麻烦,对那些家长和孩子也不好交代啊。"

面对信任危机,吴青山和胡鑫并没有放弃,一种爱的力量支撑他们继续奔波、联系、劝说。最后在他们的坚持下,红梅社区的负责人被他们的行为感动了。2004年12月11日,全国第一个自发性质的爱心家教组织——芜湖市"五四爱心学校"在新芜区红梅社区居委会正式成立。来自安徽师范大学的50余名大学生志愿者在该社区为26名特困家庭子女进行了首次一对一无偿家教辅导,并向该社区的特困子女赠送了价值400余元的书籍。两个年轻人的梦想之花在无数爱心的滋润下终于盛开了。

因爱相聚

一根羽毛,或许太平常了,但组合起来,却是孔雀艳丽的彩屏。

一粒砂土,或许太渺小了,但堆起来,却是大山的脊梁。

范殷是2008级中文系的一名学生。去年,她加入了"五四爱心学校",在那儿她结识了一群志同道合的朋友,也遇到了如今在她生命中占有重要地位的两个可爱孩子——何萍和何虎。

一年来,范殷几乎从不请假,每个周六,都会看到她在固定位置上,耐心地为姐弟俩辅导功课。范殷希望因为她的陪伴,两个孩子能快乐地成长。"人久了就会有感情,虽然志愿服务有时候会很累,但想到姐弟俩我就不忍心放弃。前不久,何萍还问我生日哪天想送生日礼物给我呢,当时真的很感动。"

其实在"五四爱心学校",像范殷这样的志愿者很多。无论是烈日炎炎的酷暑,还是雨雪飘飞的寒冬,志愿者的无偿家教服务从未间断。每个周末,在12所分校,你都能看到志愿者认真辅导孩子们的场景;每个周末,在拥挤的公交车站台,你都能看到志愿者耐心等待的身影……他们不为一分钱,不为一丝荣誉,只为了孩子们的笑容和当初的那份承诺。

"志愿的意义只有在你亲生体会时才能感受到。一路走来,孩子们给了我们很大的惊喜和动力。"去年的暑假对于2008外汉的刘建全来说,是十分值得纪念的。2009年7月,他同其他13名志愿者在吴青山老师的带领下奔赴宁国中溪进行义务支教,那也是"五四爱心学校"第一所在芜湖市以外地区的分校。支教的最后一天,当志愿者们收拾行李准备离开时,发现所有的孩子静静地站在门外,每个人手中都拿着一份小礼物。"要知道那可是大夏天啊！她们怕打扰我们午睡，一直在门外等着。"看到这一幕，刘建全及其他志愿者们再也控制不住，流下了感动的眼泪。

是爱让这些本不相识的人们走到了一起，是爱让无数颗年轻的心相聚到一起，是爱让那些幼小稚嫩的心灵得到呵护，是爱让他们成了一家人。

与爱同行

怀揣一颗爱心，随时播种，随时开花，让这路行程，花香弥漫。

2004年的那个冬天，两个年轻人在红梅播种了第一颗爱的种子，如今，春去秋来，"五四爱心学校"走过了6年的风风雨雨。从最初的70余名志愿者到如今的3 000余名志愿者；从最初的红梅到如今的12所分校；从最初的26名受助学生，到如今逾1 000名受助学生；从最初的市内志愿服务，到如今的市外暑期实践活动……五四爱心学校经历了完美的蜕变，逐渐走向成熟。

上水门社区最小的学生，7岁男孩吴思宇说："我喜欢这儿的老师，他们不凶，对我好，下次上课还要来。"

周家山社区王春主任说："非常感谢志愿者们，我们社区也一定会竭尽所能地支持和帮助他们，将学校长久地办下去。"

红梅社区的李阿姨说："真的很感谢这些大学生们，她们辛苦了。小区的下岗职工多，请不起家教，孩子的功课落下只能干着急，自从她们来了，孩子成绩好了，性格也开朗多了。我们除了谢谢也不知道该说些什么，没有什么语言能表达我社区家长的感谢。"

……采访中，像这样让人感动的话语，我们听了很多很多。

这就是"五四爱心学校"留给大家的印象。从拒绝、怀疑到支持、称赞。六年中，这所没有围墙的学校，用爱和真诚打开了贫困孩子们紧锁的心灵，也摧毁了他们心中那一堵堵围墙，让他们以更加轻松、包容的心态迎接每一天的太阳。

（发表于2010年5月30日第507期《安徽师大报》，作者赵颖虹）

35. 围绕教育抓党建 抓好党建促发展——访文学院党委书记余大芹

记者：文学院是如何加强基层党组织建设的？

余大芹：党的十七届四中全会提出建设学习型党组织的战略任务，我院在思想、组织、作风、制度四个方面创新形式，推进了基层党组织建设。在思想建设上坚持抓理论教育，以党委中心组带动全体党员师生，重点学习了十七届五中全会精神和《国家中长期教育改革和发展规划纲要》，并着眼于把理论学习成果化为实践。在组织建设上，进一步加强党支部建设，配强党支部书记，明确党委、支部在发展党员工作中的职责，细化学生党员发展的质量标准、要求和程序，充分发挥党校在学习型党组织建设中的主阵地作用。在作风建设上，以加强党风廉政建设为重点，院党委修订了党风廉政建设责任制实施意见，在全院科级以上党政管理干部和广大教职工中开展读书教育、心得撰写等各种形式的拒腐防变警示教育活动。在制度建设上，坚持和完善"党委中心组学习""三会一课""民主生活会"等制度，严格组织生活，加强与实际工作的联系。

记者："十二五"期间，文学院党建和思想政治工作的基本思路是什么？

余大芹：高等教育的根本任务是培养社会主义事业合格的建设者和可靠的接班人，"十二五"期间党委的各项工作一定要落到实处，一定要围绕教育抓党建，抓好党建促发展。第一，深入开展创先争优活动，结合学校和学院的中心工作，组织引导各党支部和广大党员在推动科学发展中创先进，在促进校园和谐中，全面加强和改进党的建设，增强党组织的凝聚力和战斗力。第二，不断加强领导班子建设，提高决策的科学化、民主化、规范化水平。继续加大在师生中发展党员的力度，确保党员队伍稳定发展；培养造就一支精通教育，能够经得起各种风浪考验的高素质的管理干部队伍。第三，不断加强思想政治工作和精神文明建设，开展各种形式的主题教育活动，坚持服务师生员工，充分发挥党组织的战斗堡垒作用，为学院的各项工作提供政治、思想和组织保证。

记者：在开展创先争优活动和推进"四风"建设上，文学院有哪些成功经验？

余大芹：开展创先争优活动是促进学院发展的重要契机，和"四风"的建设是有机结合的。为做好这两项工作，我院成立了活动领导组及办公室，制定了创先争优活动的实施方案，明确了"四风"建设的工作重点。注重扩大余恕诚、陈文忠等先进事迹的影响力，在教师队伍中开展向房玫老师学习活动和文学院"最受学生欢迎的青年教师"评选，极大地促进了师德师风建设。注重对学生成人成才成功的引导，号召同学们向吴青山同志学习，开展了创先争优演讲、征文、书画等形式多样的活动，同学们青春建功、奉献社会的热情大增。注重发挥党员的示范带头作用，认真组织党员示范岗认领、承诺践诺、结对共建、结对帮扶等活动，教师党员在教书育人、学生党员在成才成长方面充分发挥了先锋模范作用，创先进、争优秀的风气在广大师生中不断高扬。

记者：为促进学生的成人成才成功，文学院采取了哪些措施？

余大芹：为引导学生更好地走向社会，我们从思想教育、服务管理和就业指导着手，全面提高学生的知识、能力和素养。第一，在思想教育上，高度重视辅导员队伍建设，建立科学有效的辅导员考评体系；依托团委，构建以共青团组织为主体，学生会、学生社团联合会、学生社区管委会为基础的"一体三会"的学生工作格局；举办"薪火"团干培训班、大学生骨干学风建设，营造勤奋学习的环境氛围，认真做好每周寝室卫生检查和"十无"检查，建立"楼长、层长负责制"，为学生搭建形式多样的素质拓展平台；组织开展"三下乡""四进社区"等实践活动，充分发挥社会实践的育人功能和服务功能；努力做好毕业生文明离校、新生报到和入学教育工作。第三，就业指导上，举办多次就业指导讲座和考研经验交流会，引导学生树立正确的就业观；注重校企合作，举办各种类型的招聘活动，创造条件提供就业机会。

记者：在校园文化建设上，文学院有哪些工作亮点？

余大芹：展时代风采，倡人文精神，我院立足专业特色推进校园文化建设：全国第一个无偿家教组织——五四爱心学校，八年如一日为贫困家庭子女送爱心；特色活动话剧会演、诗文创作与朗诵，薪火相传了数十年；"经典诵读进校园"活动，推进了经典文化的校园传播；精品活动迎新晚会、趣味运动会，也成为鲜明的文化符号。另外，我们注重强化学生的专业意识，通过举办"三字一笔一话"比赛、说课大赛、教案大赛、书画大赛、模拟招聘会等活动，提升专业技能；学生们还发起成立了"五四爱心基金"，用收集废品换来的爱心钱款帮助更多贫困家庭子女。2010年，我院在校园文化建设上成绩卓著，荣获暑期社会实践省级优秀组织奖，被评为就业工作先进单位，2009级汉语言文学1班被评选为校"十佳"班集体。同时，还涌现出"中国青年五四奖章"获得者吴青山，上海世博会注册大学生记者刘淮宇，上海世博会形象大使谢晨晨等学生典型。但光荣属于过去，我们会一如既往地做好思想教育和服务管理，以优秀典型为示范，争创新的佳绩。

（发表于2011年4月1日第515期《安徽师大报》，作者马建）

36.优化学科结构 抢占学术高地——访文学院院长丁放

记者：2011年是"十二五"的起步之年，未来文学院的办学定位是什么？

丁放："十二五"对文学院是非常重要的五年，学院将以育人为本、以科研为基础、以教学为中心、以学生成人成才为培养目标，立足当前、放眼未来，把文学院打造成一个高水平教学研究型学院。我们将着重做好以下五项工作：第一，优化学科结构，加大对秘书学、对外汉语两个本科专业的投入，实现由专业到系的跨越；第二，以安徽省A类、B类重点学科建设为平台，推动学科建设，提高研究生的培养质量；第三，打造名师团队，扩大优秀教师影响力，培养学术后备人才，构建以老带新的培养机制，提高整体教学水平；第四，抢占学术高地，积极组织各级各类社科基金和质量工程项目的申报，创造高质量的学术成果，挖掘新的学术生长点；第五，面向社会办学，根据社会发展需要调整人才培养方案，为社会培养更多教育与管理领域的应用型、实用性高级人才，让学生更好地走向社会。

记者：在建设师资队伍、提升教学水平上，文学院有什么措施？

丁放：建设一支高水平的人才队伍，是建一流学科、办一流大学的关键。文学院现有教职工109人，其中教授26人，副教授39人，博士47人。"十二五"期间，我们将通过四个方面努力，加强师资队伍的内涵建设。一是激发现有教师活力，进一步落实院教学督导、院领导和教研室主任听课制度，加强实践教学的过程化管理，加强从教技能训练和考核。二是发挥教学名师的示范作用，通过上示范课、集体备课、师徒结对等活动，让余恕诚、陈文忠等教学名师更好地感染、影响周边的人。三是重视培养青年教师，从政策、机会、保障三方面着手，全力推进青年骨干教师的培养工作，提高青年教师教学、科研水平。四是以专业和各级精品课程为载体，进一步加强教学团队建设，做好新增课程教学队伍的组建和教材的编写，促进教学改革，提高教学研究水平，进而推动教学质量的全面提升。

记者：文学院是如何增强学术研究水平，提高学院科研实力的？

丁放：文学院有着崇尚学术研究的优良传统，主要通过三方面努力提升科研实力。第一，注重学术积淀，发挥品牌效应。经过80年的建设，文学院已有了非常厚实的学术积淀，各项科研指标均有优异表现。2000年组建的中国诗学研究中心已成为我校的一个学术品牌。第二，注重相互协作，打造学术团队，充分发挥语言研究所、文学研究所、古籍研究所等研究中心的作用，相互影响，共同提升。第三，注重学术交流，积极申请项目，学院每一年都会邀请十几位知名专家来校讲学，还组织申请各类人文社科类课题，扩大学术成果。"十一五"期间，文学院的科研工作取得突破性进展，共主持省部级以上项目63项，在《文学评论》《文学遗产》等权威杂志上发表论文180篇，这些成果获得47项省部级以上奖励。另外，还成功申报了"安徽省A类重点学科"——中国语言文学学科"国家级教学团队"中国古代文学、"国家级精品课程"——文学理论和大学语文。

　　记者：学术交流是思想与智慧的碰撞，文学院是如何开展学术交流的？

　　丁放：我们始终坚持"走出去，请进来"的方针，广泛开展国内外的学术交流与合作。学院一方面邀请王蒙、莫砺锋、詹福瑞等知名学者给研究生、本科生做学业指导，举办"学海导航"和"书山拾叶"两类特色的学术讲座；另一方面积极参加各类学术研讨会，与国内外大学开展团体互动。"十一五"期间，学院举办了近百场学术讲座，召开了6次大型学术会议，其中100人以上的国际学术会议3次。出国及港澳台地区访问、讲学11人次，参加境外学术会议13人次，接待国外及港澳台地区学者来访60余人次。先后与南京大学以及韩国翰林大学等著名高校的相关院所进行了师生团体互动。

　　记者：刘文典、郁达夫、宛敏灏、张涤华等一批著名学者曾在文学院工作，这些前辈给我们留下了什么？

　　丁放：中文系建立以来，曾有大量一流的人文学者在这里辛勤耕耘：开创者刘文典、郁达夫等人，在时代的风口浪尖始终坚守着自己内心的文学信念，打下了良好基础；稍晚一些的宛敏灏、张涤华先生，他们淡泊名利、潜心学术，有着扎实的功底和锐意创新的精神；进入新时期，刘学锴、余恕诚等学者潜心研究事业，传承与探索并重，把中文系的教学、科研事业推向了一个新的高峰。正是因为这一代代学者的厚重朴实、安贫乐道、严谨治学、求实求新，才使得文学院取得今天的成就。我们要继承前辈们的光荣传统，与时俱进，开拓创新，再创文学院新的辉煌。

（发表于2011年5月1日第516期《安徽师大报》）

37.项念东——认真上好每一堂课

　　"《四库全书》中的存目部数是什么意思呢？就相当于现在你发个帖子中被

删的帖。"选修课《古代文化经典选读》的课堂上,偌大的教室座无虚席。我们见到了文学院学生们都特别喜欢的项念东老师。从周易到老庄,从古典文化到实际生活,他侃侃而谈,脸上一直挂着自信而从容的微笑。

"在项老师的课堂上,我觉得像是在听一个古老的故事,这个故事里,有一个我们从未见识的新天地。"12中文的学生刘怡君告诉我们,她可是项老师的铁杆粉丝。

于教学中显卓学

"课堂上学生肯定的目光,是我站在三尺讲台上最大的乐趣。"项念东老师说,安徽省首届本科院校青年教师教学基本功竞赛文科组一等奖的荣誉对于他来说,完全没有学生一个肯定的眼神重要。他不愿意多说自己的荣誉与光环,他只是默默坚持着自己年少以来的梦想:做一名优秀的教师,把知识传递给学生。

秉着对知识负责、对学科负责的态度,项老师在教学上处处与自己较真。一份《中国文化概论》教案,数易其稿,直到现在还不断修修改改,讲义上满满地写着新的讲授思路和补充材料。"我是一位大学老师,我最大的责任就是把自己的课上好。大学不是科研院所,教师要把课上好,教师要凸显教学的重要性而不是一味重视科研。"项老师不断改进教学方法,与时俱进,只为让学生学得更加清楚透彻。

也正是凭借着他的坚持,项老师所讲授的《中国文化概论》《古代文化经典选读》这些课程被越来越多的学生所认可和喜爱,项老师也被学生评价为"亦兄亦师亦友"的"最受学生欢迎的青年教师"。

从小时候对教师职业的好奇与期待,到在教师行业尚不热门的20世纪90年代以第一志愿报考师大中文系,再到如今坚守课堂主阵地15年,项老师总是在和自己、和知识较劲儿。一本教案,不断修补;一份课件,不断翻新;一句古语,不断斟酌。他在教师这个岗位上大放异彩,靠的是他"对专业的热情,对优秀老师的学习和有感情的投入"。

于感恩中显师德

"我从心底由衷地感谢那些所有曾经给我上过课、给过我帮助的老师,如果没有他们,或许就不会有现在的自己。不管走多远,他们一直都在我心里。"项老师回忆起自己的老师们,有些已经离开人世,难免有些许伤感。

他说,学生生涯中和老师们相处的点点滴滴,每一句话,每一个细节,都深刻地影响着他的为师育人之路。1998年大学毕业之后,项老师的身份从一名学生转变成一位学生政治辅导员，六年担任辅导员的经历，让他更加懂得如何给予学生朋友般的关心与支持。

"老师的责任在于如何真正关心学生，而不是一味地树立某种高大的形象。"项老师多年来仍旧保持着许多做辅导员时的习惯，下课与学生交流，询问他们学习生活上的烦恼；积极参与到学生的学习生活中，给他们力所能及的鼓励与支持；给予学生一些关于考研、就业的建议……

他爱生如子，举手投足间彰显对学生的关爱与尊重。细心的同学会发现项老师上课很少使用扩音器，本以为是个人的习惯，项老师笑着解释道："扩音器不时会发出噪音，打断老师上课和学生听课的思路。我尽量放大自己的声音，只要最后一排同学能听清，就不需要用扩音器了。"为了保障上课质量，替学生着想，项老师宁愿自己辛苦一些。

项老师的手机里还一直保存着这样一条短信："项老师您好，我是您的学生，今天交试卷时您给了我很深的印象，您双手把试卷接过，您对您的学生真的很尊重，体现了一名大学老师的道德修养和高尚人格。"他微笑着说，其实这只不过是人与人之间的相互尊重罢了，是每位老师都应该做到的。自2004年转岗为专业教师以来，项念东老师所授课程的学生评价得分全在85分以上，学生的好评让他倍感满足。

于育人中显真情

"给自己的大学生活多留一点书香"，这是项老师在2012届新生开学典礼上的讲话。他说，历史的久远、语言理解的差异以及外界压力的种种干扰，使得大学生与古代文化之间的隔阂越来越大，可我们却不能任其发展，我们要学会阅读。真正的阅读不仅仅是一种浏览更是一种对每句话背后含义的思考。

结合自身大学成长经历和教学经验，项老师十分关心学生的大学生活。"明确目标，安排日程；选好版本，读懂原文；放开眼界，持之以恒。"这几点建议是项老师的肺腑之言，他希望引导学生在大学宝贵的四年里，多读书、长知识。

粗缯大布裹生涯，腹有诗书气自华。如今，项念东老师仍旧坚持着每日读书，他在与知识的交流之中，努力提升自我。"人生道路上迷惑自己的东西太多，看淡名誉，做好自己，作为教师，我应该在学术道路上静下心来。"项老师的学生们说，从他身上，我们感受到什么叫作"一言一行，一考一究，皆是真知卓学"。

在2009届学生的毕业生晚会上，曾任四年文学院学生会主席的项老师凭借多年的舞台主持经历，以一首《憧憬华年》的诗文朗诵，表达对莘莘学子的祝福之情，获得了现场同学的一致好评。爱是默默的关注和无言的支持，谈到自己和学生一同参与的这些活动，项念东老师带有一丝得意，"能和他们打成一片，我是自豪的"。

"前行之路，要在于尽其在己者。"这是项念东老师博客中的一句话，人生像琴，拉紧琴就好，不需要想太多。这就是项念东老师，他爱中华文化，他爱三尺讲台，他爱求知若渴的学生，正是这份热爱，让项念东老师坚持着自己的梦想，坚守了15年的课堂主阵地，践行着自己认真上好每一堂课的承诺。

（发表于2013年第536期《安徽师大报》，作者袁媛、钱圆、张家强）

38.携手完成遥不可及的梦想——文学院2011级秘书学专业"学霸寝室"记

认识"学霸寝室"实属偶然，在"跳蚤市场"遇到考上复旦大学的学姐，于是与她聊起有关考研的信息来，进一步了解后得知她们的寝室考研硕果累累。夏圆梦以408分的初试成绩考入复旦大学中国语言文学系戏剧专业。高丽红跨专业考研，最终被武汉大学录取，攻读法律硕士。方洁和吴亚君则分别被安徽师大科教学和法律硕士专业录取。于是向她们约定采访，共同聊聊四年大学生活，以期为学弟学妹们提供可以借鉴的考研经验与人生感悟。

时间拨回到大三，在决定考研方向时，四个女生有不同目标，夏圆梦决定考中文写作专业，高丽红和吴亚君想重拾律师梦，方洁打算继续教学学科研究，方向不同，备考的方式也不一样。一旦确定自己未来的发展方向，四个人便加入考研的浩浩大军中，开始了新的征程。

备考的时光漫长艰辛，夏圆梦为记者列了自己考研的时间表，上面显示：早上7点起床，8点之前一定开始看书。8点30之前是背单词。8点30到11点听专业课。11点30吃饭。然后午休。1点30开始看书。到3点是专业课。3点到5点做英语真题。晚饭时间。7点开始看书，晚上主要是政治。10点回寝室。12点睡觉。"我们每天的时间并不算长，但是效率一定要有保障。"这份作息时间表陪伴夏圆梦走过一年。与此同时，室友也在为自己的梦想努力着，早上七点半准时离开寝室，晚上九点回到寝室，方洁的作息时间简单高效，中晚餐留半小时，作为自己的休息时间。周末不能赖床，也不能享受娱乐休闲活动，在一年时光里，室友四人集结出门逛街的次数屈指可数。回到寝室，四人坐下聊会儿天，说说自己在英语、政治复习上遇到的瓶颈，偶尔也会抱怨几句，骂骂自己总是记不住单词的脑袋，再抱怨背着背着就糊涂了的政治。短暂的聊天尘埃落定，大家又安静下来，继续看书做题。当夏圆梦为记者展示自己的笔记时，记者惊讶厚厚的16开的笔记本，她分科目记了7本，每本中的字迹工整娟秀，用黑笔摘抄笔记，红笔标注重点，荧光笔标出易错、易考到的点；除此之外，还有满柜子的书，书上有整齐的笔记，除了专业课，连课外书都有专门的笔记本，记录自己的心得。问她是什么支撑着自己走下来，她说："因为我当时想报考的是复旦大学的写作学研究生，这门专业需要不断看书，锻炼文笔，对写文章、提炼精要的能力要求非常高，所以平时我比较注意自己的阅读习惯，形成体系后会更方便后期查找。""不止她一人，每个室友都有这样多的笔记"，为了跨考法律硕士，高丽红三年内始终保持对法律专业相关问题的关注，更是在一年内学完其他专业四年的知识，整理出一书架的笔记，"吹尽黄沙始到金"，终于获得武大法律硕士学位。"为了完成自己心中的梦我们也是蛮拼的"，高丽红笑着说。

　　在一年时间里，用夏圆梦的话来说，就是虽然每一次研友都会和自己说，加油。也有很多人和我们并肩作战，但心里知道，考研本身只能是一个人的修行。话虽如此，提起这段时间的经历，她最为感激的仍是室友，"复试将开始的时候，每晚紧张得睡不着，室友看见我脸上的'熊猫眼'，就知道我又没有睡好，她们每天都对我说加油，你可以的，你一定能行的"。复旦大学招选研究生的严格是出了名的，已经走了这么远的路，万一失败……每当想到这里，她就感到烦躁。但每天方洁会和她说，继续像原来一样复习，调整心态，她会实现梦想。与此同时，作为一个跨考生，高丽红即将为一个完全不熟悉的领域"战斗"，这就像只是在岸边看看别人游泳，结果突然被告知自己即将参与比赛。晚上从图书馆回宿舍，想起遥远的梦想，还有现实的"关山难越"，她的心里总是积压着一股辛酸，时间久了，这种辛酸经过发酵，转化成难以言喻的委屈。高丽红开始怀疑自己选择这条路是否正确，如果路的尽头的结果不尽如人意，自己是否还愿意吞下这份孤单和酸楚。这样的心情她没有向室友提起，正在经历考研准备的室友却发觉了。这个原本活泼爱笑的女孩子突然变得不爱说话，也不参与大家偶尔的讨论活动。一天晚上，像往常一样，从图书馆自习回来，高丽红打开门，照旧一语不发，室友吴亚君拍拍她，和她说："都很累，一定要坚持下去。""亚君拿起我放在桌上整理的资料，和我说，你看，你都已经走了这么远，再坚持一下，马上就可以实现目标了。"高丽红回忆起这幕，这样说道。问她听了这话以后，是什么心情。她说："走过来了再看看，其实自己做的事，和大多数研友都一样。只是因为亚君这句话，我愿意夸奖自己一句，真的很了不起。没经过那种极度自我否定的人不会了解，朋友的一句话，在一瞬间，会把在河里的你拉上岸来。"

三十六陂春水，行尽江南遇室友

时间拉回到2010年秋天，初入大学，夏圆梦没有想过自己的大学四年该怎么度过，安师大对这个刚离开高考的学生来说，是个模糊的想象，在这里将发生什么青春热血的情节，夏圆梦也不知道。父母离开以前，对她说"以后是好是坏，就看你自己怎么努力了，在这里，我们谁也帮不了你"。对她们来说，接下来与其他三名女孩同住一寝室的挑战，才是横亘在眼前最难的问题。

在一栋101寝室，四个来自天南地北、个性迥异的女孩子，刚开始经历集体生活，难免有些不习惯。"那时候我们每个人都很腼腆，不太敢和对方说话，刚在一起时，还特别羞涩，说话时总要带个'请''麻烦了'之类的"，如今回忆起初见时的情景，面前的三个女孩子都笑起来。考上武汉大学的高丽红与夏圆梦打趣儿，说："谁也没想到，当时那么温柔害羞的我们，现在都成了'女汉子'。"夏圆梦说："是啊，当时还想着到了大学可以当一个柔婉的江南女子，结果，跑偏了！"

说起四个人的考研成绩，她们表示，与这个寝室温馨氛围分不开，与每一个女生寝室一样，这里有拌嘴争执，发生过矛盾，有过哭泣着以为失去了一个朋友的失落，但居于主要位置的仍然是永不落幕的欢笑与感动。方洁清楚地记得，在自己20岁生日的时候，其他三位室友准备的蛋糕和菜肴，为了给她一个惊喜，事先谁也没有透露细节，从超市买回的食物也全部寄存在隔壁寝室。她生日当天，三个室友似乎忘记了这件事一样，没有谁和她说一句"生日快乐"。到了晚上，室友拜托她下楼"拿份快递"，等她上来，寝室里黑漆漆的一片，她打开灯，看见的是蛋糕和一屋子人的笑脸，还有冒着热气的饭菜。"那时候我不知道怎么形容自己的心情，原以为她们全都忘记了，还安慰自己也许只是最近很忙，忘掉也不要紧，但心里还是好失落。结果晚上她们给我这么大的惊喜，现在想来，那是我过得最温馨的生日。"方洁这样告诉记者。

作为四个爱吃、爱旅游的女孩，共同的兴趣爱好让她们迅速走在一起，很快成为彼此无话不说的好朋友。节假日期间，经常一起出去看电影、逛街、吃饭，当谈到平时最爱去的地方，几个女生讨论了好一阵，最后得出结论：作为"吃货"，她们最喜欢的事情，还是去寻找藏在街头巷陌的美食。

当问及她们是否产生过争执，又是怎么解决的。方洁说，在寝室产生争执是不可避免的，有一次她和夏圆梦因为中午用电脑打字声音太响的事情吵了一架，两人两天没说话，"那时候面儿上谁都不理谁，心里可忐忑了，在寝室待着的时候，说话做事都会用余光瞟她，特别希望能够和好"。夏圆梦对争吵的情节记忆犹新，"大概因为很少吵架，所以这次记忆反而特别清晰，希望能和好，但又不愿意主动，结果就拖延着"。好在性格直爽的她们在第三天就一起吃了午饭，重归友好。

"寝室争执在所难免，各人习惯、价值观、生活方式都有差异，相互之间发生矛盾冲突时不如耐心倾听对方观点，有则改之，无则加勉。相互适应比希望别人改变更重要。"被问到想给正在经历寝室生活的同学们什么建议，夏圆梦诚恳地建议。

四年朝夕相处的情感积淀，无话不说，荣辱与共，良好的寝室环境为她们日后的发展奠定坚实基础。四年间，四个女孩相互促进，共同学习，四人先后获得校奖学金。四个人还相互激励参加活动，原本安静内向的夏圆梦在室友的建议下，主动参选班级体育委员，带头参与体育活动。

莫愁前路无知己，我们远方再相见

时间一天一天过去了，距离发榜的日子也越来越近。遇见她们的那天，是4月9日，正好是武汉大学法学院研究生拟录取名单公布的日子，正在楼下支着摊子卖资料的高丽红登录官网，输入考生号，查看通知结果。短短几分钟，气氛紧张到了冰点。"考上了！"高丽红跳起来，随后长舒一口气，这标志着四个人的考研之路尘埃落定，最终都画上圆满的句号。

得知自己被录取的消息后，头一件事就是下楼把自己的辅导资料给学弟学妹。这也是四个人商量后得出的结果，她们决定把一些有用的而自己又暂时用不上的辅导资料拿出来转赠给学弟学妹们，以方便他们的日常学业和日后考研之需。这件事也是在一年考研经历后，她们共同做的第一件事。第二天，高丽红就将回家，方洁和吴亚君也将有自己的旅行，再之后的重聚就显得更为困难和珍贵。"在赠送资料的时候认识很多学弟学妹，他们特别好奇我们是怎么全部考上研究生的，我们会毫无保留地把我们在大学的生活、学习、工作经历、考研的经验和人生感悟告诉他们，希望对他们今后的人生成长有所裨益。"

再回首，夏圆梦说些想给师弟师妹们提的建议："请你们千万不要妄自菲薄。

没有什么梦是不可能的。你想要实现的理想,只要去做,都可以做到的。"除了五月的毕业生体检她们将重聚,四月与五月,她们将各自忙碌,夏圆梦将开始自己的毕业旅行,高丽红要开始兼职工作,方洁与吴亚君将回家学车,五月重聚后,就将真正各奔东西。"我们已经打算好了,要在今年夏天拍出最美的毕业照,纪念四年一起走过的日子",方洁这样告诉记者,"对,从'民国风'到汉服再到礼服,每个都拍",高丽红在旁边补充。

"现在交通这么发达,从武汉到上海再到芜湖,坐车一天都不需要,我们计划去对方的城市转转,虽然未来我们没法陪在彼此身边,但我们可以追逐自己的梦想,再见面时我们都会变成更好的自己,这样想来,我们都希望彼此能勇敢追求自己的生活。我们都是坚定的女孩子,会为了更好的自己不断付出。也请室友见证我们彼此的蜕变吧!"沉默寡言的吴亚君这样告诉记者她对"离别"的理解。

四年时间,四个女孩子共同成长,从懵懂茫然到清楚自己的梦想,从畏惧变化到勇敢选择每一步成长,都掺杂伤心的画面和感动的场景。"朋友一生一起走,那些日子不再有。"时间远去,留下的记忆却成为青春岁月里最亮眼的财富,它们是用在绘制唐卡上的松石,珍贵,永不褪色,反而随着时间发出迷人光彩。忧患与恐惧都在,远方和来时路皆不可辜负,不可预知,四个女生将会在未来共同执笔写下多少手书,恐怕是连她们自己都无法说清的事。只是有一点,正如在采访末尾,活泼的高丽红突然羞涩地说出的那句话:"一生有你,我都陪在你身边。"

(发表于2015年7月8日第556期《安徽师大报》,作者熊树星、杜鹃、胡贝贝)

39.汪育英:绽放在教育一线的格桑花

"见到你们就像是见到娘家人,特别开心。"这是1989年毕业于安徽师范大学中文系的汪育英见到记者的第一句话。汪老师从师大中文系毕业以后就回到了家乡黄山成为一名光荣的教育工作者,从一开始的黄山茶业学校到现在供职于黄山职业技术学院,汪育英始终不忘最初选择师范专业的初衷,以一名师大人的执着坚守在教育一线廿七载,在平凡的岗位上教书育人,无怨无悔。

尽自己应尽的本分

"当老师嘛,教书育人,把自己本职工作做好了,为教育事业做出自己力所能及的贡献,实现自己的人生价值,是我作为一名师大人必矢志不渝的追求。"

汪育英从师大中文系毕业之后，选择成为一名老师，二十多年的职业生涯，让这位老师格外地平易近人，屯溪一中距离汪育英的单位黄山职业技术学院有四五公里的距离，为了方便采访队员的出行，汪老师主动联系队员把采访地点定在了屯溪一中。

即将拆迁的屯溪一中并没有很多人，7月的艳阳从树缝中渗透下来，声声蝉鸣愈演愈烈。由于许久没有使用，汪育英爱人胡老师的办公室落满了灰尘，"你们来啊，我特别开心，看到你们特别亲切，我们这边快要拆迁了，有点乱，今天天气也很燥热，前几天还是很凉快的……"汪育英一边说一边为大家搬椅子，完全没有一点儿高等职业院校老师的架子。访谈中，汪育英娓娓道来，语调平和，就像一阵夏天的风，吹走人心的燥热。

"和你们聊天，感觉又回到了年轻的大学时代，不过就我一年一年教书的观察来看，我感觉我们那个年代的大学生活更加丰富，同学之间的友谊更加深刻单纯，因为那个时候我们没有手机，没有网络，小组活动很多，晚上有卧谈会，男女同学也可以直接地相互串门。现在的大学生很多都有自己的小圈子，相互之间现实的交流特别少。"因为工作的关系，汪育英在教育问题方面一直是个有心人。

"其实我没什么好采访的，我就是一个普通的人民教师，我从小受教师母亲的影响，很喜欢当老师，现在我只不过是做自己该做的事情，尽自己应尽的本分。"也许正是有着汪育英这样千千万万平凡的教育工作者的默默奉献，才成就了不平凡的业绩。

我们一家都是师大人

"我们每十年都会回去一次，1999年、2009年都回去聚会过，这是一段不可能割舍的情节。"汪育英说他们中文系每十年都会举行一次大型聚会，大家会一起相约赭山，相约师大，相约在当年梦想生根发芽的地方。"那时候师大的班级都是男生多，女生少，我们班只有十来个女孩子，男生特别照顾女生。"回忆起大学的时光，汪育英的笑容特别灿烂。20世纪80年代的师大，每个周末都会有舞会。"每到周末的晚上，大家都会去跳舞，把收音机一拿，人都跑到操场去了，都是自愿的。"年轻的汪育英在师大读书时特别爱跳舞，"我每次都去的，我喜欢跳舞，而且舞会可以认识不同系的同学，大家在一起聊天、讨论，气氛非常好"。

汪育英是1985年入校的，今年他们班级准备策划一场入校三十周年的聚会，于此，汪育英特别期待，"我有很强烈的师大情结，我爱人和我同届，我女儿是我学妹，我们一家都是师大人"。看着实践队员统一服装上的校徽，汪育英很兴奋，"当年的校徽也是这个样子的，校名的字体也没有变"，"很可惜我爱人出差了，不然我一定要让他来见见你们，见见现在的学弟学妹"。

一家师大人，一生师大情，汪育英对于师大有着其他人无法理解的情怀，"看到你们就像是看到了娘家人"，这句话汪育英强调了好几遍。

做师大精神的践行者

"黄山有很多的师大校友，就算不认识，但是一听说是师大人，瞬间就可以熟悉起来。"汪育英介绍道，现在有很多师大新的毕业生来到黄山，来到屯溪，师大人勤奋好学，在用人单位有口皆碑。"我特别自豪，在屯溪中学，师大的学生个个都非常优秀，而且师大人之间互相帮助，亲如一家。"

汪育英表示，师大是一块品牌，是一块由过去的师大人搭建起来的品牌，作为师大人要继承、弘扬师大良好的传统，做师大精神的践行者，为安徽基础教育发展做出新的更大贡献。其实她自己何尝不是这样呢，在教师这个平凡而光荣的岗位上，汪育英默默耕耘二十多年，以一名师者的身份要求自己，以一名卓越师大人的身份不断鞭策自己，而平凡的人对自己的不平凡却从不自知。

采访结束后，汪老师为队员送行，"穿过前面那座桥，再过一个地下车库，再过一条马路就是屯溪老街，那边人多，你们街访会很便利"。得知队员们要为一个活动进行街头采访，汪育英坚持为大家送行并指路，灿烂的笑容堪比这夏日的阳光。

（发表于2015年12月31日第561期《安徽师大报》，作者陈累）

40. 刘学锴：于无声处铸师魂

刘学锴先生是我校文学院教授，早年毕业于北京大学，是当代学界公认的成就卓越的著名学者，也是我校师生公认的德艺双馨的资深教授。从1963年响应国家支教号召由北京大学来到安徽，到2003年正式退休，他在安徽师范大学（包括学校前身）奋斗、奉献了整整四十个春秋，为安徽的人才培养、科学研究和学科建设做出了杰出的贡献。无论是教书育人、学术研究，还是品德修养，都是我辈楷模。

卓越的教育工作者

刘先生是一位卓越的教师，在漫长的教学生涯中，他以其高尚的师德师风、严谨的教学态度、精深的教学内容、精湛的教学艺术，培养了数不清的人才，给他们留下了难忘的印象。1989年，他被评为"全国教育系统劳动模范"，获得"人民教师奖章"。1992年起，享受国务院特殊津贴。1993年，他又获得"曾宪梓教育基金会全国高等师范院校教师奖"一等奖，是我校迄今为止唯一获此殊荣的教师。

在长期的古代文学教学实践中，通过反复探索和实践，刘先生形成了一套行之有效的教学方法。他在如何处理文学史与作品的关系、基础知识与理论分析以及艺术鉴赏之间的关系、利用以往研究成果与吸收科研新成果的关系等方面，形成了极具典范意义的模式，为安徽师大乃至整个安徽高校中国古代文学课程整体教学水平的提高做出了重要贡献。

刘先生人品高尚，才学精深，他对学生的影响是集爱岗敬业精神与才学、作风为一体的全方位的熏陶与启示。他对学生满腔热忱，既有理性开导，又有真情投入。在教学中，他把"知音"的教学境界当做自己始终不渝的追求。他特别注意根据学生的专业水平、思想状况、兴趣爱好，制订出合适的教学方案。他总是努力提高自己的业务能力，关心学术前沿动态，把自己和学术界的最新研究成果不断补充到教学内容中去，保证教学始终紧跟时代，富有新鲜的魅力。他还根据教学对象的变化，不断调整教学手段，努力把学生吸引到自己周围，一起探求知识。正因为如此，他才真正走进了学生们的心中，成为他们的"知音"。

在学业和思想品德上，他对学生要求严格，但在生活上，刘先生总是给学生以细致的关怀与帮助，尤其是那些家境贫寒而又好学上进的学生。许多学生都视"有师如刘先生"为人生幸事，走出校门多年后还念念不忘这位"大学时代的恩师"。"桃李不言，下自成蹊"，刘先生就像皓朗夜空中那轮纤尘不染、平和宁静的明月，长年默默运行却无私地向人间奉献着光和爱，走近刘先生，总让人从他那朴实平易中感受到高洁隽永，让人从世上的喧嚣浮躁中体会到天地宇宙间的那种沉厚与深远。

杰出的唐诗研究者

刘先生在中国古代文学特别是唐诗研究方面，既有坚厚的文献基础，又有较高的理论水平，合二者之长，做到了严谨求实而又富有创新精神，被同行专家认为是"多有建树"的杰出学者。刘先生在唐诗研究方面的成就主要体现在三个方面：

李商隐研究的权威。他与余恕诚先生合作，先后完成了《李商隐诗歌集解》《李商隐文编年校注》《古典文学研究资料汇编·李商隐卷》《李商隐》《李商隐诗选》。后又独立完成了《李商隐传论》《李商隐诗歌研究》《李商隐诗歌接受史》。
其中《李商隐诗歌集解》不仅系统地总结了历代李商隐诗歌研究成果,为研究者
提供了一部经过全面整理的最完备的李商隐诗歌版本,而且总体上代表当代李商
隐研究的先进水平,获得了学界的高度评价,此书荣获全国首届古籍整理三等
奖、全国高校首届人文社科优秀成果二等奖。《李商隐文编年校注》在辑录前人
考订补笺的基础上,汇集自己考订、补正的新成果,将李商隐所存之文合为一
编,重新整理、编次,在最基本的文献层面为李文研究廓清歧解,且多有新见。
此书荣获第六届国家图书奖和全国古籍整理图书一等奖。《李商隐传论》将李商
隐一生的大略经历与文学史的独特背景相结合,详细讨论了李商隐的创作思想、
性格、创作分期,对其作品进行了题材和体裁的分类分析。其间还涉及历代李商
隐研究述略、李商隐诗集版本系统考略、分歧与通融、古典文学研究中的李商隐
现象等,系统而全面。此书获安徽省第六届社科奖著作一等奖、安徽省图书奖一
等奖。

研究温庭筠的巨擘。进入21世纪,刘先生带着长期的学术积淀,又把目光专
注到唐代另一个文学大家温庭筠身上。十余年间,他先后完成了《温庭筠全集校
注》《温庭筠传论》《温庭筠诗词选》。其中《温庭筠全集校注》将存世的温庭筠
全部作品(包括诗、词、赋与骈文、小说)汇为一集,在广泛吸取前人、今人考
订整理、评点研究成果的基础上,根据不同情况,分别对它们进行校勘、注释、
疏解和系年考证,对于全面深入地研究温庭筠的文学创作成就,无疑是一项极其
有用的基础建设。此书荣获安徽省优秀社科成果著作一等奖,问世几年来,已被
中华书局刊印多次。

唐诗选注评鉴的专家。他是《唐诗鉴赏辞典》撰稿字数占全书十分之一的主
要作者,先后为中央人民广播电台等撰写过近500篇唐诗鉴赏文章,还著有《唐
诗选注评鉴》。《唐诗选注评鉴》2013年由中州古籍出版社出版,全书290万字,
集选诗、校注、笺评、鉴赏为一体。由于近现代在唐诗选注工作方面的滞后,编
写一部充分反映唐诗的思想与艺术成就的选本迫切需要。因此,《唐诗选注评
鉴》面世不久,学者便纷纷评价说,它"是一部能适应不同读者对象的切实有用
的唐诗新选本",可以说"是适应了时代呼唤"。

优秀的学科带头人

我校中国古代文学是全国第一批硕士学位点,刘先生是第一批硕士生导师。
从1995年中国古代文学成为安徽省首批重点学科,到2003年中国古代文学学科

获得了博士学位授权，再到后来的2007年，中国古代文学国家级教学团队获批立项，其间与刘先生的带领密不可分。他1963年从北京大学调到安徽师大之前，已在北大中文系任教了七年，且接受过名师林庚先生的系统指导，其学问方法、学术眼光，都有别于作为地方院校的安徽师大。来到师大后，刘先生带来的不仅是重视学术的风气，还有注重学科建设的意识。几十年来，他带领余恕诚教授，余恕诚教授又带领丁放、胡传志教授等学科带头人，就这样，历经一代代的累积，中国古代文学学科才有了今天的发展。

在古代文学学科，刘先生相当于精神领袖，起着维系人心的重要作用。20世纪90年代，我校人才大量流失到经济发达地区，中国古代文学学科也面临着这样严峻的形势，为了能够挽留住中青年教师，刘先生以身示范，并用恳切的言辞、真挚的感情感化他们。在他的努力下，古代文学学科渐渐稳住了局面，这么多年来，不但没有流失一名骨干，反而引进了好几位优秀人才，这应当归功于刘先生过人的凝聚力。

1999年，学校决定成立"中国诗学研究中心"，以申报教育部文科重点研究基地，由刘先生出任中国诗学研究中心名誉主任、顾问。刘先生高瞻远瞩，尽心筹备。他鼓励团队，配合学校认真准备材料，精心论证，填写申报表格。材料整理好后，先期请全国的专家把关预评阅，在此期间，刘先生给予了悉心指导。直到2001年3月，中心终于获批为教育部省属高校文科重点研究基地，为学科建设增加了一个极为有利的平台，也为我校、为安徽省高等教育争了光。

2001年，我校正式启动了申报博士点工作，这是学科建设中的头等大事。刘先生一人就提供了大量的科研成果，为成功申报打下坚实的基础。据余恕诚先生回忆，当时刘先生经常提醒身为学科带头人的他，对工作要精心设计，实行内外兼修。一方面要带领团队，练好内功，狠抓科研，多出精品，另一方面要举办高层学术研讨会，走出去，请进来。在刘先生长期的帮助与指导下，2003年9月，中国古代文学学科终于如愿以偿地获得了博士学位授权，刘先生却主动退出首批博导的队列。可以说，他对学科建设的贡献是大公无私的。

就是这样一位谦卑无私、精诚宽厚的老者，把他的一生都奉献给了中国古代文学的研究事业。无论是学术还是德行，刘先生都无愧为学界的一代楷模。愿师大浓厚的学术氛围里能孕育出更多的师大人，追随着刘先生的步伐，为学校的美好明天贡献出自己的力量！

（发表于2016年9月30日第567期《安徽师大报》，作者熊树星）

41.校史旧事话朱湘

朱湘是中国现代文学史上一颗永不陨落的璀璨明星，虽然他1933年29岁投江自杀距今已80多年了，但其短暂一生的成就、影响及疑窦仍为学界津津乐道。他人生辉煌的顶点，是在安徽师范大学第一历史时期——省立安徽大学任教，因此他是安徽师范大学校史上一位永远令学子们景仰、缅怀的大师。

一、朱湘的生平

朱湘，字子沅，安徽太湖人，据说祖籍婺源，传为宋理学家朱熹38代之后，其祖父因避战乱转籍太湖。朱湘1904年10月4日出生于湖南沅江上游的沅陵县，是其父朱延熙最小的儿子。朱延熙官至二品，是清代光绪年间的翰林，钦赐进士，在湖南任道台十余年，因政绩突出，被同治皇帝钦赐"功高九万里，道台十三春"金匾嘉奖。朱延熙原配余氏生子后因病早逝，续娶湖广总督、清代洋务派著名人物张之洞胞弟张之清的女儿为妻，婚后张氏又生了二女四男，朱湘是最小的孩子，深得朱延熙宠爱。朱湘之名，即为其父为纪念他的出生地而取的，以湘为名，以沅为字，体现了朱延熙希望这个在湖湘出生的小儿子能浸润湘沅之灵气，追慕屈子之遗风，有所作为。朱湘不幸3岁丧母，1914年11岁时丧父，由大哥抚养长大。

朱湘虽然幼年不幸，但聪颖过人，自幼好读，六岁时即开始接受启蒙教育，先后读过《龙文鞭影》《诗经》《史记》等书。朱湘七八岁时，即能作文；10岁回太湖老家，请塾师专教，八岁入小学。父死后，13岁时由大哥带至南京就读于江苏省立第四师范学校附属小学。1919年下半年入南京工业学校预科学习一年，并在青年会学习英语，受《新青年》影响，开始赞同新文化运动。由于从幼年起就养成良好的学习习惯和深厚的学识功底，朱湘1920年15岁时就以优异成绩考入赫赫有名的北京清华留美预备学校，并插入中等科四年级。1927年以清华公费同柳亚子之子柳无忌等人一起赴美国留学。原定在美留学五年，但朱湘两年后未获学位，提前结束学习回国。1929年9月12日朱湘离美，原拟应闻一多邀请到武汉大学任教，但在1929年12月到上海遇到清华时的同窗好友饶孟侃，临时改变主意，二人一同来安庆任教于成立不久急需人才师资的省立安徽大学，被聘为文学院教授兼外语系主任，写下了他人生中在省立安徽大学任教的辉煌一页。

二、朱湘的成就

朱湘是著名的现代诗人，新月诗社的代表人物之一，在二十世纪二十年代清华园，他与饶孟侃（字子离）、孙大雨（字子潜）、杨世恩（字子惠）四个著名的学生诗人，被称为"清华四子"。朱湘在入清华学校读书的学生时代，即对新诗产生了浓厚的兴趣。1921年开始写新诗。1922年，18岁时即在《小学月报》第13卷发表了新诗处女作《废园》：

> 有风时白杨萧萧着，无风时白杨萧萧着，萧萧外更听不到什么；野花悄悄的发了，野花悄悄的谢了，悄悄外园里更没有什么。

1923年，朱湘加入"文学研究会"，会员编号第90号。同时他还参加了闻一多、梁实秋等人组织的"清华文学社"。朱湘在校期间一边读书，一边致力于新诗创作，陆续发表了许多新诗，并翻译了罗马尼亚民歌和英国诗人怀特、丁尼生、勃朗宁、雪莱和莎士比亚等人的作品。爱好文学的偏好，致使朱湘经常旷课，加之违反斋务处的规定被清华学校开除。朱湘离开清华后，以大量时间搞创作。1925年1月，上海商务印书馆出版了他的第一部诗集《夏天》。1926年4月，他应闻一多、徐志摩之邀，参加他们主办的《晨报》副刊"诗镌"的编辑工作。1927年8月，上海开明书店出版了他的第二部诗集《草莽集》。1934年，上海商务印书馆出版了他生前编好的第三部诗集《石门集》。1936年，上海图书公司出版了他的文学评论集《永言集》。三部诗集共收录诗220首、散文诗3首、诗剧1首。朱湘的诗歌成就，使他当之无愧地成为中国现代新诗的奠基人之一，在中国现代诗歌史上留下了声名远播的影响。

三、朱湘的个性

朱湘天资聪明，但性格倔强、孤傲，这就注定了他短暂一生的悲剧。

1919年朱湘考入清华学校时，中文和英文学习成绩十分突出，新诗更是颇负盛名，但他不是一个循规蹈矩的学生，经常为了偏爱文学而逃课，对一些枯燥无味的必修课和选修课，干脆不上，旷课逾年。当时学校斋务处制订一个在早上学生吃早餐点名的制度，朱湘非常厌恶，决心抵制，经常故意不到或迟到（共迟到27次），由于旷课和故意违反斋务处的"制度"，累积记满三次大过，于1923年冬离留学仅剩半年时被学校开除。著名学者罗念生当时也在清华，他说："这样的开除，在清华还是第一次，轰动全校。我因此想去看这位同学，只见他在清华西园孤傲地徘徊，若无其事，我心里暗暗称奇。"由于他的才气，学校同意让他写个检查、承认错误，可继续留校学习。清华是校纪严肃又重视人才的学校，有的人如闻一多因参加社会活动被留级一年，他坦然面对。但朱湘却不行，他选择离开。朱湘在给清华文学社顾一樵的信中说："我的中英文永远是超等上等"，离开清华是"向失望宣战，这种失望是多方面的"，但"清华又有许多令我不舍之处。这种两面为难的心情是最难堪的了。反不如清华一点令人留恋的地方也无倒好些"。他不满意清华在于："人生是奋斗的，而清华只钻分数；人生是变换的，而清华只有单调；人生是热辣辣的，而清华只是隔靴搔痒。"朱湘离开清华后，只身去了上海，写诗、当编辑、代课谋生。诗集《夏天》问世后，因与徐志摩往来甚殷，朱湘知名度蹿升，孙大雨向当时校长曹云祥求情，希望让朱湘复学。曹问："朱湘果然有天才吗？"孙说："绝顶聪明。"曹说："那就让他回来吧。"于是，朱湘1926年秋回清华复学。

朱湘被开除离开清华到上海谋生期间，回到南京与其父指腹为婚的刘霓君完婚。刘霓君原名刘彩云，"霓君"是婚后朱湘给她取的号。婚礼是在朱湘的大哥家举行的。父亲去世，长兄为父，大哥代行家长职权。这位大哥是朱延熙原配余氏所生，性格暴躁，称朱湘为"五傻子"。"五傻子"之称是因一次家中宴客，正值五月天，朱湘找不到见客的马褂，就穿了一件棉马褂，兄长们讥他为"五傻子"。大哥向来不喜欢这个"五傻子"弟弟。朱湘举行婚礼时，大哥硬要朱湘要像对待父亲那样对他磕头，行跪拜礼。朱湘坚决不从，说：我们都是受过新教育的，不搞旧的那一套，要行礼，也只能行鞠躬礼。大哥的脾气亦偏执、倔强，见弟弟不从，于是大闹新房，又砸又摔，把个新房搞得一塌糊涂，拜堂的龙凤烛也被摔成两截。朱湘同大哥大吵一架，一气之下，当晚就带着新娘子离开了大哥家。足见其兄弟俩相同的倔强性格。

朱湘在留学美国时，也表现了他的鲜明性格。1927年8月，朱湘以清华公费到美国劳伦斯大学留学，原定学习五年，但朱湘只学了两年，没有获得学位即回国了。在美国两年中，朱湘三次转学，其中原因固然有朱湘的爱国情操，但也有个性方面的原因。试举几例：到美国后的一天，几个同学相约去看戏，他们先把剧本看了一遍，朱湘看到里面有几句讽刺华人吸食鸦片的话，十分气愤，立即把花一美元买来的戏票撕了。又有一次在法文课上，老师要学生朗读都德的游记，其中有一段形容中国人像"猴子"一般，美国的男女学生都哄堂大笑起来。朱湘气得脸色铁青，他认为这是对中国人的侮辱。从教室出来，朱湘阴沉着脸，一言不发地回到宿舍就爆发了："我要退学！"他不是说说发泄一下，而是言必行、行必果。经过接洽，朱湘随后就离开劳伦斯大学转到了芝加哥大学。

　　在芝加哥大学的第二个学期，朱湘选了一门课，没想到那门课老师怀特教授不愿意让中国人来上他的课，看到朱湘在里边，心里很不高兴，就故意找碴。有一次上课时，怀特带了几本书发给学生看，朱湘看完就送回讲桌上，并亲眼看到老师把书拿走了。没想到过了几天，怀特说有人借书不还，当场追问，先从朱湘坐的第一排问起，问到朱湘后就不再往下问了。这是什么意思？正如朱湘所说，分明无非是说中国人把书藏起来了。下一个学期，朱湘无课好选，又选了怀特的一门课，该老师故伎重演，又在班上说书的事了。朱湘忍无可忍，决心回击一下，就在课堂上指出老师讲解的错误。怀特怀恨在心，故意讲中国的国耻，例如葡萄牙那样的小国都把澳门占了之类的话羞辱朱湘。还有一次，班上分明是7个人，怀特却讲只有6个人，有学生纠正，他仍说只有6个，只能借6本书，分明没把朱湘计算在内。朱湘忍无可忍，又从芝加哥大学转到俄亥俄大学。朱湘情绪常常失控的原因，与其早年少孤的家庭环境有关。他父母早丧，抚养其长大的大哥又性格暴戾，使朱湘有寄人篱下之感。他心中积怨过深，总想找一个突破口来发泄一下。这可能就是其性格怪异的根源。

　　正直不阿的个性，加之思念妻儿，成为朱湘提前结束留学回国的动因。朱湘1924年夏与刘彩云结婚，1926年秋重回清华时，生女小东。留学期间，朱湘儿女情长，心中时时怀着对爱妻娇儿刻骨铭心的思念，每月80美元的留学公费，别人不够用，他还每月节俭二三十元寄回养家。经过三次转学，朱湘已无意在美国求得学位，他感到"在美国住得越久，就越爱自己的祖国"。同时也非常思念妻儿，在美国两年中，朱湘给妻子写了94封情书，每封信都有编号。在第33封信中他决定不取学位的时候，对霓君说："老实一句话，博士什么人都考得，像我这诗却很少人能作出来。"在这些情书中，他写谋生之艰辛，为钱所困的尴尬，更多的是如水的柔情，对妻子日常生活的关照、叮咛和夫妻间的体贴、呵护。朱湘去世后，好友罗念生将这些情书编辑出版，书名《海外寄霓君》，与鲁迅致许广平的《两地书》、徐志摩致陆小曼的《爱情札记》、沈从文致张兆和的《湘竹书简》，并称为新文学史上的四大情书经典。

　　四、朱湘在安大

　　朱湘一生中唯一的一次正式大学执教生涯，是在安徽师范大学前身——省立安徽大学度过的，这是他人生的辉煌顶点。他从美国一回国即被省立安徽大学聘为文学院教授兼外文系主任，年仅25岁，月薪300大洋，属教授第一档次（校长杨亮功500元，同时被聘的苏雪林200元），反映了学校对他这位"海归"留学生加著名诗人的重视。他到安徽大学任教后，即把妻儿接到安庆一起生活，并在安庆锡麟街租了一栋二层小楼居住，过起了惬意体面的生活。朱湘执教期间，为了"以便用世界眼光去介绍外国文学"，努力培养一批翻译人才。他的理想是：吸收外国文学"合理内涵"的精华，与中国优秀传统民族文化相结合，创造出新的具有中国民族特色的新文学。为此，他拟定了一个宏伟的计划，一面广揽名师，一面整顿内务，加强课内课外对学生教授，经常参加学生"文学社"活动指导学生，还把从美国带回的书籍捐赠资料室供学生借阅，深受学生好评。他信心百倍，踌躇满志。但好景不长，在安大仅仅生活了二年半时间，即离开了他所倾心想干一番事业的省立安徽大学。那么他为什么离开？是怎样离开的？身后留下了许多令人津津乐道、众说纷纭的疑点和讹误。

1.朱湘的就聘。朱湘离开美国，于1929年12月到达上海，而后来到省立安徽大学，正式受聘任职是1930年1月。那么他来安大任教究竟是谁聘任的呢？有人认为"校长王星拱曾经是少年中国会的成员，思想开明，这让朱湘欣赏备至，决心助王一臂之力，因此受聘为外国文学系主任"（《安徽师大报》第116期）。王星拱1929年6月被安徽省政府聘为安徽大学校长，1931年1月又被国民政府任命为武汉大学校长，校务工作交由文学院院长杨亮功全权代理。不久，杨亮功即被省政府正式批准为校长。杨亮功主政学校期间，大力加强师资队伍建设，重金从全国广聘名师和博学人才来校执教。诸如郁达夫、陈望道、周建人、苏雪林、陆侃如、冯沅君、何鲁等都是此时被聘到安大任教的，由于诸多大师级人物的汇聚，使省立安大一时声誉鹊起，获得在"京沪一带，仅次于同济"的美誉。朱湘正是在上述背景下同时被聘到省立安大任教的。由于王星拱1931年1月已离开学校上任武汉大学，实际主政学校的是杨亮功，因此朱湘应为杨亮功所聘更为确切。

2.朱湘的离校。朱湘是何时离开学校的？为什么离开省立安大？《安徽师大报》第73期"朱湘以死抗暴政"说，1933年朱湘教授因不满反动当局的作为，愤然辞职离开了安徽大学。《安徽师大报》第172期"朱相与省立安徽大学"中说"1932年暑假，朱到上海约请赵景深先生到安大教书，由于赵所在书局坚决挽留，未能成行。次年5月，朱湘又到上海，邀请赵景深、戴望舒、方光焘等到安大任教"。上述二说均提到"1933年"，一说1933年辞职，一说1933年5月朱湘还在为学校奔波请教师。据查"安大周刊"，1932年4月21日程演生接替何鲁担任校长后，朱湘又出席过一次"校教务委员会"会议，此后再召开的此类会议，出席人中再不见朱湘身影。朱湘自杨亮功任校长时期一直以教授兼外文系主任的身份参加"教务会议"，历次会议出席人中均可查证。如果1933年5月还在学校，《安大周刊》在报道这一时期的"教务会议"出席人时不可能将朱湘遗漏。另据苏雪林"我所见于诗从朱湘者"所述：民国"二十一年十月间我在武大，有一天接到一封朱诗人由汉口某旅社寄来的信，信里说他要赴长沙，不幸途中被窃，旅费无着，想问我通融数十元。那天我恰巧有事要到汉口，便带了他所需的钱数寻到他的寓所"，"寒暄之下，才知道他久已离开安大"。"民国二十一年十月"即为1932年10月，"他久已离开安大"，不可能是一个月、两个月的事情，因此不可能1933年5月还去上海为学校约请老师。

那么，朱是怎样离安大的？为何离开？一种意见认为"愤然辞职离开了安徽大学"，一种意见认为朱湘因为人事、欠薪等问题"多次与校方理论、争吵"，特别是妻子在安庆生的一个幼儿，因没有奶吃，又病了，无钱医治，哭了七个昼夜饿死，朱湘与校方大吵了一顿。有人认为"他争吵的结果遭到了校方的拒聘"。究竟是辞职还是被拒聘？我认为被拒聘的可能性更大。第一，朱湘个性孤傲、固执、偏狭，人事相处往往不够融洽，据说校方将他主持的"英文文学系"改为"英文学系"令他很不满，与学校发生矛盾。其次，朱湘出言不逊，往往得罪同事。当时省府"财政奇绌"，办学经费不能按时拨发，为向政府讨薪，校方拟派4名代表到省政府谈判，有人推举了苏雪林和冯沅君（冯友兰之妹、陆侃如之妻，当时陆、冯夫妻均在学校执教），朱湘却怪笑着说："请女同事去当代表，我极赞成，这样经费一定会下来得快些。"这怪里怪气的语言惹得苏雪林大怒，差点和朱湘发生当面冲突。

朱湘因个性和言论与闻一多等人也发生过不快。1926年，朱湘参与徐志摩、闻一多等人创办的《晨报》副刊《诗镌》工作，因此被视为新月诗派的中坚诗人，但很快就和闻一多闹起矛盾来。当时闻一多刚出版了《屠龙集》，朱湘马上写了一篇"评闻一多的诗"的文章，指摘闻诗的几大短处，首先是用韵错误，挑出60多处；其次是用字问题，指责闻诗"太文""太累""太晦""太怪"；第三"总是将幻想误认为想象，放纵它去滋蔓"；第四是认为其缺乏音乐性，一口气写了七千字。闻一多很不愉快，致信梁实秋说："朱湘目下和我们大翻脸。"据说朱湘的大翻脸因《诗镌》发表的诗作而起。当年4月15日《诗镌》上，闻一多将自己的"死水""黄昏"和饶孟侃的"捣衣曲"排在版面上方，将朱湘的"采莲曲"排在一个角落里，朱湘认为自己的诗比他们的好，是闻一多在嫉妒自己，便在4

月 22 日 "诗镌"第四期上宣布与《诗镌》决裂。朱湘还迁怒于徐志摩,公开说:"瞧徐志摩那张尖嘴,就不像是作诗的人",称徐志摩"油滑","是一个假诗人,不过凭借学阀的积势以及读众的浅陋在那里招摇"。朱湘言行令人费解,闻一多曾愤怒地说:"这位先生的确有神经病,我们都视为同疯狗一般。"梁实秋也说:"在历史里一个诗人似乎是神圣的,但是一个诗人在隔壁便是个笑话。"

可能正是上述种种原因,导致程演生 1932 年 4 月 21 日接何鲁任校长后,重新履行人事聘任时,没有再聘任朱湘。

五、朱湘的自杀

1933 年 12 月 5 日,一个冬日的早晨,朱湘在从上海到南京的"吉和"轮上,投江自杀。据说朱湘随身带着两本书,一本是海涅的诗集,另一本是自己的诗作。在自杀前的最后时刻,他一边饮酒,一边吟诗,在轮船即将驶入南京时,纵身跳入长江。朱湘为什么自杀,几乎无人知道他自杀的真正原因。有人说他是"不满现实,以死抗暴政""不满反动当局的作为"。《申报》提出是"黑暗对知识分子的残害"。也有人认为诗人"死于精神抑郁"。而产生"精神抑郁"的原因,一是朱湘孤僻的性格,二是朱湘当时生活落魄。朱湘 1932 年暑假离开省立安大后,先后到了北京、天津、上海、长沙等地,未能找到正式工作,只能靠作诗卖文为生,而稿费又不能支撑他养家糊口。有时不得不找朋友借钱度日,此间向苏雪林、饶孟侃、柳无忌等人借过钱。而在四处奔波中向朋友寻求援助时,往往受到冷遇。闻一多听说朱湘四处借钱时,曾给饶孟侃去信说:"子沅恐怕已经疯了","你若有更好办法,还是不必借钱给他"。有一次在上海,朱湘穿着旧棉袍,由轮船的人"押解"着去找友人赵景深借钱买船票,行李被押在船上。他到天津找柳无忌,想请柳无忌帮助说情在南开大学谋份教职也没有得到帮助。所有这些都是对朱湘的沉重嘲弄和打击。更要命的是,朱湘在贫困潦倒之时,夫妻感情也出裂痕。自从小儿子死后,妻子开始埋怨朱湘无能,夫妻关系渐渐恶化,最后妻子提出离婚。虽然在留美期间,两人写了很多情书倾诉相思之苦,但归国后久别重逢的欢乐并未持续多久,裂痕日益暴露出来,他们时常发生口角,甚至打架,把家具、摆设砸碎,待和好后再去买一套新的回来。夫妻不睦,缺少亲情,给流浪的朱湘无法提供稳定和安宁的归宿,加剧了诗人内心的凄凉和苦恼。所有这些,构成了朱湘自杀的重要原因。

朱湘的自杀,在当时引起巨大反响,众说纷纭,很多名人都做出了不同解释和感慨。梁实秋认为:"应由他自己的精神错乱负大部分责任,社会上的冷酷负小部分责任"；"朱先生脾气似乎太孤独了一点，太怪了一点，所以和社会不能调谐"。

余伟文认为：朱湘自杀"完全是受社会的逼迫"，是"现代社会不能尊重文人的表现"。

何家愧认为：混乱的社会"使他没有生活下去的勇气，使他不得不用自杀来解决内心的苦闷"。

柳无忌认为：不为写文章，"也许子沅不会这样悲伤地绝命"。

谢冰莹认为：朱湘自杀"是为穷"！

闻一多则感慨："谁知道他继续活着只比死去更痛苦呢？"

朱湘的自杀，既有社会层面的问题，也有个人方面的因素。孤傲、决绝、敏感、清高、刚正、偏狭而又抑郁，是朱湘的典型性格，这样个性的天才，在哪个时代都很难被接受。

然而，朱湘真的自杀身亡了吗？有人对此表示怀疑。朱湘跳江后，"吉和"轮上的水手立即进行了施救打捞，但没有找到朱湘的尸体。朱湘生在沅江上游，自小就会游泳，他自杀时，正值长江枯水期，以他的水性，岂能轻易被淹死？朱湘生前好友徐霞村的女儿徐小玉在《关于我所认识的朱湘》中说："朱投江的那艘吉和轮停船打捞多时，却没找到尸体，而朱湘又是个会游泳的人。父亲认为'一个会游泳的人岂能选择投水的自杀方式'呢？还有一场'奇遇'呢！父亲在文中是这样记述的：一九三四年春夏之交，我到北平东安市场买东西，在要走出门时，忽然对面走过来一个身穿汉装短衫的男子，一眼望去活像朱湘。我虽然不信有鬼的存在，但这样一个和朱湘长得一模一样的人的出现，却使我像触了电似的愣住了。待我清醒过来之后，这个人已消失在拥挤的人群之中，再也寻不见他的影子。过了几天，我把这次'奇遇'告诉给刚刚回国不久的罗念生兄，他也说自己在东安市场也有过这么一次'奇遇'，他也同样没法解释。"徐霞村是传出"朱湘未死"的第一人，并拉朱湘清华时的同学好友罗念生做见证，增添了人们对"朱湘自杀身亡"的疑窦。

朱湘去世后，刘霓君改嫁，朱湘身后有一子朱海士，不认继父，一度沦落到贫儿院。1945年，刘霓君到了昆明，在大街上恰好遇到闻一多，闻亲笔写信并出资让朱海士来西南联大学习，由于飞机误期，朱海士1947年才到昆明，此时闻一多已被暗杀。朱海士后来考入云南大学政治系，中华人民共和国成立后因历史问题曾下放到煤矿劳动，1978年3月去世。刘霓君1974年逝于昆明。

朱湘虽然死了，但他的才华永远令世人景仰。他虽然是一位短命的诗人，但在现代新诗史上是和徐志摩、闻一多比肩的大诗人，被鲁迅称之为"中国的济慈"。特别是他在安徽师大历史上度过了人生最辉煌的时期，为我校历史上的学科建设和人才培养做出过重大贡献。他树立了一代学者风范。

（发表于2016年12月31日第570期《安徽师大报》，作者李运明）

42.高树榕：载入"史册"的翻译家

高树榕先生是我校文学院退休教师，现为中国作家协会会员，中国翻译家协会会员。尽管已八十四岁高龄，但眼前的这位老人依旧神采奕奕，和蔼可亲，迎我们走进家中。在不太宽敞的客厅里摆放了两张桌子，靠墙的书桌上书本堆得半米高，地上整齐堆放的报纸挤着书桌，占据了客厅的一角。老教授从书柜里拿出几本自己珍藏的译著，书角有很多褶皱和标记，已经掉了大半，给手上指纹早已磨平的高老师翻页带来很大麻烦。老先生翻开其中一本《四朝代》，回忆起自己的三十八年的教学和学术生涯。

东方语言的"特使"

高老师出生于山东省菏泽市的一个书香世家，父亲是一名中学教师。在读书才可以改变命运的时代洪流里，他对知识无限渴求，在中学时代他就有了雄心壮志，一是有朝一日成为文学家，二是考上北大，然后，再进入美国哥伦比亚大学深造。年少时就表现出较高的文学天赋，受到初中语文老师的影响，高老师开始爱好文学，见了文学书，往往开夜车一口气把它读完。读多了，便想自己动手写写，于是与6位同学一起创办了"七星文学壁报社"，表达他们对文学的热爱。皇天不负有心人，1953年夏天，高老师接到了北京大学的录取通知书。少年时代亲眼看见日本对中国残暴的侵略，原本希望"师夷长技"精学日语后报效祖国，但在东语系系主任季羡林等老师"争做国际和平斗士"的建议下，高老师改选泰语专业，成为北大东方语言文学系泰语专业首批正式招收的五名学生之一。在学习泰语之余，高老师对语言文学产生很大兴趣，利用北大这个平台，他饱览古今中外的文学名著，为后来的文学教学和翻译创作工作奠定了坚实的基础。

选择了泰语这条路，泰文逐渐成为高老师生活里的不可分割的一部分。大学期间，他孜孜不倦地研习泰国语言文化。外交离不开翻译和文化传播，高老师实现了当初的承诺，在中泰两国的文化交流史上搭起了一座桥梁。1978年，收到他的大学同学云昌侬、龚云宝教授的邀请，前往广州外语学院，参加新中国第一部《泰汉词典》的编辑工作。从1957年毕业，已经20年没有接触泰语的高老师利用一切可用的时间努力复习泰文。这时他认识了广西民族学院的房英老师，她鼓励高老师搞文学翻译。于是高老师在贤妻的支持下，利用教学空闲和寒暑假与房英合译长篇历史小说《四朝代》（上下册）。该书于1985年由上海译文出版社出版，1995年再版。这部反映泰国上层社会真实生动、绚丽多彩的巨幅历史画卷铺在国人面前，成为中泰文化交流史上的一座丰碑。作品先后荣获安徽省1978至1985年度优秀社会科学成果二等奖、芜湖市1985至1989年度文艺创作优秀奖等。

在繁重的教学之余，高老师翻译泰国文学作品的工作一直继续，先后出版的有获得1995年亚洲最佳文学奖的《曼谷生死缘》（中国工人出版社出版），《泰国民间故事——槟榔花女》和《克隆人》（均由上海译文出版社出版）等，为了译好文学作品，高老师经历的艰辛只有他自己知道。2002年，在翻译《克隆人》这本书时，每每译到精彩之处便难以自拔、彻夜工作，积劳成疾，曾在八个月内因冠心病复发而两度住进医院。《中国东方翻译史》这本书曾这样评价他："高树榕、房英近30年来，克服种种困难，把一部部优秀的泰国文学作品介绍到中国……他们为泰国文学翻译做出了极大的贡献！"由于他翻译的《四朝代》影响较大，所以，在《中泰关系史》中，对高树榕、房英译的《四朝代》作了肯定的评论："把这一部当今泰国文学界中很有影响的作品介绍给中国读者，无疑是两国文化交流史上一件很有意义的工作。"此外，在《中国翻译通史》《中国20世纪外国文学翻译史》一书中也都有提及。

诲人不倦的"红烛"

对高老师来说，翻译外来作品是一种精神修炼，教师才是他毕生追求的事业。1958年4月，北大毕业的高老师因为适逢国家军事战略指导思想的调整，被下放到安徽芜湖地区干部学校做老师，但他相信"是金子总会发光，在哪里都可以干出一番事业"。初登讲台，高老师笑称自己连讲义都不知道如何准备，更不懂如何上好课。为此，他曾去图书馆找寻相关教学资料，请教同行，而且每节课前要花几倍的时间去编写课堂笔记，做到课前胸有成竹。功夫不负有心人，不久，他的努力和教学受到学校广大师生的充分肯定和好评。也由于此，同年8月，芜湖师范专科学校成立，高老师调往师专，成为第五个加盟的老师。由于学校缺乏现代汉语老师，高老师毅然放弃11月份去南京大学进修的机会，留下来开设现代汉语这门课。这一留就是37年，躬耕讲坛37载，高老师还利用自己的专业特长教授外国文学、当代文学等课程。他以治学严谨、教授有方深受学生欢迎,把最前沿的学科动态熔铸到教案中,把自己的研究心得传授给学生。"我上课从来不带讲义,上课前都会把备课内容内化为自己的,课堂才会有激情,才能打动学生。"他自豪笃定地说。高老师还注重激发同学们课下的创作热情,他指导创办芜湖师专第一个学生社团、江城高校的第一个文学团体——天门山文学社(现发展成为红叶文学社),并出版诗文集《天门山麓》。1983年夏,《天门山麓》以师专唯一的展品亮相安徽省首届大学生科技展览会,受到好评。近四十年的教龄,四十届的桃李芬芳,高老师带出的一批又一批的学子活跃在各条战线上,成为业界翘楚。

知行合一的"榕树"

高树榕原名高树荣,在他眼中,"荣华富贵不是我的追求,我更愿意过陶渊明口中'采菊东篱下,悠然见南山'的生活"。在领取高中毕业证书填写资料时,"高树榕"三个字开始成为他身份的代名词。从师的四十年里,如同榕树扎根大地,葱郁繁茂,默默奉献,为他人遮阴,高老先生投身教育事业,为人师表,教书育人,孜孜不倦。

对于生活和工作的态度,高老师说:"要么不做,要做就要做到最好。"他回忆,在他读高三那年,大哥在菏泽市文化馆负责有线广播播放,一直是个细心的人,而因为一时的失误,拨错了频道,恰逢中央领导视察工作,在政治极为敏感的年代,一个小失误上升为严肃的政治问题。家庭生活失去保障,年少的高老师只能通过学校资助完成学业。经历此事,面对生活,高老师慎思谨行,对待工作,任何时刻都力求做到完美。在翻译生涯中,虽然遇到很多艰难困苦,他都迎难而上,勤耕细琢,译著受到广泛好评。

在不断研读众多国内外文学作品中,对高老师影响最深的就是现代翻译家傅雷,傅先生对工作极端认真、为人坦荡刚毅的品质影响着高老先生的做人做事。他还谈到:"工作中不仅需要认真的态度,更需要信仰和抱负,因为目睹了战争带来的摧残,所以我希望学习外语可以促进世界和平,其他任何职业都是,有理想才可能有所成就。"高老先生满是褶皱的脸上是波澜不惊的人生阅历,他用实际行动坚守着当初的选择与信仰。

人如不苦练,焉能艺精深?高老师一生潜心钻研,三千汉字中最爱"榕树"二字,"历经多少沧桑事,依旧悠擎头顶天"。

(发表于2017年6月30日第574期《安徽师大报》,作者方雅致、朱方雨、周云云)

43.李定乾：为师有道　润物无声

在师大文学院，同学们有一个知心"老爹"，博闻强识而幽默风趣，善良正直而心思细腻，会夜以继日为学生批改作业，会给学生发短信时用文言文，会把学生制作的表情包用作微信头像，同学们赞他"君子端方，温良如玉"。他就是荣获我校首届"最受欢迎教师"称号的李定乾老师。

他是我遇到过最像老师的人

当问及这三十年教育生涯时，李老师从公文包里掏出一份装订好的资料。第一页便是《光明日报》刊登的一篇名为《我们的教育究竟缺什么?》的文章。文中分析了中国高校对非正式能力（人际沟通与协调的能力，适应与变通能力等）、通识性能力（创新创造、自主学习能力等）以及专业知识的运用能力培养不足的现象，其中最不容乐观的便是高校非正式能力培养的欠缺。李老师时常反思：如何把教育中所缺少的非专业知识能力传授渗透给学生们？不论是在中学执教还是后来步入大学课堂，李老师在坚持教授学生专业知识的同时，还在传授学生社会实践能力的路上执着前行。"我想填补高校教育的空缺，哪怕只能影响一个学生。"他坦言。

李老师在教授本科生的写作专业课和《申论》的选修课的课堂上，深入浅出，文言典故信手拈来，热点新闻侃侃而谈，偶尔几句幽默之言也引得学生哈哈大笑。他从不把布置作业当任务，只要是学生交来的作业，从文章结构到行文段落、句式调整，再到错字标点，他都会指正出来，所授课程受到学生的普遍欢迎。

他喜欢称学生为我的"亲学生"，不是将和学生的关系分为亲疏远近，而是寄托着家人般的真情。刚刚毕业的2013级秘书学专业的屠婷婷和郑一丹都来自农村，毕业后找工作的希望都寄托在公务员考试上。但两人笔试的成绩都排在最后一名，向李定乾老师咨询后，老师花了5天时间，仔细修改他们的申论，教他们面试技巧，最终屠婷婷和郑一丹均以面试第一名的成绩分别进入霍邱县委党校和滁州市经济技术开发区。"就业是最现实的问题，解决了现实问题，教育才有意义。"他总是站在学生的角度上想问题，不求回报，不计付出。

这份对学生关怀的初心始终如一。2005年，李老师进入师大任教，文学院学生着手创办"汉语桥"社团，邀请他做指导老师，他毫不犹豫地答应了。而在社团成型后，他决定默默退出。"我的作用已经发挥出来了，学生们可以自己好好干。"参加了太多次的学生活动,这样的冲锋和退隐,在李老师那里显得云淡风轻。因为腰椎间盘突出严重,两次住院手术,难以承受长时间的车程,近两年的暑期实践去不了现场,但李老师仍在幕后默默支持着他们,指导和修改学生们的教案,力保策划方案的可行性和创新性,在住院期间,他仍坚持答复学生的问题。

或是课堂,或是讲座,李老师往往会留下自己的联系方式,方便学生咨询求教。那份咨询记录册上总是写满了学生的姓名,手机里存储上千个学生的电话号码,无论何时,他的心里装着的都是师大的莘莘学子。

他当我们是朋友,我们视他为父亲

自1988年起,李定乾在金寨中学当了十四年的中学教师,2000年被评为中学高级教师,2002年在师大读研,毕业后留校任教,并担任兼职辅导员工作。正是因为有中学教师和兼职辅导员的工作经验,加上他平时阅读了很多心理学类书籍,李老师更加理解学生心理上的需求,作为文学院"青春丝语办公室"(大学生心理辅导站)的值班老师,文学院和全校学生都可以通过网上报名,预约李老师进行心理辅导,学生们都愿意和李老师说说自己的心里话。只要学生需要,即使在休息时间,李老师也会从市区驱车赶到学校。"沟通交流没有固定的模式,有时候我也会和来咨询的同学一起逛逛校园,一起吃个饭,虽然我的角色是教师,但我希望和学生之间像朋友一样平等地交流。"提及学生,他的脸上似乎有化不开的温柔。

私下,学生们称呼这个温文尔雅、彬彬有礼的老师为"老李""老爹""乾哥",李老师也习惯了在生活中对学生以"老李"自称。他总是以平辈人的身份关心着这群"亲学生"们,为困难学生联系勤工助学岗位,为考研学生补充营养。两次考研终于成为华东师范大学研究生的章润发最爱的就是李老师亲自做的红烧肉。"老师,我想吃您烧的红烧肉。""来家里吧。"简单的两句话,扫尽了他心里的阴霾。2015级汉语言文学(非师范)专业的周兰兰接受采访时激动地说:"不管在学习还是生活上,老李都给了我很多中肯的意见。我碰到难题不知道怎么办时,给老李发信息,他就会直接打电话给我。有段时间我情绪低落,发了个朋友圈,老李看到后直接就打电话过来了,当时我没有接到,老李就留下了语音,告诉我该怎么做。很感谢有李老师这样一位人生导师,让我少走了很多弯路。"现为中国传媒大学研究生的庄晓莹也补充,李老师作为论文导师,有一次收到他修改的论文已经是凌晨两点,考研期间老师也给予了自己极大的信心。

尊重与关爱学生已成为他一种习惯

李老师出生于六安市金寨县，父亲是一名小学教师，小时候虽然家里穷，但父母亲坚持让5个孩子都要上学。"父亲从未打骂过我，也没有打骂过学生，在父亲的感染下，我一直提醒自己要尊重学生、尊重别人。"从小深受父亲影响，李老师坚持做好事，尊重他人，把自家的家风家训映射到日常教学生活中来。即使是选修课，一百多人的大班，他也会在几周内尽力记住同学们的姓名样貌。他认为教育不能泛泛而谈，要注重细节，在他的"细节教育"下，许多学生获益匪浅。学生的行为举止、为人处世似乎不在老师的教学大纲里，可对待学生，他总是以父亲的眼光去对这帮孩子进行委婉教育。每次用双手递给学生材料，让学生学会用双手接住材料，用言传身教的方式将第一课堂和第二课堂融合在一起。

文学院党委副书记戴和圣老师告诉记者："不管是公务员和教师资格证考试、还是写作训练和心理辅导，不仅是文学院的，只要师大的学生有需要，他都不会拒绝。虽然课程辅导室和青春丝语办公室有几个值班老师，可李老师总是最忙的那个，这也是学生对他的信任。"

谈到对自己影响最大的老师，李老师感慨地说道："我对学生的关心与尊重和朱泽华老师过去对我的帮助是分不开的。"朱老师是李老师初三的数学老师，对于后进生朱老师总是不断鼓励，并给同学们义务补课，在朱老师的努力下，全班同学的数学成绩终于有了好转。如今，称得上是老教师的李老师见到朱老师仍是作为一个学生的恭敬。儿子会问："爸爸，为什么您现在见到朱爷爷还会害怕呢？"不回答，李老师会看着朱老师的背影笑起来。

2013级汉语言文学（非师范）专业写给"老李"的文中写道："我们只是他教过一年的学生，他却把我们当做了他永远的学生，孜孜不倦；我们只是一群懵懂无知的学生，他却把我们当成了他自己的儿女，百般呵护；我们只是在师大停泊四年，他却给了我们家一样的温暖，恩同父母。"教书育人，薪火相传，不知其数的师大学子在李老师的帮助下成功走上了工作岗位，他们也将带着李老师的冀望，把师者这份潜心耕耘、默默付出的精神传承下去。

（发表于2017年9月30日第575期《安徽师大报》，作者方雅致、吴琨）

44.永忆江湖归白发 欲回天地入扁舟——刘学锴先生访谈录

刘学锴，1933年生，浙江松阳人。1952—1963年就读、任教于北京大学中文系。现为安徽师范大学文学院教授、中国诗学研究中心顾问。曾任中国唐代文学学会常务理事、中国李商隐研究会会长。他长期从事李商隐研究及唐诗研究，擅长文献整理、史实考论、诗学阐释。主要著作有《李商隐诗歌集解》《李商隐文编年校注》《李商隐传论》《温庭筠全集校注》，分别荣获首届全国高等学校人文社会科学研究优秀成果二等奖、第四届全国古籍整理优秀图书奖一等奖及第六届国家图书奖、安徽省2001—2003年社科成果奖著作一等奖及省图书奖一等奖、安徽省2007—2008年社科成果奖著作一等奖。此外，还撰有《李商隐诗歌接受史》《李商隐诗歌研究》《李商隐诗选》《李商隐》《李商隐资料汇编》《王安石文选译》《温庭筠传论》《温庭筠诗词选》《唐诗选注评鉴》等多种著述（含合著）。

杨穆龙：刘老师您好，您当年北大毕业后已留校任教，为何又会来到安徽师范大学？

刘学锴：这个问题大家一定感到好奇。我从1952年到1963年，北大本科到四年制副博级研究生，前前后后整整11年。本科期间班上人并不多，共45人，我成绩一直名列前茅。从2年级开始我就立志要研究古典文学。毕业后，1956年，向科学进军的时候，我如愿到了林庚先生门下当了一名四年制的副博级研究生。

1959年，系里建立全国第一个古典文献专业，我被分配到这个专业，当了专业里头一个专职教师，包括从教材建设到独立开课，带了1959年和1960年连续2届校勘学的课程。因我个人比较老实，不大问政治，也没有受到什么冲击。所以来到安师大既不是分配而来，也不是犯什么错误，完全是自愿请求调来的。原因很简单，就是为了和爱人、儿子团聚。来师大的时候，我刚30周岁，儿子1周岁半，夫人年轻几岁，儿子在浙江老家，夫人被分配到安徽合肥，一家分居3地。当时夫人调不回去，为了一家团聚，作为一个男人，要有担当。支援安徽，没有这个觉悟；说为爱情而来，有一点。来安徽，还是为了担当一个做丈夫、做父亲的责任。说实话，北大师资条件很好，对北大也很留恋，但在事业与家庭不能兼顾的时候，我选择先顾家庭，暂时有所舍弃才行。做学问，对真正有兴趣有追求的人来说，条件差一些也能做。要是没有兴趣和追求，即使一辈子在北大，也成不了气候，当时留在北大的人也不少。后来，在实际过程我感受到，师大和北大比虽然地方小，但的确是治学的净土，和当时的安大相比好很多。我对调离北大的决定无怨无悔，相反，还有一点点自豪感。

杨穆龙：刘老师您40多年的从教生涯形成了您炉火纯青的教学艺术，有些老师称您已经达到知音教学境界了，在教学方面刘老师可以和我们分享一些您的经验吗？

刘学锴：知音的前提是指那些相处时间很久的个别的人。学术上的知音是有的，余恕诚老师就是。但是教学上的知音，不容易有，因为面对的人很多。在北大教书的时候一个班人就30多个，都很熟悉。但是师大是一大片人，一个年级好几百人，只能认识几个人。但是追求是有的。最怕学生评价你没有学问。自己需要不断充实、不断提高，还要懂得这届学生究竟从课里能知道什么。对学生要严格要求，不能为了讨好学生无限迁就。古代文学而言，最具有代表性的作品讲深讲透讲细讲切实，使得学生在感悟分析鉴赏的能力上有所提高。对于学生将来在中学教学，或者继续深造，都是有用的。无论是北京上海还是南京的高校，收我们的学生，在学生对作品的感悟分析能力方面都比较满意。专业基础课，古代唐宋文学，讲透作品很重要。李商隐选修课，力求有自己的研究心得。而且能让学生听懂，有共鸣，不要故作高深，故弄玄虚。对学生，需要诚实，敢于公开亮出自己的短板，我自己也是这样做的。自己尽心尽力，要做到无愧于心。

杨穆龙：师大的学风和教风一直很好，听说您在文学院任教期间整个教研室的氛围很是融洽，您是如何做好团队建设的？

刘学锴：二十世纪后十几年，以及二十一世纪初的几年，我们的古典文学团队是出了一些成果，博士点就是在当时评下来的。我和余老师长期合作交流，自然形成。现在看来，是要有核心规划和组织的。我认为一个好的团队，在主要成员之间，对人品、文品有比较深切的了解，彼此之间得尊重和信任，没有这些是不行的，比如南大莫砺锋带领发展就是成功的例子。

杨穆龙：大时代下，越来越多的精致的利己主义者，无论学生还是老师，如何做到温润如初、不忘初心？

刘学锴：先做好自己，不要太功利。我觉得我们那时候的人相对好一些，因为大家都差不多。我（当时职称）比余恕诚老师高一级，但是大家都处于准贫困的层次。我是1986年评上教授的，真正脱贫是1994年，之前一直都是比较清贫的。我们那时候，对这方面考虑比较少，经历的困窘，是现在青年教师无法体会到的。那时候住的草房，就是老教学楼的前面有两排大草房，比现在城市的棚户区还要破烂。冬天透风,夏天漏雨。夏天蚊子一大群,我儿子用脸盆装肥皂液抓蚊子,不一会脸盆里就全是蚊子。年轻教师,不要太追求虚名和眼前的蝇头小利,需要看远点。为社会留点有用的东西,不要等到七八十岁的时候,回头看看一片空无,才后悔。

杨穆龙:您的教学艺术高超,深受学生喜爱,学术成果也极为丰硕,著作等身,您是如何做好教学与科研的和谐统一?

刘学锴:这个问题比较大,如果我用新任教育部长陈宝生的话作为准答案,大家会认为我不当官说官话(笑)。我觉得现代高校可分为几类:一流学校,北大清华为例,学术研究就是教学基础,没有高水平像样的研究就别上课。告诉你们我亲眼看到的一个极端的例子。我们这一届另一个小班的写作课老师,从清华而来,写了一本书。教研室其他老师有议论,说自己的东西不多,他忍受不了这个压力就跳河自杀了。这类高水平学校,没有高水平的研究就无法生存。高职院校,主要是传技授艺;类似我们学校,包含部分211大学。现在呼声很高的是:以教学为主,以教学为中心,这话没问题。但不等同于,把大部分精力放在教学上就真正搞好教学,这不能画等号,还是要花相当大的精力搞好科学研究。个人考虑,选择基础性的,有长远意义的一个比较大的团队,教研室,一个研究中心,搞长期深入的研究。就每一个个人来讲,选择一个大家、大诗人来研究,搞少而精的研究,几十年如一日,心无旁骛,要求自己能产出学术界能用几十年的研究成果;就一个单位,教研室将这些人、这些研究合拢在一起,就是成批量、成系统的成果。我曾经说过,我们教研室20人,历史上的经典作家也就那些个人。我们师大文学院:蒋立甫先生专注诗经,潘啸龙专注楚辞研究、汉乐府、建安文学等,余恕诚先生的李白研究,袁茹老师的柳宗元研究,吴振华的韩愈研究,我的李商隐和温庭筠,以及我曾经建议叶帮义对词的研究,几乎每个点都有人做过研究,能长期坚持下去,一定会有成果,但前提必须要有规划。一部文学史的骨架就撑起来的,教研室在此基础上就可以编一部中国文学史。

(发表于2018年8月27日第581期《安徽师大报》,本报编辑部)

45.守一种精神,做一个匠人——赵世杰先生专访

中国的古典家具凝聚着古代工匠的聪明才智和伟大创造,从式样到纹饰,从材质到工艺都充满着东方神韵。在师大建校九十周年之际,著名收藏家赵世杰先

生向我校捐赠100余套200多件珍贵的古代家具工艺品，使之正式成为安徽师范大学博物馆的馆藏精品。中国的古典家具处处体现着优美和自然，饱含着人们对品质生活的向往，给人以美和典雅的享受。赵老捐赠的这批家具大多是硬木家具中的精品，不仅材质精贵，雕工精细，而且造型典雅，品种齐全，堪称精品中的精品，弥足珍贵。

赵世杰先生曾于20世纪70年代至80年代中期在安徽师大中文系任教，即使调离以后，仍对安徽师范大学拥有着别样的情怀。赵先生捐赠的这套硬木古旧家具在涵养师大学子艺术气息、提升学校文化品位以及影响力和美誉度等方面发挥着重要作用。

从中文系到珠宝系，这是一种使命

赵世杰先生曾先后任教于沈阳师范大学、安徽师范大学中文系，从事文学、美学教学工作，后调任至天津商业大学任商管秘书。20世纪90年代，整个国内缺乏专业文物鉴定教育事业。突然有一天，时任科技教育司司长刘平平通过多方联系找到他，说："听说你懂古董啊？我们来办立一个文物鉴定专业！你觉得怎么样？"当时那个年代，所有的文物商店都归商业部管辖，然而市场上如何鉴定文物是真是假却成为问题。"不是太好搞！"面对提议，赵世杰灵机一动："办一个珠宝专业怎么样？"说干就干，赵世杰先生开了三个夜车，将创立报告加紧赶了出来，包括教学趋向、课程目标等，目标明确，条目清晰。"因为缺乏前车之鉴，创立珠宝系的前进路上困难重重，我们一切都要重新来过，一切都是新的起点。专业老师不好找、教材要自己编订、缺乏专业仪器。"赵世杰先生说，然而种种困难也阻碍不了赵世杰创立珠宝系的决心。他致力于培养专业珠宝鉴定人才，将培养国内外首席鉴定师作为目标。

赵世杰通过多方联系，购买专业鉴定仪器，他亲自前往广州拉了整整两车仪器回到天津，放了整整两层楼。面对他的努力与付出，有人质疑："一个文科人搞这些东西到底有用没用？如果无用，就是垃圾。"面对质疑，赵世杰不惧他人的目光，坚持自我。五月份报告审查，七月份招生。1992年，国内第一个高等商科珠宝教育专业——天津商业大学珠宝系终于成功建立，赵世杰任首任系主任。从一位中文系教师，面对国内行业的发展不平衡性，他义不容辞地投身珠宝鉴定行业，这是属于赵世杰先生的一种责任担当，一种重任在肩的使命！

从收藏到捐赠，这是一种精神

"我觉得历史的承载物主要分为两种性质，一种是文献性，但其带有抽象性质，受政治因素、社会因素等因素的影响较大，说黑即黑、说白即白，缺乏可信性。还有一种是写在实物上的历史，房子、家具、文物，这都是历史的记载，有时一件发现就可以颠倒历史。"赵世杰先生说。从年轻时，他就热衷于文物的收集，在他心里"这是一种属于历史的不可磨灭的记载"。文物是中国的文化载体，充满着中国之美，在世界民族之林里独树一帜，但现在很多传统文化都在渐渐流失，赵世杰先生呼吁重新认识传统文化之美，重视、挖掘、传承他们的价值。

"一流的心性，一流的技术。"近年来，"工匠精神"多次出现在大众视野中，而研究古代艺术品和珠宝更需要一种匠人精神。赵世杰先生对"匠人精神"更有一番自己的理解，"我觉得匠人精神是一种负责、吃苦耐劳、精益求精、精雕细琢的精神，是一种做一件事将它做到完美、做到能力极限的精神"。赵世杰先生通过举出中国历史博物馆的镇馆之宝羊脂玉、明朝朱砂墨的例子，向我们展示了其古代工艺中复杂精细的花纹，"一刀也不能走错"是一种对工艺的超高要求。这是一种属于古代艺术品和珠宝的"匠人精神"。赵世杰先生提到当今时代，收藏开始跟经济接轨，值多少钱、赚多少钱成了人们心里的一种标准，而不再看文化内涵的社会现象。赵世杰先生希望能够通过此次捐赠，将社会导向到关注文化底蕴的一方面，将古代工艺品作为文化的佐证。从收藏到捐赠，赵世杰先生一直将著名收藏家"张伯驹、孙赢洲"两人作为一面镜子，希望能够像他们一样，传承一种文化精神。

从深圳到徽州，这是一种情怀

"故乡何处是，忘了除非醉。"赵世杰先生祖籍安徽合肥，虽现在久居深圳，但对徽州仍然有一番别样的情怀。赵世杰先生多次讲述过在徽州地区收集硬木古旧家具的故事。赵老说："苏氏家具是明朝时挑大梁的家具，而它刚好是安徽人创立的。"安徽在古代家具艺术品的发展中具有重要地位。赵世杰先生在安徽教书的几年间，曾带着孩子到各地实习，多次行走在皖南民居中。在徽州，他曾发现了众多珍贵的艺术品，常常发出"这木头真好啊，雕工也很好"的感叹。如今再次行走在皖南民居中，赵老发现，受曾经"破四旧"思想的影响，如今的民居很大，传统家具却都消失了，代替的反而是如今补充的新式家具。如今，赵世杰先生久居深圳，但仍多次重回徽州，他希望通过多方努力建立"徽文化园"，构建安徽文化脉络，充分开发安徽的传统工艺，保留其深刻的历史文化内涵。从深圳重回徽州，这是一种内心深处的、时间不能抹平的情怀。赵世杰先生勉励后人："工艺需要有人记载，不能只想着赚钱。文化内涵比金钱更加重要。"

　　一眼数春秋，一眸承桑海。从中文人到珠宝商，从收藏到捐赠，从深圳重回徽州，赵世杰先生一直在用自己的行动传递着一种使命、一种精神、一种情怀。花开花落花依旧，人合人散人不再。赵世杰先生勉励当代大学生"进了大学就要学知识，包括知识和见识"。勉励大学生在大学"追知识、追向上"，一个好的学生应该不止局限于课堂，应该将视野和知识开拓出去。守一种精神，原本平凡的事也能变得不平凡。

（发表于2019年2月28日第587期《安徽师大报》，作者王梦学）

46.汪红艳：春风化绸缪，粉笔写春秋

　　从学生时代跨越1994年的这道"毕业槛"，一线教学长达20多载，她好像都没怎么变过。

　　"敬业、一丝不苟、标杆式的人物"等评价始终尾随她穿越在校园的各个角落。细细观察，颇有些老旧的帆布包里装满了教材讲义与课堂所需，头发稳稳地盘在脑后，极其标准的普通话中饱含力度与热情……在这个追逐功与利的时代，她始终坚持沉下心踏实从事教学。她就是安徽师范大学文学院的汪红艳老师，在师大的载载岁月沉浮中，她一直是个有心人，在三尺讲台中演绎着自己的"学无止境，教无止境"!

二十五载，踏实坚守教学一线

　　汪红艳老师从教二十五年来，始终以扎实的专业能力、过硬的教学技能、认真的教学态度，认真上好每一堂课。在课堂上，她根据学生个性特点和教学内容特点开展教学活动，让学生的思维动起来，用鲜活的语料和案例吸引学生的注意，用问题引导学生思考，用"PPT"展示分析过程，再给现象或案例让学生进一步分析探讨。她说："相比老师一个人在课堂上讲课，更加注重师生之间交流、互动、研讨的过程。"

　　在二十多年的教学生涯中，汪红艳老师也一直坚持在学习、在与学生一同进步。回忆起自己毕业第一次踏上讲台，汪红艳老师说："一开始紧张到不行，在家里将自己的讲稿背了一遍又一遍。"从第一次的"背讲稿"，到现在上课时她基本不看讲稿，真正做到对着学生讲，还能根据讲授内容和学生的情况灵活变换讲授方法。二十多年，蜕变的不只是时间，更是汪红艳老师年年更新的"讲稿"。

　　汪红艳老师在生活中，善于留心观察，将生活现象与教学原理相结合，立足

让课堂更有趣。在电视节目中,看到每个人说出一个不同的词,有的可以让蜡烛熄灭、有的却不能的游戏时,她发现:"这不就是现代汉语中语音'送气'与'不送气'的区别嘛。"汪红艳老师认为课堂上用"吹纸片"这样的实验已经落伍,因此她将蜡烛带入课堂,让学生们在"吹蜡烛"实验中切身体会"送气"与"不送气"的区别,取得了良好的教学效果。

"拉近自己与学生之间的距离,让自己走近学生"是汪红艳老师一直坚持并且身体力行的理念。在辅导课上,学生问的问题,不论是所教课程的、生活上的、学生就业升学方面的,她都认真回答,在答疑中引领学生前进。她以自己的诚心、热心和耐心赢得了学生的信任,"和蔼可亲、温柔、很有耐心"成为学生们对老师的一致评价。

春去秋来,积极参与活动实践

除了平时的教学工作,汪红艳老师也积极参加各项活动及比赛。她2006年参编《普通话口语交际》,2007年主持《花间集》语言研究项目,2008年和2014年获得我校优秀教学一等奖,2015年代表师大参加书法比赛并获得大赛一等奖……满满的荣誉和奖项书写着汪红艳老师的过去二十五年岁月。面对取得的成绩,她仍然默默做着自己该做的事,静下心来认真组织教学活动。

"做事要踏踏实实,你想做,就要把每一件事情都做好。"秉承着这一观念,汪老师无论在教学中,还是在各项活动中,都认认真真、踏踏实实地去做好每一件事。在课堂上,她是一名认真负责的汪老师,课堂下,她又成了一位多才多艺的"汪同学"。校庆上,她参与了师生合舞,在学院举行的节日活动里积极参与"抬新娘"游戏,在汉语桥协会积极参与社团活动,大大小小的文体活动处处都是汪红艳老师的身影。

"年轻时,我曾是女生部部长,喜欢跳舞,喜欢社团活动,业余爱好特别多。"汪红艳老师说。成家以后,生活和工作的忙碌,让她选择逐渐放弃自己的兴趣爱好。如今,孩子逐渐独立,汪老师又重拾爱好,重新走向属于她的闪耀舞台。

"这些活动会让我身心愉悦,以便有更好的状态投入到工作中去,况且,这也是为集体争光。"汪红艳老师带着笑说。即使家庭和工作繁忙,她仍然选择牺牲自己的休息时间,投入到她所热爱的活动中去。

岁月花开,温情守得幸福欢颜

事业是帆船,家庭是港湾。汪红艳老师不仅在教学上颇受好评,在家庭的经营上也得到多方的认可。出自军人、教师家庭的汪红艳老师，身上兼有军人、教师的严格与规范，以及自律的生活学习习惯，这些习惯的养成与延续，为她"工作"与"家庭"的兼得夯实了基础。

自组建家庭以后，除兢兢业业地做好本职工作外，为了创造和谐轻松的家庭氛围、促进家庭成员的健康发展，她做出了诸多努力。

在家里，秉承着每个人都是自己主人的原则，给家庭成员自由自主的空间。她支持丈夫繁忙的工作，提高工作效率，统筹零碎的休息时间，包揽下全部的家务劳动；她尊重儿子学习上的决定，如朋友般平等地陪伴交流，在潜移默化中给予孩子引导与身教；她关心双方父母亲人，给予最大程度的关怀和赡养上的支持……营造出了轻松和谐、积极向上的家庭氛围。正如他的爱人杨柏岭老师所说："她对学生与孩子，极具耐心；对家庭与工作，富有责任；而我最佩服的就是她对教学和家庭的投入以及任劳任怨的态度。"星光不负赶路人，功夫不负有心人，正因为她"一天都不能错过"的点滴付出，才打造了这个"最美家庭"的无限种可能。

采访中，汪红艳老师勉励大学生们"大学拥有无数种可能"。要对自己有个清晰的认知，明白"我想干什么、我能干什么、我还欠缺什么"。一件事，只要持之以恒地去做，用毅力和恒心去浇灌理想目标，那么结果不会让每个人失望。"踏踏实实认认真真地做好每一件事"不只是汪红艳老师的人生信条，更是她教给每一位学生的人生准则。

（发表于2019年3月31日第588期《安徽师大报》，作者王梦学、刘宇红、樊双鑫）

47.校友常河：历尽千帆，愿你归来师大仍是少年

感谢母校给我这样一个机会，让我再次回家，并且能和即将步入社会的学弟学妹们谈谈心。

28年前，和你们一样，我也即将跨出安徽师范大学的校门。跨出校门，虽然只是一步，但需要在校四年集聚的勇气和能量，因为，从此之后，我们的身份将会有质的变化，我们面对的不再是温情和包容的师长，也不再是相互温暖的同窗，一切的未知，都将徐徐展开，就像一个人的人生旅程，走过一个驿站，你以为可以休息，而下一个驿站又在不可预知的地方等着你。

我是全班最后一个离开师大的，至今，最后送走的那个同学的身影我还清楚

地记得。他用一根扁担挑着全部行囊,一头是被褥,一头是一摞书。再往前,我还记得他进校时,也是一根扁担,所不同的是扁担的两头都是行李。看着他瘦小的身影走出安徽师大的校门,有些苍凉,但我知道,他的那一摞书里,一定盛满了安师大赋予他的能量,今后的岁月里,他瘦小的身体因为师大四年的滋养会变得强壮。

几年前,我见到了我的这位同学,在长江边上一所乡镇中学。他很快乐,也很满足,我从他发自内心的笑容中能够感到。这样的笑容,每一次和师大的校友相见,都能够轻易看到。

这就是安师大带给每个学子的自信。母校是什么?有人说,母校是自己可以吐槽一万遍,而决不允许别人说一句坏话的所在。在我看来,这句话只说对了一半,母校是我们人生当中最重要的一个加油站,是个人性格、爱好、追求最重要的养成地,甚至,它是我们永久的心灵港湾,是我们另一个无时不在的家。

只要遇到困惑,我总是选择悄悄回到师大,看看我居住了4年的一号楼,古树掩映下的教学楼,曲径通幽的后山,还有散发着温暖灯光的图书馆……一圈走下来,在师大的旧时光里,我又看到了那个奔跑着的少年,还有少年的万丈雄心。我清晰地记得毕业时,老师们在我的毕业留言册上写下的激励性的话,那是师长们对我也是对每一个师大人共同的期盼——你走多远,老师们关切的目光就有多长。无论时光如何变幻,老师们的期望都如日中天,我们少年的梦想也鲜艳依旧。

这就是师大。我们每个人都有这样的经历:无论过去多少年,每到高考前夕,总会一次次梦到当年高考时的情形;无论到什么时候,你的梦里也一定有一所校园,这个校园就叫“安徽师范大学”。它没有响亮的名头,也不可能给你一份不需要太多努力就轻易得到的工作,但是,它的人文关怀,它赋予你的不停奔跑的能量,一定会成为你一生弥足珍贵的财富。如果有一盏灯照亮你前行的方向,请记住:每一个师大老师,都是在黑暗中默默奉献的“燃灯者”。

同学们,你们都是“90后”,是在物质丰富和科技无限进步背景下成长的一代。知识面广、敢于锐意进取是你们行走江湖的利器,这很让人羡慕。但同时,我也知道,你们也是压力山大的一代,因为,你们所处的,是正在发生着巨大变革的时代,信息纷至沓来,工作和生活的节奏越来越快,你们面临的岔路口和选择越来越多。我想说的是,无论烟花多么耀眼,属于你的,可能只是其中那一朵。而那一朵,就是你的初心。

美国作家海明威在《老人与海》中写道："生活总是让我们遍体鳞伤，但到后来，那些受伤的地方一定会变成我们最强壮的地方。"同学们，请永远相信：阳光热烈，人间值得。

许多年前，在皖北一块麦苗泛青的田野上，一个少年发下誓言："一定要成为一名铁肩担道义、妙手著文章的记者。"然而，命运和他开了一个不大不小的玩笑，从安徽师大毕业后，他成了一名中专学校的教师。但是，成为一名记录时代变迁的记者梦，在他心里从来没有暗淡过。经过几次转身和挣扎，他终于如愿以偿。

我之所以敢于剖析自己的经历，是因为我始终记住古人教给我们的一句话，"有所为，有所不为"。有所为，就是要尽自己最大的努力去和命运抗争，去不断尝试、不断突破，每一次抗争，就是人生一次淬火，是一次涅槃。而有所不为，就是要认清自己的专长、禀赋，也就是坚守自己的初心。

英国作家毛姆在《月亮和六便士》中说，"遍地都是六便士，他却抬头看月亮"。我想说的是，这不该是你们该有的态度，你们该有的态度是——既挣到这个"六便士"，又要不迷失天上的月亮。脚踏实地，又不失去梦想和信仰，你才会成为独一无二的自己。我始终坚信，我能！同学们，我能，你们也一定能，因为，我们都是一样的师大人！

其次，任何时候，都不要失去爱心。这个"爱"，既包括对家人的爱，对朋友的爱，对母校的爱，对职业的爱，还包括对时代的爱。昨天，一个著名的企业家对我说："属于我们最好的时代，正在到来。"20年前，这个企业家和你们今天一样，刚刚走出校门，和几个志同道合的同学租下一个10多平方米的房子，开始了不知道结果的创业。20年后，他的企业已经成为世界人工智能的领跑者，而他创业的初衷，就是一份对职业的爱，他创业之所以能够成功，就是赶上了这样一个时代。

这个时代赋予每个人无限的可能，感谢这个时代。任何人都不能拎着自己的头发把自己扔出地球，脱离了时代或者不热爱自己身处时代的人，注定要被时代所抛弃，因为你不热爱时代，怎么可能要求时代爱你？当你面对着手机上那一块小屏幕的时候，可能就会无视时代这块大屏。所以，无论周围有多少嘈杂的声音，在守住自己初心的同时，一定不要失去对时代的爱心。师大就在这里，我们都在这里期待你们每一个人的辉煌。就像著名歌手赵传唱的那样："愿我们同享光荣，愿我们的梦永不落空。"

同学们，成长是一个漫长的过程，甚至，终其一生，我们都在为成长付出代价。但是，请记住：安徽师范大学既是你人生第一次试飞的平台，也永远是你汲取能量的"基站"。

作为校友，衷心地愿你不负少年心，不负白头；祝愿你所到之处，遍地阳光；愿你永远被这世界温柔以待；也愿你多年后再回母校，还是今日的少年！

（发表于2019年7月1日第592期《安徽师大报》，作者中文系1991届校友常河，此文是其2019年6月在安徽师范大学2019届毕业生毕业典礼上的讲话）

48.彭玉平：忆昔南陵今尚好，半由师大半江城

9月19日，我校2019级新生开学典礼在花津校区北体育馆举行，中山大学中文系主任、博士生导师、我校文学院1990届校友彭玉平教授作为校友代表发言。发言结束后，顾不上风尘，彭玉平校友就马上接受了校全媒体中心学生记者的专访。

虽然彭玉平校友平时很忙，但只要是与母校相关的事情，他定听从内心召唤，理当致力。这两年他经常回到母校，尽管每次是出于事务，匆匆而来，急急离去。但这里有他曾经的老师、同学和同事。师大，对他来说就是一种温暖的记忆。"试问岭南应不好，却道，此处心安是吾乡。"虽离校多年，但他对师大一直怀有一种类似故乡的感情。只要有时间、有机会，彭玉平校友都愿意回到母校，品读师大的历史，感受江南小城的独特魅力。

青弋秋江接赏溪，赏溪人望竹园西

晚年的汤显祖对芜湖风景如痴如醉，写下精彩诗句。青弋江环绕的赭山灵秀，大江缓缓流过的江城米市，跨过历史的长河轻抚着彭玉平教授的诗心。

回到江城，这座城市舒缓而散漫的气息安顿着彭玉平教授的内心，也让他回忆起了当初在师大的求学之路。

彭玉平教授本科毕业之后，就选择安徽师大来作为自己诗词研究道路的下一站。当年的师大，汇集着全国研究楚辞、唐诗、宋词各个领域的知名专家学者。在他们的熏陶教诲之下，彭玉平教授对于诗词研究的兴趣越来越浓。他将硕士阶段比作是人生中用来维持生命的第一个面包，而师大则是赋予他第一个面包的"烘焙店"。在谈及硕士阶段的老师时，彭玉平教授很激动，他说他的学术成长从师大起步，师大老师严格和负责的态度对他今后的教师生涯也有着深厚的影响。硕士一年级时，老师就分派任务让彭玉平完成九篇清代词学论著的提要，当时的

彭玉平教授并没有将老师布置的任务放在心上，匆匆忙忙地就完成了。几天之后，他接到老师批改过的稿子，感到十分羞愧，因为上面的意思提炼、句子修改、标点改动触目皆是。这次的作业让他知耻而后勇，之后交给老师的稿子必定是自己用心去研究的成果。

彭玉平教授还记得自己的硕士论文完成之后，祖保泉老师给他提出了很宝贵的建议，祖先生曾对他说："这种半文不白的文风，第一读起来不流畅；第二以后投稿，编辑也看不下去，以后你如果要往学术这条道路上走的话，一定要改掉这种文白夹杂的文风。"老师们的耳提面命让他在师大的学习过程中收益颇多，这也正是他为何在毕业29年之后无论远在何方、无论装着怎样的梦想，师大的那段刻骨铭心的记忆都会永远伴随着他，时刻温暖着他的内心。

溧阳酒楼三月春，杨花茫茫愁煞人

彭玉平教授生长在江南，受到家乡文脉的影响，自小对诗词便有着别样的兴趣，中学时期的他就与好友们一起作诗。这种从骨子里透露出来的对诗歌的热爱，也影响了他人生走向。高考填志愿时，彭玉平教授便选择了跟诗歌有关的专业，诗词的兴趣开始在本科学习中得到强化，之后便是继续深造、读研、考博。直到如今成为中山大学的教授，他都与诗词紧密地联系着，诗词对他来说就是生命中的一部分，不可分割。

当谈及如今教学过程中对诗词学习的目的是否太过简单化时，彭玉平教授说道："如今的诗词学习并不能一味地只会背诵或者理解到诗歌的本意，更多的还是要注重学生的创作能力，学生有了诗词的创作体验之后，才能对古人的诗词有了更深刻的了解。"他十分支持在高校开设诗词创作的课程，提高学生诗词创作的积极性来达到对诗词深化学习。除此之外，彭玉平教授还谈到了如今的课堂抬头率的问题，他认为教学是门艺术，学生的专注度很大程度上取决于老师的上课内容。老师在备课的过程中不仅要认真研究课题，还要了解学生的心理过程，要考虑到怎样的上课形式与交流方式更能吸引学生们的注意力。

众里千百度，诗词故人心

彭玉平教授此前在"百家讲坛"上讲述了王国维先生的经典著作《人间词话》，受到了观众的一致好评。在谈及录制"百家讲坛"给他带来的变化，他说："百家讲坛锻炼了我，让我学会了无论发生怎样的变化都要把自己的内心想法表达出来。"对彭玉平教授来说，录制节目与上课的区别很大，平时上课还能与学生们进行眼神交流，肢体交流，而录制节目时，面对的只有镜头，对语言的内容和语速也有要求,这对彭玉平教授来说是不一样的挑战。可他始终记得节目编导对他说过的一句:"一定要将每一个字送到观众的耳朵里去。"彭玉平教授做到了,节目播出后的反响很好,他也因此接到了第二季的录制邀请。

近几年来,有关传统文化的电视节目在网络上得到了网友们的一致好评。作为诗词文化的爱好者、研究人,彭玉平教授也很高兴这类节目带动了国民的诗词热,也引发了他更多的思考,他认为诗词作为传统文化的精髓,应该呈现在我们的血脉当中,应该是平稳有力地流动着,这才是他最合适的状态。如果被过度地热捧,或者过度地被冷落,都不是它的常态。过度地被冷落与诗词在传统文化中的地位不匹配;过度地被热捧,全民都爱好诗词就不现实,而且被过度地热捧注定是一个时期的,热度一过,人们是否还会记得呢? 诗词就是传统文化的一个部分,它就是渗透在我们的血液当中。当传统文化就在你身边,你觉得你的一言一行都受到传统文化的影响的时候,当传统文化开始入心、入脑,影响我们的行为时,这才是它最好的状态。

五月凤凰花似酒,醉在枝头,一任东风诱

有一年欢送毕业生时候,学生请他填一阕词以作赠念,彭玉平教授欣然答应了。虽然他是专门研究词学的,但自己填词也需要一段时间构思。而当他看到窗前的凤凰树,五月凤凰树开花时候会像火一样很壮观,又想起自己喝酒会脸红时。神思便突然涌发,提笔而就:五月凤凰花似酒。很快,一首新词而成,这首词后来其他的教授看到后也纷纷唱和,前后唱和有百余首,一时也成为岭南雅事。每每谈及这件事,彭玉平教授感觉甚为得意,就如他所说的,诗词研究不能只靠勤奋,勤奋只能得80分。剩下的还要有天赋,每个人都会有天赋,要珍惜灵感出现的时光,灵感出现的时候要紧紧抓住。这些灵感,在他研究《人间词话》《蕙风词话》时也时有体现。

对刚步入大学生活的2019级的学弟学妹们,彭玉平教授最想说:"你们来到师大是来学习,修炼自己人格境界的,希望大家不负韶华,不负青春,不要辜负岁月的慷慨馈赠,在师大把自己塑造成想要的模样。大家在师大的生活是留给自己青春的记忆,也是留给这所学校的记忆。而这份记忆,必须是美丽的,有生命力的,甚至是令人震撼的。为了这样一份生命中不可重复的记忆,我希望大家好好努力,勇敢地去拼搏。"

(发表于2019年9月30日第593期《安徽师大报》,作者任曼玉、刘佳闻、蒋新玥)

第三编

满架蔷薇一院香

1.吕思勉教授谈到皖的两点感受

我先世本安徽人，但是迁徙到江苏，业已数百年。以前虽然在安徽经过，但都是经过而已，居住在安徽，现在还算第一次。

我只能算初到安徽。我到到安徽，却有一种感想。感想是什么？便是我觉得安徽是接受北方文化最早的区域。

谁都知道中国的文化，是起于黄河流域的。但是文化的起源，虽在黄河流域，后来发挥光大，却靠着长江流域。这亦是谁都承认的事实。长江流域很广大，岂能同时接受北方的文化？

长江上流的蜀，是到战国时，才为秦所灭的，其前面开辟的事迹，见于《华阳国志》的，殊属荒诞不经。东川的巴，据汉朝人说，汉世的巴渝舞原出于板楯蛮。而板楯蛮的歌舞，便是尚书家所谓武王伐纣，前歌后舞的兵。此说应属可信。但其事已在周初了。再东，从南阳到江陵，便是诗家所谓周南的区域。此区域在周初，能接受北方的文化，是无可疑的。再追溯上去。《尚书大传》说，汉南诸侯，归汤者四十国，该也是这一个区域，但其事也在商初了。更东，便是所谓洞庭彭蠡之间，是古代的三苗国。三苗的国君姓姜，和神农是同族。这可算是长江中流，渐染中国文化最早的一个证据。然而三苗的酋长是蚩尤，在黄帝时，便和汉族战争的；到舜禹时，仍劳中国的讨伐。三苗的国君虽姓姜，三苗的人民是九黎，黎即后世之俚，汉时亦作里，见于《后汉书·南蛮传注》。当时三苗之俗，迷信很深，又淫为劓刖椓黥等酷刑，见于《国语》和《尚书》，全与汉族政化相反，所以有劳汉族的讨伐，大约姜姓之族，移居长江中流，未能同化异族，而反为异族所同化。后来长江中流，开辟于楚，然而楚之初封，并不在长江流域，实在今河南境内丹淅二水之间，后来逐渐迁移，乃达于现在的江陵。这一段考据，见于宋于庭先生的《过庭录》，甚为精确。《史记·楚世家》，说熊渠立长子为句亶王，仲子为鄂王，少子为越章王，皆在江上楚蛮之地。鄂是现在的武昌，正当洞庭彭蠡之间，当系三苗旧壤，仍称为楚蛮之地，可见神农一族的文化，在长江流域，绝无遗留了。观长江下游，则《左氏春秋》说，禹会诸侯于涂山，是现在的怀远县。这一会，尚散见于他种古书，该不是荒谬无稽之说。夏少康的庶子，封于会稽，是现在浙江的绍兴县。少康所以封庶子于此，因禹葬于会稽，封之以奉禹祀。夏少康的庶子，传二十余世而至允常，这二十余世，虽然名号无征，然而世数可考。古代诸侯卿大夫的世系，出于世本，系周官小史所职，乃确实可据的史料，断不能如近人古史辨一派之说，疑为虚构。然则禹崩于会稽，葬于会稽，也是确实的，当时禹的行踪，已从现在的皖北，直达浙东了。当时这一带地方，对于禹，绝无反抗之迹，和三苗大不相同，这便是长江下流，接受北方的文化，早于长江中流的证据。我最初怀疑，这问题，是因小时读《孟子》，见舜卒于鸣条之说；稍长读《礼记》，又见舜葬于苍梧之说；更长读《史记》，又见舜崩于苍梧之野，葬于江南九嶷之说。三说不同，是以怀疑。葬于苍梧，葬于九嶷，相去尚近；九嶷自可认为在苍梧区域之内，可以勿论；若鸣条，就相去很远了。鸣条，我们虽不能确知其处，然而和南巢总是相近的。南巢是现在的巢县，无甚可疑，则鸣条也应在安徽境内，大抵在于皖北。舜的葬处如何从皖北直说到湘桂边界上呢？这就大有可疑了，我们以别种史事来参证，则当时洞庭彭蠡之间的三苗，是和北方反对的，舜虽曾分北三苗，恐未易通过其境。再者，春秋时，楚地尚不到湖南，顾震沧《春秋大事表》有此论，考核甚精。然则舜即能通过三苗，亦未必能到湖南，何况湘桂边境？可为汉族古代与湖南有关系的证据的，只有象封于有庳一事。有庳旧说在今湖南的道县，何以有此一说？是因其地有象的祠堂。凡地方所祀之神，往往附会名人，而实则毫无根据。此在今日，尚系如此，何况古代？道县的祠，是否象祠即系象祠，是否因象封于此，此都大有可疑。以其他史迹证之，只可说有厚之在道县，绝不可信，但是现在道县，在汉代一个不知是谁的祠堂，何以附会到象身上去？亦必有个理由，不能置诸不问。我以为象的传说，是因为舜的传说而生。明白了舜的传说，何以会到苍梧九嶷，那象的传说，何以到道县，就不言而喻了。大凡人愈有名，愈易为人所附会。我们看湖南广西开辟的历史，断不能承认舜曾到过此处。那么，舜葬于苍梧九嶷之说，只能认为附会或传讹。但何以有此附会，致此传讹呢？我因此想到衡山。衡山，照普通之说，是在湖南衡阳。然在汉代，实有两说。一说在衡阳，一说即今安徽之霍山。此事亦一考据问题。我以为古代山名，所包甚广。实和现今所谓山脉相当。衡山即横山，亦即纵断山脉，我们现在说起山东，都囿于现在人所谓山的观念。说衡山既可在湖南，又可在安徽，人皆将以为笑柄。若说衡山之脉，从湖南绵亘到安徽，那就毫不足奇了。然则衡山究竟在湖南，抑在安徽？所以议论纷纷，盈廷聚讼的，不过是古今言语不同的问题。古人粗而后人精，古人于某山某山之外，没有山脉二字之名，以致有此误会罢了。明白这一层道理，则湖南安徽之山，均可有衡山之称，实乃毫无足怪。但话虽如此，古代的衡山，绝不能没有一个主峰，这里所谓主峰，并不是地理学上所谓主峰的意思，乃指古代南巡守祀天之处。大约现在绵亘于湘赣皖浙诸省之境，为长江和粤江闽江之分水岭的，在古代通可称为衡山，这是广义的衡山。其中之一峰，为天子南巡守祀天之处，亦可称为衡山，此为狭义之衡山。从狭义的衡山，附会传讹到广义的衡山上，自然是极易的事。古代南巡所至，证以史迹，与其说是现在湖南境内的衡山，自不如说是现在安徽境内的霍山。窃疑禹会诸侯于涂山，南巡守至于会稽，舜也有这一类的事。所以巡守之礼，详载于《尚书》之《尧典》上。此说如确，则舜必曾到过安徽的霍山。安徽的霍山，古代固称衡山，而此外可称为衡山之山尚多。古人传述一事，大抵不甚精确。因为舜曾到过衡山，便不管舜所到的是衡山山脉中的哪一处，而凡其山有衡山之名之处，便都附会为舜曾到过。指其地不知谁何的遗迹，为舜的遗迹，这是极可能的事。舜葬于苍梧九嶷之说，恐是如此来的。既可附会苍梧九嶷地方不知何人之墓，为舜陵，自可附会道县地方不知何人之祠为象祠，因而就说道县是有庳，辗转传讹，都自有其蛛丝马迹了。我们试看后来成汤破桀于鸣条，放桀于南巢，周初淮夷徐戎，响应武庚及三鉴，皖北一带，都与旧王室一致，反抗新朝。亦可见苏皖两省，和北方的政治中心关系的密切。

说到此，则长江下流，为全流域中接受北方文化最早之地。而淮水流域，又为其媒介，似无疑义，交通之发达，文化之传播，本应先平坦之区，而后崎岖之地，以地理上的条件论，也是当然的。然则以开化的早晚，传播文化的功绩而论，安徽人在历史上，也颇自豪了。这是已往的事。讲到现在，却是如何呢？我们常听人说，武昌居天下上游，又听人说，丧乱之际，起于长淮流域者，必为天下雄。不错，历史上的兵事行动，都足以证明此等说法之不错。但是传播文化，又是何如呢？惭愧，我们读历史，只见许多史学家，胪举以往的战事，来证明各地方形势的优劣，却不见，胪举文化事项，来证明各地方形势之优劣。这是造成史料的人的耻辱？还是利用史料的人的耻辱？我说，这可以说，两者互有之。不能多造传播文明，增进人类幸福之事，以发挥地理的特性，却多造成争夺相杀，增加人类苦痛之事，以发挥地理的特性，这确是人类的耻辱。但是人类之用地理，虽不尽善，地理条件的优越，是不因之而改的。我们现在，果能翻然改图，多造有益之事，居天下上游的武昌，必为天下雄的长淮流域……固依然与我以便于利用的条件，与战争时代，毫无差别。

然则安徽人在历史上，已尽了传播文化的责任。在今日，更应负起这责任。

我更有一种感想。我觉得，人类最大的缺陷，就是不能利用理性。在生物进化上，灵长二字，是人类所无愧的。这并非夸大之词，事实确系如此。人类所以能如此，就是靠着理性。但是人类，较之其他动物，固然很有进步，而人类所希望达到的境界，则远不及千百分之一。人类的进化，所以去期望如此之远，是因为人类的活动，大半是盲目的。假若人类的行为，能事事经过考虑，其效果绝不如此之小。自然人类的行为，有一部分是先思而后行的。不过瞎撞的总居多数，因此进步不快。甚至有进两步退三步的时候。我们如果希望，今后得到更多的进步，以更少之劳力，得更大之效果，那么，只有遵从我们的理性。人人运用理性，目前自不可能，我们只希望，有少数人，能运用理性，去研究决定进行的方向及方法。大多数人，依着指导进行。一面进行，一面研究，一面改善，纵然不无错误，但既非盲人瞎马，终要事半功倍得多。然则这个运用理性的责任，什么人，什么机关，应当担负起来呢？我们可不假思索地回答，说是学校。这句话不是我们现在才说，古人早已说过了。历来有许多人，喜欢崇拜古人，动辄曰"人心不古，世风日下"等等的话。初看起来，似乎与进化的道理相违背，可是细想起来，也有理由。社会的进化，是畸形的，有许多事情，固然今胜于古；有许多事情，却是古胜于今。大抵在物质方面，今胜于古的多；至于社会组织，则确有古胜于今之处。这并非我们的聪明才力或道德不及古人，实因古代的社会小，容易受理性支配，后世的社会却不然，如庞然大物，莫之能举，所以只能听其自然。大抵要改造社会，决非少数人所能肩其责任，以少数人肩其责任，必至于举鼎绝膑，本来的目的未达，反生出种种祸害，所以我常说，能改造社会的，只有社会。这句话的意思，是说要改造社会，必须需要全体社会。至少大多数人，有此愿望，能够了解。然而现在的社会，是盲目的。我们如何能使人人有改革的志愿，了解改革的意义呢？这个便是教育。教育不但施于少数人，要使其影响扩大而及于全社会，所以古人不大说教育，而多说教化，教化便是看出当时社会的需要，决定其进行之方向和方法，而扩大宣传，协助大家了解其意义，而愿意遵行的。古代的学校，确能负起这责任，亦曾收几分效果。试举一事为证，古人的性质，是刚强的，大抵最好的是争斗，所以最紧要的，就是叫他知道重尊崇秩序，爱亲敬长。古代学校所行的乡饮酒礼射礼，便是这种意思。我们只看现在中国民俗的糅合，便是古人此等教化的成绩。所以礼记上说，强不犯弱，众不暴寡。此由大学来者也。古代学校所施教化的好坏，可以不论；而学校确可为施教化。即看出其时之需要，研究决定其进行之方向及方法，扩大宣传，使人人了解其意义而愿意遵行的一个机关，则确无疑义，此等责任，我以为一切学校都应负起。而在历史上曾经负过传播文化责任的安徽，其大学，便更有负起这责任的可能，亦更有负起这责任的责任。

（发表于民国二十一年第八十七期《安大周刊》）

2.姚仲实教授训辞

今日本校举行第一届毕业典礼，校长之报告，省党部、省政府、教育部代表以及各位来宾之训词已多多矣，叫鄙人更从何处说来？自大学创办以至今日，鄙人均在这边讲授，今日乐观其成，也有几句话要说。

现在人都说，国家最要紧的事是人才，而人才又须教育来培养，在教育中最重要的是德智体三育，这三件大事，差不多全世界人都承认他们的重要。德便是仁，智便是知，体便是勇，中庸亦明言之，而总称之曰三达德。在此三者之中，德尤为重要，智体不过是两个分支而已，如有智而无德，则心粗气浮，纵有聪明，亦不能钻进学问里面去；如有体而无德，则嗜欲必多，一身为酒色财气四字所包围，弄到二三十岁的青年走起路来就像六七十岁的老人，如鄙人一样，鄙人对于中国书曾看过一些，可惜余生也太早，当时西文还未流行，等到废科举立学校时，鄙人已至中年，也不便再入学校，所以对于什么爱皮西底，简直讲不上口。但是鄙人也曾交过两个读过西洋书的朋友，一个是严几道，一个是辜汤生，他们是留学界的前辈，对于外国文学颇有研究。他们所译的书以及从日本转译过来的西洋书，鄙人也看过不少，算起来也不下百余种，什么，苏格拉底哪，柏拉图哪，亚里士多德哪，康德哪，还有什么孟德斯鸠哪，伯伦智礼哪，以及晚近的斯宾塞哪，赫胥黎哪，他们的书鄙人亦看过一些，总括他们所讲，亦不外乎诚实，仁爱、谦恭、勤劳、廉洁这些话，他如家庭之间，你们诸位猜猜他们讲的是什么？也是一个孝字呵。苏格拉底说得好，人若不孝其亲，社会上便无人与之亲爱，因为他连根底都忘掉了。柏拉图也说过：不孝顺父母，不友爱兄弟，虽稍微有点好处，亦如置少许蜂蜜于一缸水中，其味必淡。赫胥黎说：慈爱乃一切生物之天性，鸟兽知爱护其幼婴，草木知保护其果实，与父母之爱其子女，皆同一天性之表现也，所以父母养育之恩决不可忘；人家请我吃一顿饭，我是想回请一顿；人家见到我向我鞠躬，我也要回一鞠躬，父母之恩，昊天罔极，岂可以不报乎？泰西对于男女方面，亦主张有别，固然他们的妇女，不像我国妇女之藏身闺阃，深居简出，然而，西洋男子对于女子特别尊重；他们见了妇女，言语举动特

215

别端庄，他们在妇女面前，连一支烟卷也不敢吸，这才算真正的尊重女权，真正的男女平等。这样看来，西洋人何尝不讲德行？何尝不讲礼教？

曾记得光绪二十八年时，山东大学请我当国文教习——那时还叫作教习。这是我第一次当教习，大学里面有位总教习是外国人，他叫赫士，是教会中人，会说中国话，一天我看见他在屋内看书，我以为是圣经，走过去一看，原来是一部论语。他见我来了说道："姚先生，这部书真好呀……"我回答他说："是呀！东海有圣人出焉：此心同，此理同；西海有圣人出焉：此心同，此理亦同……"赫士听了我的话，站起来合掌称善。民国初年严几道任北京大学校长时，约我去当教授，这时候，教习已经改名教授了。一日来了一位奥国公使，拜访严先生，请严先生代请一位中国有学问的人。因为他说他现在正阅马端临的《文献通考》，想找一位有学问的人做顾问。严先生当时就荐了一位老先生去了。这位老先生三天之后就把事情辞退。我们问他是什么原因。他说：这位外国人把一部《文献通考》背得透熟。说到礼，他便引到乐，说到兵，他就引到刑，说到农田，他就引到水利，说到田赋，他就引到关税，原原本本，说得丝毫不错；我不知道的，他知道，他知道的，我不知道；我不记得的，他记得，他记得的，我不记得。他要我去做顾问先生，岂不是顾我则笑，问道于盲吗？严先生说："是呀！他们西洋人不研究我国的学问则已，一研究就研究个透彻。"诸君诸君，泰西的人把我们的书籍看作至"宝"，难道我们可以把他们看成"草"吗？可惜中国吃了一个大亏，什么大亏呢？就是吃了秦始皇的亏，不过幸而那时有一般老先生不愿迎合潮流，把先圣先贤的书一齐藏起来，等到汉朝，才有人从山崖屋壁里把这些书取出来，于是先圣先贤治天下之大经大法方重放光明，如"日月之经天，江河之行地"，不过自此以来，中国有一部分经籍已经蒙其影响了。周礼原有六官，今仅存五官，单单不幸失去一最紧要的冬官，那一官就是讲建筑制造的，这与农工商的关系很大，因此我国智育亦感受很大的影响。仪礼今仅存十七篇，单单不幸也失去一篇最紧要的军礼，这一篇就是讲训练士卒之方法的，因此我国体育亦感受很大的影响。幸有当今聪明才智之士研究科学，将此缺陷补救起来，这是极好的事，不过这虽是采取西洋各国文明。亦就是恢复我国固有之文明，诸君现在毕业，无论是安徽人或非安徽人，对于安徽的事总不可不知道一点，安徽出的学者很多，一时说也说不了，现在略择几个人说一说。皖北曾经产生了一位管子，有人称管子为法家，亦有人称他为道家，其实管子是于学无所不通的，他有四句扼要的话，我们可提出说说，他说礼义廉耻，国之四维，四维不张，国乃灭亡。可知礼义廉耻四字之重要。皖北又有一位庄子于学亦无所不通，说过"为道集虚，虚者心斋也"，是说人要虚心就是把心地的污浊刷洗干尽。皖南也出了一位朱子，朱子是儒家，于学也是无所不通，他主张为学应先之以小学，所谓小学，可分三部：（一）立教；（二）明伦；（三）敬身。小学功夫做到后，再继之以大学，所谓大学纲领在明明德，在新民，在止于至善；条目曰格物，曰致知，曰诚意，曰正心，曰修身，曰齐家，曰治国，曰平天下，朱子的这类教育学说，是合德智体而一以贯之，诸君若能把这三位先哲的学说研究一番，继之以经史百家而汇通之，而终之以泰西学说作为参证，则成就一定不小，到政界亦可办一番大事，到学界，亦可造就不少人才。诸君诸君：我希望你们做救世的活菩萨，做救国救世的大圣贤大豪杰，谨以此作诸君之临别赠言，而就正于党政学各界诸大君子。

（发表于民国二十一年第九十二期《安大周刊》）

3.程校长讲演

诸位先生，诸位同学：本校重要的事，已经在上个星期的纪念周中报告过了。在上个纪念周中，兄弟本来还有点话要同诸位说一说，因为要让出时间给教务长事务长各院院长报告，所以没有说。今天特把那天所要说的话与诸位同学说一说。

现在，中国所办的大学，完全没有把大学的功能表现出来。我们看看，中国所有各大学，还是照办中学一样的办，所以，大学的功能不能表现出来。

大学的功能是什么？

大学的功能在于使大学社会化。大学是研究学术的最高学府，要造成创造的和领袖的人才，一方面是要注重质，一方面也要注重量。质即是训练专门学术能继往开来的人，在这质的方面必务求少精。在量的方面，我们是不仅要使在校内的千百人受到大学的教育，而且要使校外求知的失学老年人青年人都有受大学教育的机会。

刚才所说的大学要培养创造的人才，领袖的人才，以前我曾向同学说过，并不是要使学生将来出去做党魁做大官，而是要使他们向种种事业方面有创发的能力，对于一般民众，有领导的能力。从前有个传说，虽属是佛教的，现在我们可以引来作一个比喻。这个传说即出自本省池州（即现在的贵池）。唐代池州的南泉大师，为禅宗中的著名禅师。当他要圆寂——圆寂是佛家说和尚完成功行而死寂的话——的那一天,他召集所有门弟子,告诉他们说:"我要于今日圆寂去了。"门弟子都很悲哀,说要随他同去——门弟子都以为可以随他到极乐世界的西天去。南泉大师说:"我不是到西天去,我要到前村的田家牛栏里变一只牛。"你们愿意变牛不?门弟子无一人应声,后来只有首座会悟大师的意思,说:"愿意跟和尚去。"大师问:"你要跟我去有什么表示?"首座说:"愿听和尚的吩咐。"大师说:"你愿去,就到庭前吃一口草。"首座就去庭前摘了一根草,于是同时圆寂。——这是禅家的公案。和尚愿意变牛,而不愿意成佛作祖,自有他的道理。这也犹如我们中国大学生,在这个国家多难的时候,不应该只顾望升官找出路,而不愿担当起国家的责任,如牛一般忍辱负重地去做。所以,我愿把这个传说贡献于诸位,希望诸位要养成这种的牺牲,这种的倾向,为国家为社会做点开济的事业。

关于量的方面:各国大学学生人数,柏林大学有七八千,剑桥牛津各常有五六千人,巴黎大学当欧洲大战后,人数增至两万多,但其本部的学生人数实不过万人,其余皆是大学的扩张部分所收容的。这差不多把大学的功能完全发挥出来。巴黎大学的扩张部分是本部以外的组织,开设了许多学科班次,其中如文化班,语言班,社会科学班,师资班,新闻学班,暑期班,等等,应有尽有,都是为本部以外求学的人开的。

昼夜不停,时刻不息,余如时常举行的公开的学术演讲还不算。除了有些大学生必修课程不公开者外,如社会科学、文学、历史或自然科学理论方面,都容许外人去听讲,老老少少,男男女女,都可自由吸收新知。因此,大学除了图书馆、仪器室、试验室和教室而外,没有别的东西,内部职员很简单,所以大学的功能才能充分地表现出来。

我们国内的大学,大都是关了门,训练几百上千个人,有名教授在里面讲学,只有少数人可听到。这本是教育上的一个根本错误。另一方面,一个大学当中,有千百个学生关在里面,关于这千百个学生的日常生活起居,都要学校照应,以致使学校方面大部分的精神,浪费于学生日常生活起居方面。我们试想:学生在中学阶段,诚然非加以生活的训练不可,因其意志未定,必须指导扶持使其成为一个健全而能独立生活的人。大学生通常都是二三十岁的人,谁能拘束他,管理他?社会上有些知识不健全的人常常说大学对学生太放任,或者说大学的校规废弛。我说,不说别的,即使一个家庭有了两三个二三十岁的子弟,父兄有没有全般管理的能力?何况一个集千百人在一起的学校?学校为研究学术的学府，外国各大学没有学生在里面住宿的。我们想：在学校中犯了校规，就同在外面犯了警章现在把警章在学校内——执行起来，学校于是凭空里发生了许多严重故事，与教学不相干了。这实是把大学的发展，完全阻碍了。那么一个大学为何能充分发挥它的功能呢？

其次，是纪律问题，这个问题关系很大。不仅我们一校的问题，是乃中国整个的问题。上次纪念周教务长事务长各院长都郑重说过。说到纪律，在中国可以说是等于零。日本人在国联一再说我们中国无组织，中国人无秩序。这虽是日本毁坏中国声誉，然而我们也须自己反躬自问。不说别的，即以眼前的事来说，安庆轮船上下，毫无秩序，一声船到码头，那种纷乱，实在使人有一种不知到了什么社会里来的感觉。再如，我们觉得以前的本校校警没有训练，改请公安局的请愿警察来，他们的责任是按时守望，但他们有时跑到房里，不在岗位上，岗位是有一定的地方的，但他们可以自由的跑进跑出。再者，有时我们可以在一个地方看见警察和小孩子打着玩，有时我们可以在一个地方看见守卫的拿枪支着头和人谈白，诸如此类情形，到处皆然。像这种没有纪律的国家，除非日本大地震，欧美人自相残杀，中国人才可偷安！数十年年尽如此泄泄沓沓，我们怕无抬头之期了！……

中国社会整个的崩溃原因，是把所有的纪律破坏了，破坏纪律，一因小己的扩张，而无所裁之，二因自由的权界而无所限之。西方人常骂人为自私自利者，为"lgoism"，是说人不知有公共的义务，公共的权利，小己扩张到没有大我存在的境地，只看到个人的纵横如意，使大我感到不安。自由的权界无限止，也是由于小己之扩张。西方人最尊视自由，甚至于说不自由无宁死。但西方社会因历史和社会的背景不同，当中古封建社会，君权扩张，人民毫无保障，诸侯采邑之地对人民可随时征发，稍不如意，杀戮鞭挞随之，因此欧洲人民觉诸侯小己的过于扩张，个人自由无限制，以致蔑视人权，所以使人民有权界的认识，发生共同的要求。我们要知道社会愈文明，愈有组织，个人自由的愈少。个人的自由，权限要认明白，何者为权利，何者为义务。内心的生活放之六合是可以的，言论行为方面决不许可损人利己，胡说乱行随便纵横的。二人在一起即发生道德的问题，这是谁都知道的。拿最浅近最切身的例子来说：下气，俗话叫作"放屁"，"放屁"按说无所谓自由与不自由的问题，但是有二人在一起，必须尊重人家的鼻观，那就不能随便，要忍耐，这也就可以证明我们的自由是有限得很。换一句话说：要是尊重人家的自由，一个人"放屁"的自由都是没有的。要任小己扩张，自由不认清权界,只好在野蛮社会里去生活。以往军阀的扩张,不顾人权,蔑视法纪,社会蒙其祸害,个人认为如何便利即如何施行,因而上行下效,无处不如此,无人不如此,如仍长此下去,国家安得有抬头的日期?譬如说,最亲切的莫过于夫妇,但他们夫妇之间,绝对不能拆视对方的信件,又如妻子在房内,丈夫要进去,必须先敲门,得到允许,才能进去,其守纪律如此,西方民族安得不能自立?纪律严明则各有保障,各有立足之地。中国读书的人,看见人家朋友信或家信,总要拆开看看,如果不允许,就说你有某种秘密对人不坦白。到了朋友房内,可以随便开人抽屉,乱翻乱阅,这都是中国人十足表现不守纪律的地方。巴黎伦敦等处街头巷尾,都没有报摊,卖报人要用膳,可自由离开。要买报的,可以自付下应付的价钱。在法国,政府要测验某一个地方人民的道德,常派人故意地把一篮苹果或一篮梨子放在街头巷尾,使人不注意,看看某处失了几个苹果,某处丢了几个梨。但有些城市,一个也不失去,这并不是我们妄自菲薄,法国人民穷的也很多,但大都能如此守分,如果在中国,街头巷尾摆一篮梨或苹果,恐怕连箩子也没有了。西方人民无论在走路或坐卧的时候,都是有秩序的,向来不越轨。从这些地方说来,我们得不受其压迫?因为我们毫无组织,毫无秩序。一个军队没有纪律,进战即破,一个团体无纪律,必自起纷扰,一个国家无纪律,安得不毁坏?

最后,谈一谈本校充实的问题。说到充实本校,自然是联想到校舍之建筑,图书之增加,仪器之购买各项设备之扩充,这些事乃是属于学校物质方面的充实。但是我们不能因为物质方面的贫乏而即消沉。我们须忍耐努力,有筚路蓝缕,以启山林的精神,不断前进,这些是不成问题的,上次纪念周胡院长说,希望诸位同学负起复兴中国的责任。我们如何负起复兴中国的责任呢?我们必须先要充实我们精神。我们如何充实我们的精神呢?我认为一要有刚毅坚忍的志气,二要有诚笃淳朴的行为,三要有精密公正的思虑。教员抱定这种精神来教书,学生抱定这种精神来研究,职员抱定这种精神来尽职,如果都能养成这样的精神,我敢说不但能负起学校的责任,实足以负起国家的责任,这不但为了学校的校风和声誉,而且为了国家,为了人类,都要打起这种精神。

我们不要说区区几百人算不了什么,但是这几百人的精神,影响甚大。

（发表于民国二十一年第九十四期《安徽大学周刊》）

4.周予同教授讲演

诸位先生，诸位同学：

我来安大上了一星期的课，就到南京出席中小学课程标准审查会议，上星期五才始回校。

星期六，校长办公室来信叫我在国庆纪念日讲演。因为时间匆促，没有预备，恐怕对于诸位没有什么贡献。

刚才程校长说了一大篇话，是从近代历史的实例，站在国家民族的立场上说明中国的出路，我很受感动。现在，我想从本国历史上、本国文化上来贡献诸位几句：

近年有一本翻译小说，名为《你往何处去?》，这本书是波兰显克微支（Sien-kiewiez）所著，原名 *QuoVadis*。这拉丁文的来源本是一桩宗教故事。当时罗马人压迫基督教，将耶稣钉死在十字架上。

耶稣的门徒彼得受不住迫害，想设法逃跑。当他想逃出罗马的时候，耶稣忽然降临。彼得惊问："你往何处去?"耶稣说："我愿重到罗马，再钉一次十字架。"因为彼得是耶稣的唯一门徒，他一逃跑，谁来宣传教义，所以耶稣只得自己再负起他的使命。

现在我想把这个标题"你往何处去?"更改为"我们往那里去?"说得堂皇点，可以说："我们的使命是什么?"

如果我们想了解自己的使命，非先把中国从过去到现在的历史作一次鸟瞰不可。

诸位同学都是青年，我虽然比诸位大几岁，也还觉得自己是青年。我们深切地感觉到我们究竟应该往哪里去。中国现在各方面都表现着混乱复杂的状态，政治与思想是这样，社会上的一切景象也都是这样，几乎使你举不胜举。譬如文学与历史，大家以为是最普通的，然而也一样的复杂。

就文学讲，我们的文学究竟要往哪一方面去? 到现在，中国旧有的诗歌词曲还有人在创作；而西洋文学如古典、写实、新写实各派也都有人在研究。诸位都晓得周树人、周作人。两兄弟就是两派，周树人就是鲁迅先生，现在正在努力于新兴文学的研究，而周作人先生还依旧保持着五四前后的风度。文学上的派别既多，主义也不少，我们究竟往哪里去呢?

谈到历史，派别更多。如柳诒征先生，他曾在东大教书，著有中国文化史，以《周礼》《左传》多是真的，采为史料，这是受了经古文学的影响。又如顾颉刚先生，现在在燕大教书，曾著有《古史辨》三辑，颇怀疑古史，以为中国上古的史实都是一种传说，这是受了经今文学的影响。

又如王国维先生，他已经自杀了，从前曾在清华研究院教书。他不完全承认中国旧有的记载是真实的，但也不完全否认它的价值。他采用西洋考古学的方法以研究中国的古史，他将地下所发掘出来的龟甲文字以及铜器、石刻等实物，以与旧有纸上的记载相比较。他著有《古史新证》，在中国史学的研究上是很有地位的。又如陶希圣先生，现在在北大教书，曾著有《中国社会分析》；郭沫若先生，现留居日本，曾著有《中国古代社会研究》。这两本书，都是根据唯物史观来研究中国史的。你看史学上这许多派别，简直令你无所适从。有许多神经脆弱的青年挡不住这一切混乱纷杂的现象，于是由徘徊而烦闷，而悲观颓废。其实这个时代正是中国历史向所未有的一个伟大的时代。脆弱的人，或者以为自己不幸生在这个时代；但如果你了解中国文化史的话，你将以为自己幸而生在这个时代。

据我的意见，中国历史，从古代到今，可分为三个时期：一、从上古到春秋、战国，是中国固有文化由产生而发达的时期。二、从秦、汉以迄明嘉靖年间，是中国文化和印度文化由接触而混合的时期。三、从明末到现在，是中国文化和西洋文化由接触而发生激变的时期。

战国以前是中国固有文化发达的时期，可以春秋战国时代的诸子为例证，而不必多事说明。当时，道家、儒家、法家、墨家等的学术思想，都是自己产生，并不受外来的影响。这个时代是中国学术史上黄金时代，而同时是中国固有文化最发达的时期。

从秦、汉至明嘉靖年间是中印文化由接触而混合的时期。这又可分为两个时期：前期由秦汉到隋唐，是中国接受印度文化的时期；后期由宋、元到明，是中、印文化由接受而混合，而产生中、印合璧的新文化的时期。

佛教什么时候传到中国，学者间还没有一致的结论。有些人以为始于秦朝。秦始皇帝收罗天下兵器，铸金人十二，他们以为这就是佛像传入中国之始。

总之，印度佛教传入中国，可分三个步骤：其初是佛像，次是佛经，又次是佛教思想。隋唐时代，所受佛教的影响非常之大。当时把握学术思想界的权威的，并不是韩退之一辈人而是玄奘和尚等。玄奘真是一位了不得的人，他拼命到印度去留学，回来拼命翻译佛经。在玄奘的前后，还有不少的和尚到印度留学，梁启超曾著有一篇文章，考证当时留学的盛况，那时，中国刚把印度文化大规模地输入，这是第二时期的前期。

到了第二时期的后期，就由接触而发生变化，由变化而发生混合，于是就产生中、印合璧的新文化。譬如宋、元的理学，如朱熹、王阳明等，虽然都以继承儒教道统自居，其实都不免受佛教禅宗的影响。所以理学是挂孔孟的招牌，卖佛学的方药。他们的学术思想并非孔、孟的真传，而是儒、佛糅合的作品——一种混合的新文化。

大多数人以为印度文化影响中国，限于宗教与思想，其实除此以外，还有许多极显明的例子。例如我们到安庆来，从船上就可以看见那座宝塔。这塔建筑的形式，既不是中国所固有，也不是印度的原型，它是中印混合的作品。中国固有的建筑，它的檐是向上挑起的；这挑起的檐为中国建筑所特有。塔的来源起于印度，而建筑方式却参以中国的宫殿建筑。所以塔就是中印文化合璧的一种表现。

再举文学为例。例如水浒、三国志等小说，大家都以为这些是中国所固有的，其实这些仍是中、印文化合璧的表现。中国唐以前的小说，称为"传奇"；它或是叙述才子佳人的故事或是叙述英雄的故事，全是散文。但水浒、三国志却不然，它是散文与诗词混合的东西，中国此前并无此种体裁。据最近文学史研究的结果，才晓得章回小说源于"话本"，话本源于"变文"，而变文源于佛经。二十几年前，当一九〇七年，甘肃敦煌千佛洞有个石室，被英人斯坦因（A.Steine）发现。这人本系匈牙利人，在印度政府下做事。他在千佛洞石室中发现许多古物，这些古物对于考古学上有很大的价值。这里面有许多民间文学作品，称为"变文"。"变文"是采取佛经中的故事或中国固有的故事用通俗的白话文字写出，是将散文和诗混在一起的。在士大夫的目光中，或者看不起这些文体，但在当时的民间却很流行。这种变文，在唐末已有，这完全是受了印度文体的影响而产生的文学。因为佛经有两种体裁，或者先用一段散文，继以一长篇的诗体；或者先是一段长篇的散文，末了附一个韵文的"偈"。而"变文"正是这种体裁的通俗化。所以中国小说受了印度文化的影响，实是很显明的事。

大家都以为戏剧是中国固有的文化，然而也不见得。中国古时的俳优，只是一个人装做某种角色，并不是一个舞台上有许多角色出现。中国的昆曲，生旦等的角色都只能说特种官话，但小丑则可以随便讲什么地方的方言。还有中国戏剧里的角色，只有男装女，而不是如现在新剧中男女合演。最近有人以为这些都是受了印度戏剧的影响。因为印度的戏剧源于希腊，而中国的戏剧则源于印度。不过这种研究还正在开始,一时还不能有明确的结论。

中国的宗教、学术、建筑、文学、戏剧等等都受了印度的影响,这中、印文化的关系可算密切了。所以现在倘使有人想著作一部中印文化交通史,那不仅在国内学术界有地位,就是在国际的学术界也是有价值的。

从明嘉靖到现代是中国文化史的第三时期。这一时期可再分为四段:

一、从明嘉靖年间到鸦片战争以前;

二、从鸦片战争到甲午战争以前;

三、从甲午战争到辛亥革命以前;

四、从辛亥革命一直到现在。

西洋的文化,在汉、唐、元等朝已经间接输入中国;但直接输入,实始于明末嘉靖以后。当时西洋文化随着商业与宗教东来,中国人出于好奇心,觉得有许多为我们所没有,于是把它接受过来。譬如明末徐光启翻译几何原本,就是一个明证。

从鸦片战争以后,中国才正式接受西洋的物质文明。当时因受战争失败的刺激,觉得西洋的军舰大炮很厉害,于是起而模仿。印度文化传入中国是软性的,而西洋文化传入中国却是硬性的。当时曾国藩、左宗棠等都可算是接受西洋物质文化的代表者。他们在上海开制造局,一面翻译格致书籍,一面制造军械。又在福州设造船厂,派留学生到英、法学习海军。他们以为中国从此可以复兴了。他们抱着“中学为体,西学为用”的观念,以为我们只要接受西洋的物质文化,就可以无忧了。不料中日甲午一役,中国陆军在朝鲜大败,海军在渤海也大败了。于是士大夫相顾愕然,觉得仅只接受西洋的物质文化是徒然的,这才感到内政的腐败,而开始接受西洋的政治制度。

从甲午以后一直到辛亥革命,正是接受西洋政治制度的时期。那时,中国可以分为两个阶级:一是士大夫阶级,一是农民阶级。下层农民因无智识,又受教徒的欺凌,所以对于西洋文化取抗拒的态度。士大夫则不然。但是政治制度不如物质文化的单纯,所以当时士大夫的政治思想分两派:孙中山先生是左派,康有为、梁启超是右派。康、梁是宪政派;他们以为只有宪法,中国就可以救治;他们理想的国家是日本。孙中山先生是革命派;他以为清政府不推翻,民主政治是无法实现的;他的理想的国家是美与法。这三派对于中国的政治都发生相当的影响。戊戌政变是宪政右派的表现,庚子拳变是下层农民的活动,辛亥革命是革命左派的成功。从辛亥革命以后,政治制度完全接受西洋的民主制,也有总统,也有国会，也有宪法，大家总以为中国从此一定可以兴盛了。

谁知事实大谬不然。辛亥革命以后洪宪的帝制，张勋的复辟，军阀的混战，将这新生的民主制度闹得稀糟。举个例子：曹锟的总统是贿选得来的，议员是土劣的集团，宪法是一种便利个人的东西。当时大家看见了议员，便骂他为"猪仔"，因为他们接受5 000元的贿赂，把自己的人格和中国的政治尊严都出卖了。于是中国智识分子又相顾愕然；他们以为所以致此，就在于没有把西洋整个的文化介绍过来。他们以为物质文明与政治典章只是文化的外表，学术思想才是文化的核心。我们应该急起直追，拿到这核心，于是发生所谓"新文化运动"。

"五四"以后，中国才接受西洋的学术思想。西洋各种学术思想，在中国智识分子的目光中，样样都好。于是学文学的，乱介绍易卜生、托尔斯泰、莫泊桑；学哲学的，乱请杜威、罗素、杜里舒到中国。其中影响最大的，是西洋各种政治思想。因为不拘一派，我们全都有，于是许多青年的生命随而牺牲了。这一页的历史竟是用血写成的！

如果诸位以我上面所说的中国文化史观是有相当的理由的话，那么，纷乱与复杂是中国目前应有的现象，因为这是中国整个历史必然的要发生的一个阶段。如果诸位承认这是必然的，则我们前面大有生路可走，而我们整个的使命也便可了然。我们，第一，不要悲观；第二，要起劲干。诸位是大学生，大学生毕业后大概不是在实际政治方面工作，就是在学术方面努力。政治方面的工作，需要相当的才具与勇气，我们暂且不谈；学术方面，我们怎样努力呢？我以为：很明显的有两条路。一是整理中国的文化。二是介绍西洋的文化。中国的史料是非常丰富的，但理想的历史著作，到现在还不多见。譬如说：我们要著部中国文化史，但中国文化史的基础著作，如经济史、政制史、宗教史等都还没有出现。譬如研究经学，三礼里面所包含的史料与问题就非常复杂，假使将它整理研究，对于文化有很大的贡献。至于研究西洋学术的人，可以拼命地做介绍的工作。例如国内大学研究哲学的很不少，但康德的重要著作就未介绍过来。杜威在中国教育界几乎连小学生也知道了，而他的著作到现在还没有全部翻译过来。我们可做的工作实在太多了。现在正是接受西洋全部文化的时代，等于隋唐时代的接受印度文化：所以我们要如翻译佛经一样，将西洋在文化史上有地位的著作系统地一部一部地介绍过来。总之，处在现在中国的时代，太悲观固然不行，太理想的想独创一种新的文化，也还太早，因为现在还没有达到中、西文化混合的时期。整理中国文化，介绍西洋文化，为次代预备好新的工作，这是我们的重大使命，现在只问你自己有没有耐力与能力去做。康庄大道就在诸君的前面，诸君努力吧！今天为时间所限，不能充分发挥，更其说到紧要的使命一段，请诸位原谅。

（发表于民国二十一年第九十五期《安徽大学周刊》）

5.范寿康先生讲演《我们怎样做人?》

主席，诸位先生，诸位同学：今天承丁教务长之约，叫我来讲几句话。我自己想想，没有什么了不得的话，只是随便讲讲。我讲的题目是"我们怎样做人?"做人的问题对于"人"说起来是很重要的。若果仔细讲来，怕时间不够，今天只简单说几句罢了。

关于"做人"这两个字，古人讲的很多。在世间做人，实是一件很难的事。无论古今，无论中外的人，都觉得如此。而在现代，尤其是在现代的中国，做人更难。诸位或者也时常感到，亦未可知。现代世界，无论实际方面，或思想方面，一切都很混乱，但就大的不同的制度和思想说来，可分三大派：制度和思想的三大派。

第一是所谓"Americanism"，是代表资本主义和民本主义的，资本主义和民本主义合起来即成为"Americanism"，这是现在世界上的正统思想。如美国、英国、法国和日本等大多数资本主义国，都可以算这一派，他们的政治制度都是向着这条路走的。

第二是意大利的"Fascism"。这种主义在资本主义一面是和"Americanism"相同，但于民本主义则相反对；在独裁政治是和"Communism"相似，而于资本主义一点却与相反。所以"Fascism"的要素可以说是资本主义加上独裁政治。这种思想以意大利为代表。

第三是"Communism"，是社会主义加上独裁政治。其社会主义的要素是与"Americanism"和"Fascism"是反对的，其独裁政治则和"Fascism"相仿。代表"Communism"的是俄国。

对于今日世界上的制度和思想，大要可以分为这三大派。

那么，在现代世界上做人，究竟应该依照哪一派好？这不是一个困难的问题吗？再就中国现在的状况而言：政治是未上轨道，产业未发达，社会秩序没有安定；在思想方面，虽以中山先生的三民主义为正统，实际上说起来，古、今、中、外各种学说同时都存在着。只就上海的出版物而言，一切思想可以说包罗万象，应有尽有。所以在现代做人，已经很难；而在中国做人，更其不容易了。

在中国做人难的实例，现在让我举几个实际的例子来讲讲：最近报纸上载着陈独秀先生被捕了。我们对于陈先生的政见和行为，虽然不见满意，不表赞同；不过照做人这一方面说来，我以为他是个很可怜的人。对于革命工作也有过相当的贡献，现在他不但本身被捕，而且他的两个儿子，也早死在政见之下。或者也许有人以为他是俄国的忠实信徒，其实俄国当局已开除他的党籍。就"Communism"讲，他是托洛茨基一派，现在的俄国当局是不认为同志的。所以一方面不见容于中国，一方面又受俄国的排挤，照这样说起来，他不是很可怜吗？现在做人的不易由此可见一斑。

（发表于民国二十一年第九十七期《安徽大学周刊》）

6.方光焘先生讲演《文学鉴赏杂话》

主席，诸位先生，诸位同学：上星期六校长办公室有信来叫我在本星期纪念周讲几句话，我觉得没有什么话可讲，可是既经校长办公室指定了，也就不得不来说几句。因为自己一向喜欢读些文学书，今天所说的，自然也还是文学范围内的话。照例演讲该有一个题目，可是我想说的，却又不成系统，定不出什么题目来。但成例不可破，现在只得定了《文学鉴赏杂话》这一个题目。

在未讲到本题之前，且容许我说一个笑话吧。似乎记得在莫里哀（Moliere）的剧本里，有这样一段故事：有一家暴发户，初投身到社交界里，觉得自己的谈吐举止都欠漂亮，便请了许多先生来教导。有教跳舞的，有教音乐的，有教体育的，有教文学的，有教哲学的，聘请的先生很多，也许像我们安大一样，有百余位吧。这许多先生，每天到膳厅里去用饭的时候，都是按照次序，鱼贯而入的。有一次音乐先生和体育先生却为了这次序上起了冲突，吵个不休。教体育的先生说："体育是最重要的，人若不讲求体育，身体便不强健；没有强健的身体，人生还有什么意思！所以我的次序该在你前的。"教音乐的先生说："音乐是最重要的，如人不知道音乐，那么一生都感到很空虚，即使身体很好，也没有什么意思了。所以我的次序，该在你前头。"正值这两位先生争吵之际，恰巧教哲学的先生经过那儿，看他们大闹得不成样子，便说道："先生也该像一位先生，似这样地大争大闹，还成什么体统！人家请你们来做先生，原想从你们地方学习些做人的道理。现在你们自己却这样地吵闹起来，究竟是为的什么呢?"他们便把原委都一一说了,却依旧哓哓不休地在争上下。一个说:"体育是人生最重要的。"一个说:"音乐是人生最重要的。"哲学先生不听犹可,一听到了,不禁满面涨得绯红,胡子也翘了起来,便顿足怒吼一声:"那么,我的哲学呢?"

今天我来讲文学,并不想学莫里哀剧中的先生,来向诸位宣传文学是人生最重要的。在这国难临头的今日,也许有人会去提出"文学救国"的口号,不过我总觉得文学是不能救国的。文学假如真能救国,那么念两句:"关关雎鸠,在河之洲",应该可以吓退了日本人的飞机大炮,可是事实上却又不能。目前要人们主张着"打醮救国""诵经救国",他们自然有他们的大道理,用不着我们去妄加评议的。救国假如仅仅是靠几个漂亮名词就可以成功的话,那么我以为吃饭救国的口号最动听。试问:"不吃饭能救国吗?"不幸得很!这样一个堂皇的口号,至今却还没有大人先生们来提倡来主张。想来这一定是:吃饭人人都会,不劳大人先生们再去宣传提倡了吧。文学也和吃饭一样,谁都知道欣赏的。乡人在种田的当儿,爱唱山歌,工人们在空闲的时候,喜到茶园里去听戏文。那是农夫工人的文学鉴赏。诸君在课余无事的时候,想必也爱看看小说,吟咏吟诵诗词。这也就是诸君的文学鉴赏。文学鉴赏正和吃饭一样,用不着提倡,各自会去追寻的。

不过,人生在世,却不能没有一个职业。因为求专门职业,所以诸君不得不到大学里来求专门的学问。有学化学的,有学物理的,有学法律的,有学政治的,都各自预备将来或做律师,或做工程师,或做政治家,或做学者。专门智识的重要,本是极明显的,可是也不可过于重视。教育的目的,本来是使人认识社会,了解人生。倘一味看重专门智识,终日埋头在试验室里研究所中,结果局促在专门智识里面,而对于广泛的人生和社会,反而茫无所知。这岂是教育的目的!文学作品,是作家对于人生和社会的体认,鉴赏文学的人可以帮助我们明了人生,认识社会。文学鉴赏的意义,简括地说起来,就是如此。诸位虽然各有专攻,但欣赏文学,我相信,于社会人生的认识上,对诸君总有助益的。

可是鉴赏文学,不一定就是要研究文学。研究文学是另外一件事,另一种的专门学问。我从前读书的时候,有几位法科理科的同学和我住在一处。假期中,他们都喜欢看看小说,记得有一位理科的同学,因受了小说的感动,而对文学发生兴味,从下一学期起,便就改入了文科。这种倾向,我以为不很好。读小说感到兴味,未见得对于文艺的研究便会发生兴味。要晓得研究文学也是一种专门学问，正和研究化学，研究物理一样。鉴赏文学，也许大家可以感到兴味，但研究文学，却不是大家都会感兴趣的。

还有一点不能不注意。文学作品中所表现的人生和社会多是作者个人对于人生和社会的体认。譬如说，红楼梦中所表现的人生社会，原是红楼梦作者曹雪芹所体认的人生社会。世间有不少青年人，往往因看了红楼梦，而把世界看破，人生看穿的。法朗士（A.France）说得好："我想没有别的东西，像文学这样使人早熟了。"中国青年的早熟和精神衰颓，怕也就是中了这文学病吧。实际上，对人生社会的认识，本应该是自己去直接经历和努力的，现在却把别人所体认的人生社会，来断定那人生不过如此，社会不过如此，这岂不是和那看到别人发热，自己就说头痛一样吗？这一点却不能不注意。

文学鉴赏的方法，究竟应该是怎样的呢？在回答这一个问题之前，容我再讲一段故事。前两年，有一位和我同船赴法的朋友，他曾经向我提出一个问题，他说："方先生，我现在烦闷得很，有一个问题，要请你替我解决一下。我知道托尔斯泰是主张无抵抗主义的，而尼采呢，却是主张超人思想的。两个都讲得很有理由，两者却也绝对相反。究竟是托尔斯泰对呢，还是尼采对呢？我不知何去何从，所以烦闷得很。"我就想问他读没读过托氏的全集，他说没有。我又问他读过尼采的书没有，他又说没有。那么你为什么会知道托尔斯泰、尼采的思想呢？"我是从人家介绍文字上看来的。"我便告诉他这是不对的。你应该自己直接去从托尔斯泰书中研究他是不是无抵抗主义，假如是的话，你便该进一步去研究他为什么会有这样的主张。对尼采也是同样。若单听人家说说，就不知所以地烦闷起来，那真是自寻烦恼了。鉴赏文学，也该直接去玩味，切不可不读韩文苏文，看了几句评韩评苏的话，便满口的韩潮苏海。

鉴赏文学，当然以直接阅读文学作品为主，可是文学批评之类的书籍，是否有一读的价值呢？本来文学批评家，是一个读过你所读过的作品，和你谈论作品的朋友。他可以使你反省，使你对于作品感觉和印象一新。这样的朋友，你难道不需要吗？可是问题却在这儿：我们究竟应该在什么时候，读文学批评书呢？读鲁迅的作品之前，先读鲁迅评传呢，或是读了鲁迅作品之后再去读呢？

一个批评家往往有他的观点，他总喜欢引你去照他的观点，鉴赏作品。这却不能不加以注意。鉴赏文学，最重要的，是在获得自己个人的印象。换句话说，就是自己怎样地受了作品的感动。假如你先读了批评，再去照批评家读作品，那么感动你的，不是作者，而是批评家了。这样批评家岂不是成了作者和你中间的障碍物，反使你不能直接地懂得作者吗？所以我的意思，我们该应先读作品，后读批评。

文学史却与文学批评不同，这是不能不加以辨别的。文学史应该是客观的，非个人的（Impersonal），除了陈述事实而外，不应该有什么评论。文学史家，并不要说出作家给给他的印象，所要说的，是叙述作家在当时的影响如何。他要指点出时代精神，社会背景，等等。他却不应去评判。一个政治史家也许要赞颂某某帝王，或是责备某某帝王，可是文学史不可那样。不幸得很，中国没有这样的文学史，即在西洋能合乎这标准的文学史家也很少。倘能有这类的文学史，我们倒不妨在读作品之前，先读一读。譬如说，我们要到某处旅行，我们必须看着旅行指南之类，知道那地方的名胜、风物，等等。客观的文学史，便是鉴赏文学的指南。文学批评却是一种印象记。那是游历过某地方的人，对于某地方的人情风俗的批评。所以我们不妨等自己游历之后再读它，拿来和自己的印象对照，或是用以补自己的印象的不足。

我以为教育的方法有两种：一种是被动的，一种是自动的。从前在私塾里，先生出一个四书题，我们翻翻朱注合讲之类，练习练习作文，这原也没有什么。不过文章里的话，都是别人的言词，除了练习作文而外，便一无意义。这样的教育，便是被动的。诸位都已出了中学，在大学里各自研究自己的专门学问。诸君应得自己教育自己（Self-culture）。所以在阅读文学的时候，要体会出自己的感觉、自己的印象来才是。文学鉴赏是帮助诸君明了社会、认识人生的，文学批评是帮助诸君了解作品的。可是诸君要注意的，是自己的努力，若一味依赖他人，那么你读作品，将要受作品的累，你读批评，将会上批评的当。

（发表于民国二十二年第一一一期《安徽大学周刊》）

7.陈望道教授讲演《言与行》

诸位先生，诸位同学：兄弟平时不喜欢作正式的讲演，今天只稍稍谈点关于言与行。

我们中国有一位古人曾经说过，说是："始吾于人也，听其言而信其行；今吾于人也，听其言而观其行。"这给翻成白话就是："起初我对于人，听了他的话就相信他的行为；如今我对于人，听了他的话还要看看他的行为。"看他的言语与行为是不是互相统一，是不是互相呼应？倘若言语与行为不相统一，不相呼应，那不是那行是妄行，便是那言语是空话，是谎话。

我们可以说，行为是言语的标准，言语要以行为做标准。例如安大有理学院，理学院里有物理、化学等学科；这些学科，初看起来，好像与行为无关。但是利用它们能改进生产事业，使人类文明日趋进步。这也就是物理化学之言与人类的行相关处。中国人从前不讲求物理化学，只讲求金、木、水、火、土五行；现在不讲求五行，讲求物理、化学，就为五行与"行"不相适合；而物理、化学与"行"是相适合的。我们不能因为五行是古人说的就相信，因为化学物理是现在人说的就不相信。

我们还可以说：行是言的"拍车"——拍车是日语，即骑马时拍马使它快点前进的靴后铁距。——行是言的促进器。我们学文学的大约都知道许多言与行的故事，但此刻不必翻书，说什么歌德的《浮士德》上曾经说过，"新约""约翰福音"上的头一句话，"太初有'言'"——《圣经》上这句话释作"太初有道"——不对，应该改译为"太初有行"。我们也不必翻书，考证人类历史，说人之所以为"人"，就因为"行"的结果。人类本来也在地上爬的，只因摘果采食，直立惯了，渐渐两足能够站牢可以把手腾出来做事，所以成了现在的人。我们也不必翻书，说人类所以有言语也是因为行为的缘故，当初人类没有言语，只做手势。这在言语学上叫作"身势语"，一直到人类行为发达，才有现在这种声音萌生。这些我们暂时不去考较它，我们暂时只需用常识去看，便可看见做工的，有工人的言语与思想，为农的，有农人的言语与思想。假使你是古代人，便有古代的行为，要说古代的话；你是现代人，便有现代的行为要说现代的话。行为进化，言语也进化。我们在书本上看见的是言语的进化，实际促进言进化的是行的进化。所以言行要统一，而统一又以"行"为基本。

言与行要统一，但言行的统一还有各式不同的体系。譬如现在还有人相信五行，也有人相信物理、化学，究竟依据何种为是？生起病来有人求签问卜，有人请医生；而请医生又有人相信西医，有人相信中医，相信中医说科学无用、经验有用。我们究竟相信什么好呢？这里我们有个根据，我们要看言语是否合乎事实，所说是否合乎客观事实？看行为能不能改善事实？言语能合乎事实，行为能改善事实才是好的。譬如生病，不妨试试求签，试试问卜；也不妨试试请医生，看究竟哪方面有效？哪方面可以改善病状？哪一种言是善言，哪一种行是善行？须就言行统一中去选择，看言是否合乎客观事实，行是否能改善？

我们没有一个人是安于不好的，我们没有人愿意吃苦，中国现在吃苦的人很多，都不是他们自己愿意。中国的现状不好，也不是我们中国人愿意，总要求能够好起来。改善事实是人们共通的要求。只争"以若所为，求若所欲"，是不是"缘木求鱼"？这就要看看是不是合乎客观的事实，言合乎客观事实的，行才有改善客观事实的可能。因此我们又可以说"认清事实是善言之始"，而改善事实是善行之终。好了，兄弟今天言止于此。

（发表于民国二十二年第一三三期《安徽大学周刊》）

8.宗志黄教授讲演《中国的戏剧问题》

主席，诸位先生，诸位同学：戏剧问题，在中国现在情状之下，已成为一个极严重的问题。因为戏剧的感应力最大，往往使人们内心起一种极迅速、极有效果的反应；所以我们要利用他来移风易俗，帮助政治的不足。所讲"乐与政通"。因为人心各自不同：有些人心地慈善，有些人心地正直；有些人相反的，很不慈善，很不正直。那不慈善不正直的，必须去矫正他，使他不要去为非作歹。但直接矫正是做不到的，所以古圣先王就利用音乐来调和人心，使人们不要去为非作歹，那么国家不就太平了吗？

在从前黄帝时代，已有音乐，不过简单一点罢了。黄帝时有"咸池"之乐，尧有"大章"之乐，舜有"大韶"之乐，即用以调和人心，来帮助政治的。音乐与戏剧有连带的关系，但是中国的戏剧成熟期甚晚，直至元代才是戏剧的一个光明的时期。元代以前虽有戏剧，但表演方法与今不同。我们既然知道戏剧是为调和人心而产生的，不是为了享乐主义而产生的。那么，怎样才能调和人心呢？因为看戏的人，观戏的时候对于戏剧的表演，定会发生许多不同的感觉。例如曹操的脸是白的，他一出场，人家就知道他是奸臣，不要去学他；又例如关公是红脸的，他一出场就知道他是忠臣，可以模仿。这不是一个很显著的反应吗？所以古圣先王要利用戏剧来调和人心，使人走上正路。

我们回顾到中国现在的时代，要用戏剧来调和人心，帮助政治，是很需要的了。但依现在中国环境而论，究竟需要何种戏剧呢？现在中国是一个很紊乱的时代：内忧外患，交逼而来；一方面还有许多人染上了欧美淫靡的风气，无论什么，都要"摩登化"，你想用哪一种戏剧来调和人心呢？可是现在的戏剧，目的只在娱乐：例如像打樱桃那样的淫亵，足以麻醉青年。祝家庄、曾头市的抢劫，足以制造盗匪，你想，现代需要这样的戏剧吗？现在固然需要大众的戏剧，但也不是要来引诱人为非作歹的戏剧，从前是为少数人享乐的戏剧。是贵族的，只有很少的部分人能够了解；并且，至少有一部分是引诱人为非作歹的，对于移风易俗四个字，根本上并未想到。所以我们第一，要顾到大众，第二，要顾到移风易俗。这问题关乎社会虽然很复杂，我们又如何想法呢，不得不在戏剧的本身上去着想，并不是随个人心里所随便想到的，就可着手。因为这有几个先决问题：

第一，关于剧词方面：现在中国占有较大的地域的两种戏剧，其剧词都有问题：一是昆曲，剧词太深，似乎不是现代中国社会所需要的，因为唱了大众听不懂。二是皮黄，剧词粗鄙。它的腔调，听得懂听不懂且不去管他，但翻开剧词一看，不通的地方也有，乱七八糟的地方也有。还有流行范围很小的戏剧约百余种，我们可不必去说它。这两种流行较广的剧，一因剧词太艰深，一因剧词太粗陋，都不好。剧词要有普遍性，我们唱出来，要大家都能够听得懂，非但要我们听懂，还要使它社会化，要社会任何人都懂，才行。因为听不懂怎样能使观众内心起反应呢？

第二，关于表演方面：一种戏若不能表演，就不能算是"戏剧"，至多不过是"戏文"而已。关于表演方面的问题很多，非常麻烦。因为旧剧有旧的方法，新剧有新的方法，问题更为复杂。因为自外洋戏剧流传到中国以后，中国戏剧便起了变化。旧剧在十几年以前，几乎站不住脚。闹了几年，结果还是旧剧站住了，西洋戏剧是失败了。因为他并没有注意到一般民众听戏的能力，没有注意到中国现代的风俗习惯，随便拿来表演，哪有成功的希望？表演的人不过因它新奇，高兴时弄着玩玩；而看的人，不过觉得花样新鲜，随便看看罢了，后来觉得胃口不合，还是中国旧戏好。因此，旧剧还有号召大众的力量，而欧化的戏剧，只能在学校或其他局部方面表演了，所以新旧剧都有需要注意改革的地方。

第一，关于化装方面。旧剧中之脸谱，是一个很纠纷的问题，曹操出场是白脸，关羽出场是红脸，姜维出场也是红脸。其他如杨六郎、单雄信等的脸画得更奇怪，恐怕上下古今没有此种怪脸。又如红脸之中还有区别，关羽与姜维的脸不同，就是姜维的红脸上，额上有个太极图。又曹操的白脸也有时期上的不同，在某一时期，他的脸上有一粒黑痣。而在某另一个时期上，又加了几点。在事实上，为什么曹操的白脸上画了几点黑点而姜维的红脸又为何比关公多了一个太极图？这是没有道理的，所以有人主张废除脸谱；其实这是一种象征的地方，自有他相当的理由，不过不要乱画罢了。

（一）因为看戏的人很多，天天换；而表演的人，总是那几个。例如，今天这位演红生的出台，人家一看，知他演的是关公，明天换演姜维，仍旧是他。人家看了，或以为姜维和关公的脸无区别。要不是对于旧剧的剧情有相当的认识，管他关公也好，姜维也好，反正那是一副脸孔，更何从辨识。脸谱对于观众的反应很有帮助，所以脸谱不能废除。（二）对于表演本身，脸谱的作用也很大。脸谱可以表示人的个性，例如红表示忠勇，白表示奸邪，也可以增强表演的力量。曾记得许□□作的《舞台化装论》中有几句话说，例如寡情而凶恶的人，眼球淡而小，多情而和善的人，眼球乌而大。胆大的人，鼻孔大；胆小的人，鼻孔小。你想人们的脸部有如此之不同，没有脸谱来显示，恐怕不行吧。

第二，关于音乐方面。因为中国戏剧里面需要音乐，也受西洋音乐输入的影响，觉得中乐中丝竹的乐器太多，金声太少，所以又起了纠纷。其实表面看起来好像不同，乐理还是一样的。中外的乐器没有什么大不同，发音的方法都是一样；人的声音是七个，我们唱戏的时候，无论乐器上和人声所能表演的，不外乎这七个音，决不会跳出第八个来。虽然也有说高低的变化，但这七个基本音是相同的。不妨中西混合一下，中国所缺少的则采用西乐辅助。另行组织乐队表演，也是可以的。不过要看戏剧的本身需要何种性质的乐，才能决定。这种纠纷才能解决。

第三，关于背景方面。这是一个很大的纠纷问题。中国旧剧里的背景全是用一方红幔，上面绣着花，始终是那一方绣花红幔。现在有许多人反对，认为这个办法，太无意义。他们认为深山大河，都非现实不了。但主张现实的失败了，因为戏剧的事实，是不受时间与空间的限制的，而舞台的活动却要受时间与空间的限制。背景可以远近而分大小，而背景前面的一切却始终不能分出大小来。一所伟大的宫殿所占的面积，与一所简陋的茅屋所占的面积，因为舞台不能随意放大或缩小的关系，往往是一样的。兄弟从前在北平，曾见表现宫殿，利用后面的油画，看上去好像这宫殿很大，兄弟当初以为很好，其实，戏台背景，本来无须乎现实，做剧也不要太现实，要抽象。油画的宫殿，这看固然很好，但是表演的人，能否一会变大一会变小呢？这是做不到的。时间是延续的，不能间断它。空间也不能随意去变化它。这些限制，我也无须用种种油画去表现，兄弟主张剧台后面所用布画，只需一样颜色衬托就行。颜色是静的。可是要随剧情变换颜色，譬如演悲剧，可视悲的性质，而分利用灰、蓝或黑的背景。因同样是悲，灰与黑是有分别的。又例如喜剧，用粉红最好。表示忠勇，当用红。这些颜色，可以帮助人表现剧中的精神，也很重要。这种纠纷，本容易解决。可是还有一点纠纷，就是一方面要真，一方面要假。中国旧剧向来就是假的：一根马鞭子就代表一匹马；四个跑龙套的就是一队人马。据兄弟看来：四个跑龙套出场，就知道是一大队人马，这是很好的办法，很合于文学化的。倘使一大队马人也要现实起来，这是做不到的。

这以上的三点纠纷，是戏剧中较大的问题。其余如光影，中国舞台最近也渐知利用。因为光影有大自然的能力，可以由物理的作用，映出许多不同的景象来：可以有季候、朝夕、晦明的变化。所以我们要他来显示舞台上活动的人物，渲染背景的画意，烘托演员的动作，表示时间天气的不同。现在有许多剧场采取光影，是很纷乱的，只求其好看。因为对于光的道理，根本未懂，往往各种颜色胡乱施放，看得火光耀眼，目为之花。可是有许多人，说这好看。可是这种光不合理，用之于歌舞团还不要紧。从前兄弟在北平剧场看演武家坡，试想武家坡本是极悲哀的戏，能映红红绿绿的光影吗？所以不知剧情而随意运用光影，不成了魔术吗？

这四点，都是戏剧上的纠纷问题，其余还有许多纠纷，大约有十四五种，因为时间的关系，不说了，有许多戏剧上的问题，我们看了似容易解决，其实内容复杂。现在的新剧，不是大众都懂的。有许多外国戏，表演出来，工人农人都不了解，想它能够普遍起来很难。但旧剧也不行，在这个时期，非创造新的不可。创造新剧第一是脚本问题，要顾到中国社会现在的需要，如前岁九一八事起，把东三省丢了，各地还仍然表演享乐的戏。其实要使民众纪念这种耻辱，便需要激励民气的脚本。戏剧与政治的关系很大，我们如要救国家的生存，便要创造民族问题与经济问题的戏剧。这好像是极简单的事，其实并不如此。它非但与文学本身问题有关，与任何问题都有关系。这不是那一两个人的责任。这是谁的责任呢？第一，我们不要把这种责任放在优伶的身上，他们没有这种能力。更不能把这种责任放在梅花、侠影等等的歌舞团身上，因为他们专门表演麻醉青年的歌舞。只要观众神荡自移，他的目的已达到了，还管什么风化吗？我们须提倡有"移风易俗"力量的戏剧。不要猜摹青年心理的需要，要顾到中国现在事实上的需要，"移风易俗"这话，本很陈旧，但在事实上说，它并不陈旧。这改良戏剧的责任，大学生应该负起来，各就各的所学，如学文学的，学科学的，分别负起责任来，到了相当的时候，戏剧必定会转变。今天因时间短促，不能多讲，就此终止吧。

（发表于民国二十二年第一三九期《安徽大学周刊》）

9.谢循初院长讲演

本月五日上午九时，在第二院礼堂举行本学期第二次总理纪念周。出席者全体师生约400余人，由傅校长主席领导行礼如仪。旋即介绍文学院院长谢循初先生讲演。略谓。谢循初院长是海内知名的学者，用不着我为诸君介绍，谢院长在上海所任的事，比在此强得多，这次来我们大学，固然是因为我的力请与我所托的朋友们的敦劝，也是因为谢先生为桑梓关系所感动。光华大学极力挽留又与我来电代辞，究竟被我夺回，这是很难得很可庆幸的事，现在请谢院长讲演。

诸位先生，诸位同学，今天傅校长叫兄弟到此地说几句话，兄弟觉得今天不必作学术上的讲演，只谈一谈家常事务。因为本校是安徽的最高学府，自家又是安徽人，谈家常事务，比较有意思，兄弟对于诸位，抱有下列几种希望。

（一）对安大非常关心。希望大家认识本校过去的历史，兄弟以前虽然没有在本校服务，但对安大却非常关心，在报章上所见到的消息，和朋友们的谈话，都深印在脑海里。说起来非常痛心，就是这一次从上海到安庆来，在火车上遇着几位朋友，他们问我到什么地方去。我答到安庆去。他们说是不是到安大去，我答是的，他们都劝我回上海去，不必到此地来，他们说安大既不"安"又不"大"。差不多每年都有风潮，教授不能安心教书，建筑设备一切都谈不上，所谓大者，不过校舍一部分在城里，和一部分在城外而已。我讲这话是想引起大家的注意。因为社会上大多数人有这种不良的印象，实在是安徽的耻辱，希望诸位对于过去历史认识清楚。

（二）没有吃苦已为人上人。希望大家认识自身的地位，据最近教育部的统计，安徽大学生在一万中只有八十八人，一千人中只有八人，一百中不到一人，俗话说，不吃苦中苦焉能人上人，诸位同学大概都没有吃苦，更没有吃苦中苦，但都是百余人以上的人了，诸位来进学校，用费由家庭供给。此地生活虽很简单，但每年至少亦须二三百元。这二三百元，折合稻价，约值一百担，是辛苦挣来，颇不容易的。同时，学校经费每年三十三万，都是民脂民膏，同学共有三百余人。每人算起来，每年要消费八九百元之多。诸位的地位，是在人上，所用的金钱，是父母血汗，学校的经费是民脂民膏。这一点希望大家认识清楚。

（三）希望大家认清国家及民族的地位。我们的国家和民族，现在已到了极危险的地步，事实昭然，无待烦言，土地及经济权，任何国家都可随时取夺，人民可以随时杀戮。在这国际竞争激烈的时候，若再不自存自救，将难立足于世界，这种救亡图存的责任不是我们青年所应该担负的吗？这一点希望大家有明白的认识，假定我们对于上述三种，都已认识清楚，扪心自问，能不惭愧，那么我们就应该下决心，努力将已往的污秽洗刷干净。这次傅校长来安大，很想整顿一番。他找我来，即将此点明白告我，希望能造成新的局面，诸位应该体谅学校的意旨，共同努力，将学校建筑在稳固的基础上。将来计划很多，今天不能完全报告，只略提出几点。总之，以前种种譬如昨日死，以后种种譬如今日生，使大家另过一种新的生活，造成新的局面，安大或可不致自生自灭。

兄弟觉得大家以后所应该刷新的：

（一）要过团体生活。学校是一个团体，是一个有机体，由学校当局教职员同学共同组织而成，如有一部残废，全部均受影响。共同生活，即不能维持，因为团体生活，不是予个人以方便的。中国人有一种极坏的习惯。如坐火车不买票，引为荣耀，在学校读书所选的学分比他人多或少。卧室家具比他人好亦引为荣耀。这些都是害群之马，因为一人如是，别人亦可效尤。则整个团体，将无法维持，在团体规则大家往往认为是束缚自己。这是一个极大的错误，例如我们肺部的呼吸，周身血液的循环，如无一定规则，整个身体必定会要发生疾病，学校如为少数人所破坏，则学校亦必须生病，我们如欲安大造成新的局面，必须事事以整个学校为前提。牺牲个人利益，保持团体名誉，从前在上海有一个同学，程度很好，偶犯校规，因被开除，他当即至诸教授处求情，痛自悔悟，但依学则，绝对不能挽回。结果他说，我现在愿意为学校而离开学校，兄弟，希望诸位同学都有这种心理。上起校长，下至勤务，人人都不要存利己的心思。将团体巩固起来，新的局面，庶可实现。

（二）诸位本身。现在一般青年都非常烦闷，有生不逢辰之叹。烦闷的原因当然很多，一时不能细说，但最大的原因，乃是思想没有受过训练。思想没有训练，就是思想没有上轨道，胡思乱想，堕入非非。希腊有一个故事，从前有一个女孩子，家里很穷，靠做工维持生活。每天清晨，头上顶着一只桶去挤牛奶，盛满了送给主人，有一天她在路上心里想，"我如果把桶子卖去，就可以买几只母鸡，鸡可以生蛋，蛋又可以生鸡，那么我不是不愁没有钱用了吗，有了钱，多做几件漂亮衣服，当然也就有许多男子来追求我了"。她想到此地，不觉得意忘形，头一扬，桶子掉到地上，打坏了。这虽是一个简单故事，但可以代表一般思想自然之路。现在再讲一个笑话，来说明思想自然之路究竟是怎么样。"有一个人死了去见阎王，阎王说他死错了，叫他回去，他不肯。阎王是替天行道的，叫人回去，就非回去不可，但他固执己见，绝对不肯。末了他对阎王说，你叫我回去，我可以答应你，但是我现在有三个条件，你必须接受。第一少年时期，我要才子佳人；壮年时期，我要荣华富贵；老年时期，我要不老常生。阎王不等他说完，就接着说好了，这三个条件，你答应我，我愿意回去，这个位置就让给你吧。"我们思想的自然倾向，大都是如此，这是一个梦，永远不会实现的。举一个例，在"九一八"以后，东北的大好山河，尽被日本人占据。国内一般人都在那里希望日本来一个大地震，平常的标语，都写着直捣东京。政府有地位的人在那里请几位喇嘛念经忏悔。以为这样土地就可以收复，这些思想与事实都相差太远。结果，目的不能达到，烦闷即因之发生，所以现在我们就要训练思想，不让他走这自然之路，不做古人奴隶。凡事皆以事实为前提，心理学家说，患精神病的原因就是因为思想离开了事实。大家如果，长此做梦，结果恐怕都要进疯人院，这是极危险的事，假如大家能将思想引到事实，无论什么问题，都以事实为根据，换句话说，就是每一事实发生，必先求其科学根据，然后思想，我敢担保不但可以免除烦闷，还可避去种种误会。现在总括起来，第一认清本校的历史，自身的地位以及我国家民族的现状，那么，终日孜孜图存救亡，均恐无及。哪有闲暇工夫去做无价值的事。第二，改变生活，造成新的局面。在团体方面，应维持学校秩序，事事以整个学校为前提。在个人方面，应训练思想，使思想不离开事实，往科学路上走，不作野马，不做古人奴隶，如这种，都能做到，则安大声誉的恢复，当易如反掌。

最后希望大家听过我的话，不要像荀子所说的"入乎耳，出乎口"。……

（发表于民国二十三年第一四六期《安徽大学周刊》）

10.姚仲实教授讲演《中国文化所由来》

本月十八日上午九时，本大学全体师生，在二院大礼堂举行本学期第五次总理纪念周，由傅校长主席，领导行礼如仪，谢教务长报告检查同学着制服办法，旋即请老教授姚仲实先生讲演，姚教授讲题为《中国文化所由来》，兹将演辞，录志于后。

鄙人久不与全校同学畅谈，今日校长教务长，邀来演讲，试将中国文化所由来说其大略何如。我国当上古之世，人民浑浑噩噩，不识不知，自三皇出来，始知有天时，分得年月日，知有地理，分得东西南北，知有人伦，分得夫妇、父子、兄弟，什么叫做家，什么叫做国，伏羲又画出乾、坤、震、巽、坎、离、艮、兑八卦来，黄帝因之命为仓颉造字，于是结绳时代变而为书契时代，文化遂布于全国了，唐虞之际，尧舜禹三圣人生于一时，既治洪水，乃制礼作乐，有明良喜起之歌，有典谟训诰誓命各种文字，其后又有连山归藏二易，文王更演周易，而周公述之，周公辅成王，命太史掌书，太师陈诗，在洛邑将礼乐又制作一番，至春秋时，孔子继加考订，后就鲁史修春秋，编为六经，集群圣之大成，我国所以能维持数千年以至于今，有这个国家，有这个民族，实由此数千年中有治有乱，请看治世如汉之文景二帝，唐之太宗，宋自太祖至仁宗，明之太祖，清之圣祖，皆开百余年太平，国势盛强，人民安乐，都是尊崇周孔表章六经的时代，那乱世如东晋，如南北朝，如五代，国势衰微，人民困苦，土地分裂，内而群盗如毛，外而四邻交侵，都是不尊崇周孔，不表章六经的时代，也可以恍然大悟了。今人有说吾国于道德上文明，自是说得毫无遗憾，但物质上文明，尚多欠缺，呵呀，这不是未曾考核的话吗？谁说我国无物质上文明，不过秦始皇将古书烧了，弄得不全，周礼缺冬官，那些建筑工程制造器械方法不可考，仪礼缺军礼，那些练兵的方法又不可考，然就各经传观之，当时人有取水火于日月的，有钻木取火的，有掘矿取金的，有煮海为盐的，有通各国语言的，有通鸟兽语言的，即以孔子门下而论，子路能治赋，是讲兵学的；冉有能足民，是讲农学的，又多艺，其讲工学可知；子贡货殖，是讲商学的，又善言语，其有使才可知；公冶长亦通鸟语，与左传介葛卢解牛音相同，其他如公输子能造器械，攻人之国，墨子偏又能造器械守己之国，昔人叫做输攻墨守，此等人若不研究物质，哪有这般奇才异能呢？不过自秦焚书后，此种学问无处承受，又无重新发明者，遂致欠缺罢了，当今时势，只有将道德文明，见诸施行，以立国本，更取各国近二百余年物质文明，补我不足，莫学老学究，知有古不知有今，也莫学时髦；知有今不知有古，将此两种文明贯而一之，方是救国的人才呢。鄙人老矣，坐而言，不能起而行，惭愧惭愧，然不敢不望诸青年，未审我同事诸君同学，诸君以为然否，请教请教。

（发表于民国二十四年第一八二期《安徽大学周刊》）

11.周予同院长讲演《读经问题之史的检讨》

主席，诸位先生，诸位同学：这次纪念周我本不预备说话。今天早晨八时，接到张秘书长的信，要我讲演，所以来和诸位谈谈。因为时间匆促，不能充分预备，只能就现在文化界流行的问题提出一个，所谓"读经问题"，和诸位研究。假使诸位要给这次的谈话以一个标题，也可以，那就叫"读经问题之史的检讨"吧。如果嫌"检讨"两字太严重，改为"观察"也可以。

读经问题，和大学教育关系不甚密切，和中小学教育关系却不太密切而且严重。这问题可以从两方面去研究：一是站在教育心理学的观点上去研究。我不是教育心理学专家，这方面将来可以请谢教务长或郝主任去解答；我现在只能就中国教育史方面，对这问题，提出个人的一点意见。

所谓史的检讨或观察，今天因时间的关系，也只能提出两点：一是就"中国现代教育制度的来源及其性质"方面观察读经问题，一是就"中国中小学课程的演变"方面观察这问题。就我私人观察的结果，我可以坚决公开地说：经学只能让大学里或社会上极少数人客观地去研究，中小学校的学生无读经的必要。换一句说，对于现在社会上流行的所谓"读经问题"，我是很鲜明地站在反对一方面的。

这是我观察以后的结论，为醒目起见，先提出来。至于这结论的理由，现在容我慢慢说。

先说第一点，中国现代教育制度的来源及其性质方面观察读经问题。大家都知道，学校制度，在中国，是"古已有之"；但我们要知道，中国现代的学校制度，却是"舶来品"，而且性质和从前也不同。中国的学校制度，简单来说，可以分为三期：从有史以后到春秋以前是第一期，可以称为古代期；从春秋以后一直到清朝鸦片战争以前是第二期，可称为近代期；从鸦片战争以后到今天是第三期，可称为现代期。古代期的教育权在贵族的手里，学校制度是"身份的双轨制"：贵族所入的学校称为"国学"，庶民所入的学校称为"乡学"。国学是为两级制，分为"小学"和"大学"；乡学却只有一级，大概只是小学。那时期的教育目的只有一种，就是"政治的"；换句话说，就是"国学"在养成统治阶级的统治人才，乡学在训练被统治阶级的顺民或奴隶。经过春秋战国，到了秦汉以后，教育权从贵族手里移到君主及士大夫的手里。那时期，国学和乡学的区别是没有了。国家只办有大学性质的太学或国子监，等等，而没有小学。当时含有小学性质的教育场所大概只是各地的"蒙馆"。那时期内，最初是以学校和"选举"并行，到后来却以学校作为"科举"的附庸。但是无论怎样变迁，那时期的教育也只有一种，也只是"政治的"。换句话说，从蒙馆到太学只是在训练君主的统治助手——官僚。

到了鸦片战争以后，中国受帝国主义者的侵略，不得已由接受西洋的物质文明进而接受西洋的典章制度，于是学校制度也只得丢掉固有的而模拟外来的。然而，大家要注意，西洋班级制的学校制度却不止含有一个目的而有两个目的：就是"政治的"目的以外，还有"经济的"目的；而且"经济"目的较"政治"目的更为重要。这话怎样讲呢？现代的学校制度随资本主义的发展而发达：换句话说，现代的学校制度是资本主义文化机构的一个部门。所以无论实行"资产的双轨制"也好，实行"假民治的单轨制"也好，总之，他的教育目的有两种，一是"政治的"，目的在养成"公民"和"统治人才"；一是"经济的"，目的在养成"劳动者"和"技术人才"。这是现代教育制度的性质和中国固有的教育制度最大不同之点。

我们既然明了现代教育制度的来源和性质，我们再回头来讨论读经问题。

今后的中国无论是先从民族资本主义的路再走到社会主义的路，或者迎头赶上直接走上社会主义的路，总之，我们决不能忘记教育之经济的目的。然而教育之经济的目的，可以说是和读经问题毫无关系；而且读经问题或者只会给这教育之经济的目的以一种封建的障碍。至于要达到教育之政治目的，也不必要求助于这古色古香的经典。养成"公民"自有现代的教育方法；养成"统治人才"，不，今后的中国应该说养成服务社会的"公仆"，也自有现代的社会科学。退一步说，经典和中国固有文化有关系，那也只有请专家赶快建立中国文化史的体系，通俗地普及于大众，而不必要大众，更其是儿童少年们直接去啃吞这僵硬的经典。

我们要知道，在古代期，经典还没有结集而成为一种特殊的体系，在现代期，经典却又因客观的研究而呈"定性分析"和"定量分析"的状态。只有近世期，两汉以后的教育才乞助于经典。然而我们进一步研究，这经典的本质，在君主方面只是一种统治的武器，在士大夫方面只是一种装饰的油漆而已。如果有人主张现在要读经，我请他先赶走帝国主义者，关上大门，再把中国的政治拉回到鸦片战争以前！

现在再说第二点，由中国中小学课程的演变方面观察读经问题，中国从施行现代学校制度以来也可以简单分为三期：从清同治元年到光绪二十七年，可称为中小学教育萌芽时期；从光绪二十八年到宣统三年是第二期，可称为中小学学制确定时期；从民国元年到今天是第三期，可称为中小学教育发展或演变时期。我们观察这三期，第一期，读经的空气很稀薄，可以说没有；第二期，读经的空气最浓厚，但是结果大失败；第三期，读经问题像"间歇热病"似的发作了三次，而现在正是第三次的发热！

在第一期，据现在可靠的文献，第一个小学校是光绪四年（一八七八）张焕纶所创办上海正蒙书院。这书院附的有"小班"，是小学性质，课程有算数，礼仪，游戏，技艺四科，却没有"读经"。到了光绪二十三年（一八九七），盛宣怀创办南洋公学，设有"外院"，也是小学性质。这是中国第一个公立小学，也是第一个师范附属小学。他的课程有国文，算学，英文，舆地，史学，体操六科，却也没有"读经"。第二年，光绪二十四年（一八九八），经元善在上海创办经正女学，这是国人自办的第一个女子小学，他的课程现在无文献可考。至于中学，我们可以追溯到同文馆。因为光绪二十一年（一八九五），陈其璋奏请整顿同文馆，另订馆规和章程。在学龄方面，招收十三四岁的学生，和现在初级中学的学龄很相近。他规定八年毕业，前五年的课程，第一年是认字，写字，浅近词句，讲解浅书，都是关于外国语方面的；第二年也全是外国语，不过程度加深；第三年，添上各国史地；第四年，又添上数理，代数；第五年，再添上格致，几何，平弧三角；却没有"读经"。同年，盛宣怀在天津创办中西学堂，其中二等学堂可说是中国第一个的正式中学，招收十三岁到十五岁的学生。课程，第一年，英文初等浅言，英文功课书，英文拼字，朗诵书课，数学；第二年，学程性质相同，但加深程度。第三年，添上各国史鉴，舆地学，代数学；第四年，又添上格物书，平面量地法，却也没有"读经"。

在中国现代教育萌芽时期，为什么只出现中，英，算，史，地，理，化，体操等学科而没有"读经"呢？就我的解释，那时期起来创办学校的，大概是比较前进的醒觉的士大夫。他们深受帝国主义武力侵略的刺激，觉得当时最需要的是外交、军事、政治、技术等人才，所以设置上列的课程。帝国主义的大炮给他们的刺激太厉害了，使他们慌张，使他们只晓得对外。他们忘记了满洲皇室本身的稳定，因而忘记了"读经"！

到了第二期，正式的学制先后颁布了。光绪二十八年（一九○二），张百熙主编的钦定学堂章程，就是近人所谓壬寅学制，正式公布。依这学制，初等教育分为三级：第一级，蒙学堂，四年毕业，课程有修身，字课，习字，读经，史学，舆地，算学，体操八科；第二级，寻常小学堂，三年毕业，课程和蒙学堂相同，不过将字课改为作文；第三级，高等小学堂，也三年毕业，课程除和寻常小学堂相同外，又添上读古文辞，理科和图画三科；总之，全有"读经"。中等教育只有中学堂一级，四年毕业，课程有修身，读经，算学，词章，中外史学，中外舆地，外国文，图画，博物，物理，化学，体操十二科。就上课时数说，外国文占第一位，每学年每周九小时；读经占第二位，每周从四小时，依学级的上升，递减到两小时。总之，也有"读经"。

这学制，实际上没有施行，到了第二年，光绪二十九年（一九○三），张之洞，荣庆和张百熙又重定章程，称为奏定学堂章程，也就是近人所谓"癸卯学制"。依这学制，初等教育仍分为三级：第一级，蒙养院，不定年限，课程有游戏，歌谣，谈话，手技四科，将读经删去；第二级，初等小学堂，五年毕业，课程有修身，读经解经，中国文学，算术，历史，地理，格致，体操八科；第三级，高等小学堂，四年毕业，课程比初等小学堂多了一种图画，并将中国文字也改为文学。这学制将读经解经的每周授课时数也加以规定，达十二时之多，占全部授课时数三分之一以上！（初等小学堂每周三十小时，高等小学堂三十六小时）中等教育仍只有中学堂一级，五年毕业，课程有修身，读经解经，中国文学，外国语，历史，地理，算学，博物，理化，图画，法制及财政，体操十二科。就上课时数说，读经解经改升为第一位，每周九小时；外国语改降为第二位，由八小时递减到六小时。总之，无论中小学，都是特别着重读经解经。

我们如果要了解当时为什么特别着重读经，先要了解"中体西用论"。所谓"中体西用论"，是我对于当时流行的"中学为体，西学为用"这一口号的简称。对于"中体西用论"，现在有许多人认为是当时的一种社会思潮，或认为当时维新派对守旧派让步的调和的手段。我觉得这观察和解释都是浅薄的，错误的；我以为这"中体西用论"只是满清政府和官僚们镇压革命思潮的一种政略。这话怎么讲呢？

当时的政体是君主专制，而现代教育制度却跟随着民治主义这一怪物。清朝皇室受帝国主义者的威胁，不能不采用现代教育制度，就人民中选拔新的统治助手；但现代教育制度的采用却含有一危机，倘使所养成的生徒受民治思想的感化，而引起革命的情绪，则外侮未去，内祸先起，结果将得不偿失。清朝政府和官僚们的"中体西用论"正是想一面接受西洋的物质文明和典章制度，以抵抗列强；一面维持中国的君臣纲常和社会组织，以稳定皇室。在他们眼里，经典不是以文化的价值而被尊崇，经典只是稳定皇室的一种武器而已。

这不是武断，而可用以后的史实来证明。光绪三十三年（一九〇七），清朝政府正式颁布女子小学堂章程，分女子小学堂为两级：第一级，初等女子小学堂，五年毕业，课程有修身，国文，算学，女红，体操五科；第二级高等女子小学堂，四年毕业，课程除以上五科外，再加添中国历史，地理，格致，图画四科。奇怪得很，这课程连一小时的"读经解经"也没有！男孩们要读每周十二小时以至九小时的经典，而女孩们却一小时也不要；假使经典是被承认为中国文化的话，难道女孩们不必受中国文化的陶冶吗？不是的，在清朝老官僚的眼里，男女的危险性是不同时；他们以为女子决不会革命，所以不读经也没有什么。中国女子中居然产生为革命而流血的秋瑾——徐锡麟的女朋友，这真出乎清朝老官僚意料！

宣统二年（一九一〇），初等教育学制重新改订，初高等两级小学堂都定为四年毕业；课程方面，将修身的范围扩大，包含"国民教育要义"，而将读经解经的时数减少；初等小学堂每学年每周十二小时改为三四年起每周五小时，高等小学堂从每学年每周十二小时改为第一二三学年每周十一小时，第四年十小时。次年，宣统三年（一九一一）中学课程也发生变动，仍旧将外国语的教学时数改占第一位，而将读经解经的时数减少。清朝政府在这时期为什么将中小学的读经解经的时数减少呢？是否出于自动的呢？不是的，诸位要知道，这已是清朝政府的末世宣统朝了。革命的高潮已经无法阻遏，站在教育的观点批评中小学读经的言论已成为在野的有力的舆论。清朝政府是被动的采纳这舆论，企图和教育家携手，以缓和革命的空气而已。

从光绪二十八年到清朝灭亡，是读经空气最浓厚的时期，而结果却只是失败。清朝政府和官僚们本想借经典以稳定皇室，而结果，灰冷的经典抵不住青年们革命的高热，民治主义这一怪物居然紧跟着学校制度而闯进中国的大门！

民国成立（民国元年，一九一二），第一任教育总长是蔡元培先生。他在五月间通令各省，申明中小学应行改革各点，在课程方面，第一就是废止读经。蔡先生是从事革命运动的人，是对于中国文化有深切了解的人，他坚决的主张废止读经，则经典对于清朝政府和民主政体的关系大可了然了。继蔡先生之后的第二任教育总长是范源濂先生。范先生的教育专家气息比较浓厚些，但他保持废止读经的主张，先后颁布中小学校令，在课程方面没有给经典以一些地位，反而添上了手工和唱歌。因为那时候，废止读经已成为全国一致的舆论了。

　　民国以后，读经问题，第一次的出现是在民国四年（一九一五）。那时候，袁世凯正在预备帝制。他一方面颁布教育宗旨，以"法孔，孟，戒贪争，戒躁进"镇压他的政敌国民党；一方面模仿德国，实行双轨制，在高等小学恢复读经，规定每周三小时，专读论语。对于中学校，计划实行分科制，并改订课程；但还没有成议，而袁氏的命运已经告终了。在这里，我们对于读经和帝制的关联，大概又可以得到一些些的消息吧。

　　袁氏失败，民国重造，教育部于民国五年（一九一六）十月，又明令废止双轨制，同时废止读经。到民国八年（一九一九）五四运动发生以后，美国派的教育思潮支配了整个的中国，读经问题在教育界更无存在的可能。然而当时由思想革新运动逐渐酝酿为政治革新运动，一般青年纷纷加入政党，与北洋军系发生直接的冲突。那时，北洋军系军人除用武力镇压以外，更求助于古色古香的经典，想借此消灭青年们的革命热情。这是民国以后读经问题第二次的出现。当时高唱着学校应该读经的，南北同起。民国十四年（一九二五），段祺瑞任政府执政，章士钊任执政府的教育总长，曾有读经的建议，但终因教育部僚属的反对而没有结果。次年，民国十五年（一九二六），孙传芳在南京任五省联军总司令，曾据无锡二三公民的呈称，主张在学校中添授经典。

　　但也只有江苏教育厅的一纸公文而始终没有实施的具体方案。我们要知道，这时期正是国民党领导革命青年和北洋军系斗争最烈的时期，北京执政府曾于民国十五年（一九二六）三月十八日以机关枪向请愿的学生们和民众扫射，南京直鲁军执法处曾于十六年（一九二七）三月十七用大刀斩决东南大学的学生。一手高举着经典，一手却冷酷地施用着机关枪和大刀。我们在这里，可以参透经典的作用就等于机关枪加上大刀。

　　从北洋军系失败，国民政府成立以后，读经问题随而消沉。到了最近，读经的言论和事实又首先出现于革命策源地的广东。这是去年才发生的事，也是民国以后读经问题第三次的发热！广东的真相，我们不甚明了；就刊物看，我们知道广东曾编有孝经新诂中小学的教本，请省政府委员许崇清先生审查。许先生根据他教育专家的观点和态度，写了一篇孝经新诂教本审查意见书。这篇意见书，曾在三民主义月刊第四卷第一号上发表（二十三年七月），又转载于中华教育界第二十二卷第三号（二十三年九月）。据这篇意见书，许先生以为学校读经有其先决的问题：他说"应解决问题，故不在此书之内容及编纂技术之当否，而在讲说义理，灌输概念本身是否于道德教育有效"。他以为那些主张读经可以训练道德的话是根据进化论以前的旧说，是根据海尔巴特（J.F.Herbart）的旧派心理学，是误认感觉为精神的本原。他自己采用杜威（J.Dewey）的教育思想而再进一步，主张"学校之社会化与社会之三民主义化同方并进"，而不必求助于经典。他的意见立场于教育心理学，是比较客观的，科学的；然而，据道路传闻，许先生就为了这篇文章而辞职。许先生是国民党的忠实信徒，是三民主义教育理论的开创者。当民国十五年（一九二六）间，他任广东国民政府教育行政委员，曾首先拟具教育方针草案，可说是三民主义教育运动的发端；然而许先生是一位反对读经论者。在这里，我们应该知道，一位忠实的国民党员不一定要赞同读经；反之，反对读经，却正是为了国家民族的福利着想。

从民国以来，读经的间歇热病已经发作了三次，在这里，我们只觉得中华民国的进步过于迟缓，一切无聊的问题一定要重复地表演着，而引起一些些的伤感而已。

因为时间匆促，对这问题不能详尽地说；然而仅就"现代教育制度的来源和性质"以及"中小学课程的演变"两方面加以观察，对于读经问题的赞成与否已经无所用其犹豫了。诸位同学假使我们有点史的眼光，假使我们真的为国家民族的前途着想，我和诸位应该坚决的一同站在反读经的战线上！

（发表于民国二十四年第一八七期《安徽大学周刊》）

12.李范之教授讲演《晚周先秦学术发达十大原因》

本月十一日上午九时，本大学全体师生在大礼堂举行本学期第十二次总理纪念周，由李校长主席、领导行礼后，即请李范之教授讲演，题为《晚周先秦学术发达的十大原因》，兹将讲演辞志后。

前几天谢教务长来说，星期一纪念周，要鄙人来讲演一次。鄙人平日是研究周秦诸子学说的，今天就将周秦诸子学说产生的原因，略为谈谈，给诸位同学做一点参考，究竟说得对不对，还请主席、诸位先生、诸位同学，大家匡正。何谓周秦？周指晚周说，就是春秋战国时代，秦指先秦说，就是秦始皇未统一以前。

晚周先秦的时候，为吾国诸子学说最发达的时期，近人称为黄金时代。但是这些许许多多的学说，何以独独在晚周先秦时代同时发达，这是我们不能不研究的。据鄙人看来，这里面约有十大原因，在这十大原因里面，又要分出远因和近因，这远因大约可分为三点，近因大约可分为七点。现在先说远因。

远因三：

一、收上古哲学的效果。（甲）包牺氏。相传包牺氏的时代，没有文字，结绳为治，但是在《易·系辞上》记载有这段话：古包牺氏之王天下也，仰则观象于天，俯则观法于地，观鸟兽之文与地之宜，近取诸身，远取诸物，于是始作八卦，以通神明之德，以类万物之情。这些话，虽然是由后人想象和缘饰说出来的，但是细玩那八卦的形、八卦的象，八卦这种东西，确是在文明初启时代，大哲人用来表现自然界和人世上种种的事理简单的工具。他一方面有文字的作用，一方面，含有哲学的意义。八卦不是从一画起吗，一画开天，一就是表示天体。许慎《说文》解释一字：道立于一。中国人讲哲学讲到于今，讲到至高至上处，莫不追源于此。文字不也是从一孳乳而来吗？说文上始一终亥，就是到现在讲文字起源的，也不能丢开八卦不讲。（乙）神农氏。神农氏时代，文字还是没有，所用来作启发智慧上的工具，就是包牺氏所传下来的卦象。不过神农氏自己又将这种卦象增加和变通起来，后世所称为连山的夏易，以艮为首，相传是继述神农氏而作的。神农氏，漫说他对于包牺氏卦象的本身有所继述，就是他有所作为，也是根据那上面来的。《易·系辞上》说，包牺氏没，神农氏作，斫木为耜，揉木为耒，耒耨之利，以教天下，盖取诸益。这样一来，神农氏自己又传下来一种学问。相传神农氏夫负妻戴以治天下，又留遗下来四句极精粹的话，就是一夫不耕，或受之饥，一女不织，或受之寒，后世就称此为神农氏治民的法则。战国时农家许行君民并耕的学说，即本于此。（丙）黄帝。黄帝为道家的鼻祖，道家书中称道黄帝处很多。司马谈《论六家要旨》，推尊道家，司马迁《史记》中的本纪，便断自黄帝为始。道家原来是肇始于黄帝，集大成于老子。自汉以来，黄老并称，后世所称为《归藏》的商易，相传是继述黄帝而作。黄帝著《归藏》，以坤为首，以阴为主，以静为道，以柔为用。老子之言，悉本于此，世传老子之学出于黄帝，要为可信。（丁）尧舜。尧舜两大圣人，所讲的学问，都是以执中为心传的，为吾国最切于现实而最适于人情物理的哲学。孔子中庸之学，即出于此。孔子删书，断自唐虞为始，子思又称他的祖父是祖述尧舜的，可见孔子所用力处，确是传尧舜之道的。孟子自己说，乃所愿则学孔子也，又《孟子》书上记载孟子道性善，言必称尧舜，可见孟子是继述孔子而上追尧舜的。孔孟是儒家的宗师，原来如此，那么，儒家所讲的，便是尧舜之道。（戊）禹。相传禹治洪水有大功劳，天便锡禹以九畴。前清大儒江永说九畴者，言治天下之大法，有此九类。天锡者，犹云天启其衷。无论九畴是否为天赐给他的，天开导他作的，不过由我们现在想象，禹治洪水，经过了许多天时地土人情物理，因之融会贯通而悟出这九种大道理来。我们现在读《洪范》，看到那上面所叙述的那么井井有条那么完整无缺，将许多宇宙人生以及政治道德等问题，尽行包括到了，决不是箕子无所本而作的，现在考伪的风气大盛，但是已有多人承认《洪范》不是东周以后的作品，那么照旧将洪范归把箕子，将九畴承认为禹所发明，亦不为过，又大禹当日治洪水救天下的人，自己到处工作，非常的节俭，非常的劳苦，到后来墨子好称道禹行，墨子自己摩顶放踵利天下为之的主张，也就本之于此，所以后世禹墨并称。（己）如皋陶所谓九德，为吾国最古的道德论，也就是吾国道德哲学的大源头。又伊尹有九君之说，就像现代政治学中的政体论，其他片言碎语，见诸传记而有哲学价值的多得很，实在不胜枚举哩。

总此以上许许多多的哲学的老根子，到一代代的继述下来，一代代的来研究，来扶植他，增长他，直到春秋战国时代，又有那么样的机会，就蓬蓬勃勃地开花结实了。

二、收文王善育人才的效果。周朝自后稷起，传十五世，集大成于文王，文王他本人是极讲究修德立行、做一般人的表率的，对于治人是专讲教化的，在大雅上曾咏歌文王时济济多士，这是文王善于教人所得到的效验。到了武王统一天下，周公作法制，承乃父的遗意，对于学校之制，更加讲求。那时，家有塾，党有庠，遂有序，国有学、乡校、国学，普通教育和高等教育，差不多是很完备的，这种设施，大概一直到东周时候，未曾休歇。国家的教育办得如此发达，一直过了几百年，虽然到了东周初年而后，学校衰微，可是在人的知识上总有些结晶在那儿。

三、收专官世守的效果。学校所教的课程注重道德，注重礼乐，注重普通智识，至于专门的智识，高深的哲理，还有王官世守着，《汉书·艺文志》叙述诸子九流十家的来头，说某家者流，出于某某之官，这就是说诸子皆出于王官，现代人反对此说的固有，可是赞成的还是很多。那某一种的学说，有某一种的专官世代讲习，他那一种书籍，也就归他那一种专官世代保管着。请看韩起为晋国的世卿，到聘鲁时，观书于太史氏，才得看见《易象》与《春秋》两部书。章太炎说自老聃写书征藏，以贻孔氏，然后竹帛下庶人，足见在老聃以前，那些书籍不是像后来可以普通流行的。再者，如道家出于史官，儒家出于司徒之官，法家出于理官，纵横家出于行人，这里面本有专业的关系，专官世守，这种制度，对于学术固有不公开不得普遍的弊病，可是他也有他的好处，大概说来，约有三点：一、责任有所专，自有专门的研究；二、一代代的继续不断的研究，所得的当逐渐加精；三、书籍在那时不易抄写，得以保存着不致散失。次说近因。

近因七：

一、受当时政治的影响。周朝自从东迁，天子失掉了威权，各国诸侯便各自为政，各自称雄，因之彼此攻打不得休歇。那时候，人民出兵出赋，受死受伤，已经是受不了，加以在专致力于外的当儿，内政的混乱，自不必谈。人民的痛苦，真是如水益深如火益热了。那一般有学问的，看到如此，便各人想法子来救济，于是对于社会问题、政治问题、心理问题以及宇宙的起源、人生的究竟，大家都来研究、来讨论、来争辩，各国地理的环境不同，社会的环境便不同，那政治方面所受的病症也自有不同之处，所以那时候各国的学者，所想到的理论，纷纭杂出了，统而言之，要皆由于想救济当时之心所发出来的，所以《庄子》书上说今世之仁人，蒿目而有忧世之患，《淮南子》要略一篇，所叙述诸子产生的背景，大概偏于政治方面为多哩。

二、私家讲学的效果。周朝的乡校国学，到了东周时候，一天天腐败下来，直到有废而不办的。老子为周守藏室之史，读书最博，孔子适周，向他问礼，这里就开了私家讲学之始。又孟僖子临死，嘱咐他的儿子向孔子学礼。孔子继承老子私家讲学的风气，可是他自己更扩大其传授的范围，他自己说他是有教无类的，他设教洙泗的时候，门弟子济济一堂不算，当他周游列国时候，还有许多弟子追从他，所以他的弟子有三千之多。从此而后，曾子设教于武城，子夏设教于西河，苏秦张仪学于鬼谷，孙膑庞涓也是同学于鬼谷，商鞅学于尸佼，韩非李斯学于荀卿，墨子有服役者百八十人，孟子到各国时候，后车数十乘，从者数百人，许行有徒数十人，此外不胜枚举。从前学术为某官所世守，到此由某一私人讲授，就成为某家之学了。可是，某种学术到私人讲授时，他收的弟子既多，这里面的才性自然不一，不免有仁者见仁、智者见智的情形发生，再经过了这般门徒各人讲各人所见所得的而后，又不免有源远而末益分的情形发生。所以晚周先秦时代学术，虽刘向父子所著《七略》上分为六略，《汉书·艺文志》诸子略又分为九流十家，这也不过大概分分罢了，到我们现在看来，真是五花八门，色色俱全，想来细分，也难分得干净呢，只是因私人讲学之风大盛，学术传授的范围扩大了，一般聪明才智之士，都得以有所成就了。

三、私家藏书的效果。古代书籍都藏在官府里，这是因为专官世守的关系，在上面已说过，那时民间想来传写，自然是办不到的，一般想研究专门学识高深学理的，哪能向壁虚构呢？照章太炎说，自老聃写书征藏以贻孔氏，然后竹帛下庶人，他又说书布天下，功由孔氏。可见书籍到春秋晚年，才渐渐地流传到私家来。《公羊传疏》说孔子受端门之命，制春秋之义，使子夏等求周史记，得百二十国宝书。他既然公开教授弟子，这些许许多多的宝书，当能给弟子们传抄过。又如六艺这些书，自经孔子研究过、传教过，到后来，竟令邹鲁之士，缙绅先生，多能道之。墨子本来是学儒家之道的，他南游的时候，载书甚多，这些书从儒家抄写过来的，想也不少，要的书籍自从官府里流传到私家来，想抄写的才有的抄写，想收藏的才有的收藏，愈传布，范围愈广，愈传布，种类愈多。与孔子同时的齐国晏子，藏书于楹，稍后于孔子而得书很多的有墨子，此后若苏秦发书，陈箧数十，惠施多方，其书五车。孟子说尽信书则不如无书，吾于武城，取二三策而已。在这里可以想到当时信书本子的人很多，而书籍流传之盛，一定也是有的现象。本来研究学问，专拿事实来做对象，是难以启发的，晚周先秦时代学术的发达，借助于得书甚易的方面也很不少。

四、游学的效果。当时交通虽然不便，而游学的风气却大开，如老子游秦、孔子适周、颜回游宋、荀卿游齐、墨子南游于楚卫、陈良北学于中国，即如孔子门人弟子，有多少都不是鲁人，其他如吴起、黄歇、苏秦、蔡泽这般人，也都是游学最有名的，游学的风气既这样大盛，学者的见闻自然不至于固蔽，而为多方面的了，其学识上，定得有真知灼见之处。

五、养士的效果。战国时候，孟尝、春申、平原、信陵，这四大公子，大家都知道他们是有名好养士的，各人门下的食客都有数千人，还有齐威王、宣王、燕昭王、吕不韦，这般人，也都是喜欢招纳士人的，吕览一书，便是不韦集合他的门客作成。齐国的稷下谈士，常常聚积数千人，这般被养的，一方面得到供给，无生活之累，无事可做，能安心研究学问，一方面人才荟萃，彼此讨论争辩，智识上多了交换的机会。

六、网罗人才的效果。晚周先秦时代，各国君主，都有急图富强的雄心，都想一步就能做到，于是彼此都搜罗奇才异能之士，出个特别法子达到他的目的，每个君主，对于用人一层，不管你是什么出身、你的家世如何、你是哪一国人，只要你所说的是持之有故、言之成理，合了他的心眼儿，马上便能重用你，他们用人，真是人才主义。就拿秦国来说，秦孝公为了求贤下过令的，商鞅是应令到秦国来的，李斯《谏逐客书》中曾说过，昔穆公求士，西取由余于戎，东得百里奚于宛，迎蹇叔于宋，求邳豹公孙支于晋。他如燕昭王，也是个有名求士的，所以乐毅自魏往、剧辛自赵往、邹衍自齐往，尤其是这般被延揽的，有多少是由布衣一跃而为卿相的。这等情形，感动学者发愤研究的力量实在很大，如申不害以学术便能被用为相。又如淳于髡、慎到、环渊、接子、田骈、驺奭之徒，各著书言治乱之事以干世主。又如苏秦为了游说不行，回家再发愤读书，结果握到六国的政柄。又如李斯起初不愿意做小吏，跑到荀卿那儿学了几年帝王之术，后来到秦国果然做起丞相来。只要你有真实学问，就有人重用你，这样一来，做学问的当然增高兴趣，来尽自己的才力，拼死命地研究了。

七、言论自由的效果。孟子说诸侯放恣，处士横议，扬子《法言》上说周之士也肆。横议呢、肆呢，晚周之士，思想言论的自由可知。李斯为请焚书坑儒，对始皇说，诸生不师今而学古，议论当时，闻一令下，入则心非，出则巷议。可见在未焚书坑儒以前，学者是可以随便发议论的，各国都是如此，甚至如田巴议于稷下，毁五帝、罪三王，人也不以为怪，因为从东周晚年以来，学说由私家传授，各立门户，不出于一，并且当时的那般君主，为策应纷乱局面和急图事功起见，都觉得蹈常习故是不行的，人人都愿意得到新奇的法子，用来马上奏效，人人也都愿意听到新奇的议论，听来才有点兴奋，于是对于士人的思想言论，概不加以政令的干涉。本来学术这种东西，是进化的，日新的，各家学者是有其个性的，哪能陈陈相因必出于一呢？幸运得很，学者生于晚周先秦的时代，得到这个思想言论自由的好机会，大家便各能驰骋其才力之所至，来发抒各人的独得之见了。曾巩说周之末世，人奋其私智，家尚其私学者，蜂起于中国，各占一方，而不能相通。这也是当时实在的情形。又《韩非子·显学》篇说儒分为八、墨离为三，这是学者对于师承方面无拘无束的现象，据此看来，当时言论自由，也是学术发达一种原因。

总之晚周先秦的学术，那么样的五光十色，那么样的头头是道，那么样的彼此相互攻击，而终能并生并存，这里面的原因，当然是极复杂，不是三言两语可以解释完的，所以现在研究这个阶段的学术史的人虽然很多，而失之一偏的竟为通病，很少能笼罩全局，鄙人也是就我个人所见到的说出十大原因来，不知究竟对不对，不过在鄙人浅见看来，必如此才觉得较为充分点，才觉得较为完全些。

　　正题说过了，鄙人还要附带说几句，晚周先秦时代学术的发达，在中国已往的学术史上，总算到了极点，可惜遭了三次大劫，第一次是秦始皇一把火，第二次是项羽一把火，第三次是汉武帝一道禁令，这样一来，正是火焰熏天的诸子学，到此几乎熄了。汉武帝这个人，人人都说他是雄才大略，可惜他偏听了董仲舒的话，表章六经、罢黜百家，把诸子中的儒家定为一尊，把其他的各家一概抹杀，虽有他的苦心，未免局量太狭隘呢。一直到清朝乾嘉以来，诸子渐渐从废纸篓中跑出来，渐渐伸出头来，有人寻找他们，表扬他们，他们的姓名才渐流露于人们眼目之前，但是那般迂谨的儒者，终究对于他们是异端的成见，未能消除，未能将他们和儒家供在一个龛子里面。到现在诸子坐席才到正厅上，这也是诸子的运转时来，我们一方面不能不替诸子庆幸，一方面也就要趁这个机会认清诸子本来面目哩。

　　说到研究诸子哲学，本来是极繁重的工作，初学者对此，真不胜望洋向若之叹，诸君此时想研究诸子哲学，应各就其性所相近的，专精一二家，以鄙人的愚见，最好以老庄治心、禹墨治世，道墨这两家，最为重要。其他如韩非学说，注重法治，与现代的潮流很能相合，也应该用心研究。至于儒家的《孟子》一部书，全是发挥孔子未明说出来的意蕴，也就是我们做人的金科玉律，那上面所讲的出处去就辞受取于各种道理，最为明白详细。诸君无论研究哪家哲学，《孟子》这部书，是不可不读的，此又鄙人在谈话收场中郑重声明的一句话。

（发表于民国二十五年第二二七期《安徽大学周刊》）

13. 黄仲诚院长讲演《大学教育与民族抗战》

　　主席、诸位同学，今天预备讲的题目，是"大学教育与民族抗战"。昨天正在预备今天讲的材料，适逢敌机来袭，预备因之停顿。今天仅就所预备的来讲一讲，这个题目可以分六层讲：第一层是大学教育与民族抗战的意义，第二层是现时大学教育应有的反省，第三层是大学教育的理想，第四层是民族抗战的信念，第五层是抗战时期的大学教育方针，第六层是对大学教育的希望。

　　现在先讲大学教育与民族抗战的意义。这可以从目的和手段两方面说。大学教育的目的也不外是延续民族生命，分开来讲，有的说是两点、有的说是三点、有的说是四点。归纳起来仍不外乎研究高深学术、养成专门人才这两句话。教育部所规定的大学教育实施方针，其内容分为四点：一、注重实用科学；二、充实科学内容，其用意当是特别注重发明与发现；三、养成专门知识与技能；四、切实陶融为国家社会服务之健全品格。至于民族抗战的目的与大学教育的目的，大概说是相同，也是求民族生存，无论消极积极都是如此。分开来说，如制造飞机、高射炮、坦克车、毒气、兵舰等，都需要高深的学术与专门的人才。同时身临前敌、忠于职守、有进无退的精神，就是健全品格的表现。大学教育是一种领袖教育。中国自一八九八年开办"京师大学堂"以来，迄今三十九年，办了四十年大学教育，应当有相当的成绩。统计全国现有大学生约四万人，仅全人口平均计约每一万人中有一个大学生。这四万大学生在平津京沪的有两万五千人，占全数百分之六十以上。除掉这四地，我们只有两万大学生，以全国两千县计、每县平均不过二十个大学生。依白崇禧将军说，民族抗战我们要准备牺牲一千万壮丁，胜利必属于我。那么按比率说，一定要牺牲一千个大学生。假如抗战是三年计划，那么每天平均要死一个大学生，按"一二八"中日双方死亡率，是一与四之比。我们死一千万壮丁，他们要死二百五十万壮丁，敌人的壮丁是不够的。再从手段方面说，大学教育是和平的、永久的、建设的、少数的；民族抗战是残酷的、迅急的、一时的、破坏的、全民的。虽然有三十年战争、百年战争，但是就历史上看，仍是一时的；而且大学教育仅及于少数人，而民族抗战是四万万人都要参加的。所以我们可以说，战争是扩大的教育，教育是战争的准备，是战争的代替。

第二层讲到大学教育应有的反省。我们应该把我们的大学与敌人的大学比一比看是如何，战争是国力整个的比较，就教育说，也必须把我们的大学中学小学同敌人的比一比。一比以后，我们感觉过去对于科学方面，如工程、医药、防空、救护、交通、粮食、金融等，都不免偏于理论、忽略实际。对于人生观又是偏重家族主义、个人主义，抗敌需要民族主义、集体主义。……对于社会方面，我们也可以乐观。过去虽无阶级，但有贫富，现在无论贫富，一样要受危险，而且城里人到乡间去避难，乡间壮丁运到前方去作战，可以打破城乡隔阂。对于教育方面过去乡间是守旧的，现在添入新的分子，可以变成有开辟性、创造性。过去中国教育是符号式的教育，注重口头笔头工作，现在可以改变课程、适应国家社会的需要。大学教育已变成民族国家的整个教育，这是大学教育的一个最大的转机。一国教育政策，都有她的条件与准备。例如瑞士的和平教育，因为她是永久中立国，且得天独厚、生活容易，她的人民不必当兵，已经废止死刑，爱好和平的空气充满全国；又如德国的备战教育，她注重军训，全国壮丁随时可以入伍，警察都可以做军官，奖励决斗提倡作业道德与工作神圣的精神。设备方面，如火车车厢两边完全是门，车入站台，同时可以左右成排的人上下，车轮可以放松收紧，可以在欧洲任何轨道上走，公园的棹橙都是铁做的，住宅门口用大炮弹做装饰品，平时对战争早早预备好了。因此我们联想到我们的平津京沪年来的建设，缺少战时准备。又如日本的学生是平头短装，提倡步行，骑自行车，平日冷食，过行军的生活，复奖励小孩子有奋斗的精神，因而想到我们教育过去对于这一方面的忽略。

第三层谈到大学教育的理想。一、研究高深学术，要注重研究工具，在师生合作下，用思维与实验去研究高深学术。二、谋文化之发展，注重创造性。三、养成专门人才，不但要求其学问之渊博，而且要求其精到。四、适应社会就是要帮助社会，增加社会效率，所以注重制造与应用。从此四点看起来，所以凡身体不健康、道德不健全、智能卑下、缺乏求知欲的人，都不应该受大学教育。

第四层，民族抗战的信念。一、我们的民族一定不会灭亡、因为我们的人口众多、历史悠久，所谓品质存于数量中，所以我们的民族质量绝不是低劣的。二、相信真理可以战胜，理直则气壮，真理就是强权。三、我们是自卫求生的战争，所谓两军相斗、哀者必胜。四、过去中国已经培养成不少各种领袖人才，所以一定能做持久战。

第五层是抗战时期的大学教育方针。一、发扬民族精神，养成健全品格。A.实行新生活运动，人人必具有新生活应具之条件。B.注重中国历史地理，藉以增加自信的心理。C.锻炼体格，淬励尚武精神。D.行动要军事化、纪律化、集体化，养成团体生活的技能与习惯。二、养成服务的技能态度和理想。A.提倡作业道德和工作神圣。B.培养合作的习惯。C.注重战时科学。D.养成愿为国牺牲的精神。有了这些准备，那么平时才算是如同战时，战时方能同平时一样。平时假如不能同战时一样，到了战时必须加若干倍努力。所以我们必须视平时即战时，战时即平时，镇定时工作紧张，紧张时精神镇定，方能屡败屡战、前仆后继，终究有胜利的时候。现在我们并未屡败，我们不必抱成功自我的心理，胜利终归属于我们。生存竞争，在现在的环境中，尚为一时不可避免的事实，所以我们也不必诅咒战争。

　　我们以为现在是改进大学教育的好机会。一、过去的大学的缺点是在地理上的分配不平均，例如平沪两处已拥有百分之六十的大学，现在这些地方，大半沦为战区，大学不得不迁移，这种分散现象极为合理。二、过去有些人主张将大学相同的院系集中办理，当时做不到，现在的联合大学，无形中已将院系集中。三、现在大学的课程，可因环境的需要减少、增加、充实或改变。四、学风可由浮华变为朴实。五、因为大学向内地迁移，经济的支配当然更经济更妥当。六、学生因为环境的改变，可以增进不少见闻，接受不少新刺激，自然读书也较为努力。

　　第六层、对于大学教育的希望。我切盼同学人人努力，准备做抗战的领袖。首先要认清国家社会的前途和个人的责任，其次锻炼自己成为强健的身体、有作业的道德，有虚心的自信心。最后要养成一种高尚的人格，有了高尚的人格，才能认识全民族团结抗战的意义和为国牺牲的光荣。

　　诸位过去是一万个国民中最幸运的一个，现在因为受战事的影响，除掉了平津京沪等地的大学生，诸位差不多已是两万人中的一个候补领袖。诸位应当格外努力，胜利成功，终归是属于最努力的。

（发表于民国二十六年第二七二期《安徽大学周刊》）

14. 春来了

　　窗外，瑞雪飘飘，银光闪耀。望着飞舞的雪花，我不禁想起了鲁迅先生的一句话："江南的雪，那是还在隐约着的青春的消息。"此时我却分明已听到那青春的脚步声了。

　　春来了，祖国的第三十个春天来了。

　　三十年前，漫漫的长夜结束了，春天随着黎明一道降临在神州大地。于是，在春风的吹拂下，在春雨的滋润下，我们愉快地、幸福地生活着。可是后来，风雨送春归，骗子猖獗，"四害"横行，冰封千里，寒凝山川。在封建专制主义的禁锢下，我们没有民主，没有自由，不能畅所欲言，不能放声歌唱。我们生活在贫穷和落后中。迎春花虽然年年开放，但是我们没有春天。我们在诅咒着严寒，我们在盼望着温暖。每个人的心里都怀着坚定的信念："冬天来了，春天还会远吗？"

十月一声春雷，给祖国又带来了春天。春回大地，万象更新。在抓纲治国的口号鼓舞下，人们以最大的热情、最高的智慧，投入到描绘"四化"宏图的壮丽事业中。大江南北擂起了"跃进"的战鼓，长城内外捷报如雪片飞来。春风一度，万里江山又增添了多少春色！

今天，在新春之际，伟大的战略转移开始了，奔向"四化"的时代列车上装的是我们整个党、整个国家、整个中华民族的希望、心愿、欢乐和幸福。我们不是乘客。我们不做用空想装饰生活的人。作为伟大时代的主人，我们要自觉地适应新的转移，解放思想，破除迷信，珍惜大好时光，加倍地努力工作，做出优异的成绩。我们要全力以赴，加快时代列车的前进速度。

春来了，枝头新绿，向我们展示了无限美好的未来。我们不沉醉于荡漾的春意中。蓓蕾的初展，并不能使我们满足。我们要创造山花烂漫、万紫千红的新春。

飞奔吧，迈开新的步伐，向着二十一世纪的春天！

(发表于1979年2月12日第1期《安徽师大报》，作者郑怀仁)

15. 风格的多样性

风格是文艺作品中所显示出来的作家的鲜明独特的个性，是作品的思想内容和艺术形式的有机结合中所表现出来的情调，是作家艺术上成熟的标志。

正如世界上没有两片完全相同的树叶一样，也没有两个完全相同的作家，因而也没有两种完全相同的风格。就同一时代的作家来说，同是豪放，则陈毅之诗，大气磅礴，肝胆照人，叱咤风云，有元帅风度；而郭老之诗，则如大鹏展翅，凌空翱翔，如江海狂涛，卷雪千堆。就不同时代的作家来说，同是豪放，则庄子怪诞，屈原悲壮，李白飘逸，苏轼明丽，吴承恩奇诡，风格各不同。

风格的多样性，反映了现实生活的丰富性、复杂性。想象三十二颗棋子，在一张棋盘上就可演出车驰马奔、炮打卒走、紧张激烈、变幻无穷的战斗场面来；几个阿拉伯数字，在陈景润的笔下，就像天梭一样地回旋飞动，织成了世界数论宫殿上光彩夺目的王冠。对于绚丽多彩的现实生活，怎能用一两种风格去表现呢？贵州"茅台"，亳州"古井"，无锡"二泉"，濉溪"大曲"，都有酒的香洌醇美，然而各有不同的香味。在风格的花国里，为什么不可以既有玫瑰花，又有紫罗兰，既有牡丹，又有芍药呢？

　　风格的多样化同驳杂无章是风马牛不相及的。它既是多样的，又是和谐的。中国古代绘画中的飞天、云纹、虎纹、龙凤图，具有独特的民族风格，硬要把它们雕塑在西式的高楼大厦上，岂不大煞风景？硬要在山水花鸟画上贴上"三突出"的标签，岂不令人喷饭？可见狗尾续貂、画蛇添足，是对风格的多样性的嘲弄。

　　人民群众的精神生活是多方面的，没有丰富多彩的艺术风格，就无法满足人们日益增长的需要。一段时间，文艺园地被他们践踏得满目疮痍，一片凄凉。风格之花，被打得东飘西零，簌簌落地。后来，文艺迎来了春天，又回到人间。多样化的文艺风格之花，又含笑吐艳了。你听："洪湖水，浪打浪"的悠扬、激越、抒情的调子，不是又在你的耳际回旋荡漾了吗？"北风吹"的喜悦的情绪，明快的节奏，不是又在扣动你的心弦了吗？老作家巴金，不是以浓烈的抒情，细致的笔墨，挥洒成文，绘成了素雅、洁白、庄严的语言花环，祭奠于敬爱的周总理的英灵之前，掬出他的赤诚的怀念之心吗？老诗人徐迟，不是把诗的激情灌注在《哥德巴猜赫想》这篇报告文学中，描绘了著名数学家陈景润为祖国四个现代化而刻苦攻关的事迹吗？许多新作品新风格，也以矫健的步伐，迈进了文坛，童怀周辑的《天安门诗抄》、宗福先的《于无声处》，不是激荡着摧毁"四人帮"的滚滚惊雷吗？刘心武的《班主任》，不是以勇猛沉着的气势，冲击着"四人帮"的文艺禁区吗？……仅此数端，不是也透露出百花齐放、风格多彩的消息吗？

（发表于1979年4月9日第5期《安徽师大报》，作者王明居）

16.浮标

你是浪中的红花哟，夜海上皎皎怒放，
你是夜里的月亮哟，浪尖上闪闪跳荡，
黑暗越猖獗，你越发红得耀眼透彻，
光华灿灿，为航船指示着前进的方向……
可当黎明一到，你就悄悄地收起光芒，
伏在浪花丛里，不愿向大海显露形象，
莫非你深知大海就是生命所在吗？
没有大海，你的光辉再亮也毫无用场！

（发表于1979年11月29日第18期《安徽师大报》，作者吴尚华）

17. 青松赋

大别山飞来成熟的种子，

淮河岸移来碧绿的树秧，

落地生根的青松啊，

成长在师大校园的土地上。

这里，没有一丝轻飏的薄雾，

也没有一片浮云悠荡。

有的是阳光下播种的土地，

有的是甘泉般知识的琼浆。

向上，她多像一座绿色的宝塔，

鼓足了攀登高峰的力量；

向前，她恰似一叶绿色的篷帆，

满怀着远航大海的渴望。

都说她天性喜爱风雨，

雪后更能显示出高洁的模样。

那么，她明天的生活一定美好，

为祖国献上一片春光！

（发表于 1980 年 1 月 30 日第 23 期《安徽师大报》，作者花学筑）

18. 佳句寄深情

不久以前，日本首相大平正芳来我国访问，受到隆重欢迎和热情接待，在北京的告别宴会上，他以"知有前期在，难分此夜中"这两句唐诗，表达了感激、兴奋和惜别的深情。

这两句出自唐代诗人司空曙的《留卢秦卿》一诗，全诗四句："知有前期在，难分此夜中。无将故人酒，不及石尤风。"

司空曙是唐代大历十才子之一，他的诗词采清丽，情深意婉，《全唐诗》称其"诗格清华"，编诗两卷，其中还有一首《过卢秦卿旧居》一诗，可知他与卢秦卿的友谊之深。

《留卢秦卿》诗的前两句，道出了朋友间依依惜别的深情。后两句意为：不要认为老朋友的衷心祝酒，抵不上"石尤风"似的感情。"石尤风"是古代的一个故事：传闻一个姓石的女子嫁给尤郎为妇，夫妻和谐，感情专一。后来丈夫经商远行，长时未归，妻子十分想念，经常于夕阳西下时倚门长叹说："我后悔当初没有阻止他，以至于此。今后凡是有商旅远行，我愿化作大风，使天下妇女得以夫妻团聚，永解相思离别之苦。"后来商旅发船，遇打头逆风，就说是"石尤风"，遂停止前进。后世文人因此常以"石尤风"比喻深沉笃厚的感情。由此可见，司空曙诗的后两句，以酒发话，以典作譬，比前两句确更进了一层。

大平正芳来中国访问，为中日两国的友好交往揭开了新的篇章，并邀请华国锋总理于杜鹃花盛开的五月访问日本。应该说，用"知有前期在，难分此夜中"来表达当时的心情是十分贴切的。但大平正芳没有吟咏全诗，不是不知，而是引而不发，更显出含蓄、深沉、耐人寻味。

我们知道，中日两国是"一衣带水"的邻邦，早在汉唐时期就有交往。唐代鉴真和尚五次东渡，双目失明，跨海赴日，日本的阿倍仲麻吕（汉名晁衡）在中国度过了大半生，还担任了唐朝的秘书监，他们是中日两国人民亲密友谊的象征。今天，中日友好关系大大超过历史上任何一个朝代，已远非"石尤风"之情所能相比，司空曙诗的后两句当然也包含不了今天的丰富深刻的内容。可以预见，总理五月的日本之行，将把中日友好关系推到一个新的高潮。

（发表于1980年1月30日第23期《安徽师大报》，作者李守鹏）

19.喜迎八十年代第一春

新更年代喜春来，放眼江山淑气回；
嘉节纵谈宏教育，会看松竹广成材。

二月五日立春，早起顺口溜了这首小诗的前两句。进入八十年代，祖国一片大好春光，怎不令人兴奋！后两句是参加春节茶话会时续成的。听与会同志们的踊跃发言，我有这样感受。

春秋迭代，事本寻常；但作为八十年代第一个春天的到来，却有其不寻常的意义。我们在七十年代所没有做了的事，要继续做下去；同时更要珍惜这新的十年，大家同心协力，做出更大的成绩。邓副主席在目前的形势和任务报告里，已经给我们指出前进的方向。

我当前所在单位，是一所具有半个世纪历史的"老"学校；"人生不满百"，即使能满,我已过去四分之三,进入"老"年了。这两个"老"字是无法回避的,但是我想:学校不怕历史悠久,怕的是"老气横秋";个人不愁晚景无多,愁的是"老不晓事"。

我们学校是富有朝气的,这表现在:"重灾"之后勇于接受任务,学风很快显著转变以及学术空气活跃种种方面。不过在前进道路上还存在不少困难,自两校合并以来,新建的校舍,比原有而丢掉的相差很远。尤其今、明年将净增两千几百名学生,所有宿舍、食堂以至图书馆阅览室等等都得解决。这仅仅举其一端。尽管困难是有的,只要我们坚决贯彻校党委和领导意图,共同向一个目标努力,必能使这所老学校在教育战线上更加焕发青春。

至于个人说起来很惭愧,虽非"老不晓事",但克服消极情绪是有个过程的。在"浩劫"中,平生搜集的专业书籍资料以及待改旧稿等,荡然无存。当时曾有"谢绝交游焚尽稿,不留姓字在人间"的愤语。重来芜湖以后,屡接唐圭璋教授来信,大意说:"老成凋谢殆尽,吾辈亦逐渐下世,自然规律,原不足慨。独是所治之业未竟,不无遗憾!"并多次督促另起炉灶,完成于湖词研究。谓致力多年,胸有成竹,虽散佚尚可追寻。我深为此老治学精神所感动,但在重理旧业中还有这样的诗句:"少年豪气凭谁问,故纸生涯只自知。"一九七七年的"春天",安徽仍然未见"春意"。一九七八年的"新春"可不同了,记得我写了一首诗是这样结尾的:"老去雄心难自已,尚非一饭三遗矢;驽马十驾献余年,攘臂大干从今始。"虽激于一时热情,但两年来并未衰减,今年计划除做好承担的教学任务和行政工作外,拟将《于湖词编年笺注》及《词学赏谈》修改完成并兼顾各方面的约稿。一句话,要赶在未完全丧失工作能力前,为教育事业争做一些力所能及的工作。

"一年之计在于春",我以喜悦的心情,欢呼八十年代第一个春天的到来。

(发表于1980年3月8日第24期《安徽师大报》,作者宛敏灏,时任校图书馆馆长、教授)

20.望江南·初春抒怀

春来也!春意逐天长。湖上新丝才拂水,枝头嫩叶已生黄;人唱《好时光》!
春来也!桃李竞芬芳。今日繁花承雨露,明朝硕果报春阳;莫负好时光!

(发表于1980年3月22日第25期《安徽师大报》,作者张晓云)

21.我爱……
——写给祖国的歌

我爱故乡清浅的小河，
爱摇着双桨在河上荡波；
我爱故乡平坦的打麦场，
爱闻新麦的香味、碌碡的欢歌。
因此，我爱你呵，祖国，
——故乡是你庭院里美妙的角落。
我爱校园里盛开的美人蕉，
经历十年风雨如今又花红如火；
我爱图书馆检书的卡片盒，
一本本新书列队等我翻阅。
因此，我爱你呵，祖国，
——美，正在你的土地上复活。
我爱大平原上无边的果园，
成熟的果实在阳光下闪耀；
我爱矿井深处闪闪的矿灯，
一盏盏织成了地下的星河。
因此，我爱你呵，祖国，
——在这里，到处有创造的欢乐。
我爱母亲头上的苍苍白发，
我爱父亲坟顶的青草和花朵。
我爱女儿辫梢跳动的蝴蝶结，
我爱妻子脸上那浅浅的笑窝。
因此，我爱你呵，祖国，
——我的呼吸紧连着你跃动的脉搏！

（发表于1980年10月1日第35期《安徽师大报》，作者黄元访）

261

22. 梦

我的梦曾经是深深的苦潭，
潭水里浸泡着我青春的碎片；
希望是到这潭边饮水的小鹿，
去了又来，来了又远……
如今我的梦是蓝蓝的大海，
海面上理想的帆迎风高悬；
希望是挂在桅尖的月牙，
越升越高，越来越圆……

（发表于 1981 年 4 月 16 日第 46 期《安徽师大报》，作者沈天鸿）

23. 语言宜美

作为人类精神文明表现之一的语言美，要求说话"温和、文雅、谦逊"；与此相反的蛮横、粗俗、狂妄的语言，则是不文明的表现。

没有人喜欢蛮横的语言。《说岳全传》中的牛皋曾以他富有个性的语言问路："呔，爷同你！"作为艺术形象，牛皋被人喜爱，但假若这位将军是现实生活中的人，人们也许是要避而远之的——不要把牛皋问路的作风举到现实生活中来，温和一点的语言总是容易被接受的。

没有人喜欢粗俗的语言。记得艺术系一位同学画过一幅漫画，画面上一个从医院扫兴而归的青年出语不雅……在丑美颠倒的"十年浩劫"中，这类"国骂"也许还算是"国宝"，但是现在应该请它们进历史博物馆了——不要把漫画上那位青年的口头禅带到现实生活中来，文雅一点的语词总是受欢迎的。

没有人喜欢狂妄的语言。《论语·先进》记载了这样一件事：一次，孔子问他的几个弟子将怎样为人所用，子路出言不凡："千乘之国，摄乎大国之间，加之以师旅，因之以饥馑；由也为之，比及三年，可使有勇，且知方也。"大意是说，假如让他治理一个千乘之国，即使这个国家夹于大国之间，甚至外有战祸，内有凶年，他用三年时间，也能使人民不但勇于作战，且能明辨是非之理。子路这段话虽有鸿鹄之志，但孔子却因为"其言不让，故哂之"。与此相反，对于公西华的"愿为小相"的自谦之词，孔子则称赞道："赤也为之小，孰能为之大！"

可见，谦逊一点的谈吐总是令人尊敬的。

　　"温文尔雅，然后君子。"温和、文雅、谦逊的语言是美的语言，应该提倡，但是，像人们在生活的许多方面都曾蒙受灾难一样，"十年动乱"中，人们的精神文明也被糟蹋殆尽，语言污染便是其中一例。很难设想一个用污言秽语进行社会交际的民族还能有什么精神文明可言。因此，提倡语言美实在是大有必要的。

　　　　　　　　（发表于1981年5月31日第49期《安徽师大报》，作者谭学纯）

24. 试讲

　　把射击的要领再次默诵，

　　像新兵刚推上第一颗子弹；

　　把铮亮的马达早早启动，

　　像战舰即将第一次出航；

　　为了胜利地归来，

　　我再次面壁演讲。

　　第一课

　　讲台上，一颗赤心，

　　像受惊的小鹿狂跳；

　　教室里，张张笑脸，

　　像调皮眨眼的问号；

　　这是没有试卷的考试，

　　我捧着心血向母亲汇报。

　　班主任

　　是慈母爱抚的眠歌，

　　似严父关切的目光；

　　用心血酿出甜美的乳汁，

　　哺育着心中的未来和希望；

　　睡梦里笑走了往日的烦恼，

　　他和希望都沐浴着阳光。

　　爱

　　亲人的爱生死不渝，

理想的爱如火熊熊；

我的爱在明亮的课堂，

比这些爱得更深；

希望的种子从这里播下，

理想的风帆从这里上升。

（发表于1981年6月15日第50期《安徽师大报》，作者江泱泱）

25. 读书二得

一

当初郭沫若的诗集《瓶》发表时，郁达夫为之写了一个"附注"。其中有这么一句话，"诗人是具有两重人格的"。话很有哲理，但"两重人格"究竟是什么意思，郁达夫没有说明。有一首小诗似乎可以为郁达夫这句话作注脚。诗云：

诗贵曲，

人贵直，

不能像作诗那样做人，

不能像作人那样作诗。

作诗时"曲"，做人时"直"似乎就是诗人的"两重人格"了。

二

鲁迅有一篇杂文《拿来主义》谈了"拿来"的好处。文学创作上也需要"拿来主义"。唐初四杰之一王勃作的《滕王阁序》中的名句"落霞与孤鹜齐飞，秋水共长天一色"，其实是从南北朝作家庾信《马射赋》中的两句而来。那两句是："落花与芝盖齐飞，杨柳共春旗一色。"而王勃这两句因为构思奇巧，意境阔大，所以"青胜于蓝"而流传千古。

鲁迅《自嘲》中的两句"横眉冷对千夫指，俯首甘为孺子牛"，是从古楹联"酒酣愿化庄生蝶，饭饱甘为孺子牛"点化而来。一幅无甚意味的古楹联，经过鲁迅一"拿来"，便写出了不朽的名句，说这是"化腐朽为神奇"不为过吧？所以，这种"拿来"，不是不动脑筋地抄袭、模仿，而是创新。因而实质上这种"拿来"，是指从古今中外的优秀文学作品中吸取精华或受到启发。

可以这样说：多读多看多受启发，乃是创新的一种准备。

（发表于1981年6月15日第50期《安徽师大报》，作者唐俊）

26.小重山，新长征路上——与全校同学共勉之

树接楼檐花满山，楼中年少者，比花妍。含毫缀虑破重关，年时好，破到险峰巅！

临老也登攀，夜阑还把笔，不辞难。学阶通向紫云端，余年里，甘做垫阶砖！

（发表于1981年10月1日第54期《安徽师大报》，作者祖保泉）

27.民族的脊梁——致鲁迅

像脊梁

支撑起每一个人

思索的大脑

黑暗的地平线上

你支撑起了

一个民族的希望

不是钢

胜似钢

整个罪恶世界的重量

压向你的时候

像一尊耸立的巨石

你显示了

真理的力量

失去了脊梁

一个人

便失去了生命

一个民族

便像一片秋天的树林

将会凋零、枯黄
今天
我们的民族需要你
支撑起复兴的大厦
我们每一个人需要你
支撑起生命的真谛
还有爱情和信仰

（发表于1981年10月1日第54期《安徽师大报》，作者汉俊）

28. 钢花

我看过出铁时飞舞的钢花，
真是一见钟情，我爱上了她。
她美丽多情，热烈奔放，
她妖艳多姿，绚烂如霞。
可是，炼钢工人并不喜欢她。
他们告诉我：
"钢花愈多，
那钢的质量就愈差。"
啊，这是真的吗？
待钢花凋谢后，
我终于发现——
她原来是些废渣！
只有那静静流着的钢水，
冷却后才是响当当的钢！
于是我把爱情，
永远地给了她。

（发表于1981年10月16日第55期《安徽师大报》，作者华中道）

29.献给文明月的玫瑰

在春梅雪白的枝下

我拾起一首三月的小诗

赠给扎羊角辫扫地的姑娘

南风里暗幽幽的芳香

从羊角叉边荡来了

春风把草坪梳得鹅黄

我扛着一把银亮亮的小铲

阳光下，铲除

小沟那边冬天枯黄的陈迹

我的脚印，还有

我的歌——幼芽般的绿

当窗镜，像水晶一般耀眼

窗台蓝色的身影，牵住

楼下我的双眸

呵，那里敞开着一个亮晶晶的窗口

那里更裸露着一颗亮晶晶的心灵

（发表于1982年3月10日第61期《安徽师大报》，作者钱叶用）

30.杜牧《江南春》鉴赏

千里莺啼绿映红，水村山郭酒旗风。

南朝四百八十寺，多少楼台烟雨中。

"千里莺啼绿映红，水村山郭酒旗风。"这一开头就像宽阔的电影镜头掠过南国大地，莺鸟在欢乐地歌唱，一堆堆绿叶，映着一簇簇红花。傍水的村庄，依山的城郭，迎风招展的酒旗，——在望。迷人的江南，经过诗人的生花妙笔，显得更加令人心旌摇荡了。它不仅景物繁丽，而且这种繁丽，还不同于某一个公园，或某一处名胜，仅仅局限于一丘一壑，一个角落。它是铺展在半个中国的大块土地之上的。因此，这开头如果没有千里二字，就要大为减色了。但明代的杨慎在

《升庵诗话》中说："千里莺啼，谁人听得？千里绿映红，谁人见得？若作十里，则莺啼绿红之景，村郭、楼台、僧寺、酒旗皆在其中矣。"对于这种意见，何文焕《历代诗话考索》曾予驳斥："即作十里亦未必尽听得着、看得见。题云《江南春》，江南方广千里，千里之中莺啼而绿映焉，水村山郭无处无酒旗，四百八十寺楼台多在烟雨中也。此诗之意，意既广不得专指一处，故总而命曰《江南春》……"何文焕的说法是对的，这牵涉文学艺术的典型概括问题，对于今天的读者是无需多加解释的。

集中概括的道理，同样适用于解释后两句，"南朝四百八十寺，多少楼台烟雨中"。从前两句看，莺鸟啼叫，红绿相映，酒旗迎风，应该是晴天的景象，但这两句却写到烟雨，是怎么回事呢？这是因为千里范围内，各处阴晴不同，诗人缩千里于尺幅之内，晴雨相间，也是完全可以理解的。不过在此基础上还需要看到，诗人在进行典型化的同时，特别注意了对江南景物特征的把握。祖国的江南和塞北是不同的，塞北宽阔平坦，一览无余，带着一种苍茫辽阔而又单纯的美，江南景物的特点是山重水复，柳暗花明，色调错综，更带立体感。诗的前两句，有红绿色彩的映衬，有水村山郭的映衬，有动静的映衬，有声色的映衬。但光是这些，似乎还只描绘出江南春明丽的一面。精彩的是，诗人又加上了一笔，"南朝四百八十寺，多少楼台烟雨中。"于是原来相对单纯明朗的画面，就变得复杂而富于层次感了。金碧辉煌，屋宇重重的佛寺，本来就给人一种深邃的感觉，现在诗人又特意让它出没掩映于蒙蒙烟雨之中，这样的画面与色调，和"千里莺啼绿映红，水村山郭酒旗风"的明朗绚丽相映，使这幅《江南春》的图画越发丰富多彩。两方面结合起来，才是更加完整的、典型的江南春。

佛寺楼台掩映在烟雨迷蒙之中，这的确是江南春景中吸引人的一面。但为什么要说"南朝四百八十寺"呢？有了"南朝"就给这幅画面增添了深远的历史色彩，而"四百八"则意在强调烟雨楼台之多。如李白曾说过"四万八千丈""四万八千岁"，大概"四百八""四万八"，都是唐人强调数量之多的一种说法。诗人先强调建筑宏丽的佛寺非止一处，然后接以"多少楼台烟雨中"这种唱叹，就特别引人遐想。

以上是把《江南春》作为一个完整的画面来理解的，表现了诗人对于江南春景的赞美和神往。这样的解释应该说符合多数读者的直接感受。但有人提出讽刺说。认为南朝以佞佛著名，杜牧的时代这教同样恶性发展，杜牧本人又有反佛思想，所以诗中点出南朝包含有讽刺。但解释诗应该首先从艺术形象出发，或不应该抽象地根据作家世界观或某些外在条件去推论。同时，杜牧反对佛教迷信，并不等于对历史遗留下来的佛寺建筑也一定讨厌。像其名句"九华山路云遮寺，青弋江边柳拂桥""秋山春雨闲吟处，倚遍江南寺寺楼"，都说明他对佛寺楼台还是欣赏流连的，当然欣赏之际偶尔浮起那么一点历史感慨是可能的。就像人们游颐和园，也许会想到那拉氏（慈禧）的奢侈，但这种感慨一般是不会影响和破坏游园兴致的。

（发表于1982年6月3日第66期《安徽师大报》，作者余恕诚）

31.我们是新时代的太阳

从大海的深处走来

从朝霞的家乡走来

从百合花和紫罗兰的微笑中走来

我们是新时代的太阳

沾着炼钢炉的体温

散着黑色泥土的香气

有着握剑者搏杀的勇力

我们是新时代的太阳

珠穆朗玛峰给我们做舞台

蜿蜒的长城让我们做飘带

浩荡的黄河，东流的长江

还有那潺潺的溪水

为我们组成一支庞大的乐队

奏着雄浑的进行曲

我们是新时代的太阳

去开掘黄帝轩辕陵的根基

去摘古希腊的夜明珠

去打开美洲神秘的太阳门

去攻哥德巴赫的最后的猜想

我们是新时代的太阳

大海一样坦荡深沉

朝霞一样瑰丽辉煌

我们是新中国的大学生

我们是新时代的太阳

（发表于1982年6月18日第67期《安徽师大报》，作者周春阳）

32.告别母校

理想播在心田，

向往系在翅尖。

母校呵，

我就要飞向蓝天，

已不是稚嫩的雏鸟，

再不怕征途上风沙扑面，

丰满的羽翎上。

母校呵，

沐浴你真诚的祝愿。

飞向心灵的瀚海，

带去绿洲一片，

飞向沉寂的荒原，

将知识幼苗播点，

吐出我种子一样的心来。

母校呵，

带着你一片深情的眷恋，

荒原会出现幼林，

大漠会生长春天，

捧出一片灿烂的秀色，

萌动在阳光下面。

母校呵，

我离你飞去的轨迹，

将化支迎春曲在你心头回旋！

（发表于1982年7月2日第68期《安徽师大报》，作者王前锋）

33. 当我来到这里……

当我幸运地来到这里，
生活的激流冲开我的心扉。
我找到了失去已久的东西，
发现了真正的理想和美。
这里，童颜银发志未穷，
潜心妙手育嘉卉。
琅琅晨读融为镜湖的粼波，
登攀足迹印成赭山的方位。
这里喧响却能耳目清新，
这里幽静却有波涌浪推。
就是在这里呵，
似有百舸争流，万花竞美。
曾几何时，我为受损的年华而叹怨，
也为当上孩子妈妈而消沉；
"四化"虽在我嘴上说，
却像嚼过的橄榄慢慢变了滋味。
惭愧，该是复活的时候了，
千万不能在自卑中枯萎。
与其在抱怨的唾沫中沉沦，
不如在奋进的征途上猛追。
历史的重任落在我们肩上，
党的嘱咐时时在耳边萦回，
我要和千万个中华儿女一道，
用毕生心血把美景描绘！

（发表于 1982 年 7 月 2 日第 68 期《安徽师大报》，作者张泽文）

34. 芦笛

用这片芦叶

做一支小小的芦笛

让那萦绕着乡情的笛声

像一朵勿忘我花

斜斜地插在我的鬓边

故乡有一片绿色的苇荡

里面藏着我绿色的少年

喜欢在芦苇上做巢的啾啾鸟

苇荡中嬉游的鳑条鱼

都有一个可爱的绿色小背脊

（发表于1982年7月2日第68期《安徽师大报》，作者沈天鸿）

35. 我的歌——赠新同学

相逢，又何必曾经相识

朋友，让我举起热情的双手

让我的歌声编织成

五彩缤纷的花环

让我的心在黎明吹起

一阵又一阵清凉的秋风

让一个美好的祝愿

穿过果园里的馨香

奉献在你的胸口

朋友，请不要以为

航程将没有波浪和礁石

路将会平坦而笔直

不要因为望见旗帜的影子

就停住脚步剪碎纯真的梦幻

不在中途的码头

就收起你鼓满的篷帆

也许，那离你最近的地方

却需要走过漫长而曲折的道路

那最简单的一首歌呵

却填满人生艰辛和忧愁的音符

寻回你丢失的车辙和脚印吧

重新捕捉已经消逝的音乐

把生活之舟，再次驶向

你曾经开掘过的理想的港口

相信大地会支撑你的步履

相信阳光会撒满你的肩头

相信金苹果不会从枝头坠落

相信玫瑰花将现出她微笑的酒窝

朋友，记住我的歌

也记住我的祝愿吧

让我为你弹起的竖琴

奏出美妙的乐曲

让我一颗诚挚的心

化成一阵清凉的秋风

在黎明的树梢间传递

在你晶亮的眸子里唱歌……

（发表于1982年9月6日第69期《安徽师大报》，作者陈中）

36.石榴花般鲜红的爱恋

当金黄金黄的桂子飘香时

迎来了党又一次空前的盛会

我那石榴花般鲜红的爱恋

像梦幻般缥缈多时的柔丝

又一次无情地缠上我颤动不已的心弦

我曾经像一个羞颜未开的少女

有过一次难以再续的热恋

我曾怀着炽烈的向往

抚摸我那绵绵不绝的相思

273

那遥远的红船，船上的艄公

那白雪皑皑的夹金山，山头的红星

那汤汤的延河，河边的浣纱人

那横扫倭寇的沙场和沙场上长眠的士兵

是他们用石榴花般鲜红的热血

染红了锤子镰刀的旗帜

染红了高悬在共和国蓝天的五星

我曾经在夜半的梦中偷偷地飞上蓝天

默默地亲吻红旗的一角

梦醒来泪水湿了我的衣襟

当金黄金黄的桂子飘香时

党的又一次空前盛会闭幕了

我那石榴花般鲜红的爱恋

像梦幻中缥缈的柔丝

又一次无情地缠上我那颤抖不已的心弦

摸着已经盖满霜雪的梨角

我将万分虔诚地，用微颤的双手

抠出我少女时代石榴花般鲜红的心

捧给我们亲爱的党

（发表于1982年9月26日第70期《安徽师大报》，作者雷阳）

37.女山湖呵，我的童年

春天，我在江边流连，

江水托起一叶扁舟，

把我载回碧绿的童年。

童年是朵活泼的芙蓉，

摇曳在女山湖的明镜里，

开在那一望无际的莲叶间。

每当太阳，

刚睁开蒙眬的睡眼，

船篷就牵动了湖里的炊烟，

鲜嫩的菱角多么可口，

顺手捞几个尝尝，

鲜美中带一丝甘甜。

小脚啪啪敲击着水面，

荡起的涟漪慢慢扩散，

我们拿起指头数：

一圈、两圈、三圈……

鱼儿在撒下的网里跳跃，

湖面上绽开一朵朵银莲。

船姑的渔歌多么动听，

逗得白鹭在落霞里翩跹。

我静静地躺在奶奶怀里，

听她把优美的传说叨念……

呵，故乡的女山湖，

你养育着我的童年，

希望的风帆就从这儿升起，

载着我的理想、我的信念…

（发表于1982年9月26日第70期《安徽师大报》，作者施广勇）

38.由奠基、博览到专精

新学年开始了。考入中文系的新同学，不禁要问怎样学习中文专业的问题。虽然由于各人的具体条件不同，兴趣爱好各异，理想也不完全一样，很难要求每个同学步调一致，遵循一个绝对不变的法则。但根据高等师范院校设置中文专业的目的及多年来教学实践的经验来看，我以为由奠基、博览到专精，这个共同的学习原则与过程，是很值得我们新同学注意的。

什么是奠基？奠基就是学好基础课，打好基础。中文专业是培养合格的中等学校的语文教师，为此，它在四年里除开公共课外，在专业方面还将设语言与文学两个方面的基础课十多门与选修课若干门。这些课程都是根据中文专业内部结构和循序渐进的原则安排的。它们之间既有联系性，又有相对的独立性和学科的系统性。我们只有专心致志地努力学好这些基础课，才能掌握本专业所必需的基本理论、基础知识与基本技能，才有可能了解本专业的科学新成就，从而才能具有从事中学语文教学和科学研究的初步能力。舍此是无其他捷径可走的。过去有个别同学一进校就埋头搞创作，一心想当作家，忽视基础课的学习，到后来两败俱伤。学中文应当练习写作，不断提高文字表达能力，但这也必须在学好基础课、打好基础的前提下进行，否则，离开培养目标，以偏概全，其结果必然是本末倒置，什么也学不好。有位专家说："事业就像金字塔，关键在于它的底座。"这对于学好中文专业来说，也是完全适合的。

所谓博览，就是在学习基础课的同时，广泛阅读各种有关参考书。中文专业基础课多为社会科学，涉及面极广，有的（如中外文学）还是特殊的社会意识形态，其意义与价值往往具有较大的灵活性与复杂性，没有一个固定不变的标准，可以定其是非优劣，常常需要占有大量材料，联系各种情况，加以分析研究，方能得其要领，做出正确的评价。因此学习中文专业，如果像有的同学那样，仅仅局限于基础课的内容，死记硬背课堂教学笔记，一遇到复杂问题则不得其解，知识显得狭窄、死板，那是不符合要求的。"珍裘以众腋成温，广厦以众材合构。"必须围绕教科书或课堂教学内容，广泛阅读有关参考书和资料，不断扩大视野，丰富专业知识，尽力了解各学科的发展情况及其各学派的不同观点，做到知己知彼，知今知古，左右逢源，触类旁通。为此，在教育部关怀与倡议下，有关专家曾多次聚会讨论，拟出了一个"大学中文系学生阅读书目"。这个书目包括语言与文学两个部分，计200部。其中文学174部，语言26部。当然，开列这个书目的目的，主要是提供一个阅读线索，并不要求在校期间全部读完；同时对每部书的读法也不强求一律。有些书要精读，有些书只要泛读，有些书选读或略读也就行了。我们应根据课程开设的顺序，有计划、有步骤、有选择地进行阅读。

专精，即"由博返约"。就是在学好基础课、博览群书的基础上，根据自己的心得体会与专长爱好，加深对某一学科或专题研究，为今后精通某方面学问创造条件，做好准备。这是明确学习专业的主攻方向。一般说来宜在高年级结合毕业论文进行。"君子知夫不全不粹之不足以为美也。"只求博，不求精，博便成"杂"，散而无归，样样知道些，一门也不深入；只求精，不求博，精便为"陋"，孤立无援，虽然了解一点，却难生发开去。博与精是辩证的统一，博是精的基础，精是博的提高，把博与精结合起来，在博的基础上求精，在精的提高下求博，这才是正确的治学途径。对于我们同学来说，要解决这一问题，学习时就要开动脑筋，发挥独立思考，多问几个为什么，弄清问题的精神实质，而不能粗枝大叶，浅尝辄止，使自己变成材料的"保管人"。要做到这一点，就必须学习马克思主义、毛泽东思想，用正确的观点、方法，将所得的丰富的材料，加以"去粗取精、去伪存真、由此及彼、由表及里"的改造制作工夫，从而形成自己的思想观点与理论体系，而不是兼收并蓄，机械搬用。

总之，学好基础课，打好基础，广泛阅读参考书，在博的基础上专精，这是我们学好专业并有可能做出创造性的贡献的必经之路。

（发表于1982年9月26日第70期《安徽师大报》，作者方可畏）

39.冬

松针刺破了天

漏下冰花的生命

落叶，已被那寒风

撕成一串串黑点

是猎人，追踪兽迹

寻求春天的足印……

冷月，在雪海上荡着光桨

扬起头颅的树枝

抛弃了流动的凄凉

山坳里一个雪屋

晨曦里，猎人归来

狗娃子咬，屋门拉响

一团永恒爬上了山峦

窗子里炉火正旺

老人抽上一杆旱烟

明灭着星星的向往

（发表于1982年12月16日第75期《安徽师大报》，作者袁超）

40.除夕

积攒了一年的欢乐

连同昔日的苦闷

都爆响在

那向往已久的火花里

在春天和秋天叠印的田野

抛洒了热切的希冀

收获和惊异一起

走进散发着香馨的农舍

变为神奇的半导体

和手腕上发亮的太阳

以及那陌生的淡黄的存折

富有节奏的锣鼓

逗引着活泼泼的龙灯

谙熟的家乡小调

散发着新生活的芬芳

欢乐的人流像潺潺溪水

奔涌在这不夜的山乡

（发表于1983年3月10日第80期《安徽师大报》，作者查结联）

41.故 乡

那长满栗树的葱茏的山岗

那散发苦艾气息和稻花香的田野

那袅袅娜娜的淡蓝的炊烟

那缥缥缈缈的村野小调

故乡呵

你青灰的屋脊

不时走上枕头走进梦中

——枕巾常湿　心儿常湿

带着村头那棵银杏树

苍老而真诚的祝福

折叠起小纸船载着的梦幻

和小纸船般脆弱的童年与天真

一头挑着幸运

一头担着艰辛

羊肠小道开始铺展我的历程

故乡呵

还记得么

临别时餐桌上那碗鸡蛋汤

母亲忘了放盐

故乡呵

那唱着疲惫之歌的水磨还在么

我已不想讴歌它所凸现的古朴与宁静了

（想你会原谅我的

原谅长大了的孩子心里的不满）

但愿和所有遥远的记忆一起

从那窄窄的山道口走出

走向应归属于它的天地

——那泛黄的书页上记载的历史

那几株白杨

该已很高很高了

而栽植白杨的人

只能想象生长它们的土地

和这片土地上所发生的一切事情

（发表于 1985 年 4 月 16 日第 117 期《安徽师大报》，作者查结联）

42.走过战场（二首）

一个英雄与一群英雄

深夜或者黎明

是那枪弹的手掌

把你击倒 你的挣扎

像大地病中的喘息

那样深沉

身体躺成一条弯曲的道路

你在战争中延伸

伸向前方

那血泊深处的和平

在岁月弥漫的硝烟中

无数战友捂着弹孔

从你身上冲过

脚步的闪电

踏碎所有世纪的

所有战争

他们都是英雄

尽管 他们没有

同英雄一起倒下

一起 在愿望的烈火中

烧成真金

献给齿轮和麦穗

献给我

满身热泪的母亲

猫耳洞 猫耳洞

谁会想到谁能相信

这岩层之下这山谷之中

这低矮的洞穴是一个花瓶

插过几枝绿绿的橄榄枝　橄榄枝

在所有年代所有区域

伸向血红的夜晚　碧蓝的早晨

是和平的仓底　是和平的音箱

是嗜血的敌人面前

那不可爆破的顽强

是战争的死灭　是和平的复活

是一丛奇异的黑灵芝

在二十世纪的彩色版图

医治国土的创伤人类的创伤

猫耳洞　猫耳洞　猫耳洞

谁会忘记　谁能抹去

在这年代　在这土地　在这心坎上

（发表于1985年11月25日第128期《安徽师大报》，作者陈寿星）

43.看戏

这剧场的观众

平均年龄大概会超过

五十岁

小镇所有的老人都来了

一个古色古香的小镇

挤进了剧场

老人，自然有老人的情趣

总爱用省吃俭穿的钞票

买点泪水

牙齿，毕竟嚼不动

流行歌曲和连续剧

嚼一嚼

古装戏的老剧情

就像品着陈皮桂花茶一样

津津有味

照样是老头哼着包公戏的散场

照样是老太婆抽抽泣泣的散场

老人们的小镇

从没出过伤风败俗的传闻

真该让那些谈恋爱的少男少女

听一听古装戏呢

总该知道有对牛郎织女

总该知道有个陈世美……

（发表于1986年3月18日第134期《安徽师大报》，作者赵焰）

44. 吉他手

一条衰老的道路上

后面的脚印

躺在前面的脚印里

一直走下去

开始和结束都消失了

吉他手从一片蔚蓝中走出

许多新鲜的玫瑰

从那抖动的弦子上飘落

那些耳朵们如丁香般绽开

呼吸这寂寞里

游动的绿色的声音

开始有喜欢做梦的少女走失

开始有坐禅入定的念头

飞翔起来

那衰老的道路

开始摇晃

漫出许多叛逆的支流

吉他手唱着歌

有星星从夜幕上流下

琴声在山谷的嘴唇上堆积

山花开放

无数涓涓小径

缠绵地纷纷向远方流浪

（发表于1986年9月10日第142期《安徽师大报》，作者唐旺盛）

45. 塞上曲

迎着日出走了好久好久

才想起该回头望上一眼

身边的小草因无边的寂寞

而不安地摇曳

朔风拉长了潇潇的身影

群山像层层波浪向远处荡开

酸楚压迫着我的心

道路倏然疲倦

雁儿们栖枝关隘

像一片片秋天的叶子

落也落不完深深的失落感

早些时候总想走得远远

在远方走成一座山

当孤独的石头在塞上生须

胡曲吱吱地拉长

方明白故乡已经倾斜

骤起的铅云压折了枯草

南面的山坡布满了泪水

此时深深地埋下头

一下子便记起了一切

风起平沙

秋天郁郁然然地深远

最后一只雁儿急急地飞出

雁门缓缓

（发表于1986年10月10日第144期《安徽师大报》，作者杨坤）

46.南方的女人

没有高原风，却有风风火火的性子

没有热火坑，却有火热的心肠

南方的女人是酿了一冬的甜米

是催芽苞催花事的绿春风

是脆生生清亮亮的山泉水

是供彩云托丽日的七色虹

是碧荷上滚动的绿眼睛

南方的女人会说甜丝丝的烫心话

会把甜丝丝的日子送到男人嘴里

会呼得乐颠颠的骚公鸡风一样快

会唤得闲悠悠的猪绅士兔一样奔

在桑园里转一转，蚕宝宝便沙沙响一天

在后山弯弯腰，油膛里便红火半个月

一双巧手折断一辈子辛苦

丢给深情的流水漂走

南方的女人会笑也会哭

热情的时候是盆旺旺的火

冷淡的时候是块难融的冰

爱你便如江归附海一样

怨你便是季节河的淡季

南方呵生长相思树也结相思籽

南方的相思离不开女人

南方的女人喜欢太阳下的古铜色

也喜欢小白脸

喜欢爽朗的笑，也喜欢一个幽默的手势

喜欢把饭烧焦了还唱一支歌

喜欢把手放在水里

让寒冷咬得红红

笑就笑出声哭，就流眼泪，南方的女人

喜欢从粗粗的男人口袋中

摸摸心事

南方的女人

懂得生活"欲要甜，放点盐"

懂得衣服要烫，老人皱纹要烫，男人的心也要烫

懂得含羞草为什么害羞

懂得杜鹃红了也有谢的时候

懂得争吵可以开花，而沉默却不能萌芽

南方的女人呵

没有高原风，却有风风火火的性子

没有热火航，却有火热的心肠

（发表于1986年10月22日第145期《安徽师大报》，作者王四清）

47.虞美人

那场雪竟飘飘洒洒

飘飘洒洒了一千多年

从那位后主苍白的额际

化成一瓣一瓣紫红的花

遗落在今天孱弱的树枝上

像一位少女纤细的手臂

遥遥牵引着许多婉约的声音

轻轻诵读这个古老的悲哀

清凉的秋月仍一次次丰满着岁月

楼榭歌台仍有少女轻盈的舞步

但你已得不到任何消息

最后一声雁鸣划断了天空

也划断了你的目光,你的寸寸柔肠

你的故事已被封冻成千年的雪岭

纵使热泪千行,热泪千行地

奔泻成一条又一条悔恨之河

也无法将之融释

好在你还有一丝叹息常留于人间

紫燕呢喃的春愁

已在那条河的某个港湾

凝固成一座寺庙

而古塔上锈蚀的铃铛

仍日夜在翻动着

每一束红栏上的目光

尽管栏下美女如云

许多道路都在锦缎的

铺展下熠熠闪光

可我们还是选择了那条

你用忠诚的泪水冲成的山径

走向南方

走向太阳浑圆成灿灿花环的山岗

将你孤独的形象

裁成美丽的风景

（发表于1987年4月30日第155期《安徽师大报》，作者洪治纲）

48.秦俑

时间的十字镐翻出无数的惊叹

斑驳的铆钉系住古城的遥远与今天

两页沉思重叠在黄土地的屏幕上

悲壮紧紧敲击着朝圣者的耳鼓

黄河开肃穆倾听历史的喧闹

目光和远古交谈诠释二千年的方程

故道狼烟高高擎起黑色旌旗

一群血腥腥的诞生血腥腥的存在

青铜器戍守荒凉戍守孟姜女的凄惨

泥塑方阵严整排列出土的年代

无数永恒的威武成为短暂的开放

一个意识倾尽所有的不满所有的怨恨

却埋葬了一个王朝还有这些无辜的姓氏

麻木的泥土干戈恢复知觉之后

古道口展览着一串沉重响亮的沉默

（发表于 1987 年 10 月 15 日第 162 期《安徽师大报》，作者江晟）

49. 奥赛罗

奥赛罗一鞭子

把马抽过高山，抽过大海，抽过

古城堡

两道闪电

早就静伏于眼洞

奥赛罗有飘飘黄色斗篷

大海咆哮着涌在他的脚下

独留泡沫在丝丝毁灭

奥赛罗突然趴在古井边说

我是太黑了

如果剑舞得很好

如果双手遒劲有力

海的胸膛会冒出一股鲜红的血

因为爱

奥赛罗依在石柱上

狂挥双臂

掐灭蜡烛

在一个古老的

石城堡里

（发表于 1987 年 10 月 31 日第 163 期《安徽师大报》，作者王子龙）

50.贾岛

你是骑着你心爱的小毛驴

走的

你是在小毛驴沙哑的铃声中

一路推敲着走的

你是驮着一肩沉甸甸的忧虑

心事重重地

走的

你走得缓慢而沉重

像一位告别慈母走向沙场的士兵

你知道你要去的那地方

比你梦见的还要美丽

比你想象的还要遥远

你知道你要去的那地方

唐朝的地图上还没生下来

唐朝的天空老是下雨

就像白胡子爷爷那双一年四季都

潮乎乎的红眼

似乎几十年都见不到一个

漂漂亮亮的晴天

而你是诗人，诗人不能没有阳光

就像年轻人不能没有爱情

唐朝的鬼天气害得你写不出一首

令你满意的诗歌

而你是诗人，诗人的生命不只属于他自己，因此

你毅然地掉过头

策驴而去

后来，我们从你瘦瘦的文字里

惊讶地发现，原来

你要去的那地方，几千年后

写满了中国所有的门牌号码

　　　　　　　　（发表于1988年1月15日第168期《安徽师大报》，作者张雪）

51. 致友

也许是一朵闪光的野菊

把你送到远方

也许是一支不带嘴的香烟

完成你的孤独

也许是路口迢迢的目光

像爱情

像模糊的泪水

远去的背影是相思的风景

啃着你潇洒的名字

如同啃着棒棒糖吹成的路灯

啃着雨水淋漓的抒情诗集

我们谈着你胡须下的风流韵事

仍像你在场一样

在深夜

当失眠的蓝风吹落白露

你的吟哦一如既往

翻过那道布满玻璃碴的防线

跋跋的足音

带着闪电和雷鸣

震响潮湿的走廊和广场

（发表于 1988 年 6 月 30 日第 175 期《安徽师大报》，作者佘林颖）

52. 等待

一片草坪在悄悄地接受阳光

一丛石杲和石椅闪着发亮的眼

一朵花蕾守卫内心的秘密

一条溪水凝静在薄薄的冰下

一扇松木板门独对黄昏小径

一滴露珠聚在叶的指尖

一只白鸽合翅立在城头的雉堞

一只乌篷船搁在浅浅的沙滩

一列火车穿行在幽暗的隧谷

一柱新笋试探头顶的石板

一粒星芒穿透云层

一伙小人鱼从石隙出发

一幅油画独对雪白的墙

一道瀑布展翅在悬崖顶上

一脉金矿在地下合眼做梦

一座火山在默默酝酿岩浆……

53. 梅

一切都在你的脚下。

冬日山岩的脸颊松动不出

一丝笑意

只有你披一袭灿烂。

所有的鸟鸣都已死去

溪水潺湲在梦的故乡。

你目送最后一朵晚云归尽

淡淡地溶进暮霭、星光。

你不知道渴望的还会不会再来

一切都无须叩问，一切都道何妨。

就这样站着展示你的姿态

在一切之上又不在一切之上。

只有自己懂得自己的语言

扭曲如铁的刺戟

伸向那瓣橘黄的新月

月光的泉把洁净的痛苦洗亮。

把誓言都擎到你火的掌心

这一种美丽的折磨

让大山感到发烫。

终于，春日还在山脚低回

所有的故事辣身摇落

只剩下簇簇梅枝

空——如——啼——眼

（发表于 1989 年 7 月 1 日第 190 期《安徽师大报》，作者李成）

54.爷爷的苦楝树

难道爷爷走的时候

果真揣了一枚苦果

这样他的坟上

才长出一株苦楝树

年年岁岁

结出许多苦苦的果子

我们没见过爷爷

读不懂他的意思

只好询问父亲

父亲不语

把我们领到苦楝下

许久才说

不要忘了这树

（发表于 1989 年 9 月 1 日第 191 期《安徽师大报》，作者李定祥）

55. 酸葡萄

你若接受这晶亮的一串

你该品尝出

我的辛酸

你不要啧嘴

这里面饱含有我真实的情感

我将所有的一切

凝成这些葡萄

酸酸

从扎根到攀藤

我所做的一切

是你亲眼所见

甚至我就挂在你的窗前

推窗望月

（发表于 1989 年 9 月 20 日第 192 期《安徽师大报》，作者王尔伦）

56. 月光下剥蒜的母亲

溶溶的月光

淹没了村庄

蒜攀住母亲的手掌

像一只鸟栖于粗糙的桅杆

泥土站在月堤外

一颗颗声音下沉

弯弯曲曲

砸破冰冻的河底

碎裂如母亲剥蒜掌纹

这唯一的一根蒜啊

母亲剥开了潮湿的月光

剥开的蒜子们

蹲在门槛边叠日子

望着衣服上补满的眼睛

就怀念起身后

烛光冉冉

点亮四周飘起的水声

母亲坐在里屋

撩起的围裙透明

穿在五根受伤的手指

这群穷苦的孩子啊

将背着这些温暖的指痕

走破今晚的月光

推开朝南的柴扉

远方的篱笆

就在月光的另一端

渺渺浮动

（发表于1990年10月31日第210期《安徽师大报》，作者李涛）

57. 《匆匆》中的永恒

每次读朱自清的《匆匆》，我便不免为之悚然——因为想到自己的生命，也怕它在那样的"匆匆"中流去了。我于是常在"匆匆"中思索，偶尔有了一点心得，写下来与青年朋友共勉。

人生百年，初看起来，似乎"邈矣夫久哉"；然而庄子却称它"若白驹过隙，忽然而已"（《庄子·知北游》），又显得何其短暂！

因为短暂，《古诗十九首》就发出了"为乐当及时，何能待来兹"的吟叹；今天也有青年人主张：在"潇洒"的玩乐中，细细"品味"人生，才不算是"枉来了世间一遭"。据说这样的态度，才是人性的"觉醒"，是真正认识了自我

293

的"价值"。不过我发现,人性的真正觉醒,其实并不是这样的;许多青年所喜爱的名人,追索的却是另一种价值。例如已故女作家三毛,虽也曾这样宣称:"我要将这一生痛痛快快地玩掉!"但她终竟还是舍去了繁华,扑向了瀚漠,让生命在荒野的跋涉和创获中,放射了光芒。例如席慕蓉,当她领悟到"整个人类的生命,就有如一件一直在琢磨的艺术创作,……我的每一种努力都会留下印记"(《生命的滋味》)时,便大声激励自已,一定要勇敢探索,"在前路上找到一个更为开阔的世界,在那里,生命另有一种无法言传的尊严和价值"(《灯火》)。

像我这样平凡的教师,自然说不出如此深妙的人生哲理。不过我倒也坚信,人生终究还得有所"贡献",总不能让本已短暂的生命,耗蚀在无所创获的玩乐之中。记得泰戈尔写过这样一段话——"当死神来叩你门的时候,你将以什么贡献他呢?呵,我要在我客人面前,摆上我的满斟的生命之杯——我绝不让他空手回去。我一切的秋日和夏夜的丰美的收获,我匆促生命中的一切获得和收藏,在我临终,死神来叩我的门的时候,我都要摆在他的面前。"(《吉檀迦利》)

这是一位印度诗哲,对生命意义做出的自豪而深情的回答。将它与奥斯特洛夫斯基"人的一生应该怎样度过"的名言并列,恰正辉光互映,一样富于令人思索的魅力。

我由此得到启示,对人生也就增生了更多乐观。我常这样想:伟人的人生能辉耀世界,平凡人的人生,难道就一定黯淡无光?人生的创获,可以有大小之不同;但在志气上,却绝不可以输了他人。只要你不畏于耕耘、浇灌的辛劳,你就一样能得到属于自己生命的那份收获,这些年来,我试着这样做了,竟也真的有了一些进展,一些可贡献给世人的小小收获,我因此在最近出版的专著上,写了这样一段题辞,以表达我的感受——

"辛勤耕耘和浇灌后的收获,是最惬意的!"

因为这惬意,来自对奋斗人生的"品味",来自真正"不枉来到世界走一遭"的慰藉。到生命终结的时候,你将会发现:恰恰是这些,才使你超越了生命,超越了"匆匆",而让平凡的人生,升华到与伟人同等的层次,并达到"永恒"。

(发表于1993年10月11日第263期《安徽师大报》,作者潘啸龙)

58.水调歌头·解嘲

　　著书三五册，写字两箩筐。童头老汉迂拙，所作太窝囊！写字还亏功力，著作偏多失校，不啻是空忙。何必守穷贱，择业另开张？　年七十，身犹健，不踉跄。无心下海，甘愿长守我专行。不怕阿谁耻笑，但得平生志趣，仍写小文章。留着封坛口，也算不荒唐。

（发表于 1993 年 10 月 20 日第 264 期《安徽师大报》，作者祖保泉）

59.悼海子

知否，海子
我们是同乡
回来吧
四处漂泊的诗魂
乘这中秋的夜风
回到故乡，回来
独秀山的野菊灿如黄金
中秋的月呀，清凉如水
在孤陋的野店
沽一坛陈年老酒
来，让我们把酒论诗
干杯，干杯
千杯太少，万杯不多
浇不去愁绪如斯
远处的山林
有鹧鸪啼鸣
"不如归去，不如归去"

（发表于 1993 年 12 月 11 日 267 期《安徽师大报》，作者潘小平）

60.我的自画像

我嘛,不敢说其貌不扬,"人比黄花瘦"倒是真的。为这"瘦",母亲遗憾,朋友遗憾,唯独不遗憾的,恐怕只有我自己了。我坚信,缺憾的升华,说不准会是"吾貌虽瘦,必肥天下"呢!

我爱好音乐,喜欢听听音乐,也喜欢唱唱歌曲。不过,在这方面,我显然跟不上时代。不但同学们这样想,连我自己也这样想。说起来不怕人笑话,最新流行歌曲我一首也唱不全。我只能欣赏古典音乐和胡松华、李双江、德玛等人的歌曲。我觉得他们的歌声真正是非人间的歌声。可惜,我自己的音域始终不能令自己满意。因为唱歌,三天两头弄得自己嗓子发炎,好了还是唱。

世上众生,有好动不好静的,也有好静不好动的,我则是个怪物,既好动又好静。班级活动是不会缺少我的,闲暇总可以见到我在蹦啊跳的,扭啊舞的。虽说不成套路,倒也风风火火。我亦好静——练气功大约可以算是真静了。盘腿打坐,不管旁边多么吵闹,听若无闻、视若无睹。一坐就是一两个钟头。有一回做功,不知不觉中静入杳冥,呼吸全无,可把老母亲吓得要死,她把我的叔伯们全喊来,说我中了邪,拿根桃枝在我身上就抽将起来,弄得我啼笑皆非,以后再不敢在家里练功。

我不知道性子直是否是好事,我感慨最深的莫过拥有许多朋友,而又得罪许多朋友。归根到底,恐怕与我的"迂"很有关系。我对什么都认真,我几乎付出了沉痛的代价,伤了别人,自己比别人更痛苦,可又无法改掉这"认真"的"恶习",想来想去,终是做人难,激动时弄笛,安静时弄箫,可又屡屡发现总是与生活错开一拍。那一份"迂"有时真令我吃惊。听过来人讲,学生时代是人生中最幸福的时期,踏上社会,便成了机器,其操纵杆握在若干人手里,我相信这话是对的。可惜,我只是忙,难以抽空品尝做学生的幸福。

大约人性格总是由水火二元素构成的。现在的年轻人总是偏亢者多,或成水灾、或成火灾。特别是起火时,得意忘形,乐不可支,说些愚不可及的疯话,以逗得众生大笑而自娱,然后大概是乐极生悲了。我常常在为这乐极生悲而苦恼,试图寻一个两全其美的办法。然而,我始终无法再造自己。愈是不希望发生的事,倒愈是常常发生。我常常扪心自问,自己每天都在做些什么?是否有意义?这样想着,不觉有些惶恐,也有些对不起爹娘。忏悔之际,期盼着下一个重新开始。

我终究没有成为闲人，而日子也终于一天过去。

（发表于1994年3月1日第271期《安徽师大报》，作者都昌其）

61. 贺文学院成立

赭麓泛金光，天高喜气扬。

教坛添锦绣，桃李更芬芳。

济济人才傲，朝朝翰墨香。

余今成老叟，拭目看辉煌。

（发表于1994年10月20日第283期《安徽师大报》，作者浦经洲）

62. 看连续剧《三国演义》

一代风流演千载，银屏八四续长编。

五湖喜看三国事，万众争评孟德篇。

度势审时诸葛妙，任人用智数孙权。

莫言皇叔多流泪，结盟桃园义不迁。

（发表于1995年3月5日第290期《安徽师大报》，作者赵庆元）

63. 等待敲门

"当地球上只剩下你一个人的时候，突然响起了敲门声。"

是白日梦的呓语？是神经脆弱的高度紧张？未必如是，这是小说人对孤独最深刻的阐释。

那也是人生体验的最美境界。

万千人流，朝来暮走，熙熙，蚁群一样忙碌，忙碌本身便成为一种目的。于是，独居干宝，对一杯清茗，随意吸根烟或竟什么也没有，听屋内任何物件的声息，甚而平时艳无生气的书本也似乎有声，屋外一切的天，全涌入你的心海，融汇激荡的日子少了。

想、思原来与回忆同在，回忆你的生涯，即便它那么短暂；回忆你的体味，即便它那么肤浅。于回忆中品味出人生的酸甜，你会怒到"世界上最广大的是人

297

们的心灵"。

孤独是这样一种尴尬:面对潮涌的人群,有一种无可与言者的落寞,不是没有言语,而是没有可以倾心交谈的人;孤独是这样一种美:起于你对大自然最高程度的契合,在忘我中来自心灵内层的震撼,与大自然和着同一节拍。

"大音希声,大象无形",言即在天地之外,寸心之间,孤独之美,无言。

在喧闹中求得心灵的平静。荒山草坡,皆有风致;叶落花开,无非心声。对大自然坦白、融心于天地万物之中,何其乃似中国古人所谓"虚静""坐忘",自然只留你一个人在,然后——

它便来叩你的心门。

跟它讲。抖落了寂寞,是于无声处听惊雷,是岑寂的热闹。

然而,其为大美,出现在你并不存在之时,当你已将你忘却放归到大自然天籁之中,当地球上一个人也没有时,孤独来敲门了。

是蜜蜂的脚轻拂花心,毛茸茸柔和的颤动;是温暖的灯映着旷无人迹的荒原;是方生的春水,荡涤着每一片癫疮。

回忆起最遥远的往事,依稀在你心头燃起丛丛篝火,那么缥缈,那么真切。真像心灵对自然的召唤,缥缈如上苍指引你归回……

归回。归回到孤独不可知的所在。忘掉自己,让孤独来叩你的心扉。

（发表于1995年3月20日第290期《安徽师大报》,作者宁渊格）

64.芜湖杂咏——调寄《忆江南》

赭塔晴岚 芜湖好,赭塔爱晴岚。缥缈山光迷远树,空濛湖水掩朱栏。胜景足清欢。

荆山寒壁 芜湖好,石壁倚空寒。峭耸千寻云绕寺,照临万顷水依山。佳胜画图间。

玩鞭春色 芜湖好,春色喜无边。绿遍郊原人影乱,花飞赭麓市声喧。遗事说玩鞭。

镜湖细柳 芜湖好,细柳镜湖烟。春水方生飞迹香,楼新竞起共湖生。雪浪震天鸣。

吴波秋月 芜湖好，秋月照吴波。塔影横江清露冷，柳丝傍岸客愁多。诗老几经过。

蛾蚁烟浪 芜湖好，烟浪浸蛾蚁。一劫江流思蜀汉，三更月冷照灵旗。何处觅荒祠。

白马洞天 芜湖好，白马洞天骄。紫燕群飞峰动雨，丹霞抹彩石生湖。江上望岩峣。

（发表于1995年4月5日第292期《安徽师大报》，作者孙文光）

65.喜欢洪峰

洪峰有很好的语言感觉，他能仅用一句话就营造了一种气氛，就调好了你的情绪，让你搁置不下，比如他的《重返家园》。

在洪峰的园地里，有许多纯粹的东西，它们让你回想起自己的往事和当下的那些伤感或欣喜。想一想生活，洪峰在一篇散文里这样说，我只想静静地想一想生活。生命是谁拿来栽在这世上的一根竹子，它站在那里，无缘无故地，就在那里站着。风一吹，枝叶就摇摇摆摆的，那风是掠过生命的命运。洪峰觉到了哪天都欺上身来的风，不让风来是不可能的。而风和风下竹子的摇曳就构成了最具意味的景致，有一种叫宿命的东西让洪峰欲罢不能。用纸笔揣摩生死，史铁生这样说洪峰。

喜欢他笔下的爱。我甚至觉得人世间最洒脱和最苦涩，最浪漫和最无奈的爱都写在洪峰的纸上。如村上春树所说，菲茨杰拉德的《了不起的盖茨比》是私人性质的小说，我以为洪峰的小说也是私人性质的一类，这是就情感的色彩而言，在这里，女孩和男孩，后来是女人和男人都抛洒过咸咸的泪水。那段情楚楚动人地凄美着。并不觉现实多么残酷，多么不能容忍，只是想及它，会有不少的辛酸在心头奔涌以至于激荡。

比如《离乡》里冬冬和"我"在1989年夏天的重逢，不是邂逅，它没有邂逅那样让人措手不及和别无选择，也不是幽会，它没有幽会那样像一个共同的"阴谋"。故事中，八年后，出差到她所住的城市，他打电话给她，拿过话机，她还是"一耳"就听出了他的声音……"冬冬说：'不请你到家里做客了。'我说那样很好。"

毕竟成熟了许多，两人都非常克制又都非常满足，既无法也不想改变现实的结构，又何必再去伤害一颗与自己联密着的心，我觉得这就是成熟起来的男人和女人。多情者又往往兼备坦诚和软心肠的品质。当敏感的妻语及此事，"你生气吗？"他问。"你是想了却一个心愿。"妻是这样的理解。"你回来了，我生什么气呢？"追忆往昔是抒情的，重视现实是散文的，这大约可算造物赐给的一条出路或一种艺术。虽然洪峰基于对自身素质的优越而偶有凌驾"本文"的炫耀，却仍真诚地述说着自己的故事，自己的梦想，一小说家之能事尽毕于斯。

（发表于1995年5月5日第294期《安徽师大报》，作者董凤宝）

66. 独钓寒江雪

一条小船静静地斜倚在
最后的渡口，除此之外
鸟声不来，跫音不起
路到水边为止
你只得坐上小船
心语之外无非长年枯坐
你回身捡起来路
随手一甩
雪，便纷纷扬扬了
那时，一大群鱼鲜亮地游来
不用回头你也知道
身后的事物正一望无垠地沉默
低下头
大雪中你独坐的姿势在水底
一明一灭

（发表于1995年6月20日第297期《安徽师大报》，作者胡明耀）

67. 故乡的桥

离别故乡后，有月亮的日子便是我想家的时候。梦中母亲那单薄的身影在我眼前飘荡，母亲立足的桥成了我心中最美的风景。家乡的桥是极普通的桥。它的祖先大概源于石拱桥，有个像虹一样的大孔，孔颈上顶着四个小拱。桥两边的扶手经过风吹雨打是那样斑斑驳驳，像母亲饱经风霜的脸。自我懂事的那天起，母亲就牵着我的手漫步在这座小桥上。母亲用她悦耳的声音向我说着故事，我沉浸在她编织的故事里，幻想自己成为一位美丽的公主。夕阳西下，我和母亲站在桥上。这桥、这水、这夕阳构成一幅绝妙的风景画，我和母亲的相依又给这幅画增添了几多人情。

上学后，我离开故乡的桥。但那道风景却深深地印在我心里，对母亲的牵挂比以前更深更浓。每当星期六就是我最快乐的日子，我知道在故乡的桥上定有母亲等待的身影，看着母亲用她的青春换得我的成长，我的快乐。这时，故乡的桥比以前更陈旧了，上面已有被踩烂的坑，我在上面寻找着，试图寻找母亲和我丢失的脚印。

如今的我，来到小桥流水的江南，这里的桥有自己的独特风韵。在我梦里却总是故乡的桥，那梦境是那样的悠远，绵长。回家成了我至真至纯的渴望。每当我心情郁闷时，我就想扑向那故乡的桥，去寻找那终生的呵护和爱抚。

（发表于1995年10月25日第301期《安徽师大报》，作者王莉）

68. 文人当自重

古人曰：“欲之寇人，胜于兵革……”也许是禁不住“欲”的诱惑吧，确有部分文人，在追求名利道路上的趋之若鹜。认准了“著书立说”这条路，但又甘于功夫不到家，笔下之“花”又“生”不起来，怎么办？不惜“铤而走险”，东抄西摘，七拼八凑，无所不用其极。把他人劳动成果，不经消化地窃为己有。甚至把手伸向国外，抄人家“老外”的东西。然后再用“嫁接法”进行技术处理……问题是当这些改头换面、装潢精美的“科研成果”问世之后，居然还有部门和个人玉石不分，抬轿子、吹喇叭为之推波助澜。捧之为“新理论”“新公式”“勇于探索、敢立新说……”评上省级社科优秀奖等，致使这些本不该得到如此荣誉的文人们越发威势如焰，气壮如牛，飘飘然以学问家自居。

笔者以上一通议论，并非无的放矢。仅举一例：修辞学家谭永祥先生所著《修辞新格》书，仅十余万字，竟被11位写修辞书的作者相继抄表。据统计，最多的竟抄去 35 000 字，事前连招呼也不打一个。毋庸讳言，千百年来，"名"这东西，一直是人们追逐的目标。谁不渴望自己一举成名。古语云："士患身灭而名不彰。"但是，要想使自己生前死后彰明显著，关键是要不断地在改善自身的"质量"上下功夫。学术研究是一件极为艰苦的工作，也是极其严肃的事业，既要对学术负责，更要对读者负责。舍此而一味把时间和精力都耗在投机取巧、剽窃抄袭上，势必会造成一种人生价值的偏斜，一旦败露，能使本来尚有几分头面的人反而自取其辱，甚至身败名裂。倘若走的是正道，不仅可以促人向上，且能备受尊敬而彪炳千秋。众所周知，《新唐书》是欧阳修和宋祁合撰。按旧例修书规定，编修者不止一人时，只需标官职最高者一人的姓名。顺理成章，非欧阳公莫属。但他坚持要写上两人的姓名，这就是一种精神境界。

如何摆正做人和出名的次序，我认为中国儒家文化的人格理念，至今还具有强大的生命力。"治国平天下，先从修身起"，既读书又识礼，倡导文人们要恪守"立德、立功、立言"，用今天的话来说，"做人、做事、做文章"。把"立德"、做人放在做文章成名成家之首，先要把"人"字写端正，然后再考虑其他。这一点，值得我们今天某些躁动不安乃至沽名钓誉的文人们好好地想一想。

（发表于 1995 年 11 月 23 日第 302 期《安徽师大报》，作者许大昭）

69. 战士之死——悼念孔繁森

灵魂如雪

覆盖了含悲的高原

流泪的天空

世界在等待你的回首

远方的群山在沉默中

将你的誓言刻入云杉

你的品格

击溃了一切流行的挑战

从蓝色的海边到连绵的山脉

你以自己的言行诠释了岁月

也诠释了辉煌

（发表于1996年4月15日第307期《安徽师大报》，作者宋春雷）

70.文人与家园情怀

自《诗经·东山》中有了"我东曰归，我心西悲""不可畏也，伊可怀也"的感慨后，中国文人对于故国家园的眷恋与思归情绪从此屡续屡见华章。

与西方文人相比，中国历代文人对于家园情结似乎尤为偏爱，而家园情结在中国文人作品中的表现更是不胜枚举。古来如屈原"鸟飞返故乡兮，狐死必首丘"之愁苦，李白"举头望明月，低头思故乡"之幽独，杜甫"白日放歌须纵酒，青春作伴好还乡"之乍喜，李王景"细雨梦回鸡塞远，小楼吹彻玉笙寒"之凄清，以及范仲淹"人不寐，将军白发征夫泪"之悲壮等等。这些反映羁旅思乡，戍边思亲类的例子，历来唤起人们普遍的情感共鸣。

中国文人的家园情结，还有着较高层次的表现。古代文人对政治常抱有较大的热情，他们讲求"学而优则仕"，文人与政治理想家二位一体，于是出现了"修身齐家治国平天下"的理想立身处世模式。故在那个"家天下"的时代，文人们一般性的家园意识又可升华为对家国危亡的忧患意识。从而也就有了李后主"故国不堪回首月明中"的深切哀悼，有了杜甫、陆游、文天祥等众多志士文人面对破碎山河的慷慨悲歌。范仲淹一句"居届堂之高则忧其民，处江湖之远则忧其君"被历代仕子文人们奉为治身典范，是因为它不仅传递了一种忧国忧民的爱国情绪，而且契合了大多数文人"恋家、忠君、爱国"三者一致的惯性思维模式。

清初孔尚任说："诗人不是无情客，恋阙怀乡一例心。"其实以恋阙怀乡为中心的家园情结不仅在诗人中，在其他文人中同样有着普遍的影响。曹雪芹创作《红楼梦》，按他自己的话来说，是以"童心来复梦中身"，作品中对少年家事的深切回味与反省，亦流露出较为浓厚的家园意识。路遥先生在他的力作《平凡的世界》一书开头，写有这样的题词："谨以此书，献给我所生活过的土地和岁月"，借以说明他的生活与创作的情感根源，在于对故乡土地和人民的深深厚爱与眷恋。家园情结之于中国文人，由此亦见一斑。特定社会地理环境的影响，儒道佛诸家思想合流积淀，养成了中国文人对故乡园对乡土的崇敬和热爱，他们所一再继承并张扬的家园意识，一定程度上体现了人们对大自然对故土对母体的认同与回归取向。文人迁徙在外,盼望"叶落归根",文人仕途得志,总想"衣锦还乡"。故园乡土成为文人们兼济天下的出发点,又成为文人们独善其身的归宿地。陶渊明等失意文人则在故乡山丘中构筑了一种"桃花源"世界,以求得由身体上的皈依故园,走向精神上的返璞归真。

朱光潜先生曾经从"有我"与"无我"的艺术角度分析,认为诸诗家中当以陶渊明的诗为最,诸词家中当以李煜的词为高,而陶诗中最有成就的是那些颇具家园意识的田园诗,李词中最有成就的亦是那几首悼念故园的哀婉词。这种情况的出现看来不是偶然的。

（发表于1996年6月15日第309期《安徽师大报》,作者乔东义）

71.诗人和商人

在江南诗社一年一度的青春诗会上,《诗歌报》主编、诗人乔先生作了场关于当前诗歌现状及其思考的报告,可掌声稀落,听者寥寥。与这个活动的冷落形成鲜明对比的是南方某董事长肖先生来作报告时的热闹景象。我们以热烈欢迎的方式和虔诚叹服的心境听完了肖先生商海拼搏的发迹史。

应该说,乔先生和肖先生在事业上都是成功的,我们不能说谁优谁劣,也不能说诗人和商人谁更有价值。但冷落诗歌,冷落艺术却是真实的客观存在,我们能说这个存在是合理的吗?

从"伟人坯子"的缥缈的天空,到"上山下海"的坚实地面,我们更显务实,没有哪一代人比我们更注重自我价值的追求,这是历史和时代的进步。然而,令人不安的是,我们在这个过程中,愈趋浮躁,浮躁使我们冷落了诗歌,同时也漠视了文学、哲学和艺术。

作为以追求知识塑造魂灵为旨要的大学生,冷淡诗歌和艺术是否意味着我们已渐渐疏远了"精神"这个一度被认为很贵族的字眼,我们的"实用主义"变得如此近视。远离诗歌、远离艺术、远离哲学,我们会不会变得贫血?

当然,并不需要我们每个人都成为诗人、艺术家和哲学家,但一个人不能拒绝文学和艺术,不能不思考一下"我是谁"这类兰菊般芳香的哲学问题。我深信,一个虚劣卑琐阴暗的心灵,绝不会流出如血般清澈见底的文字。

时代需要弄潮儿,也需要宁静的守护者。时代需要商人,也需要诗人和哲学家,在"坚定不移地以经济建设为中心"的同时,我们不能不严肃地审视我们的精神世界，即两个文明一齐抓。因为，金钱即使溶化了，也不能当作血浆融入我们的血液。

（发表于1996年9月18日第313期《安徽师大报》，作者章敬平）

72.校园小径

总让人想起小河或是溪流
把一滴滴知识的水珠汇聚成川
当潋潋波光折射出学子的才华
校园小径便舒展了眉宇间的思愁
总让人想起彩带或是桥梁
用奋斗和汗水连接文化的河床
当事业之舟迎着东升的旭日扬帆
校园小径仍旧那么沉默

（发表于1996年11月15日第316期《安徽师大报》，作者童县城）

73.对着河流歌唱

必须告诉你
我是河流的孩子
我深深地爱她
正如爱着铺满阳光的乳汁
阳光在水面踩着舞步
河流戴上浪花的头巾
我坐听晨钟的余音
无限地靠近生活的漩涡
青春的血是盛开的鲜花
同直立的青草长在岸边

（发表于1996年11月15日第316期《安徽师大报》，作者傅盛夏）

74.诗人可以停止歌唱吗？

日前从《文汇读书周报》上看到一篇文章，是介绍《舒婷文集》的。作者叙述了舒婷的一些过去成就及影响，最后说到："舒婷是个创作上极严谨的诗人，二十年中仅创作一百三十余首，作为一个艺术至上的抒情诗人，当她觉得自己没有更好的诗歌奉献给读者时，她宁愿停止自己的歌唱。《最后的挽歌》……将作为封笔之作……是诗人长达二十年诗歌创作的绝唱。"读此陡生恶感。诗人是可以停止歌唱生命的吗？这所谓的封笔，表面似为读者着想，实更似托辞，这"绝唱"之说更像是一个商者在推销自己的存货而不像一个诗人应该做的。

朱光潜先生在《谈美》中讲到"诗是做不尽的。……诗是生命的表现，说诗已经做穷了，就不啻说生命已到了末日。"这"封笔"之说，若是出自舒婷本人意愿，那她就不配戴此诗人桂冠，作为诗人，她应感到羞愧。艺术上的严谨和观众的目光都无以改变诗人热烈有力的心跳，无以阻挡诗人激情的喷涌。正如朱先生所说，你要封诗，要么再不做诗人，不然，找根绳上吊算了。

舒婷在八十年代声名鹊起，成为中国现代派三家之一——朦胧诗的代表人物，创作了一篇篇脍炙人口的名作。何以在后来的二十年，创作的一百三十首诗作中，竟无几流传。不惑的年龄难道是她封诗之因，看透了世情竟也驱逐了激情吗？苏轼之文，老而弥辣；杜甫临死尚以诗示人，生命与诗共同，诗即生命，生命即诗。难道是她在国外的行吟，驱走了心中故国的美好影像，再也吟不出祖国？

这大类江湖霸主金盆洗手的封诗之举真的要使她远离诗歌，还是远离尘世，我认为这两种远离，无论哪一种，最终的结果只能是生命的枯萎。

在以后的时间不作诗，我想那对一个诗人是不可能的，作诗后的孤芳之赏，那种美又是狭隘的、短暂的，"封诗"之说，从哪个角度来讲都是大谬之举。

（发表于1997年10月15日第331期《安徽师大报》，作者王念东）

75.父亲

父亲苦了大半辈子，他幼年丧父，青年丧妻，为把唯一的孩子培养成人，便没有再娶。父亲是个农民又是个医生。作为农民他质朴、大度，不喜欢跟人斤斤计较；作为医生，他有一颗爱心，热情地对待病人，甚至减免家境贫寒者的医药费。

平常父亲很忙很累，又有农活又有医务还要干家务，很少露过笑脸，但他没有忘记过培养我良好的品德。记得小时候在路上捡到了一把铲子，他误以为我拿了别人家的东西，狠狠地揍了我屁股。后来他得知确实是我捡的时，先向我道歉，又哄着我把铲子送给失主。

为了让父亲得到安慰，我在校努力学习，每当我拿着奖状和证书回家，父亲无一例外地都要给我一份特殊的奖励，那就是他脸上流出的欣慰的微笑。父亲的微笑每次都给了我无尽的勇气。

如今求学在外，和父亲相聚日短，看到父亲微笑的机会也少了。上次回家，得知父亲患了糖尿病，我感到震惊，上帝有时也是不公平的。回校后，我忘不了父亲在病榻上痛苦的眼神，情感的强烈触动几乎使我荒废了学业。但我知道父亲是不会原谅我丢掉做学生的责任。我必须在阳光和书本中好好生活，那样，父亲会有更甜的微笑给我。

（发表于 1997 年 11 月 3 日第 332 期《安徽师大报》，作者陈文敏）

76.秋瑾：秋天的大雨

那一场秋雨最愁人
落下了清朝阴暗的天空
那一场秋雨最愁人
冲洗着人们苦难的呼吸
裹在红妆里的男儿
一生种植名叫自由的花朵
秋瑾，我最爱的女儿
你的酒杯泛起诗歌的醇香
你的嘴唇开放激情的火焰
你一腔热情向命运挥出宝刀
身后革命旗帜纷纷高举手臂
秋瑾，你站在时代的风雨里
像刺向天空的海燕

秋雨是遍地流淌的血

溅成女性觉醒的花朵

那一场秋雨过后

该落下的全都落下

那一场风雨隔着我

百年孤独的距离

（发表于1997年12月18日第334期《安徽师大报》，作者芳菲）

77.春天从青稞开始

那些遗忘的植物在春天醒来

风掀动太阳的翅膀

风在高高地吹

风在远远地吹。

我终生挚爱的青稞

它从冬天一直长到春天的高度。

剥开阳光

我更热烈地接近一株春天的青稞

遍野的青绿，青稞在风中

一点一点长高、丰满，并且成熟起来

在大雪纷飞的夜晚

青稞温暖我们的心，就像春天

让我们看见枝头粉嫩的桃花。

春天开始了，河流在响

雪在消融。风吹青稞

风声从一株青稞传到另一株

从飘舞的旌幡

传到布达拉宫闪亮的金顶。

呵，春天，春天开始了

就像青稞的籽粒敲打我的木屋

我坐在春天的风上

飞抵快乐与善良的青稞。

（发表于1998年9月15日第342期《安徽师大报》，作者张晓明）

78.追梦（外一章）

记得儿时的我既不是那种酷爱红装的小女生，也不是那种迷恋武装的假小子。那般年纪以为天底下最快乐的事情无过于静静地与太阳对话。

我热爱太阳，并不仅仅因为她是光明之源，更多是由于我有着太阳般炽烈的憧憬。年少的我常常用妈妈的黑丝巾蒙住眼睛，向着太阳微微翘起小脸，用心去感受那赤、橙、黄、绿、青、蓝、紫，沉浸于五彩斑斓、美妙却又幼稚的梦境。

然而，当我努力将这些梦转变为现实时，才发现虽美轮美奂，却缥缈而不现实。于是，我一次次地失败，一次次地丧失追梦的勇气。我退缩了，胆怯了，以至不愿，更不敢去编织我的太阳梦，哪怕知道她会是真实的。

后来，我听说了一个和我同样热爱太阳同样编织太阳梦的英雄。他为了实现自己的愿望，日日去追赶那轮火红。饥饿、病魔、野兽无时无刻不威胁着他，但他的脚步从没停止。我震惊了，震惊于英雄的弘毅和坚强，也震惊于自己的自弃和懦弱。一股巨大的力量将我托起，我又开始与太阳对话，开始为自己编织一个真实的梦。我一次次地摔倒，但仿佛有一种声音呼唤着，催我爬起，鼓励我坚定地一步一步向前跋涉。

蹚过迷惘的河流，如今，我将拥有太阳底下最光辉的职业。或许，在别人的眼中，这只是一泓寒绿，但在我，这却是一轮喷薄而出的朝日，是满怀喜悦拾起的一串金穗，是我用真情皴染得越来越清晰的梦的山峦。

（发表于1999年1月1日第349期《安徽师大报》，作者朱婕）

79.别有的幽香

我们寝室的老八曾给我们讲起他"黄书包的故事"。他自嘲地笑着说："刚上大一的时候，我最喜欢背黄书包了，真的，我觉得背着黄书包真漂亮，后来才发现整个学校就我一个人背这种包。"大家都笑了。"后来我再也不背了，现在早不知扔哪儿去了。哎，那时真幼稚。"我们又捧腹大笑。

受老八的启发，大家都纷纷翻出若干年前自己的"黄书包的故事"来。有的说自己小学三年级的时候还光着脚,有的说自己上了大学还未曾穿过西装,有的说上大学之前还不知如何打电话,有的说上大学之前还不知摩丝为何物……都争着宣扬自己的土气,似乎唯恐自己没有别人土,似乎穿西装、打电话、认识摩丝的能力都是上大学培养出来的。其实,这也不是什么天方夜谭。记得我刚上学的时候,自己连一张课桌都没有,书包也是大哥用旧的蓝布书包,开学那天我拎着一只旧凳子就出发了。那时班上的桌子五花八门,有新的、有旧的、有高的、有矮的,有的是八仙桌,有的干脆是笨重的饭桌,百家争鸣,像开展览会,而我却唯独没有。天生的虚荣心让我感到无地自容,我不仅渴望有自己的课桌,还渴望有别人那样的黄书包、文具盒,甚至别致的铅笔和橡皮。

慢慢地我又羡慕别人带拉链的衣服而觉得扣扣子真土,羡慕别人脚上的球鞋而嫌弃自己的布鞋,羡慕别人去过很多地方而自己却足不出户,这些想法都曾火一样地炙烤着我幼小的心灵。

说起来,我在上大学之前还真没穿过皮鞋,也没有过自己的西装。大一军训期间我们和教官一起开中秋晚会,大家都换下球鞋,换上了皮鞋或"耐克",我换来换去只换下了一双吃饱泥土的旧球鞋,换上了一双从未穿过的新球鞋。那时我心里曾有过一丝的不满,但我已经懂事了,我知道父母能为我做到的都已经做到了,我本人也并不对皮鞋有什么奢望。欲望总是慢慢培养起来的。我们寝室的弟兄个个宣称自己是贫农赤贫,可到大一下学期,除我以外,皮鞋已经人脚一双;而我到大二上学期才勉强"脱贫",却因此在吃饭方面致了灾。总在挤挤兑兑中添置一些"奢侈品",以满足自己不断发展壮大的虚荣心。

老八曾钟情过的黄书包被他自己休了,我曾经羡慕过的课桌、文具盒、铅笔、橡皮早已化为过眼烟云,甚至西装、皮鞋也并不显得重要了,打电话成了小儿科、摩丝代替了发乳……所有的羡慕,所有的渴望到头来都会显得那么平淡。难道再没有什么值得羡慕的吗?小汽车、小洋楼、别墅……但这都已被一颗平常心所淡化,成为可有可无的东西。我们现在每天上课的时候,几本书随便用手一拿,自由自在、若无其事地走着,再也不在乎背什么包,更不在乎时不时髦。外在的东西并不重要,重要的是一种自由自在、不随俗的心境。

老八的黄书包自从被休之后,也不是一直赋闲。大一下学期系里话剧会演,我们剧组的"农村老大爷"所需的服装让我们发了愁,有褂更好,没有的话中山装也行,布鞋没有的话黄球鞋也行,老式帽子没有的话,鸭舌帽也能凑合,这些东西我们都是在各处辗转借到的,独独缺只土里土气的包。我们的意思没有这些东西是打扮不出一个农村老大爷的。我灵机一动想到了老八的黄书包，这真是奇思妙想点睛之作。"老大爷"果然就背着这包去看他上大学的"儿子"了。我们剧组的同仁对此都记忆犹新，对这些土里土气的东西都感到特别亲切，像见到了多年不见的老友。

社会越前进，就有越来越多的东西变得不合时宜，可当它们从记忆的河床里泛上来的时候，也会像出土的文物一样散发出一种别有的幽香，让我们颇有感触，正如这亲切的黄书包。

（发表于1999年1月1日第349期《安徽师大报》，作者朱俊）

80.啼血之生

捧读历史，有一种冲动如鲠在喉
我看到鲜红的血点燃生命的火焰
黑夜像雨水，淋湿大地的每一个角落
光芒因黑暗的压迫而痉挛挣扎
这样的日子蛇一样阴冷，灾难由血泪验证
希望埋葬得比死亡还深沉
激动的文字爬进日夜搏动的心脏
铿锵的声音，在回音壁上震颤
令野兽慌乱地疯奔狂号
令刺刀也涣散成棉条
在苍凉的河床上，热血开始流淌
阳光点亮落寞的眸子，辉映脸庞
烈士的鲜血如古老兽骨上的卜辞
终于历经风沙，召唤出啼血之生
在无数次刀光号鼓，烽火连城后
历史演绎出七月的凯旋与辉煌

（发表于1999年6月28日第353期《安徽师大报》，作者余音佳）

81.从来皖地多才士——评谢昭新著《现代皖籍作家艺术论》

纵贯中国现代文学发展的三十年，皖籍作家和理论家对新文学话语的形成有着令人骄傲的贡献。这里不但有"五四"新文学的倡导者胡适、陈独秀对"文学革命"的理论贡献以及他们对新诗、话剧、杂感小品的开创，而且还有紧随胡适作新诗探索的青年诗人汪静之，追求新诗格律化和诗歌艺术美的新月派诗人朱湘、方玮德；二十年代中后期以诗歌、散文、小说创作和文学翻译而闻名的苏雪林、台静农、韦氏兄弟、李霁野等。不但有蒋光慈、钱杏邨对无产阶级革命文学的倡导，创作了富有时代色彩的"革命小说"，而且有对三十年代左翼小说艺术做出独特贡献的吴组缃，还有通俗小说大师张恨水对二三十年代市民社会生活的生动描绘……可以说，三十年的中国现代文学发展，每一历史时期都离不开"皖军"的贡献。

《现代皖籍作家艺术论》一书，从安徽地域文化和现代皖籍作家的关系入手，论述了十三位有代表性的皖籍作家的创作艺术及其对现代文学的特殊贡献。作者着重论述了他们创作中的地域文化色彩，及其对于艺术风格的影响。根据谢先生的考察论证，现代皖籍作家，大体分布在安徽三个不同的文化区，一是徽州文化区，二是古皖及桐地文化区，三是两淮文化区。不同地区的文化风俗对作家的创作均产生不同的影响和渗透。皖南的作家大体受徽文化的影响。徽州是程朱理学的故乡，受其观念熏陶，这里有的是知书达理，循规蹈矩，而很少风流怪诞之士。因此，生长在这块文化土壤里的作家，像胡适、苏雪林、汪静之、吴组缃等，其心理气质及作品的文化风韵，均具有庄重、厚实的儒雅之风。皖中现代作家多集中于怀宁、太湖等县，这些县历史上曾处古皖国，而古皖区域后属楚。故古皖刚烈果决的族风以及楚人倔强坚韧的人文精神和家国情怀，无不使这里的作家具有深沉的爱国精神。同时，佛道文化也对他们（如张恨水）的文化性格和创作心理产生了一定的影响。另外，皖中的雅、俗文学向来都比较发达，承传下来，产生通俗文学大师张恨水和雅文学作家朱湘、方玮德也就不足为怪了。至于说皖西北的霍邱叶集，这里在古代离楚都寿春较近，更在楚文化的笼罩之中，人文风貌多呈楚风。当然，随着南北文化的交融，中原文化的理性精神和民间的豪侠之气，对两淮之地有所浸润。这种民风赓续延伸，培育了皖西北作家倔强坚韧的反抗性格，尤其是他们在接受了科学社会主义教育以后，更以顽强的革命意志从事社会运动和文学运动。同时，楚文化的浪漫情调和两淮地区的风俗民情，都在蒋光慈等作家的作品中得到了鲜明的反映。所以皖西北作家的作品中呈现的地域的闭塞和落后、乡镇居民愚昧麻木的精神状态、"拜堂""超度"的民风民俗，又是在皖中、皖南作家那里看不到的。

皖南、皖中、皖西北地域文化的差异，铸就了这些地方作家创作风格底色的不同，也铸就了他们独特的艺术个性。谢昭新对上述内容的剖析，对当今皖籍作家当然不乏启示。

（发表于1999年11月15日第356期《安徽师大报》，作者方维保）

82. 山

好一列青色的长山！青色的围墙。

山里，缀着村子，那是我的故乡；村里有一个人，那是我的爷爷。

山，有性格，有情感，和日子做着永不疲倦的游戏。

春天从东方飞来。大树小树，高草矮草，一片葱绿。山花点点，万紫千红。娇嫩的朝阳，在露珠里挥舞着光芒，鸟儿坐在有花有水的地方，尽情地歌唱。

爷爷牵着我和我们的牛，走在山中。

"爷爷，您看，山笑了！"

"嗯，不错。"他点着大山一般的头。银须飘拂，眼里流出两道山泉。

山也会做梦。当夏天的最后一撮夕阳在斑驳的古木板墙上熄灭，那深邃苍蓝的山岚便从峡谷中袅袅升起。山衔着一轮好月，把夜色驮进了山中。土场上，点着几堆牛粪，烟雾里泛着青草的芳香，神秘凄丽的山鬼从爷爷的缺牙洞里走出来了，四周的夜空顿时充满神秘的恐怖。爷爷摇着破芭蕉扇，老牛在旁边反刍，悠闲地把尾巴甩得很响。

"爷爷，再讲一个山鬼的故事吧？"

"这是最后一个了，孩子，山要睡了，吵了山的梦是不吉利的。"

当我们吃光了最后一颗山果，秋天就在山中落巢了。她像北归的雁清厉厉的叫声惊裂了寥廓霜天。万点红雪像时间一样飘落，默默地随流水远去。山风开始日夜号叫。夜里，爷爷总是提着长管猎枪，依着古松，在幽石上，坐听山啸。

"这是山在哭。"他总是沉默着。

也许他所有的伤心事都凝结在秋天吧。

凄厉的山风，如泣如诉，仿佛倾吐亿万年的悲伤。终于，爷爷也跟着长啸起来。

雪花沉默着。

埋葬了所有的落叶落花，埋葬了所有的色彩，也覆盖了爷爷的新坟。

又一个故事结束了，而日子是不会结束呀。山啊，你这时在想什么？

我们祖祖辈辈生活的山啊，难道你仅仅是我们的起点和归宿吗？

山外的潮汐，冲击着这长长的青围墙在崩溃……沿着那歪歪斜斜的石级。我们要走出群山的围困。

生在山中，希望在山外。

（发表于1999年11月15日第356期《安徽师大报》，作者吴振华）

83. 墨西哥使馆之行

去年夏天，为了狠狠"报复"一下十几年的"坐牢生涯"，刚刚高考后的我留下一张志愿表，背上行囊，潇潇洒洒，北京去啰！姐姐正好在北京第二外国语学院读西班牙语，我就住在姐姐的寝室。那天晚上我正在研究地图看第二天上哪去游荡，有人送来请柬，邀请姐去墨西哥驻华大使馆参加钢琴音乐会，我硬是死皮赖脸地缠着要去，于是向姐的一位同学借了证件，开始了扮演淑女的痛苦经历。

我想我是要代表中国当代女大学生的形象的，要既活泼大方，又灵秀端庄，既体现中国传统精神，又要体现当代改革意识，既……越想越麻烦，看着床上扔得乱七八糟的衣裙，真似"片片桃花雨后娇"，罢、罢、罢，时间不多了，先化妆吧。

虽然我一向大言不惭地自诩"清水芙蓉"，也算深明大义，一面忍受姐用一大堆红脂蓝粉给我"画皮"，一面洗耳恭听她老人家的告诫：举止要大方，走路不要一蹦三跳，跟人握手用力要适度，会后使馆必然要请吃夜宵，要一改往日吃饭时"饭粒与唾沫齐飞，口水共菜汤一色"的样子……真听得耳朵起茧。一抬头看见镜子里的自己的确是眼睛一亮，立刻充满自信，再一看，已快6点了，还要挤公交车赶紧跳进一条白色裙子，拖着姐就出发了。

到了使馆区，看到早已森严壁垒，我的自信心一下就泄了一半，迎接我们的是使馆的参赞——一个长得像肯德基爷爷的小老头，他一面跟我们握手，一面叽里咕噜地说了一通，我见姐说了一个单词，就模仿着乱说了一下，倒见他也没什么异样反应，姐悄悄告诉我，他说的是"到这儿就是到了你的家"，我答的是"谢谢"。好，蒙对了。大厅里已来了不少人，正中放着一架钢琴，一个穿黑西装的人坐在旁边，红着脸，据说是德籍墨西哥钢琴家。看到还有人比我更心虚，我立刻又来了自信。人到齐之后便发节目单，拿到节目单还不算太糟，原来西语和英语有少数单词拼写是一样的，只是读音不同，便拿着节目单研究那些稀奇古怪的钢琴曲的名字，一面念念有词，一面频频点头，以示我在音乐方面颇有造诣，害得姐姐差点笑出声来，用她的话讲我那时的样子叫——"怪枣"。后来演奏的曲子全是那位钢琴家自己的作品，那些音符我实在搞不懂，耳朵在听，心里只想过会儿会有什么样的特色点心。终于等到结束了，我们被请到露天花园去吃夜宵，一条长的椭圆形桌子，中间一排摆着各色点心，旁边一圈放着餐巾纸和小竹签。这下可苦了我这个"炸弹淑女"了，说得好听点是黛玉进贾府，其实不异于刘姥姥走进大观园。看见别人都用小竹签挑着点心放在纸巾上用手托着吃，我就拿起小竹签向一个小面包圈进攻，无奈面包圈烤得过于松软，竹签过于苗条，面包圈在盘子到我口中的路上优美地转了几个圈，眼看要成自由落体，我也顾不得淑女吃东西要以食就口而不能张口就食这一原则，忙低头咬住。看看自己一副狼狈相，再看姐不仅应付自如还面带微笑与人侃侃而谈，心里顿生不平。哼，我就不信我成不了淑女，我优雅地端起一杯橙汁，看见姐正微笑着朝我这边看，我更得意了，轻翘起兰花指一仰头准备喝，这下更惨，没有经过专业训练的手指极不灵活地扭了一下，只听当的一声，杯子跳崖自尽。幸好地上铺着地毯——自杀未遂，橙汁洒了一地，我窘得满脸通红，工作人员来打扫，我怎么也想不起来西语的"对不起"怎么说，只一个劲地"sorry"，没想到那人抬头一笑，来了句正宗国语："没关系的。"嗨，搞了半天原来是自己人。我怯怯地朝四周瞟了一眼，似乎没谁注意，于是又端起一杯。这回却镇定多了，只可惜夜宵已快结束，只又吃了一个就打道回府了。

（发表于2000年1月10日第359期《安徽师大报》，作者吴荧）

84.打电话的感觉

刚刚远离家门的我，在这异地养成了一大嗜好——打电话！短短三个月的时间，我用完了整整三张百元的磁卡！

其实,有时打电话,并非因为有事,只是突然心血来潮想与家人、朋友聊聊,只是想听一听他们熟悉的声音。如果因为种种原因,想打电话但又未能如愿,就会有一种魂不守舍的感觉,就会一直耿耿于怀,直到有一天终于拨通了那个电话,才会心安理得,吃饱睡安。

每次拿起话筒的那一刻,总是要后悔。因为,每当父母得知我只是想与他们闲聊时,我总会听到电话那端充满理解和宽容的笑声。

现在,我又拿起了话筒,心里又充满那种后悔但又不忍放下的复杂心情。在等人来听电话的时候,我两眼盯着单薄的电话机,心里真的很担心那根细细的电缆线载不动我沉重的思念。

(发表于2000年4月18日第361期《安徽师大报》,作者王紫娟)

85.李贺

赤橙黄绿青蓝紫
世间一切美丽的颜色
被你的想象自由泼洒
唐朝宫殿只需要雕梁画阁
皇帝的耳朵上站满鹦鹉
你只能骑着瘦驴走在民间
泪眼里闪烁着幽兰的香露
男儿不能佩戴吴钩的锋芒
空自剪裁语言的云彩
天若有情天亦老
西风吹皱月亮的孤魂

(发表于2000年4月18日第361期《安徽师大报》,作者韦秀芳)

86.新生如何尽快适应大学生活

半个多月的军训生活是所有2000级新同学的入学教育第一课。当我们回顾这段生活,重新感受那一份严肃和认真之余,便会发现,对于大学,我们除了拥有一份新奇和憧憬,其他似乎还知之甚少。那么,大学到底是个怎样的世界?

新生该如何尽快适应大学的生活呢？

第一，走出迷惘，明确目标。初入大学，当我们逐步从梦圆大学的成功和喜悦中清醒过来时，会忽然发现自己被带入到一个真空地带：没有了备战高考前的心理重负，没有了班主任频繁的"耳提面命"，也没有了父母累日的"喋喋不休"，自己似乎变成了旋涡中的孤舟，丛林中、戈壁上的迷途者，会感受到以前所不曾有的迷惘、无措甚至空虚。此时，我们一定要清醒地反问自己，何为大学，我来大学的目的是什么？对于大学，北大原校长梅贻琦先生说过，"大学者，非有大楼之谓也，乃有大师之谓也。"日本学者今道友信在《大学的起源》中也指出，"大学"一词是从"由尼维尔斯塔斯"这个词衍化而成，"大学"是具有国际性、文化性的知识研究者的行会，其成员在爱真理的基础上而相爱。由此可知，大学就是让我们学习知识、拥有知识、运用知识并努力向"大师"目标迈进的地方。我们每个同学都应充分利用宝贵的大学四年来不断充实自己、发展自己、完善自己以适应社会所需，这就是我们的目标，我们前进的方向。

第二，走出困惑，正视自我。大学生活的起始阶段，我们可能会碰到来自方方面面的诸多问题，会使自己矛盾重重，困惑非常。如果处理不当，不但影响甚至会动摇我们前进的目标。比如在生活方面，我们要尽快提高个人独立生活能力，努力适应集体生活方式，逐步改变自己不能为大多数人所接受的生活习惯；在人际交往方面，要学习掌握人际沟通的技巧，要正确地评价自我，营造好身边的人际关系氛围；尤其在学习方面，更要尽快转变学习方式，摸索出切实可行的学习方法，要"学会学习"。要认真思考并努力解决好几个问题：教师教学与个人自学的结合；现在的学习与将来发展目标的结合；智力因素的发展与非智力因素发展的结合；正确的学习方法与良好学习心理的结合等。

第三，走出被动，把握机遇。我们每个人的发展成长，离不开个人奋斗，也离不开机遇的垂青，更离不开自己对机遇的把握。大学给每个同学提供了一个充分展现自我、锻造自我的舞台。我们每个同学，从踏进大学的时刻起，便应该充分发挥自己的主观能动性，努力树立积极乐观的生活观念、奋发进取的学习观念和勇于创新的实践观念，一点一滴做起，在不断学习、不断进取的过程中，切合社会所需，利用大学所提供的模拟实践空间，把自己培养成为社会所需的新型人才。

（发表于2000年10月1日第365期《安徽师大报》，作者项念东）

87.社团不是"摇分树"

大学生活是丰富多彩的，其中特色各异的各类社团为同学们的课余生活开辟了另一方展现青春风采、激荡青春气息的天空。学校也鼓励同学们参加社团，但对于刚刚跨入大学校门的新同学，一切都是陌生的。如何更好地更有效地参加社团？下面提出几点选择社团过程中切忌的问题，供新同学参考。

一忌：不了解自己的爱好，盲目跟从。爱好是最好的老师，只有爱好才能激发热情。高考的指挥棒压抑了太多的爱好，甚至使得爱好丧失。进入大学，面对蜂拥而至的社团，看到别人参加了某社团，尽管自己不一定喜欢也一哄而上盲目跟从。有些寝室常会出现全部参加某一社团的起哄的局面。这不利于发挥自己的特长，也不利于个性的培养。

二忌：没有选择，来者不拒。我校有各种社团二十多个，涉及文学、音乐、美术、体育、理论研究等多方面。它们对个人能力的提高的确大有好处。但一个人的精力和时间有限，不能毫无选择来者不拒。以前曾出现过一个人最多参加十二个社团。每逢社团活动便东奔西跑，争分夺秒，尽管如此，还是应接不暇，顾此失彼。这样不但疲于应付劳精伤神，最终因精力分散一个社团活动也未能做好，没有得到应有的收获，可谓出力不讨好。

三忌：动机不纯，只为加分。新生进校，高年级老乡便告之参加社团综合测评可以加分。个别社团招新时也打出可以加分之招牌。有些新生为了能加分提高名次，便不惜"巨资"花钱买分。一个社团加一分，参加一个社团也才区区十元左右，于是花上几十元上百元，便可以稳稳地加上十分八分，至于活动便可去可不去。要求上进无可厚非，但要靠真才实学。任何投机取巧都是欺人者自欺。即使花钱买到了分数，又于己何益呢？社团是锻炼人的地方，是一片纯洁的净土，若把它当成"摇分树"，当成爱慕虚荣的幌子，这些人还是离社团远些。

（发表于2000年10月15日第366期《安徽师大报》，作者肖献松）

88.与书为友

记得周作人曾在《喝茶》中有过这样一番论述："喝茶当于瓦屋纸窗之下，清泉绿茶，用素雅的陶瓷茶具，同二三人共饮，得半日之闲，可抵十年尘梦。"我以为，读书与品茶有着异曲同工之妙。在有花香的土地上，有鸟语的天空下，活跃于一个个方块字所构成的奇妙组合里，我忘乎所以，常于书中沾一指新绿、染一掌花香，然后芬芳我甜蜜的梦境。在我看来，读书与品茶皆让人在闲适的享受中掸去心灵的浮尘，感受超然的精神境界。

与书缘定今生。小时候，从阿凡提的故事中体会幽默，从雷锋日记中懂得做人，再后来，长大了，逐渐在张爱玲的冲淡隽永中咀嚼出一种苦味，在余华的荒诞世界里领悟人生。书中有现实的残酷与理想的完美：有时是衷肠的细诉，凄美动人；有时是惨痛的呼号，慷慨悲壮；有时百回千转，"柳暗花明又一村"；有时如江浪滔滔，"奔流到海不复回"。在书中，可以不拘形迹，而又时常发现自己的影子，于是顿生一种亲切感，这才发现，产生共鸣是阅读一本好书时常有的感觉。我逐渐认识了自己，认识了我的力量、信仰、局限以及既有诗意而又平淡的品质，因而发觉读书很畅快，犹如借他人酒杯浇心中之块垒。于是，我开始视书为友。

读书，使我明白生活中不能缺少思想。现实中，拥有太多理性，太多思考的人也许会被不屑地定义为"另一类"。然而与书为友，你便可放浪形骸，书会以最博大的胸襟去容纳你质疑的态度，你叛逆的思想，甚或你偏激的言论。你可以先以一种虔诚的姿态去倾听书中的声音，再以一种独立的精神去形成自己的观念。诚如俞平伯先生所说："阅水成川，已非前水，读者此日之领会与作者当日之兴会不必尽同，甚或差异。"

我以为，只有通过读书，人才会在某种程度上真正成为会思想的芦苇。我知道很多强调"潇洒走一回"的我的同辈们，正风靡地沉醉于新兴的网上世界或是某些智障者的文化娱乐中，他们只看到某些调侃的语言很搞笑，某些夸张的表演很刺激却不知某些所谓的流行浮浅轻薄都可以置人于死地。

与书为友，我愿意把书比做皮鞭。我坚持读书无须沉醉于华美的语词或是惊险的情节；读书，不是为了寻找低迷时的安慰，而是通过读，进而转化为思，继而让我们保持清醒，保持怀疑，保持一种个性的思维，保持一种批判的反抗的生命冲动。我想，这才是"皮鞭"真实的价值。

爱读书，于是很自然地视书为生命中的一部分，就像贪醉的人见了酒一样，见了书，我便有种占有的原始冲动。最近，丢了一本心爱的书，我顿生一种失落的情绪，恨自己的粗心大意，也心怀恶意地抱怨拾书之人，于是，开始想起书的种种好处，一时激动，便胡乱涂抹了这一通，并希望我丢失的"朋友"能意外地飞回身边。

（发表于2000年10月31日第367期《安徽师大报》，作者王秀丽）

89. 读史

一杯白开水冒着热气

整个下午就装在杯子里了

古代的鸟儿撞破纸页

撞进杯子里

全身挂满湿漉漉的文字

仿佛我收割的一束束思想

青铜时代的钝刀

割裂血管

流出了酒和一幕幕历史或者诗

一群群大鸟撞出我的脑袋

天空变低了

喝一口白开水

就咽掉一个朝代

（发表于2001年2月26日第371期《安徽师大报》，作者侯道龙）

90. 重听张楚

灰色的地板上飘荡着灰色的光。一张灰色的面孔从镜面中浮现，如同幽灵在黑夜中显现。

街边的酒馆里，张楚坐在我的对面。我看不见他的眼神，那种眼神总是让我心情沉重。我们平静地聊着天，聊着这世上的一切，聊着死去的朋友，聊着已经分手的女友，聊着阳光和昨天的晚餐……张楚告诉我："你坐在我对面看上去那么端庄，我想我应该也很善良……"（《爱情》）我笑了笑，不置可否。因为，我知道张楚的话并不是对我说的。只是，每当张楚的声音从我那台破旧的"walk-man"中传出时，我便会情不自禁地虚构以上的场景。那时，我很满足。

朋友常常愤怒，说这个世界像个垃圾场。我告诉他，应该去听一听张楚。既然我们"没法再像个农民那样善良"，那么，我们何不"在没有方向的风中开始跳舞/或者系紧鞋带听远处歌唱"。朋友，让我们大喊一声："请上苍来保佑这些随时可以出卖自己/随时准备感动/绝不想死也不知所终/开始感到撑的人民吧！"朋友看着我，一脸困惑。我明白，理解需要时间。

三年前，我与朋友一样愤世嫉俗。当我把张楚的这盘《孤独的人是可耻的》的盒带拿到手的时候，张楚压抑之中的平静让我诧异。当时，年少狂妄的我梦想着打倒一切，自然无法感受到张楚歌声背后隐藏的巨大能量。当他的嗓音穿过我四处碰壁而头破血流的三年时光，而再次撞击我耳膜的时候，我怔住了。从天空回到地面的感觉原来如此踏实，尽管伤口还在隐隐作痛。如同落叶归向树根，虽然已近腐朽，但毕竟是一个温暖的归宿。有谁愿意在凄风冷雨中漂泊一生，像一根稻草永远无助地在河面漂浮。

张楚的摇滚态度出奇的冷静甚至于冷酷。他很少张扬愤怒，他的愤怒永远被掩埋，像深海之中的火山。在这个世界上，有些人总爱高举十字架，一脸痛苦对着大众高喊："忏悔吧，My baby。"而张楚却能抛开"精英"的姿态，"双腿夹着灵魂"教我们心平气和地面对这个世俗。世俗像一部过时的黑白电影在张楚的歌声中缓缓铺展。"吃完了饭有些兴奋/在家转转/或者上街干干/为了能有下顿饱饭"，这就是平民的生存状态。"正确地浪费剩下的时间"是芸芸众生的寄托所在，"这歌声无聊——可是辉煌。"

（发表于2001年2月26日第371期《安徽师大报》，作者方岩）

91. 阳关散记

古阳关渐渐向我逼来。过往的守关者与叩关者怀抱汉月唐风，悲壮地沉入那辽阔而苍茫的大漠。

一九九八年六月，不远千里我从江北小城悄然来访。一望无际的戈壁，偶尔能遇见的是红柳林、沙枣树或骆驼刺，你会对它们那顽强的生命力感到惊诧，而那些星散寒漠的残垣断壁无异于一座座伸向历史的路标。我猛然想起王维"西出阳关无故人"的诗句，出塞的窘迫便被暂时悬搁。

站在沙梁上极目四望，我努力搜寻着古今无数诗人吟咏过的阳关，那座形而上的西部城池。我不禁万分失望。天地悠悠，前后除了沙丘还是沙丘，别无关隘。阳关在哪？阳关的一切我仅从文史中得来。它因位居玉门关之南而得名，早在汉代已设置阳关都尉，魏晋时在此建立了阳关县，它曾是汉唐通商的咽喉要地之一，著名的"丝绸之路"南道中必经的要塞重关，具有相当规模的繁华边城。

我不止一次在想象中构拟过古阳关的神秘莫测与塞外风景的奇异，可此刻如此靠近它却找不到任何一点可证实它确凿存在的凭据，只有漠漠黄沙相对无言。

看不见一支满载丝绸的驼队，听不到阵阵悠扬的驼铃，遇不上一个可能来自江南故乡的客商或守关的将士……触目惊心的只有这样一个废墟，苍凉而孤寂，静卧在茫茫大漠的废墟之上，苍穹寂寞的青碧，那轮亘古依然的太阳在释放着足以摧毁一切的热量。我兀立在这被称作"古董滩"的沙丘之上，这就是古阳关的遗址了。历史的城堡似乎刚刚打开而又旋即关闭……

阳关啊阳关，你在岁月如歌中如何悄然遁去，是天灾抑或人祸？这沙坡横陈在沙梁和远山对峙之间，自然地形成了一个宽阔的沟壑。是因为场猛烈的洪水意外地冲刷？是因为漠上朔风年年无情地侵蚀与掩埋？还是源自那个月黑风高之夜一场突发战火的焚烧？我无法叩开岁月重重紧闭的门找到一个准确的答案。一页一页沉默的历史就这样谜一般轻轻翻过离开古阳关，记忆中却恍惚未曾驻足。我远远地落在了时间后面，却又因此得以走进这游离了时间被称为"遗址"的空旷之中，而多少人曾从这儿回眸张望，落泪千里？千年以后的我显然已无法再打开它的时间之门，沙地上浅浅的几行脚印，只能示我一个追忆者曾经苍白的凭吊。无边的岁月，浩渺的沙海，烈烈大风继续将塔克拉玛干的沙粒吹来，它将继续掩埋着这已被掩埋的一切。

阳关为谁紧锁？《三叠》又将为谁人传唱……

（发表于2001年3月31日第373期《安徽师大报》，作者王飞）

92.思念海子

海子——
我站在太阳的麦芒上 深情地把你呼唤
遥远的天国 传来谁的声音
骑枣红的骏马踏雪狂奔 却总赶不上
你风的身影
便只好拾起
你一路丢弃的 音乐的诗符
紧紧拥在怀中

在梦里 我把你读得体无完肤

在梦里 你将我灌得千年未醒

一朝太阳升起 麦浪翻滚

虔诚的守望者 只好

躲在黑暗的角落

独自将记忆抚摸

一遍又一遍……

（发表于2001年3月31日第374期《安徽师大报》，作者吴成刚）

93.江南之春

桃花盛开以后

我用布裙在透亮的河水中

打捞对枇杷树的思念

希望，贴着水面轻轻流淌

城市的身影在我背后日渐清晰

坚硬而且明朗

枇杷树，美丽的广场

阳光爬上楼顶又洒满他们的密林

夜夜梦中的江南，雨燕呢喃

这个五月，她另一种绰约风姿将我抚摸

小巷，老屋，青石板

在我转身一刻隐失于薄雾里

我的布裙兜不住流淌的河水

河水在我脚边流连

打着漩涡把江南之春雕刻进岸边的石头

（发表于2001年6月30日第379期《安徽师大报》，作者汪炜）

94.实习老师

临近毕业前的一个学期，欣欣然地被分配到一个偏僻的中学实习，心里窃喜不已:做了十几年的学生,终于也可以当一回老师了。实习的第一天,骑着一辆借来的二手老爷车,急急忙忙地找到学校,还没有来得及喘口气,就被一大群初一的学生围住了,这群叽叽喳喳的孩子居然就是我的学生!第一天晚上放学,我是推着车子回寝室的,望着瘪瘪的车胎,我不知道是该高兴还是该担忧了。

一直很喜欢被别人喊老师的感觉,有一种被人认可的涵义,也许是让我潜意识里的虚荣心在一群求知的孩子们的身上得到了满足吧。要想成为融进学生心目中的好老师不仅仅要把课上好,还要做好他们的朋友。为了把课上好,为了让学生们喜欢我这个新来的实习老师,我可是绞尽了脑汁:有时候在课堂上留出空余的时间进行小测验比赛,或者做做游戏什么的,既结合了书本知识,又不脱离学生的实际,做到了基本功与培养兴趣的双向锻炼;有时候,我会带他们去操场上走一圈把看到的事物全部记下来,就写成了一篇观察作文;中午我和他们一起在学校拥挤的小食堂里吃饭,和他们一起说笑玩耍,甚至陪他们一起晨练。

渐渐地,学生们开始喜欢我了,因为没有人再放我车胎气了,我的书包里也经常被一两个害羞的女生放上些苹果橘子什么的。很多学生在周记里亲切地说我是"咱们班的小老师"。虽然我实习的时间不长,虽然我比他们大不了多少,虽然不想和他们走得太近,怕离别后伤心,因为我明明是个很容易被感动也很容易动感情的人。

最后一堂语文课上,当你看到那些天真可爱的孩子捧着一大把的百合站在面前鞠躬,你能不想哭吗?想起实习短暂的两个月里的每一天都引人追忆,很多美丽过去了居然就不回来了。

我背着书包捧着洁白清香的百合,急匆匆地走着,生怕听见身后一声声"老师"的呼喊;更不敢回头,怕看见几十双天真清澈的眼睛,遥遥地,送我。

(发表于2001年9月5日第380期《安徽师大报》,作者孙小东)

95.(诗三首)将赴芜湖,先寄刘、余老师兼柬华泉仁兄

当年负笈校为家,两弟三师事太奢①。

宛老已乘黄鹤去,晚晴②风物自清嘉。

[注]①我和汤华泉兄俱于1978年入师大中文系,师从宛敏灏、刘学锴、余恕诚三先生。②晚晴轩,宛老旧居名。

校有名师气自殊,宛张①风范到刘余。

我何才德蒙教诲，笔领烟云任卷舒。

［注］①张，指张涤华先生，其曾为师大中文系教授，著名语言学家。

校有名师气自殊，赭山日暖孕璠瑜。

唐风一逝凭追挽，诗学中心傍镜湖。

（发表于2002年4月20日第385期《安徽师大报》，作者周啸天）

96.献给春季的十四行诗

从潮湿模糊的方向中走出来

远远地爱你

像一束青草

喝着露水

赶路的浪子

只为你的爱恋

地上写满歌谣

黑夜的风声已经奏响

那些溢于言表的华丽

远远将我们抛弃

时间只是一杯见底的清水

等我将手放在你的指尖

安慰一片新叶

两只小鸟唱着清脆的歌

（发表于2002年5月31日第386期《安徽师大报》，作者江婉琴）

97.自信·自立·自强——写给"贫困"大学生

九月中旬是新生报到的日子。只要稍稍留意，你就会发现近几年的新生报到呈现出新的景象：一根扁担、两条编织袋、几根尼龙绳担来所有家当的新生比例明显增大。这些新生多半来自农村，且大多是从大山深处飞出的"金凤凰"。为了不使每一位大学生因为贫困而辍学，国家和学校出台了诸如"国家奖学金计划""特困大学生资助项目""特困大学生贷款项目""勤工俭学"等一系列政策使每个贫困家庭出身的孩子都有机会上大学。我们应感谢国家和学校。另外,在这里,我想送每一位"贫困"大学生一句话:"我们要自信、自立、自强。"

"金钱再多不算富,知识贫乏才是穷。"物质上的奢华常折射出精神的匮乏,所以我们不要因为暂时物质上的困缺而羞愧、自卑。相反我们应树立起伟大的自信去鄙视那些绝对追求物质享受的人。但同时我们应把握一个度,不要因此而将金钱嗤之为"阿堵物",应正确对待它。我们有理由相信凭借不懈的努力与勤劳的双手,一定会创造出辉煌灿烂的未来。

"金钱不是万能的,但没有金钱也是万万不能的。""我们是贫困生",要接受这个现实,并且勇敢地去面对它。入学以后摆在我们面前的一个问题就是:如何度过大学四年?靠父母,不!为了我们,父母铁一般的腰身已经变得佝偻,他们已倾尽积蓄,甚至是债台高筑。靠国家、学校?为了我们,国家和学校已经投放了大量资金。我们应认识到如果每一位贫困生都靠国家和学校那是不现实的。所以我们要自立。方法途径很多,我们可以通过努力去争取奖学金,可以去带家教、发广告单……

"天行健,君子以自强不息。"困难已在眼前,它不会因为我们的哀叹而减弱,也不会因为我们的逃避而消失,我们无法超脱,也无法逃避,因为"不经劫难磨练的超脱是轻佻的,逃避现实的明哲是卑怯的"。我们应该自强不息,应该始终在心中存有一份美好的理想,并且为之而孜孜追求,不为外物所扰,不为烦恼所忧。我们相信"成功属于强者,生活将由强者来把握"!

最后,让我们以傅雷的一句话来共勉,"唯有真实的苦难,才能驱除罗曼蒂克的幻想的苦难;唯有看到克服苦难的壮烈的悲剧,才能帮助我们担受残酷的命运"。

(发表于2002年9月30日第389期《安徽师大报》,作者戴和圣、李智发)

98.《三国演义》:我的家常茶饭

古人尝言:"四书""五经"如五谷,家家不可缺;稗官野史似珍馐,富贵之家不能少。对我来说,《三国演义》就是家常茶饭。

儿时阅读的第一部小说,是从邻居家借的《三国演义》;现在思考研究的主要课题之一,还是《三国演义》。"文革"期间"评红批水"搞得轰轰烈烈,有人动员我写一篇批《三国》的稿子,我回绝了,因为爱,无法燃烧批判的激情;

"四人帮"粉碎后，我发表的第一篇论文是《谈诸葛亮形象的思想意义》。

人说"世人没有无缘无故的爱"。我喜读《三国演义》的原因主要有三点：一是它激荡过我阅读的情怀，小说中那么多了不起的英雄，那么多动人心魄的战争，引人入胜，让我崇拜。二是它强化了我智慧的羽翼，作品描写了无数的矛盾，又逐一展示了它发生、发展、解决的过程和方法，于自觉和不自觉中受到启迪，提高分析问题和解决问题的能力。三是它提供了我人生崇拜的偶像——诸葛亮。他有明确的人生追求：展经纶于天下兮，开创镃基；救生灵于涂炭兮，到处平夷；立功名于金石兮，拂袖而归。他有惊人的智慧和卓越的才能，攻无不克，战无不胜。他有廉洁自律、忠公敬业的美好品格，"事无大小，皆亲自从公决断"，"鞠躬尽瘁，死而后已"。他有缺点，但更多的是优点；他有时代性，但更多的是理想炼铸的超越性；他近似完人，是许多智者自觉学习的典范。

（发表于2003年5月31日402期第《安徽师大报》，作者赵庆元）

99.又是一年麦熟时

家中该是割麦子的季节了。

想家的时候，我喜欢一个人静静地翻看旧时的照片，在记忆中搜索过去的点点滴滴，独自微笑，独自沉醉。这个季节，捧着母亲的照片，在那慈爱的目光中，我仿佛看见了地头随风起伏的滚滚麦浪、母亲手中挥动的镰刀……

记忆中，晒麦子是我童年最为有趣的经历。麻雀旅行是从不带干粮的，而麦子却又是无比好客，来者不拒，盛情款待。为了给鸡鸭鹅保存一点少得可怜的口粮，驱赶麻雀成了我的工作。早晨七点钟，屋外空地上早已摆满了长凳，上面放几块木板，然后铺上麦子，就一切具备，只欠阳光的造访了。麻雀不喜欢睡懒觉，而我却是个嗜睡者。有时，起得迟了，一听见妈妈的喊声，便一个骨碌爬起来，穿双拖鞋，别根柳条，头发蓬乱，睡眼惺忪，拿条毛巾在脸上胡乱揩几下，一个箭步便冲到了门外。一天的工作也随之开始了。

开始的时候，总是豪情万丈。我挥动着柳条，踱着方步，三步一回头，五步一转身，一双"鹰眼"滴溜溜地来回扫描，严肃得如一名如临大敌的哨兵。就咱这架势，再加上那一身极具威慑力的济公式装束，别说麻雀，就是一只苍蝇也别想在麦场上停留片刻。到了晌午，懒劲儿就上来了，趁妈妈不在，一溜儿钻到木板下面玩起了弹珠，也管不了麻雀不麻雀了。累了，靠在凳腿上不知不觉就进入了梦乡。

终于，在刺痛中——妈妈拧耳朵了——醒过来。在妈妈的训斥下，钻出我的温柔富贵乡，出来一看，天哪！成片的麦场上留下了麻雀无数深情的唇印……回到家，少不了又挨一顿骂，然而午饭时，妈妈总少不了给我煎两个荷包蛋外加一碗面粉疙瘩。

如今，在这个陌生的城市中，我看不到金灿灿的麦浪，也闻不到窝窝头的麦香。真的好想家，好想吃两个油澄澄的荷包蛋，喝一碗妈妈冲的蛋花。

（发表于2003年8月31日第405期《安徽师大报》，作者杨曙光）

100. 美丽的植物

晚上对面的Z过来敲门，拿了一把海棠枝。我都忘记下午说过要海棠枝了！看她仔仔细细地把它们插进玻璃瓶，心里很感动的。却只在旁边说，啊，海棠是比史湘云的，只恐夜深花睡去。

是花房工人打理的残枝，被Z小心收取来。细细的一把，攀满碎花的枝叶，清新如此。插在立志的保湿乳液瓶里，灌了清凌凌的水。是半朦胧的玻璃瓶，以灰底的阴文印章般写道：立志美丽。忽然觉得贴切无比，意味竟是说不出来的。

记得下午在花房看很多美丽的植物。

想拥有，或者它们的名字。

想买一本《本草纲目》很久了。馨香的植物的名字。而中医的药典，几乎是一部植物志。中药在本质上是绿幽幽的。读：龙葵，淡竹叶，山姜，紫金藤，半边莲，牛扁，卷丹，马茯苓，车前草，醉猫草……读：薄荷，多年生草本植物，茎有四棱，叶子对生，花淡紫色，茎叶有清凉的香味，可以入药，提炼出来的芳香化合物可加在糖果、饮料里如同行走于露水青草地。

脑筋不对了，就想留长长而妩媚的头发，穿粗厚的灰色织袜。冬天的屋外雪花飞舞，我们在屋内煮粗瓷瓦罐，火焰妖娆，中药的浓浓白雾氤氲弥漫，草药香味优雅而清新。我会像一个女巫，披散长发搅动我粗糙的罐子：苦吗？苦也要喝。

想到一本《本草纲目》的古色古香，Z也应该很喜欢的吧。决定留在心里然后偷偷送过去。就像这下着微雨的冷天，忽然一束海棠，它叫作立志美丽，使我快乐了许久。

（发表于2004年2月16日第415期《安徽师大报》，作者孙慧娟）

101. "干丝"与穷学生

周作人名篇《喝茶》中有云："江南茶馆有一种'干丝'，用豆腐干切成细丝，加姜丝酱油，重汤炖熟，上浇麻油，出以供客……在南京时常食此品，据云有某寺方丈所制为最，虽也曾尝试，却已忘记，所记得者乃只是下关的江天阁而已。学生们的习惯，平常'干丝'既出，大抵不即食，等到麻油再加，开水重换之后，始行举箸，最为合式……"

周氏所食"干丝"究竟是何风味，今日我辈已不可得而尝。芜湖青弋江边，有饭馆名曰"倪合友"者，售有"麻油煮干丝"一道。其法以白嫩之豆腐丝，佐以姜丝、肉末、香菇、木耳等物，清汤炖煮，上滴麻油，唯不加酱油，与周氏所食异。其妙出在油层温润，汤汁香醇，豆腐丝鲜滑可口，品咂之而不厌，食虽多而无腻。我居芜湖二年，竟未知晓。后与好友阿杜同游，杜，富家子弟，好享受生活，性嗜美食，方圆数里内之特产名吃无一不饕。经彼携引，我方得知校园近侧，竟有如此美味。初食即叹赏再三，恨口福来得太晚。尤恨其价不低，而碗盏狭小，顷刻饮尽，而身为一穷学生，囊中不饱，不能如阿杜一般闲下心来一碗接一碗作享受之陶醉状也！

记大一时，男生宿舍一号楼前有两家杂货店，众男生顺口名之曰："小店。"此小店于诸日用品之外，间卖包子、油条等吃食。前年冬天，小店拓展"经营范围"：支起一架煤炉，上置大锅，内煮干丝及斩碎之鸡肉，美其名曰"鸡干汤"，价一元一碗。其炉火常不熄，汤减，辄加大量"干丝"入锅，而鸡肉不见加。故久而久之，丝多肉少，购一碗汤中有两三小片鸡肉者，即欣欣然有得色矣。其汤淡薄寡味，干丝质地亦粗。然而读书在校，口腹之求，何敢过多！且冬日天寒，此汤虽不可口，而暖肺腑有余。一日我与两好友通宵自习，拂晓来归，且寒且饥。乃入小店，各饮"鸡干汤"一大碗，食肉包二，即觉口喷热气，身心通畅，亦堪称一大乐也。后校方因"小店"售吃食诸类，抢食堂生意，而勒令其停业，从此此汤不复得尝。每每夜深人静，腹中打鼓之时，常常念起，甚觉可叹。

又记：我对门宿舍，有一男生号曰"大奎"者，人品行端方，而家境不阔，故平日衣食多从俭。一日刚收到家教所得之薪水，思晚饭加餐"补充营养"。提了饭缸奔"小店"，见炉锅，问此中所煮何物，价几许？答曰："鸡干汤，一碗一块。"大奎误听成"鸡肝汤"，大喜曰："滋补佳品，仅卖一块，实惠实惠！"当下购之。即待盛出，乃瞠目结舌，大呼上当。其事较之周作人文中穷学生之小算盘,更堪一记。

(发表于2004年11月30日第431期《安徽师大报》,作者孙逊)

102. 乡村冬夜(外一首)

杏枝变黑 麻雀敛翅
孩子们从池塘的蓝冰上
一个个飞起
灯光惊醒枣木的窗户
泥地上已是斑斑牛迹
远处的田野里
黄鼠狼热血沸腾
它的心跳
它无穷无尽地惊悚
溪水绕得山坡晕过去了
山阴里走下
几个归家的发亮的灵魂
之后一定是这样的景象
月亮的斧头在树丛里滑落
头顶的木星又白又亮

(发表于2005年3月31日第438期《安徽师大报》,作者祝凤鸣)

103. 走着的日子(节选)

每一扇窗子里面都住着一个太阳。

——题记

3月3日 晴

今天是川大研究生入学考试分数下来的日子,虽然我知道自己肯定是炮灰,但是还是逼着自己来到网吧,输入网址,然后查询。分数少得可怜,我没有太多的遗憾或者懊悔什么的,因为这个结局在参加考试之前我就知道了。

上学期开始的时候去实习两个月,在那个城市郊区的中学里,头一次站在讲台上，60双眼睛一起看着我，忽然想起我哥哥在网络个人资料里留下的一句话："曾经我是多么讨厌当老师，但是现在看着农村孩子们那一双双充满渴望而天真的眼睛，我满足了。"那一时刻，我总算能够理解这句话，能够以一个教师同时也是以一个教师子女、教师兄弟的身份去看这些孩子，看他们的眼睛。

当准备考研的人都在实习期间积极看书，几乎连课都不认真上的时候，因为那些眼睛我犹豫了，继而将带去的专业课书、英语书放到了下面，捧起教科书认真地为每一节课做准备。

在我代课的一个月里面，那些可爱的孩子一直认真地配合着我，老师们也经常去听我的课。白天我是个尽力教好每个学生的好老师，晚上却不停地懊恼，我的书，我的英语，我的专业课，我的研究生考试似乎都在一次又一次地敲打我。

那个学校晚上十一点宿舍里就熄灯，我回来时早已漆黑一片了，有时候还能就着月光看下书，可是眼睛撑不了多久，加上第二天还要早点去班上看早自习，根本就不可能看时间长。两个月的实习，我带去的书一共就看了几十页，等回来的时候已经是十月底了……

今天回来的路上，我忽然想起了海子的那首《历史》，想起梦想中美丽或者荒凉的日喀则，想起西部的天空，我又回到了许多年以前老师读的《吐鲁番的葡萄熟了》。那时候我便说，我一定要去草原，去高山脚下，去美丽的雪山背后。

她和我说过的最让我感动的一句话，就是她有一天忽然给我张纸条，上面写着：以后我会陪你去西部吹风。这句话让我们确定了恋爱关系，支持着我们走到今天。谁知道明天会怎么样呢？都无从知晓，是的，明天，明天还要上课呢。

4月21日 多云

前几天上网，习惯性地输入"www.xibujihua.org.cn"，这是中青网下面的西部计划网站。我一直喜欢西部，有时间就上去看看，看看那些志愿者的生活，看看他们写的文章。那天看到了一个连接（链接），是志愿者之歌。忽然想到自己很久都没有听过音乐了。打开，下载，戴上耳机，播放。"伸出你的手……"模糊的意识中我的手伸了出去……

想起初中的时候去做好事，想起来给那些老人们扫除，在大街上捡垃圾，领着几个小朋友过马路，仿佛这些都是几个世纪之前发生的事情了。想想现在的我们，我们似乎都已经忘记了身边还有别人，难道这就是成熟，这就是长大了？

思路远了就自然回来了，我又看了看那些图片，他们从给老人扫院子到为孩子们上课，从为贫困山区送书送药到支教边疆。我又看见了那些眼睛，就像我在实习学校看见的，也像哥哥在他的网络资料中说的一样的眼睛，那样的兴奋和渴望，那黑色的眸子上面闪耀着星星，就像在黑夜中刚刚被点亮的灯。他们的脸庞写满了满足与幸福。

回到学校正好看见有人在教学楼前面挂横幅："到西部去，到基层去，到祖国和人民需要的地方去"，我用颤动的声音读了一遍，心里问了自己一次，我为什么想不到这个呢？我热爱西部，我热爱着那里的山水、人文，为什么我不去呢？对，我也去。当然我知道，这个念头是感性的，我需要时间和事实来证明这个想法是适合我的。

等我把一切都基本搞清楚的时候忽然发现快到月底了，电视台让我去实习的约期到了。我该怎么办？省城的市电视台虽然说有省台压着，但是它找到了自己的生存空间，是个很有发展前景的单位，何况工资待遇也不低，省城城市也不差。我犹豫了。

今天下午我踌躇了半晌才拨家里的电话，把我的想法说了，说了我的考虑，说了查询到的所有情况，说了我的理想。我和父亲说我想去，父亲再三考虑后的答复是："你自己的路，自己决定自己走，我帮不了你什么，你要是决定了，家里就一定支持。"挂了电话我就立即拨给电视台，告诉他们我不去实习了。

5月7日 晴

这几天，毕业生就业已经接近尾声了，认识我的人见到了我都要问一下找工作的情况，我还是那句话："没人要"。我想我没有必要和所有人都说我想去西部。似乎这是个秘密。同学中，考研究生的基本都复试完了，我的好几个朋友都考上了，包括她，她以复试第一的成绩成了华东师范大学的公费研究生，我们宿舍里也有两个考上了，另外一个在省城的一个机关单位谋了份职业，都还不错。

毕业，基本可以看见它的影子了。虽然它背对着我们，我们看不见来临的时候它是什么样子，但是就快了，影子过后就是后背，就是它可爱而又让人悲伤的脸颊了。

（发表于2005年5月31日第442期《安徽师大报》，作者孙义文）

104.时间的脚步

是在九月
我们告别北方的黄土和风
走近江南杂花生树的季节

青白的阳光如父亲灼人的眼睛

洞穿心底惊慌的弦

箭矢纷纷而下

那个季节　我们开始学着长大

青石　烟雨　油纸伞铺了一地

长长的雨巷我们寻觅着青春和爱情

细细的沙滩里拣找理想和贝壳

日子如水洗般被时间的风打磨成卵石

堆在记忆遗忘的角落

无声地任青春流淌　激情燃烧的日子

月复一月　年复一年

在潮水即将退去的时刻

走吧　带着诗与剑　带着酒与梦　走吧

当暗夜降临的时刻

我们载着一千四百六十多个日夜前行

在驼铃响起的时刻　背起一袋麦子

从一个山梁冲向另一个山梁

（发表于2005年6月30日第443期《安徽师大报》，作者王志强）

105.赞颂老师——浦经洲教授

一

八十高龄仍作师，诲人不倦展雄姿。

精神矍铄勤施教，寒暑不停骏马驰。

二

评讲众诗明要领，浅深适度理中求。

古人佳作详分析，引得媪翁文兴稠。

三

出口成章气若虹，诗文满腹墨丰隆。

吟坛宿老人皆仰，意在弘扬李杜风。

四

离休从教廿余年，批改诗词几万篇。

为振吟坛甘奉献，辉煌业绩盛名传。

（发表于2005年9月25日第446期《安徽师大报》，作者周吟芳）

106.雪花茶

把所有与你有关的记忆

都开成一朵一朵的茉莉

贮藏在心的抽屉

在这个孤单得寒冷到

零下二十度的夜里

拿出几朵

再放入洁白的六菱雪

在炉里慢慢生火

耐心守候

等到清悠的花香掺着淡淡的雪气

溢得要冲出屋脊

我再次感受到你春天般的气息

心暖时候

窗上的冰凌描出的

竟恍然是你的笑意

（发表于2005年11月30日第451期《安徽师大报》，作者陈太亮）

107.小孤山歌

宿松东南有小孤，卓立江表云气嘘。江光照眼天地倒，山高直摘月如梳。东来怒潮至此断，西来归雁入平芜。拔地雄起一千丈，四顾堪俦一峰无。翠峰如髻新妆样，因呼小孤作小姑。江西有矶名澎浪，可与小姑隔江呼。俗讹澎浪为彭郎，更传彭郎小姑夫。盖因俗人有俗想，巫山神女美梦殊。江上白鸟纷纷过，浊浪滔滔直下吴。隔岸彭泽多陶菊，前头浔江足鲤鱼。天地偶然留胜迹，缥缈云山神明居。我今来拜山灵脚，骤风惊飞江上鸟。神明赐我回天力，不用再忧五石瓠！

（发表于2005年12月15日第452期《安徽师大报》，作者潘宏）

108.骆驼的葬礼

残阳如血

苍茫的天空一片通红

远处

黄沙弥漫

几只秃鹫尖叫着盘旋

没有鲜花

一只骆驼的葬礼

在沙漠深处

默默地进行

（发表于2005年12月15日第452期《安徽师大报》，作者陈秀梅）

109.来不及——实习随感

每天早晨等在那个光秃秃车站，朝着车子开来的方向张望，张望。深秋的风有些凉了，热豆浆还在胃里翻滚。西装革履的男孩子，头发光溜溜，皮鞋锃亮，肆无忌惮地啃着大饼——半小时后，会有朝气蓬勃的孩子毕恭毕敬地对我们说："老师好！"

犹记重阳节那天，老人的节日。疲惫的车子每到一站，都有许多精神矍铄的老人涌上来。我们小心翼翼地让座，为他们腾出空间。欢快的老人眉飞色舞地谈着话，像那群活泼可爱的孩子。二十多分钟的车程，让下了车的我万分难堪——晕车啊。但行色匆匆的伙伴，怕来不及看我。

听课，备课，上课，改作业……我带两个班，130人。身材矮小的我，钻进那个小格子，立马就被作业淹没：基础训练、导学园地、抄字词本、美文摘抄、练笔、周记、作文……

中午来不及回来，在那个充满市井气息的小街上找寻食物。同伴是个非常腼

335

腼内秀的女孩，我每天叽叽喳喳吵得真过瘾。尤喜欢那家的鸭血粉丝汤，放好多辣油，让嘴巴哧溜哧溜的好爽。

那天晌午赶上了一场雨……街上人都在跑，不敢埋怨这湿漉漉的日子，因为她曾经给我带来快乐，也带来了幸福的感动；她细心地编织过羞羞涩涩的梦想，又慷慨地将它变成现实——让人总意犹未尽地回想起那段无忧无虑的快乐时光……

19路车在我们实习的第二天改了道，我第一次到了传说中的马饮客运站。夕阳散尽了最后一丝光辉，走在陌生、荒凉而宽阔的马路，望着可爱的师大，勾起了《天净沙·秋思》的古老情结。白色的鞋子爬满尘土。路在脚下。一切皆有可能。

运动会。整队。喊口号。学生太活跃、太热情，太容易激动了，但又那么可爱。执着的他们在开幕式那天终于全克服了"同手同脚"，走出了点样！整整四天，我焦急地关注着我班日渐上升的名次，最后是倒数第四。已经是拼命了，大家一直坚持着，没有放弃。"我们赢了。"我对孩子们微笑。

期中考试。监考。改卷。五个同学在食堂里挥舞着红笔。那晚，很荣幸我们也成了一道风景。

很意外前两天组长领了一百块钱，据说是阅卷的辛苦费。大家分了，没有去庆祝。考研的考研，做简历的做简历，我们——来不及。

凌晨收到外地好朋友的信息，好温馨！泪湿眼眶。请原谅我。为什么一发短信，就想到毕业，想到要离开师大，想到我们很难聚在一起把饭菜汤都消灭光光？

愿意相信有"轮回"，朋友说。

真就像阿来说的那样："如果上天真有轮回，请让我下辈子还降生在这个地方，我爱这个美丽的地方！"

（发表于2005年12月15日第452期《安徽师大报》，作者宋雪玲）

110.冬天的寓言

我曾看见冬天的脸，有着超脱的冷峻与傲慢。冷冷的风穿越人群，穿透尘埃，裹挟大漠荒凉的气息。冬天的路在脚下延伸，孤独地通往寂寞远方，遍地金黄的记忆，清晨芬芳的回首都已沉默地走进沉思的冬季。

　　冬天，有着哀愁的颜色，渲染一天的云，洒落无边的雨，偶尔蓄一腔幽思，凝满世界飘飞的雪，悠悠哀怨地旋舞。那雨也是情深之处的伤心泪，恣意地流，无言地落，带着冷静的寒凉，但却比不上雪的含蓄深沉，雪把所有的冷与痛深深埋藏，只以善良温柔的姿态温暖冰冷的山乡野地，所以下雪的冬天是不冷的。

　　冬天，含着岁月的味道。走过繁华丰硕，在天地晶莹剔透中了结四季因缘，静等尘埃落定。迁徙的候鸟在花儿开谢的岁月里南北徘徊，经历的岂止是简单的反复轮回？年年岁岁，挥动的翅膀穿行在季节中，带来春秋各异的消息；经冬复历春，这时间是一刻也不肯停留的呢。

　　冬路漫漫，遥远如同斑驳久违的梦境，归来时只有颓然一片忧思。最珍惜的，最辉煌的已被昨天悄然掩去，悠悠苍天，茫茫人海，这便注定寒夜黑暗里的喟然叹息，可是有涯的江河却分明清泠泠地在流淌，无日无夜，无止无息。

　　冬天的河，平静而又清冷地流过，你看得见表面的平波无痕，如空空般无心，却看不见深处的涌动与热情，那不甘寂寞的等待，藏躲在深流里的是河流倔强的灵魂。

　　人在冬天，有无边的寒冷，但也有温暖的飘雪，唤回渐行渐远的希望。

　　你看这一天天，一年年，冬日的风景不再有童年花丛中的蝴蝶蹁跹，纷飞的思绪也没了。记忆中熟悉的永станет。谁在轻叹——幸福是短暂的惊鸿一瞥，孤独是长久的雪落尘埃。可冬天毕竟要在记忆中消逝，而我却会永久地记得雪落尘埃的影子。

　　愿意在冬去春来的时候，牵引长长的线，让风筝腾空高飞，心里总在庆幸自己手中的线。我给予它飞翔的希望，自如又轻盈。可是却忘记了自己同时也是在束缚，但如果在决然里放开双手，它又必定会坠落荒野。在冬的风雨中想象高空的自在，于冬的冷漠里感受雪的温情，这才是最美的期待。

　　冬天是结束与开始的寓言。如果冰封的世界将寒冷的心与枯萎凋零一起凝冻，那便是一个世界的悲哀。如果一颗心在冬天沉静里感动于雪的温暖，那它便能在冰山之巅开一朵最灿烂的雪莲。从此，冬天的寓言打开了它所有的门，而窗外的河山正纷沓而来。

（发表于 2006 年 3 月 15 日第 456 期《安徽师大报》，作者钟声）

111.题乌镇（外一首）

乌镇人家逐水居，粉墙青瓦入画图。

晴耕雨读船来往，吴越边陲一明珠。

（发表于2006年4月15日第458期《安徽师大报》，作者张应中）

112.写在母亲节

所有的母亲走在阳光里

比阳光明亮

我身前身后的流水

不曾止息

母亲站在草房子门前的梧桐树下

笑容浮肿

她眯起眼看云彩涌起又散去

飞鸟的叫声

漫天的柳絮

也惊动不了她

她甜蜜地漫步往事

手放在我柔滑的脸上

无比温暖

我蛰伏在她枇杷果的身体里

睡梦如花，如花的睡梦

开在黑暗里

那里是我的一切

如今我，再也不能回去

像岩石上走失的石子

母亲看着我长大

我看着母亲一天天走远

母亲走在我前面

她比我走得快

母亲的笑容站在家乡

草房子的梧桐树下

有一天我的新娘

将站在那里

（发表于2006年5月16日第460期《安徽师大报》，作者周景耀）

113.沁园春·青藏铁路

茫茫雪域，辽辽逶迤，巍巍峥嵘。况寒沙飞晚，扬雪击面；浮云压顶，毡座成丛。万马旋驰，飞禽时骞，千古春风驻路中。辇舆外，是年年如梦，岁寒冰封。

一朝万里飞鸿。听僻远心声漫苍穹。见路原依旧，机排如阵；轨辕承代，勤砺征功。关外悠扬，上彻帝听，古道云端一日通。新筑路，又踏峰凌雾，雨后飞虹。

（发表于2006年10月15日第467期《安徽师大报》，作者朱少山）

114.我的大学——为中文系82级同学毕业20年而作

我的大学

是1982年那张从天而降的信封

我的大学

是1986年那场难分难舍的倾诉

我的大学

是赭山脚边高高的塔松

为我遮挡四面八方的风雨

我的大学

是镜湖湖心亭亭玉立的荷花

让你浸透永不消逝的芬芳

是成排成排的梧桐树 没完没了的围墙

是缓缓流向山顶的小路

尘土飞扬的东操场

我的大学

是深不可测的女生楼

和女生楼下 欲言又止的慌张

我的大学

是楼梯口一碗喷香的面条

是校门前一排严寒的瓜子摊

是一场叫作《告别》的话剧

我的大学

是无数写诗的青年 考研的学子

是李白身边模糊的合影

和妈妈细心缝制的粗布衣裳

一号楼上面红耳赤的争论

小礼堂里此起彼伏的合唱

每天三次的校园广播

不知天高地厚的美学演讲

我的大学

是指点江山的少年意气

也是每月一次的粮饷

是文学讲座的手写海报

也是唐诗宋词不朽的篇章

教室里彻夜不灭的灯火

为我们合成成长所需的蛋白

图书馆里无穷无尽的书架

指示我们一生该走的方向

还有青青的草地 就像母亲含泪的怀抱

还有蓝蓝的墨水 洋溢着师大才有的墨香

我的大学

是中文系先生们 鬓角的第一千根白发

那是春蚕献出的银丝

一缕一缕 编织我们缜密的思想

我的大学

是中学讲坛上 同学的第一万次板书

那是正在发光的蜡烛

把自己燃成灰烬 却把孩子们的人生照亮

如果 你想哭泣

请到我的大学哭泣

她将分担你的所有悲伤

如果 你要欢笑

请到我的大学欢笑

她会和你一起把成功分享

如果你要远行

请把我的大学 折成花朵的形状

打进背包

请你把她带到北京 深圳 河南 新疆

请你把她带给世界

带到所有

被汉语占领的地方！

（发表于 2006 年 11 月 15 日第 469 期《安徽师大报》，作者罗巴）

115.记先生二三事

先生已过而立之年，修七尺有余而形貌伟健！余愚钝，鱼目于珠玉之属，依身于修茂之林，忽然竟已逾两载矣！其间多致顽劣、形骸放浪而终无所成，念此凄凄然而无可释怀也。然幸甚至哉者，乃今得投先生门下，聆听教诲，长吾浩然之气，平添方正之道。子曰："朝闻道，夕死可也。"窃思之亦欣然可慰矣！

先生学识渊博处吾昔尝有闻；然其讲学之标新立异、发人深省处，则恐不入其门者不能识也！兹以吾日之所略观，见其标新立异之处，合于先生之风，得多般感慨，谨以"飨"诸君罢！

先生不好板书，但凡举言辄随心所至，犹如天马之行空，浩浩乎而无所止，然条理清晰而旨意透彻。至兴处辄言语铿锵、陈词慷慨；悲来则扼腕叹息、愤然不止。诚嬉笑怒骂皆成文理也！

先生于学术极为虔诚，然当今文坛多浮夸晦靡之风，专攻翰墨、唯务雕虫者有之；青春作赋、皓首穷经者亦有之。故多发思古之感慨，每至辄怒张须发，大有冀德"见善若惊，嫉恶如仇"之快风。然先生非好作批判怀疑之媚态也，其令人钦佩处，乃其固有经年所得之深见，立论更得百般推敲而后示人，阐述之往往令人陡增见识！

先生性善。其为人豁达而不失谨严，幽默而不失风度。尝有一生晚至，然犹无视左右而坦然入室，其举步投足亦铮铮然犹有铁骨。满座呃然，几至喧哗矣。先生似将有怒焉。吾辈皆正襟危坐，静候"于无声处之惊雷"。然者，先生雅量！回目乃徐徐谓曰："秋眠不觉晓乎？窗外日迟迟矣。且莫高声语罢，座中客自得尔。"转复泰然如故！众皆恍然舒心，如遇大赦者！此后无复有迟到者，妙哉？

先生好读书，然非五柳之不求甚解者，每观书有叹，辄诉诸师友。每得神思处，益为喜形于色，甚者手舞足蹈、欢呼雀跃，一如童心未泯者，其憨态可亲可爱！

先生至孝，常言孔孟之道，但至"父母在，不远游"处，辄惶惶然有郁抑色。"自由共道文人笔，最是文人不自由！"先生诚文人也，欲守正道于奉养双亲之不得，乃反为胸中志气所累，满目忧虑，形销神毁处，诚"树欲静而风不止"者，悲哉！

先生甚为关心后进，常以陶行知之"青年乃人生之春，人生之华，青年不亡则中华不亡"语语吾辈。戒曰："非静无以致远，非学无以广才！"吾辈亦知求学之不易，深怀"常恐秋节至"之感。每有懈怠，辄思及先生之语，惶惶然而复慎思笃行矣！

…………

自求学于先生，深感受益匪浅，多有所得。细算时日，亦将逾半载矣！知华光易逝，而盛日难在，念此索然兴叹！但思先生风采依旧，而后学亦将竭才尽智，承先生之高风，夫亦何憾哉！唯愿先生安康，兼与诸生共勉罢！

后记：撰文毕，诸生多有问："先生其谓何人哉？"闻辄有叹："尝观太白《与韩荆州书》，至'生不用封万户侯，但愿一识韩荆州'，辄耻其词之高而近谄谀者，今以观先生之风，复审忖之，则惭矣！先哲之表景慕之情于款款然者，诚不我欺也！'高山仰止，景行行止'，诚如是哉！"亦得献文与先生一观，先生莞尔一笑，未置可否。故吾心多有觳觫，此暂隐其名罢！是为之记！

（发表于2006年11月30日第470期《安徽师大报》，作者段观连）

116.浣溪沙——承惠赐《赭山三松集》

赭山西麓有劲松，三株挺拔入苍穹，恰如椽笔著诗丛。

离乱生涯留史迹，承平盛世写新风。松梢流韵绕长空！

★《赭山三松集》为我校宛敏灏、张涤华、祖保泉三位老师的诗词合刊本。

（发表于 2007 年 3 月 15 日第 474 期《安徽师大报》，作者周吟芬）

117.被自然恩宠的女人——韦斯琴

（一）

关于韦斯琴的书，她最近的一本是《蓝》（海风出版社 2006 年第 1 版）。

很庆幸地想，在应该读她的年龄，我没有错过她。

我想说的是，她是一个神话。先是容貌，时光滑过去的印痕几乎没有留下任何点迹，如果说，第一本书《六月无痕》的扇页里那个年轻女子的眼睛里还有一层宿命、未知和漂泊，那么《蓝》里的她更从容更放松更有力量。她是一个真正的女人。美在她的世界是所有的诠释。她像山中最清澈的溪水，里面全是阳光和乡野。像雨点落在寂然无声的钢琴琴盖上，（什么样的心思）可以像她移动得那么轻捷而耐久？我开始对世上一切琴弦一样的事物肃然起敬。

韦斯琴爱梳一条乌黑黑的辫子，这使得她一直保持了松弛的有弹性的心态，也因之而获得了全方位的丰厚回报。她的散文随和好玩，话题是日常和感性的，涉及的艺术感念和话语都是容易吞咽和消化的。在我的阅读视野里，我认为韦斯琴在这几年的写作中一直秉持了趣的原则，无关任何创作理念和深度阐释，这个原则的支撑是对生活无尽的爱恋。我感动她时而孩子般的语言，那是一种久违的声音，在时光的背影里走来走去，让我在春寒料峭的江南目睹了一场新鲜的花事。她一直把写作定位在一个轻松的角度。写作当然不是她的全部，大自然似乎格外宠爱这个美丽的女人，她还有属于自己的事业，比如书法，比如绘画。她的身上，有仙女的气息，也有家常的味道，这使得这个女人拥有一种奇妙的难以描述的复杂性，而这种复杂性又回归到一点上来，即，遵循天性，拥有"一种简单而明智的生活"（阿赫玛托娃）。

我喜欢这种简单而明智的生活，韦斯琴赋予了它们一种颜色，这就是，蓝。她解释说："当海面呈现美丽的湛蓝时，鱼儿也会歌唱。当天空呈现无边的蔚蓝时，呼吸都更舒畅。当星际泛着幽幽的浅蓝时，风儿也会轻舞。当心情一片瓦蓝时，生活将无限美好。"而生活的秘密呢？如我以为的：是《迷上绢》后享受的《美丽的孤独自由》，是在《琴韵依依》之时《握你的手，去砚田散步》，是在《梨花开了》时《纸锦还乡》，是《泊在湖上》的《永远的凝望》。

（二）

似乎，我更愿意说说她的书画。

《蓝》的扉页上印着一幅很有韦斯琴味的书法，内容是她的散文《云的蜜月》，说不清这里面蕴藏了什么，反正是一次树叶的舞蹈，开始并没有葱翠的期待，只是在风中听凭那自信，飘旋出一道绝无仅有的美妙弧线。借助那线条，找回属于女人的珍贵的水分。

她在乎的并不是艺术上怎样的精湛绝伦，她总是固执地用毛笔表情达意，迫不及待地向人们诉说她的小幸福，她被时光，也被自然恩宠着，那是知性和感性之慧，灵魂和肉体之美的融合无间。用她的话说，"在女性用线条编织的时光里，快乐是首要的，品味是其次，在不经意的快乐里，那些清朗而儒雅的内容将弥漫更崭新的未来。"

难忘她画的樱花，古旧的绢上点点胭脂红，和那挺直树干显得很有情谊。不争强也不清高，温婉地立着，一副小家碧玉的风情。灰鸽子的瞳孔嚼碎了一地月光。

线条是书法的银针，编织的过程正是一个女人最美丽的时刻，韦斯琴想打开艺术和生活的壁垒，用女性独特的视角和方式将两个世界的内容蔓延在一起。

这个着月白衫，梳麻花辫的清秀女子，最终彻底依存于民间，成为民间的女儿。

（发表于2007年5月15日第478期《安徽师大报》，作者张书婷）

118. 草语

告别梦呓的海棠老朽的黄杨

流淌着月光的老墙

告别干瘦的母亲浩瀚的青苔

埋藏着我梦的长廊

最后一次亲吻，养我也牵我的摇床

最后一次凝视，生我也依赖我的胸膛

黄昏，南瓜马车如期而降

带我奔向星星们的舞场

飞翔，飞翔

狡黠的眼睛捉起了迷藏

哪一缕月光也织不成梦的乐章

子夜的钟声敲响

我的马车驶离云的故乡

落魄在某一处苍凉

搂着摔碎的梦想

沉入睡美人的梦乡

归宿是不变的土黄

（发表于2008年3月15日第490期《安徽师大报》，作者束舒娅）

119.总以为梦在远方

那年，我来到你的身旁，只为向远方寻找方向

坚信成功必须努力，我依然向神龛俯首敬香

任性的孩子总喜欢幻想

在一片沙漠里穿行 不担心

干渴风暴和吃人的魍魉

现实是一双小鞋

缺少童话里的角色 我们

谁也不能当王

把苹果树当成情人

我永远都不想走出房廊

野鸟幻化成独角的天马，从我的左心室

偷出一把钥匙，他以为他能

打开一扇扇心房

没有莲花的夜晚 就像

失掉脑袋的诗人

什么都有可能发生

虽然渔舟早已典当爱情

我的心似寂寞的城 没有

达达的马蹄相访

设置四角的天空

拒绝时间一起流浪

坐在发黄的日子里打盹

我把视线剪成45度的仰角

关注天空

我知道 我永远都不会成长

那年 我来到你的身旁 只为向远方寻找方向

我把激情系上石头坠入河床

离开院角的苹果树

我把一切都当作赌注

总以为梦想只在远方

我却分明看见循环的脚步

迟到的月亮将一切都撒上白霜

苍老已爬遍我执着的信仰

我知道 这个同心圆根本就没有方向

唯有院角的苹果树

浮动在我想她的每一个夜晚

苹果树从不向远方寻找梦想

她只需慢慢地等

等到深秋

（发表于2012年3月5日第522期《安徽师大报》，作者陶忠）

120.野老念牧童

斜阳照墟落，穷巷牛羊归。

野老念牧童，倚杖候荆扉。

雉雊麦苗秀，蚕眠桑叶稀。

田夫荷锄至，相见语依依。

即此羡闲逸，怅然吟式微。

——王维《渭川田家》

反反复复读着"野老念牧童，倚杖候荆扉"一句，几乎落泪，太过熟悉的画面从记忆深处浮现，夹杂着莫名的心绪。我不是那个牧童，祖母也不是野老，没有手杖可倚，只有一棵被砍掉已久的洋槐树苍老地横躺在大门外的墙角。

多少个周六的傍晚，斜阳还笼罩着村庄，邻家孩童正把在外面嬉戏的鸡鸭陆续赶到自家院里，老人坐在槐树沿上，一直向南边村口望着，从那儿走过来的一个个身影渐渐清晰，又渐渐模糊。孙女儿这时候该放学了吧？还要多大会儿才到家？路上还平安吧？

贪玩的牧童，天晚了，人家都赶着牛羊回家了，你怎么还不回去？

放学铃声一响，匆匆跑回宿舍拿起中午就收拾好的东西，骑着自行车飞快地出校门，高中时代，周六，那是一周之中我们最兴奋的时刻——回家。回家，于我而言，有着特殊的意义。

那个本该叫作家的地方从小到大一直被我们称作"老家"。是的，老家。很小的时候我就知道我有两个家，"家"是在外婆的小镇上租的一间屋子，那儿西邻县城，中过省道，有热闹的集市和稍正规的学校，我们常年定居于此。"老家"在农村，下车后要走3里多的土路，一到雨天路面就泥泞不堪，村里连一家小卖部都没有，祖母一个人守着大院子在这儿生活了十几年，它更像一个度假的地方，节假日时才能热闹上几天，之后是一片更为沉寂的安静。

小时候回家的路尽管难走，却充满期待，充满乐趣。雨天母亲推着自行车，我和哥哥每人手里拿着一截树枝在后面跟着，随时准备清理车轮上的泥，偶尔我们会脱掉鞋光脚走在泥泞里，兴奋得大喊大叫，或者拉着母亲抄小路，只为了体验"过河"的感觉……年龄不断增加，触到更宽广的世界，爱玩之心便愈加强烈了。回家的次数越来越少，从村里人口中才知道我们的每一次回家对祖母来说有多重要。我到县城读高中时，终于不在外面租房住了，最难走的那段路也铺了水泥，回家的路方便了，可回家的人却只有我自己了。

16岁离家的哥哥每次打电话都提醒我，记得常回"老家"。除了补课，我从来没在学校度过周末，因为记挂迎我的那双目光，也含了一份对哥哥的等待吧！

牧童不知道，自己稍微回家晚点，野老就会站在门口焦急地张望。

一进村就能看到祖母的身影，或立或坐在大门外，目光一直朝向村口，尽管那双黯淡无光的眼睛根本看不清走来的人。小狗从她身边飞快地跑开时，那黯淡里才会露出些喜悦的光。村里人常常拿她开玩笑："瞧瞧，一看见孙女儿回来你就高兴得合不拢嘴了！"邻居小伙伴也会跟我说："你可回来了，你奶终于把你盼回来了！"每次回去，都能听到邻居向我们描述她期盼我们回家的情景。跟祖母相比，野老是幸福的，因为牧童回去再晚，也能天天见到，天伦之乐从来不需要一周或一月的倚门而待。

那次回到家天都快黑了，看大门口没有人，朝院内喊了几声都没人应，快跨进屋内才看见祖母从一片漆黑里走出来，打开灯，空荡的氛围突然暴露在一片昏黄下，落满灰尘的电视机、陈旧但整齐的家具、灰砖铺成的地面，这就是她仅有的生活和精神空间吧！不识一字的她不像村里其他人可以用电视排遣孤独，只能茫然地把目光和思绪随地一放。那一幕像钟一样挂在了心里，常常在好久没回家时响起。

被这首诗感动，与王维无关。像几米说："我们体会的感动都是自己生命里幽微的细部，其实与他无关，只是他轻轻将我们柔软的部分触动唤起罢了。"

是不是人一长大，心和身体都渴望飞向更高更远的地方？

式微，式微，胡不归？

（发表于2014年3月30日第541期《安徽师大报》，作者牛国艳）

121. 赭柏陶菊趣 品诗雕龙真——写在祖保泉先生追悼会后

1979年夏，我坐了一次由峰顶到谷底的过山车，先是学校通知我高考分数是全市第一、文科全省前二十，我与家人兴奋了许多日。但是，"文革"十年早已结束了中学生戴眼镜的历史，像我这样戴一千多度眼镜者，在他人看来近乎残疾。体检医生非常认真，在体检表上填了一大堆不适宜录取的专业，体检结论也是"视觉有障碍"。结果在录取时，我填报的所有院校都不接受。最后，还是安徽师大经校办会议讨论才把我作为特例收下。虽然校报报道了我这位高分新生，并也引起了同学的关注，但我仍有"落榜"的郁闷。在系开学典礼上，祖保泉先生作为系主任讲话，他一上来就说，一所大学不管他的名气如何，最重要的还是要看上课教师与图书馆的质量，图书馆是不说话的教授，那里有世界上最伟大的教授全天候地等着你去受教。接着他历数本系在民国时代的刘文典、郁达夫等名人，细叙宛敏灏、张涤华这些名教授的学术影响以及本校藏书量在全国高校排名靠前之事，时时流露出对于本校的自豪感。几天后，他通知我去办公室谈话，说：你不要因为没有进名校而气馁，我们系里也会教出不亚于北大的人才，比如刘学锴老师原来就是北大教师，孙文光、余恕诚老师就一直在我们系里，对他们的学术成就北大教授都是承认的。祖先生的两次讲话，很快扫除了我入学之初的种种不快，也在内心油然升起了作为一名安师大中文系学生的自信心与自豪感。

大三时，祖先生给我们开《文心雕龙选读》，他的字很漂亮，每次课后，很多同学围在黑板前欣赏他的书法作品。在讲读时，往往为一个字从郑玄一直讲到段玉裁，他解《序志》"饰羽尚画，文绣鞶帨"时，随手在黑板上抄写了萧统的《锦带书十二启》中《姑洗三月》，未加标点，说：谁要是能马上标点断句、解释翻译，研究生入学免试。我还旁听过他给七八级开的《文心雕龙选读》课，留下的课程作业就是让学生在周振甫与牟世金的选注本中找问题。这些都让我真真切切体会到古人所说的"读书首要识字"一语的分量。有一次，我曾与刘学锴老师谈论安师大中文教学的特色，他认为注重文本的理解，应是其中一大特点，我想这一特色的形成与祖先生的教学影响当有一定的关系。他在讲到《辨骚》篇时，他花了很长时间辨析了当时流行的现实主义与浪漫主义两个概念与中国古典诗歌及刘勰思想不合之处，还说明五十年代在周扬主持的北大毕达科夫美学班里关于这两个概念引发的争议。现在想来，这可能是祖先生当时正在研究的一个课题，也是他一直思考的一个问题。这些问题看似离本科生知识层次有点远，但是这种讨论可以一下将学生的思维带入到学术前沿，大大提升了学生的学术境界。有一次，他看到我座位上摆着他的《司空图二十四诗品解说》与郭绍虞的《诗品集解》两书，问我：从两书比较中，体会到了什么吗？我说：我没有比较，我是先看郭书，后来发现很多地方不太懂才找你这本来看。他笑着说：这么说，我的书还是有用的。然后，我问了他"若醯非不酸也，止於酸而已。若醝非不咸也，止於咸而已"中醯与醝两字的意思，我翻开《历代文论选》指给他看说，各本都无解，有的直接说是醋与盐，但又不知其依据。他说：看似不是问题，认真起来还真是问题。司空图取这两个字，是取醋、盐的古字。后来，我查了《辞源》才知《礼记》中有"和用醯""盐曰碱醝"的说法。上课前，我告诉了他，他笑着说：注书的人，有时以为很好懂不须注，但很可能就给读者留下了障碍，还有的是以为懂了其实可能还没懂，还有的是确实不懂，躲掉了。以后你们要写书一定要替读者多想想。这学期课程作业是写论文，题目自选，我就写篇《神思与神似》一文，几乎用了半个学期的时间。祖先生对抄写的要求是很严格的，我的字奇丑，全系有名。所以，我对成绩完全不抱希望，但还是希望能得到先生的评价。当时有这种想法的同学很多，我就与几个同学在一天晚上去了他家。当时安师大的教授都居于二层小楼群中，小楼依山而建，一条水泥路环山而行，路边植着几棵松树，祖先生院里依墙摆放了一排菊花，雅趣郁郁。在他书房里，我们的作业已被整理成几堆放在书桌上，他说他已看第二遍了，所以，他很快能找出我们的论文并当场给了评价。他称赞我有想法，能读一些旁人不看的书。当时我对中国绘画史很有兴趣，对俞剑华《中国画论类编》看得较多，在论文中也用了一些，这一点额外的功夫，竟然也被他注意到了。那天我们同学也见到了端庄清雅的祖师母，回来都笑着说：祖先生是品貌兼顾的，为什么对你的论文舍形取意呢？此事让我兴奋许久，作为一个学生，还有什么比得了让心仪的老师点头更开心的事呢！

毕业时，有同学找祖先生求字，我在临行前才与几位同学到他家去要，那是一个非常凉爽的晚上，祖先生谈兴甚浓，谈到很多"文革"的事，也谈到抗战时期他在川大求学的事，说有一位先生言必称黄侃，而且说到黄侃一定是摘下眼镜毕恭毕敬。又说，现在印行的黄侃《文心雕龙札记》一书最早就是印发给他们的讲义。最后，他让我们把地址留下，日后再写字给我们。我当时以为先生已婉拒我们了，可等我到一所中学工作了大半学期之后，收到他一封信，里面就有他寄来的两页条幅。其中一张抄写了龚自珍诗《投宋于庭翔风》："游山五岳东道主，拥书百城南面王。万人丛中一握手，使我衣袖三年香。"后来，我知道祖先生一直对龚自珍诗词有兴趣，想做一个注本。这个条幅应是他这段学术思维的流露。我到重庆、南京之后，回家过往芜湖时，也曾看望过他，每次都如同又上了一次课。有一次，与朱志荣兄一起去看他，还带着他刚出版的《文心雕龙选读》，找他签名。这本书基本内容就是印发给我们的上课讲义，读来特别亲切。他签完名之后笑着说："你知道出书者的苦恼，不向作者索书，像一个要出书的人。"现在，我每出一书总是想起祖先生的鼓励与希望。昨天（十月五日），我们79届很多同学一同去芜湖火龙岗送走了这位九十一岁的老人，回家后面对他书写的条幅，许久不能平静，就写下如上这些话。

（发表于2014年4月20日第542期《安徽师大报》，作者查屏球）

122.析《别云间》

夏完淳的《别云间》：

三年羁旅客，今日又南冠。

无限河山泪，谁言天地宽？

已知泉路近，欲别故乡难。

毅魄归来日，灵旗空际看。

这首诗是夏完淳被清廷逮捕后，在解往南京前临别松江时所作。作者一面抱着此去誓死不屈的决心，一面又对将行将永别的故乡流露出无限的依恋和深切的慨叹。在此，我想用"新批评"的方法进行文本细读，进而探究一下这首诗的情感所在。

第一句"三年羁旅客"，用"三年"和"羁旅"指出了离家之久。诗人为什么离家呢？原来是为了心中的爱国主义，为了复新明朝而参加抗清斗争。诗人放弃安逸、随波逐流的生活只是为了那崇高的爱国主义，在这里，哪怕有再多无奈与痛苦，国家利益仍然高于一切。"羁旅"一词将诗人从父允彝、师陈子龙起兵抗清到身落敌手这三年辗转飘零、艰苦卓绝的抗清斗争生活作了高度简洁的概括。诗人起笔自叙抗清斗争经历，似乎平静出之，然细细咀嚼，自可读出诗人激越翻滚的情感波澜，自可读出平静的叙事之中深含着诗人满腔辛酸与无限沉痛。第二句"今日又南冠"，用"南冠"即春秋钟仪这一典故简洁形象地描绘了作者抗清身落敌手的悲壮、凄凉中饱含壮烈，看似平静中却渗透着无限心酸与悲痛。一个"又"字点出了抗清斗争的艰辛，又表明了诗人为了实现救国的坚韧，宁死不屈的形象跃然纸上。一二句平淡简洁的叙述中其实包含了无限的辛酸与悲痛。

颔联"无限河山泪，谁言天地宽"，一个疑问道出了多少无奈与悲愤！诗人感叹悲愤，"河山"亦随之"泪"。实际上，当然山河不会流泪，无论有多大的苦痛！但是，移情作用是人的本能之一，人喜欢把自己的情感投射到他事他物之上，于是，山河流泪了，它为了国破而流泪，为了不能复新而流泪。在此，夏完淳把人事之情渲染到自然之物，以个人的情感抓住了自然，使人与自然合二为一。我们还可以这样理解"河山泪"："河山"其实就是指国家，"河山泪"就是"国家泪"，诗人看到国家灭亡、物是人非而悲痛不已，见到残破的河山，想到被灭的祖国，满怀爱国情怀的诗人情不自禁地就伤感起来。爱国有多深，悲愤就有多浓。满腹辛酸悲愤有多少？这想必是无法估测的。"谁言天地宽"，天大地大谁也不能够测量，诗人心中的悲愤也无法言说。身落敌手被囚禁的结局，使诗人恢复壮志难酬，复国理想终成泡影，于是诗人悲愤了："无限河山泪，谁言天地宽？"大明江山支离破碎，满目疮痍，衰颓破败，面对这一切，诗人禁不住"立尽黄昏泪几行"，流不尽"无限河山泪"。诗人一直冀盼明王朝东山再起，可最终时运不济，命途多舛，恢复故土、重整河山的爱国宏愿一次次落空，他禁不住深深地失望与哀恸，从而发出了"谁言天地宽"的质问！

颈联"已知泉路近，欲别故乡难"，诗人笔锋一转，由哀国之情转为故乡情。为了复国，诗人早已将生死置之度外，身落敌手诗人早就知道生命即将结束，可是他不后悔。国家已是衰颓破败，心头国恨难消。可诗人为什么又写"欲别故乡难"呢？原来诗人心中除了国恨还有家仇。父起义兵败，为国捐躯了。而自己是家中唯一的男孩，此次身落敌手，自是凶多吉少，难免一死，这样，家运不幸，恐无后嗣。念及自己长年奔波在外，未能尽孝于母，致使嫡母"托迹于空门"，生母"寄生于别姓"，自己一家"生不得相依，死不得相问"，念及让新婚妻子在家孤守两年，自己未能尽为夫之责任与义务，妻子是否已有身孕尚不得而知。想起这一切的一切，诗人内心自然涌起对家人深深的愧疚与无限依恋。

尾联"毅魄归来日，灵旗天际看"，诗人放下一切顾虑，表明复国之志。诗人在此高呼："就算自己死后成了鬼魂，也还要归来从空中看后继者率领部队起义，光复大明江山！"诗人视死如归，一心一意着迷于复明的壮举。诗作以落地有声的铮铮誓言作结，鲜明地昭示出诗人坚贞不屈的战斗精神、尽忠报国的赤子情怀，给后继者以深情的勉励，给读者树立起一座国家与民族利益高于一切的不朽的丰碑。

全诗思路流畅清晰，感情跌宕豪壮。起笔叙艰苦卓绝的飘零生涯，承笔发故土沦丧、山河破碎之悲愤慨叹，转笔抒眷念故土、怀恋亲人之深情，结笔盟誓志恢复之决心。诗作格调慷慨豪壮，令人读来荡气回肠，禁不住对这位富有强烈民族意识的少年英雄充满深深的敬意。

（发表于2014年6月30日第546期《安徽师大报》，作者马朗）

123. 用档案做证 解安徽大学校史之争

一、4所安徽大学

在安徽高等教育发展的历史上，先后有4所以安徽大学命名的高校。

安徽省立安徽大学：1928年4月创办于安庆，后因日寇入侵在1939年夏停办。

国立安徽大学：1946年10月恢复，并改"省立"为"国立"，校址仍在安庆。1949年4月，安庆解放，6月底军代表接管了国立安大。

中华人民共和国成立初期的安徽大学：1949年7月中旬，长江洪水泛滥，国立安徽大学被淹。10月，华东局文教部决定以安徽大学和安徽学院（校址芜湖褚山）两所大学为基础，合并改组，重新建立安徽大学。同年12月，国立安徽大学从安庆迁往芜湖。1952年，全国高校院系调整，安徽大学成立师范学院、农学院两个学院。1954年2月，中央教育部决定取消安徽大学校名，分别建立安徽师范学院、安徽农学院。1958年省委决定安徽师范学院的文科系迁往合肥，与合肥师范专科学校合并，建立合肥师范学院。1960年，安徽师范学院更名为皖南大学（皖南大学校名由刘少奇同志在1958年10月题写）。1968年，皖南大学更名为安徽工农大学。1970年省委决定，合肥师范学院迁回芜湖，与安徽工农大学合并。1972年，经省委批准，正式定名为安徽师范大学。

现在的安徽大学：校址合肥，创办于1958年8月，最初叫合肥大学，同年9月16日，毛主席来安徽视察将合肥大学题写为安徽大学。

为了便于表述，我们将中华人民共和国成立前的两所安徽大学、中华人民共和国成立初期的安徽大学、现在的安徽大学分别称为"老安大""新安大""现安大"。

二、"老安大""新安大"与安徽师范大学一脉相承

"老安大"从1928年成立，到1949年迁至芜湖，到1954年取消校名，直至现在的安徽师范大学，其中虽历经校名变更、学校合并，但安徽师范大学无疑是"老安大"历史的承继者。

在安徽师范大学档案馆馆藏中，有两枚关防，一枚是安徽省立安徽学院关防，另一枚是国立安徽大学关防。国立安徽大学关防侧面刻有篆文"国字第八千七百一十七号中华民国三十五年十二月"字样。这两枚铜质印章被称为"镇馆之宝"。

国立安徽大学的档案现存于安徽省档案馆，但这是由皖南大学移交到省档案馆的。皖南大学在1963年12月11日形成皖字230号《送上旧政权时期历史档案请予点收》文件："安徽省档案馆：接安徽省档案管理局11月22日来函，特将我校保存的旧政权时期'国立安徽大学''安徽省立安徽学院''安徽学院皖南分

院'三校的部分历史档案共大小十一箱，造具移交清册一式二份。此派李觉非同志送来你馆，请予点收。"这些有关档案文件连同《皖南大学代管旧政权档案、账册移交清册》现依然保存在安徽师范大学档案馆。

三、"老安大""新安大"与"现安大"仅仅校名相同

现在的安徽大学是1958年重建的，建校之初叫合肥大学。合肥大学1958年8月25日印发的（58）（校办字）第1号文件《关于启用印章的报告》可以证实这一点："我校筹建工作已经基本完成，自即日起开始用安徽省人民委员会办字第00840号通知发之'合肥大学'钢质印章，特附上印模请予备案。"

那么合肥大学又怎样变成了安徽大学呢？

1958年9月16日，毛主席同志到合肥视察，安徽省委第一书记兼合肥大学校长曾希圣请毛主席同志为合肥大学题写校名。至于为何将合肥大学题写为安徽大学，据安徽大学综合档案室发表于《档案工作》（现《中国档案》）1993年第11期的题为《毛主席为安徽大学题名之谜》一文中有这样的文字："毛主席将合肥大学命名为安徽大学的原因可以做出如下几种推断：第一，由于在汽车上，原校名为合肥大学主席未听清；第二，主席认为既然合肥大学是安徽省唯一的综合性大学，校名为安徽大学更为贴切；第三，曾希圣未说清楚请主席题写合肥大学校名，使主席理解为重新为学校题名。"

于是就有了合肥大学（58）（校办字）第26号《关于启用安徽大学印章事》这份文件，原文如下：

"合肥大学已改名为安徽大学，并于10月31日启用安徽省人民委员会颁发之'安徽大学'钢质印章，原'合肥大学'印章同时作废上缴，特此函告。"具款日期是1958年10月24日。

四、安徽省教育厅曾经给出的结论

早在1984年，安徽省教育厅就有了明确的结论。这一年的9月28日，省教育厅教育科学研究所的张耀宗在一份专门的报告中写道：

朱厅长并鹿厅长：

目前我们遇到了一个涉及老安徽大学这块牌子究竟由安大承袭，还是师大继承的问题。

据我们考证：老安徽大学筹备于1927年……因此，从历史上看，老安徽大学这份遗产应由目前的安徽师范大学（也包括安徽农学院）承继。而目前的安徽大学始办于1958年，省委原定名为"合肥大学"并已正式挂牌。同年9月16日，毛

主席为新建的合肥大学校名题字时，才由主席命名为"安徽大学"。因此，目前的安徽大学虽与老安徽大学同名，但决不是一脉相承的嫡系。

当时的朱仇美厅长的批示意见是："尊重历史，同意耀宗同志报告的意见"。鹿世金副厅长的批示意见是："同意报告中的意见。请给有关学校通气。"

省教育厅教育科学研究所得出的结论是客观公正的。安徽师范大学与安徽农业大学都是"老安大"校史的真正合法继承者。（《用档案做证 解安徽大学校史之争》）

评析：关于安徽师大与安徽大学的历史，一直以来有所争论，2018年师大90年校庆，省内几所高校同庆，究竟谁才是民国时期老安徽大学真正的薪火相传，这个问题必须搞清楚。好在历史档案仍在，王茂跃教授是档案专家，用扎实的史料厘清了这一疑问。文章首先解释了安徽教育史上存在的四所"安徽大学"，详细介绍每一所"安徽大学"建校时间、存在由来，进而理清了从省立安徽大学到国立安徽大学再到安徽师范大学一脉相承的变迁历史，同时解释了目前存在的安徽大学与前"安徽大学"由于历史的偶然造成的同名现象，最后以省教育厅的结论做结，证明了安徽师范大学是民国时期老安徽大学的嫡系传人。希望每一个师大人都能好好阅读这一篇校史辨析，对自己的历史胸有成竹。

（发表于2014年6月30日第546期《安徽师大报》，作者王茂跃）

124.我们还需要读经史子集吗？

何为经史子集？经史子集是中国古代的图书分类，《四库全书》和《续修四库全书》都是按照这个分类方法来编排的。经部指历代被尊为典范的著作，像我们熟知的四书五经，以及儒家十三经等，这都是儒家的经典。史部主要是记载中国历史地理的著作，包括正史、别史、杂史、编年史、地理、职官等（但不包括《尚书》《左传》等历史著作，因为《尚书》《左传》在古代被视为经书）。子部指儒家十三经之外的儒家著作，以及儒家之外的诸子百家的著作，如道、法、墨、兵、农、医等，包括天文算法、艺术等哲学和科学及艺术类的作品（但佛教方面的很多著作不在其中，如《坛经》）。集部主要指的是文学作品和文学理论方面的著作，包括楚辞、别集、总集、诗文评等（但不包括《诗经》这部中国最早的诗歌总集，因为《诗经》在古代被归入经部；作为志人小说的《世说新语》，似乎应该属于集部，但在古代归入子部"小说家类"）。

　　为什么还要读经史子集？首先，作为一个中文系的本科生，阅读经史子集是专业学习的需要。中文系的学生要读的书当然不仅仅是中国古代的著作，也包括现当代和外国的著作，但中国古代的著作肯定是我们阅读的重点，而中国古代的著作就是经史子集。有些学生可能认为，中文系的学生是应该多读一些古书，但读读集部的书，不就够了吗？在他们看来，中文系的学生看看古代的一些文学著作，就算是读过经史子集。这是一大误解。因为中文系并不等于文学系，中文系的本科生要了解的不仅有古代文学，也应该有古代汉语、古代历史，所以只读古代文学是不够的，比如《说文解字》《尔雅》不属于文学作品，但中文系的学生要有所涉猎；而像《论语》这样的经书、《世说新语》这样的子书，无论从文学的角度还是从语言学（古代汉语）的角度来看都是值得阅读的。退一步说，即使中文系的学生只需要读文学方面的书，那也不等于我们就只读集部之书。毕竟，经史子集的分类毕竟不同于现代所说的文史哲，我们不能想当然地就把集部的书等同于文学著作，把经部和子部的书等同于哲学著作，把史部的书等同于为史学著作。这两种分类不是一一对应的关系，而是存在很多的交叉，像《论语》《孟子》在古代属于经书，《老子》《庄子》在古代属于子书，近乎现在所说的哲学著作，《史记》《汉书》属于史部，中文系的学生似乎都可以不读，但是《论语》《孟子》《老子》《庄子》《史记》《汉书》在一定程度上也属于文学著作，理所当然是中文系学生阅读和学习的对象。古人云："六经皆史。"今人也说："文史哲不分家。"这说明，经史子集与文史哲的区分并不是绝对的。在某种程度上，经史子集皆可谓文学书籍，至少有相当一部分可以当做文学书来读。也就是说，即使把中文系当做文学系来理解，我们阅读经史子集，也不能仅限于集部。其次，经史子集涉及我们个人成长的方方面面，这就超越了专业学习的需要，而成为个人全面发展的需要。比如经书涉及中国人的价值观、人生观，让我们明白是非，懂得很多做人的原则、做事的道理；史书让我们了解中国的王朝兴衰、行政沿革、疆域变迁，这也是我们认识现代中国的重要依据；子书给我们很多人生的启示，并可能从各家的不同看法中获得更为宏通的见解；集部的书可以陶冶我们的情操，丰富我们的思想情感。

　　当然，阅读经史子集并不是中文系本科生的事情，也可以说是中国当代大学生甚至所有中国人应该重视的事情。在我看来，大学里，不仅中文系、历史系、哲学系等文科学生要读经史子集，理工科、自然科学以及政治学、经济学、社会学、新闻学、外语等社会科学的学生也要适当读一读。古人云："读诸葛孔明《出师表》而不堕泪者，其人必不忠。读李令伯《陈情表》而不堕泪者，其人必不孝。读韩退之《祭十二郎文》而不堕泪者，其人必不友。"忠孝友跟专业知识无关，但跟个人的素质密切相关。一个优秀的大学生（不管是什么专业），不能仅仅是专业优秀也应该是素质很高。我们不能因为自己不是中文系的学生，就拒绝阅读经史子集。人不仅要生存，也要生活。一个人只是为了生存，也许用不着读经史子集，但如果为了生活，为了高质量的生活，就必须读一点人文方面的书，其中包括经史子集。这一点对于当代的大学生而言，显得尤其重要。要更好地发展自己，更好地建设国家，就必须了解中国——包括中国的现状和历史；要做一个中国人，尤其是做一个有文化的中国人（而不仅仅是拥有中国国籍，或仅仅会说汉语、会写汉字的中国人），要有一个宏大的文化视野，就必须有所参照，中国自身的文化传统就是我们天然的参照系，有了这个参照，我们就能更好地审视当代的中国，也能更好地审视西方的文化，从而在中外古今文化的对照中为中国、为人类创造出一种新的文明。要实现这些，我们就得读一读经史子集，借此了解古代的中国、中国的传统，从中吸取教训，获得经验与智慧。不了解古代的中国，也就很难了解当代的中国；不了解中国的传统，也很难创造中国的未来。总之，无论是为了让个人获得更为全面的发展，还是让自己更好地了解中国、建设中国，阅读经史子集是非常必要的，我们决不能仅仅满足于学好自己的专业课。

　　可是，经史子集那么多，时间总是有限的，我们怎么读？有顺序吗？我觉得未必要像有的学者提倡的那样从先秦古籍读起，现代的读者完全可以按照自己的兴趣和能力任意挑选来读，就是倒过来读也是可以的。比如古典诗歌，不一定要先读《诗经》和《楚辞》（虽然它是中国文学的源头），可以先读唐诗宋词，再上溯到《诗经》《楚辞》。古文，不一定先从先秦古文读起（先秦古文难度较大），甚至也不一定先从唐宋古文读起，就从明清散文读起（如《陶庵梦忆》《浮生六记》），再读唐宋散文，进而读先秦六朝古文。当然，阅读古文还有其他的方法，如黄裳在论及《聊斋志异》的时候说过："我觉得这是第一部使我获得阅读古文本领的最好的课本……古文的语法、句法，差不多都是从《聊斋》里猜出来的，而且以后读更古些的书困难也不多。"还有人说：《史记》和《古文观止》是提高文言文能力的最佳材料。可见，从《古文观止》入手来读古文也是一种办法，甚至把史学名著《史记》当作古文来读也是可以的。古典小说，我们强调阅读四大名著，尤其是《红楼梦》（中国古典小说的高峰），但如果一个学生觉得《红楼梦》难读或者不喜欢读，完全可以先读《西游记》《三国演义》甚至《三侠五义》之类的古典小说。史部的书，当然没必要去读二十四史，但可以挑选一些经典的史书来读，首选的是《资治通鉴》，其次是《史记》，至于《尚书》《左传》这样的经典，倒是可以放在稍后的阶段再读，毕竟《资治通鉴》《史记》的文字比《尚书》《左传》浅显一些，甚至比《汉书》《后汉书》《三国志》也要易懂一些；当然《资治通鉴》《史记》部头比较大，如果不想全部看，对于一个本科生而言，看选本也不失为一种可行的办法，王伯祥的《史记选》、王仲荦等人的《资治通鉴选》都是不错的选本。子部的书（按照现代的观念，儒家的很多经典，也就是古代所说的经部之书，也应该属于子书），最好先读先秦诸子，那是子书的精华，后世子书难出其右，当然先秦诸子的书很多，我们可以先读《论语》，这是奠定中国文化性格的经典著作，在先秦子书里面也算是相对好懂一点的书，所以建议大家先读，接下来可以读《孟子》《大学》《中庸》等，再接下来可以读《庄子》《老子》《孙子兵法》等。当然，子书里面也有一些相对轻松的著作，比如《列子》《世说新语》《战国策》，就是把它们当做故事书来读，也是完全可以的。

（发表于2015年9月30日第557期《安徽师大报》，作者叶帮义）

附 录

1.各院系注册人数表

文学院			
文四中 19	文三中 13	文二中 12	文一 71
文四哲 20	文三哲 14	文二哲 25	
文四外 2	文三外 3	文二外 6	
总数	185		

（发表于民国二十一年第八十九期《安大周刊》）

2.各院系学生乙种注册证登记人数表

文学院			
文四中 18	文三中 11	文二中 10	文一 62
文四外 2	文三外 2	文二外 6	
文四哲 20	文三哲 12	文二哲 25	
总数	168		

（发表于民国二十一年第九十期《安大周刊》）

3.本学期各院系所开课程一览

本校开办，迄已四载，为适应社会之需要，次第成立文理法三院，院以下分系，二年级起计分十系，以利专攻。各系所开课程，俱有一定标准，兹将本学期各院系所开课程，分志于次。

文学院九十三种

中国文学系：

文字学，音韵学，甲骨文，训诂学，目录学，校勘学，诗歌，词学，曲选，各体诗选，中国文学名著选读，西洋文学名著选读，群经文学，骈文，文学批评，小说通论，史学通论，经济学概论，社会学，现代文艺思潮，小说作法，国史研究法，论文研究，古文研究，周秦诸子研究，经学专书研究，中国文学专集研究，中国文学总集研究，礼制乐律研究，中国文学史，西洋文学史，中国词曲史，欧洲近世史，中国社会经济略史，东北略史，中国历代地理沿革，以上三十七种。

外国语文学系:

大陆散文,大陆戏剧,大陆长篇小说,英美现代戏剧,英美长篇小说,世界篇短小说,英文学选读,英文文字学,希伯来文学,莎士比亚,伯尔勒克,但丁至西万提司,翻译,英文创作,第二外国语,以上计十五种。

哲学教育系:

教育原理,教育统计,教育测验,图表法,小学教育,小学各科教法,修学指导,训育论,现代教育思潮,教育通史,英文教育名著,教育哲学,哲学问题,现代哲学,中国哲学史,西洋哲学史,印度哲学,认识论,因明论,伦理学,西洋伦理学史,论文研究,第二外国语。以上计二十三种。

文学院一年级:

国文,英文,心理,论理,文学原理,修辞作文,哲学概论,教育概论,社会学,生物学,教育英文,西洋文学名著选读,中国文化史,中国文学史,西洋文学史,西洋通史,东北略史,第二种外国语,以上十八种。

(发表于民国二十一年第九十期《安大周刊》)

4.特载·安徽省立安徽大学招生简章二十一年度

一、学类

(甲)本学年文理法三学院每院招一年级生以六十名为限。

(乙)本学年后列各学系酌收二三年级插班生若干名。

(A)文学院中国文学系、外国语文学系二三年级生。

二、投考资格

(甲)凡投考各学院一年级者须曾在公立及已立案之私立高中或大学预科毕业。

(乙)凡转学学生须持有公立或已立案之私立大学之转学证书及各科分数详单,经本大学审查认可后,并须受编级试验按其资格程度插入相当班次。

(丙)一年级生及转学生均男女兼收不限省籍。

三、考试科目

(甲)投考本大学各学院一年级生之入学试验分第一试第二试两部。

(A)第一试应考之科目为:①党义;②国文;③英文;④算学。第一试考毕后,并须受口试。

（B）第二试应考之科目为：①史地；②理化；③生物。各门学科均准据高中毕业程度。

（乙）转学学生之编级试验分第一试第二试两部。

（A）第一试与一年级新生之第一试相同。

（B）第二试应受试验科目为所报考学系之前一学年之必修学程。

四、报名日期及地点

七月二十五日起至八月二十五日止在安庆白花亭本大学，七月二十五日起至八月十日止在南京中央大学。

五、考试地点及日期

安庆本大学第一试定于九月一日起，举行第二试定于九月三日举行。

南京中央大学第一试定于八月二十四日，第二试定于八月二十六日。

其科目时间之分配，临时宣布第一试不及格者不得应第二试。

六、报名手续

报考学生须先到本大学招生委员会报名处填写报名单随缴毕业证书成绩单及最近四寸半身软纸照片一张（粘在报名单上），报名费二元（录取与否概不退还）经审查合格后发给准考证，无此证者不得与考。

七、入学须知

（甲）考取各生于考毕后，即进行体格检查，检查及格即至会计处缴清各费，持收款通知往注册组报到，填写入学志愿书及保证书，办理注册录取注册证，如逾两星期不入校，并未请假者即取消入学资格。

（乙）本学期应缴纳学费十□□费一元，体育费一元，制服费十五元（多退少补）图书馆保证金二元，凡习有实验课程者加纳赔偿准备金五元（如损毁超过五元者仍需补缴，如一学期内毫无损毁，于学期终了时原数发还）。注：膳费自理每月约六元。

八、附则

（甲）本大学另订有学刊，凡函索者须附邮票三分，开明详细住址即行照寄。

（乙）考试结果在安庆民国日报、上海新中两报发表。

（发表于民国二十一年第九十一期《安大周刊》）

5.本大学第一届毕业生及其毕业论文题一览表

姓名	院系别	毕业论文题目
孙文盛	文院中文系	文选李注引说文考异
姚成林	同上	易说
郝如壎	同上	荀子蠡测
宋厚侃	同上	两汉文学家学派思想考异
舒文瀚	同上	老子墨子荀子姓氏名字考
张文藻	同上	文选李注引说文考异
曹贤才	同上	曹子建在中国文学史上之位置
程仁卿	同上	文选善注引经考
胡穗生	同上	司马相如年谱
陶昌达	同上	读庄子内篇卮言
章世达	同上	屈原研究
赵杰	同上	中国历代文学特点论略
刘凤梧	同上	先秦诸子道儒墨法四家学术之渊源及背景
叶光亚	同上	论衡研究
王仲才	同上	唐五代词论略
虞恒	同上	老子墨子荀子姓氏名字考
李星文	同上	读庄内篇概论
李德修	同上	老子人生研究
李文涛	同上	老子研究
贾春涛	文院哲教系	中国职业教育之演进与改造
林执中	同上	合译盖滋教育心理学
曹通	同上	颜习斋教育学说
丁兴濂	同上	英美德法四国大学教育之比较
张肃坚	同上	日本帝国主义之教育政策
徐恒馨	同上	智慧与智慧测验
董保泰	同上	苏俄教育概观
稽昌先	同上	犯罪与智慧之关系
顾其英	同上	地方教育概论
胡养真	同上	译美国克伯屈文明变迁中之教育
徐元华	同上	小学低年级教材之研究

姓名	院系别	毕业论文题目
宋树傅	文院哲教系	各国义务教育比较的研究
龙啸云	同上	合译盖滋教育心理学
张忠丞	同上	性教育大意
周维	同上	合译盖滋教育心理学
张捷先	同上	中学教育行政问题之研究
陈叔瑞	同上	译费希德教育学说评论
张人骥	同上	小学校舍及设备之研究
胡心馀	同上	德法英美四国中学教育之比较
朱梓桥	同上	县教育行政大纲
程敬礼	文院外文系	
林廷对	同上	The Teohnique of Coleridge's 'The Rime of The Ancient Manirer'

（发表于民国二十一年第九十一期《安大周刊》）

6.本大学第一届毕业生一览表

文院中国文学系

姓名	性别	籍贯	永久通信处
孙文盛	男	寿县	安徽寿县堰口集走马岭
张文藻	男	凤台	安徽凤台桂家集李合盛转交
章世达	男	贵池	安徽贵池钱恒泰号转老坝章交
虞恒	男	贵池	安徽贵池钱恒泰号转汪圩交
姚成林	男	江苏阜宁	江苏阜宁益林镇交
曹贤才	男	秋浦	安徽秋浦杨万源转第四区笔峰乡曹家坝曹公裕号交
赵杰	男	湖南湘潭	安庆近圣街十七号
李星文	男	合肥	合肥埠子里
郝如壎	男	潜山	潜山黄泥巷鼎兴隆号交
程仁卿	男	潜山	潜山西乡水浮岭五庙结兴恒转交
刘凤梧	男	太湖	太湖北后第四区区立高级小学转深村保下古坊西冲
李德修	男	广德	宣城水东镇李永大号转交
宋厚侃	男	桐城	桐城南门内同兴仁号转
胡穗生	男	贵池	大通王恒和店转小岭胡

续　表

姓名	性别	籍贯	永久通信处
叶光亚	男	宿松	宿松坝叶宅
李文涛	男	广德	江苏溧阳县载埠镇永大昌转
舒文瀚	男	太湖	太湖县花乡玉望保马坝铺同记号转
陶昌达	男	江苏江浦	津浦路□□□□
王仲才	男	桐城	安庆任家坡五六号王宅转

文院哲学教育系

姓名	性别	籍贯	永久通信处
贾春涛	男	定远	定远南门后街涂厚臣转交
林执中	男	青阳	青阳陵阳镇开泰号转
曹通	男	泾县	泾县枫坑镇交
丁兴廉	男	合肥	合肥王顾董巷
张肃坚	男	桐城	桐城罗家岭志城号
顾其英	男	宿松	宿县东关宝泰行交
龙啸云	男	桐城	桐城罗家岭邮局转交
陈叔瑞	男	湖南长沙	安庆张家拐西二号
徐合璧	男	灵璧	津浦路固镇徐恒兴行交
胡养真	男	望江	安徽华阳镇胡大盛号
张忠丞	男	青阳	秋浦陈家衙张正和号
张人骥	男	江苏靖江	江苏泰兴毗卢市
董保泰	男	来安	津浦线滁县转水口镇
徐元华	男	合肥	安庆系马桩七号
周维	男	桐城	练潭双港铺方春林药号
胡心馀	男	霍邱	六安西乡□家店胡中孚恒号
嵇昌先	男	江苏涟水	江苏涟水时马邮局转
宋树传	男	望江	望江县吉水镇
张捷先	男	滁县	滁县长巷
朱卓人	男	寿县	正阳关河集

文院外国语文学系

姓名	性别	籍贯	永久通信处
程敬礼	男	合肥	合肥李义巷程宅
林廷对	男	怀远	怀远安仁里

（发表于民国二十一年第九十二期《安大周刊第一届毕业纪念特刊》）

7.本大学现任教员一览表（文院篇）

（除校长外以姓名笔画多少为序）

姓名	别号	籍贯	院别及职别	现在通信处	永久通信处
程演生		安徽怀宁	校长兼教授	安大	安庆西门内五垱坡、长枫别墅，又上海福煦路五百三十七号
王进展		安徽怀宁	文法理院教授	杨家拐二十六号	杨家拐二十六号
方勇	景略	安徽寿县	文院教授	锡麟街二十四号本校教职工宿舍	寿县瓦埠方家小楼
孔德	肖云	浙江平阳	文院教授兼图书馆长	本校	上海霞飞路保康里
朱湘	子沅	安徽太湖	文学院教授兼外国语文学系主任		上海清华同学会
何昌荣	吟梅	安徽当涂	文院讲师	安徽省政府	南京半边营九号
何韬若		安徽庐江	文院讲师		庐江东乡裴家冈镇交
李大防	范之	四川开县	文院教授	安庆白花亭一号	安庆白花亭一号
李则纲		安徽桐城	文院讲师	本校	桐城枞阳宏实学校
李贯英	孟雄	河北怀安	文院教授	本校	北京大学第一院
杜沧水		河南	文院教授	本校	安徽宿县铁佛寺镇玉昌号转
吕思勉	诚之	江苏武进	文院教授	安庆南水关十号	江苏武进市十子街十号
吴镜天		安徽怀宁	文院教授		安庆南水关十号
周介藩	屏东	安徽全椒	文法理三院讲师	安庆白花亭八号	江苏武进局前街二十七号辉宅
周岸登	奎叔	四川威远	文院教授	安庆杨家塘一号	四川威远县

续　表

姓名	别号	籍贯	院别及职别	现在通信处	永久通信处
洪逵		安徽怀宁	文院教授兼秘书长兼代文院长		
姚永朴	仲实	安徽桐城	文院教授	本校	桐城县南门内观音阁姚宅
孙传瑗		安徽寿县	文院教授		寿县十字街东
郝耀东	照初	陕西长安	文院教授暂代教育系主任	安庆吴越街乐居里三号	

（发表于民国二十一年第九十二期《安大周刊第一届毕业纪念特刊》）

8.本学期新聘教员一览表（文院篇）

姓名	字	年岁	籍贯	略历	教职	担任课程	通讯处
方光焘	曙光	三五	浙江衢县	东京高师毕业法国里昂大学研究暨南复旦中公大夏各校教授	教授	文学概论小说原理言语学欧洲现代文艺思潮	近圣街四十一号浙江衢县新驿巷
李孟楚		三五	浙江瑞安	曾任河南中山大学广东国立中山大学教授	教授	古诗选及诗学楚辞研究辞赋研究文选学	杨家塘一号浙江瑞安县水心街
周予同		三五	浙江瑞安	北京高等师范毕业曾任教育杂志民铎杂志编辑主任上海复旦持志大学教授	教授	群经概论经学通史中国教育史论文指导	近圣街四十一号浙江瑞安第二巷
宗之潢	志黄	三四	江苏常熟	北京大学毕业历充辅仁平民铁路郁文等大学教员	教授	词学曲学词曲史	杨家塘北平西单头条十二号
陈守实	漱石	三三	江苏武进	国立清华研究院曾任持志大夏光华国立中山大学等校教授	教授	中国文化史中国近世史中国近三百年学术史	近圣街三十七号江苏武进双桂坊二五号

姓名	字	年岁	籍贯	略历	教职	担任课程	通讯处
许杰		三一	浙江天台	国立中山大学教授	教授	国文中国文法学	近圣街三十七号
陶西木		四七	舒城	上海震旦大学肄业曾任安徽都督府秘书北京中华大学教授三十四军秘书长	讲师	国文	近圣街二十一号
戚叔含	肃庵	三六	浙江上虞	美国士旦复大学文学硕士历任中公文学教授大夏英文系主任兼教授	教授	莎士悲剧诗选与诗学概论浪漫运动	近圣街四一号上海戈登路善庆星一六八号

（发表于民国二十一年第九十三期《安徽大学周刊》）

9.录取新生名单·文学院一年级五十六名

宋则要，王俭甫，李国键，陈大牲，程天民，程方万，洪文福，胡道珂，杨德辅，吴伯涛，石中玉，郭壮楣，袁学中，金勤，金义萱，程受楷，张倬，姚效秦，陈以德，章书元，叶显铄，李正泰，熊启桦，杨钧元，汪妙年，傅安，邬冬秀，鲍兆宁，潘祖培，熊鹏标，宋思明，查绪章，杨瑞才，邹恩雨，王振宝，张九先，吴佐群，张承华，丘宝杰，胡瑞生，彭庆光，谭文山，李士国，田芝生，李家珍，李椿，章荷生，唐光晔，李鸿勋，罗中和，杭礼门，兰继颐，梁维直，许寅，颜公渊，方向芬。

转学生八名

文学院中国文学系二年级三名，田慕寒，倪啸泉，薛雁冰。

转学生降级一年者五名

李炳垕，许子立（以上二名原考文中二降文一）。

（发表于民国二十一年第九十三期《安徽大学周刊》）

10.专载·文理法三院本年度课程标准

本大学文理法三院课程，向无一定标准，上学年结束时，理学院曾制定二十一年度一年级课程标准，法学院亦制定二十一年度第一学期课程标准，均经院务会议通过，并登载本刊第九十二期，本学年开学以来，校长教务长暨各院长均觉本校各院系课程标准已颁定者有未周密处，须待改定，未颁定者亟须颁定，除一面由教务处计划，经过调查设计实施三个步骤，严密制定一标准为永远之用者外，并由各院系主任会商，拟制本年度标准，先行试用，兹特分志于后：

文学院二十一年度课程标准（经各系主任会同审订）：

文学院第一年级（一）

必修科目	担任人	时间	学分	备注
党义	谢仁钊	一	一	
国文甲组（文体语体）	鲍哲文 许杰	二 二	一 一	
国文乙组（文体语体）	高亚宾 许杰	二 二	一 一	
英文	施端履	三	二	
中国文化史	陈漱石	三	三	
军事训练	桂运昌	三	一,五	

文学院第一年级（二）

选修科目	担任人	时间	学分	备注
文学概论	方光焘	三	三	第二年入中国文学系及外国语文学系者必修
中国文学史	吴镜天	三	三	第二年入中国文学系及外国语文学系者必修
中国文法学	许杰	二	二	第二年入中国文学系者必修
第二外国语	法何戣若 德王进展 日陈季伦	三	二	第二年入外国语文学系者必修

选修科目	担任人	时间	学分	备注
英文法及作文	施端履	二	二	第二年入外国语文学系者必修
西洋通史	周介藩	三	三	
心理学 伦理学	吕醒寰	二 二	二 二	第二年入教育学系者必修
哲学概论 教育学概论	蒋经三	二 三	二 三	第二年入教育学系者必修
社会学概论 生物学	高达观 胡子穆	二 二	二 二	

文学院中国文学系二年级（一）

必修科目	担任人	时间	学分	备注
群经概论	周予同	二	二	二教合
文字学	方景略	二	二	
诗选与诗学	李梦楚	三	三	
小说原理	方光焘	二	二	
中国文学史	吴镜天	二	二	二外
高级国文	潘季野	三	二	
军事训练	孙如桂	三	一·五	

文学院中国文学系（二）

选修科目	担任人	时间	学分	备注
中国历史地理	杨铸秋	二	二	
第二外国语德法日	何 王 陈	三 三 三	二	
语言学	方光焘	二	二	二外三四外
文字学专书研究	方景略	二	二	
宋诗研究	杨铸秋	二	二	
桐城文派	潘季野	二	二	
中国现代史	陈漱石	二	二	三政三经
史学通论	李则纲	二	二	二外
伦理学	吕醒寰	二	二	

文学院中国文学系三年级(一)

必修科目	担任人	时间	学分	备注
音韵学	方景略	二	二	
楚词研究	李梦楚	二	二	
辞赋研究	李梦楚	二	二	
现代文艺思潮	方光焘	二	二	
高级作文	杨铸秋	三	三	
老子研究	李范之	二	二	
词学研究	宗志璜	三	三	

文学院中国文学系三年级(二)

选修科目	担任人	时间	学分	备注
音韵学专书研究	方景略	二	二	
文选学	李梦楚	二	二	
修辞学	高亚宾	二	二	
中国民族史	李则纲	二	二	二政二经
儒家研究	陈慎登	二	二	
西洋教育史	范寿康	三	三	
西洋哲学史	范寿康	二	二	

文学院中国文学系四年级(一)

必修科目	担任人	时间	学分	备注
训诂学	陈慎登	二	二	
诗经研究	姚仲实	三	三	
庄子研究	李范之	三	三	
经学通史	周予同	二	二	
论文指导	方光焘 周予同 李范之 方景略 陈漱石 李梦楚 潘季野			
曲学	宗志黄	三	三	

文学院中国文学系四年级（二）

选修科目	担任人	时间	学分	备注
训诂学专书研究	陈慎登	二	二	
词曲史	宗志璜	二	二	
中国近代三百年学术史	陈漱石	二	二	
社会主义与社会运动	朱子帆	二	二	
现代教育思潮	蒋径三	三	三	
中国教育史	周予同	二	二	
欧洲政治思想史	王惠中	三	三	
欧洲经济思想史	萧伟信	三	三	

文学院教育学系二年级（一）

必修科目	担任人	时间	学分	备注
西洋教育史	范寿康	三	三	
教育统计	郝耀东	二	二	
教育心理学	赵廷为	三	三	
伦理学	吕醒寰	二	二	
教育英文	赵廷为	三	三	
西洋哲学史	范寿康	二	二	三外三中二中合
教育社会学	林本侨	二	二	
军事训练	孙如桂	三	一、五	

文学院教育学系二年级（二）

选修科目	担任人	时间	学分	备注
第二外国语德法日	王何陈	三	二	
政治学概论	王惠中	三	三	与中二合
经济学概论	萧伟信	三	三	
群经概论	周予同	二	二	

文学院教育学系三年级（一）

必修科目	担任人	时间	学分	备注
教育哲学	蒋径三	二	二	
中国教育史	周予同	二	二	与四年级合
小学教育法	赵廷为	二	二	
教育行政	林本侨	三	三	

续　表

必修科目	担任人	时间	学分	备注
测验概要	郝耀东	三	二	
学校经营论	林本侨	二	二	
图表法	郝耀东	一	一	

文学院教育学系三年级(二)

选修科目	担任人	时间	学分	备注
印度哲学	黄健六	二	二	
近三百年中国学术史	陈漱石	二	二	四中合
教育社会学	林本侨	二	二	
教育英文	郝耀东	三	三	
教育心理学	赵廷为	三	三	

文学院哲学教育学系四年级(一)

必修科目	担任人	时间	学分	备注
中国教育史	周予同	二	二	与三年级合
现代教育思潮	蒋径三	三	三	
训育论	赵廷为	二	二	下学期改为中等教育
教育行政	林本侨	三	三	与三年级合
儿童心理学	林本侨	二	二	
论文指导	范寿康 赵廷为 郝耀东	二		
学校经营论	林本侨	二	二	三合

文学院哲学教育学系四年级(二)

选修科目	担任人	时间	学分	备注
社会主义与社会运动	朱子帆	二	二	
欧洲经济思想史	萧伟信	三	三	
欧洲政治思想史	王惠中	三	三	
因明论	黄健六	二	二	
哲学的根本的问题	范寿康	一	一	

文学院外国语文学系二年级(一)

必修科目	担任人	时间	学分	备注
英文乙	施端履	三	三	
高级作文修辞	施端履	二	二	
语言学	方光焘	二	二	
短篇小说	施端履	三	三	
英国文学史	汪开模	三	三	
军事训练	孙如桂	三	一、五	

文学院外国语文学系二年级(二)

选修科目	担任人	时间	学分	备注
小说原理	方光焘	二	二	志拟研究小说者必修与中二合
中国文学史	吴镜天	二	二	二中合
史学通论	李则纲	二	二	二中
第二外国语	德 王进展 法 何戣若 日 陈季伦	三	二	

文学院外国语文学系三年级(一)

必修科目	担任人	时间	学分	备注
第二外国语文选	何戣若	三	三	
现代文艺思潮	方光焘	二	二	
英美小说选	施端履	三	三	
浪漫运动	戚叔含	三	三	The Romantic Movement
诗学概论	戚叔含	二	二	

文学院外国语文学系三年级(二)

选修科目	担任人	时间	学分	备注
语言学	方光熹	二	二	
高级作文及修辞	施端履	二	二	
英文汉译法		二	二	
西洋哲学史	范寿康	二	二	系外学程选修二教二中三中

文学院外国语文学系四年级(一)

必修科目	担任人	时间	学分	备注
俄国三文豪研究	戚叔含	三	三	Turgzenev,Dostoevsky,Tolstoy
莎士比亚悲剧	戚叔含	三	三	
论文指导	戚叔含	二	二	
近代英文选	梅光迪	三	三	三年级生亦可选读

文学院外国语文学系四年级(二)

选修科目	担任人	时间	学分	备注
语言学	方光焘	二		

(发表于民国二十一年第九十四、九十六期《安徽大学周刊》)

11.中国文学系四年级生论文题及指导教授决定

中国文学系主任周予同先生，前将该系四年级学生论文题目，及指导教授一览表，函托注册组油印分送。当经该组缮印后，分函各指导教授查照，并通知该级学生知照，兹将此项一览表录志于后。

中国文学系四年级学生论文题目及指导教授一览表

学号	姓名	论文题目	教授指导
一八五	张象韦	中国纯文学的演变	宗志黄先生
二四六	徐恒之	王维研究	周予同先生
二五二	郭光亚	白居易评传	李范之先生
二五四	林之美	自然派和社会派的唐代诗家	杨铸秋先生
三三三	熊华斌	文心雕龙研究	李孟楚先生
三三六	沈增荣	自然派诗人陶潜	方光焘先生
三六一	何伟	历史研究的对象及其与科学的新关联	陈漱石先生
四四八	丁兴瀵	文字学上中国古代社会勾沉	方景略先生
四六六	郑子慷	周楚秦韵文的比较研究	陈慎登先生
四七四	刘武寿	两汉魏晋南北朝文学变迁之概况及其特征	潘季野先生

(发表于民国二十一年第九十九期《安徽大学周刊》)

12.本大学现任教员及其所担任之学程一览表

姓名	学程	每周时数	院系
范寿康	哲学的根本问题 西洋哲学史 西洋教育史	2 2 3	文四教 文三教/中 文三教/中
周予同	经学通史 中国教育史 群经概论	2 2 2	文四中 文二/四教 文二中
戚叔含	莎士比亚悲剧 俄国三文学家研究 浪漫运动 诗学概论	3 3 3 2	文四外 文四外 文三外 文三外
姚仲实	诗经研究	3	同四中
李范之	老子研究 庄子研究	2 3	文三中 文四中
李孟楚	辞赋研究 楚词研究 文选学 诗选与诗学	2 2 2 2	文三中 文三中 文三中 文二中
赵廷为	训育论 小学教学法 教育心理学 教育英文	3 2 3 3	文四教 文三教 文二教 文二教

（发表于民国二十一年第一百零三期《安徽大学周刊》）

13.本校第一届毕业生服务调查表

院	系	毕业人数	服务人数	备注
文学院	中国文学系	19	6	服务中学四人,政界一人,本大学助理一人
	外国语文学系	1	1	服务中学
	哲学教育系	20	8	服务中学四人,乡师二人,小学一人,本大学助理一人

续　表

院	系	毕业人数	服务人数	备注
理学院	数学系			本届无毕业生
	化学系			本届无毕业生
	物理系			本届无毕业生
法学院	法律系	32	32	现实习于本省高等及地方法院
	政治系	15	2	服务中学一人,本大学助理一人
	经济系	8	3	服务中学二人,本大学助理一人
合计		95	52	

（发表于民国二十二年第一一〇期《安徽大学周刊》）

14. 本校教授薪俸月计表

本校教授薪俸月计表

职务	姓名	月薪	备考
教务长	丁嗣贤	400	
事务长	胡子穆	400	
文学院长	范寿康	400	
法学院长	胡恭先	400	
理学院长	丁绪贤	400	
中国文学系主任	周予同	340	
外国文学系主任	戚叔含	340	
法律系主任	裘千昌	340	
物理系主任	夏敬农	340	
经济系主任	李克明	340	
化学系主任	曹目晏	340	
算学系主任	郭坚白	340	二月份起支
文学专任教授	姚仲实	340	

职务	姓名	月薪	备考
文学院专任教授	李范之	340	二月份起支
文学院特约讲座	梅光迪	340	
文学院专任教授	郝耀东	300	
文学院专任教授	方光焘	300	
文学院专任教授	赵廷为	300	
文学院专任教授	李贯英	300	二月份起支
法院专任教授	丁镜人	300	
法院专任教授	桂丹华	300	
法院专任教授	王惠中	300	
法院专任教授	黄毅	300	
法院专任教授	萧伟信	300	
法院专任教授	方学礼	300	
法院专任教授	崔中垻	300	
法院专任教授	范扬	300	

职务	姓名	月薪	备考
理院专任教授	王进展	300	
理院专任教授	舒之星	300	十一份起支
理院专任教授	李振冰	300	
文院专任教授	施端履	300	
理院专任教授	单粹民	300	
理院专任教授	祁开智	300	
理院专任教授	刘亦珩	300	二月份起支
理院专任教授	杨得云	300	
理院专任教授	李相杰	300	二月份起支
文院专任教授	杨大鈊	260	
文院专任教授	陈朝爵	260	
文院专任教授	吴镜天	260	
文院专任教授	蒋径三	260	
文院专任教授	方勇	260	

职务	文院专任教授	文院专任教授	文院专任教授	文院专任教授	文院专任教授	文院专任教授	法院专任教授	理院专任教授	文院兼任教授	理院专任讲师	理院专任讲师	理院专任讲师	理院专任讲师
姓名	吕醒寰	林仲达	陈守实	许杰	陈季伦	宗之潢	杨奋武	孙增光	樊盛芹	潘季野	郭咸中	李仲明	高维岳	谢汝镇
月薪	260	260	260	260	260	260	260	260	240	240	240	240	240
备考		二月份起支												

职务	理院专任讲师	法院兼任教授	法院兼任教授	法院兼任教授	法院兼任教授	理院兼任教授	文院专任教授	文院专任讲师	军事教官	军事教官	法院兼任教授	法院兼任讲师	体育指导	文院兼任讲师
姓名	徐贤恭	浴文	张国安	黄屈	姚嘉椿	邬保良	高达观	李则纲	桂运昌	黄镇华	罗介邱	李仑高	吴中俊	黄健六
月薪	220	200	260	200	260	200	200	200	180	144	144	140	120
备考					二月份起支	二月份起支				十二月份起支				

职务	理院助教	理院助教	国术指导	文院兼任讲师	法院兼任教授	法院兼任教授	法院兼任讲师	党义讲师	法院兼任讲师	文院兼任讲师	理院兼任讲师	文院兼任讲师	文院兼任讲师	文院兼任讲师
姓名	张国仁	汪海晴	彭正寰	郑鹤春	李祖庆	程滨遗	王德均	谢仁剑	陶西木	高亚宾	汪开模	鲍昀	周介潘	何韬若
月薪	100	105	30	40	50	50	72	72	100	100	120	120	120	120
备考				二月份起支										

职务	合计	法院助理	法院助理	法院助理	法院助理	理院助理	理院助理	理院助理	理院助理
姓名	合计	胡穗生	胡光合	胡光和	刘永荣	张先基	雷菩兰	王焕星	张铁崖
月薪	20897	50	50	50	50	50	80	80	80
备考		十月份起支	二月份起支	十二月份起支	十月份起支	二月份起支			

（发表于民国二十二年第一二三期《安徽大学周刊》）

15.本学期各院系注册人数表

		文院	
本学期各院系注册人数	四年级	中国语文学系	10
		哲学教育系	24
		外国语文学系	3
	三年级	中国语文学学系	12
		教育学系	29
		外国语文学系	11
	二年级	中国语文学系	16
		教育学系	23
		外国语文学系	10
	一年级	中国语文学系	6
		教育学系	6
		外国语文学系	7

（发表于民国二十二年第一二七期《安徽大学周刊》）

16.本大学教授著述调查表

姓名	名称	册数	编或译	译自何书	性质	出版已否	何处出版	何时出版	定价	版次	备考
姜伯韩	西洋教育史大纲	二	编著			已	商务	民国十二年	二角四分	八版	
	中国新教育制度之研究	一	同上			已	同上	民国十七年		三版	与邱椿合著
	欧战之西洋教育	一	同上			已	同上	民国十八年			同上

姓名	名称	册数	编或译	译自何书	性质	出版已否	何处出版	何时出版	定价	版次	备考
	福禄培尔传	一	编著			已	同上	同上			
	高中师范科教科书教育史	一	同上			已	同上	民国二十一年十二	一角四分		
	知难行易与教育	一	同上			已	华通	民国十九年			
	三民主义课程论	一	同上			已	华通	民国十九年			
	教育哲学	一	同上			已	群众	民国二十二年八月	二角四分		
	视学纲要	一	翻译	Charles Wagner	原著	未	商务	民国二十二年十月			与杨慎宜合译
	普通教育	一	编著			未	商务	同上			与杜佐周合著
	公民教育之理论与实施	一	同上			未	群众	民国二十三年			
陈望道	文学及艺术之技术的革命	一	译	平林初之辅著		已	大江书铺		一角五分	四版	
	艺术简论	一	译	青野季吉		已	同上		二角	四版	

续　表

姓名	名称	册数	编或译	译自何书	性质	出版已否	何处出版	何时出版	定价	版次	备考
	苏俄文学理论	一	译	冈泽秀虎原著	日本早稻田大学讲义	已	开明书店		一元二角	二版	
	社会意识学大纲	一	译	波格达诺夫原著	论精神文化之发展	已	大江书铺		二元	六版	
	作文法讲义	一	著			已	民智书局		五角	五版	
	修辞学发凡	一	著			已	大江书铺		二元	五版	
	因明学	一	著			已	世界书局		八角	一版	
	国文教科书	六	编			已	商务				
	美学概论	一	编			已	民智		四角	一版	
	实际美学之基础	一	译	卢那卡尔斯基原著		将	现代书局				

姓名	名称	册数	编或译	译自何书	性质	出版已否	何处出版	何时出版	定价	版次	备考
宗受于	淮河流域地理与导淮问题		编著			已	南京钟山书局	民国二十二年	六角		
	皖北水利测量图说	一	编著根据测量报告			已		民国五年	非卖品		
	皖淮水利刊画书	一	编著			已		民国五年	非卖品		
孔肖云	中国政治思想史										
	中国经济思想史										

（发表于民国二十二年第一二七期《安徽大学周刊》）

17. 本学期新聘教职员一览表

姓名	字	年龄	籍贯	略历	职别	所授学程
姜琦	伯韩	四八	浙江永嘉	东京高师毕业,美国哥伦比亚师范硕士,曾任国立暨南大学校长、厦门大学教授等职	教授兼文学院院长	西洋教育史 教育哲学 西洋哲学史

续　表

姓名	字	年龄	籍贯	略历	职别	所授学程
陈望道		三四	浙江义乌	日本中央大学本科毕业,上海复旦东吴劳动持志等大学教授	教授	文学概论 小说原理 基本国文 修辞学
宗受于	原名嘉禄	五九	江苏常熟	丁酉举人。南京商业学校校长,南京师范学校地理教员	特约讲座	淮河流域地理与导淮问题
孔德	肖云	三五	安徽怀宁	清华大学研究院毕业,曾任光华大学、广州中山大学、国立中央大学商学院教授	教授	文学史 中国政治思想史 中国经济思想史
陶桐	释南	二五	江苏无锡	美国威斯康辛大学理学士,芝加哥大学理硕士,美国费兰德伍百锡隆化学名誉学会会员	教授	有机化学总论 高等有机化学 有机定性 有机定性实验 生物化学
胡恕	依仁	四八	安徽怀宁	国立北京法专毕业,历充安徽公立法政专门学校教员,江西高等审判厅推事,湖北武昌地方法院首席检察官	兼任教授	民法债权各论 刑事诉讼法 公司法 海商法
王正中		二九	江苏武进	威斯康辛文学士,明立苏泰经济学硕士	教授	近世经济问题 关税论 高等经济学
刘景琨		二八	辽宁法库	东北大学理学士	助教	
高燦华		二七	河南封丘	上海东亚体专毕业,河南体专体育部主任,廿三军武术教练等职	国术教员	
翟桓	毅夫	三四	安徽泾县	美国芝加谷大学政治学硕士,天津南开大学文学院院身兼政治学教授	教授兼法学院长	国际公法 地方自治

姓名	字	年龄	籍贯	略历	职别	所授学程
王英生		三三	江西	日本京帝都大法学士,东吴光华上海法学院等校教授	教授	民法概论 破产法 劳工法
龚质彬		三八	四川重庆	四川华西大学学士,密西根大学硕士,哥伦比亚战期训练班历任美国远征队陆军、将及东南大学保日大学教授	教授及外文系主任	英美诗歌学 英文演说学 英文散文选 近代文选
辜庆成		三八	福建	英国剑桥大学学士,南开交通中央等大学教授	教授	英国文学史 近代戏剧 美国文学 沙丘戏剧
张毓桂	辛南	三六	河北平乡	国立北京大学文学士,历充西北大学教授,十一路军政训部主任,国立师范大学教授,国立北平大学法学院长学院讲师,私立平民大学事务长兼教授	教授	伦理学
江雨鹗	子立	五十	福州长汀	日本爱知医科大学毕业,陆军一等军医正,东北第二十七军军医处处长,河南官医院院长,河南高等检察厅法医,京师行政讲习所、司法讲习所法医教授,河南、安徽法医训练班教务主任兼教授,安医高等法院法医,公安局保安处徽官	讲师	法医及指纹

续　表

姓名	字	年龄	籍贯	略历	职别	所授学程
洪韵	铁琴	三十	安徽婺源	北大化学系毕业,浙大农学院教员工、学院讲师、实业部科员,安徽省建设厅秘书	仪器组主任	
李家骥	伯卿	二七	安徽至德	中央大学毕业,南京、安徽中学训育委员会委员兼教员,安庆六邑中学初中部主任兼教员,安徽民国日报编辑	出版组组员	
黄贤汝	季凤	二三	江西	本大学数学系毕业	理院助理	
叶树垣		二六	安徽桐城	本大学外文系毕业	助理	
吴东儒	敦如	二二	安徽桐城	本大学化学系毕业	理院助理	

（发表于民国二十二年第一三一期《安徽大学周刊》）

18.文学院中国语文学系四年级论文题目及指导教授一览表

论文题目	学生姓名	学号	指导教授
说文段注释例	吴寿簑	192	陈慎登先生
鍾嵘诗品的研究	王士逸	255	杨铸秋先生
庄子研究	张学睿	304	陈漱石先生
二晏及其词	宛敏灏	326	宗志黄先生
老子研究	杨祖班	384	李范之先生
李清照评传	王瑶	885	宗志黄先生
李义山评传	张振珮	465	陈望道先生
老学蠡测	李大燎	506	李范之先生
先秦文学研究	陶宜贵	573	潘季野先生
先秦诸子学术思想概要	朱政芳	669	方景略先生

（发表于民国二十二年第一三四期《安徽大学周刊》）

19. 文学院各院系学生注册人数表

院系	年级	注册人数
中文系	四年级	10
哲教系	四年级	25
外语系	四年级	3
中文系	三年级	10
教育系	三年级	30
外语系	三年级	11
中文系	二年级	14
教育系	二年级	21
外语系	二年级	8
中文系	一年级	7
教育系	一年级	6
外语系	一年级	7

（发表于民国二十三第一四七期《安徽大学周刊》）

20. 各院系讲义原稿及印成页数一览表

院别	教员姓名	讲义名称	原稿页数起讫	印成页数起讫	每页分数	印刷种类	备注
文	谢循初	现代心理学	1—128	1—186	60	铅	
文	姚仲实	商书—周书—虞夏书	1—64	1—96	70	同	
文	李范之	庄子王本集注	卷上1—81;卷下1—72	1—236 1—210	30 30	石	
文	同上	杜诗约选	1—25	1—78	30	同	

续　表

院别	教员姓名	讲义名称	原稿页数起讫	印成页数起讫	每页分数	印刷种类	备注
文	李范之	历代诗选	卷十三1—43;卷十四1—54;卷十五1—23;卷十六1—6	1—100 1—134 1—100 1—10	30	石	
文	陈慎登	训诂学	1—69	1—61	30	同	
文	杨铸秋	古代文研究	203—300	201—298	30	铅	
文	同上	唐宋诗研究	1—10 1—36 77—143	1—36	30	石	
文	许杰	近代文艺思潮	1—25	91—200	40	铅	
文	同上	现代文选	1—70	1—98	60	同	
文	周予同	中国现代教育史	1—105	1—89	30	石	
文	同上	国文	1—38	1—104	60	同	
文	陈守实	中国近三百年学术史	书三册13—175 11—12	119—214	30	铅	
文	同上	中国文化史	189—288	85—206	40	铅	
文	同上	中国哲学史	157—234	1—90	60	同	
文	罗叔举	国文	书六册共十五段1—16	1—144	30	铅石二种	
文	徐澄宇	诗经学纂要	1—87	目次1—2 1—168	50	石	
文	同上	修辞学	书一册	目次1—2 1—186	40	石	
文	同上	文选学纂要	1—43	1—46	40	石	百花亭集1—10

院别	教员姓名	讲义名称	原稿页数起讫	印成页数起讫	每页分数	印刷种类	备注
文	陈家庆	汉魏六朝诗研究	1—59	1—106	50	石	
文	宗志黄	曲学	1—39	119—162	30	铅	
文	同上	曲选	8—27	11—40	30	同	
文	同上	词选	1—20	1—40	30	石	
文	同上	词学	1—46 65—114	1—50 81—130	30	同	
文	郝照初	测验概要	1—34	65—134	50	铅	
文	同上	教育统计概要	1—27	53—106	50	同	
文	同上	小学高年级社会测验题初中本国史测验题	1—9 1—10	1—4 1—4	500	同	
文	同上	学校参观暂用表	1—0	1—0	100	同	
文	詹剑峰	伦理学	1—70	1—84	40	同	
文	同上	哲学概论	1—36	1—50 1—12	30	同	
文	蒋径三	现代教育思潮	12—86	139—294	30	同	
文	周介潘	西洋历史	卷中1—61;卷下1—336	上545—662;中1—160;下1—350	40	同	

（发表于民国二十三年第一六○期《安徽大学周刊》）

21.二十三年度录取新生一览表

新生年龄统计表

年龄	17	18	19	20	21	22	23	24	25	26
人数	2	5	8	29	39	33	12	2	3	2

新生籍贯统计表

省别	安徽	湖北	江西	湖南	江苏	河南
人数	50	19	16	13	12	9
省别	福建	浙江	四川	河北	贵州	云南
人数	5	4	3	2	1	1

各院系新生人数分配表

文学院	教育系	23	男15	女8
	中国文学系	26	男23	女3
	外国语文系	18	男17	女1
	总计	67	男55	女12
理学院	化学系	30	男28	女2
	数理系	38	男34	女4
	总计	68	男62	女6
合计		135	男117	女18
备注	中国文学系内有二年级插班生二人,三年级插班生一人合并计算			

各地考生与录取人数比较表

投考地点	报考人数	录取人数
本校	55	26
南京	116	36
上海	50	17
武汉	73	43
河南	23	2
北平	22	11
总计	339	135
备注	考生各科成绩不完全者不加入计算	

新生智力测验分数统计表

1分以上者	1	55分以上者	13
5……	—	60……	11
10……	—	65……	11
15……	2	70……	10
20……	1	75……	7
25……	2	80……	5

1分以上者	1	55分以上者	13
30……	7	85……	7
35……	7	90……	4
40……	13	95……	一
45……	13	100……	1
50……	15	105……	2

注:1.此项测验以139分为最高分;2.转学生三人未受此项测验

新生各科成绩总平均统计表

30分以上者	1
35……	10
40……	31
45……	44
50……	31
55……	14
60分以上者	4

注:智力测验分数以72折加入计算

（发表于民国二十三年第一六一期《安徽大学周刊》）

22.二十三年度第一学期文学院中国语文学系各年级必修课程表

级别	学程	讲演时数	实验时数	学分	教员姓名	备注
一年级	文选及作文〇	4		3	杨铸秋	〇讲演三小时每周作文一次
	中国文化史	3		3	周予同	
	文学概论	3		3	许杰	
	中国文学史	3		3	罗根泽	
	文法学	2		2	许杰	
二年级	群经概论	2		2	周予同	
	文字形体学	2		2	方景略	
	诗选与诗学	3		3	李大防	
	戏剧原理	3		3	许杰	
	中国古代文研究	2		2	徐澄宇	
	中国哲学史	3		3	徐景贤	

续　表

级别	学程	讲演时数	实验时数	学分	教员姓名	备注
三年级	声韵学	2		2	方景略	
	词选与词学	3		3	宗志璜	
	群经研究（1）	2		2	姚仲实	
	诸子专书研究（1）	2		2	李大防	
	近代文艺思潮	3		3	许杰	
四年级	训诂学	2		2	方景略	
	曲选与曲学	3		3	宗志璜	
	群经研究（2）	2		2	姚仲实	
	诸子专书研究（2）	2		2	李大防	
	经学通史	2		2	周予同	

（发表于民国二十三年第一六一期《安徽大学周刊》）

23.二十三年度文学院各系旧生注册人数统计表

院别	系别	年级	名额	注册人数	未注册人数	备注
文学院	教育系	一	4	4		此四名为复学生
		二	14	13	1	
		三	22	20	2	
		四	32	32		内有复学生一名
	合计		72	69	3	
	中文系	二	4	4		
		三	13	13		
		四	11	8	3	
	合计		28	25	3	
	外语系	二	28	25	1	
		三	7	7		
		四	13	11	2	
	合计		28	25	3	

院别	系别	年级	名额	注册人数	未注册人数	备注
文学院	政经系		16	15	1	
			16	14	2	
			16	15	1	
	合计		48	44	4	

（发表于民国二十三年第一六二期《安徽大学周刊》）

24.投考各系人数暨各系新生人数比较表

投考志愿	报考人数	占投考总分之比	各系新生	占新生总数之比	落选人数	备注
教育	73	21.3%	23	16.8%	50	此项新生中有投考数理化学者各二人，政经及未详者各一人
外语	40	11.9%	18	18.1%	22	此项新生中有报考政经化学，中文，教育者各十人
中文	67	19.6%	26	19.8%	41	此项新生中有政经者三人数理者二人，教育及外语者各一人
数理	69	20.2%	39	28.6%	30	此项新生中有报考中文教育者各一人
化学	56	16.1%	30	22.0%	26	此项新生中有报考政经者三人，数理者一人
其他	35	10.2%	30			此项多数为政经，少数为史地系有依其第二志愿取入它系者
未详	2	0.6%				
总计	342	100%	136	95.3%		

（发表于民国二十三年第一六二期《安徽大学周刊》）

25.中国语文系四年级毕业论文题目及指导教授一览表

题目	学生姓名	指导教授
魏晋的玄学派	韦上医	周予同先生
中国古音发达史	杜继周	方景略先生
清真词研究	张余鸿	李范之先生
近代剧研究	张凤书	许杰先生
耆卿词研究	王荣芬	宗志璜先生
两汉经济史	陶甄	周予同先生
元曲四大家作品研究	冯安良	宗志璜先生
中国现代文艺的发展	曹慕贤	许杰先生
陶诗发微	倪啸泉	李范之先生
离骚经新笺	田慕寒	方景略先生

（发表于民国二十三年第一六八期《安徽大学周刊》）

26.本大学二十二年度二学期各院系所开学程一览表·内含文学院各年级

系别	级别	学程	讲演时数	实验时数	学分	担任教员	备注
外国语文学系	一年级	文学概论	三		三	许杰	与中文系合班
		中国文化史	三		三	周予同	与中文系合班
		文法及作文	三		三	霍自庭	
		短篇小说	三		三	孙逢祯	替代基本英文
	二年级	英国文学史	三		三	余世鹏	
		修辞及作文	三		三	孙逢祯	
		散文选	三		三	李贯英	
		长篇小说	三		三	熊淑忱	
		西洋文化史	三		三	周介藩	
	三年级	美国文学史	三		三	熊淑忱	
		西洋戏剧	三		三	李贯英	
		实用英文	二		二	余世鹏	
		翻译	二		二	霍自庭	

系别	级别	学程	讲演时数	实验时数	学分	担任教员	备注
外国语文学系	四年级	文学批评	二		二	霍自庭	
		西洋古代文学研究	二		二	余世鹏	
		莎士比亚	三		三	霍自庭	
		诗歌研究	三		三	霍自庭	
		圣经文学	二		二	余世鹏	
		汉译英文名著选读	二		二	张辛南	
教育学系（必修）	一年级	教育学概论	三		三	普施泽	
		普通心理学	三		三	谢循初	
		生物学	二	二	三	李顺卿	实验分甲乙两组每组两小时
		科学方法	三		三	詹剑峰	
	二年级	西洋教育史	三		三	普施泽	
		教育社会学	三		三	罗季林	
		教育心理	三		三	郝照初	
		教育统计	三		三	郝照初	
	三年级	小学各科教材及教法	三		三	罗季林	
		中国教育史	二		二	周予同	
		测验概要	三		三	郝照初	
		学校行政	三		三	罗季林	
		教育哲学	三		三	丁彝馨	
	四年级	儿童心理	二		二	谢循初	
教育学系（选修）		西洋文化史	三		三	周介藩	与外文系合班一二年级选
		西洋哲学史	三		三	詹剑峰	一二年级选
		小学教育	二		二	罗季峰	三四年级选
		近代教育思潮	三		三	普施泽	四年级选
		变态心理	二		三	谢循初	三四年级选
		幼稚教育	三		三	丁彝馨	三四年级选

续　表

系别	级别	学程	讲演时数	实验时数	学分	担任教员	备注
政经学系	二年级	欧洲外交史	三		三	崔宗埙	
		财政学	三		三	舒之鑫	
		比较宪法	三		三	桂丹华	
		货币银行学	三		三	王正平	
	三年级	政治思想史	三		三	詹剑峰	
		国际公法	三		三	方镇中	
		行政学	三		三	崔宗埙	
		经济思想史	三		三	王正平	
		高级经济学原理	三		三	王正平	
		交易所论	二		二	舒之鑫	
	四年级	现代政治	三		三	崔宗埙	
		现代经济问题	三		三	王正平	
		工商组织及管理	三		三	舒之鑫	
		劳工问题	三		三	舒之鑫	
		行政法	三		三	李崑高	
		各国政党论	二		二	方镇中	
		交易所论	二		二	舒之鑫	三四年级合并
数理学系	一年级	解析几何	三		三	高被遐	
		微积分	三		三	单梓民	
		普通物理	四		四	杨得雲	
		普通物理实验		二	一	杨得雲	分甲乙两组每组两小时
		普通化学(一)	三		二	郭咸中	他系学生可选
		普通化学实验(二)	三		一	郭咸中	

（发表于民国二十四年第一八〇期《安徽大学周刊》）

27.中国语文学系必修学程表

第一学年

学程	每周时数	学分
党义	1—1	1—1
文选及作文	4—4	3—3
基本英文	4—4	3—3
中国文化史	3—3	3—3
中国文学史	3—3	3—3
文学概论	2—2	2—2
文法学	2—2	2—2
普通心理学	3—0	3—0
哲学概论	0—3	0—3
军训	3—3	1.5—1.5
必修共计		21.5—21.5
选修最高/最低		1—1/0—0
总计最高/最低		22.5—22.5/21.5—21.5

第二学年

学程	每周时数	学分	预修学程
群经概论	2—2	2—2	
中国哲学史	2—2	2—2	
文字形体学	2—2	2—2	
古代文研究	2—2	2—2	
诗选与诗学	3—3	3—3	中国文学史
小说原理	2—0	2—0	文学概论

（未完）

（发表于民国二十四年第一九四期《安徽大学周刊》）

28.本大学二十四年度课程说明书（续）及中国语文学系选修学程（语文类、文学类、史学类）

学程	每周时数	学分	预修学程
诗歌原理	0—2	0—2	文学概论
第二外国语	3—3	3—3	
西洋文化史	3—3	3—3	
军训	3—3	1.5—1.5	
必修共计		20.5—20.5	
选修最高/最低		1—1/0—0	
总计最高/最低		20.5—20.5/21.5—21.5	

第三学年

学程	每周时数	学分	预修学程
群经研究	2—2	2—2	群经概论
诸子专书研究	2—2	2—2	中国哲学史
声韵学	2—2	2—2	文字形体学
词选与词学	3—3	3—3	中国文学史
近代世界文艺思潮	3—3	3—3	文学概论
戏剧原理	2—0	2—0	文学概论
体育	2—2	1—1	
必修共计		15—13	
选修最高/最低		4—6/1—3	
总计最高/最低		19—19/16—16	

第四学年

学程	每周时数	学分	预修学程
群经研究	2—2	2—2	群经概论
诸子专书研究	2—2	2—2	中国哲学史
训诂学	2—2	2—2	文字形体学;声韵学
曲选与曲学	3—3	3—3	中国文学史
体育	2—2	1—1	
必修共计		10—10	
选修最高/最低		9—9/6—6	
总计最高/最低		19—19/16—16	

（发表于民国二十四年第一九一期《安徽大学周刊》

29.中国语文学系选修学程表（语文类、文学类、史学类）

语文类

学程	每周时数	学分	预修学程
语音学	2—0	2—0	
语言学	0—2	0—2	语音学
文字学专书研究	2—2	2—2	文字形体学
声韵学专书研究	2—2	2—2	声韵学
训诂学专书研究	2—2	2—2	声韵学
甲骨文字研究	2—0	2—0	文字形体学
金石文字研究	0—2	0—2	文字形体学
文字学史	2—2	2—2	文字形体学/声韵学
校勘学	2—2	2—2	文字形体学/声韵学

文学类

学程	每周时数	学分	预修学程
修辞学	2—2	2—2	文法学
诗史	2—2	2—2	中国文学史
词曲史	2—2	2—2	中国文学史
古声律学	2—0	2—0	词学与词选
中国古代文艺批评史	2—2	2—2	中国文学史
文选学	0—2	0—2	中国文学史
桐城文派	0—2	0—2	中国文学史
中国小说研究	2—0	2—0	中国文学史
中国现代文艺	2—2	2—2	文学概论
艺术学	0—2	0—2	文学概论
西洋文学史	2—2	2—2	文学概论
日本文学史	0—2	0—2	文学概论
外国文艺批评	2—0	2—0	文学概论

史学类

学程	每周时数	学分	预修学程
史学通论	2—2	2—2	
历史哲学	2—2	2—2	史学通论

续　表

学程	每周时数	学分	预修学程
经学通史	2—2	2—2	群经概论
先秦学术史	2—2	2—2	中国哲学史
宋明理学史	2—2	2—2	中国哲学史
中国近三百年学术史	2—2	2—2	
中国佛学史	2—2	2—2	中国哲学史
中国现代史	2—2	2—2	
史前史	2—0	2—0	
中国史学史	2—2	2—2	史学通论
中国历史地理	2—0	2—0	中国文化史
皖派经学	2—0	2—0	群经概论
安徽文献学	2—2	2—2	
目录学	2—2	2—2	
考古学	2—2	2—2	

（发表于民国二十四年第一九一期《安徽大学周刊》

30.本大学二十四年度课程说明书（续）中国语文学系必修学程说明（文选及作文、中国文化史、西洋文化史）

1.课本：典，范，令，及军事讲话。

重要参考书：

（1）国民军事教育必读。（2）防空常识。（3）军事哲理。（4）防毒常识。（5）基本战术。（6）化学兵器之研究。（7）动员学。（8）射击飞机法。（9）战术讲授录。（10）战争。（11）孙子浅说。（12）青年教练草案。（13）新军事学。（14）战车常识。（15）四大教程。

德文一　3—3小时　3—3学分

本学程之目标在使初学者能看浅近书籍。其纲要分发音、拼法，简单文法及会话四种，全用直接教授法练习，如口头练习默写与改错等。

2.课本：Siepmann，GermanPimer。

德文二　3—3小时　3—3学分

本学程之目标在使学生发展其阅书敏捷之能力。内容除直接练习普通散文及科学文字而外，并授以比较复杂之德文法。

3.课本：Kran—Nerge，Deutchegrammatier。

法文一　3—3小时　3—3学分

本学程之目标在给与初学法文者以稳固之基础，使多识生字，并示以构成语句之方法，以作将来学习方法之预备。

法文二　3—3小时　3—3学分

本学程之目标在使学生易于阅读浅近法文书籍及写作，普通句语，故注意文法之练习，使其明了句语之构造。

日文一　3—3小时　3—3学分

本学程之目标在使初学日文者获得稳固之基础。内容分为：（1）九品词之用法；（2）造句；（3）翻译；（4）书报阅读。

4.课本：钱歌川编，日文典。内掘维文著，日语读本。

参考书：蒋君辉著，现代日语。葛祖兰编，汉译日语读本。

本学程之目标在发展学生阅读日籍及翻译日籍之能力。内容分为文法及文选两部分。文法部分由授者自编高级日文法讲义，特别注意动词，助动词，助词，详为例解，其他七种品词及文章之构成法亦略述之。文选部分选录日本近代文艺，注重语法例解。前者可以彻底了解日文之构成，后者注重熟练写作以及翻译的方法。

重要参考书：

三矢重松，日本高等日文法。

塚本哲三，精说国文法。

吉冈乡甫，日本国语法。

山田孝雄，日本口语法讲义。

葛祖兰，日语文艺读本。

艾华，日本语法例解。

日语文学丛书的教育。

体育　2—2小时　1—1学分（两学年授毕）

本学程为三四年级学生必修学程。教材以球类，国术，田径运动为主。其余如器械操及垫上运动，亦间有之。

（发表于民国二十四年第一九二期《安徽大学校刊》）

31.中国语文学系必修学程说明

1.文选及作文　4—4小时　3—3学分

本学程之目标在养成学生有研究文艺作品及发表文艺作品之能力。教材共分八类，曰创意、布局、修辞、行气、性情、风骨、繁简、瑕疵。每一类之中，又析分若干类，标举其例，即举古人名著以相发明。所选之文，除散文外，略取骈俪诗歌。

2.中国文化史　3—3小时　3—3学分

本学程之目标在使学生明了中国文化之本质，发展阶段，进化原因及其价值的估计。内容分为：一，概论；二，先秦文化；三，两汉三国文化；四，两晋南北朝文化，五，隋唐文化；六，辽金夏宋元文化；七，明清及现代文化。

3.西洋文化史3—3小时3—3学分

本学程之目标在使学生了解西洋文化之起源，发达、变迁及其近状。举凡关于西洋社会、政治、经济、学术及其文化问题，皆在本学程讨论范围之内。特用英文教授。（未完）

（发表于民国二十四年第一九二期《安徽大学校刊》）

32.本大学二十四年度课程说明书（续），包括中国文学史、古代文研究、诗选与诗学、词选与词学、曲学与曲选、文学概论、小说原理与诗歌原理

1.中国文学史　3—3小时　3—3学分

本课程之目标在使学生得窥见中国古今文学之真实面目，而得一研究之途径。内容讲述中国文学自三百篇以迄晚近新文学运动之历史上过程，注目于每种文学本身上之演变，及其产生此种文学之时代的背景。

2.古代文研究　2—2小时　2—2学分

本课程之目标在培养学生研究古代文学之兴趣，及发表高深优美之文章之能力。故于周秦汉魏六朝以来阐明文理之文字。选其尤美者讲授之，一以涵泳古代文学之佳妙，一以窥见古人研究文学之阃奥。

3.诗选与诗学　3—3小时　3—3学分

本课程之目标在使学生明了中国各代诗歌之体裁及其变迁，选授汉魏以迄近

代各大家之名制，并详述诗之源流，派别及结构，修辞一切作法。

4.词学与词选　3—3小时　3—3学分

本课程之目标在使学生明了词之作法及其演变。内容详述词之乐律，音韵，四声，工谱，并选读唐宋以来名家著作，以资取法。

5.曲学与曲选　3—3小时　3—3学分

本课程之目标在使学生明了曲之内容及其演变。详述散曲，剧曲之作法，谱法及音韵，声律，拍眼，并选读金元明清四代名家著作，以资取法。

6.文学概论　2—2小时　2—2学分

本课程之目标在使学生获得文学之基本的知识与正确的见解。首述文学之本质，文学与社会之关系。次及文学各论，注意于文学形态之转变，并阐明诗歌小说戏剧之特质。末述文艺批评。

7.小说原理　2—0小时　2—0学分

本课程之目标在使学生对于小说技巧上得一明确之认识。内容叙述小说之一般原理。关于结构，人物，背景等，作归纳的比较研究。

8.诗歌原理　0—2小时　0—2学分

本学程之目标在使学生明了诗歌之本质及其分类等。关于西洋诗歌外形律及内在律等重要问题，加以讨论。西洋之自由诗运动，中国之白话诗运动，以及《纯粹诗》等倾向，亦加以叙述与批判。（未完）

（发表于民国二十四年第一九三期《安徽大学校刊》）

33.本大学二十四年度课程说明书（续），包括戏剧原理、近代世界文艺思潮、文法学、文字形体学、声韵学

1.戏剧原理　2—0小时　2—0学分

本学程之目标在使学生对作剧法有明确之认识。内容首述戏剧之本质，戏剧与小说之比较。次述结构，性格描写，心理描写，对话，分幕，说明等戏剧技巧上之普通原则。

2.近代世界文艺思潮　3—3小时　3—3学分

本学程之目标在使学生明了近代文艺思潮之内容及其趋势，叙述文艺复兴以后直至十九世纪末之欧洲文艺思潮。对于各"流派""主义"所以发生的社会背景及其影响等，特加注意。

3.文法学　2—2小时　2—2学分

本学程之目标在使学生明了中国语文组织习惯与规则，演变与进化，及其特有之精神，以养成学生能以科学的方法处理并研究中国语文根本问题之能力。以意象之表出为中心，社会的效能为准则，确立句本位研究法理论的体系。其研究之方法，则打破过去机械的研究之成见，以单句为中心，说明子句构成之原则与条件，词之职能，部位与活用，句之错综与演化等等。

4.文字形体学　2—2小时　2—2学分

本学程之目标在使学生明了中国字体之变迁及其构造方法。内容分为两部分：变迁部分历叙古，籀，篆，隶，草诸体变迁之情形。构造部分则详释六书之义例。两部分均详征旧说，加以断制。

5.声韵学　2—2小时　2—2学分

本学程之目标在使学生明了中国字音之构成及其演变。分声母，韵母，等韵，反切，古韵等五部。声母，韵母部分，以今声母，韵母为本，而以旧声类，韵部相互比较。等韵部分，详述宋，元，明，清两派之异同。反切部分，详叙旧反切及注音符号拼音之方法，而尤注意于旧反切之改良。古韵部分则将前此研究古韵部及古声类之学说详加叙述，并加以断制。（未完）

（发表于民国二十四年第一九四期《安徽大学校刊》）

34.本大学二十四年度课程说明书（续），包括训诂学、群经概论、群经研究

1.训诂学　2－2小时　2－2学分

本学程之目标在使学生明了并应用训诂学之原则与方法。授以训诂学之规律，指示必要之书籍，与其运用方法，使能用以读古书，通俗语，作文辞。

2.群经概论　2－2小时　2－2学分

本学程之目标在使学生明了中国经典之内容，并获得对于经学之合理的正确的观念。分导论，各论两部分。导论部分叙述经的定义，领域，次第及学派等。各论部分分述群经之来源，内容，派别及其特殊问题等。

3.群经研究　2－2小时　2－2学分（两学年授毕）

本学程之目标在使学生明了中国群经之内容。选授易，书，诗，礼记，春秋

左氏传等，俾知先圣觉世牖民大旨，且明吾国文学之发源。

（发表于民国二十四年第一九五期《安徽大学校刊》）

35.接第七版本大学课程说明书，包括中国哲学史、诸子专书研究等

1.中国哲学史　2—2小时　2—2学分

本学程之目标在使学生明了中国哲学思想之产生演变与其内容。分为：（一）绪论；（二）先秦哲学；（三）两汉儒学与黄老；（四）魏晋南北朝之玄学与佛学；（五）唐代之佛教哲学；（六）宋元明道禅化之理学；（七）清初理学及乾嘉间之考证学；（八）今文运动；（九）西方哲学之输入及佛教哲学之复兴；（十）现代哲学－即西洋哲学的替代时期。

2.诸子专书研究　2—2小时　4—4学分（两学年授毕）

本学程之目标在使学生明了先秦诸子之内容。择先秦诸子中重要各家，如老，庄，荀，墨，韩非诸子，详究其思想之渊源嬗变及其言论之要义，而于书之真伪窜乱处亦辨别之。

3.普通心理学　3—0小时　3—0学分

本学程说明重要的心理现象，供给关于理学之基本智识，以备选修者得能深究他项心理学科。内容：（1）心理学问题；（2）智能；（3）记忆；（4）学习；（5）遗传与环境；（6）动机；（7）情感及情绪；（8）感觉；（9）观察；（10）思想；（11）想像；（12）生理心理；（13）人格。

4.哲学概论　0—3小时　0—3学分

本学程之目标在使学生获得哲学之概念，明了哲学之问题及其解决之态度，以为研究教育及其他学术之理论基础。故教学原则，不采（深造），而主（博知），对于每个问题，皆列举古今各方面足为代表之学说，以见解决态度之一班。其教材概要如次：（一）绪论—哲学之意义，分类及与其科学之关系。（二）认识论。（1）认识之起源问题。（2）认识之效力问题。（3）认识之本质问题。（三）实体论。（1）单元论与多元论。（2）唯物论。（3）唯心论。（4）二元论。（5）一元论。（6）机械观与目的观。（7）本体及活动性论。（四）价值论。（1）道德哲学（包括道德，经济，社会，法律诸问题）。（2）艺术哲学。（3）宗教哲学。

（发表于民国二十四年第一九五期《安徽大学校刊》）

36.中国语文学系选学程说明

（一）语文类

1.语音学　2—0小时　2—0学分

本学程之目标在使学生明了语音学之内容与方法，以为研究中国文字语言学之辅助。内容根据Foudet，Passy诸氏之比较语音，说明语声之物理，生理，心理之基础；次述音素，音之连接；末述语音之进化，及语音学略史。

2.语言学　0—2小时　0—2学分

本学程之目标在使学生明了语言学之内容与方法，以为研究中国文字语言之辅助。内容首述语言学之历史，语言学之对象，语言与其他科学之关系；次就语言学之各部门，如声音，语汇，文法等项加以叙述；末及世界语言之系统的分类。

3.文字学专书研究　2—2小时　2—2学分

本学程之目标在使学生获得文字学上之基本知识，以为阅读旧籍之工具。内容讲授说文部首，并讨论说文上种种义例。

4.声韵学专书研究　2—2小时　2—2学分

本学程之目标在使学生对于声韵学做进一步之专门研究。内容以广韵为本，说明其部分之原因，并讨论广韵上清浊声类，入声分配诸问题。广韵为研究古今音之枢纽，故又将古韵及广韵前后之韵书略加叙述，以资比较。

5.训诂学专书研究　2—小时　2—2学分

本学程之目标在使学生对于训诂学做进一步之专门研究。内容以郝懿行尔雅义疏，王念孙广雅疏证为本，精求所谓古字，古言，古义，期能会通各家，有所发明。

6.甲骨文字研究　2—0小时　2—0学分

本学程之目标在使学生对于甲骨学得一整个的观念，以为研究文字学及史学之辅助。首述甲骨发现之经过与研究之进展；次述甲骨文字对于中国文字研究，以求中国文字演变之轨迹；末及甲骨对于古史研究之关系。

7.金石文字研究　2—0小时　2—0学分

本学程之目标在使学生对于文字学做进一步的研究。内容分（一）金石文发现之情形；（二）历代研究金石文字之概况；（三）金石文字义例；（四）金石文字与说文之比较。

8.文字学史　2—2小时　2—2学分

本学程之目标在使学生明了文字学之产生与发展，而确定今后文字学研究之倾向。内容将历代研究文字学之概况，按照形声义三类分别加以叙述。凡著名文字学书籍，提纲挈领，叙述其义例。

9.校勘学　2—2小时　2学分

本学程之目标在使学生能应用文字学上之知识以校读古籍。内容讨源于刘略，班志，依文字形音义之例，以求近代名家校勘经子之法。

（二）文学类

1.修辞学　2—2小时　2—2学分

本学程之目标在养成学生随情应境活用语言文字之能力。根据美学原理，文艺史实，与乎古今中外名作及名家写作实际经验，指明语言文字之所以美及其所以丑。并进而阐明其构成，及运用时所应遵守之原则。务使学生运用语言文字，尽能纯循自然。

2.诗史　2—2小时　2—0学分

本学程之目标在使学生明了中国诗歌之历史，对中国文学史做进一步之专门研究，内容详述诗歌之起源，各体之产生与嬗变，以及各代之风尚与其代表人物。

3.词曲史　2—2小时　2—2学分

本学程之目标在使学生明了中国词曲之历史，对中国文学史做进一步之专门研究。内容详述词曲之源流，变迁及其派别等。

4.古声律学　2—0小时　2—0学分

本学程之目标在使学生明了中国古代声律之内容与其变迁，以为研究韵文文学之辅助。内容详述周汉唐宋以来乐律乐器之沿革，定律说之参差，并解释古今律吕谱字之异同。

5.中国古代文艺批评史　2—2小时　2—2学分

本学程之目标在使学生明了中国历代文艺批评之理论，对于中国文学作进一步之专门研究。内容搜集历代作家及批评家对于文艺批评之史料，如典论，诗品，文心雕龙等，依照时代或文体分类，阐发其意蕴，并加以批判。

6.文选学　0—2小时　0—2学分

本学程之目标在使学生明了文选学之内容，对于中国文学作进一步之专门研究。内容以李善注本为主，讲明选学之源流与善注之笺证订补方法；兼重诵读讲贯，发挥摛藻染翰之奥韵。

7.桐城文派　0—2小时　0—2学分

本学程之目标在使学生明了桐城文派之产生与发展，对于中国散文文学做进一步之专门的研究。内容：首序言，次分述方苞，刘大魁。姚鼎论文之语及其师友门人，次比较阳湖派与桐城派，次论吴敏树与桐城派，次结论。

8.中国小说研究　2—2小时　0—2学分

本学程之目标在使学生明了中国小说之产生与发展，对于中国文学史做进一步之专门的研究。内容详述中国小说之起源，变迁，派别及其作法；并与现代小说作比较研究。

9.中国现代文艺　2—2小时　2—2学分

本学程之目标在使学生明了中国现代文艺之发生，演变，流派，及其今后之趋势。内容以科学的观点，说明中国现代文艺之所以发生，演变之社会的背景，各种流派之所以分歧及其出现与消灭之时代的任务，以培养学生批判的眼光与创作的能力。（未完）

（发表于民国二十四年第一九五期《安徽大学校刊》）

37.本大学二十四年度录取新生一览

本年度招收新生，第一次在安庆本大学举行考试，评定成绩，计录取各学系正取生三十四人，备取生十三人，第二次新生考试，在上海、南京、武昌及本大学四处举行，考试结果计，录取各学系正取一百一十六人，备取二人，均限于九月十日以前到校呈缴各项证明文件，纳费注册，逾期不到，即取消入学资格，以备取生依次递补，并将两次录取新生名单志后。

第一次录取新生名单：中国语文学系

正四名：王士铨、萧涟娥、吴宪和、余少华

备取三名：吴文荣、裴湘纹、桂馨

第二次录取新生名单：中国语文学系

正取二十名：汪世清、潘泽钧、虞谦、吴天庥、戴振国、王蕙生、张伯寅、岳伦英、程汝瑞、文模林、程孟直、周禧、邱怀、李炳炎、张建业、王象淳、许志远、夏隆埧、胡孝思、曾庆国

（发表于民国二十四年第一九六期《安徽大学校刊》）

38.二十五年度各院系课程编制原则表

1.一年级分院不分系、学分数目因集中军训应减少至18.5—18.5，其分配如下：

（1）校必修	6.5—6.5	
基本国文	4—4	2—2
基本英文	4—4	2—2
党义	1—1	1—1
军训	3—3	1.5—1.5
（2）院必修	12—12	
文学院		
人与自然	4—3	3—3
文哲概论	3—4	3—3
中国文化史	3—4	3—3
西洋文化史	4—3	3—3

2.各院系各年级学分应重行分配如下：

年级	学分
1	18.5—18.5
2	20—20
3	19—19
4	14—14
合计	71.5—71.5(143)

3.各院系各年级必修与选修学分应依下列标准分配：

年级	校必修	院必修	系必修	选修
1	6.5—6.5	12—12	0—0	0—0
2	4—4	0—0	13—13	3—3
3	1—1	0—0	12—12	6—6
4	1—1	0—0	5—5	8—8
合计	12.5—12.5	12—12	30—30	17—17

（发表于民国二十五年第二二一期《安徽大学周刊》）

39.本大学各院系历届毕业生人数统计表

院系别		合计	第一届			第二届			第三届			第四届		
			男	女	共	男	女	共	男	女	共	男	女	共
总计		414	100	1	101	109	4	113	9	8	100	87	13	100
文学院	中文系	49	19		19	10		10	9	1	10	7	3	10
	外文系	16	1		1	3		3	3		3	8	1	9
	教育系	87	20		20	10	1	11	21	4	25	25	6	31

（发表于民国二十五年第二二六期《安徽大学周刊》）

40.本大学二十五年度招生简章（文学院）

一、学额

文学院，中国语文学系，外国语文学系，教育学系，理学院，数理学系，化学系，农学院，农艺学习系，农业经济学系，以上各系各招一年级生二十名至三十名，除农学院各系外，每系二三年级，各招转学生若干名。

二、投考资格

（甲）凡投考各学院一年级者，须具有下列资格之一。（子）公立或已立案之私立高级中学普通科或农工，商等职业科毕业者：（丑）公立或已立案之私立高级中学师范科毕业生，而在学并未受有免费待遇者，或受有免费待遇，而毕业后曾任小学教员或其他教育事业服务满足一年者：（寅）公立或已立案之私立大学二年期预科毕业者：（卯）尚未立案之私立高级中学或大学二年期预科毕业，经主管之教育行政机关甄别试验及格者。

（乙）凡转学学生须持有公立或已立案之私立大学之转学证书及各学程分数详简，经本大学审查认可后，方准报考，受编级试验，按其资格程度，插入相当班次。

丙一年级生及转学生男女兼收，不限籍贯。

三、考试科目

（甲）投考各学院一年级生之入学试验科目为：（1）公民；（2）军事训练（女生免试）；（3）国文；（4）英文；（5）数学（算术，代数，几何，平面几何，平面解析几何）；（6）史地；（7）物理；（8）化学；（9）生物；（10）智力测验；

（11）口试。各科目均以部颁二十一年度高中课程标准为标准。

（乙）转学学生之编级试验，分第一类第二类两部。（子）第一类应受试验科目为：（1）党义；（2）国文；（3）大学一年级英文；（4）数学。以上各科目之标准，除英文党义外，与一年级新生相同。（丑）第二类应受试验科目为所报考学系之前一学年之必修学程，列举如次：中国语文学系二年级：中国文化史，文学概论，中国文学史，中国文法学。三年级：群经概论，文字形体学，诗选与诗学，小说原理，中国哲学史。外国语文学系二年级：第二外国语（德法日任选一种）：修辞及作文，文学概论，小说。三年级：第二外国语（德法日任选一种），英国文学史，高级英文，文艺思潮。教育学系二年级：教育概论，哲学概论，生物学，普通心理学。三年级：普通教学法，西洋教育史，教育心理学，教育统计。

四、报名日期及地点

自七月廿九日起至八月十日止，在安庆，南京。上海或武昌（安徽大学招生处）报名，其各处确定地点临时登报公布，转学学生限在安庆本大学报名。

五、考试日期及地点

各院系一年级新生考试自八月六日起在安庆，南京，上海及武昌举行，其各确定地点及科目时间之分配，临时宣布之，转学学生之编级试验只在安庆本大学举行。

六、报名手册

报名时应呈缴下列各件：

（甲）报名单同式两纸；

（乙）各项证明文件；

（丙）最近四寸半身软片纸印相片两张；

（丁）报名费一元，报名各件缴齐，经审查合格后，即填给准若证，届时凭证到场受试。

七、入学手册

（甲）录取各生，须遵照本校录取后通知所规定之期限至本大学会计课缴清各费（叁有附录）拟收取通知向注册课填写入学志愿书及保证书，呈缴证明文件（参看附录）及二寸半身软纸印相片八张，办理注册手续，领取凭册证，如逾期不到校，即取消入学资格。

（乙）呈缴各费及证明文件不齐全者，不得入学。

八、请求免费及公费学额办法

（甲）本大学本年度设置一年级免费学额五名，公费学额二名。

（乙）免费学额免缴学费，杂费及体育费，公费学额除免缴学杂体育费外，每学期由学校给予膳食书籍等费用币七十元。丙投考生如欲得本大学免费或公费之待遇，须于报名期间用函件迳向本大学请求，请求时应缴原籍或居住三年以上县市教育行政机关之部定清贫证明书。

九、附则

（甲）凡函索本简章及本大学学则者，须付邮票二分，迳寄本校注册课，空函不复。

（乙）各处录取学生，除个别通知外，在安庆投考者登《皖报》，在汉口投考者登《武汉日报》。

（发表于民国二十五年第二二九期《安徽大学周刊》）

41.本届毕业生论文题目一览表

学生姓名	论文题目	系别
倪映霞	唐代文学述评	中国语文学系
娄道洲	康有为评传	同
周庆霖	黄仲则及其作品	同
李家珍	中国民歌研究	同
熊材炎	两宋诗话研究	同
熊启桦	从说文上探讨两汉之社会意识	同
邹恩雨	古文运动发展史	同
张友梅	中国历代文体研究概述	同
程方万	魏晋南北朝之文学批评	同
李正太	唐宋诗之比较	同
熊鹏标	南曲联套述例	同
宋则要	秦少游词研究	同
李炳墫	白石词平	同
晋传朴	中国新文学运动之研究	同
李均民	宋词作家派别及其评价	同
陈仰梅	"Childhood"byTolstoy	外国语文学系

学生姓名	论文题目	系别
陈以德	英国浪漫运动	外国语文学系
张承华	八个一九三三独幕剧	同
李国键	TheReunissame	同
沈慕玄	近代剧论	同
谭文山	十八世纪的英国文学	同
潘德全	复兴中华民族教育	教育学系
陈仲英	大学教育学系课程比较研究	同
李金章	学校军事训练集中办法之研究	同
胡道珂	各省市二十四年度义务教育实施办法的比较研究	同
程天民	各国中学师资训练比较研究	同
黄瑞和	高中本国地理标准测验的编制	同
袁学中	两汉选举制度研究	同
邬冬秀	小学国语教材之研究	同
潘祖培	生活书店教育书目之续编	同
章书元	安徽省中等学校分配之研究	同
叶显铄	小学教学法	同
汪妙年	洛克的教育思想之研究	同
曹昌期	苏俄教育之理论与实际	同
张倬	健康教育与复兴民族	同
宋思明	我国中等学校制度之演变及现今改革意见的批评	同
杨德辅	高中本国史标准测验之编制	同
田芝生	爱米儿之分析与批评	同
杨瑞才	宋代教育学说研究	同
朱岳尧		同

（发表于民国二十五年第二三三期《安徽大学周刊》）

42.本大学二十五年度各院系录取新生一览

本大学二十五年度招考新生，在武昌中华大学，南京中央大学，暨安庆本校一院，三地同时举行，报名投考者达七百余人，为名额所限，录取标准提高，所有试卷经严密评阅后，核算分数，计录取各院系新生一百五十三名，备取生二十六名，除由本校直接通知外，并在武昌南京安庆三地分别登报公布，兹将新生名单录志于后：

中国语文学系正取生十七名，王奎，王成荃，王来远，左世昌，田少佛，辛焕南，周庆祎，倪祖岳，康乐英，张开政，张五鹏，黄匡一，华人杰，黄光第，邬仲卿，刘淑怡（女），谭鎮黄，备取1名王道芳。

外国语文学系正取生二十名，毛受益，方晔堂，左洪畴，何极寿（女），余志宏，李冰增，李云凤（女），林体明，金惠生，胡泽民，范复生，陈典，陈恒，陈青云，唐志玫，张承静（女），曹植福，黄绪潜，杨淑彬（女），蒋内英。备取1名李秩西。

教育系正取生十九名，王士衡，王华美，王远启，吕世霖，李森，李延熙，邵和同，周斅雯，柳之椝，唐棣，陈湘蕙（女），高景华，马兆钧，黄希坚，杨福箴，楚裕松，刘守宜，饱光宗，潘孚硕。备取1名，王殿俊。

（发表于民国二十五年第二三四期《安徽大学周刊》）

43.各系专任教授每周接见学生时间表

教授姓名	星期	时间	地点
李大防	3,5	10—11	中国语文学系研究室
杨大鈊	5	10—11	同上
陈朝爵	2 3 4	11—12 10—11 9—10,11—12	同上
方勇	2,3,4,	9—10	同上
徐英	1,5 2,4	11—12 10—11	同上
候堮	2,4 6	4—5 11—12	同上
余世鹏	1—6	8—9,11—12	外国语文学系研究室
孙逢桢	3,5	9—10	同上
霍自庭	2,4 6	10—11 11—12	同上

教授姓名	星期	时间	地点
谢循初	3,5	10—11	教育学系研究室
黄敬思	3,5	10—11	同上
罗季林	3 6	9—10 10—12	同上
郝耀东	2,6	10—11	同上

（发表于民国二十五年第二三九期《安徽大学周刊》）

44.本大学教员学术研究会各会员研究专题

会员姓名	研究专题
方勇	新字之创造
王进展	中国地质史
王容川	安庆市农产贸易概况调查
毛汶	辽金史事研究
李贯英	维多利亚的小说家 The Victorion Novelists
李范之	墨经集解
李顺卿	安徽之经济木材
李景晟	2,2′—二甲烷基 5,5′—二羧基 6,6′—二气氧基联苯之制造及其分解为旋光体

（发表于民国二十五年第二四七期《安徽大学周刊》）

45.中国语文学系四年级毕业论文题

学生姓名	论文题目	指导教授
胡恩源	墨子思想研究	李范之先生
潘寿田	苏轼研究	徐澄宇先生
程海曙	桐城文派研究	侯芸圻先生
邢庆兰	中国古民歌之拟似记音及其与安徽流行民歌之比较的研究	方勇先生

（发表于民国二十五年第二四八期《安徽大学周刊》）

46.本大学二十六年度录取新生一览表

本大学前为便利会考高中学生起见,特于七月六日临时招考新生一次,计录取各院系一年级六十余人,复于八月六日起同时在南京上海武昌暨安庆本校四处招考新生,报名应考者八百余人,所有试卷,均经严密评阅,结果录取各院系一年级生二百七十余人,插班生五人,兹将录取新生名单,录志于后:

中国语文学系正取二十八名:吴伯俊,胡家祚,谭福瑜,颜熙志,尹兆甫,李雪山(女),郑厚之,屈孝骅,徐述燮,唐鹏,朱原理,万钧,严耕旺,陈启典,王仁东,赵荣宪(女),田丽生,丁贯玉(女),汤恭黼,张海帆,胡庆贵,袁圣时,朱宝淇,杨寿南,巫绪英,曹辂平,洪承钺,陈应初

中国语文学系备取一名:吕大奎

外国语文学系正取二十名:黄廷鑫,张桂煌,胡元水,杨国楷,吴海华(女),廖西美,徐国宾,周丕武,张凤龙,李忠俭,梁培智,许守文(女),李尧勋,窦家栋,张维华,马昌宗,季镇淮,刘广鑫,古震南,郑文廉

外国语文学系备取三名:郑琳,张国彦,郑宝林(女)

教育系正取二十八名:吴盘,蒋永元,马逢伯,陶春华,程稚明,刘鄂华(女),汪孟春,刘明钟,曹宏钧,陈锦文(女),李采章,蔡文行,邹益治,林成章,施维亭,张若翠(女),王灵芬(女),魏元珍(女),谢应莺(女),傅冶民,陈全武,姜润仁,钟希亮,段天煋,白昌源,叶洪泽,王锡寿,周春根。

教育学系备取九名:管育泉,严薇生,戴振初,汪时云(女),张荪,任洪泽,戴哲,吴洽德,李秀玉(女)

(发表于民国二十六年第二六八期《安徽大学周刊》)

47.本大学续招新生一览表

本大学前为救济因战时关系,未能投考大学之高中毕业学生起见,特再招考新生一次,于九月二十七日起在本大学考试,计录取各院系新生及转学生,共计四十四名,又教育应保送本省高中毕业会考及格优等生,亦经编系试验计十七名,又录取战区大学转学生四名,共计六十五名,兹将其名单录志于后:

中国语言文学系正取七名:董光斗,胡裕树,韦启和,范泽民,李光宇,武子初。

外国语文学系正取十四名：赵畯田，郑宝林，杨光荣，吴同桂，张秀杰，王志和，张国璋，陈琼，王成荃，路荣晖，唐家桢，胡植生。

教育学系正取六名：杨春，马魁芳，吴辉，宋雯，张晓云，龚维仪。

（发表于民国二十六年第二七二期《安徽大学周刊》）

回望与致敬

当我们走到一定的脚程时，都会习惯于朝后望一望。回首走过的路，也是一种沉淀和升华。

回望，是为了重温来时的路，为什么出发，坚定成长的初心。回望，是为了洗涤岁月的铅华，要怎么走，牢记发展的使命。回望，也是为了致敬，致敬过往的温情，致敬岁月的赐予，致敬先辈的馈赠，致敬奋斗中的人们，致敬当下的激情岁月，致敬未来的接续力量，致敬未知的惊喜，致敬共同的梦想！

正是在这种精神的感召下，我们怀着崇敬的心情，带着敬佩的情怀，徜徉在岁月流转的时空里，透过纸背的鉴赏，感受创业维艰、沐风栉雨、筚路蓝缕、矢志奋斗的精神和情怀，汲取不忘初心、牢记使命、砥砺前行、接续奋斗的智慧和力量。

在本书策划、整理、编排、校对的过程中，得到了安徽师范大学文学院、出版社、宣传部等单位，以及储泰松、项念东等老师的关心、指导，诸多同学积极参与，师生携手共同找寻属于中文人的记忆。出版此书旨在探索中文系的发展之路和办学精神，努力感悟"文以载道、学以化人"的真谛；期望以微知著，藉此管窥中国近百年高等教育的发展状貌，展示高校师生为推动教育事业发展、服务文化强国建设而做出的努力。

需要说明的是，我们遵从各类文字发表时的本色，希冀还原时代的语境，聆听时代的声音，遴选依据中文人、中文事、中文作品的逻辑建构需要，同时略去了相对重复的作品。由于有些报纸历经时光洗礼，难以辨识，编辑整理的过程经历时间较长，中途又遇疫情等因素影响，书稿编校难免存在一些瑕疵，敬请广大读者提出批评和建议。在此，谨向所有原作作者表示崇高敬意！并向所有参与、指导、支持的单位和师生表示衷心感谢！

向阔步迈进百年华诞的安徽师范大学文学院（中文系）致敬！

戴和圣

二〇二一年十一月十六日

420